뱀파이어의
꽃

뱀파이어의 꽃 ②

신지은 장편소설

Terrace Book

CONTENTS

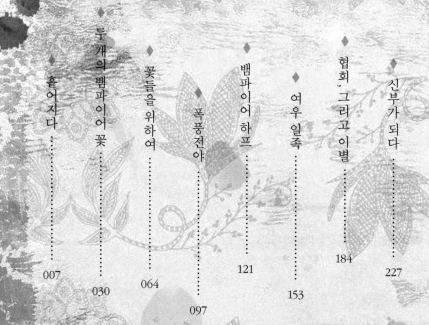

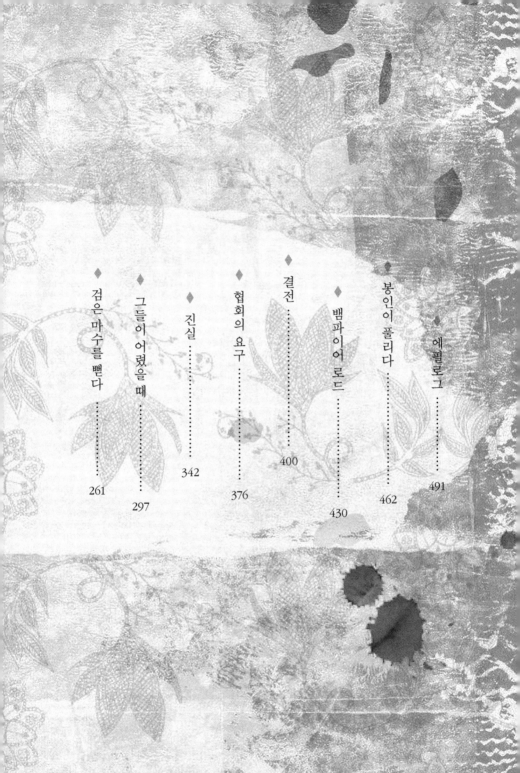

뱀파이어의 피를 먹은
인간에겐 각인이 생긴다.
그것은 뱀파이어가
자신의 아이를 가질 예정이거나
이미 가진 여자에게
자신의 것이라는
표시를 해두는 것이다.

흩어지다

　곤히 잠들었던 서영이 다시 깨어난 건 반나절이 지난 약간 늦은 저녁이었다. 오래 잔 게 도움이 된 건지 아까보다 확실히 몸이 가벼웠다. 서영은 기지개를 쭉 켜며 주변을 둘러봤다.

　그 어디에도 루이가 없었다.

　'또 요새에 간 걸까.'

　백한에게 루이가 지금 좀 바쁘다는 이야기를 듣긴 했지만 그래도 약간 야속했다. 이번에는 일어날 때까지 곁에 있어줄 거라고 생각했는데.

　"일어났어요?"

　"아, 백한 오빠."

　백한이 앞치마를 매고 주방 입구에 서 있었다.

　"하루 종일 아무것도 안 먹어서 배고프죠? 닭죽 좀 만들었는데, 먹을래요?"

　"네, 그럴게요. 그런데 루이는……."

　"형님은 일이 있어서 요새에 갔어요."

　역시 요새에 갔구나. 서영은 고개를 끄덕이며 백한을 따라 주방으로 들어갔다.

　식탁에 앉자 백한이 예쁜 그릇에 닭죽을 퍼왔다. 하얀 김이 모락모락 나는 닭죽은 무척 맛있어 보였지만, 딱히 입맛이 돌지 않았다. 배도 그렇게 고 프지 않았고. 이유는 알 수 없었다.

그래도 백한의 정성을 봐서 작게 한술 떠서 입에 넣었다. 연기가 모락모 락 나서 많이 뜨거울 줄 알았는데, 생각만큼 그렇게 뜨겁지는 않았다.

"입맛에 맞아요?"

"네, 맛있어요."

솔직히 말해서 맛 같은 건 전혀 느껴지지 않았다. 아무래도 혀가 마비된 모양이었다. 그래도 백한이 실망할까 봐 선의의 거짓말을 했고, 백한은 껌 뻑 넘어갔다.

"그래요? 입맛에 맞으니 다행이네요. 많이 먹어요."

"네."

다시 부지런히 닭죽을 먹고 있는데 백한이 빤히 쳐다봤다. 눈빛도 그렇 고, 입술을 달싹이는 걸로 보아 할 말이 있는 모양이었다.

"하고 싶은 말이 있으면 하세요, 백한 오빠."

단도직입적으로 말했는데도 백한은 여전히 말하지 않고 어색하게 웃기만 했다. 심각한 이야기인가. 덩달아 심각해진 서영은 숟가락을 내려놓고 백한 을 올려다봤다.

"저, 그게……"

백한은 한참 머뭇거리다가 한숨을 푹 내쉬며 말을 꺼냈다.

"형님이 서영 씨의 몸이 괜찮아지는 대로 보내라고 했어요."

"보낸다니, 어디로요?"

"서영 씨의 집으로요."

느닷없는 말에 서영은 눈을 크게 떴다. 백한은 그런 서영을 몹시 안쓰럽 게, 그리고 미안하게 바라봤다.

"어, 어째서죠?"

드륵─. 쾅─.

의자가 넘어지는 소리가 요란하게 울려 퍼졌다. 자리에서 벌떡 일어난 서영은 백한의 팔을 꽉 잡으며 떨리는 목소리로 소리쳤다.

"어째서 절 집으로 돌려보낸다는 건데요!"

지독한 열병을 앓던 와중에 이마에 닿았던 서늘한 감촉과 따스하게 자신을 바라보던 시선을 아직 똑똑하게 기억하고 있었다. 언제까지나 자신을 지켜주겠다고 했던 다정한 목소리가 여전히 귓가에 선명했는데 집으로 보내겠다니.

"거짓말이죠?"

백한의 말을 도저히 믿을 수가 없는 서영은 금방이라도 울음을 터뜨릴 것 같은 간절한 어조로 되물었다.

"거짓말이라고 해줘요. 그냥 한번 해본 말이라고, 제발 그렇게 말해줘요!"

"……죄송합니다."

그가 사과할 일이 아님에도 불구하고 백한은 죄인처럼 고개를 숙였다.

"루, 루이를 만나서 이야기해야겠어요!"

뭔가 잘못된 게 분명했다. 백한이 뭔가 착각했거나, 아니면 루이가 잘못 말했을 수도 있으니 서영은 루이를 만나 확실하게 이야기를 나누고 싶었다.

"루이를 만나게 해줘요!"

"죄송하지만 제게 그럴 능력은 없습니다. 그리고 형님은 당분간 인간 세상에 오지 않는다고 하셨어요."

애초에 루이는 사냥할 때를 제외하고 거의 인간 세상에 오지 않았다. 백한에게도 아칸을 통해 가끔 소식을 전해줄 뿐이었다.

"근래에 형님이 자주 인간 세상에 오셨던 건 순전히 뱀파이어 꽃을 찾기 위해서였습니다. 하지만 이제 꽃을 찾았으니, 더는 오실 이유가 없죠."

"하지만 절 지켜준다고 했는데……!"

"그래서 보내는 겁니다. 전에도 말했다시피 인간인 서영 씨가 뱀파이어인 형님의 곁에 있는 건 무척 위험하거든요."

서영의 눈동자가 크게 흔들렸다.

서영은 도저히 이 상황을 받아들일 수 없다는 듯 멍하니 백한을 바라보다가 그대로 바닥에 주저앉았다. 백한은 나지막한 한숨을 내쉬며 서영의 눈높이에 맞춰 무릎을 굽혔다.

"너무 절망하지 말아요, 서영 씨. 뱀파이어와 인간은 공존할 수 없다는 거, 서영 씨도 이미 잘 알고 있는 사실이잖아요."

날카로운 칼날처럼 푹 찔러 들어오는 말에 서영은 아무 말도 하지 못하고 입술을 꾹 깨물었다.

백한의 말대로 서영 역시 그 사실을 잘 알고 있었다. 루이에게 직접 듣기도 했고, 레카에게 확인 사살까지 당했지만 도저히 받아들일 수가 없어 애써 모른 척하고 있었을 뿐.

게다가 루이까지 자신을 지켜준다고 했으니 그 부분에 대해선 더 이상 생각하지 않아도 될 줄 알았는데, 전부 착각이었을 줄이야.

"날 지켜준다고 해놓고!"

루이를 향한 원망이 봇물처럼 터져 나왔다.

"나와 같은 감정을 갖고 있다고 해놓고 이게 뭔데!"

이건 마치 어린아이에게 달콤한 사탕을 쥐여준 뒤 맛만 보게 하고 빼앗는 것과 같았다. 서영은 두 손으로 얼굴을 가리고 어린아이처럼 엉엉 울었다. 그런 서영이 안쓰러워 백한은 한숨을 푹 내쉬며 서영을 꼭 안아주었다.

"형님을 너무 원망하지 마세요, 서영 씨. 형님도 어쩔 수 없이 이런 선택을 한 것일 테니까요."

좀 더 구체적으로 서영을 위로해주고 싶었지만, 백한 역시 루이가 갑자기 왜 이런 결정을 내렸는지 모르기에 입을 다물고 그저 하염없이 눈물을 쏟아내는 서영의 등을 계속 토닥여줄 뿐이었다.

　　　　　　　　　　　　◈◈◈

　루이는 환하게 웃으며 그를 바라보고 있는 서영을 향해 손을 뻗었다. 그러자 서영이 맑은 웃음소리를 내며 그의 품에 폭하니 안겼다. 서영에게선 달콤하고 부드러운 향기가 났다.

　루이는 서영의 목덜미에 얼굴을 묻고 그녀의 체취를 마음껏 들이마셨다.

　이 얼마나 그리웠던 향인가.

　이 얼마나 원했던 온기인가.

　인간은 싫었지만, 서영은 좋았다.

　너무 예쁘고 사랑스러워서, 그녀의 얼굴을 보는 것만으로도 행복했다.

　하지만 행복한 시간은 길지 않았다. 서영이 바스락거리며 제 품을 빠져나가려고 하자 루이는 당황하며 그녀를 꽉 끌어안았다.

　쿵―.

　그 순간 밝은 빛으로 가득했던 세계에 어둠이 들이닥쳤다. 어둠은 루이의 품 안에 있는 서영을 순식간에 집어삼켰다. 사랑스러운 향기가, 따뜻한 온기가 한순간에 사라져버리자 루이는 허망한 표정을 지으며 애타게 그녀의 이름을 불렀다.

　"서영!"

　그와 동시에 루이는 잠에서 깨어났다.

　익숙한 천장과 인테리어.

　뱀파이어 요새에 있는 자신의 방이었다.

　"늦었군."

　어서 빨리 서영에게 가야 한다고 생각하며 성급하게 재킷을 챙겨 들고 자리에서 일어선 루이는 순간 머릿속을 관통하는 생각에 멈칫했다.

"……이젠 갈 필요가 없잖아."

정확히 말해선 이젠 가지 못하는 거였다. 새삼 그 사실을 깨달은 루이는 헛웃음을 흘리며 다시 소파에 앉아 자연스럽게 감기는 눈꺼풀 위에 손등을 올렸다.

긴 세월을 사는 만큼 대부분의 뱀파이어들은 시간에 얽매이지 않았다. 그건 루이 역시 마찬가지였지만, 최근 이례적으로 그는 시간을 챙겼다. 그 이유는 단순히 서영을 만나기 위해서였다. 자신의 수명의 10분의 1도 살지 못하는 그녀를 위해서 루이는 스스로 시간에 얽매였다.

'이젠 그것도 끝이지.'

서영을 보냈으니까. 그러니 더는 시간에 얽매일 필요가 없는데도 그는 습관적으로 그러려고 하고 있었다. 서영을 만난 기간보다 모르고 살았던 세월이 몇백 배는 더 긴데, 짧은 기간 동안 그녀에게 길들여졌는지 전 같으면 신경도 쓰지 않았을 것들이 하나둘씩 눈에 밟히기 시작했다.

'지금쯤이면 백한에게 모든 이야기를 들었겠지.'

과연 이야기를 듣고 어떤 반응을 보였을까.

화를 냈을까. 아니면, 울었을까.

어느 쪽인지는 알 수 없었지만, 환하게 웃지는 않았을 것이다. 제대로 된 이유를 설명해주지 않아서 무척 답답해했을 수도 있었다.

그걸 알면서도 루이는 서영에게 사실대로 말할 수가 없었다. 나 때문에 네가 죽을지 모르니 떠나라. 그 말이 도저히 입 밖으로 나오지 않았다. 그녀의 얼굴을 보기도 껄끄러웠고.

그래서 백한에게 모든 걸 떠넘기고 도망치듯 요새로 돌아와 방에 틀어박혔다. 이런 제 모습이 너무 한심하고 어처구니가 없어서 루이는 작게 실소를 터뜨리며 늘어지게 소파에 기댔다.

그렇게 얼마나 있었을까. 지그시 눈을 감고 있던 루이는 누군가 제 몸 위에 담요를 올려주자 그 손을 붙잡았다.

"깨셨습니까."

아칸이었다. 루이는 말없이 아칸의 손을 놓으며 자리에서 일어섰다. 여전히 복면을 쓰고 있는 아칸이 쭈뼛거리며 사과했다.

"죄송합니다. 깨울 생각은 없었는데……."

"무슨 일이지?"

아칸이 아무런 볼일도 없이 이렇게 불쑥 등장할 리가 없었다. 루이의 질문에 아칸은 잠시 머뭇거리다가 조심스럽게 말했다.

"서영 님이 방금 떠나셨습니다."

"……벌써 그렇게 됐나."

루이는 나지막한 한숨을 내쉬며 눈을 지그시 감았다가 떴다.

"그녀는 조용히 떠났나?"

"네. 약간 충격을 받으신 것처럼 보였지만, 별말 없이 조용히 떠나셨습니다."

"그래."

혹시 떠나지 않겠다고 울고불고하면 어쩌나 걱정했는데, 다행히도 서영은 이별을 쉽게 받아들인 모양이었다.

인간도 이렇게 쉽게 이별을 받아들이는데 왜 자신은 아직까지 받아들이지 못한 건지.

한심하고 또 한심했다. 루이는 지끈거리는 심장을 붙잡으며 힘없이 벽에 기대섰다. 심장이 너무 아팠다. 갈기갈기 찢어지다 못해 누군가 계속해서 바늘로 찌르는 것 같았다.

"감히 한 가지만 여쭤봐도 되겠습니까?"

루이는 대답하지 않았지만 아칸은 제멋대로 질문을 이었다.

"대체 지스 님에게 무슨 말씀을 들으신 겁니까. 지스 님이 뭐라고 하셨길래 갑자기 서영 님을 내보내기로 결정하신 겁니까?"

아칸의 질문에 루이는 침묵으로 일관했다가 뜬금없는 걸 물었다.

"어머니는 아버지의 정식 신부였나?"

"네?"

"어머니에게 신부의 낙인이 있었는지 묻는 거다."

"그야 당연히…… 어라?"

당연히 있었다고 대답하려던 아칸은 뒤늦게 이자벨의 몸에 루젠이 새긴 낙인이 하나도 없었다는 걸 떠올리고 작게 탄성을 뱉었다.

"없었……습니다."

이 부분은 아칸 역시 이해할 수가 없었다. 루젠은 진심으로 이자벨을 사랑했는데 어째서 그녀에게 신부의 낙인은커녕 아무런 각인도 새기지 않았던 걸까.

"루젠 님이 이자벨 님께 낙인을 새기지 않은 건, 자신이 뱀파이어라는 사실을 알리지 않았기 때문이 아닐까요?"

아칸이 루젠이 그랬던 이유를 어림짐작해서 말하자, 루이가 픽 웃음을 흘렸다.

"그 이유는 아닌 것 같은데."

지스 경의 말이 사실이었어. 루이는 실성한 사람처럼 웃으며 두 손으로 머리를 감싸 쥐었다.

서영을 보내기로 결정하긴 했지만, 지스의 말을 완전히 믿은 건 아니었다. 자신 때문에 서영이 죽는다는 사실을 도저히 믿을 수가 없는 루이는 뱀파이어 신부에 대해 계속 조사했다.

하지만 현존하는 뱀파이어 중에서 인간을 신부로 맞이한 뱀파이어는 단 한 명도 없었고, 뱀파이어 역사가 기록된 책에도 뱀파이어 신부에 관한 이야기는 적혀 있지 않았다.

　이럴 때 잭이 있었다면 좋았을 텐데. 그를 허무하게 보낸 것이 가슴에 사무쳤다. 머리를 감싸 쥔 채, 잭에 대해서 생각하던 루이의 머릿속에 문득 지스가 했던 말이 떠올랐다.

　―있긴 하지만, 이건 불확실해서 말이야.
　―나도 정확한 이유는 모르겠지만, 뱀파이어 피를 먹은 인간과 그 피의 주인인 뱀파이어가 서로를 가까이하지 않으면 인간이 오래 살더군.

　불확실하다. 그 단어가 서늘하게 가슴을 파고들었다. 갑자기 불안해진 루이는 초조하게 아칸에게 명령했다.

　"아칸, 당장 가서 서영을 지켜라."

　"예?"

　루이의 말을 한 번에 알아듣지 못한 아칸이 황당해하며 되묻자 루이가 인상을 팍 쓰며 아칸에게 재차 명령했다.

　"가서 서영을 지키라고 했다."

　"하, 하오나 서영 님은 이제 주인님의 계약자도 아닌데 어째서……."

　"말대답이 늘었군."

　루이의 일침에 아칸은 입을 다물었다. 루이는 그런 아칸을 싸늘하게 노려보며 말했다.

　"예전이었다면 내가 무슨 말을 하든 군말 없이 했을 텐데…… 뭐가 문제지? 내가 너무 너희들을 느슨하게 풀어준 건가?"

　"……죄송합니다. 당장 명령을 따르겠습니다."

　궁금한 건 여전히 많았지만, 루이의 말대로 시종이라면 주인이 명령하는 대로 군말 없이 움직여야 했다. 아칸은 허리 숙여 사과한 뒤, 곧바로 어둠 속으로 모습을 감췄다.

아칸이 사라지자 잠시나마 존재했던 소음도 순식간에 사라졌다. 태풍이 몰아친 듯한 느낌이었다. 만약 마음이 지구였다면 지금 당장 멸망해도 이상하지 않을 만큼 루이의 마음속에는 온갖 재난이 들끓고 있었다.

서영의 얘기를 들어서 그런지 가슴이 꽉 막힌 것처럼 답답하고, 심장은 금방이라도 터질 것처럼 거칠게 뛰었다. 루이는 심장을 진정시키기 위해 심호흡을 했지만 괜찮아지기는커녕 오히려 상태가 악화됐다. 산책이라도 하고 오면 괜찮아질까 싶어 방문을 열었는데, 열기가 무섭게 누군가 그의 팔을 낚아챘다.

"이제 기어 나오는 거냐?"

바로 레카였다. 영문을 알 수 없는 행동에 약간 놀라며 그를 쳐다보자 레카가 혀를 '쯧' 차며 말했다.

"너 찾는다고 요새의 시종들을 다 쥐 잡듯이 잡았어!"

"왜 찾았는데."

"그거야 당연히 찾았으니까!"

어찌나 크게 말하는지 레카의 목소리가 고요한 복도에 쩌렁쩌렁하게 울려 퍼졌다. 그런 레카가 못마땅한 루이는 퉁명스럽게 되물었다.

"뭘 찾았다는 거지?"

"그야 당연히 레이디의 체내에 있는 뱀파이어의 피를 중화시킬 방법이지!"

"……!"

서영을 살릴 방법을 찾았다니!

무심했던 눈동자에 한순간 빛이 감돌았다. 루이는 레카의 멱살을 잡으며 다급하게 물었다.

"어떻게 하면 되지?"

"캑. 이, 이것 좀 놓고 말해!"

레카가 발버둥치자 루이는 내팽개치듯 멱살을 놔주었다. 레카는 인상을 팍 쓰며 구겨진 레이스를 폈다.

"아씨, 너 때문에 내 레이스 다 망가졌잖아."

"쓸데없는 소리 하지 말고, 바로 본론을 말해."

"허? 너 말이다, 나한테 이렇게 건방지게 굴면 안 돼."

레카는 시건방지게 구는 루이의 행동이 못마땅하다는 듯 허리춤에 손을 올리고 으름장을 놓았다.

"내가 없으면 넌 평생 레이디의 곁으로 못 돌아간다고."

마찬가지로 루이도 레카의 행동이 마음에 들지 않았지만, 지금 열쇠를 쥐고 있는 건 레카이니 한숨을 푹 내쉬며 말투를 약간 공손하게 바꿨다.

"부탁하지."

"그럼 형이라고 불러봐."

이건 또 무슨 개소리인지. 루이가 인상을 팍 쓰자 레카가 루이의 구겨진 미간을 꾹 누르며 웃었다.

"레카 형, 부탁합니다……라고 말하면 알려주지."

"……."

"하기 싫어? 그럼 하지 마. 누누이 말하지만 아쉬운 건 내가 아니라 너니까."

레카는 정말 가버릴 것처럼 뒤돌아섰다. 그런 레카가 아니꼽고 짜증 났고 그에게 형이라고 부르면서까지 부탁해야 한다는 사실이 자존심 상했지만 그가 말한 대로 아쉬운 건 루이였다.

"부탁합니다, 레카…… 형."

다시 서영을 곁에 둘 수만 있다면 이깟 자존심이 뭐가 중요할까. 루이는 모든 자존심을 내려놓고 간절하게 부탁했다.

마음은 멈췄지만 시간은 계속 흘러갔다. 아무리 멈추려고 노력해도 시간을 멈추는 건 불가능했다. 살아 숨 쉬는 이상 무의미한 시간일지라도 계속 흘러갔다.

"더 챙길 거 있어요?"

백한의 질문에 서영은 고개를 저었다. 백한은 고개를 끄덕이며 서영의 짐을 담은 캐리어를 들었다.

"아, 제 짐이니까 제가 들게요."

"아니에요. 원래 무거운 건 남자가 드는 거니까 제가 할게요."

"하지만 무거울 텐데……."

"그러니 더욱 제가 해야죠. 서영 씨는 이거 들어요."

백한이 건네준 건 반찬통이 담긴 쇼핑백이었다.

"없는 솜씨 발휘해서 만들었으니 집에 가서 먹어요."

"고맙습니다."

"뭘요. 그럼 갈까요?"

백한이 웃으며 앞장섰다. 그를 따라 신발장까지 나온 서영은 신발을 신다 말고 멈칫했다.

이렇게 나가면 다시 못 돌아오겠지. 그 사실에 가슴이 먹먹해졌다. 나가고 싶지 않아 괜히 신발 끈을 풀었다가 묶기를 반복하다가 집 안을 크게 둘러봤다. 바닥에 깔린 부드러운 카펫과 소파, 함께 밥을 먹던 식탁까지 전부 눈에 담았다.

"왜 그래요? 뭐 두고 왔어요?"

"네? 아, 아무것도 아니에요."

서영은 신발을 마저 신고 미련이 듬뿍 남은 발을 옮겼다. 신발장과 복도의 경계를 넘어서자 현관문이 닫히면서 더는 백한의 집을 볼 수가 없었다.

"마침 엘리베이터가 왔네요. 가요."

이제 다 끝났는데도 자꾸 미련이 남아 서영은 엘리베이터의 문이 닫히는 순간까지 백한의 집 현관문을 쳐다봤다.

주차장으로 가는 내내 그들 사이엔 이렇다 할 말이 오가지 않았다. 서영은 고개를 푹 숙이고 있었고, 백한은 그런 서영을 안타깝게 바라볼 뿐이었다. 마침내 지하 주차장에 도착하자 두 사람은 누가 먼저라고 할 것 없이 서둘러 엘리베이터에서 내렸다. 백한은 캐리어를 입구에 내려놓고 서영에게 말했다.

"가서 차 가져올 테니 여기서 조금만 기다려요."

"같이 가도 되는데요."

"조금 멀어서 그래요. 금방 가져올 테니까 조금만 기다려요."

거듭 기다리라고 하니 서영은 말없이 고개를 끄덕였다. 백한이 사라지고, 혼자 남은 서영은 주차장 기둥에 기대서 발끝으로 땅을 툭툭 찼다.

"지금 가는 거야?"

계속 땅만 보고 있던 서영은 머리 위에서 익숙한 목소리가 들리자 고개를 들었다.

"레카 씨?"

이 남자가 왜 여기에 있는 거지? 생각지 못한 인물에 서영은 약간 당황하며 레카를 쳐다봤다. 레카가 픽 웃으며 고개를 기울였다.

"못 간다고 난리라도 칠 줄 알았는데, 생각보다 순순히 가네?"

레카의 말에 서영은 어색하게 웃었다. 그녀 역시 가기 싫다고 억지를 부리면서 난리치고 싶은 마음은 굴뚝같았다.

그러나 그렇게 한다고 해서 달라질 게 없을 뿐더러, 루이를 생각한다면 그래선 안 된다는 걸 알기에 담담히 떠나는 거였다.

"정말 이대로 떠나도 괜찮겠어?"

"괜……찮아요."

"괜찮기는. 표정이 별로인데."

그런가. 서영은 고개를 푹 숙였다. 그의 지적대로 전혀 괜찮지 않았다. 이렇게 떠나는 것도 싫었고, 마지막까지 얼굴을 비추지 않는 루이가 야속하고 미웠다.

"너무 서운해하지는 마."

레카는 서영의 어깨를 툭툭 두드리며 위로했다.

"루이도 다 너를 위해서 그런 거니까."

"저를 위해서라……. 맞는 말이네요."

서영은 자조적으로 웃으며 중얼거리듯 말했다.

"루이는 뱀파이어 꽃을 신부로 맞이해서 로드가 되어야 하니까요. 그럼 저는 아무것도 아니게 되죠."

서영의 뺨을 타고 눈물이 흘러내렸다. 그녀는 온몸으로 아픔을 표현하고 있었지만, 레카를 바라보는 눈동자는 조금도 흔들리지 않았다.

"좋아하는 남자 옆에 다른 여자가 있는 걸 지켜보는 건 마음이 다 부서질 만큼 매우 비참할 테니, 루이가 이렇게 보내주는 걸 감사하게 여겨야겠네요."

"레이디."

"그런데 더 웃긴 건 뭔 줄 아세요? 그렇게 아플 줄 알면서도 곁에 있고 싶다는 거예요."

그 사실이 서영을 더욱 비참하게 만들었다. 서영은 두 손으로 얼굴을 가린 채 고개를 저었다.

"전 어떻게 하면 좋아요, 레카 씨? 도대체 어떻게 이 비참한 마음을 잊을 수 있는 건데요?"

그 모습이 굉장히 가엾고 안타까웠다. 지켜주고 싶은 마음이 저절로 들었다. 이래서 루이가 서영을 곁에 두고 지켜주려고 한 걸까. 새삼 루이의 마음을 이해하며 레카가 서영을 달래주기 위해 손을 뻗었을 때였다.

"레카 님!"

어디선가 허겁지겁 달려온 백한이 서영을 등 뒤에 숨기고 레카를 노려봤다.

"서영 씨에게 또 무슨 짓을 한 겁니까?"

"난 아무 짓도 안 했는데."

"거짓말하지 마세요! 아무 짓도 안 했는데 서영 씨가 울 리가 없잖아요!"

"이봐……."

"서영 씨가 무슨 죄를 지었기에 계속해서 그녀를 괴롭히는 겁니까! 형님이나 레카 님이나 전부 너무하십니다!"

평소 유순했던 모습은 온데간데없이 사라지고, 백한은 보기 드물게 진심으로 화를 내며 바락바락 소리쳤다. 서영이 백한의 옷자락을 잡아당겼다.

"아니에요, 백한 오빠. 레카 씨는 아무 짓도 안 했어요."

"서영 씨, 이럴 땐 감싸주지 않아도 돼요."

"감싸는 게 아니라 정말 아무 짓도 안 했어요. 그러니 그냥 가요."

아무리 감정이 북받쳤다고 해도 레카의 앞에서 어린아이처럼 엉엉 운 게 창피하고, 더 이곳에 있어봤자 마음만 아플 뿐, 나아질 건 아무것도 없었기에 서영은 정말로 떠나고 싶었다.

그런 서영의 마음을 알아챘는지 백한이 한숨을 내쉬며 고개를 끄덕였다. 그대로 돌아서서 백한이 정차시켜둔 차로 가려는데 레카가 발목을 잡았다.

"레이디, 그 말은 아직 루이를 좋아한다는 거지?"

뜬금없는 질문에 서영은 고개만 돌려 레카를 쳐다봤다. 레카가 다시 물었다.

"루이에게 아직 마음이 있는 거 맞지?"

"그건 왜 물어보는 거죠?"

"그냥. 정말로 네가 루이를 위해서 떠나는 건지 알고 싶어서."

그렇게 말을 해줬는데도 아직 알아듣지 못한 건가. 한숨이 절로 나왔다.

"네, 맞아요."

"서영 씨……."

백한이 안타까워하며 불렀지만 서영은 백한 쪽으론 시선 한 번 주지 않고 올곧이 레카만을 바라보며 말을 이었다.

"그리고 정정해주세요. 지금이 아니라 그전부터 계속, 그리고 미래에도 루이에게 마음이 있을 예정이니까."

레카의 대답은 듣지 않겠다는 듯 서영은 다시 고개를 돌렸다. 그리고 곧바로 백한의 차에 올라탔다. 다행인지 불행인지 레카는 서영을 붙잡지 않았다.

뒤따라 운전석에 올라탄 백한이 물었다.

"서영 씨, 괜찮아요?"

"괜찮아요."

안 괜찮아 보이는데. 얼굴에는 눈물 자국이 선명했고, 눈가는 빨갛게 부어 있었다. 레카와 무슨 대화를 나눴길래 저렇게 운 건지. 걱정됐지만 괜히 물어보면 더 울 것 같아 그러지 못했다.

"정말 괜찮죠?"

"네. 그러니까 얼른 가요."

서영이 안전벨트를 매며 말했다. 백한은 서영의 눈치를 살피며 시동을 켰다. 무거운 엔진 소리가 들리면서 차는 매끄럽게 지하 주차장을 빠져나 갔다.

서영의 집으로 돌아가는 내내 차 안은 조용했다. 조용하다 못해 무겁고 어색한 분위기가 흘렀다. 숨이 막힐 정도였다. 그나마 다행인 건 도로가 한산해서 금방 목적지에 도착했다는 것이었다. 차가 빌라의 앞에 멈춰 서자 서영은 안전벨트를 풀었다.

"여기서 내릴게요."

"네? 아니에요. 어차피 짐 옮기려면 주차해야 하는 걸요."

"짐도 제가 들고 갈게요."

"하지만……."

"괜찮아요. 혼자서 갈 수 있어요."

차가 멈춰 서자 서영은 주저하지 않고 바로 내렸다. 백한이 준 쇼핑백을 챙기는 것도 잊지 않았다.

"정말 혼자 갈 수 있겠어요?"

덩달아 내린 백한이 걱정스럽게 물었다.

"그럼요. 혼자서 갈 수 있으니까 백한 오빠는 걱정하지 말고 이만 가세요."

"서영 씨……."

"정말로 전 괜찮아요."

서영은 트렁크에서 꺼낸 캐리어를 잠시 내려놓고 백한을 향해 공손히 고개 숙여 인사했다.

"그동안 고마웠어요. 백한 오빠를 만나게 돼서 다행이라고 생각해요."

"저야말로 서영 씨를 만나게 돼서 다행이라고 생각해요. 만약 다른 애들이 형님의 계약자였다면……."

백한이 상상도 하기 싫다는 듯 몸을 부르르 떨자 서영은 옅게 웃었다. 인사도 했겠다, 이제 정말 떠날 시간이었다. 지체하면 할수록 더 가기 싫어질 테니 서영은 다시 캐리어를 들고 마지막 작별 인사를 했다.

"그럼…… 안녕히 가세요."

다음에 또 보자는 상투적인 인사는 하지 않고 돌아섰다. 그대로 빌라 안으로 들어가려는데 백한이 등 뒤에 대고 세차게 소리쳤다.

"서영 씨! 다음에, 다음에 꼭 다시 봐요! 그때까지 건강해야 해요!"

결국 참았던 눈물이 흘러내렸다. 그나마 등을 돌리고 있어, 백한은 볼썽사납게 우는 걸 보지 못했다. 다리가 후들거리고 눈앞이 핑 돌았지만 여기서 멈추면 백한이 걱정할 수도 있으니 다리에 힘을 딱 주고 계단을 올라갔다.

집 앞에 도착했을 땐 다행히 눈물이 멈췄다. 서영은 눈가에 남은 눈물을 닦아내고 가방을 뒤적였다.

"열쇠가 어디 있더라."

오랜만에 집에 오는 탓에 열쇠를 어디 넣어뒀는지 잊어버렸다. 한참을 뒤적이고 나서야 가방 구석에 잇는 구릿빛 열쇠를 찾았다. 서영은 크게 숨을 들이마셨다가 내쉰 뒤 오래된 열쇠 구멍에 열쇠를 꽂았다.

철컥─. 현관문이 열리면서 좁은 집안 풍경이 시야에 들어왔다. 고급스럽고 세련된 백한의 집과는 달리 서영의 집은 낡고 허름했다. 신발장부터 차이가 확 났다.

"……돌아왔네."

서영은 쓸쓸하게 웃으며 신발을 벗고 집 안으로 들어갔다. 오랜 시간 집을 비운 탓에 집 안에는 먼지가 가득했다. 퀴퀴한 냄새도 나는 것 같았다.

'창문을 열어야겠네.'

서영은 캐리어를 방에 가져다두고 베란다 문을 열었다. 차가운 바람을 쐬자 답답했던 마음이 조금이나마 풀리는 것 같았다.

"콜록."

그것도 잠시, 바람에 먼지가 날리자 마른기침을 하며 입을 틀어막았다.

"어우, 청소부터 해야지."

서영은 소매를 걷어붙이고 집 청소를 시작했다. 우선 청소기를 밀고 바닥과 가구 위를 닦았다. 냉장고에 있는 오래된 반찬들을 버리고 백한이 챙겨준 반찬들을 쇼핑백에서 꺼냈다. 반찬 통에는 노란 포스트잇이 붙어 있었다.

밥 굶지 말고 꼭 챙겨 먹어요, 서영 씨.

평범한 문장이었지만, 애정이 듬뿍 묻어 있었다. 다시 한 번 느끼는 거지만 백한은 정말 좋은 사람이었다. 서영은 포스트잇을 주머니에 넣고 반찬들을 살펴봤다. 오래 두고 먹을 수 있는 마른반찬부터 시작해서 김치 등, 종류가 수십 가지는 되어 보였다.

"이렇게까지 챙겨주지 않아도 되는데……."

자신은 백한에게 해준 게 아무것도 없는데 너무 많이 받은 것 같아 미안했다. 백한의 마음을 생각해서라도 꼭 챙겨 먹어야겠다고 다짐하며 서영은 주섬주섬 반찬들을 냉장고 안에 넣었다.

"후아, 다 했다."

장장 3시간에 걸친 대청소가 끝났다. 창밖에는 붉은 노을이 지고 있었다. 오랜만에 대청소를 했더니 온몸이 뻐근하고 힘들었지만 깨끗해진 집 안을 보니 뿌듯한 마음이 들었다.

"……."

그래도 웃지 못하는 건 청소하고 나니 집이 더 횅하게 느껴졌기 때문이었다. 고요한 정적이 혼자 남았다는 사실을 되뇌게 만들었다. 서영은 힘없이 소파에 앉아 중얼거렸다.

"한여름 밤의 꿈을 꾼 것 같아."

잠에서 깨고 나면 전부 사라져버리는 허망한 꿈. 주방에서 들리는 냉장고 소음 외엔 아무 소리도 없어서 더욱 기분을 울적하게 만들었다.

스르륵, 서영의 몸이 힘없이 옆으로 쓰러졌다. 기다란 소파에 누운 서영은 눈만 껌뻑이며 천장을 바라봤다.

허망하긴 하지만 사실 변한 건 아무것도 없었다. 오히려 변했던 건 루이를 만나고 난 뒤의 일이었다. 이게 일상이었고, 항상 있던 일이었다. 그런데 이상하게도 지금 상황이 더 적응되지 않아 서영은 무기력하게 누워 있었다.

마음이 뻥 뚫린 것처럼 허전했다. 루이와 다른 이들을 만난 지 고작 한 달 반. 그리 긴 시간이 아닌데도 그들의 존재가 너무 커서, 그들이 사라진 빈자리가 더 허전하게 느껴졌다.

게다가 서영은 자신을 이렇게 버린 루이가 너무 원망스러웠다. 이럴 거면 지켜주겠다고 말하지 말지. 희망을 줬다가 빼앗은 그가 너무 야속하고 싫었다. 하지만 사랑이 뭔지 루이가 다시 찾아와준다면, 그래서 손을 내민다면 자존심 따위 바로 버리고 그의 손을 잡을 수 있을 것 같았다.

"나 정말 바보 같네."

너무 한심한 것 같아 서영은 자조적으로 웃으며 두 손으로 눈을 가렸다. 손바닥이 축축하게 젖었다. 그제야 자신이 울고 있다는 사실을 자각한 서영은 눈을 감고 입술을 꾹 깨물었다. 쏟아져 내리는 눈물을 참으려고 했지만, 마음대로 되지 않았다.

너무 운 탓일까, 아니면 눈을 감고 있던 탓일까, 그도 아니면 몸이 피곤한 탓일까. 조금씩 수마가 몰려왔다. 잠들면 사무치는 외로움을 잊을 수 있지 않을까. 부디 그러길 바라며 서영은 몰려오는 수마에 몸을 맡겼다.

형광등의 불빛이 희미한 복도. 동혁은 전화를 받으며 다급하게 걸어가고 있었다.

"서영이가 돌아왔단 말이지? 알았다."

핸드폰을 주머니에 넣은 동혁의 얼굴이 약간 상기되어 있었다. 막 모퉁이를 지나 안쪽으로 들어가려는데 누군가 그의 앞을 가로막았다.

"뭐가 그리 좋아서 달려가는 거야?"

"아, 에리샤 님."

동혁은 살짝 당황하며 뒤로 물러났다. 에리샤가 고개를 갸웃거리며 동혁을 쳐다봤다.

"무슨 일인데?"

"아무 일도 아닙니다."

"에이, 거짓말. 음, 내가 맞춰볼까?"

긴 금발 머리를 배배 꼬며 잠시 생각하던 에리샤는 눈을 반짝이며 박수를 짝 쳤다.

"네 조카한테 가는 거지? 네가 조카를 보러 간다는 건, 조카가 집에 돌아왔다는 거고. 맞지?"

"……이미 다 알고 계시면서 왜 물어보십니까."

"그야 나도 같이 갈 거니까."

"예?"

동혁이 반쯤 얼빠진 목소리로 되묻자, 에리샤가 눈살을 찌푸리며 퉁명스럽게 말했다.

"왜? 내가 가면 안 돼?"

"그런 것이 아니라…… 위험한데 굳이 가실 이유가 없다는 겁니다."

"하지만 보고 싶은 걸."

에리샤가 검지로 동혁의 가슴을 쿡 찌르며 말을 이었다.

"피를 나눈 가족을 말이지."

"……!"

"내가 모를 거라고 생각한 건 아니겠지, 삼촌?"

해맑은 목소리였지만, 동혁의 귀에는 그 어떤 목소리보다 무섭게 들렸다. 온몸에 소름이 돋아 동혁은 몸을 부르르 떨며 뒷걸음질했다.

"뱀파이어는 말이야, 흐릿하지만 태어날 때의 일도 기억하고 있어."

에리샤는 그런 동혁에게 시선을 고정한 채 방긋 웃으며 말했다.

"게다가 난 태어난 지 얼마 되지 않아서 더욱 선명하게 기억하지."

그러니까 다 알고 있다는 의미였다. 동혁의 얼굴에 낭패가 서렸다. 적당히 거리를 두고 멈춰 선 동혁이 약간 원망스럽다는 듯 에리샤에게 물었다.

"모든 걸 다 알고 계셨으면서 어째서 가만히 계셨던 겁니까."

"그게 안전하니까. 하지만 이제 모든 것이 안정됐으니, 다시 되찾아 와야겠지."

되찾아 오겠다니? 영문 모를 말에 동혁이 쳐다보자 에리샤가 묘하게 웃으며 돌아섰다.

"그럼 가볼까."

"에리샤 님!"

왠지 에리샤가 간다는 곳이 서영이 있는 곳인 것 같아 동혁은 다급하게 에리샤를 붙잡았다.

"서영이는, 서영이는 안 됩니다! 그 아이는 평범한 인간이란 말입니다!"

"……너무해."

이번에는 에리샤가 원망스럽다는 눈으로 동혁을 쳐다봤다. 그 시선에는 슬픔과 분노도 묻어 있었다.

"왜 그 아이만 감싸는 건데? 나도, 나도 가족이잖아. 삼촌."

"에리샤 님……."

"나도 좀 봐달란 말이야. 그 아이보다 내가 더 많이 다치고, 내가 더 힘들어 했는데 어째서 그 아이만 보는 건데!"

에리샤는 서영만을 감싸는 동혁이 미웠고, 자신이 가지지 못한 행복을 가진 서영이 싫었다. 하루하루 불안에 떨며 사는 자신과 달리 서영은 아무 걱정 없이 행복하게 살아왔다. 에리샤는 그 점이 너무나도 마음에 들지 않았다.

똑같은 운명을 타고 태어났는데, 어째서 자신만 이렇게 괴로워해야 한단 말인가!

"걱정하지 마, 동혁. 나는 그냥 되찾으려는 것뿐이야. 그러니까 비켜."

"안 됩니다."

"비켜."

"절대로 안 됩니다!"

"계속 방해하면 나도 어쩔 수 없어."

에리샤가 허공에 손짓하자 벽에서 의문의 남자들이 튀어나와 동혁이 옴짝달싹도 하지 못하게 꽉 붙잡았다.

"놔, 놔!"

동혁은 거칠게 반항하며 벗어나려고 했지만, 무리였다. 에리샤는 그런 동혁을 무심하게 바라보며 남자에게 명령했다.

"내가 돌아올 때까지 방에 가둬."

"에리샤 님! 안 됩니다, 에리샤 님!"

동혁은 남자에게 끌려가는 내내 애타게 소리쳤다.

"……아무 짓도 할 수 없다는 걸 알면서."

다 알면서도 자꾸만 막아서려는 동혁이 야속하고 미워서 에리샤는 입을 삐쭉이며 걸음을 옮겼다.

두 개의 뱀파이어 꽃

[이제 내일이면 크리스마스네요.]

[지금이 11시니까 크리스마스까지 한 시간도 채 남지 않았죠?]

[기상청에 따르면 이번엔 화이트 크리스마스가 될 것 같다고 하더군요.]

[화이트 크리스마스라, 낭만적이네요. 연인들이 데이트하기 정말 좋겠어요.]

TV 속에 나오는 사람들은 하나같이 즐거워하며 웃고 있었지만, 그걸 바라보는 서영은 하염없이 눈물을 흘리고 있었다. 루이 때문이었다. 그와 헤어진 지 며칠이 지났는데, 여전히 루이 생각이 많이 났다.

"이럴 거면 처음부터 기대하게 만들지 말았어야지."

저와 같은 마음을 가지고 있다는 말만 하지 않았어도 이렇게 배신감이 크진 않았을 텐데.

"루이, 넌 정말 나쁜 놈이야."

서영은 소파에 쭈그려 앉아 무릎 사이에 얼굴을 묻으며 중얼거렸다.

"어떻게 날 가지고 놀 수가 있어?"

한 번 엇나간 생각은 끊임없이 엇나갔다. 서영은 루이가 도대체 무슨 생각으로 지금까지 제게 그랬던 건지 생각해봤지만, 아무리 생각해도 이해가 되지 않았다. 그만큼 가슴이 답답하고 아렸다. 누군가 날카로운 비수로 난도질하는 기분이었다.

루이가 자신을 버렸다는 사실도 슬펐지만, 그녀를 더 슬프게 만드는 건 루이를 생각할 때마다 좋았던 기억들이 떠오른다는 것이었다.

─서영.

자꾸만 루이의 목소리가, 자신을 따스하게 바라보던 눈빛과 시리도록 차가운 손길이 떠올랐다. 가끔은 어린애처럼 굴던 그의 행동들이 머릿속에 하나하나 각인되면서 더욱 괴로웠다.

루이는 천성적으로 남에게 무심하고 배려할 줄 몰랐다. 뱀파이어는 태생적으로 자기애가 강해서 그렇다곤 하지만, 루이는 정도가 좀 더 심한 것 같았다.

그건 아마 그가 사랑받지 못했기 때문일 것이다. 루이는 태어나자마자 어머니의 손에 죽임을 당할 뻔하고, 그를 살리기 위해 아버지가 희생했다. 약육강식이 철저하게 존재하는 뱀파이어 사회에 부모도 없이 덩그러니 남겨진 루이는 자신을 지키기 위해 그런 성격이 되어야만 했을 것이다.

'하지만 나한텐 그러지 않았어.'

뱀파이어와 이어질 수 없다는 걸 알면서도 은근슬쩍 기대한 건 전부 루이가 제게 다정하게 대해줬기 때문이었다. 루이의 말과 행동 하나하나에서 자신을 아끼고 있는 게 보여서 혹시나 하는 기대를 했었는데 이렇게 될 줄이야. 서영은 쓸쓸하게 웃었다.

"왜 그렇게 우울한 표정을 짓고 있어?"

난데없이 밝은 목소리가 들렸다. 처음에는 TV에서 나는 소리인 줄 알고 아무런 반응을 하지 않던 서영은 뒤늦게 아니라는 걸 깨닫고 화들짝 놀라며 자리에서 일어섰다.

"정말 오랜만이야!"

일어나기 무섭게 한 소녀가 품으로 와락 뛰어들었다. 위에서 짓누르는 무게에 서영은 다시 소파에 주저앉았다.

"무, 무슨……."

서영은 당황하며 소녀를 떼어놓으려고 했지만, 소녀는 떨어지긴커녕 더욱 서영의 품을 파고들었다.

그때, 벽에 생긴 서영의 그림자가 솟아오르더니 한 소년이 툭 튀어나와 소녀에게 덤벼들었다.

"웬 놈이냐! 서영 님에게 붙은 자는!"

소녀는 픽 웃으며 소년을 노려봤다.

"일개 그림자 일족 주제에 감히 나에게 대드는 것인가?"

소녀의 말에 일순간 온몸에 전율이 흐르면서 마비가 된 것처럼 서영의 몸이 뻣뻣하게 굳어버렸다. 고개를 돌리는 것조차 힘들어 서영은 눈만 연신 깜빡이며 이게 대체 무슨 상황인지 생각했다.

"으……."

소년의 상태는 서영보다 더욱 심각했다. 소년은 마치 무거운 물건을 어깨에 짊어진 것처럼 인상을 잔뜩 쓰며 주저앉았다.

"어라?"

유유히 웃으며 그런 소년을 바라보고 있던 에리샤는 뻣뻣하게 굳은 서영을 발견하곤 혀를 찼다.

"이런, 네가 지금은 인간 모습이라는 걸 잠시 잊고 있었어."

소녀의 말이 끝나기 무섭게 거짓말처럼 마비가 풀렸다.

그제야 서영은 소녀를 제대로 관찰할 수 있었다. 구불거리는 금색의 머리칼과 예쁘장한 외모가 눈길을 끌었지만, 가장 눈에 띈 것은…….

"붉은…… 눈?"

서영은 눈을 비비고 재차 확인해봤지만, 소녀의 눈동자는 확실하게 루이와 같은 붉은색이었다. 그렇다는 건 이 소녀가 루이와 레카, 그리고 다른 뱀파이어들이 애타게 찾던…….

"뱀……파이어의 꽃?"

"맞아. 내 이름은 에리샤. 이번에 새로 개화한 뱀파이어 꽃이야."

에리샤가 진하게 웃자 공기가 변화하면서 가벼운 산들바람이 불어왔다. 소녀를 경계하고 있던 소년도 반쯤 넋을 놓고 에리샤를 바라봤다.

"뱀파이어 꽃의 향기는 그 어떤 뱀파이어도 유혹할 만큼 치명적이라고 하지. 하지만 가끔 요괴들도 뱀파이어 꽃의 향기에 취한다고 하더군."

에리샤가 묘하게 웃으며 소년의 턱을 살살 쓰다듬어주었다. 그러자 소년은 마치 고양이처럼 '갸르릉' 소리를 냈다.

"우, 우아악!"

그것도 잠시, 정신이 들었는지 소년은 기함하며 에리샤에게서 멀찍이 떨어졌다. 에리샤는 안타깝다는 듯 혀를 찼다.

"이런, 역시 이 정도뿐인가?"

"지, 지금 나한테 무슨 짓을!"

소년은 몸을 바들바들 떨면서 에리샤를 향해 소리쳤다. 귀가 찢어질 듯한 고함에 에리샤는 눈살을 찌푸리며 귀를 틀어막았다.

"예의범절이라고는 조금도 모르는 하찮은 놈이구나."

"뭐, 뭣이?"

"방금 내 소개를 듣지 못했나? 나는 뱀파이어 꽃이야. 너 같은 하찮은 요괴가 그렇게 고개를 치켜들고 나를 쳐다보는 것은……."

딸랑―.

에리샤가 소년을 향해 가볍게 손을 뻗자 가시 세운 고슴도치처럼 에리샤를 경계하던 소년의 눈이 스르륵 감기면서 힘없이 바닥에 쓰러졌다.

"죽음을 면치 못할 일이지."

"죽음?"

설마 에리샤가 저 소년을 죽인 건가. 서영이 불안한 눈으로 쓰러진 소년을 쳐다보자 에리샤가 어깨를 으쓱였다.

"안 죽였어. 그냥 기절시켰을 뿐이야."

"정말이지?"

"확인해보던가."

저렇게까지 말하는 걸 보면 사실이겠지. 서영은 비로소 안심했다.

"자, 그럼 우리는 못다 한 재회의 인사를 다시 나눌까?"

"재회의 인사라니? 우린 오늘 처음 보는데?"

"아니. 우린 오늘 처음 만나는 게 아니야."

에리샤는 성큼 서영의 앞으로 다가와 섰다. 아무 짓도 하지 않고 가까이 다가와 섰을 뿐인데, 손안에 식은땀이 흐르고 입 안이 바짝 말랐다. 거대한 맹수를 눈앞에 두고 있는 기분이었다.

"어, 어디서 봤는데?"

두려움을 애써 삼키며 묻자 에리샤가 눈매를 휘며 예쁘게 웃었다.

"어머니 뱃속에서."

"……!"

"내 소개를 다시 할게. 나는 뱀파이어 꽃 에리샤. 그리고……."

에리샤는 서영의 어깨를 꾹 누르며 말을 이었다.

"너의 쌍둥이 언니지. 오랜만이구나, 내 사랑하는 동생아."

"거, 거짓말! 난 인간이고 넌 뱀파이어잖아!"

"뭐야, 이렇게까지 말해줬는데 아직도 네가 인간이라고 생각하는 거야?"

에리샤는 몹시 재미있다는 듯 웃었다. 명백한 비웃음에 서영이 살짝 눈살을 찌푸리자 에리샤는 손사래를 치며 입을 열었다.

"아, 미안, 미안. 아무것도 모르는 네가 너무 웃겨서 말이야."

"……."

"그럼 궁금하겠네. 내가 왜 너한테 가족이라고 하는 건지."

당연히 궁금했다. 서영이 고개를 끄덕이자 에리샤가 손을 내밀었다.

"그럼 나랑 같이 가자. 가면 모든 걸 다 말해줄게."

저 손을 잡아도 되는 건가?

서영이 미심쩍어하며 에리샤를 쳐다보자 에리샤가 픽 웃었다.

"재미있네. 인간으로 살았으면서 뱀파이어를 무서워하기보단, 먼저 의심을 하고 관찰을 하다니. 평범한 인간들이라면 절대로 상상도 할 수 없는 일이지."

에리샤는 돌연 서영의 어깨를 꽉 움켜쥐었다. 자그마한 손에서 나오는 힘이 얼마나 센지, 그녀가 잡은 어깨가 욱신거려서 서영은 저절로 인상이 써졌다.

"아, 아파."

힘없는 작은 새처럼 바스락거리며 에리샤의 손을 뿌리치려고 몸을 비틀자 에리샤는 깊은 웃음을 지으며 서영의 어깨를 더욱 꽉 잡았다.

"많이 아프니?"

당연한 걸 묻고 있었다. 그녀의 손에 힘이 들어갈수록 서영의 신음은 더욱 짙어졌다. 하지만 에리샤에게 약한 모습을 보이고 싶지 않은 서영은 이를 악물고 신음을 참아내며 에리샤를 노려봤다.

"정말 겁이 없네. 이래서 겁 없이 인간의 몸으로 뱀파이어의 곁에 있겠다고 한 건가."

"그, 그걸 어떻게……."

"세상엔 생각보다 보는 눈이 많거든. 네 소문도 요새에 이미 쫙 퍼졌어.

루이가 계약을 파기했다는 것도, 그리고 네가 그런 루이의 곁에서 떨어지지 않겠다고 한 것도."

서영이 당황하는 만큼 에리샤의 얼굴에 핀 웃음이 더욱 깊어졌다. 에리샤는 다시 서영을 향해 손을 내밀었다.

"루베르이라는 뱀파이어가 널 버린 이유가 분명 네가 뱀파이어 꽃이 아니기 때문이지?"

에리샤는 웃으면서 서영의 가슴에 비수를 꽂았다. 갑자기 기분이 먹먹해지면서 심장이 욱신거려서 서영은 가슴을 살짝 움켜쥐며 고개를 힘없이 숙였다.

서영의 고갯짓에 따라 출렁거린 머리칼이 그녀의 얼굴을 가렸다. 에리샤는 매혹적인 미소를 지으며 정리되지 않고 흘러내린 서영의 머리칼을 뒤로 넘겨주었다.

"네가 정말 내 가족이라면, 뱀파이어라면 다시 그의 곁으로 돌아갈 수 있어."

귓가에 달콤한 악마의 유혹이 들렸다. 너무 달콤하고 매력적이라서 서영은 반쯤 풀린 눈으로 에리샤를 쳐다봤다.

만약 에리샤의 말대로 자신이 뱀파이어라면, 뱀파이어 꽃이라는 의미였다. 그러나 뱀파이어 꽃은 유일무이한 존재. 둘이 될 수는 없었다.

그러니 에리샤의 말이 터무니없는 거짓말이라고 생각하면서도 혹시나 하는 가능성을 지우지 못했다.

에리샤의 말대로 자신이 뱀파이어 꽃이라면 루이와 함께할 수 있었으니까.

그래, 일단 가보는 거야. 이렇게 있어봤자 달라질 건 없으니, 죽이 되든 밥이 되든 일단 저지르고 보자.

서영은 잠깐의 고민 끝에 에리샤의 손을 잡았다.

당분간 인간 세상에 오지 않으려고 했는데, 뱀파이어 꽃과 협회의 문제 때문에 금방 인간 세상으로 다시 오게 됐다. 늘 그랬듯이 백한의 집에 머물기로 한 루이는 그를 흘겨보며 웅성거리는 세 명의 시종을 못마땅하게 쳐다봤다.

"세상에, 형님이 그러실 줄은 몰랐어. 지켜준다고 하실 땐 언제고."

"나도 동감이다."

컹—.

제게 들리지 않을 거라고 생각한 건지, 아니면 들으라고 하는 소리인지 백한과 아칸, 그리고 켄은 구석에 쭈그려 앉아 계속 속닥거렸다. 그런 그들을 보고 있으니 머리가 아파서 루이는 미간을 찌푸리며 머리를 짚었다.

'요즘 시종들을 너무 풀어줬군.'

예전이었다면 저런 험담은커녕 말대꾸도 하지 못했을 녀석들이 대놓고 저리 활개를 치니 저조했던 기분이 더욱 낮게 가라앉았다. 동물적인 감각으로 가장 먼저 루이의 기분 변화를 눈치챈 켄이 가장 먼저 도망쳤다.

"어흠, 나도 이만 저녁 준비를 해야겠네."

그 다음으로 눈치가 빠른 백한이 냉큼 주방으로 들어갔다. 마지막으로 아칸도 그림자가 되어 사라지려고 했지만, 루이에게 멱살을 붙잡혔다.

"뭐 하는 짓이지?"

루이가 살벌한 냉기를 풀풀 풍기며 물었다. 입이 열 개라도 할 말이 없는 상황인지라 아칸은 어색하게 웃기만 했다.

"그것보다 왜 여기 있지? 내가 서영을 지키라고 명령을 내렸을 텐데."

"전 루이 님의 시종이기 전에 그림자입니다. 그림자가 주인을 따라다니는 게 이상할 건 없지요."

한 마디로 명령에 불복종하고 이곳에 왔다는 의미였다. 그리고 앞으로 계속 따라다니겠다는 의미이기도 했다.

평소에 시키는 일을 군말 없이 하던 그가 갑자기 이런 식으로 나오는 건 그만큼 큰 불만이 있다는 의미였다. 루이는 눈을 가늘게 뜨고 따지듯이 아칸에게 물었다.

"대체 뭐가 불만이지?"

아칸이 기가 차다는 듯 되물었다.

"정말 몰라서 물으시는 겁니까?"

"몰라."

"정말로요?"

"같은 말 반복하게 하지 말고 똑바로 말해."

루이가 맹수처럼 으르렁거렸지만 아칸은 전혀 무서워하지 않고, 오히려 더 기가 막힌다는 듯 혀를 내차며 고개를 돌렸다.

"모르시면 됐습니다."

뭐야, 이 시건방진 대답은. 게다가 뭔가 숨기고 있는 듯한 아칸의 행동에 더욱 짜증이 난 루이가 인상을 팍 쓰며 그의 어깨를 세게 움켜쥐었다.

"네놈이 그만 살고 싶은 모양이군. 아니면 이렇게 나올 리가 없지. 그렇지?"

"그럼 루이 님은 왜 저를 서영 님에게 보내신 겁니까."

"뭐?"

"저는 서영 님이 루이 님을 배신하지 않는 이상 주인으로 모신다고 했습니다. 그리고 서영 님은 루이 님을 배신하지 않으셨고요. 그런 분이 매일같이 울고 있는 걸 지켜보는 제 심정이 어떨 것 같습니까?"

'지금 아칸이 뭐라고 한 거지? 서영이 울고 있다고?'

"정말로 서영이 울고 있어?"

"네. 서영 님은 백한의 집을 떠난 이후로 매일 밤을 눈물로 지새우고 계십니다."

아칸은 주먹을 꽉 움켜쥐고 몸을 부들부들 떨었다.

"그런데 전 아무것도 할 수가 없습니다. 그저 매일 밤 아파하며 우는 모습을 지켜보는 것 외에 아무것도 할 수가 없단 말입니다."

"……."

"서영 님이 아파하는 이유가 루이 님이라서, 그래서 저는 그분을 달래줄 수가 없습니다. 저는 주인님과 같은 모습을 가진 그림자이니까요."

아칸은 쓰고 있던 복면을 벗어 던졌다. 눈동자 색만 다를 뿐, 쌍둥이처럼 닮은 둘이었다. 공장에서 찍어내도 이것보다 정교하게 똑같을 수는 없을 것 같았다.

"이 모습을 그분이 보면 더 아파하실 테니, 저는 아무것도 할 수 없단 말입니다! 어째서 저를 그분께 보내신 겁니까. 보내신다고 했으면 확실하게 보내셔야지, 왜 이렇게 미련을 두시는 겁니까! 이런 것이 서영 님을 더 아프게 한다는 걸 모른다고 말씀하시지는 않을 테지요!"

조금 전까진 서늘했던 공기가 한순간에 얼어붙었다. 뼛속까지 얼려버릴 것 같은 차가운 공기에 아칸의 몸이 뻣뻣하게 굳었다.

"아무것도 모르면서 뚫린 입이라고 함부로 지껄이지 마라."

루이가 으르렁거렸지만 아칸은 조금도 흔들리지 않고 루이를 똑바로 바라보며 물었다.

"그러니 알려주십시오. 지켜준다고 약속하셨으면서 어째서 서영 님을 내보내신 겁니까? 어째서 그분을 버리신 겁니까!"

루이가 눈살을 찡그리며 대답했다.

"버린 적 없다. 내가 그랬던 건 전부 그녀를 위한 일이었어."

"루이 님께 변명을 들을 줄은 몰랐습니다."

아칸이 심드렁하게 웃음을 흘렸다.

"서영 님을 곁에 둔다고 해서 로드가 못 되는 건 아니지 않습니까? 모든 것은 루이 님이 마음먹기에 달렸다는 거, 저도 잘 알고 있습니다. 루젠 님도 이자벨 님을 신부로 들이지 않았으니까요. 그런데 어째서 서영 님을 멀리하시는 겁니까?"

속 시원하게 다 말하고 싶은 마음은 굴뚝같았지만, 그러면 그들은 더욱 자신을 비난할 것이다. 그러니 루이는 사실대로 말할 수가 없었다.

"네가 신경 쓸 일이 아니다."

게다가 레카에게 들은 서영을 살릴 수 있는 '그 방법'이 확실한 방법인지 확인도 해봐야 하니 루이는 일단 뱀파이어 신부에 관한 건 숨기기로 했다.

"이유를 알려주십시오, 루이 님!"

하지만 아칸은 기필코 듣겠다는 듯 버티고 섰다. 루이와 아칸 사이에는 숨 막히는 신경전이 벌어졌고, 살얼음판처럼 아슬아슬한 분위기를 깬 건 어린 목소리였다.

"아, 아칸 님!"

목소리가 들리는 쪽으로 고개를 돌리자 그림자 일족 소년이 보였다. 아칸이 서영의 곁을 비우면서 대신 붙여둔 소년이었다.

"서, 서영 님께서……."

'서영'이라는 이름에 가장 먼저 반응한 건 루이였다. 아칸을 겨냥하고 있던 살기들이 소년 쪽으로 향했다. 살갗을 예리하게 베는 듯한 살기에 소년의 얼굴이 창백하게 질렸다. 버티지 못한 소년이 털썩 주저앉자 루이는 혀를 내차며 살기를 거뒀다.

"서영 님께 무슨 일이 생긴 건가?"

아칸은 살기를 거뒀음에도 여전히 정신을 차리지 못하는 소년을 일으켜 세우며 물었다. 그제야 정신을 차린 건지 소년이 짧게 탄성을 뱉으며 다급하게 소리쳤다.

"꽃이, 뱀파이어 꽃이 나타났습니다!"

"뭐?"

소년의 말에 세 명이 동시에 대답했다. 루이와 아칸, 그리고 주방에 숨어 있던 백한이었다. 졸지에 세 명의 시선을 한 몸에 받게 된 소년이 몸을 파들파들 떨며 다시 소리쳤다.

"그, 그런데 그 뱀파이어 꽃이 서영 님을 납치했습니다!"

루이는 곧바로 서영의 집으로 가면서 요새에 있는 레카를 불렀다. 뱀파이어 꽃이 서영을 납치했다는 소식에 헐레벌떡 서영의 집으로 달려온 레카는 서영의 집 거실을 스캔하듯 한 번 훑었다.

"확실하게 뱀파이어 꽃이 온 모양이야. 희미하지만 그때 만났던 에리샤라는 소녀의 기운이 집 안 곳곳에 묻어 있어."

루이 역시 에리샤의 기운을 느꼈던 터라 레카의 말에 동의하며 고개를 끄덕였다.

"이봐, 소년. 잠시 기절했다가 일어나 보니 레이디와 뱀파이어 꽃이 없어졌다고 했지?"

레카의 질문에 힘없이 고개를 떨구고 있던 소년이 고개를 끄덕였다. 아칸이 몹시 황망하다는 듯 중얼거렸다.

"대체 왜 뱀파이어 꽃이 서영 님을……."

"뱀파이어 꽃은 처음 만났을 때부터 레이디의 존재를 알고 있었어."

"네?"

아칸이 더욱 황당해하며 레카를 쳐다봤다.

"어떻게 뱀파이어 꽃이 그분의 존재를 알고 있는 겁니까?"

"그야 나도 모르지. 그리고 솔직히 말해 나는 레이디가 정말 평범한 인간인지도 의심돼."

레카가 눈을 가늘게 뜨고 턱을 쓰다듬으며 말을 이었다.

"레이디는 고위 뱀파이어의 기운도 이겼거든."

서영에 대한 단서를 찾기 위해 주변을 둘러보던 루이가 놀라며 레카를 돌아봤다.

"서영이 고위 뱀파이어의 기운을 이겼다고?"

"아, 넌 그때 혼수상태여서 모르지. 음, 네가 성년식을 치르느라 쓰러졌을 때, 레이디가 입으로 네게 약을 먹인 건 기억해?"

루이가 고개를 끄덕이자 레카가 어깨를 으쓱이며 말을 이었다.

"그때, 네 몸을 감싸고 있던 검은 기운들이 레이디랑 너를 잡아먹으려고 시커먼 아귀를 벌렸었지. 넌 뱀파이어니 그렇다 쳐도 레이디는 평범한 인간이니 검은 기운들에게 잡아먹힐 거라고 생각했는데…… 검은 기운들이 레이디의 몸을 완전히 감싸자마자 난데없이 정화가 돼버렸어."

그때 루이를 감싸고 있던 검은 기운은 루이의 아버지인 루젠이 가지고 있던 고위 뱀파이어의 힘이었다. 로드 다음으로 강력하다고 알려진 고위 뱀파이어의 힘을 일개 인간인 서영이 정화시킨 것이다.

그야말로 기적적인 일이고, 말도 안 되는 일이기도 했다. 레카의 말이 믿기지 않아 루이가 눈살을 찌푸렸다.

"레카, 네가 잘못 본 거 아닌가?"

"아니, 확실해. 여기 있는 모두가 봤다고."

레카가 동의를 구하듯 주변을 둘러보자 백한과 아칸이 고개를 크게 주억거렸다.

"그래서 이상하다고 계속 생각하고 있었는데, 이런 일이 일어날 줄이야.

역시 레이디에게 뭔가 비밀이 있는 게 분명해."

'서영에게 비밀이라…….'

그게 뭔지는 모르겠지만 썩 유쾌한 비밀은 아닐 것 같아 루이는 몹시 신경이 쓰였다.

"그 부분은 나중에 신경 쓰고, 우선 서영 님을 구하러 가시죠."

아칸의 재촉에 레카가 픽 웃었다.

'나도 그러고 싶은데, 문제는 뱀파이어 꽃이 레이디를 데리고 어디로 갔는지 모른다는 거지."

레카가 벽을 손가락으로 훑어 내렸다.

"뱀파이어 꽃도 뱀파이어니 포탈을 이용해서 이동했을 테니까. 어디로 갔는지는 당사자 말곤 아무도 몰라. 그런데 어디에 있는 줄 알고, 구하러 가지?"

방 안에 무거운 정적이 흘렀다. 루이는 깊은 한숨을 내쉬며 머리를 쓸어 올렸다. 제 곁에서 떼어놓으면 서영이 안전할 줄 알았는데, 오히려 더 위험한 상황이 찾아왔다. 도대체 뱀파이어 꽃은 무슨 목적으로 서영을 데리고 갔단 말인가. 그녀의 생각을 도통 이해할 수가 없었다.

'무사해야 할 텐데.'

루이는 부디 서영에게 아무 일이 없길 바랐다. 만약 뱀파이어 꽃이 서영에게 위해를 가한다면 제아무리 뱀파이어 꽃이라고 한들 절대로 용서치 않을 것이다.

"오히려 잘된 일이라고 생각해, 루이."

레카가 루이의 어깨를 토닥이며 말했다.

"레이디가 살기 위해선 뱀파이어 꽃의 피가 필요하니까. 이번 기회에 붙잡아서 피를 먹어버리자."

"그게 무슨 말씀이세요? 서영 씨가 살기 위해선 뱀파이어 꽃의 피를 먹어야 한다니요?”

뜬금없는 말에 백한이 깜짝 놀라며 물었지만 대답해줄 생각이 없는지 루이가 고개를 돌렸다.

“레카 님, 그게 도대체…….”

“네 주인한테 물어봐. 왜 나한테 그래?”

레카 역시 대답해 줄 생각이 없어 보였다. 백한은 아칸을 슬쩍 봤지만, 아칸도 모르는지 어깨만 으쓱일 뿐이었다.

콰앙―.

그때, 갑자기 현관문이 벌컥 열리더니 중년의 남자가 헐레벌떡 들어왔다. 한순간에 중년 남자에게 이목이 집중됐다.

“저자는 그때 마트에서 본…….”

아칸이 중년 남자를 보며 작게 중얼거렸다. 루이도 중년 남자를 알아보고 미간을 좁혔다. 자신의 기억이 맞다면 저 남자는 분명 서영의 삼촌이었다. 이름이 동혁이었던가.

“우, 우리 서영이는!”

동혁은 집에 들어오자마자 현관에서 가장 가까이 있던 백한을 붙잡고 물었다. 당황한 백한이 동혁을 떼어놓으려고 했지만, 그 힘이 어찌나 센지 동혁은 좀처럼 떨어지지 않았다.

“서영이는! 벌써 에리샤 님이 데려가신 건가?”

에리샤. 그 이름 하나에 두 뱀파이어가 움직였다. 백한에게 찰싹 붙어 있던 동혁을 순식간에 떼어내고 그의 양팔을 각각 잡은 루이와 레카는 동혁을 매섭게 벽으로 몰아붙였다.

쾅―.

“넌 뱀파이어 꽃과 아는 사이인가?”

온몸을 짓누르는 듯한 살기에 동혁이 몸을 움츠리자, 레카가 혀를 차며 다른 한 손을 루이의 어깨에 올렸다.

"살기 좀 거둬. 애가 겁먹잖아."

루이는 동혁을 슬쩍 흘겨본 뒤 살기를 거뒀다. 그제야 숨쉬기가 한결 편안해진 동혁이 얕은 숨을 뱉었다. 그는 주변을 크게 둘러보더니 씁쓸한 어조로 중얼거리듯 말했다.

"당신들이 이렇게 화가 나 있다는 건 벌써 에리샤 님이 서영이를 데리고 갔다는 거군요."

"뭐야, 인간."

레카의 눈썹이 유연하게 올라갔다.

"그 말은 뱀파이어 꽃이 레이디를 데리고 갈 거라는 걸 알고 있었다는 소리네? 너와 뱀파이어 꽃은 어떤 관계지? 대체 왜 네가 그 사실을······."

"뱀파이어 꽃을 도주시키는 데 한몫했지."

루이가 불쑥 끼어들었다. 레카가 휙, 소리가 날 정도로 격하게 고개를 돌려 루이를 쳐다봤다.

"무슨 말이야? 15년 전 뱀파이어 꽃을 데려간 것은 인간이 아니라 아쉘······ 어라?"

레카는 말을 하던 와중 석연치 않은 부분을 발견하고 눈을 크게 떴다.

"설마 네가 5년 전에 협회에서 뱀파이어 꽃을 데리고 도망친······."

"그 인간이 바로 저입니다."

더는 숨길 수 없다고 생각한 동혁이 순순히 대답했다. 레카가 헛바람을 차며 머리를 쓸어 올렸다.

"하하? 네놈이 바로 그놈이었구나. 네놈 때문에 어떤 일이 벌어졌는지 알아?"

"알고 있습니다. 하지만 에리샤 님을 그곳에 둘 순 없었습니다. 에리샤 님은, 에리샤 님은 제 조카이니까요!"

일순간 정적이 흘렀다. 동혁은 그제야 자신이 실수했다는 걸 깨닫고 입을 틀어막았지만, 뱉은 말을 주워 담을 수는 없었다.

다들 멍하니 동혁을 바라보는 가운데 가장 먼저 정신을 차린 레카가 동혁의 어깨를 잡고 되물었다.

"조카라니? 어떻게 뱀파이어 꽃이 네 조카가 되는 거지? 게다가 넌 레이디의 삼촌이잖아. 그런데 어떻게……!"

"서영이 뱀파이어 꽃과 같은 핏줄이라면…… 가능하지."

루이가 중얼거리듯 말하며 불쑥 끼어들었다. 레카는 몹시 어처구니없다는 표정으로 루이를 돌아봤다.

"말도 안 되는 소리 하지 마, 루이. 뱀파이어 후손 중엔 여자가 태어날 수 없다는 걸 너도 잘 알고 있잖아."

"하지만 그거 말고는 이 상황을 설명할 방법이 없을 텐데?"

"그건 그렇지만……."

"게다가 서영이 뱀파이어 꽃의 후손이라면, 고위 뱀파이어의 힘을 이긴 것도 이해가 되는군."

담담하게 이야기하고 있긴 하지만 루이 역시 이 상황이 믿기지 않았다. 그녀가 뱀파이어 꽃의 후손일지도 모른다니. 꿈에도 상상하지 못했던 일이었다.

"만약 그렇다면 레이디가 먹었다는 네 피는 그녀에게 아무런 영향도 주지 못했겠네."

그러고 보니 그랬다. 서영이 정말로 뱀파이어 꽃의 후손이라면, 그녀의 체내에 들어간 루이의 피는 이미 중화가 되어 사라졌을 것이다.

"하."

그 사실을 깨달은 루이는 한 손으로 얼굴을 가리며 실소를 터뜨렸다. 그녀가 실은 평범한 인간이 아니었다는 사실도 흥미로웠지만, 더 재미있는 것은 그녀를 살리려고 했던 자신들의 행동이 모두 헛수고였다는 것이다.

또 한 번 충격이 휩쓸고 지나갔다. 다들 충격의 도가니에서 허우적거리는 가운데 레카가 동혁에게 물었다.

"인간, 넌 뱀파이어 꽃이 어디 갔는지 알아?"

"분명, 요새에 가셨을 겁니다."

"요새? 뱀파이어 요새?"

"아니요. 뱀파이어 요새보다는 허름하지만, 그분의 안식처이지요."

'새로운 보금자리를 만들었다는 건가.'

레카가 이해했다며 고개를 끄덕였다. 루이가 동혁의 팔을 잡으며 말했다.

"당장 안내해."

"그, 그럴 수는 없습니다. 그곳은 에리샤 님과 저희가 지내는 은밀한 안식처. 당신들에게 공개할 수는……."

쾅―.

동혁의 말이 채 끝나기도 전에 루이가 주먹으로 동혁의 바로 옆에 있는 벽을 내리쳤다. 돌무더기가 우르르 떨어지면서 얇은 벽에 구멍이 생겼다.

"만약 서영에게 무슨 일이 생긴다면……."

스산하고 살벌한 기운이 루이의 주변으로 넘실거렸다. 루이는 어둡게 가라앉은 붉은 눈동자를 번뜩이며 잇샌 소리로 말했다.

"너도 그 뱀파이어 꽃도 편하게 죽지 못할 거다."

⁂

에리샤를 따라 포탈을 넘어 온 서영이 도착한 곳은 아기자기한 소품들로 장식된 방이었다. 에리샤가 한쪽에 마련된 소파에 앉으며 맞은편 소파를 가리켰다.

"저기 앉아."

일단 따라오긴 했는데 이 모든 상황들이 마냥 어색하기만 해서 서영은 쭈뼛거리며 자리에 앉았다. 에리샤가 미리 준비되어 있던 찻잔에 차를 따랐다. 서영은 차를 마시는 대신 에리샤에게 단도직입적으로 물었다.

"그럼 날 왜 이곳으로 데리고 왔는지, 그리고 내가 네 가족이라는 게, 뱀파이어라는 게 무슨 말인지 다 설명해줘."

"성격 한번 급하네. 역시 내 핏줄인가."

에리샤는 옅게 웃으며 찻잔을 들었다.

"어디서부터 설명해야 하나. 그래, 뱀파이어 꽃이 유일한 여성 뱀파이어라는 건 알고 있지?"

서영이 고개를 끄덕였다.

"그럼 협회에 끌려가 실험을 당했다는 것도 알고 있어?"

"실험에 대해서는 조금……."

"그 실험을 당한 사람이 나라는 건?"

그랬었나. 서영이 놀라며 쳐다보자 에리샤가 씁쓸하게 웃었다.

"역시 넌 아무것도 모르고 있구나."

씁쓸하다는 말로 표현하기 힘들 정도로 외로워 보이는 모습에 서영은 자신도 모르게 그녀 쪽으로 손을 뻗었다. 그러자 에리샤가 약간 놀라며 서영을 쳐다봤다.

"미, 미안."

내가 무슨 짓을 하려고 했던 거지. 서영이 당황하며 손을 거두려고 하자 에리샤가 고개를 저으며 그녀의 손을 꼭 잡았다.

"네가 알다시피 뱀파이어 꽃은 뱀파이어 일족의 유일한 여성 뱀파이어야. 딱 한 명만 존재하지."

그녀가 잡은 손이 신경 쓰여서 서영은 에리샤의 이야기를 들으며 뚫어져라 손을 쳐다봤다.

"하지만 이변이 일어났어."

그러다 뒤이은 설명에 다시 에리샤를 쳐다봤다. 눈이 마주친 에리샤가 싱긋 웃으며 말을 이었다.

"그래. 전대 뱀파이어 꽃이 새로운 뱀파이어 꽃을 낳았는데, 태어난 것은 하나가 아닌 둘."

에리샤의 붉은 눈이 유난스럽게 반짝거렸다.

"그게 바로 너와 나야. 그러니까 넌 인간이 아니라 뱀파이어라는 거지."

"말도…… 안 돼! 난 평범한 인간이야!"

"아니, 넌 나와 같은 뱀파이어 꽃이야."

에리샤는 경악하며 자리에서 벌떡 일어서는 서영을 올려다보며 오래된 옛날이야기를 하기 시작했다.

"아악, 악!"

배가 잔뜩 부른 여자가 괴로워하며 침대에 누워 있었다. 그 옆엔 은발의 소녀가 안절부절못하며 여자를 바라보고 있었고, 여자의 다리 사이엔 푸른 머리의 여자가 있었다.

"조금만 더 힘내세요, 미엘 님."

"으윽……."

푸른 여자의 말에 침대에 누워 있던 여자, 미엘이 식은땀에 젖은 신음을 흘렸다. 미엘의 다리 주변은 이미 피로 흥건히 젖어 있었다. 푸른 머리의 여자의 손도 마찬가지였다. 은발의 소녀는 미엘의 손을 꼭 잡아주었다.

"응애ㅡ."

그렇게 얼마나 지났을까. 방 안은 우렁찬 아기의 울음소리로 가득 찼다. 아이를 받은 푸른 머리의 여자는 아기를 깨끗하게 씻기고 새하얀 강보에 감싸 안았다.

"미엘 님! 건강한 꽃이……."

"아악!"

아기를 낳았음에도 미엘이 계속 괴로워하자, 이상한 낌새를 느낀 푸른 머리의 여자는 은발의 소녀에게 아기를 넘겨주고 미엘에게로 다가갔다.

"응애―. 응애―."

잠시 후, 또 다른 아기의 울음소리가 들려왔다. 푸른 머리의 여자는 믿을 수 없다는 표정으로 제 품 안에 있는 아기를 쳐다봤다.

"태어난 뱀파이어 꽃이…… 둘?"

본디 뱀파이어 꽃은 유일무이한 존재여야 하는데 어째서 둘이나 태어났단 말인가. 있을 수 없는 일이었다. 생각지도 못한 이변에 어떻게 대처해야 할지 몰라 그들은 허둥거렸다.

"슈이, 란…… 이리 와."

미엘이 가냘프게 손짓하자 푸른 머리의 여자, 슈이와 은발의 소녀, 란이 다가가 미엘의 품에 아기를 보여주었다. 미엘은 슬픈 눈으로 아기들을 바라보다가 슈이가 안고 있던 아기를 품에 안았다.

"하나가 아닌 둘이 태어난 게…… 너희들에겐 행운일 거야."

뱀파이어 꽃이 둘로 나뉘었다는 건, 가지고 있는 능력 역시 나뉘었다는 의미였다. 그렇다면 제아무리 시커먼 속내를 가지고 있는 로드라고 할지라도 꽃의 능력을 함부로 사용할 수 없을 것이다.

'그것만으론 부족해.'

잔혹한 로드는 수단과 방법을 가리지 않고 새로 태어난 뱀파이어 꽃들을 이용하려고 할 테니까. 어떻게든 아이들이 로드에게 이용당하는 걸 막아야 했다.

"슈이, 란. 난 이 아이들의 능력을 봉인하려고 해."

"그 무슨…… 안 됩니다!"

란이 깜짝 놀라며 소리쳤다. 슈이도 격하게 고개를 저으며 안 된다고 말했다.

그만큼 뱀파이어의 능력을 봉인하는 건 굉장히 위험한 일이었다. 목숨을 걸어야 할 수도 있었다. 게다가 미엘은 지독한 협회의 실험을 당한 데다가 아기까지 낳아서 몸이 성치 않았다.

"부디 생각을 바꿔주세요, 미엘 님."

"아니, 그대로 진행하겠어. 어차피 이대로라면 난 오래 살지 못해. 그러니 죽기 전에 아이들을 가혹한 운명의 굴레에서 꺼내주겠어."

"하지만 아이는 둘이에요! 미엘 님이라도 둘이나 봉인하는 것은 무리입니다!"

"하나는 되잖아?"

한 명이라도 저주받은 운명을 피해 자신이 원하는 삶을 살 수 있다면 만족했다. 미엘은 손가락 하나를 세게 깨물었다. 피가 송골송골 맺히면서 그녀의 손가락을 타고 흘러내렸다.

"부디, 원하는 삶을 살으렴."

미엘은 슈이가 안고 있던 아이의 입에 손가락을 가져다댔다. 아직 눈도 제대로 뜨지 못한 아기는 제 입에 뭔가 닿자 오물거리며 피를 먹었다.

미엘은 아기가 피를 다 먹자 슈이에게 넘겨주었다.

"슈이, 이 아이를 데리고 아이의 아버지에게 가도록 해."

"하지만……!"

"어서!"

미엘이 단호하게 말하니 슈이는 더는 반박하지 못하고 눈물을 흘리며 고개를 숙였다. 슈이가 아이를 안고 사라지자 미엘은 다른 아이를 안고 있는 란을 쳐다봤다.

"란, 너도 떠나렴."

"미엘 님도 같이 가시지요!"

"난 이미 늦었어."

이미 쇠약해질 대로 쇠약해진 그녀는 도망칠 힘이 없었다. 그리고 그녀가 도망친다면 협회가 혈안이 돼서 그녀와 아이들을 찾으려고 할 테니 남아 있는 게 맞았다.

"그러니 너라도 어서 도망가렴."

"하지만 주인님을 두고 어떻게……."

"네 주인은, 이제 이 아이야."

불현듯 아기가 눈을 뜨고 미엘을 쳐다봤다. 곧 아기는 자신이 안겨 있는 품이 엄마인 미엘이 아닌 란의 품이라는 걸 깨닫고 울음을 터뜨렸다.

미엘은 그런 아기를 보며 눈물을 흘렸다. 제대로 보듬어주지도 못하고 이렇게 보내야 하는 게 몹시 가슴 아팠지만 어쩔 수가 없었다. 이게 아이들을 위한 일이었으니까.

"그놈들이 오기 전에 얼른 가!"

결국 란까지 보낸 미엘은 맥없이 눈을 감았다. 이제 다 끝났다. 미엘은 이대로 아이들의 존재를 숨기고 저주 받은 운명을 그녀 혼자 짊어진 채 죽을 생각이었지만 세상은 그녀의 바람대로 흘러가지 않았다.

퍼억—!

남자에게 세게 맞은 미엘의 뺨이 붉게 부어올랐다. 남자는 맥없이 바닥에 주저앉은 미엘의 뺨을 툭툭 건드리며 웃었다.

"도주시키면 못 찾을 줄 알았나?"

"……."

미엘은 독기 어린 눈으로 남자를 노려봤다.

"여전히 눈빛은 살아있네. 그래. 그래야 너답지."

남자는 코웃음을 치며 손을 까딱거렸다. 그러자 방문이 열리면서 란과 아기가 남자의 부하들에게 끌려 들어왔다. 그 뒤로 슈이도 들어왔지만 다행히 슈이의 품에는 아무도 없었다.

그러니까 한 명은, 그것도 뱀파이어의 능력을 봉인한 아이는 무사히 도망쳤다는 건가.

정말 불행 중 다행이었다. 미엘은 그제야 옅게 웃으며 안도의 숨을 내쉬었다. 남자가 미간을 좁히며 그런 미엘의 머리채를 잡아챘다.

"윽."

"뭐가 좋다고 웃는 거지?"

"놔, 놔!"

미엘이 소리쳤지만 남자는 깔끔하게 무시하고 방문 밖에 서 있는 부하들에게 미엘을 던지다시피 넘겨주었다.

"이 꽃의 실험을 계속한다."

부하들이 미엘을 데리고 사라지자 남자는 힘없이 쓰러져 있는 슈이와 아기를 안고 벌벌 떨고 있는 란을 쳐다봤다.

"이년은 이미 죽어가고 있는데요."

슈이는 잡혔을 때 심한 반항을 하는 바람에 하프들의 공격을 많이 받은 상태였다. 슈이의 상태를 확인한 남자는 귀찮게 됐다는 듯 손을 내저었다.

"그년은 버려."

"슈이, 슈이!"

어떻게든 슈이를 살리고 싶은 마음에 란이 반항을 했지만, 슈이를 구하긴커녕 남자에게 배를 걷어차였다. 강한 발길질로 저만치 날아가는 와중에도 란은 최대한 아기를 보호하고 있었다.

"넌 새로 개화한 꽃이나 키워."

남자는 돌아서며 말했다.

"좀 더 크면 그 아이도 실험대에 오를 테니까."

남자와 부하들이 나가고, 혼자 방에 남은 란은 아무것도 모른다는 듯 천진난만하게 웃고 있는 아기를 꼭 끌어안고 울었다.

<hr />

"어머니는 그렇게 돌아가셨어. 아버지는 로드의 손에 죽었고 말이야."

에리샤의 이야기는 거기서 끝이었다. 두 귀로 직접 듣고도 믿기 힘든 일에 서영은 경악하며 입을 틀어막았다. 설마 자신의 부모님이 그런 일을 당했을 줄은 꿈에도 상상하지 못했다.

"어머니가 돌아가신 뒤에 차가운 실험대에 오른 건 나였어."

에리샤가 서영의 손을 만지작거리며 쓰게 웃었다.

"주사기들이 하루에도 수십 번씩 내 팔을 찌르며 나를 괴롭혔어. 너무 아프고 무서워서 차라리 죽어버릴까 생각도 했지만, 나를 기다릴지 모르는 내 하나밖에 없는 자매를 생각하며 꿋꿋이 참았어."

"윽!"

순간 마주 잡은 손에 무지막지한 힘이 느껴지자 서영은 단말마의 비명을 질렀다. 꽉 잡힌 손이 너무 아파서 빼려고 했지만, 에리샤가 놔주지 않았다.

"그런데 넌 나를 새카맣게 잊고 행복하게 살고 있더라?"

"에, 에리샤."

"내가 그 실험대 위해서 비명을 지르며 괴로워할 때! 넌 할머니와 동혁의 사랑을 받으며 행복하게 웃고 있었어!"

서영을 바라보는 에리샤의 눈동자에 흉흉한 기운이 감돌았다. 에리샤는 입꼬리를 삐뚤게 말아 올리며 말을 이었다.

"그동안 내가 얼마나 힘들었는지 알아? 네가, 내가 받은 고통을 알기나 해? 네가 웃고 지낼 때 차가운 실험대에 누워서 어머니와 너를 간절히 찾았던 내 기분을 알기나 하냐고!"

에리샤는 버럭 소리를 지르며 거의 집어던지다시피 서영을 옆으로 밀었다. 무지막지한 힘에 서영은 맥없이 쓰러졌다.

"내가 완전한 꽃이었다면! 그런 놈들한테 당하지 않았어! 네가 없었더라면……!"

에리샤는 울분을 토해내며 무자비하게 서영을 밟았다. 서영은 최대한 몸을 웅크리며 에리샤의 공격을 피하려고 했지만, 무차별적으로 가해지는 공격을 피하기는 너무 힘들었다.

"너 따위는 필요 없어! 죽어버려!"

온몸이 아팠지만 가장 아픈 건 마음이었다.

"너만 뭔데 행복하게 살아! 네가 뭔데!"

자신이 행복하게 웃고 떠드는 사이 에리샤가 그런 끔찍한 고통을 받았다는 게 너무 안타깝고 괴로워서 서영은 신음도 삼키고 에리샤의 공격을 고스란히 다 받았다.

"미워! 미워 죽을 것 같아! 너 따위는…… 흐어엉!"

결국 제 분을 이기지 못한 에리샤는 바닥에 주저앉아 엉엉 울기 시작했다.

"에……리샤……."

서영은 그런 에리샤를 부르며 몸을 일으켰다. 움직일 때마다 관절들이 전부 비명을 지르는 것 같았고, 뼈가 부러진 건지 마음대로 움직여지지 않는 곳도 있었다. 이를 악물고 겨우 일어선 서영은 에리샤를 꼭 끌어안았다.

"울지 마."

뱀파이어인 에리샤에게 자신 같은 인간은 파리를 죽이는 것보다 더 쉬운 일이었다. 그런데 죽으라고 소리치면서 그러지 못하고 때리기만 하는 건 정말 죽일 생각은 없다는 의미였다.

그 이유는 아마 자신이 그녀의 가족이기 때문일 터. 가족이라서 원망스러워도 이 정도밖에 하지 못하는 것이다.

"놔, 놔!"

그러니 서영은 이렇게 맞아도 에리샤가 밉지 않았다. 어떻게 미워하겠는가. 자신 때문에 에리샤가 끔찍한 일을 당했는데.

에리샤의 이야기가 전부 사실이라면 서영은 그녀에게 평생 용서를 구해야 했다.

"미안, 에리샤……."

에리샤를 끌어안은 서영의 눈동자에서 뜨거운 눈물이 흘러내렸다.

"정말로, 정말로 미안해……."

거듭되는 사과에 서영의 품에서 벗어나기 위해 발버둥을 치던 에리샤가 순간 멈칫했다.

"혼자만 아프게 두어서 미안해."

서영의 가슴을 밀어내던 손이 맥없이 아래로 떨어졌다. 에리샤는 마찬가지로 눈물 젖은 얼굴을 서영의 품에 묻었다.

"무서웠어. 너무 무서웠단 말이야."

에리샤는 차가운 바늘이 몸에 들어올 때마다 어딘가에 살아 있을 자신의 동생을 생각했다. 어머니는 이미 세상을 떠나 다시는 볼 수 없지만 동생은 언젠가 만날 수 있겠지. 그렇게 생각하고 하루하루를 버텼다.

하지만 그 희망은 서영이 에리샤의 존재를 까맣게 잊음으로써 산산조각이 났다. 그 자리를 채운 건 서영에 대한 시기와 질투, 그리고 미움이었다.

"난 네가 정말 싫어!"

"정말 미안해……."

에리샤에게 너무 많이 맞은 탓인지 의식이 조금씩 흐려졌다. 어떻게든 버티려고 노력했지만 이젠 한계였다. 서영은 끝내 에리샤를 끌어안은 채 정신을 잃었다.

"뭐야, 기절한 거야?"

하여간 약하다니까. 에리샤는 입을 삐죽거리며 서영의 머리를 툭툭 쳤다.

"너, 정말 미워."

너무 미워서 마구 때리긴 했지만 정말 그녀가 죽기를 바란 것은 아니었다. 정말 그랬다면 이렇게 때리기보단 그녀의 목을 단번에 끊어냈을 것이다.

에리샤는 가뿐하게 서영을 안아 들고 침대에 눕혔다.

"넌 정말 바보 멍청이야. 그렇게 때렸는데 한다는 말이 고작 미안하다는 거라니."

에리샤는 천하에 다시없을 바보라고 중얼거리며 서영의 목까지 이불을 덮어주었다.

"한 번만 더 날 잊으면 그때는 정말 용서 안 할 거야."

에리샤가 서영을 향해 손을 뻗자, 손에서 붉은빛이 반짝하더니 서영의 몸에 난 상처들이 아물기 시작했다.

그렇게 상처들이 거의 다 아물었을 무렵이었다.

그르륵―.

"뭐지?"

정체불명의 소리가 들리자 에리샤는 주변을 둘러봤다. 어디서 들리는 건지는 알 수 없었지만 소리는 점차 가까워지더니 이내 '쿵' 하는 굉음과 함께 천장이 무너졌다. 시멘트 덩어리와 가루들이 우수수 떨어지면서 뿌연 먼지가 일었다. 에리샤는 다급하게 소매로 입과 코를 틀어막았다.

"콜록, 콜록. 아우, 먼지야."

뿌연 먼지 사이로 길쭉한 실루엣이 보였다. 레카였다. 레카는 연신 기침을 하며 손으로 바람을 일으켜 먼지를 날려 보냈다.

먼지가 날아가면서 시야가 확보되자 제일 먼저 보이는 것은 루이였다. 어느덧 서영의 옆으로 다가가 선 루이는 그녀가 무사하다는 걸 두 눈으로 직접 확인하고 안도의 한숨을 내쉬었다.

"생각보다 늦었네?"

갑작스러운 등장에도 에리샤는 당황한 기색도 없이 턱을 도도하게 치켜들고 거만하게 루이를 쳐다봤다.

"서영을 지켜준다고 해놓고 이렇게 늦게 나타나면 어떡해? 내가 만약 악의를 가지고 서영을 납치한 거였으면 서영은 이미 죽…… 어라? 근데, 넌 누구야?"

성년이 된 루이의 모습을 한 번도 본 적이 없는 에리샤는 낯선 이의 등장에 눈을 동그랗게 뜨고 루이를 쳐다봤다. 외모는 낯설었지만 기운은 익숙했다.

"설마 네가 그때 그 꼬맹이야?"

루이가 대답하지 않았지만, 그의 침묵을 긍정으로 받아들인 에리샤는 입맛을 다셨다. 어릴 때도 잘생겼는데, 크니까 잘생기다 못해 섹시했다. 이 세상에 있는 모든 미사여구를 가져다 붙여도 루이의 외모를 설명하기엔 부족할 것 같았다.

거기다 강한 힘까지. 루이가 탐이 난 에리샤는 혀로 입술을 핥으며 유혹하듯 루이를 쳐다봤다.

하지만 루이는 에리샤에게 시선 한 번 주지 않고 올곧이 서영만을 쳐다봤다. 에리샤는 루이와 서영 사이에 흐르는 기묘한 기류를 느끼고 묘하게 웃었다.

"뭐야, 너. 서영이 좋아해?"

정곡을 찌르는 말에 루이가 당황하며 에리샤를 쳐다봤다. 에리샤는 표정 관리를 전혀 하지 못하는 루이가 한심하다는 듯 혀를 찼다.

"좋아하는 여자를 왜 내팽개친 거야?"

"그런 적 없다."

"그런 적 없긴? 계약 파기하고 버렸잖아?"

"난 서영을 한 번도 버린 적이 없어."

거리를 둔 건 순전히 서영이 위험해질까 봐 걱정됐기 때문이었다. 버린 적은 단 한 번도 없었다.

"이만 서영이를 데리고 돌아가도록 하지."

루이는 마치 깨지기 쉬운 유리처럼 서영을 조심스럽게 들어 안았다. 그런 루이를 바라보는 에리샤의 얼굴에 심술과 질투가 덕지덕지 붙었다. 장난 치고 싶은 마음이 들어 에리샤는 샐쭉 웃으며 루이에게 물었다.

"너, 이름이 뭐야?"

"루베르이."

루이는 에리샤가 마음에 들지 않았지만 뱀파이어 꽃을 무시할 수는 없어 짤막하게 대답했다. 그 와중에도 루이의 시선은 서영에게 고정되어 있었다.

"루베르이라, 예쁜 이름이네."

에리샤는 매혹적인 미소를 그리며 사뿐사뿐 루이의 앞으로 걸어갔다. 에리샤의 태도가 갑자기 변하자 루이는 그녀를 경계하며 한 발짝 뒤로 물러났다.

"너 말이다."

루이의 경계에도 아랑곳하지 않고 그의 앞으로 다가간 에리샤는 눈웃음을 치며 나지막한 목소리로 말했다.

"너, 나랑 결혼할래?"

"거절한다."

"뭐가 어째?"

루이의 거절에 에리샤는 황당해하며 입을 쩍 벌렸다. 무려 뱀파이어 꽃의 청혼이었다. 뱀파이어 꽃과 결혼한다는 건 뱀파이어 로드가 될 수 있다는 의미인데, 이걸 단칼에 거절한다고?

"나랑 결혼하지 않으면 뱀파이어 로드가 되지 못할 텐데, 그래도 좋다는 거야?"

"상관없어."

에리샤와 대화하는 와중에도 루이는 서영의 상태를 신경 썼다. 서영을 바라보는 시선은 다정하다 못해 애절했다.

"아하, 그렇게 된 거였구나."

돌연 에리샤가 어깨까지 들썩이며 웃기 시작했다. 저를 비웃는 것 같은 웃음소리에 루이가 미간을 좁히며 에리샤를 쳐다봤다.

"왜 웃는 거지?"

"남이사 웃든 말든. 그런데 넌 내가 뱀파이어 꽃이라는 걸 알면서도 계속 반말하네? 처음에는 안 그랬던 것 같은데."

"존댓말을 원하는 겁니까?"

"아, 다시 존댓말 들으니까 징그럽다. 그냥 반말해. 내가 허락할게."

에리샤는 허리춤에 손을 올리고 가슴을 부풀리며 인심 썼다는 듯 말했다. 루이는 그런 에리샤가 마음에 들지 않았지만, 내색하지 않았다.

"그나저나 로드의 자리보다 서영이를 택하다니, 보기보다 순애보인데?"

에리샤가 샐쭉 웃으며 손으로 입을 가렸다.

"그럼 너, 서영이가 평범한 인간이 아니라는 건 알고 있어?"

"서영이가 뱀파이어 꽃의 후손인 건 알고 있다."

"호? 동혁이 알려주든?"

루이가 고개를 끄덕이자 에리샤는 묘한 웃음을 지으며 고개를 살짝 기울였다.

"그래? 그거밖에 안 알려주든?"

"뭘 말하는 거지?"

"아니야. 서영이가 일어나면 그녀한테 직접 들어."

한마디로, 지금은 말해줄 생각이 없다는 의미였다. 그럼 여기 더 있을 필요가 없었다. 루이는 검은 날개를 펄럭이며 그들이 들어오면서 뚫어놓은 천장을 통해 밖으로 나갔다.

"바로 가버리네."

성격도 급하긴. 혀를 차며 점점 멀어지는 루이를 보고 있던 에리샤는 은근슬쩍 같이 도망치려는 레카를 발견하고 그의 옷자락을 잡았다.

"나도 데려가."

"네? 어디를요?"

"루이랑 네가 지금 가려는 곳."

"저희가 어디 가는 줄 알고……."

"서영의 집으로 가는 거 아니야? 아니면 그 하프의 집이겠지."

백한에 대해서도 알고 있는 건가. 레카는 속으로 에리샤의 정보력에 감탄했다.

"나도 데려갈 거지?"

"저희랑 적대 관계 아니었습니까?"

"적이라니? 서영이는 내 가족이고, 너희는 서영이의 편인데 우리가 왜 적이라는 건데?"

"정말로 레이디가 당신의 가족입니까?"

레카는 두 귀로 직접 듣고도 믿기지 않아 되물었다. 에리샤가 고개를 끄덕였다.

"맞아."

"하지만 뱀파이어 후손 중 여자는 뱀파이어 꽃 말고 태어날 수가 없는데 어떻게……."

"자세한 건 그 하프 놈의 집에 가면 설명해줄게. 그러니까 얼른 날 데리고 가."

에리샤는 데리고 가지 않으면 절대 놓지 않겠다는 듯 레카의 옷자락을 꽉 잡고 있었다. 레카는 어쩔 수 없다는 듯 한숨을 푹 내쉬며 고개를 끄덕였다.

"알겠습니다. 안내할 테니, 날개 펴세요."

그 말에 에리샤의 표정이 오묘하게 변했다. 레카는 날개를 펴지 않고 우물쭈물하고 있는 에리샤를 이상한 눈으로 쳐다봤다.

"무슨 일이 있는 겁니까?"

"……난 날개가 없어."

이건 또 무슨 소리야. 레카는 순간적으로 자신이 잘못 들었다고 생각했지만 에리샤의 우울한 표정으로 보아 잘못 들은 건 아닌 것 같았다.

"뱀파이어가 날개가 없다고?"

뱀파이어들은 태어날 때부터 날개를 가지고 있었고, 1년이 되면 날갯짓을 배웠다. 한데 날개가 없다니. 있을 수 없는 일이었다.

"혹시 뱀파이어 꽃은 다른가?"

뱀파이어 꽃의 존재를 보는 것은 이번이 처음이기 때문에 그럴 수도 있다고 생각하며 레카는 에리샤에게 손을 내밀었다.

"잡으세요."

에리샤가 자신의 손을 잡자 레카는 한 손으로 그녀를 가볍게 들어 안았다.

"꽉 잡으세요."

"응."

에리샤가 자신의 목에 팔을 두르자 레카는 천천히 날갯짓을 했다. 부드러운 바람이 일면서 검은 깃털들이 허공으로 흩어졌고, 그 깃털이 땅에 닿기도 전에 레카와 에리샤는 하늘을 날고 있었다.

"우와."

달빛조차 없는 캄캄한 밤이었지만, 뱀파이어에게 어둠 따위는 장애가 되지 않았다. 에리샤는 천진난만하게 눈을 반짝이며 주변을 둘러봤다.

"가만히 좀 있으십시오. 안 그래도 무거운데 계속 움직이니 날기 힘들지 않습니까!"

그녀가 계속 움직이는 탓에 무게 중심이 제대로 잡히지 않자 레카는 그녀에게 버럭 소리를 질렀다. 그러자 에리샤가 눈매를 치켜뜨며 레카를 노려봤다.

"지금 나보고 무겁다고 한 거야?"

여자가 한을 품으면 오뉴월에도 눈이 내린다고 했던가. 자신을 향해 쏟아지는 살기가 무서워서 레카는 그녀의 시선을 피했다. 그러자 에리샤는 작은 손으로 레카의 팔을 무지막지하게 꼬집었다.

"악!"

"더 빨리 날아봐! 속도가 이거밖에 안 나?"

"……."

"뭘 봐? 빨리 날기나 해!"

이런 여자가 뱀파이어 꽃이라니. 새삼 뱀파이어 일족의 미래가 걱정돼서 레카는 한숨을 푹 내쉬었다.

꽃들을 위하여

서영을 품에 안고 집으로 돌아가던 루이는 미약한 신음과 함께 서영이 눈을 뜨자 천천히 땅으로 내려왔다. 아직 동이 트지 않은 새벽이라 그런지 길거리에는 사람들이 거의 없었다. 주변 가로수에 크리스마스 꼬마 전구들이 가득 매달려 불을 밝히고 있었지만, 그 누구도 루이가 하늘에서 내려온 것을 알지 못했다.

"정신이 들어?"

"어?"

왜 루이의 얼굴이 보이는 거지? 아, 꿈이구나. 그렇지 않고서야 루이가 보일 리가 없으니. 서영은 꿈에서 깨기 위해 볼을 꼬집었다.

"아얏."

얼얼한 통증은 이 모든 게 현실이라는 걸 적나라하게 알려주었다.

"진짜 루이라고······?"

"그럼 다른 루이도 있나?"

퉁명스러운 대답과 달리 서영을 보는 시선은 한없이 따뜻했다. 루이는 서영이 완전하게 정신을 차리자 그녀를 내려주었다.

"추워······."

루이의 품에 있을 땐 몰랐는데, 벗어나니 매서운 추위가 느껴졌다. 잠옷만 입고 있어서 더 춥게 느껴졌다. 서영이 입김을 호호 불며 손을 비비자 루이가 입고 있던 외투를 벗어 서영의 어깨에 걸쳐주었다. 회색 안개도 불러 서영의 몸을 감싸주었다.

"왜…… 잘해주는 거야?"

서영은 그런 루이를 보며 중얼거리듯 말했다.

"날 버려놓고…… 왜 잘해주는 건데?"

"서영."

"말해봐. 왜 그런 거야?"

서영은 루이의 옷깃이 구겨질 정도로 꽉 움켜쥐었다.

"날 지켜준다고 해놓고, 나와 같은 마음으로 날 보고 있다고 해놓고, 왜 날 버린 건데?"

"미안."

"사과하지 말고 제대로 말해보란 말이야! 왜 날 버렸냐고!"

루이의 가슴팍을 때리며 소리치던 서영은 이내 엉엉 울기 시작했다. 루이는 나지막한 한숨을 내쉬며 서영의 허리를 꽉 끌어안았다.

"놔! 놓으란 말이야!"

"미안해."

"너 같은 거 정말 싫어. 정말로 싫다고!"

루이는 묵묵히 서영의 한탄을 받아주었다. 한참 만에 진정된 서영은 씩씩거리며 루이의 가슴팍에 기댔다. 어찌나 울었는지 서영의 눈시울이 붉었다.

"말 좀 해봐. 왜 그런 거짓말을 한 거야? 어째서 날 버린 건데."

"버린 것도, 거짓말을 한 것도 아니다."

"그럼 대체 왜……!"

"너를 지키기 위해선, 네가 죽지 않게 하기 위해선 이 방법밖에 없었다."

이해할 수 없는 말에 그의 가슴에 기대고 있던 서영이 고개를 들어 루이를 쳐다봤다.

"내가 죽지 않게 하기 위해서 그런 거라고……?"

"인간의 체내로 들어간 뱀파이어의 피는 인간의 피를 모두 다 잡아먹고 결국 그 인간을 죽게 만든다고 하더군."

"……!"

그 말에 서영은 과거, 각인을 새기기 위해 루이의 피를 먹었던 걸 떠올리고 눈을 크게 떴다.

"그, 그럼 나도……?"

"그래. 너도 그렇게 죽게 될 것 같아서 떠났던 거야. 지스 경이 말하길 뱀파이어가 곁에 없으면 그 인간이 살 가능성이 높아진다고 했으니까."

그런 거였구나. 그제야 루이가 말없이 떠났던 이유를 알게 된 서영은 주먹을 꽉 움켜쥐었다.

"왜 진작 말하지 않았어? 그런 이유가 있다고 말해줬으면 널 원망하지 않았을 텐데……!"

"무서웠다."

루이가 애절한 눈빛으로 서영을 바라보며 그녀의 뺨을 쓰다듬었다.

"이 사실을 알게 된 네가 나를 싫어하게 될까 봐, 원망스러워할까 봐 무서웠다."

"루이……."

"게다가 네게 죽음이라는 공포를 안겨주고 싶지 않아."

그의 표정이 너무 슬퍼 보여서, 말과 시선에서 진심이 느껴져서 서영은 더 이상 화를 내지 못했다. 오히려 자신 때문에 마음고생을 했을 루이가 안타깝고 가여워 그를 꼭 안아주었다.

"두 번 다시는 널 못 보더라도, 그래서 가슴이 찢어지더라도 어쩔 수 없다고 생각했다. 그게 널 살리는 길이었으니까."

그랬는데 기적이 일어났다. 서영이 뱀파이어 꽃의 후손이라니. 그 이야기를 듣자마자 루이는 로드의 자리도, 친구의 복수도 생각나지 않았다. 오로지 그의 머릿속을 가득 채운 건 다시 서영의 곁으로 갈 수 있다는 순수한 기쁨이었다.

"이젠 절대 떨어지지 않겠다."

루이는 서영을 끌어안은 손에 힘을 주었다.

"두 번 다시 널 혼자 두지 않아."

"루이……."

루이의 말은 몹시 기뻤지만, 순수하게 기뻐할 수가 없는 건 에리샤가 했던 이야기들이 떠올랐기 때문이었다.

보아하니 루이는 아무것도 모르는 것 같았다. 그럼 내가 말해줘야지. 서영은 꼼지락거리며 루이의 품을 빠져나왔다. 그러자 루이가 의아한 눈으로 그녀를 내려다봤다.

"왜 그러지?"

"저, 루이. 만약 뱀파이어 꽃이 더 이상 로드를 만들 수 없다면…… 어떻게 할 거야?"

"그게 무슨 소리지?"

"내가…… 뱀파이어 꽃이래."

서영은 눈을 질끈 감고 천천히 말을 이었다.

"이번에 새로 개화한 뱀파이어 꽃은 하나가 아닌 둘인데, 그중 하나가 나고 다른 하나가 에리샤래. 그래서 능력도 둘로 나뉘었고…… 게다가 난 어머니가 능력까지 봉인하는 바람에 뱀파이어 꽃으로서의 역할을 전혀 할 수가 없대."

마침내 이야기를 끝낸 서영은 입을 꾹 다물었다. 루이 역시 아무 말도 하지 않았기 때문에 두 사람 사이에는 어색한 침묵이 흘렀다.

"저, 루이…… 어?"

어색한 침묵을 깨기 위해 서영이 입을 여는 순간, 머리 위로 차갑고 이질적인 감촉이 느껴졌다. 비가 오는 걸까. 서영은 고개를 들어 하늘을 쳐다봤다.

"눈이다."

하늘에서 새하얀 함박눈이 내리고 있었다. 서영이 손을 앞으로 뻗자 하얀 눈송이들이 그녀의 손 위에 살포시 내려앉았다.

"그러고 보니 오늘 크리스마스네."

"크리스마스?"

"응. 크리스마스는 산타클로스가 착한 어린이한테 선물 주는 날이래."

"그럼 난 착한 어린이인 모양이군."

"뭐?"

"다시는 곁에 두지 못할 거라고 생각했던 널 이렇게 곁에 둘 수 있게 되었으니까."

루이가 환하게 웃으며 다시 서영을 끌어안았다.

"태어나서 처음으로 크리스마스 선물을 받은 셈이군."

어렴풋이 동이 트는 시간에 온 세상을 물들일 것처럼 새하얗게 내리는 함박눈은 너무 예뻤지만, 그보다 더 예쁜 미소가 눈앞에 있어서 다른 게 눈에 들어오지 않았다.

"정말로 선물이라고 생각해?"

서영은 루이의 옷깃을 꼭 잡고 약간 떨리는 목소리로 물었다.

"네가 로드가 될 수 없을 뿐만 아니라 친구의 복수도 할 수가 없어. 그래도 선물이라고 생각하는 거야?"

"그래."

떨고 있는 서영과 달리 루이는 담담하게 대답했다.

"로드가 생길 수 없다면, 아쉘도 로드가 될 수 없다는 의미니까."

로드가 되지 못한 아쉘 따위, 한 손으로도 처리할 수 있었다.

"게다가 로드의 자리와 너를 두고 무엇을 선택해야 할지 고민하지 않아도 되니 오히려 홀가분해서 좋다."

저 멀리 종소리와 함께 어렴풋이 크리스마스 캐럴이 들려왔다. 하늘에서는 함박눈이 계속 내렸고, 주변 가로수에 달린 전구들이 새하얀 눈 사이로 빛을 발하며 존재감을 뽐냈다.

"그러니 내 신부가 되어주겠어?"

".....!"

"남은 삶을 너와 함께하고 싶다."

나지막한 고백과 함께 루이의 얼굴이 서서히 다가오자 서영은 저도 모르게 눈을 질끈 감았다.

눈이 펑펑 쏟아지는 화이트 크리스마스 새벽.

서영은 세상에서 가장 커다란 크리스마스 선물을 받았다.

창문으로 달빛이 희미하게 들어왔지만, 복도에 드리워진 짙은 어둠은 그 빛마저 삼켜버렸다.

"일은 어떻게 진행되고 있지?"

어두컴컴한 복도에 두 사람의 그림자가 희미하게 보였다. 검은 로브를 쓰고 있는 남자의 뒤를 검은 복면을 쓴 남자가 따라가고 있었다.

"뱀파이어 꽃의 흔적을 찾았습니다."

복면 쓴 남자의 말에 로브 쓴 남자가 문을 열다가 잠시 멈칫했다. 그것도 잠시, 아무 일 없다는 듯 방문을 열고 들어갔다.

"도주한 우리 꽃님은 어디서 어떻게 살고 있던가?"

"그것까진 잘 모르겠습니다만 조만간 다시 데려올 수 있을 겁니다."

"당연히 그래야지."

로브 쓴 남자는 비웃음을 흘리며 로브를 벗었다. 어둠 속에 설핏 드러난 그의 눈은 붉게 빛나고 있었다.

남자는 복면 쓴 남자에게 로브를 넘겨준 뒤 소파에 몸을 파묻듯 앉았다. 그러자 그의 주변으로 눈의 초점이 반쯤 풀린 여자들이 모여들기 시작했다. 남자는 비릿한 웃음을 지으며 가장 가까이 있는 여자의 목덜미에 얼굴을 묻었다.

"아……."

짧은 탄성과 함께 여자의 몸이 바닥으로 힘없이 무너졌다. 여자의 목덜미에는 두 개의 구멍이 있었고, 그 사이로 피가 새어 나왔다.

"이 여자는 조금 별로군."

남자가 입가에 흐르는 피를 닦으며 짜증스레 중얼거리자 복면 쓴 남자가 허리를 깊게 숙였다.

"죄송합니다."

"됐다, 헤브. 네 잘못이 아닌 건 아니까."

남자가 손을 휘젓자 그의 주변에서 대기하고 있던 여자들이 방을 빠져나갔다.

"그건 그렇고, 아셀은 어떻게 하고 있어?"

"뱀파이어 꽃을 찾으라고 난리입니다. 아무래도 며칠 전 그 일이 원인이겠지요."

"늙은 개가 하는 짓 없이 짖어만 대는군. 아셀은 신경 쓰지 마라. 어차피 그놈은 곧 죽어."

"알겠습니다."

"계속해서 짜증 나게 하면 그냥 죽이면 되니까. 뱀파이어 꽃을 탈출시키는 데 도움을 준 건 고맙지만 이건 뭐 떡 하나 주고 집 한 채 달라는 거잖아. 예전부터 그런 성격인 건 알고 있었지만 역시나 마음에 안 들어."

아쉘에게 불만이 많은지 남자는 계속해서 투덜거렸다. 그러자 복면 아래 드러난 헤브의 눈이 살짝 초승달처럼 휘었다.

"왜 그리 웃지?"

"아, 아닙니다."

남자의 타박에 헤브가 고개를 숙였다. 그러자 남자의 눈이 샐쭉하게 변했다.

"아니라고 하니 더 묻지는 않으마."

"죄송합니다."

"그건 그렇고, 전에 말한 그놈은?"

"테런이라는 뱀파이어 말씀이십니까?"

"그래, 그 새끼는 찾았어?"

"찾긴 찾았습니다만, 그놈은 상급 뱀파이어입니다. 아무 이유 없이 잡았다가 다른 뱀파이어들에게 들키면……."

"상관없어. 그 새끼 잡아 와."

남자의 명령은 절대적이었다. 석연치 않은 부분이 있긴 하지만 헤브는 군소리 하지 않고 그러겠다고 대답했다.

"만약 반항하면, 그 자리에서 죽여도 돼."

"네."

헤브는 짧게 대답하고 조용히 밖으로 나갔다. 혼자 남은 남자의 고개가 맥없이 숙여졌다. 태엽이 다 감긴 인형처럼 가만히 앉아 있던 남자는 갑자기 벌떡 일어서더니 커튼이 쳐진 벽 쪽으로 천천히 걸어갔다.

펄럭―.

금색의 줄을 잡아당기자 커튼이 천천히 걷히면서 초상화가 등장했다. 초상화의 주인은 붉은 눈과 검은 머리를 가진 남자였다.

"당신은 그 누구도 건드릴 수가 없습니다."

남자는 몹시 황홀하다는 표정으로 초상화를 바라보며 얼굴을 가져다 댔다.

"곧 다시 만날 겁니다. 나의 우상."

"어떻게 먼저 간 놈이 우리보다 늦게 도착해?"

백한의 집에 먼저 도착해 있던 에리샤가 팔짱을 끼며 루이와 서영을 맞이했다. 서영이 깜짝 놀라며 에리샤를 쳐다봤다.

"왜 네가 여기에……."

"왜? 내가 못 올 곳이라도 왔나 봐, 동생아?"

에리샤의 말에 주변에서 헉, 숨 삼키는 소리가 들렸다. 특히 레카는 눈이 튀어나올 것처럼 크게 뜨며 서영과 에리샤를 쳐다봤다.

"귀찮게 됐군."

반면 서영에게 들어서 이미 다 알고 있는 루이는 심드렁한 표정을 지으며 혀를 찼다.

에리샤는 거만하게 소파에 앉아 충격으로 우두커니 서 있는 백한을 향해 손짓했다.

"거기 하프, 이리 와봐."

백한은 마치 애완견을 부르는 듯한 에리샤의 행동에 약간 욱했지만, 상대가 뱀파이어 꽃이라는 점을 감안해서 꾹 참고 다가갔다.

"무슨 일이시죠?"

"가서 마실 거 가져와! 높은 데 날았더니 현기증 나."

그야말로 안하무인이었다. '참을 인'이 세 번이면 살인도 면한다고, 백한은 차오르는 짜증을 애써 꾹꾹 누르며 주방으로 들어갔다.

그런 백한의 노고를 알 턱이 없는 철부지 공주님은.

"뭐야! 누가 뜨거운 거 가져오래!"

뜨거운 것도 싫고.

"야! 난 탄산음료 안 마셔!"

차가운 탄산음료도 싫고.

"설탕 들어간 주스를 누가 마셔! 생과일주스!"

아, 진짜 미친 척하고 한번 덤벼봐? 순간 그런 생각까지 했지만 보나마나 자신이 질 게 뻔해 백한은 어깨를 축 늘어뜨리고 장을 보러 나갔다.

에리샤는 그런 백한이 못마땅하다는 듯 혀를 찼다.

"하찮은 하프가 시키면 시키는 대로 해야지."

뱀파이어가 원래 안하무인이긴 하지만 저 정도까진 아닌데. 레카는 황당해하며 에리샤를 쳐다보다가 다시 루이를 돌아봤다.

"그래서 무슨 소리야? 레이디가 뱀파이어 꽃의 동생이라니? 그게 가능한 일이야?"

"가능하다. 서영 역시 뱀파이어 꽃이니까."

"……뭐?"

레카가 헛웃음을 지으며 팔짱을 꼈다.

"지금 나랑 장난하냐?"

"내가 너랑 장난할 만큼 한가해 보이는 건가?"

"레이디는 인간이잖아! 어떻게 인간이 뱀파이어 꽃이 될 수 있다는 거야! 제아무리 레이디가 뱀파이어 꽃의 피를 이어받았다고 하지만, 뱀파이어 꽃은 뱀파이어 일족의 유일한 여성 뱀파이어라고!"

"못 될 것도 없지."

레카와 루이의 대화에 에리샤가 불쑥 끼어들었다. 그녀는 심드렁한 표정으로 소파에 기댄 채 레카를 쳐다보며 말했다.

"서영은 누가 뭐라 해도 내 동생이야. 그건 변치 않아."

"후, 좋아. 백번 양보해서 동생이라고 칩시다. 한데 당신은 태어난 지 이제 15년 되지 않았습니까?"

"내년이면 16년 되는데?"

"아니, 그게 중요한 게 아니잖아요! 이 나라의 나이 계산법으로 해도 당신의 나이는 16살이란 말입니다!"

"난 1월생이라서 17살이야."

"그래도 레이디보다 한 살 어리지 않습⋯⋯."

"거 참, 시끄럽네."

에리샤는 레카의 말을 자르고 소파에 드러누웠다.

"나 목말라. 그러니까 더 묻고 싶으면 음료를 대령해."

백한이 음료를 만들어 올 때까지 말하지 않겠다는 의지로 앙탈을 부리는 에리샤의 행동에 레카는 주먹을 오므렸다 폈다. 진심으로 에리샤를 한 대 치고 싶다는 생각을 하면서.

"⋯⋯내가 이야기하지."

그런 레카의 마음을 알아챈 듯 동혁이 말했다. 여기 있는 두 뱀파이어가 서영의 편이라면 그녀를 지키기 위해서라도 그들이 이 사실을 아는 편이 나았다. 동혁은 심호흡을 크게 하고 천천히 입을 열었다.

"서영이라는 이름과 나이. 그건 원래 내 딸의 것이었다."

"딸이요?"

"그래. 네가 나타나기 일주일 전에 죽어버린 내 딸 이름이야. 내 딸은 아내와 같이 사고를 당해서 죽어버렸지만, 난 그걸 인정하지 못했어. 그래서 사망 신고도 하지 못한 채 술로 날을 지새우고 있었는데, 웬 푸른 머리 여자가 아이를 하나 안고 나한테 오더라."

그 당시 동혁은 한꺼번에 사랑하는 이를 둘이나 잃어버렸다는 사실을 인정할 수가 없어서 매일같이 술을 먹었다.

동혁의 어머니이자 서영의 할머니는 눈물을 쏟으며 동혁을 말렸지만, 울적한 마음 때문에 동혁은 도저히 손에서 술을 놓을 수가 없었다.

『이 아이를 부탁드려요.』

그의 딸이 하늘나라로 가버린 지 얼마 안 된 비가 추적추적 내리던 어느 날, 푸른 머리의 여자가 나타나 아기를 그에게 건네주었다. 동혁은 아기의 얼굴에서 죽은 형의 모습이 얼핏 보이자 설마 하는 얼굴로 여자를 쳐다봤다.

『미엘 님의 아이입니다. 아버지는 강동현 님이시구요.』

역시나 형의 딸이었다. 그리고 동혁은 미엘이라는 여자의 이름도 이미 알고 있었다. 전에 형이 자신이 사랑하는 여자라면서 몇 번 소개해준 적이 있었기 때문이었다.

하지만 그 여자는 형의 장례식 때 나타나지 않았기 때문에 헤어진 줄로만 알고 있었는데 형의 아이를 낳았다니. 생각지도 못한 사실에 동혁은 입을 다물지 못했다.

『이 아이는…… 뱀파이어의 아이입니다.』

뱀파이어라니? 그런 게 세상에 존재한단 말인가?

정신이 이상한 여자인가 싶었지만, 너무 진지하게 자신을 바라보는 푸른 눈은 거짓말을 하는 것 같지 않았다.

『지금은 미엘 님이 힘을 봉인하여 뱀파이어의 기운이 없지만, 이 아이는 뱀파이어의 핏줄입니다. 다른 뱀파이어들보다는 더뎌도 분명 놀라운 성장을 할 겁니다. 그래도 놀라지 마세요. 이 아이는 분명 당신의 조카이니까요.』

그 말을 끝으로 푸른 머리 여자는 허공으로 사라졌다. 갑자기 눈앞에서 여자가 사라지자 동혁은 기함하며 뒤로 넘어졌다.

비가 추적추적 내려 물이 흥건한 바닥에 멍하니 앉아 있던 동혁은 천천히 고개를 내려 아기를 쳐다봤다. 아기는 낯선 사람을 보고도 방긋방긋 웃었다. 그 모습이 마치 죽은 딸을 연상시켜서 감정이 북받쳐 올랐다.

"하늘이 딸과 아내를 동시에 잃은 날 가엽게 여겨 보내준 거라고 생각했다. 그래서 널 내 딸로 만들었다."

딸의 사망 신고는 아직 하지 않았기 때문에 가능한 일이었다. 그렇게 서영을 거둬 키웠지만, 그녀를 볼 때마다 양심의 가책이 느껴져 동혁은 자꾸만 밖으로 돌아다녔다. 직장도 일부러 집에서 멀리 떨어진 곳으로 구했다.

그렇게 서영에게서 멀어지기 위해 도망치다시피 취직한 곳이 하프들의 협회였고, 동혁은 그곳에서 자신의 또 다른 조카인 에리샤를 발견했던 것이다.

"5년 전 협회에서 동혁이 나를 데리고 도망쳐준 덕분에 내가 이렇게 돌아다닐 수 있는 거야."

서영이 문제로 동혁과 싸우긴 했지만, 에리샤는 진심으로 동혁에게 감사해하고 있었다. 그러면서도 한편으로는 몇 가지 의문이 들었다. 과연 동혁은 서영이 없었더라도 자신을 구했을까? 아니면 자신은 계속 협회에 잡힌 채 지독한 실험을 당하고 있을까? 그것만 생각하면 머리가 아파졌다.

"뭐야, 그게."

모든 이야기를 들은 레카가 어처구니없다는 어조로 중얼거렸다.

"기껏 찾은 꽃이 제 역할도 못 하는 반푼이라고?"

반푼이라니. 에리샤의 얼굴이 무참히 일그러졌고 서영 역시 그렇게 좋은 표정은 아니었다.

"레카."

루이도 레카의 말이 심하다고 생각해 그를 만류했다. 레카는 되레 그런 루이가 이해가 안 된다는 듯 쳐다봤다.

"왜 그래? 내가 틀린 말 한 것도 아닌데?"

"레카!"

"넌 억울하지도 않아? 이런 꽃 때문에 네 친구가 죽었다고!"

"저 미친 놈이……."

레카의 폭언에 화가 난 에리샤가 나서려고 하자 동혁이 그녀의 팔을 잡고 말렸다. 루이도 깊은 한숨을 내쉬며 레카를 나무랐다.

"그 부분이라면 알아서 해결할 테니, 적당히 해."

"뭘 어떻게 해결할 건데? 그래, 친구 문제는 그렇다 치자. 요괴 전쟁은 어떻게 할 거야? 앞으로 뱀파이어 사회는 어떻게 할 건데? 로드가 없으면 모든 게 다 엉망진창이 되는데……!"

"뱀파이어 로드가 생길 가능성은 아직 있어."

에리샤가 불쑥 대화에 끼어들면서 모두의 시선이 그녀에게 집중됐다. 서영도 놀라며 에리샤에게 물었다.

"뱀파이어 로드가 생길 가능성이 아직 있다고? 어떻게?"

"서영에게 걸린 봉인을 풀면 돼."

그 말에 이번엔 모두의 시선이 서영에게 꽂혔다.

"그 봉인만 푼다면 서영의 몸속에 잠들어 있는 뱀파이어의 피가 깨어나, 서영도 완벽한 뱀파이어 꽃이 될 거야. 그럼 로드도 정할 수 있지."

"확실한 겁니까?"

"아니. 단지 내 추측이지만, 해보지 않고는 모르잖아?"

그건 그랬다. 다들 에리샤의 말에 동의하는 가운데 레카가 혼잣말하듯 중얼거렸다.

"정말로…… 뱀파이어 꽃인 거야? 레이디가?"

이에 루이가 확인 사살하듯 고개를 끄덕였다. 레카는 헛바람을 뱉으며 손으로 머리를 짚었다.

"하, 그래. 뱀파이어 꽃이 둘……."

현실을 인정하기가 쉽지 않은지 레카는 혼자서 계속 중얼거렸다. 한참이나 머리를 짚은 채 중얼거리던 레카는 이내 체념에 가까운 표정을 지으며 숨을 깊게 들이쉬었다.

"좋아. 그렇다고 치자. 그럼 이제 어떡하지?"

도망치지 못할 거면 현실을 받아들여야만 했다. 그 사실을 빠르게 자각한 레카는 모든 것을 받아들이기로 하고, 지금 상황에서 가장 중요한 사실을 짚었다.

"일단 아쉘은 뱀파이어 꽃이 둘이라는 사실을 모를 거야."

"나도 그렇게 생각한다."

루이는 레카의 말에 공감하며 고개를 끄덕였다. 만약 아쉘이 뱀파이어 꽃이 둘이라는 것을, 그것도 그중 하나가 힘을 봉인 당해 인간의 모습을 하고 있다는 것을 알고 있었다면 그는 절대로 가만히 있지 않았을 것이다.

"아쉘? 그건 누구야?"

에리샤가 처음 듣는다는 듯 묻자 레카가 어처구니없어 하며 그녀를 쳐다봤다.

"협회에 있었으면서 아쉘을 몰라?"

"그게 누군데? 협회에 있는 뱀파이어야?"

진짜 모르는 모양이네. 하긴, 아쉘이 이름을 숨겼을 수도 있으니. 레카는 좀 더 자세히 설명했다.

"왜 눈은 위로 째져 있고, 금발 머리에 어깨에 이상한 거 두르고 있는 애."

"협회를 이끄는 뱀파이어가 금발이라고? 난 처음 듣는 소린데. 동혁, 넌 알아?"

"아뇨. 저도……."

"협회를 이끄는 뱀파이어는 검은 머리야."

이건 또 무슨 황당무계한 소리란 말인가. 레카는 인상을 쓰며 심각하게 고민했다.

현재 생존한 뱀파이어 중 30%가 검은 머리라고 해도 과언이 아닐 만큼 검은 머리 뱀파이어는 흔했다. 하지만 의회를 이끄는 12명의 뱀파이어 중에서 검은 머리는 루이가 유일했다.

루이가 협회를 이끄는 뱀파이어일 리는 없고, 그렇다면 다른 놈이라는 의미인데 누군지 짐작조차 가지 않았다.

"거 참, 다시 원점인가."

겨우 꽃을 찾았는데, 그 꽃은 이미 제 기능을 하지 못하는 무용지물이었다. 더구나 한 명은 인간으로 자라서 뱀파이어 능력은 쥐뿔도 쓸 줄 몰랐고, 한 명은 반쪽짜리 힘 때문에 제 몸 하나 겨우 지킬 정도였다.

"게다가 아쉘이 아직 꽃을 찾고 있다라……. 골치 아픈 정도가 아니군."

레카는 제 몸 하나 지킬 수 없는 꽃을 지켜야 한다는 것이 썩 마음에 들지 않아 인상을 찌푸렸다.

한편 서영은 자신이 뱀파이어 꽃이라는 사실이 들통 나는 순간, 아쉘과 협회의 표적이 될 거라는 사실에 두려워하며 몸을 파르르 떨었다.

더구나 아쉘을 한 번 마주했을 때, 온몸에 느껴졌던 짙은 살기는 잊으려고 해도 잊을 수가 없었다. 두 번 다시 그런 경험은 하고 싶지 않았다.

"걱정하지 마라."

서영이 두려움에 떨고 있는 것을 본 루이는 그녀의 손을 부드럽게 잡아주며 말했다.

"무슨 일이 있어도 내가 지켜줄 테니까, 나만 믿어."

"루이……."

차가운 손과 달리 따뜻한 말에 서영은 몹시 감동한 눈으로 루이를 쳐다봤다. 루이도 옅게 웃으며 다정한 눈으로 서영을 바라봤다.

"혼자인 사람 서러워서 살겠나."

닭털을 날리다 못해 다 뽑을 것 같은 서영과 루이의 행동을 가만히 지켜보던 에리샤가 나지막하게 욕을 내뱉었다. 그러자 동혁이 기함하며 에리샤를 말렸다.

"여자는 그런 말 하시면 안 됩니다!"

"남녀 차별이다, 그거?"

다들 쌍을 이뤄 이런저런 이야기를 나누는 동안 레카는 멀뚱멀뚱 서 있었다. 분명 같은 공간에 있는데, 혼자 외딴 곳에 있는 것처럼 외롭고 쓸쓸했다.

"다녀왔습니다."

때마침 백한이 돌아오자 레카의 눈이 유난스럽게 반짝거렸다. 신발을 벗다가 레카와 눈이 마주친 백한은 저도 모르게 뒷걸음질을 쳤다. 그런 백한의 옆으로 성큼 다가온 레카가 씩 웃으며 어깨동무를 했다.

"우리 오붓하게 이야기 좀 하자."

"저, 저 주스 만들러 가야 하는데요."

"그럼 같이 하면 되겠네."

"같이 하긴 뭘 같이 해요!"

백한이 기함하며 주방으로 도망쳤지만, 레카는 끝끝내 백한을 따라갔다.

잠시 후, 에리샤가 요구한 생과일주스를 완성한 백한이 그녀의 앞에 내려놓았다. 바나나 주스, 딸기 주스, 사과 주스 등 종류도 다양했다. 모든 주스들을 한 모금씩 다 마셔본 에리샤가 만족스럽게 웃었다.

"굼벵이도 구르는 재주가 있네."

그냥 잘했다고 하면 될 걸 굳이 저렇게 말해서 사람 기분을 나쁘게 할 필요가 있나. 백한은 속으론 욕하면서도 겉으론 감사하다고 인사했다.

"그런데 뱀파이어 꽃이 둘이었다니."

주스를 만들면서 레카에게 모든 이야기를 들은 백한은 무척 놀라며 에리샤와 서영을 쳐다봤다. 뱀파이어 꽃이 둘이라는 것도 놀라웠지만 더 놀라운 건 서영이 인간이 아닌 뱀파이어라는 사실이었다.

"로드가 없으면 뱀파이어 일족은 어떻게 되죠?"

"음, 멸망할지도?"

약간 과장하긴 했지만, 충분히 일어날 수 있는 일이었다. 그만큼 뱀파이어는 자유분방하고 무질서했기 때문에 강한 힘을 가진 누군가 조율해주지 않으면 동족간의 살육이 난무하다가 끝내 멸망할 가능성이 컸다.

"그럼 큰일 아니에요?"

"너무 걱정하지 마, 하프."

에리샤가 깨끗하게 비운 컵을 탁자 위에 내려놓으며 말했다.

"서영이가 뱀파이어로 각성만 한다면, 모든 게 다 해결될 테니까."

그 말에 괜히 뜨끔한 서영은 어색하게 웃었다. 제 손에 뱀파이어 일족의 운명이 달려 있다는 사실이 몹시 부담스러웠다.

"에리샤 님은 서영 씨의 봉인을 풀 방법을 아십니까?"

"그걸 알면 내가 이러고 있겠어? 벌써 풀었지. 바보냐?"

에리샤가 얄밉게 혀를 쏙 내밀자 백한은 헛웃음을 지었다. 지금까지 루이처럼 의젓한 뱀파이어만 봐서 그런지 에리샤 같은 성격의 뱀파이어는 도저히 적응이······.

'아, 비슷한 뱀파이어가 한 명 더 있네.'

백한은 슬쩍 자신의 옆에 있는 레카를 쳐다봤다. 지금 생각한 건데 에리샤와 레카의 성격은 굉장히 똑같았다.

"과연 내가 할 수 있을까?"

갑자기 생긴 막중한 임무에 마음이 무거워진 서영은 깍지를 낀 채 고개를 푹 숙였다.

"넌 잘 해낼 테니, 걱정하지 마."

루이가 깍지 낀 서영의 손을 꼭 잡으며 말했다.

"이 일과 별개로 난 네가 꼭 뱀파이어가 됐으면 한다."

"응? 왜?"

"뱀파이어가 되면 나랑 긴 세월을 함께할 수 있으니까."

아, 그러고 보니 그렇네. 루이와 오랜 시간을 함께할 수 있다는 사실이 너무 좋아서 서영은 볼을 발그레 붉혔다.

"얼굴 붉히는 것도 좋고 둘이 사이가 좋은 것도 보기 좋은데, 이야기 다 끝내고 하면 안 될까?"

에리샤가 몹시 짜증 난다는 듯 툴툴거리며 말하자 서영은 헛기침을 하며 대화의 주제를 돌렸다.

"흠, 흠, 그건 그렇고, 에리샤. 협회의 수장에 대해 아는 거 없어?"

"나도 자세히 본 건 아냐. 그 수장이라는 놈은 늘 로브나 가면으로 얼굴을 가리고 다녔거든."

그 말에 루이는 자신을 공격했던 의문의 하프를 떠올렸다. 제 어깨에 단검을 박은 것도 그렇고, 예사 놈은 아니었다. 게다가 검은 머리였지.

"협회의 수장은 하프인가?"

"아까 내가 한 말을 뭐로 들은 거야? 뱀파이어라고 했잖아."

그럼 그 녀석은 아니군. 루이는 그 하프에 대한 걸 머릿속에서 지웠다.

"협회의 수장은 왜 얼굴을 가리고 다닌 걸까?"

서영이 의아하다는 듯 고개를 갸웃거리며 물었다.

"뭔가 가려야 할 이유가 있겠지. 로브를 쓰지 않는 경우가 한두 번 있긴 했는데, 그럴 때마다 얼굴의 반을 가리는 가면을 썼었어."

"검은 머리에 얼굴을 드러내지 않는다고?"

레카가 뭔가 알아챘다는 듯 중얼거리면서 눈살을 찌푸렸다.

"뭐야, 너. 뭔가 알고 있어?"

에리샤가 물었지만 돌아오는 대답은 없었다. 에리샤가 방방 뛰며 어서 말하라고 다그쳐도 레카는 심각한 표정을 지으며 곰곰이 생각에 잠겨 있을 뿐이었다.

"야!"

"그만해, 에리샤."

보다 못한 서영이 에리샤를 말렸다. 평소의 장난기 가득한 얼굴이 아닌, 저렇게 심각한 얼굴로 생각하는 걸 보면 뭔가 중요한 일일 것이다. 그러니 그가 생각을 끝낼 때까지 기다려주는 것이 예의라고 생각한 서영은 잠자코 기다렸다. 루이도 마찬가지였다.

하지만 그들은 끝내 레카가 왜 그런 건지, 무슨 생각을 한 건지 전혀 듣지 못했다.

정신없는 하루가 끝나고 어느새 어둠이 짙게 깔린 밤, 서영은 거울 속에 비친 제 모습을 보며 작게 중얼거렸다.

"내가 뱀파이어 꽃이라니."

에리샤에게 여러 번 들었지만, 여전히 실감 나지 않았다. 그도 그럴 것이 거울 속에 비친 여자는 뱀파이어라고 하기엔 너무 평범했다. 뱀파이어의 특징인 붉은 눈도 아니었고.

'역시 뭔가 착오가 있는 게 아닐까. 에리샤가 사람을 착각했다거나.'

그리 생각하기엔 동혁까지 맞다고 하니 그건 또 아닌 것 같아 서영은 나지막하게 한숨을 쉬었다.

"안 자고 뭐 하는 거지?"

불현듯 루이의 목소리가 들리자 서영은 고개만 돌려 뒤를 쳐다봤다. 루이는 벽에 등을 기대고 팔짱을 낀 채 서영을 걱정스러운 얼굴로 바라보고 있었다.

"고민 때문에 또 못 자는 모양이군."

"어떻게 알았어?"

고민이 있을 때마다 잠을 이루지 못하는 건 서영의 나쁜 버릇 중 하나였다. 그걸 루이가 알고 있다는 것에 놀라며 묻자 루이가 희미하게 웃었다.

"그 정도는 당연히 알고 있어야지. 좋아하는 사람인데."

좋아하는 사람이라니. 낯 뜨거운 말에 서영의 볼이 발그레 붉어졌다.

"그래서 무슨 고민을 하고 있었지?"

"고민이라기보단…… 내가 뱀파이어 꽃이라는 게 믿기지 않아서."

서영은 손끝으로 거울에 비친 제 모습을 훑어 내렸다. 그런 서영의 옆으로 성큼 다가온 루이는 그녀의 머리 위에 손을 올렸다.

"작네."

"작다니. 네가 너무 크다는 생각은 안 해봤어?"

서영이 입술을 삐죽이며 퉁명스럽게 말했다.

"그리고 나도 봉인이 풀리면 너처럼 어른이 될 거야!"

"뱀파이어가 어른이 되는 시기는 보통 600살인데."

"600살……."

까마득한 시간에 서영이 볼을 빵빵하게 부풀리고 생각에 잠겼다. 루이는 그런 서영의 볼을 쿡 찔렀다. 그러자 피슉, 하고 바람 새는 소리가 나면서 서영의 볼이 홀쭉하게 변했다.

"다시 해봐."

"뭐?"

"이거 재미있어."

진짜 재미있는지 루이의 눈동자가 유쾌하게 반짝거렸다. 아이 같은 루이의 행동에 서영이 픽 웃었다.

"너도 몸만 컸지, 생각은 아직 어리네. 성년식은 몸만 크는 건가 봐?"

"네가 나보다 나이가 적은 걸로 아는데? 뱀파이어 나이로 16살은 인간으로 치면 갓 태어난 아기와 같다."

"그럼 나 아기야?"

서영이 살짝 고개를 기울이자 머리칼이 한쪽으로 쏠리면서 그녀의 시야를 가렸다.

"불편해."

서영이 팔목에 차고 있던 고무줄로 머리를 틀어 올리자 서영의 새하얀 목덜미가 베란다 창문으로 희미하게 들어온 달빛 아래 드러났다.

"……."

새하얀 목덜미를 보는 순간 심각한 갈증이 일었다. 당장이라도 서영의 깨끗한 목덜미에 송곳니를 박고 피를 먹고 싶었다.

'미쳤군.'

이딴 생각을 하다니. 루이는 이를 악물며 뒤로 물러났다. 이대로 있다간 정말로 서영의 목을 물어버릴 것 같아서 자리를 뜨려는데 서영이 그를 불렀다.

"왜 그래, 루이?"

루이는 대답 대신 베란다 쪽으로 향했다. 창문을 열자 차가운 바람이 집 안으로 들어왔다. 서영은 카디건을 여미며 루이에게 재차 왜 그러냐고 물어봤다. 그제야 루이는 서영을 돌아봤다.

"밤은 뱀파이어가 사냥하기 좋은 시간이지."

"꺅, 루이!"

난데없이 루이가 베란다 밖으로 몸을 던지자 서영은 단말마의 비명을 지르며 황급히 밖을 살폈다. 그새 어딘가로 날아간 건지 루이는 그 어디에도 보이지 않았다.

❖❖❖

"이놈들! 하프들 주제에 지금 누구의 몸에 손을……!"

퍽—!

"윽!"

과격한 타격음과 함께 복부에 강한 충격이 느껴지자 테런의 허리가 절로 굽혀졌다. 이게 정말 하프란 말인가. 생전 처음 하프에게 공포감을 느낀 테런은 하프 따위가 이런 힘을 가진 것이 말도 안 된다고 생각하며 눈을 부릅뜬 채 자신의 앞에 있는 대장 격의 남자를 쳐다봤다.

"더러운 눈깔로 뭘 보시는 거죠?"

그러자 그의 옆에 있던 금발의 소년이 테런의 머리에 발을 내리꽂았다. '우지끈' 하는 소리와 함께 테런의 머리에서 뜨거운 것이 줄줄 흘러내려 바닥을 적셨다.

하지만 뱀파이어의 치유 능력 덕분에 테런의 머리에 난 상처는 바로 아물었고, 그의 상처가 아물 때마다 금발의 소년은 묘한 웃음을 지으며 계속해서 그의 머리를 밟았다.

달칵—.

방문이 열리면서 어두컴컴했던 방에 한 줄기의 빛이 들어왔다. 방문을 열고 들어온 것은 하얀색 가면을 쓴 남자였다. 얼굴의 반을 가린 남자가 방으로 들어오자 테런의 머리를 밟고 있던 금발의 소년은 발을 내리고 남자에게 고개를 숙였다. 그뿐만 아니라 방 안에 있는 남자들 모두 가면을 쓴 남자에게 경건한 경례를 했다.

"이자가 테런이라는 자인가?"

"그렇습니다, 주인님."

남자는 '흐음?' 하며 테런을 쳐다봤다. 두려움에 벌벌 떨고 있는 테런을 보던 남자는 이내 뭐가 그리 재미있는지 픽 하고 웃으며 부하가 가져다 둔 소파에 몸을 깊숙이 묻었다. 테런은 그런 남자를 향해 소리쳤다.

"네, 네놈은! 뱀파이어가 아닌가!"

"그래서?"

"어째서 뱀파이어가 하프 따위와 손을 잡고 이런 짓을!"

"이런, 아직 자기 주제를 모르네."

남자가 검지를 손으로 가져가자 옆에 서 있던 한 녀석이 테런의 입에 재갈을 물렸다. 그제야 자리에서 일어선 남자는 테런의 앞으로 다가가 몸을 숙였다. 그러고는 아직 피가 흐르는 그의 머리를 손가락으로 툭툭 치며 입꼬리를 매끄럽게 올렸다.

"수치를 모르는 건 너야. 어떻게 뱀파이어이면서 그분에게 덤빌 생각을 했지?"

남자의 말에 테런의 눈이 커졌다. 정확하게 누구라고 이름을 말한 것은 아니었지만, 그분이라는 것과 덤빌 생각을 했다는 것을 보면 분명 그분은 루베르이를 지칭하는 것일 터였다.

테런은 설마 루베르이가 보낸 자인가 싶어 남자를 쳐다봤다.

"지금 루베르이 님이 나를 보낸 건 아닌가 하고 의심하고 있지?"

그런 테런의 마음을 알아챈 듯 남자가 약간 쓸쓸하게 웃으며 말했다.

"미안하지만, 아니야. 나는 루베르이 님의 시종이 아니거든. 같은 편도 아니지."

남자가 손을 뻗자, 금발의 소년이 다가와 그의 손에 잘빠진 은색 칼 하나를 쥐어주었다. 남자는 테런의 눈앞에 칼을 흔들었다.

"이게 뭔 줄 알아?"

"읍!"

"강한 힘을 가진 하프의 피로 담금질한 은 단도야. 너 같은 상급 뱀파이어도 죽일 수 있는 물건이지."

남자의 말에 테런은 더욱 몸부림을 쳤다. 그가 온몸으로 살고 싶다는 의사를 표시하자 남자는 테런이 물고 있는 재갈을 풀어주었다.

"나, 나는 그저 루베르이 님의 옆에 있는 인간 신부가 마음에 들지 않았을 뿐이야!"

테런이 기다렸다는 듯 말을 쏟아냈다.

"그분은 고귀하신 분! 인간 따위가 옆에 있어서는 안 되는, 뱀파이어 꽃 말고는 어울리는 자가 없는 그런 분이라고!"

테런은 정말로 억울하다는 듯 소리를 질렀다. 그에게 덤비려고 한 것이 아니었다. 그저 주제도 모르고 그분의 곁에 있는 인간을 없애려고 했을 뿐이었다.

"아, 맞아. 너, 어디서 봤다고 생각했는데……."

테런의 말이 끝나자마자 남자는 뭔가 생각났다는 듯 테런의 얼굴을 빤히 쳐다봤다.

"그때, 그놈이잖아?"

"나, 나를 아는가?"

"알지, 물론 잘 알지."

"나를 아는 자라면 내가 얼마나 루베르이 님께 충성을 다하는지 알 테지!"

가면의 뚫린 구멍 사이로 남자의 눈이 초승달처럼 휘는 것이 보였다. 테런은 남자의 웃음에 살 수 있을지도 모른다는 희망을 가졌다.

"웃차."

남자는 살짝 기합을 넣으며 자리에서 일어섰다. 그의 손에는 여전히 검이 쥐어져 있었지만, 남자는 그것을 휘두를 생각이 없는 것처럼 보였다. 그제야 테런은 안도의 한숨을 내쉬었다.

"앗차, 실수."

하지만 그건 착각이었다. 남자의 손에 있던 칼이 테런의 목에 꽂히면서 칼날을 타고 붉은 결정들이 뚝뚝 떨어졌다. 격한 통증과 함께 정신을 차릴 수 없을 정도로 빠르게 죽음이라는 그림자가 다가오자 테런의 몸에서 작은 발작이 일어났다.

"정말 실수야. 네가 전에 나한테 했던 것처럼."

남자는 그렇게 말하며 천천히 쓰고 있던 가면을 벗었다. 죽기 바로 직전, 테런은 남자의 얼굴을 확인할 수 있었다.

"넌, 분명 그때……."

"걱정 마. 네 몸은 죽은 뒤에도 내가 잘 써줄 테니."

남자의 입가는 매끄럽게 웃고 있었지만 그의 두 눈은 점점 죽어가는 테런의 눈동자를 싸늘한 시선으로 응시하고 있었다. 그 시선에는 복수라는 단어도 담겨 있었다.

'어떻게 이자가…….'

테런의 몸이 축 늘어지면서 그의 기운이 방 안에서 완전히 사라진 후에야 남자는 방을 나갔다. 그 뒤를 몇몇의 남자들이 따랐고, 아직 방 안에 남아 있던 남자들은 싸늘하게 식어가는 테런의 시체를 챙겨 들고 어디론가 향했다.

하늘에 시커먼 커튼이 쳐지면서 그 위를 수놓은 반짝이는 별들은 자신의 존재를 확실히 뽐냈다. 요괴의 숲과 다른 인간 세상의 하늘. 환한 보름달 덕분에 더욱 아름다운 밤하늘을 맨션 옥상에 앉아 마냥 쳐다보는 한 남자가 있었다.

밤하늘만큼이나 짙은 검은 머리와 그 머리보다 더 짙은 검은색의 날개를 가진 남자. 루이였다.

"뭐냐. 너, 밥 먹고 왔냐?"

분위기를 깨는 목소리에 루이의 고개가 절로 옆으로 향했다. 그를 부른 것은 레카였다.

레카는 루이 옆에 자리를 잡은 뒤 와인 잔을 내밀었다.

"마셔. 입가심에는 이만한 게 없지."

평소라면 그가 주는 것은 무엇이든 거절했겠지만 이상하게도 오늘은 그럴 생각이 없었다. 루이는 레카가 주는 와인 잔을 순순히 받아 들었다.

"혜? 내가 주는 걸 마다하지 않다니, 신기하네."

정말로 놀랐는지 레카는 눈을 동그랗게 뜨며 말했다. 루이가 어이없다는 듯 피식 웃자 레카는 어깨를 으쓱이며 품에서 와인 병을 꺼냈다.

"받아."

레카는 손수 루이의 와인 잔을 채워주었다. 핏빛을 닮은 붉은색 포도주가 투명한 와인 잔에 찰랑거리자 묘하게 심장이 뛰었다. 루이는 약간 어둡게 가라앉은 눈동자로 와인 잔에 담긴 액체를 쳐다봤다.

"근데, 참 재미있어."

레카의 말에 루이는 시선을 와인 잔에서 그에게로 돌렸다.

"전대 뱀파이어 꽃은 레이디를 뱀파이어 꽃이라는 운명의 굴레에서 도망

가게 하려고 그녀의 힘을 모두 봉인한 거잖아? 한데 너를 만남으로써 다시 운명의 굴레 안으로 들어왔으니 말이야."

레카의 말에 루이는 말없이 와인 잔을 입가로 가져갔다. 핏빛을 닮은 와인이 입 안으로 부드럽게 들어오자 씁쓸한 맛과 함께 달콤한 포도향이 입 안에 가득 퍼졌다.

"이렇게 보면 운명이라는 건 절대로 피할 수 없는 숙적인가 봐. 아무리 도망쳐도, 숨어 살아도 결국은 다시 돌아오니 말이야."

레카는 장난스레 웃으며 말했다. 루이는 그의 말에 씁쓸한 미소만 지은 채 연거푸 와인을 들이켰다.

서영을 뱀파이어 꽃이라는 운명으로 다시 데려온 것은 자신이었다. 만약 서영이 자신을 만나지 않고 평범한 인간으로 살았더라면, 그녀는 이 운명의 굴레로 다시 돌아오지 않았을지도 몰랐다.

"거기다 더 재미있는 건, 너."

레카는 루이를 검지로 가리키며 말했다.

"세상에 인간이 얼마나 많은데 거기서 딱 뱀파이어 꽃을 찾아서 계약을 하냐. 네 몸속에 있는 고위 뱀파이어 힘이 그녀를 알아본 건가?"

뱀파이어 꽃이 고위 뱀파이어와 로드의 힘의 근원이었기 때문에 레카는 조심스레 추측했다.

"서영에게는 쓸데없는 소리 하지 마라. 그녀에게 더 이상 혼란을 주지 마."

혹시나 루이는 서영이 오해할까 봐 걱정되어 딱 잘라 말했다. 그러자 레카의 눈이 샐쭉하게 변했다.

"레이디의 존재가 그렇게 중요한가?"

"중요하다."

"그녀가 뱀파이어 꽃이어서? 아니면……."

"그녀는 단지 그녀일 뿐. 하지만⋯⋯."

루이는 와인 잔을 옆에 두고 하늘 쪽으로 고개를 젖혔다. 그의 옆선을 따라 달빛이 촉촉하게 스며들면서 루이의 모습을 더욱 빛나게 만들었다.

"그 사실에 감사하기는 해. 만약 서영이 뱀파이어 꽃이 아니었다면, 그녀를 곁에 두지 못했을 테니까."

"하긴 내가 제시한 방법도 확실한 것은 아니니까."

레카는 멋쩍은 웃음을 지으며 머리를 긁적였다. 그가 알아낸 방법은 서영이 뱀파이어 꽃의 피를 마시는 것이었고, 그것은 확신 없는 도박이었다.

협회는 인간을 뱀파이어로 만들기 위해 뱀파이어 꽃의 피를 이용했었다. 그래서 레카는 서영도 뱀파이어 꽃의 피를 마시면 뱀파이어가 될지도 모른다고 추측했다. 서영이 뱀파이어가 된다면, 더는 뱀파이어의 피가 그녀의 피를 먹으려고 하지 않을 테니까.

"레이디의 목숨을 걸고 도박하기 싫었던 거지?"

루이는 고개를 끄덕였다. 그들이 확인한 협회의 실험체들은 대부분 죽었기 때문에 루이는 그 방법을 택하고 싶지 않았다.

"그런데 참 아이러니하군. 그녀가 뱀파이어 꽃의 반쪽이었다니. 이렇게 되면 이제 어떻게 해야 하는 거지?"

"뭘 말이지?"

"에리샤 님 말대로 레이디가 봉인을 풀고 뱀파이어가 된다면 로드가 생길 수 있을지도 몰라. 하지만 어떻게 봉인을 풀지?"

레카는 양미간을 찌푸린 채 앞머리를 거칠게 쓸어 올렸다.

"뱀파이어 꽃의 봉인을 푼다고? 장난하는 것도 아니고. 하⋯⋯."

가능할 리가 없었다. 레카는 그렇게 단정 지었다. 서열 10위 안에 드는 상급 뱀파이어의 힘은 인간 수백 명을 단번에 쓸어버릴 수 있을 만큼 강하다. 그런 상급 뱀파이어보다 강한 것이 고위 뱀파이어와 로드였고, 그 위에 군림하고 있는 것이 뱀파이어 꽃이었다.

"누가 풀 수 있을 것 같아? 여우 일족? 아니면 뭐 다른 요괴?"

"굳이 안 풀어도 상관없다."

"허? 봉인을 안 풀면 우리는 어떡하라고? 조금 있으면 요괴 전쟁도 있는데, 이러다간 정말로 다른 요괴들에게 밀릴지도 몰라! 그래도 좋다는 거야?"

"뱀파이어가 그 어떤 일족보다 강하다는 걸 잘 알고 있을 텐데?"

"난 그렇게 생각 안 해. 물론 개개인의 능력으로 본다면 뱀파이어를 이길 요괴는 없어. 하지만 그건 일대일로 싸웠을 때의 이야기지. 요괴 전쟁은 일족 간의 전쟁이고, 수장이 없는 오합지졸들은 결국 무너지고 말 거야."

레카가 가장 걱정하는 것은 이 부분이었다. 요괴 전쟁. 수많은 요괴들이 서열을 바꾸기 위해 이 전쟁에 참여할 것이고, 온갖 술수와 음모가 난무할 것이 분명했다. 로드가 있을 때의 뱀파이어 일족은 명령에 따라 일사불란하게 움직이며 다른 요괴들이 자신들의 자리를 넘보지 못하도록 철벽같이 방어했지만, 로드가 없는 현재의 그들을 통솔할 인물은 아무도 없었다.

"거기다 지금은 두 개의 편으로 나뉘었잖아. 아쉘을 로드로 미는 자와 너를 로드로 미는 자. 아쉘을 미는 자들은 네 명령을 듣지 않을 거고, 너를 로드로 미는 자들은 아쉘의 명령을 듣지 않을 거야. 이런 상황에서 어떻게 전쟁을 치르겠다는 건지."

레카는 골치가 아프다는 듯 머리를 절레절레 흔들었다. 하나로 뭉쳐도 살아남기 힘든데, 편을 가르고 서로 으르렁거리고 있다니. 인간들이 흔히 말하는 콩가루 집안이 딱 자신들을 두고 하는 말 같았다.

"우리에겐 로드가 필요해."

"그것도 그렇지만 난 그녀가 원치 않는다면 강요할 생각은 없다. 뱀파이어가 된다고 다 좋은 건 아니니까."

레카는 고개를 끄덕이며 말을 이었다.

"그녀가 뱀파이어 꽃이 되지 않는다면 뱀파이어 사회가 위험해지겠지만, 그녀가 뱀파이어 꽃이 된다면……."

"위험해지겠지."

루이는 차가우면서도 무미건조하게 말을 뱉었다. 하지만 그의 차가운 말투와 다르게 루이의 얼굴은 미묘하게 일그러져 있었다.

"레이디의 존재는 지금 양날의 검과 같아서 어느 쪽을 선택해도 피를 보게 될 거야."

뱀파이어 꽃은 오랜 시간 뱀파이어 일족에게 알려지지 않은 비밀의 존재였다. 그런데 갑자기 그녀의 존재가 수면 위로 떠오른다면 아쉘처럼 사악한 마음을 품는 자들이 생길 것이다.

"에리샤 님은 원래 뱀파이어 꽃으로 자라와서 크게 문제될 것이 없지만, 레이디는 인간으로 자라온 탓에 뱀파이어들을 모를뿐더러 능력조차 없으니…… 여러모로 문제네."

레카는 고개를 절레절레 흔들었다. 서영이 뱀파이어 꽃이 되지 않는다면 뱀파이어 사회는 결국 내부 분열로 멸망할 것이다. 그렇다고 서영이 뱀파이어 꽃이 되는 것이 마냥 좋은 것만은 아니었다.

"그런 놈들은 문제가 되지 않는다."

"문제는 되지 않겠지. 하지만 마음 약한 레이디가 견딜 수 있을까?"

레카는 삐딱하게 고개를 기울이며 자조적으로 말했다.

"늘 촉을 세우고 주변을 경계하면서 살아야 할 거야. 천 년이든 이천 년이든, 그녀의 목숨이 끊기는 그날까지……."

레카의 말에 루이의 표정이 일그러졌다. 그의 말대로 그녀가 뱀파이어 꽃의 자리에 오른다면 평생 주변을 경계하고 의심하며 살아야 할 것이다. 그 누구도 믿을 수 없고, 기댈 곳 하나 없는 것이 뱀파이어 사회였다. 그렇기 때문에 루이는 그녀가 뱀파이어 사회에 개입되는 것을 막으려고 한 것이다.

"거기다 아쉘은 지금 꽤 몸이 달아오른 것 같은데? 그렇지 않고서야 그런 짓을 할 리가 없지."

"뭘 말하는 거지?"

"얼마 전에 너보고 행동 대장으로 나서라고 했잖아. 그거 아무래도 뭔가 꿍꿍이가 있어. 그렇지 않고서야 너한테 나서달라고 할 이유가 없잖아?"

"그건 그렇지."

그 부분은 루이 역시 이상하게 생각한 부분이었다. 로드가 없는 지금, 자신이 뱀파이어들을 이끌고 전쟁에 나선다면 분명 뱀파이어들은 자신을 수장으로 생각할 것이다.

그렇다면 아쉘의 입지는 점점 좁아질 텐데 무슨 이유로 루이에게 나서라는 건지 알 수가 없었다.

"기나긴 싸움이 되겠군."

루이가 긴 한숨을 내쉬며 말하자 레카가 루이를 향해 윙크를 날리며 말을 건넸다.

"싸움이 길든 짧든, 넌 지킬 거잖아? 전처럼 허무하게 보내지 않을 거잖아."

장난스레 미소를 날리며 레카는 와인 잔을 들어 올렸다. 긴장감이라고는 조금도 보이지 않는 그의 모습에 루이는 어이없이 웃으며 대답했다.

"당연한 소리를 하는군."

절대로 이번만큼은 아쉘에게 순순히 당하지 않을 것이다. 루이는 그렇게 다짐했다.

"그럼 승리를 위해서 건배할까?"

레카는 들고 있던 와인 잔을 높이 들어 올리며 밤하늘을 향해 소리쳤다.

"새로운 꽃들을 지키기 위해서!"

체통 따위는 다 집어던지고 소리치는 레카를 보며 루이는 결국 진한 웃음을 지었다.

한 번쯤은 레카의 장단에 노는 것도 나쁘지 않겠지. 루이는 그를 따라서 잔을 높게 들었다. 두 개의 잔이 부딪히자 '챙' 하고 맑은 유리 소리가 났다. 루이는 잔잔한 웃음을 머금은 채 나지막한 목소리로 말했다.

"꽃들을 지키기 위하여."

폭풍전야

따사로운 햇살이 내리쬐는 평화로운 어느 날.

"갈 거야."

"안 됩니다."

백한의 집은 전혀 평화롭지 못했다. 서영은 어색하게 웃으며 말다툼을 하고 있는 에리샤와 동혁을 쳐다봤다.

"내가 간다면 가는 거야!"

"대체 몇 번을 말씀드립니까. 밖은 위험하다고요!"

"시끄러워! 갈 거야!"

에리샤가 바닥을 구르며 생떼를 부리자 동혁이 한숨을 내쉬었다.

"진정해, 에리샤."

보다 못한 서영이 중재에 나섰다. 나가고 싶은 에리샤의 마음은 알지만, 동혁의 말처럼 시기가 좋지 않았다. 언제 어디서 아쉘과 협회가 공격할지 모르는데 놀이공원이라니.

이 모든 건 TV에 나온 광고 때문이었다. 에리샤는 '환상과 동화의 나라'라고 말하며 화려하게 선전하는 광고를 본 뒤, 놀이공원에 가고 싶다고 난리를 피우기 시작했다.

"정말 안 돼?"

"안 됩니다."

동혁이 단호하게 대답했다. 그를 설득하는 데 실패한 에리샤가 다음 타깃으로 잡은 사람은 서영이었다. 그녀가 간다면 루이도 움직일 테고, 그럼 동혁도 말리지 못할 것이다.

"난 지금까지 협회에 잡혀 있느라 놀이공원에 한 번도 못 가봤는데……."

에리샤는 서영의 팔을 꼭 붙잡고 서글프게 말했다. 그런 에리샤를 바라보는 서영의 눈동자가 크게 흔들렸다

"그래서 꼭 가고 싶었는데…… 안 되는 거야?"

"에리샤……."

에리샤는 서영이 난처해하며 입술을 꾹 깨물자 속으로 회심의 미소를 지었다. 보아하니 조금만 더 흔들면 될 것 같았다.

"흑……."

마지막 일격을 날리기 위해 가짜 눈물을 준비하고 있는데 갑자기 몸이 붕 떴다. 누군가 뒤에서 그녀를 끌어안은 것이다. 놀라며 뒤를 돌아보자 특유의 능글맞는 웃음을 짓고 있는 레카가 보였다. 이제 막 깬 건지 그는 잠옷 차림에 머리는 부스스했다.

"공주님이 왜 울고 계실까?"

"뇌!"

에리샤가 버둥거렸지만 레카는 그녀를 내려주지 않았다.

"놓으라고 이 멍청아!"

"입은 여전히 험하시네요."

"험하든 말든 놓으라고!"

조금만 더 하면 서영이 넘어올 것 같았는데, 레카의 등장으로 전부 물거품이 됐다. 그 사실이 몹시 못마땅한 에리샤는 레카의 가슴을 있는 힘껏 퍽퍽 내리쳤지만 그는 조금도 아파하는 기색 없이 웃기만 했다.

"앙탈입니까?"

앙탈이라니. 되지도 않는 말에 에리샤가 입을 쩍 벌렸다. 레카는 킥킥 웃으며 에리샤를 내려준 뒤, 서영을 쳐다봤다.

"왜 이렇게 시끄러웠던 거야? 자다가 깼잖아."

"아, 죄송해요. 에리샤가 갑자기 놀이공원에 가고 싶다고 해서요."

"호, 놀이공원?"

잠기운이 여실했던 눈동자에 이채가 돌았다. 본능적으로 잘못된 스위치를 눌렀다는 걸 직감한 서영은 슬금슬금 뒷걸음질을 쳤다. 반면 에리샤는 레카가 자신과 같은 마음이라는 걸 깨닫고 함박웃음을 지었다.

"가고 싶지?"

"가고 싶네."

"그럼 가자."

"그러자."

"안 됩니다!"

말도 안 되는 쿵짝에 동혁이 기함하며 그들을 말렸지만 에리샤도 레카도 귓등으로도 듣지 않았다.

"서영아, 너도 뭐라고 말 좀 해봐!"

"놀이공원은 다음에 가는 게 좋을 것 같아, 에리샤."

"하지마안, 난 지금 가고 싶은 거얼."

"안 돼. 절대 안 돼."

에리샤의 간청에도 서영은 단호하게 말했다. 쉽게 넘어올 것 같았던 서영이 돌부처럼 버티자 에리샤는 발을 동동 구르며 억지를 부렸다.

"갈 거야! 무조건 놀이공원 갈 거라고!"

"……시끄럽군."

소란은 잘 자고 있던 루이마저 깨워버렸다. 막 잠에서 깨어나 전혀 꾸미지 않은 흐트러진 모습이었지만, 서영의 눈에는 그 누구보다 잘생겨 보였다. 반짝반짝 빛이 나는 것 같기도 했다.

"왜 그렇게 보지?"

"응? 아니, 아무것도."

서영은 차마 네가 너무 잘생겨서라는 낯 뜨거운 말을 하지 못하고 말을 얼버무렸다.

"루이!"

에리샤가 눈을 반짝이며 루이에게로 달려갔다. 평소와 다른 저돌적인 에리샤의 행동에 루이는 흠칫 놀라며 한 발 뒤로 물러났다.

"뭐지?

"놀이공원이라고 알아?"

"놀이공원?"

루이도 놀이공원을 모른다는 사실에 에리샤는 음흉한 미소를 지으며 루이의 옆에 찰싹 붙었다. 반대편에는 언제 온 건지 알 수 없는 레카가 있었다.

"있잖아, 루이. 놀이공원에 가면 신기하고 반짝반짝한 게 정말 많대!"

"연인들의 데이트 장소라고 하더군."

에리샤와 레카가 열심히 어필했지만, 루이는 관심 한 자락 주지 않았다. 루이의 반응이 자신이 예상한 것과 다르자 에리샤와 레카는 실망한 표정을 지었다.

"넌 뱀파이어도 아니야!"

"맞아! 뱀파이어가 무슨 호기심이 그렇게 없어!"

에리샤와 레카는 대놓고 합심해서 뭐라고 했지만, 루이의 반응은 여전히 시큰둥했다. 주방 입구에서 상황을 지켜보고 있던 백한이 문득 생각났다는 듯 서영에게 물었다.

"그러고 보니 전에 서영 씨도 놀이공원에 가본 적 없다고 하지 않았어요?"

"아, 네."

"그럼 한번 가보고 싶겠네요."

"그렇긴 한데……."

그래도 지금은 아닌 것 같다고 말하려는데 루이가 먼저 말했다.

"가자."

자신들이 이야기할 땐 들은 척도 하지 않더니, 서영이 가고 싶다고 하자 바로 손바닥 뒤집듯이 의견을 바꾸다니. 레카와 에리샤는 똥 씹은 표정을 지으며 루이를 쳐다봤다. 물론 루이는 그들의 시선을 조금도 신경 쓰지 않았다.

"안 됩니다! 위험합니다!"

동혁이 당황하며 말렸지만, 그의 의견은 깔끔하게 묵살됐다. 유일하게 그의 편을 들어주었던 서영마저 약간 기대된다는 듯 놀이공원에 갈 준비를 하자 동혁은 의기소침해 구석에 쭈그려 앉았다.

"걱정하지 마세요."

백한은 그런 동혁의 등을 토닥이며 위로의 말을 건넸다.

"호위 기사로 강한 뱀파이어가 둘이나 따라가니 아무 문제 없을 거예요."

그 말에 그나마 위로를 받은 동혁이 고개를 끄덕였다.

꿈과 환상의 나라 XX월드!

화려한 문구와 현란한 장식이 시선을 사로잡았다. 놀이공원의 입구는 수

많은 인파들로 북적거렸다.

"꺄아, 놀이공원이다!"

"오오, 놀이공원은 이렇게 생겼구나."

에리샤와 레카는 상기된 얼굴로 놀이공원을 둘러봤다. 반면 서영은 걱정스럽게 루이를 쳐다봤다. 그가 사람 많은 곳을 싫어한다는 사실이 떠올랐기 때문이었다.

"루이, 괜찮겠어?"

"괜찮다."

"그럼 다행인데……."

서영은 말꼬리를 흐리며 루이의 눈치를 살폈다. 루이의 표정은 평온했다. 정말 괜찮은 모양이네. 서영은 안도의 한숨을 쓸어내렸다. 루이가 괜찮으니 다 괜찮을 거라고 생각했는데, 의외의 복병이 등장했다.

"여기 왜 이렇게 짜증 나게 하는 사람이 많죠?"

바로 백한이었다. 그는 인상을 팍 쓰며 주변을 둘러보더니 어느 지점을 검지로 가리켰다.

"여긴 분명 공공장소인데 저놈들은 왜 저기서 저런 짓을 하고 있는 걸까요."

그곳엔 쏟아지는 시선에도 아랑곳하지 않고 뽀뽀를 하고 있는 한 커플이 있었다. 분명 눈살이 찌푸려지는 장면이었지만 백한처럼 과민반응을 할 정도는 아니었다. 게다가 백한은 묘하게 저들을 부러워하는 눈치였다.

"혹시 오빠도 연애…… 으악!"

연애하고 싶냐고 물어보려는데 누군가 허리를 불쑥 끌어안았다. 깜짝 놀라며 뒤를 돌아보자 히죽히죽 웃고 있는 레카가 보였다.

"놔, 놔주세요!"

서영이 버둥거리며 소리쳤지만, 레카는 놓아주기는커녕 오히려 서영을 더 끌어안고 정수리에 턱을 괴기까지 했다.

"내가 전에도 말했지만 내 아이를……."

퍽—!

레카의 말이 채 끝나기도 전에 루이가 레카의 옆구리를 걷어찼다. 레카는 단말마의 비명도 지르지 못하고 바닥에 내동댕이쳐졌다. 루이는 거기서 멈추지 않고 서영을 그의 품으로 끌어당겼다. 얼떨결에 루이의 품에 안긴 서영의 눈이 동그랗게 변했다.

"뭐야, 루이."

레카가 눈매를 샐쭉 접으며 루이와 서영을 쳐다봤다.

"너 지금 질투하는 거냐, 푸하핫!"

그러더니 루이를 향해 손가락질하며 마구 웃어대기 시작했다. 웃음소리가 어찌나 큰지 지나가던 이들이 한 번씩 쳐다볼 정도였다.

그런 레카가 창피해 서영은 얼굴을 붉히며 고개를 돌렸고, 에리샤도 그런 그를 못마땅해하며 혀를 찼다.

그 사이 표를 사러 간 백한이 돌아오자 그들은 저마다 표를 하나씩 들고 놀이공원 입구로 향했다.

백한이 앞장서고 그 뒤에 레카, 루이, 그리고 서영과 에리샤 순으로 줄을 섰다.

"표 확인할게요."

"여기요."

의무적으로 표를 확인하던 직원은 부드러운 목소리가 들리자 고개를 들었다. 직원과 눈이 마주친 백한이 싱긋 웃었다. 웬만한 연예인 뺨칠 정도로 준수한 외모와 산뜻한 미소는 직원의 마음을 흔들어놓기에 충분했다. 직원의 볼이 발그레 붉어졌다.

"왜 그러시죠? 표에 문제가 있나요?"

"아니, 그게……."

"뭐야, 무슨 일인데?"

백한의 뒤에 있던 레카가 고개를 불쑥 내밀자 직원의 눈이 휘둥그레졌다. 세상에 이렇게 잘생긴 남자가 있었단 말이야? 직원은 숨 쉬는 것도 잊은 채 멍하니 레카를 바라봤다.

"얘 반응이 왜 이래? 너, 이상한 거 사 온 거 아니야?"

"그럴 리가 없잖아요. 아가씨."

"네, 네?"

백한이 팔을 툭 건드리자 직원이 화들짝 놀라며 대답했다. 아무리 봐도 직원의 상태가 이상해서 백한은 약간 걱정스럽게 말했다.

"어디 아프신 것 같은데, 다른 분에게 검사를……."

"아뇨! 제가 할 거예요! 제가 하게 해주세요!"

백한이 가려고 하자 직원이 빼앗다시피 표를 가져갔다. 다소 과격한 직원의 행동에 백한은 얼떨떨해하면서도 순순히 팔을 내밀었다.

직원은 신중하게 백한의 손목에 자유 이용권 팔찌를 채웠다. 레카의 손목에 채우는 것까지 성공한 직원은 크게 숨을 뱉으며 고개를 들었다가 루이를 발견하고 다시 숨을 삼켰다. 오늘 무슨 날인 게 분명했다. 그게 아니고서야 이렇게 잘생긴 남자들이 한꺼번에 등장할 리가 없었다.

"표."

"네, 네?"

"표 안 줘?"

"드, 드리겠습니다!"

반말이었지만 전혀 기분이 나쁘지 않았다. 오히려 그의 손목을 만질 수 있는 걸 영광으로 여기며 직원은 덜덜 떨리는 손으로 스티커를 떼어내려고 했지만, 손이 너무 떨려서 잘 떼어지지 않았다.

"저 인간, 왜 저렇게 답답하게 굴어? 굼벵이야?"

미적거리는 직원이 못마땅한 에리샤가 신경질적으로 말했다. 불행인지 다행인지 직원은 에리샤의 말을 듣지 못했다. 서영은 에리샤에게 그런 말을 하면 안 된다고 주의를 준 뒤 직원에게 물었다.

"도와드릴까요?"

그제야 서영과 에리샤를 발견한 직원이 멈칫했다. 미남만 있는 줄 알았는데 미녀도 있었다. 평범한 여자도 있었고.

"팔찌 이리 주세요."

왠지 서영의 말을 거절하면 안 될 것 같아 직원은 그녀에게 팔찌를 건네주었다.

"루이, 팔 줘봐."

서영은 루이의 팔에 자유 이용권 팔찌를 채웠다. 그런 서영을 바라보는 루이의 눈빛은 봄날의 햇살처럼 따사로웠다.

누가 봐도 다정한 연인의 모습. 직원은 저런 잘생긴 남자를 연인으로 두고 있는 서영이 몹시 부러웠다.

"다 됐다."

"서영한테는 내가 해줄래!"

에리샤가 직원에게 팔찌를 건네받아 서영의 손목에 채워주었다. 서영도 에리샤의 손목에 채워주었다.

"어디부터 갈까요?"

백한은 미리 구해 온 놀이공원 지도를 펼쳐 보여주며 물었다. 서영이 지도를 보는 사이 에리샤는 주변을 둘러보더니 서영의 옷깃을 잡아당겼다.

"저건 뭐야?"

에리샤가 가리킨 곳엔 귀여운 머리띠를 파는 가게가 있었다. 서영이 머리에 쓰는 거라고 알려주자 에리샤가 눈을 반짝거렸다.

"나 저거 사주면 안 돼?"

"그래."

놀이공원까지 왔는데 그 정도쯤이야. 서영은 에리샤의 손을 잡고 가게로 향했다.

미키마우스 귀가 달린 머리띠부터 시작해서 토끼 귀, 고양이 귀 등 각양 각색의 머리띠가 있었다. 에리샤는 쭉 훑어보더니 그녀가 입고 있는 원피스 와 똑같은 분홍색의 토끼 귀 머리띠를 집어 들었다.

"이거 살래."

"그래."

서영이 계산하는 동안 머리띠를 쓰고 거울에 비친 제 모습을 이리저리 보 던 에리샤는 문득 일행이 있는 곳을 쳐다봤다. 레카와 백한은 지도를 보며 토론하고 있었고, 루이는 세상만사가 귀찮다는 듯 하늘을 보고 있었다.

그런 루이를 바라보는 에리샤의 눈동자가 유난스럽게 반짝거렸다. 에리샤 는 음흉하게 웃으며 루이에게로 다가갔다.

"루이, 할 말이 있는데."

"뭐지?"

"잠시 귀 좀 빌려줘."

루이는 별 의심 없이 허리를 숙여 귀를 내주었다. 에리샤는 그 틈을 놓치 지 않고 들고 있던 토끼 머리띠를 루이의 머리에 씌워주었다.

"와아, 토끼 마왕이다!"

"너……!"

"레카, 백한!"

루이가 당황하며 불렀지만 에리샤는 개의치 않고 백한과 레카를 불렀다. 무심코 고개를 돌린 레카와 백한은 토끼 머리띠를 쓰고 있는 루이를 발견 하고 웃음을 터뜨렸다.

"푸하핫, 꼴이 그게 뭐냐. 루이."

"혀, 형님……."

"풋."

계산을 끝내고 돌아온 서영까지 웃음을 터뜨리자 루이는 인상을 쓰며 토끼 머리띠를 바닥에 내팽개쳤다.

처음에는 회전목마 같은 간단한 놀이 기구로 워밍업을 해줘야 한다는 백한의 의견에 따라 그들은 회전목마, 범퍼카 등 간단한 놀이 기구부터 탔다. 막 미로 탈출을 끝내고 나오는데 에리샤가 파란색 레일 위를 달리는 롤러코스터를 가리키며 물었다.

"저건 뭐야?"

"아, 저건 롤러코스터라는 건데 저기 보이는 기차를 타고 레일을 달리는 거야. 굉장히 무서운 놀이 기구라고 소문이……."

"꺄아악!"

서영의 말이 채 끝나기도 전에 사람들의 비명 소리가 울려 퍼졌다. 저렇게 빠르고 무서운 놀이 기구를 좋아하지 않는 서영은 희게 질린 얼굴로 물러섰다. 뒤따라오던 백한이 그런 서영에게 물었다.

"서영 씨, 무서운 놀이 기구 싫어하는 모양이네요."

"싫어하는 건 아니……."

"꺄아아악!"

"……싫어해요."

혹시 같이 타자고 할까 봐 서영은 바로 정정했다. 반면 에리샤의 눈은 초롱초롱했다.

"우리 저거 타자!"

"오, 재미있겠다."

레카도 롤러코스터에 흥미를 보였다. 이대로 있다간 다 같이 타자고 할 것 같아 미리 발을 빼려고 했는데, 서영보다 루이가 먼저 입을 열었다.

"안 타."

"어째서!"

"맞아! 어째서! 설마 저딴 놀이 기구가 무서운 건 아니겠지?"

에리샤와 레카가 방방 뛰며 타자고 소리쳤지만 루이는 끝내 의견을 굽히지 않았다.

"타려면 너희들끼리 타. 나랑 서영은 여기서 기다리지."

"맞아. 여기서 기다릴 테니까 재미있게 타고 와."

서영은 냉큼 루이의 제안을 받아들였다. 이에 에리샤와 레카는 입을 삐죽 거렸지만 타기 싫다는 사람을 굳이 끌고 갈 생각은 없는지 순순히 물러났다. 백한도 그들과 함께 롤러코스터를 타러 가서 그곳엔 서영과 루이, 둘만 남았다. 서영은 근처 벤치에 앉아 하늘을 올려다봤다. 그 옆에 루이가 앉았다.

"약간 힘드네."

"그럼 집으로 돌아갈까?"

"응? 아니야. 그냥 지친 것뿐이야. 조금 쉬면 괜찮아질 거야."

"그래."

루이는 무심하게 대답하며 하늘을 쳐다봤다. 그런 루이를 곁눈질로 보던 서영은 용기를 내서 루이의 손을 살포시 잡았다.

그러자 루이가 살짝 놀라며 서영을 쳐다봤다. 눈이 마주친 서영은 머쓱하게 웃었다.

"놀이공원 재미있어?"

"글쎄, 이곳이 재미있는지는 모르겠지만……."

루이는 서영의 손을 꼭 마주 잡으며 옅게 웃었다.

"너와 함께하는 건 재미있군."

평소 루이는 다정다감한 성격이 아니었지만 한 번씩 이런 말로 사람의 심장을 들쑤셨다. 서영은 잘 익은 홍시처럼 얼굴을 붉히며 다른 손으로 손부채질을 했다. 하지만 얼굴에 몰린 열은 좀처럼 식지 않았다. 거기다 심장은 마라톤을 하는 것처럼 격하게 뛰었다.

"아, 목마르다. 음료수 사 올게!"

여기 더 있다간 심장이 멎을 것 같아 서영은 후다닥 자리에서 일어나 도망쳤다. 그녀가 사라지자 루이의 얼굴에 그려진 미소도 사라졌다. 루이는 무심하게 하늘을 올려다보며 서영이 오길 기다렸다.

"저기, 혼자…… 오셨어요?"

그렇게 얼마나 지났을까. 루이에게 웬 여자들이 말을 걸어왔다. 제법 예쁘장하게 생겼지만 루이의 눈에는 평범한 인간들과 똑같아 보였다.

여자들이 왜 제게 말을 거는지 이유를 알 수 없어 의아한 눈으로 빤히 쳐다보자 여자들이 볼을 붉히며 수줍게 물었다.

"혼자 오셨으면 저희랑 같이 놀래요?"

혼자 온 것도 아니었고, 설령 혼자 왔다고 하더라도 이 여자들과 놀 생각은 손톱만큼도 없었다.

대답할 가치도 없는 질문이었기에 루이는 침묵하며 다시 하늘을 쳐다봤다. 완벽한 무시였지만, 여자들은 물러서지 않고 계속 말을 걸었다.

"어디서 왔어요?"

"애인은 있어요?"

무슨 말이 이렇게 많은지. 거기다 여자들은 고약한 냄새까지 풍기고 있었다. 루이는 당장이라도 자리를 뜨고 싶었지만, 그러면 서영과 엇갈릴 테니

인내심을 가지고 기다렸다.

"루이?"

그렇게 얼마나 기다렸을까. 드디어 기다리던 서영이 돌아왔다. 루이는 양 손에 음료수를 들고 있는 서영을 보자마자 망설임 없이 엉덩이를 뗐다.

"앗, 잠시……."

졸지에 닭 쫓던 개가 된 여자들은 루이가 서영에게 다가가자 코웃음을 쳤다.

"설마 저런 여자가 애인이야?"

명백한 비웃음에 서영이 의기소침하며 어깨를 축 늘어뜨렸다. 반면 루이 는 눈매를 매섭게 올리며 여자들을 노려봤다.

"고약한 냄새를 풍기는 것으로도 모자라 말도 더럽게 하는군."

"뭐, 뭐라고요?"

여자들이 어처구니없다는 듯 쳐다봤지만, 루이는 개의치 않고 서영의 옆 으로 다가가 그녀를 끌어안았다. 은은하면서도 달콤하고, 부드러운 체취가 확 느껴졌다. 바로 이 향기다. 얼어붙은 루이의 얼굴이 눈 녹듯이 녹아내렸 다. 루이는 옅게 웃으며 서영의 목덜미에 얼굴을 묻었다.

"루, 루이!"

서영이 당황하며 불렀지만 루이는 개의치 않았다. 루이는 서영의 향기를 마시며 멍하니 이쪽을 바라보고 있는 여자들을 향해 말했다.

"너희처럼 시끄럽고 냄새나는 여자들보다 이쪽이 내 취향이다."

감히 비교할 수 없을 정도로.

롤러코스터는 놀이공원에서 가장 인기가 많은 놀이 기구이다 보니 대기

줄이 길었다. 그만큼 오래 걸릴 줄 알았는데, 생각보다 대기 줄은 빨리 줄어들었다.

"와, 재밌다!"

"사, 살려줘."

롤러코스터를 타고 나온 사람들의 반응은 제각각 달랐다. 창백해진 안색으로 입을 틀어막고 뛰어가는 사람과 재미있다고 방방 뛰는 사람, 그리고 다리가 풀린 건지 제대로 걷지도 못하는 사람도 있었다.

"이 놀이 기구, 많이 무서운 모양이네."

"그러게요."

"에리샤, 정말 괜찮겠어?"

"당연하지! 오히려 재미있을 것 같은데!"

"그럼 다행이고."

잠시 후, 그들의 차례가 오자 에리샤는 겁도 없이 맨 앞에 앉았다. 옆에는 레카가, 바로 뒤에는 백한이 앉았다.

안전 바가 전부 제대로 작동하는지 확인한 직원이 신호를 보내자 롤러코스터가 덜컹거리면서 천천히 출발했다.

"뭐야. 왜 이렇게 느려?"

"그러게."

맨 앞에 앉은 두 뱀파이어는 생각보다 롤러코스터의 속도가 느리자 불만을 토로했다. 백한도 여유롭게 주변을 둘러봤다.

그것도 잠시, 롤러코스터가 경사면을 올라가면서 몸이 급격하게 꺾이자 백한은 마른침을 삼키며 안전 바를 꽉 붙잡았다. 레카와 에리샤는 여전히 쭐레쭐레 주변을 구경하고 있었다.

덜컹—.

"어라, 멈췄다."

"고장났······!"

레카의 말이 끝나기도 전에 롤러코스터는 빠르게 하강하기 시작했다. 사람들의 비명과 웃음소리가 한데 어우러져 퍼졌다.

"으아아아아악!"

소리를 지르는 사람 중 백한도 포함되어 있었다. 백한은 안전 바를 꽉 잡으며 중력을 거스르는 자신의 몸을 최대한 의자에 바싹 밀착시켰다.

사실 백한도 롤러코스터는 처음 타보는 거였다. 보기엔 별로 안 무서워 보여서 호기롭게 탔는데 생각한 것 이상으로 무서웠다. 이렇게 무서운 줄 알았으면 타지 않는 건데. 백한은 때늦은 후회를 하며 있는 힘껏 비명을 질렀다.

이윽고 롤러코스터가 정거장에 도착했을 때, 백한의 정신과 육체는 분리된 상태였다. 반쯤 넋을 놓고 멍하니 허공을 바라보던 백한은 안전 바가 올라가고 내리라는 직원의 말을 들은 후에야 움직일 수 있었다.

두 다리가 후들거려서 제대로 걸을 수가 없었다. 백한은 기둥을 잡고 간신히 서 있었다.

"이걸 다시 타면 사람이 아니다······."

속이 메슥거리면서 구역질이 날 것 같아 백한은 손으로 입을 틀어막았다. 그뿐만 아니라 롤러코스터에서 내린 사람들 대부분이 입을 틀어막은 채 창백한 안색으로 황급히 정거장을 내려가고 있었다.

"에이, 뭐야. 생각보다 시시한데."

"그러게."

반면 두 뱀파이어는 태연하게 내렸다. 에리샤는 비틀거리는 백한을 발견하고 픽 웃었다.

"뭐야, 하프. 겨우 이 정도로 비틀거리는 거야?"

레카가 거들었다.

"하프라서 약한 모양이지."

"윽."

백한은 발끈했지만, 여기서 개겨봤자 저만 손해라는 걸 알기에 아무 말도 하지 않았다.

"형님과 서영 씨가 기다릴 테니 어서 내려가요."

출구 계단을 내려가자 좌측에 롤러코스터를 탄 사람들의 사진을 파는 가판대가 보였다. 때마침 화면에 레카과 에리샤가 나오자 백한은 걸음을 멈추고 화면을 쳐다봤다.

레카는 담담했지만 에리샤는 겁에 질린 듯 눈을 질끈 감고 안전 바를 꽉 움켜쥐고 있었다. 레카의 표정이 평온해서 에리샤가 겁에 질린 모습이 대조적으로 눈에 띄었다.

"에리샤 님, 안 무서웠다면서요……?"

백한이 황당해하며 묻자 에리샤가 얼굴을 붉게 물들이며 빽 소리를 질렀다.

"시, 시끄러워!"

"뭐야, 역시 무서우셨던 거군요."

"하프! 한 마디만 더 하면 그 입을 찢어주지!"

흉흉한 기세에 백한은 입을 틀어막고 뒤로 물러섰다. 에리샤는 기세등등하며 허리춤에 손을 올렸다.

"흥! 하프 주제에, 기고만장하긴."

백한과 에리샤가 싸우는 동안 말없이 화면을 보던 레카가 가판대 앞에 섰다.

"저기 1번 사진 하나 줘요."

"지금 뭐 하는 거야!"

1번은 겁에 질린 에리샤의 모습이 찍힌 사진이었다. 에리샤가 서둘러 달려가 레카를 말렸지만, 이미 레카가 사진을 산 후였다.

"이걸 왜 사!"

"재밌잖아요."

"재미있긴 뭐가 재미있어!"

"이런 게 다 추억이 되는 거예요."

레카는 사진을 품에 넣으며 히죽히죽 웃었다. 그에게서 사진을 뺏을 기회를 놓친 에리샤는 옆에 서서 계속 구시렁대며 타박했지만 레카는 귓등으로도 듣지 않았다.

"둘이 연인 같네요."

두 사람의 모습이 마치 사귄 지 얼마 안 된 연인 같아서 백한은 그들의 등에 대고 말했다. 그러자 앞서가던 두 사람이 확 고개를 돌려 백한을 살벌하게 노려봤다.

"이런 놈이랑 내가 연인 같다고?"

"지금 내가 이런 어린애와 사귄다고 말하고 싶은 건가?"

백한에게 향했던 에리샤의 화살은 레카에게로 옮겨졌다.

"뭐? 어린애?"

"제가 틀린 말을 한 건 아니지 않습니까?"

"야! 네가 늙은 거지!"

"허? 뱀파이어 나이로 제 나이는 한창입니다만? 에리샤 님이 너무 어린 거지요! 그러고 보니 왜 어린 뱀파이어한테 존댓말을 하는 거지? 이제 반말한다?"

"이게 진짜!"

"왜? 온전한 뱀파이어 꽃도 아니면서 꽃 대접받고 싶은 거야?"

레카가 비아냥거리자 에리샤는 뒷목을 잡고 금방이라도 쓰러질 것 같은 포즈를 취했다. 레카와 에리샤는 한치의 양보도 없이 으르렁거리며 서로를 노려봤다.

"자자, 진정하세요."

레카와 에리샤가 싸우면 그 피해가 어마어마할 테니 백한은 서둘러 두 뱀파이어를 진정시켰다.

"서영 씨가 기다릴 테니, 어서 가요."

"에이 씨……."

서영이 기다린다는 말에 에리샤는 바닥에 굴러다니는 돌을 뻥 차곤 순순히 돌아섰다. 그러면서 레카를 한 번 노려보는 것도 잊지 않았다.

"에리샤 님, 같이 가요!"

백한은 성큼성큼 걸어가는 에리샤의 뒤를 황급히 쫓아갔다. 그 뒤를 유유히 쫓아가던 레카는 문득 걸음을 멈추고, 품에서 사진을 꺼냈다.

평소 에리샤는 날카롭고 틱틱거렸지만, 사진 속의 에리샤는 너무 여리고 귀여운 소녀였다. 뱀파이어가 이런 놀이 기구 따위에 겁을 먹었다는 게 웃기기도 하고, 겁에 질린 에리샤의 모습이 마음에 들어서 레카는 충동적으로 사진을 사고 말았다.

"귀엽네."

레카의 입가에 부드러운 미소가 걸렸다. 그는 사진이 구겨질세라 조심스럽게 품 안에 넣고 백한과 에리샤의 뒤를 쫓았다.

루이에게 작업을 걸었던 여자들이 씩씩거리며 떠난 뒤, 다시 둘만 남은 서영은 애꿎은 음료수 컵을 만지작거리며 아까 루이가 했던 말을 떠올렸다.

─이쪽이 내 취향이다.

취향이라니. 멋없는 말이었지만 서영의 마음을 흔들기엔 충분했다. 서영은 숨길 수 없는 웃음을 흘리며 무릎에 가지런히 올려둔 손을 꼼지락거렸다. 누군가 깃털로 간질이는 것처럼 마음이 간질간질했다.

모처럼 둘만 남았는데, 이 기회를 이용해서 루이와 이런저런 이야기를 나누고 싶은데 무슨 이야기를 어떻게 하면 좋을지 알 수가 없었다. 한참 입술을 달싹이다가 겨우 할 말을 찾은 서영이 입을 열었다.

"재, 재미있었어?"

서영을 물끄러미 바라보던 루이가 눈매를 예쁘게 접으며 웃었다.

"재밌었다."

"정말? 사람들 많은 곳 싫어하잖아."

"하지만 너랑 함께였으니까."

루이는 서영의 손을 잡으며 말을 이었다.

"너와 함께라면 어디든 좋아."

"뭐야, 그게."

도대체 저런 낯간지러운 말은 어디서 배운 건지. 괜히 부끄러워진 서영은 슬쩍 루이의 시선을 피했다.

다른 사람들은 루이를 보며 차갑고 냉정하다고 말했지만, 그녀가 보기에 루이는 세상 그 어떤 사람보다 마음이 여리고 따뜻한 남자였다. 단지 그걸 어떻게 표현해야 할지 모르는 것일 뿐.

"그나저나 에리샤랑 늦네."

서영은 롤러코스터 쪽을 쳐다봤다. 여기서도 롤러코스터의 긴 대기 줄이 잘 보였다.

"한번 가볼까?"

"그러지."

그들은 나란히 서서 롤러코스터 쪽으로 향했다. 다리가 긴 루이가 한 걸음 걸을 때면 서영은 총총걸음으로 두세 걸음 걸어야 했다. 서영은 뒤처지지 않기 위해 부지런히 걸었지만 한계가 있었다.

결국 서영은 루이보다 살짝 뒤처졌다. 더 뒤처지면 안 될 것 같아 더욱 빠르게 걷고 있는데 앞서 걸어가던 루이가 갑자기 멈춰 섰다.

"잡아."

그리고 서영을 향해 손을 내밀었다. 서영이 손을 잡자 루이는 다시 걸어갔다. 처음보다 느리게, 천천히. 서영이 굳이 빨리 걷지 않아도 따라올 수 있을 정도의 속도였다.

롤러코스터 근처로 왔지만, 레카와 에리샤는 보이지 않았다.

"아직 기다리는 중인가 봐. 오래 걸리지 않을 것 같으니까 여기서 기다리자."

"그래."

오래 걸리지 않더라도 이렇게 멀뚱멀뚱 서 있는 것보다 뭔가를 하는 것이 나을 것 같아 서영은 주변을 두리번거리며 살폈다. 그런 그녀의 눈에 띈 것은 추로스를 파는 가게였다.

"루이, 추로스 알아?"

"추로스?"

"나도 영화관에서 한 번 먹어봤는데, 제법 맛있어."

"글쎄, 별로 내키지는 않는데."

"난 먹고 싶은데."

서영의 말에 루이는 추로스 가게를 흘끗 보곤 고개를 끄덕였다. 그들은 함께 가게 앞에 섰다.

"추로스 하나만 주세요."

설탕이 듬뿍 묻은 추로스를 받아 든 서영은 세상을 다 가진 사람처럼 웃으며 추로스를 먹었다. 그 모습이 햄스터처럼 귀여워서 루이는 옅은 미소를 지으며 서영을 바라봤다.

"자, 너도 먹어봐."

루이의 시선을 먹고 싶어서라고 오해한 서영이 먹던 추로스를 내밀었다. 하지만 루이는 추로스는 거들떠보지도 않고 서영의 얼굴만 빤히 쳐다봤다.

"왜 그렇게 봐? 내 얼굴에 뭐 묻었어?"

혹시 설탕 가루가 묻은 건가 싶어 닦으려는데, 그보다 먼저 루이의 손이 입가에 닿았다. 루이는 그녀의 입술에 묻은 설탕을 엄지로 닦아내더니, 그대로 핥았다.

"달군."

낯 뜨거운 행동에 서영의 얼굴이 확 달아올랐다. 서영은 차마 루이의 얼굴을 똑바로 보지 못하고 더듬더듬 대답했다.

"다, 당연히 설탕이니까 달지!"

"그럼."

루이는 돌연 서영의 허리를 휘어잡고 얼굴을 바짝 들이밀었다. 입술 언저리에서 흩어지는 숨결에 서영이 놀라 눈을 깜빡이는 사이 루이의 차가운 입술이 서영의 입술에 가볍게 닿았다가 떨어졌다. 서영의 눈동자가 화등잔만큼 커졌다.

"이건 설탕이 아닌데도 왜 달지?"

"……!"

지금 무슨 짓을 하는 거냐고 따져야 하는데 말이 나오지 않았다. 서영이 꿀 먹은 벙어리가 된 양 멍하니 바라보자 루이의 눈매가 예쁘게 접혔다.

그리고 다시 거리를 좁히며 입술을 겹쳤다. 조금 전처럼 가볍게 닿았다가 떨어지는 게 아닌 완전히 눌러 붙이고 서영이 뱉은 모든 숨을 집어삼켰다.

심장이 쿵, 내려앉았다. 길게 앉은 가느다란 속눈썹이 파르르 떨렸고, 엉겁결에 그의 팔을 잡은 손 역시 맥없이 떨렸다.

설상가상 다리에 힘이 풀려 그대로 주저앉는 그녀를 휘어잡은 루이는 집요하게 그녀의 입술을 파고들어 고른 치열부터 물기 젖은 안쪽까지 전부 점령했다.

아지랑이처럼 뜨겁게 퍼지는 아찔한 열기에 잠시 정신을 놓고 있던 서영은 곧 이곳이 사람들의 왕래가 잦은 놀이공원이라는 걸 깨닫고 그의 어깨를 살짝 밀어냈다.

"그, 그만해."

차가우면서도 젖은 입술이 떨어져 나갔다. 크게 부풀어 오른 가슴이 뜨거운 숨을 뱉으며 가라앉았다.

"사람들이…… 쳐다보잖아."

그 말에 루이는 주변을 크게 둘러봤다. 서영의 말과 달리 그들을 보는 사람은 없었다. 그저 부지런히 제 갈 길을 갈 뿐이었다.

자신을 밀어낸 게 불만이었지만 불그스름하게 물든 예쁜 얼굴과 흔들리는 눈동자, 그리고 예쁘게 젖은 입술을 보고 불만이 사그라졌다. 특히 설탕보다 더 달았던 입술이 시선을 사로잡았다.

입 맞추고 싶다.

하고 싶으면, 하면 되는 일이었다.

루이가 서영의 턱을 잡고 재차 입술을 내리려는 그때…….

"서영! 루이!"

에리샤의 우렁찬 목소리가 들렸다. 고개를 돌리니 롤러코스터 출구 쪽에서 힘차게 손을 흔들고 있는 에리샤가 보였다.

"……도움 안 되기는."

루이는 짤막한 한숨을 내쉬며 서영에게 손을 내밀었다.

"가자."

"으응."

조금 전에 있었던 일 때문에 그와 대화하는 것조차 부끄러운 서영은 어색하게 웃으며 루이의 손을 잡았다. 서늘하고 차가운 손을 마주 잡으니 머리끝까지 올랐던 열기가 조금은 식었다.

그제야 주변을 볼 여유가 생긴 서영은 사랑하는 남자를 중심으로 퍼지는 주변 풍경들을 눈에 담았다.

놀이공원의 테마에 맞게 꾸며진 알록달록한 건물들과 가로수. 구름 한 점 없이 맑은 하늘까지 전부.

굉장히 평화로운 풍경이었지만, 가슴 한편이 계속 불안한 건 폭풍 전야처럼 느껴졌기 때문이다. 금방이라도 무슨 일이 터질 것만 같았다.

"……폭풍 전야면 뭐 어때."

지금까지 그랬던 것처럼 전부 이겨낼 건데. 두려워할 이유는 전혀 없었다.

"그러니까 앞으로도 잘 부탁해, 루이."

반걸음 앞서 걸어가던 루이가 서영을 돌아봤다.

"갑자기 무슨 생뚱맞은 소리지?"

"글쎄? 다들 기다리겠다. 어서 가자."

이번엔 서영이 루이의 손을 잡고 먼저 걸어갔다. 영문 모를 행동에 루이는 고개를 갸웃거리면서도 순순히 서영을 따라갔다.

뱀파이어 하프

　고풍스러운 방 안. 벽에는 화려한 그림들이 걸려 있고, 협탁 위에는 청초한 미모를 뽐내는 난들이 있었다.

　시대를 거스른 것처럼 보이는 방에는 화려한 미색을 뽐내는 한 여자가 앉아 있었다. 그녀를 꽃으로 착각했는지, 아니면 그녀의 몸에서 나는 향 때문인지 여자의 주변에는 끊임없이 나비들이 몰려들었다.

　"아랑 님, 아쉘 님께서 오셨습니다."

　"드시라고 해라."

　여자, 아랑의 목소리는 얼굴만큼이나 아름다웠다. 요염하면서도 단아한 목소리가 울려 퍼지자 그녀의 주변에 있던 나비들이 더욱 바쁘게 움직였다.

　잠시 후, 문이 열리면서 아쉘이 들어오자 아랑이 자리에서 일어나 반갑게 맞이했다.

　"어서 오세요, 아쉘 님."

　타고난 본성인지라 아랑의 몸에선 본능적으로 남자를 유혹하는 향이 뿜어져 나왔다. 그 향기에 취한 나비들이 춤을 추며 아쉘의 주변을 맴돌았다.

　"쓸데없는 기교를 부리는군, 아랑."

　아쉘은 그런 나비가 귀찮다는 듯 손사래를 치며 나비들을 쳐냈다. 그의 손에 부딪힌 나비의 연약한 날개는 바스러졌고, 날개를 잃은 나비는 땅으로 힘없이 추락했다.

"타고난 본성이니 저도 어쩔 수가 없답니다. 너무 노여워하지 마시고 이리 와서 앉으시지요."

아랑은 아쉘을 상석으로 안내했다. 아쉘이 자리를 잡자 그녀는 그의 앞에 살포시 앉았다. 그들이 자리를 잡자마자 푸른 머리에 여우 귀를 가진 소녀가 소리도 없이 나타나 그들의 앞에 술상을 내려놨다.

"한 잔의 술은 생각을 하는 데 많은 도움이 됩니다."

아랑은 아쉘의 앞에 놓인 술잔에 술을 따르며 말했다. 과일주인지 술잔에서 향긋한 과일 냄새가 풍겼다. 약하지도 그렇다고 과하지도 않은 향기에 아쉘은 약간의 주저함도 없이 술을 들이켰다.

"어머, 제가 독이라도 탔으면 어쩌시려고 그리 쉽게 드십니까?"

"네까짓 요괴가 독을 타봤자 거기서 거기지."

아쉘이 대놓고 무시했지만, 아랑은 조금도 기분 나빠하지 않고 웃었다.

"위대하신 뱀파이어께서 하찮은 여우 요괴인 제게 무슨 볼일이십니까?"

"네년이 여우 구슬을 들고 있다지?"

여우 구슬이라는 말 한마디에 아랑의 얼굴에서 삽시간에 미소가 사라졌다. 그도 잠시, 그녀는 무슨 소리인지 모르겠다는 표정으로 살짝 미소를 머금은 채 그에게 말을 건넸다.

"제가 우둔한 건지, 아니면 눈치가 없는 건지 모르겠지만 아쉘 님의 말을 알아들을 수가 없군요."

"이미 알아들은 모양이군. 그럼 긴말하지 않겠다. 여우 구슬을 내놔라."

아쉘은 가타부타 설명도 없이 본론부터 꺼냈다. 그의 표정과 당당한 몸짓에서 아랑은 물러설 곳이 없다는 것을 눈치챘다. 그래도 시도는 해봐야겠지. 그녀는 붉은 아랫입술을 살짝 깨물며 당황스럽다는 표정을 지었다.

"여우 구슬은 여우 일족에게 전설로 내려오는 물건입니다. 제가 어찌 그런 물건을……."

"네 일족을 전부 싸잡아 죽여야 내놓을 테냐?"

협박에 말문이 막힌 아랑은 속눈썹을 길게 내리깔고 시선을 아래로 두었다. 그는 이미 다 알고 온 모양이었다. 아랑은 한 번 더 시치미를 떼려고 천천히 입을 열었다.

"저는 모르는……."

"꺄아악!"

갑자기 문이 열리면서 한 남자가 성큼성큼 방 안으로 들어왔다. 그 역시 아쉘처럼 붉은 눈과 창백한 피부를 가지고 있었고, 남자의 손에는 방금까지 아랑의 시중을 들던 푸른 머리의 소녀가 잡혀 있었다.

"처, 청하야!"

"마지막으로 묻지. 여우 구슬을 내놓을 테냐, 아니면 너희 일족을 요괴의 역사에서 지울 테냐?"

남자는 금방이라도 소녀의 목을 비틀어버릴 것 같았다. 그의 잔혹한 행동에 아랑은 눈을 질끈 감았다. 그녀가 다시 눈을 떴을 땐, 나른하면서도 퇴폐적이던 그녀의 기운들이 순식간에 날카로운 살기로 바뀌어 있었다.

"여우 구슬이 없으면 어차피 이번 요괴 전쟁에서 저희 일족은 멸망합니다. 이래저래 저희는 죽게 될 수밖에 없지요."

"역시 여우 구슬이 있었군."

짐작해서 왔지만, 전설 속에서나 존재한다던 여우 구슬이 있다는 것을 확인한 아쉘은 만족스럽게 웃었다.

덫이었구나. 진짜 알고 있었던 게 아니었어. 아랑은 바보같이 아쉘이 놓은 덫에 걸린 멍청한 자신을 탓하며 모든 기운을 날카롭게 세우고 아쉘을 경계했다.

"네 말대로 여우 구슬이 없다면 이번 요괴 전쟁에서 너희 일족이 이길 가능성은 없지."

"그걸 잘 아시면서도 내놓으라고 하시는 겁니까?"

"하지만 네년이 여우 구슬을 준다면……."

아쉘은 입꼬리를 한쪽으로 비틀어 올리며 천천히 말을 이었다.

"루베르이를 네 신랑으로 주지."

자수정 빛을 띤 아랑의 눈동자가 조금씩 흔들리기 시작했다. 그걸 본 아쉘은 큭큭거리며 손짓했다.

그러자 남자는 손에 들려 있던 소녀를 풀어주고 고개를 숙여 아쉘에게 인사를 한 뒤 문 밖으로 나갔다. 죽을 위기에서 벗어난 소녀는 황급히 꼬리를 말며 아랑의 뒤로 숨었다.

"아랑 님……."

"괜찮다, 청하야."

아랑은 깊게 숨을 들이마신 뒤 천천히 내뱉었다. 그러고는 한 치의 흔들림도 없이 똑바로 앉아 아쉘을 마주했다.

"뱀파이어 일족의 신부는 대대로 인간이 되는 것이 관례인데, 어찌 저에게 그런 약속을 하시는지요?"

"뱀파이어 꽃이라고 들어봤나?"

그건 또 뭐 하는 물건인가 싶어 아랑이 그를 가만히 바라봤다.

"다른 일족을 뱀파이어로 만들 수 있는 물건이지."

"그, 그런 일이 가능하다고요?"

"그래, 가능하다."

아쉘의 입가에 핀 미소가 깊어졌다. 아쉘은 아랑 쪽으로 상체를 기울이며 은근한 목소리로 말했다.

"네년이 여우 구슬을 내놓는다면 널 뱀파이어로 만든 뒤, 루베르이의 신부가 되게 해주겠다. 어때?"

루베르이의 신부라니. 너무나도 매력적인 제안에 아랑은 순간적으로 고개를 끄덕일 뻔했지만, 애써 참았다.

"제가 그분의 신부가 된다고 해도 우리 일족은……."

"루베르이 자체만으로 든든한 방패막이가 될 텐데?"

아셀은 얄밉게 히죽이며 말했다. 그의 말대로 루베르이는 존재 자체만으로도 요괴들에게 두려움의 대상이었다. 루베르이의 이름을 모르는 요괴는 요괴가 아니라는 말이 돌 정도였다.

그런 루베르이의 신부가 된다면 그 누구도 감히 여우 일족을 건드리려고 하지 않을 것이다.

'루베르이 님의 신부.'

300년 전, 루베르이 덕분에 목숨을 구원 받은 아랑은 그 이후로 단 한 번도 그를 잊은 적이 없었다. 비록 루베르이가 저보다 나이도 어리고 모습도 어렸지만 그것은 문제가 되지 않았다.

'루베르이 님을 내 것으로 만들 수 있다면…….'

여우 요괴는 뱀파이어의 아이를 낳을 수 없어서 꿈조차도 꿀 수 없던 일이었다. 하지만 만약 아셀의 말대로 자신이 뱀파이어가 된다면, 그의 옆자리를 차지할 수 있었다. 루베르이의 신부가 될 수 있다는 사실에 아랑의 가슴이 크게 부풀어 올랐다.

"제가 당신의 말을 어떻게 믿지요?"

아셀은 뱀파이어 일족 중에서도 다른 요괴들을 멸시하는 뱀파이어로 악명이 드높았다. 그런 그가 자신을 일족으로 받아준다는 말이 믿기지 않아 아랑은 의심의 눈초리로 아셀을 쳐다봤다.

"어떻게 하면 믿을 텐가?"

"……계약을 하지요."

"계약?"

"제가 뱀파이어가 되어 루베르이 님의 신부가 되는 날, 여우 구슬을 드리겠습니다."

"호? 계약이고 뭐고 난 지금 이 자리에서 널 죽이고 여우 구슬을 가져갈 수 있는데?"

"제가 죽으면 여우 구슬도 효력을 잃습니다. 어떤 이유에서 아쉘 님이 여우 구슬을 원하는지는 모르나, 하찮은 여우 일족인 저에게 그런 제안을 할 만큼 뭔가 중요한 일이 있는 거겠지요."

몸은 가늘게 떨렸지만, 아랑은 조금의 흔들림도 없는 말투로 또박또박 아쉘을 향해 말을 뱉었다. 그녀의 용기 있는 모습에 아쉘의 눈이 살짝 접혔다.

"아깝구나."

그녀가 루베르이를 좋아하지만 않았더라면, 아니 그녀가 뱀파이어의 아이를 낳을 수 있는 인간이었다면 강제로라도 취해서 후손을 봤을 텐데 그러지 못하는 게 진심으로 아쉽고 아까웠다.

"좋다. 계약을 하지."

아쉘의 말이 끝나자마자 방 안에 바람이 일었다. 그의 주변에 있던 나비들이 한순간에 휩쓸릴 만큼 강한 바람이 그들을 감쌌고, 바닥에는 금색의 문양들이 어지럽게 수를 놓았다.

"나 아쉘은 여우 일족의 수장인 아랑과 계약한다. 계약 조건은 그녀가 루베르이의 신부가 되는 날 여우 구슬을 받는 것. 아랑은 이에 동의하는가?"

"네."

그녀가 동의하자마자 금빛의 문양들이 한순간에 바스러지면서 아쉘과 아랑의 손등으로 흡수되었다. 뱀파이어의 계약은 절대적인 것이었다. 단 한 명이라도 약속을 지키지 않으면 계약은 파기되며 약속을 어긴 상대는 죽음을 맞이하게 된다.

"이젠 믿을 수 있겠지?"

"네."

"인간을 속이고 간을 빼앗는 여우 일족이면서 의심이 많군."

아쉘은 대놓고 비웃으며 자리를 털고 일어섰다.

"그럼 나중에 보지."

"아쉘 님."

그를 배웅하기 위해 일어선 아랑이 조심스럽게 물었다.

"여우 구슬로 뭘 하시려고 하는지 물어도 되겠습니까?"

여우 구슬은 여우 일족의 수장들에게만 내려오는 물건으로, 일생에 단한 번, 주인의 요력이 허락하는 하에서 그 어떠한 소원이라도 이뤄준다는 전설이 있었다.

그런데 여우 일족의 수장보다 더 강한 힘을 가진 아쉘이 여우 구슬을 왜 원하는 건지 이해할 수가 없었다. 아랑의 질문에 아쉘이 픽 웃으며 대답했다.

"네년이 거기까지 알 필요는 없다. 정 궁금하다면 계속 지켜보도록 해."

그 말을 마지막으로 아쉘은 방을 빠져나갔다. 그가 사라진 자리에는 날개를 잃은 나비들의 시체와 함께 깊은 생각에 잠긴 아랑이 우두커니 서 있었다.

모처럼 아침 일찍 일어난 서영은 그동안 자신 때문에 고생한 백한과 다른 사람들을 위해 식사를 준비했다. 냉장고에서 재료를 꺼내 썰고 볶고 끓이는 등 부지런히 움직이고 있는데 에리샤가 눈을 비비며 밖으로 나왔다.

"서영, 뭐해?"

"일찍 일어났네?"

"그야 난 바른 생활을 하는 뱀파이어니까!"

에리샤가 허리춤에 손을 올리고 의기양양하게 말했다. 보통 뱀파이어는 낮에 자고 밤에 활동하는데, 에리샤는 인간들과 함께 생활해서 그런지 인간들의 시간에 적응되어 있었다.

'그러고 보니 딱히 햇빛을 싫어하는 것 같지도 않네.'

루이는 햇빛에 오래 노출되어 있으면 인상을 꽉 찌푸린 채 기분이 좋지 않다는 것을 확실하게 표현했다. 레카 역시 햇빛은 그다지 좋아하지 않는 것 같았는데, 이상하게도 에리샤는 햇빛에 익숙한 것 같았다. 이것도 뱀파이어에 따라 조금씩 다른 모양이다.

"그래서 뭐 하고 있었어?"

"식사 준비하고 있었어. 밥 차려줄 테니까, 씻고 와."

"응."

에리샤가 눈을 비비며 화장실로 들어가자 서영은 서둘러 식사 준비를 마쳤다. 식구가 많아 음식을 하는 게 조금 힘들었지만 식탁을 가득 채운 음식들을 보니 뿌듯했다.

준비가 거의 끝났을 무렵, 백한이 일어났다. 백한은 서영이 만든 음식들을 보고 감탄을 터뜨렸다.

"와, 아침부터 이 많은 걸 다 준비한 거예요? 힘들었겠네요."

"아니에요. 그렇게 힘들지 않았어요."

"에이, 저도 음식 해봐서 얼마나 어려운지 아는데요. 대단해요, 서영 씨."

계속되는 백한의 칭찬에 서영은 쑥스럽게 웃었다.

"나 서영이 만든 거 먹을래."

"응, 차려줄게. 백한 오빠도 앉아요."

에리샤와 백한이 의자에 앉자 서영은 국과 밥을 퍼 왔다. 오랜만에 음식을 하는 거라 간이 맞을지 걱정이었는데, 다행히 에리샤와 백한은 잘 먹었다.

"진짜 맛있다."

"그러게요. 정말 맛있어요, 서영 씨."

"맛있다니 다행이네요."

서영은 뿌듯하게 웃으며 두 사람을 바라봤다. 새삼 엄마의 마음이 어떤 건지 알 것 같았다.

백한이 맛있게 먹었으니 설거지는 자신이 하겠다며 등을 떠민 탓에 주방에서 쫓겨난 서영은 먼저 방으로 들어간 에리샤를 찾아갔다.

"이게 버튼이고……."

에리샤는 얼마 전 백한이 사준 핸드폰을 만지작거리고 있었다. 얼마 전, 원활한 의사 소통을 위해 백한은 모두에게 핸드폰을 사줬다. 루이는 만지작거리다가 이틀도 안 돼서 박살냈지만 다른 사람들은 잘 쓰고 있었다.

"여기 누르면 사진이……."

찰칵―.

"엇!"

갑자기 사진이 찍히자 에리샤는 눈을 동그랗게 뜨고 핸드폰을 이리저리 살펴보다가 툭툭 건드렸다.

"뭐야, 어떻게 찍은 거야? 다시 찍어봐!"

"푸핫."

그런 에리샤가 웃겨서 서영은 몰래 훔쳐보고 있었다는 사실도 잊고 소리 내서 웃었다. 그제야 서영을 발견한 에리샤가 볼에 바람을 빵빵하게 넣고 볼멘소리로 말했다.

"훔쳐보지 말고 할 말 있으면 들어와!"

"아, 미안."

서영은 웃으며 에리샤의 옆에 앉았다.

"핸드폰 쓰는 거 어려우면 가르쳐줄까?"

"어렵긴 무슨! 이딴 기계, 나 혼자도 충분히 쓸 수 있어."

방금까지 어려워해놓고 우기긴. 서영은 방긋 웃으며 에리샤에게 물었다.

"그럼 나 사진 찍어줄래?"

"어?"

에리샤는 눈에 띄게 당황하며 입매를 굳혔다.

"왜? 문제 있어?"

"문제 있긴! 해줄게!"

에리샤느 호언장담하며 소리치더니 핸드폰을 서영을 향해 내밀었다.

"찍어라! 내 말이 안 들리는 건가? 사진 찍으라고!"

아무리 소리쳐도 사진이 찍히지 않자 에리샤는 눈살을 찌푸리며 핸드폰을 탁탁 쳤다.

"이거 고장난 것 같아."

"그게 아니라 방법이 잘못됐어."

서영은 친절하게 카메라 어플을 켜는 법부터 시작해서 사진을 찍고 확인하는 방법까지 차근차근 알려주었다. 서영의 설명이 끝나자 에리샤는 얼굴을 붉히며 크게 소리쳤다.

"나, 나도 알고 있었어! 네가 알려주고 싶어 하는 것 같아서 모른 척했던 거지!"

"풉! 그래."

"지금 비웃은 거야?"

"아니야."

분명 저보다 몇 분 일찍 태어난 언니라고 했는데, 왜 이렇게 귀여운 건지. 서영은 웃으며 에리샤를 꼭 안아주었다.

"뭐 하는 거야?"

"싫어?"

"아니, 뭐 싫다기보단 조금 답답해서 그래. 답답해서."

에리샤는 투덜거리면서도 서영을 밀쳐내지 않았다.

"그러고 보니 오늘 나 외출할 건데, 같이 할래?"

"뭐 때문에 나가는데?"

"루이 목도리를 만들 재료 사러 가려고."

루이에게 받은 건 많은데 해준 건 하나도 없어서, 목도리를 만들어줄 생각이었다.

"목도리? 어떻게 만드는 건데?"

"뜨개질로 만들 거야."

"뜨개질이 뭐야?"

음, 이걸 어떻게 설명해줘야 하는 거지. 서영은 고민했지만 딱히 떠오르는 단어가 없었다.

"가서 보여줄게. 같이 갈 거지?"

이럴 땐 직접 보여주는 게 좋을 것 같아 다시 에리샤에게 물었다. 호기심이 많은 에리샤는 당연히 따라올 거라고 생각했는데, 역시나 에리샤는 고개를 크게 주억거렸다.

"응, 갈래!"

사각사각─.

희미한 촛불이 밝히고 있는 조용한 방 안에 책장 넘기는 소리가 가득 울려 퍼졌다.

"어디 갔나 했더니, 여기 있었냐?"

책장에 기대 책을 보고 있던 루이는 레카가 등장하자 보던 책을 다시 책장에 꽂았다.

지금 루이가 있는 방은 잭의 방이었다. 원래 뱀파이어의 방은 아버지가 죽으면 자식이 다른 주인이 들어올 때까지 지키도록 되어 있었다.

하지만 잭은 친자식이 없었기 때문에 루이가 그 역할을 대신했다. 잭과 루이가 얼마나 각별한 사이인지 모두가 알고 있었기 때문에 루이가 나서서 잭의 방을 관리한다고 했을 때 그 누구도 반박하지 않았다.

"뭘 보고 있었어?"

레카는 루이가 보던 책을 꺼내 확인했다. 누렇게 낡은 책은 그냥 보기에도 오래되어 보였다.

"고대 저주 모음집?"

제목만 봐도 무슨 내용이 적혀 있는 책인지 짐작됐다. 뭐 때문에 루이가 이걸 보고 있었는지도 알 것 같았다. 서영에게 걸린 미엘의 봉인 때문일 것이다. 책의 내용을 얼추 살펴본 레카가 휘파람을 불었다.

"이거 여우 일족의 주술을 적어둔 책이네."

잭이 이 책 저 책 가리지 않고 다 모으기로 유명했기 때문에 그의 방에서 인간 세상의 책도 심심치 않게 보이기는 했지만, 그렇다고 다른 일족의 저주나 주술까지 적힌 책이 있을 줄은 몰랐다.

흥미롭게 책의 내용을 읽던 레카는 생각보다 책의 내용이 쓸모없자 실망하며 책을 제자리에 꽂았다.

"이런 쓸데없는 거 보지 말고 차라리 아이덴 경에게 물어봐."

아이덴은 저주를 고유 능력으로 가지고 있는 상급 뱀파이어였다.

"그게 나을 것 같군."

루이는 곧바로 요새의 시종에게 아이덴을 만나고 싶다는 이야기를 전했다. 그리고 아이덴이 올 때까지 레카와 소파에 앉아 이야기를 나눴다.

"너 정말 행동 대장으로 나설 거야?"

며칠 전 의회에서 요괴 전쟁에 대한 이야기가 한 번 더 거론되었다. 그때도 아쉘 일행은 루이를 행동 대장으로 밀었고, 루이는 예전처럼 거절하지 않고 생각해보겠다고 말했었다.

"글쎄. 아직 어떻게 할지 안 정했는데."

"내가 보기엔 안 하는 게 맞는 것 같아. 이상한 꿍꿍이가 있을 게 분명하다고!"

"그렇다고 다른 이를 내보낼 수도 없잖아."

"그건 그렇지만……."

한참 이야기를 나누고 있는데, 똑똑 노크 소리가 들렸다. 아이덴이었다. 서열은 아이덴이 루이보다 낮았지만, 자연 소멸을 앞둔 나이가 많은 뱀파이어였기에 루이와 레카는 연장자에 대한 예의로 자리에서 일어서서 그를 맞이했다.

"어서 오십시오, 아이덴 경."

"이런, 고귀하신 두 뱀파이어 분께서 저를 그리 맞이해주시다니 몸 둘 바를 모르겠군요."

아이덴 경은 호탕하게 웃으며 루이와 악수를 나눈 뒤 레카가 안내해주는 자리에 앉았고, 루이와 레카는 그의 맞은편 소파에 자리를 잡았다.

아이덴은 그들이 자신을 불러낸 것에 대해 매우 놀란 눈치였다. 그도 그럴 것이 그는 현재 중립을 유지하는 뱀파이어 중 한 명이었다. 아쉘을 로드로 미는 무리와 루이를 로드로 미는 무리로 현재 뱀파이어 사회가 둘로 나뉘어 있다고는 하지만 중립을 유지하는 뱀파이어들도 제법 있었다.

"요즘 어떻게 지내십니까?"

"이 늙은이야 뭐 이제 소멸할 날짜가 얼마 안 남았으니 그저 갈 날을 기다리고 있지요."

"아직 정정해 보이시는데요?"

레카의 말에 아이텐이 기분 좋은 웃음을 터뜨렸다.

레카와 아이텐이 가벼운 안부 인사를 나누는 동안 루이는 한마디도 하지 않았다. 그저 심각한 얼굴로 아이텐을 바라보고 있을 뿐이었다. 아이텐은 그런 루이의 눈치를 살피며 가장 궁금한 것을 물었다.

"이 늙은이를 예까지 부른 이유가 단순히 안부를 묻기 위해서는 아닐 테고…… 어인 일로 부르신 겁니까."

레카의 얼굴에서 미소가 사라졌다. 루이는 깍지 낀 손을 무릎 위에 올려 두고 단도직입적으로 물었다.

"아이텐 경, 뱀파이어 꽃에 대해 얼마나 알고 계십니까."

"저도 상급 뱀파이어인지라 어느 정도는 알고 있습니다."

"그럼 이게 무엇인지 아시겠습니까?"

레카가 보라색 액체가 담긴 유리병을 아이텐에게 넘겨주었다. 아이텐은 유리병을 요리조리 살펴보더니 고개를 갸웃거렸다.

"모르겠습니다. 이게 뭐죠?"

"뱀파이어 꽃의 피로 만든 약입니다."

레카의 대답에 아이텐은 화들짝 놀라며 병을 떨어뜨렸다. 레카가 황급히 받아 품에 챙겨 넣었다.

"피, 피라니요. 뱀파이어 꽃은 식물이 아니었습니까?"

"모르셨군요."

"네, 네. 오늘 처음 들었습니다."

새하얗게 질린 얼굴에서 거짓말을 하는 기색은 찾아볼 수가 없었다. 아이텐은 정말로 몰랐던 모양이었다.

"꽃은 식물이 아닙니다."

뱀파이어 꽃이 뱀파이어 일족의 유일한 여성 뱀파이어라는 것과 새로 개화했다는 건 구태여 말하지 않았다.

"하여 아이덴 경에게 자문을 구하고 싶은 게 있습니다."

"제게 자문이요?"

아이덴은 눈을 깜빡이며 잠시 생각하더니 이내 이해했다는 듯 고개를 끄덕였다.

"뱀파이어 꽃이 저주에 걸린 모양이군요."

"비슷합니다. 그래서 말인데, 지금부터 듣게 될 이야기들은 아이덴 경이 소멸할 때까지 입을 다무셔야만 합니다. 만약 그렇지 않으면……."

레카가 말을 다 하지는 않았지만 그 뒷부분은 듣지 않아도 자연스레 상상되어 아이덴은 침을 꼴깍 삼켰다.

"절대 바깥에 비밀을 유출하지 않겠습니다. 제 이름을 걸고 맹세하지요."

계약만큼은 아니지만 이름을 건 맹세는 충분한 효력을 가지고 있었다. 그제야 레카는 설명을 계속했다.

"실은 뱀파이어 꽃이 힘을 봉인 당했습니다."

"봉인 당했다니, 그게 무슨 소리입니까?"

"전대 뱀파이어 꽃이 새로 태어난 뱀파이어 꽃이 운명의 굴레에서 벗어나길 원해 힘을 봉인했습니다. 그래서 새로운 뱀파이어 꽃은 지금 그 능력을 제대로 발휘하지 못하고 있습니다."

이어지는 레카의 설명에 아이덴은 적지 않게 놀라며 눈을 크게 떴다.

"대체 전대 뱀파이어 꽃은 왜 그런 짓을 한 거죠?"

"아쉘 때문입니다. 그가 로드의 자리를 가지기 위해 전대 뱀파이어 꽃을 핍박하고 온갖 실험을 했습니다. 그 바람에 전대 뱀파이어 꽃은 사망했고요."

"그런 천인공노할 짓을 하다니!"

아이덴이 분노하며 벌떡 일어섰다. 그가 당장이라도 아쉘을 찾아갈 것처럼 굴자 레카는 그를 말렸다.

"지금 아쉘에게 가봤자 소용없습니다."

"소용이 있든 없든 이건 명백한 잘못입니다! 뱀파이어 꽃은 존중받아야하는 고귀한 존재! 그런 존재에게 무례한 짓을 가하다니! 당장 뱀파이어들을 모아서 아쉘을 규탄해야 합니다! 요새의 재판이라도 열던가요!"

"저희도 그러고 싶지만, 요괴 전쟁을 앞둔 상황에서 그런 짓을 벌이는 건 자살행위입니다. 게다가 당장 보여줄 수 있는 확실한 증거도 없으니 가서 따져도 아쉘은 도마뱀처럼 꼬리를 자르고 도망칠 게 분명합니다."

분하지만 루이의 말이 구구절절 맞았기 때문에 아이덴은 애써 화를 삭이며 다시 자리에 앉았다. 눈을 감고 심호흡한 끝에 겨우 진정이 된 아이덴이 다시 눈을 뜨며 레카와 루이를 쳐다봤다.

"그래서, 이 늙은이에게 무엇을 부탁하려는 겁니까?"

"아이덴 경은 일족 중에서도 저주에 가장 능통한 뱀파이어지요. 그래서 말인데, 혹시 봉인을 푸는 방법을 아십니까?"

"글쎄요. 봉인과 저주는 조금 다르기 때문에 정확한 답을 드리기가 힘듭니다."

"무엇이 어떻게 다릅니까?"

"봉인은 대가 없이 순수하게 능력만으로 하는 것인지라 시전자보다 강한 자에게 시전하기 어렵지요. 하지만 저주는 대가를 내놓고 거는 것이기 때문에 시전자보다 강한 상대에게도 할 수 있습니다. 물론 저주의 강도에 따라 그 대가도 커집니다."

"그럼 봉인이나 저주를 풀려면 어떻게 해야 합니까?"

"봉인은 잘 모르겠습니다만, 저주는 시전할 때 조건을 걸어야 합니다."

"조건?"

"예. 이런 경우에는 풀린다는 조건을 무조건 걸어야 합니다. 봉인도 아마 비슷한 원리일 겁니다."

그 말은 전대 뱀파이어 꽃이 서영의 힘을 봉인할 때 어떤 조건을 걸었을 거라는 의미였다. 그게 뭘까. 루이는 곰곰이 생각했다. 전대 뱀파이어 꽃을 만나서 묻고 싶었지만, 그럴 수가 없으니 답답했다.

"제가 해드릴 수 있는 이야기는 이것뿐이군요. 도움이 되지 못해 죄송합니다."

"아닙니다, 충분히 도움이 됐습니다."

아이덴의 진심 어린 사과에 레카가 당황하며 손을 내저었다. 루이도 괜찮다고, 도움이 많이 됐다고 말하자 아이덴이 웃으며 루이를 바라봤다.

"늦었지만 성년식을 무사히 치르신 걸 축하드립니다, 루베르이 님."

"감사합니다."

"루젠 님을 많이 닮으셨군요. 그분이 보시면 흡족해하실 겁니다."

중립을 유지하고 있긴 하지만 아이덴 역시 아쉘이나 다른 뱀파이어보다는 루이가 로드의 자리에 잘 어울린다고 생각하고 있었다.

그런데도 중립을 유지한 건, 굳이 아쉘과 싸우고 싶지 않았기 때문이었다. 하지만 아쉘이 정말로 전대 뱀파이어 꽃을 죽이는 몹쓸 짓을 했다면, 아이덴은 루이의 편으로 돌아설 생각이었다.

"로드의 자리는 강한 힘이 따르는 대신 그 임무가 막중하며 고독하고 외로운 자리입니다. 부디 그 자리에 어울리는 자가 되시길 바랍니다."

"……감사합니다."

루이는 아이덴이 자신을 로드로 인정하는 듯한 말을 하자 속으론 깜짝 놀라면서도 겉으론 담담하게 받아들였다.

이로써 강력한 그의 편이 한 명 더 늘었다. 아이덴 역시 인자하고 부드러운 뱀파이어로, 많은 이들의 사랑을 받고 있었기 때문에 만약 그가 루이의 편을 든다면 많은 이들이 루이 쪽으로 돌아설 것이다.

아이덴은 루이와 레카에게 인사를 하고 방을 나왔다. 방문을 닫고 뒤돌아서는데 누군가 그의 입을 갑자기 틀어막았다.

"누……!"

당황한 그가 반항하려고 하자 의문의 인물이 그의 목덜미에 차갑고 날카로운 검을 가져다 댔다.

"조용히 하고 따라오십시오."

"읍, 읍!"

"아, 이것이 단순한 검이라고 생각하지 마십시오. 잭 경도 이 검에 바로 죽었으니까요."

남자는 희미한 웃음을 지으며 나지막하게 아이덴의 귀에 속삭였다. 잭 경을 죽인 검이라는 말에 아이덴의 눈이 휘둥그레졌다. 남자는 아이덴이 놀라건 말건 신경 쓰지 않고 그저 그를 조용히 끌고 갔다.

"이쯤이면 괜찮겠지."

레카와 루이가 있는 잭의 방에서 멀리 떨어진 요새의 어느 복도.

남자는 아이덴 경을 구석에 집어던지듯 놔주었다. 아이덴은 그제야 자신을 덮친 남자의 얼굴을 자세히 볼 수 있었다.

"너, 넌!"

"뱀파이어 꽃에 대해 들었겠지요. 아시는 걸 다 불어야겠습니다."

"내가 불 것 같으냐! 너 같은 배신자에게!"

"배신자라……."

아이덴의 말에 남자의 눈이 홀쭉하게 변했다. 그는 검을 공중으로 던지며 마치 광대가 공을 다루듯 검을 가지고 놀았다.

"저는 누군가를 배신한 적이 없는데요?"

"허면 어째서 잭 경을 죽인 것이냐! 그분은 루베르이 님에게 소중한 존재였다! 그뿐만 아니라 다른 이들의 존경을 받는 분이었지! 너 따위가 함부로 대할 분이 아니다! 감히 너 따위가!"

아이덴은 목에 핏대가 설 정도로 분노하여 남자에게 소리를 질렀다. 잭은 아이덴에게는 존경의 대상이었다. 그런데 돌연 살해를 당하고, 그 범인이 눈앞에 있으니 어찌 진정할 수 있겠는가.

"말이 심하시군요."

"뭣이?"

"잭 경이 죽은 건 그만한 이유가 있었기 때문입니다. 그리고……."

한순간이었다. 눈앞에서 검을 가지고 장난치던 남자가 단숨에 아이덴에게 달려든 것은.

"컥……!"

남자가 아이덴의 배에 칼을 꽂자 피가 솟구치면서 아이덴은 힘없이 바닥으로 쓰러졌다. 땅에 흐르던 피는 조금씩 굳어 붉은빛의 결정이 되었고, 그 끝은 칼이 꽂힌 아이덴의 배였다.

"원래 당신을 죽일 생각은 없었지만, 생각이 바뀌었습니다."

"네, 네놈이 어떻게 하프와 손을……."

"입을 잘못 놀리면 이렇게 된다는 걸, 부디 다음 생에 태어나시면 유념해주세요."

남자는 아이덴의 머리를 발끝으로 툭툭 치며 말했다. 점점 생기를 잃어가는 아이덴의 몸은 남자의 발에 쉽게 유린당했고, 얼마 지나지 않아 아이덴의 붉은 눈동자는 완전히 빛을 잃었다.

겨울이라 그런지 뜨개질 가게는 손님들로 가득했다. 손님의 대부분은 여

자였고, 남자들이 가끔 보이긴 했지만 그들이 원해서 왔다기보다 여자 친구를 따라온 느낌이었다.

가게 안에는 형형색색의 실들이 가득했고, 뜨개질로 만든 목도리와 옷도 잔뜩 보였다.

"우와, 예쁘다."

에리샤는 보들보들한 털을 만지며 환하게 웃었다. 그 모습은 아기 고양이처럼 귀여웠다.

"이런 게 뭐가 좋다고."

잔뜩 들뜬 에리샤와 달리 백한은 잔뜩 심통이 난 얼굴로 구시렁거렸다.

"뜨개질 싫어해요?"

싫어하는데 자신 때문에 억지로 온 건가 싶어 서영은 걱정스럽게 물었다.

"아니요. 뜨개질한 옷이나 그런 게 싫은 게 아니라, 그냥 이런 분위기가 싫어요."

"네? 왜요?"

"여자들한테 선물을 받아본 적이 한 번도 없거든요."

백한의 말에 서영은 눈을 동그랗게 떴다. 백한 역시 꽤 준수한 외모를 가지고 있어서 인기가 많았을 것 같은데 선물을 받아본 적이 없다는 사실이 신기했다.

"학창 시절에 인기 없었어요?"

"제 입으로 말하긴 그렇지만, 있긴 있었죠."

"그럼 마음에 드는 여자가 없었어요?"

"있었는데 사귈 수가 없으니 선물 같은 것을 받지 못했죠."

"왜요?"

"글쎄요."

백한은 웃으면서 대답을 회피했다. 말하기 싫다는 기색을 풍기는 그에게

꼬치꼬치 물어서 곤란하게 할 생각이 없는 서영은 웃음을 지으며 대화를 마무리했다.

"그럼 밖에서 기다릴래요? 금방 고르고 나갈게요."

"네, 그럴게요."

백한이 나가자, 서영은 털실을 보고 있는 에리샤에게로 다가갔다. 에리샤는 붉은 털실을 서영에게 보여주며 말했다.

"이거 레카 머리 색이랑 똑같다."

"그러네."

"나 이거 사도 돼?"

"상관없긴 한데, 에리샤도 뜨개질하게?"

"응, 응! 해볼래!"

"그래. 목도리 떠서 레카 씨 주면 좋아하겠다."

툭―.

에리샤가 경악하며 들고 있던 털실을 떨어뜨렸다. 서영은 제 발치까지 굴러온 털실을 주워서 바구니에 담았다.

"다른 색을 섞어서 목도리를 만들면 더 예쁘니까, 그렇게 해볼래?"

"내, 내가 왜 그놈한테 목도리를 만들어줘!"

질문과 다른 대답이 돌아왔다. 서영은 고개를 갸웃거리며 홍당무처럼 얼굴을 붉히고 있는 에리샤를 쳐다봤다.

"그냥 한 말인데, 왜 그렇게 과민 반응을 해."

"내, 내가 언제! 안 그랬어!"

옛말에 강한 부정은 강한 긍정이라는 말이 있었다. 서영은 눈을 가늘게 뜨고 에리샤를 쳐다봤다.

"에리샤, 너 설마……."

"절대 아니야! 절대로!"

아직 아무 말도 안 했는데. 의심이 점점 더 깊어졌다. 에리샤에게 좀 더 자세하게 묻고 싶었지만, 에리샤가 계속 소리를 지르는 바람에 주변의 이목이 쏠려서 서영은 일단 에리샤의 손을 잡고 계산대로 향했다.

바구니에 담은 털실을 계산하고 가게 밖으로 나온 서영은 백한을 찾았지만 그 어디에도 보이지 않았다.

"뭘 그리 찾아?"

"백한 오빠 찾고 있어."

"뭐야, 그러고 보니 멍청한 하프 어디 있어?"

그제야 백한이 없다는 것을 알아챈 에리샤는 주변을 살폈다. 서영의 반대편을 살피던 에리샤는 북적거리는 사람들 사이에서 백한의 머리통이 얼핏 보이자 서영의 옷자락을 잡았다.

"저기, 저기! 백한 발견!"

"어디, 어디?"

에리샤보다 시력이 안 좋은 건지, 그녀가 발견했다는 백한을 서영은 좀처럼 찾을 수가 없었다. 그러자 에리샤가 답답하다는 듯 가슴을 주먹으로 치며 서영의 손을 잡았다.

"따라와."

에리샤는 서영의 손을 잡고 백한이 있던 곳으로 성큼성큼 걸어갔다. 이미 백한은 보이지 않았지만, 사람들 사이에 희미하게 남아 있는 하프의 기운을 쫓아갔다.

그렇게 얼마나 걸었을까. 조금 인적이 드문 골목에서 더 이상 백한의 기운이 느껴지지 않자 에리샤는 고개를 들어 눈앞에 있는 건물을 쳐다봤다. 1층은 옷 가게였고, 2층은 카페였다.

"그 하프, 이 건물로 들어갔어."

"어떻게 알아?"

"여기서 그 하프의 기운이 사라졌거든."

그런 것도 가능하구나. 도대체 뱀파이어가 못하는 건 뭔지 궁금해졌다.

"그럼 들어가자."

옷 가게는 문이 닫혀 있었기 때문에 그들은 어렵지 않게 백한이 카페에 있음을 짐작할 수 있었다. 좁은 통로에 있는 계단을 올라가자 겉은 허름하지만 깔끔한 내부의 카페가 나타났다.

"어서 오세요."

인적이 드문 곳에 있는 카페라서 그런지 사람은 얼마 없었다. 거기다 오픈된 테라스 형 카페여서 그들은 쉽게 백한을 발견할 수 있었다.

그런데 백한은 혼자가 아니었다. 그의 맞은편에는 갈색 단발머리의 여자가 앉아 있었다.

"누구지? 여자 친구?"

"그건 아닐걸?"

만약 여자 친구가 있었다면 연애하고 싶다는 분위기를 풀풀 풍기거나 그렇게 심통이 난 표정을 짓지 않았을 것이다.

"일단 지켜보자."

심각하게 대화를 나누는 중인데 괜히 끼어드는 건 아닌 것 같아 서영과 에리샤는 인근 테이블에 앉아 기다리기로 했다.

"주문은 어떻게 하시겠어요?"

"뭐 먹을래?"

"난 레모네이드."

"그럼 난 아메리카노로……."

메뉴를 정하고 있는데 백한이 갑자기 이쪽을 쳐다보자, 서영은 화들짝 놀라며 메뉴판에 얼굴을 숨겼고, 에리샤도 테이블 밑으로 황급히 숨었다.

"소, 손님?"

그런 그들의 행동에 종업원이 당황하며 그들을 불렀다. 서영은 어색하게 웃으며 메뉴판을 살짝 내렸다.

"주문은 아까 말한 걸로 할게요."

"아메리카노랑 레모네이드, 맞으시죠?"

"네."

종업원이 떠나고 서영과 에리샤는 백한과 여자를 주시했다. 이야기를 나누는 줄 알았는데, 지금 보니 여자가 일방적으로 백한에게 뭐라고 하고 있었다. 백한은 죄인처럼 고개를 푹 숙이고 있었고.

"하프가 저 여자한테 뭔가 잘못한 모양인데?"

"그러게."

무슨 잘못을 했길래 저렇게 주눅이 들어 있는 걸까. 평소의 백한답지 않은 모습이 무척 신경 쓰였다.

드르륵ㅡ.

한참 백한에게 뭐라고 하던 여자가 돌연 자리에서 일어나 백한의 앞에 섰다.

"정말로 난 괜찮아. 그만큼 백한 씨가 나를 사랑했다는 거잖아. 그러니까 부디 그 일은 잊고 백한 씨도 행복하길 바랄게."

여자는 그 말을 끝으로 가방을 챙겨 들고 카페를 나갔다. 백한은 여자가 나간 뒤에도 한참 동안 자리에 가만히 앉아 있었다.

"……혹시 그 일 때문인가."

"응? 그 일이라니? 에리샤 뭔가 아는 거 있어?"

서영이 물었지만 에리샤는 대답하지 않았다. 그저 백한을 보며 안쓰럽다는 듯 혀를 찰 뿐이었다.

서영과 에리샤는 백한이 먼저 일어서길 기다렸지만, 백한은 좀처럼 움직이지 않았다. 이러다가는 이곳에서 날을 샐 것 같아 에리샤는 백한에게 성큼성큼 다가갔다.

"가, 같이 가!"

서영은 서둘러 에리샤를 쫓아갔다. 백한의 앞에 선 에리샤가 탁자를 쾅, 내리쳤다.

"에, 에리샤 님?"

그제야 에리샤를 발견한 백한이 눈을 크게 떴다. 에리샤는 콧방귀를 끼 며 백한의 맞은편에 앉았다. 여자가 앉아 있었던 자리였다. 서영은 에리샤 의 옆에 슬며시 엉덩이를 붙였다.

"언제 따라오신 겁니까?"

"따라오기는, 그냥 내가 가는 곳에 네가 있었던 거지."

"하하."

"너, 저 여자 앞에서 변했었지?"

그 질문에 실없이 웃던 백한의 웃음기가 싹 사라졌다. 그는 깊은 한숨을 쉬며 손을 힘없이 무릎 위로 떨어뜨렸다.

"다…… 들으신 겁니까?"

"아니, 대충 상황을 보고 알았지. 하프와 인간 여자가 사랑 운운하면서 그런 대화를 나눌 일은 그거밖에 없으니까."

백한은 쓰게 웃으며 다 식은 커피를 마셨다. 백한이 커피 잔을 내려놓자 마자 에리샤가 말을 툭 던졌다.

"루이지?"

백한은 그 질문에 대답하지 않았고, 에리샤도 더 묻지 않았다. 둘 사이에 어색한 침묵이 흐르자 옆에서 눈치만 보던 서영이 조심스레 끼어들었다.

"무슨 일인데요? 응? 에리샤, 무슨 일이야?"

"하프에게 직접 물어봐. 무슨 일인지."

에리샤는 거만하게 앉아서 발을 까딱거렸다. 서영도 백한에게 물어보고 싶었지만 그의 표정이 너무 안 좋아 보여서 차마 그러지 못하고 머뭇거렸다.

"……유리랑 저는 15년 전에 연인 사이였습니다."

서영이 묻기도 전에 백한이 스스로 이야기보따리를 풀었다.

"대학교에서 처음 만났고, 보자마자 첫눈에 반해서 바로 고백을 했지요."

"배, 백한 오빠……."

백한의 눈에서 눈물이 툭 떨어지자 당황한 서영이 자리에서 일어섰다. 그러자 옆에 있던 에리샤가 서영의 손을 잡고 고개를 흔들었다.

"앉아."

"하지만……."

"자업자득이야. 하프 주제에 사랑하려고 했던 게 죄지."

"그게 무슨 죄야!"

"하프한테는 죄고 사치야!"

에리샤는 버럭 소리를 질렀다. 그녀의 말을 이해하지 못한 서영은 약간 화가 난 얼굴로 에리샤를 쳐다봤다.

"에리샤, 너……."

"맞는 말이니까 신경 쓰지 않아도 돼요, 서영 씨."

"맞는 말이라니요! 사랑을 하는 게 어째서 죄고, 사치라는 건데요!"

"그가 하프니까."

에리샤가 다시 끼어들었다. 서영이 인상을 팍 쓰며 에리샤에게 뭐라고 하려고 하자 백한이 입을 열었다.

"서영 씨, 전에 형님께 제가 연애할 수 없다는 이야기를 들은 적 있죠?"

그러고 보니 루이가 그런 말을 한 적이 있었다. 영문 모를 말에 서영은 혹시 백한이 고자가 아닐까 하는 의심까지 했었다.

'설마, 진짜 고자라서?'

서영이 뜨악하는 표정으로 쳐다보자 백한이 눈매를 찌푸렸다.

"설마 제가 고자라서 그런 거라고 생각하고 있는 건 아니죠?"

"헉."

"아니에요! 저, 다 멀쩡해요!"

백한이 정말 억울하다는 듯 손을 휘휘 내저으며 변명했다. 그래도 서영이 믿지 못하겠다는 듯 그를 쳐다보자 백한이 혼잣말로 '이걸 보여줄 수도 없고…….'라고 중얼거렸다.

에리샤가 다시 대화에 끼어들었다.

"하프는 아이는 가질 수 있지만 사랑은 할 수 없어."

"어째서?"

"하프가 마음에 담은 여자는 죽거든. 그것도 그 하프의 손에."

"무, 뭐?"

죽는다니. 생각만 해도 끔찍한 소리에 서영은 기함하며 에리샤를 쳐다봤다. 에리샤가 깊은 한숨을 내쉬며 말을 이었다.

"왜 그런 변화가 일어나는 건지는 나도 몰라. 하지만 하프가 누군가를 사랑하게 되면 하프는 흡귀가 돼."

"흡귀? 그게 뭐야?"

"괴물. 이 세상엔 존재해서는 안 되는 괴물이지."

꽉 마주 쥔 에리샤의 손이 살짝 떨렸다. 백한의 얼굴은 흙빛으로 변했다.

"이성이 조금도 존재하지 않는, 오로지 피만 갈구하며 피를 위해서만 사는 괴물이야. 보통 흡귀가 된 하프는 다시 제정신으로 돌아오지 못해."

"하지만 백한 오빠는 그런 괴물이 아닌 걸!"

"지금은 아니지만, 과거엔 흡귀가 됐었어요."

백한이 쓰게 웃으며 그의 손을 내려다봤다. 그 손에는 유리가 주고 간 그녀의 명함이 있었다.

"흡귀로 변해서 유리를…… 그녀를 내 손으로 죽일 뻔했죠."

"백한 오빠……."

"다행히도 형님이 구해주셨지만, 아직도 그때의 기억은 잊지 못해요."

그는 주먹을 꽉 움켜쥐었다. 종이가 바스러지는 소리와 함께 그의 주먹이 미세하게 흔들렸다.

"이 손으로 그 가는 목을 붙잡고 그곳에 이를 박으려고 했죠. 그녀는 처절하게 울었고, 살려달라고 빌었어요. 이성이 존재하지 않는 게 아니에요. 이성이 욕망한테 지배당해서, 아무것도 할 수 없는 거죠. 머리는 그만하라고 외치는데, 울부짖고 있는데, 그만할 수가 없었어요. 그래서 나는……."

"그만, 그만해요, 오빠!"

더는 듣고 싶지 않아서 서영은 귀를 틀어막으며 백한의 말을 잘랐다.

"제발, 제발 그만해요. 더 이상 말하지 않아도 되니까, 제발…… 그만해요."

이런 건 줄 알았으면 묻지 않았을 텐데. 괜한 것을 물어서 그에게 상처를 주고 말았다. 그 사실이 너무 부끄럽고 창피해서 서영은 백한의 얼굴을 똑바로 볼 수가 없었다.

"그런데 말이야."

에리샤가 턱을 괴고 백한을 지그시 바라봤다.

"그 여자는 널 용서한다고 한 것 같은데, 아직도 그 일을 마음에 두고 있는 거야?"

나름 위로하려는 건지 에리샤의 목소리는 약간 부드러웠다. 그녀의 질문에 백한은 옅게 웃었다.

"당연하죠."

"미련하긴."

"미련한 게 아니라 경각심을 가지는 겁니다."

백한은 시퍼런 힘줄이 돋을 정도로 두 손을 꽉 움켜쥐며 말했다.

"또다시 이런 일을 반복하지 않기 위해서, 평생 가슴에 새기고 살 거예요."

"서영이 백한의 일을 알았다고?"

"예. 지금 그 일 때문에 굉장히 우울해하고 계십니다."

서영에게 붙여두었던 그림자에게서 그녀의 일과를 보고받던 루이는 뜻밖의 소식을 듣고 미간을 찌푸렸다. 반대편에 앉아 있던 레카가 물었다.

"백한의 일? 그 하프한테 무슨 일이 있었는데?"

"십몇 년 전 흡귀가 되었던 일을 말하는 거다."

"허? 근데 어떻게 지금 멀쩡하게 있는 거야?"

흡괴가 된 하프들은 미처 날뛰다가 자멸하기 마련인데, 흡귀가 되었다던 백한은 너무나도 멀쩡하게 살아 있었다.

"같은 피를 이은 뱀파이어가 옆에서 제어를 해주면 원래대로 돌아갈 수 있다. 단지 뱀파이어들이 하프들을 원래대로 되돌릴 필요성을 못 느껴서 죽게 내버려두는 것이지."

루이는 별것 아니라는 듯 시큰둥하게 답했다. 지금 그의 고민은 백한이 아니었다. 그 일을 알게 된 서영이 또 얼마나 가슴 아파할지 울고 있을지 걱정됐다.

"안 되겠다."

루이가 일어서자 레카가 눈을 휘둥그레 뜨고 그를 올려다봤다.

"어디 가려고?"

"서영한테."

"너, 지금 이 서류들은 다 어쩌고?"

레카는 어이가 없다는 표정으로 탁자 위에 가득 쌓인 서류들을 툭툭 쳤다. 지금 그들이 있는 곳은 요새의 집무실로, 그들은 몇 달 후에 있을 요괴 전쟁을 위해 서류를 처리하고 있었다.

"지금 로드가 없는 상황에서 요괴 전쟁을 치러야 하는 위급한 때에 서류를 보다 말고 어딜 간다는 거야?"

"네가 해."

"뭐? 지금 장난해?"

발끈한 레카가 자리에서 벌떡 일어서면서 그에게 소리쳤지만, 루이는 귓등으로도 듣지 않았다. 그는 아칸에게 제복의 겉옷을 받아 들고 인간 세상으로 향하는 포탈을 열었다.

"갔다 와서 이야기하지."

"야! 루베르이!

루이는 레카의 말을 가볍게 무시하고 포탈 안으로 몸을 집어넣었다. 레카가 다급하게 그의 이름을 불렀지만, 이미 루이를 삼킨 포탈의 입구는 닫힌 후였다.

우웅―.

백한의 집에 도착하자마자 베란다에 서서 찬 겨울바람을 고스란히 맞고 있는 서영이 보였다. 루이는 인상을 찌푸리며 그녀가 있는 베란다로 향했다. 서영은 추운 줄도 모르는지 얇은 카디건만 걸치고 밤하늘을 쳐다보고 있었다.

"감기 걸리게 여기서 뭐 하는 거지?"

루이는 자신이 들고 있던 제복의 겉옷을 서영의 어깨에 걸쳐주며 물었다. 그러자 서영이 눈을 동그랗게 뜨고 루이를 돌아봤다.

"언제 왔어?"

"방금. 왜 또 안 자고 이러고 있어?"

루이의 말에 서영은 어설픈 미소를 지으며 다시 밤하늘을 쳐다봤다.

"루이, 백한 오빠는…… 흡귀가 되었어?"

역시 그 일 때문이군. 루이가 천천히 고개를 끄덕이자 서영의 얼굴이 어두워졌다.

"그럼, 백한 오빠가 사랑하는 사람을 죽일 뻔했다는 것도 사실이네?"

루이는 대답하지 않았지만, 그의 침묵을 긍정으로 받아들인 서영은 슬픈 눈으로 다시 밤하늘을 쳐다봤다. 처음에는 이상하게 생각했다. 뱀파이어도 인간 여자와 연애를 하고 아이를 낳는데, 겉모습은 완벽한 인간인 백한이 왜 인간 여자와 연애를 하지 않는지, 직업도 외모도 완벽한 남자가 왜 혼자인지 궁금했었는데 그런 일이 있었을 줄이야.

"백한 오빠, 불쌍해."

"신경 쓸 것 없다."

루이가 서영의 허리에 팔을 두르고 정수리에 턱을 올렸다.

"그게 하프인 그의 운명이니까."

"운명을 바꿀 방법은 없는 거야?"

"불가능하다. 운명은 아무리 벗어나려고 한들 벗어날 수 없는 거니까."

"그럼 나도 뱀파이어 꽃의 운명에서 도망칠 수 없겠네?"

"……!"

"그렇게 생각하고 있었던 거야, 루이?"

루이의 붉은 눈동자가 크게 흔들렸다. 서영은 그녀의 허리를 감싸고 있는 루이의 손을 잡으며 그를 올려다봤다.

'네 말대로 역시 운명에서 도망치는 건 힘들겠지. 어머니도 내 힘을 봉인 하면서까지 내가 뱀파이어 꽃의 운명에서 도망치길 바랐지만…… 결국 이 렇게 돌아왔잖아.'

"……."

"하지만 말이야, 난 도망칠 수 없다고 해서 아무것도 안 하고 당하고만 있 긴 싫어. 내가 할 수 있는 건 뭐든지 하고 싶어."

루이를 바라보는 검은 눈동자에는 절대로 꺾이지 않을 굳은 의지가 담겨 있었다. 내심 루이는 서영이 뱀파이어 꽃의 역할을 잘 할 수 있을지, 그 가 혹한 운명을 견딜 수 있을지 걱정했었다.

'괜한 걱정이군.'

그녀는 자신이 생각한 것보다 훨씬 강한 존재였으니까. 육체와 능력만 본 다면 자신이 더 강하겠지만 서영은 그에 지지 않을 강한 마음을 가지고 있 었다.

"평생을 인간으로 살아온 너에게 뱀파이어 꽃이라는 운명의 벽은 너무 높다. 계란으로 바위를 치는 것만큼이나 힘든 일이지."

루이는 한쪽 무릎을 꿇고 앉아 서영의 손등에 입을 맞췄다. 마치 중세 시 대의 기사가 그가 앞으로 모실 레이디에게 충성의 서약을 하는 것처럼 경 건하고 조심스러웠다. 서영은 숨 쉬는 것도 잊은 채 멍하니 루이를 내려다 봤다.

"하지만 네가 운명의 벽을 넘길 원한다면 최선을 다해 도와주겠다. 그러 니 아무 걱정하지 말고, 가고 싶은 길을 가도록 해."

여우 일족

―네가 운명의 벽을 넘길 원한다면 최선을 다해 도와주겠다. 그러니 아무 걱정하지 말고, 가고 싶은 길을 가도록 해.

루이는 없지만 그가 했던 말이 뇌리에 남아 자꾸만 심장을 두드렸다. 특히 그의 입술이 닿았던 손등이 간질간질했다. 자꾸만 웃음이 나왔다.

"왜 자꾸 바보같이 웃어?"

"아."

불쑥 기억을 가르고 들어온 목소리에 서영은 에리샤를 쳐다봤다. 그러고 보니 에리샤가 있었지. 서영은 달콤한 기억을 갈무리하고 고개를 저었다.

"아무것도 아니야."

"흐웅, 루이 때문이지?"

두근―.

루이의 이름만 들어도 심장이 뛰었다. 서영의 볼에 발그레 홍조가 돌자 에리샤가 킥킥 웃었다.

"역시 루이 때문이구나? 왜, 걔가 지켜준다는 말이라도 했어?"

"어……?"

'뭐지, 에리샤도 마음을 읽는 능력이 있는 건가?'

말하지도 않은 일을 알고 있다는 사실에 놀라 에리샤를 쳐다보자 그녀가 픽 웃으며 서영의 볼을 쿡쿡 찔렀다.

"얼굴에 다 쓰여 있거든? 표정 관리 못 하긴."

그런가. 서영은 멋쩍게 웃으며 에리사가 찌른 볼을 긁적였다.

"그나저나 이거 모양이 이상해졌어."

지금 그들은 뜨개질 중이었다. 서영은 들고 있던 뜨개질감을 다시 탁자 위에 올려두고 에리샤가 만들고 있던 것을 훑어봤다.

"에리샤, 여기 코 잘못 꿰었어."

"어라? 난 분명히 똑바로 했는데……."

서영이 지적한 부분을 발견한 에리샤는 울상을 지었다. 만만하게 생각했는데 뜨개질은 생각보다 어려웠다. 조금만 잘못해도 그동안의 노력이 헛수고가 되어버렸다. 에리샤는 울상을 지으며 뜨개질의 실을 풀었다.

"간식 좀 드시고 하세요."

백한이 간식을 가지고 오자 에리샤는 뜨개질감을 정리했고, 서영은 백한의 손에서 쟁반을 받아 탁자에 놓았다.

"케이크네?"

"한번 만들어봤는데, 맛있을지 모르겠네요."

"케이크도 만들 줄 알아?"

에리샤가 놀랍다는 듯 쳐다보자 백한이 뿌듯하게 웃으며 어깨를 으쓱였다.

"그냥 잡다한 재주죠. 드셔보세요."

서영과 에리샤는 케이크를 크게 떠서 입 안에 넣었다. 눈처럼 하얀 생크림이 몽실몽실 묻은 케이크는 매우 부드러우면서도 달콤했다.

"정말 맛있어요."

"다행이네요. 에리샤 님은요?"

"인간들 말 중에 그런 게 있지. 굼벵이도 구르는 재주가 있다."

칭찬을 꼭 저런 식으로 해야 하는 걸까, 백한은 속으로 혀를 차면서도 겉으론 내색하지 않고 웃었다.

"오, 뜨개질 많이 했네요."

서영의 작품인 하얀색 목도리는 거의 완성 단계였다. 중간에 꽈배기 모양까지 넣어 더욱 작품성을 높였다.

"서영 씨는 뜨개질을 정말 잘하시네요."

"아니에요."

"에이, 겸손하시긴. 한데 에리샤 님은……."

백한은 그 옆에 있는 붉은색 목도리를 보고 눈을 크게 껌뻑였다. 걸레라고 해도 믿을 수 있을 정도로 실이 너덜너덜했다. 곳곳에 털실이 풀려 있었고, 모양도 엉성했다.

"뭘 봐!"

에리샤는 황급히 목도리를 등 뒤로 숨기며 버럭 소리를 질렀다. 백한은 아무것도 못 봤다는 듯 고개를 돌렸지만 실룩거리는 입꼬리는 숨기지 못했다.

"너 지금 나 비웃었어?"

"설마요."

"방금 비웃었잖……!"

백한의 멱살을 잡으려던 에리샤는 벽에 포탈이 생기자 들고 있던 붉은색 목도리를 황급히 침대 밑에 숨기고 아무 일도 없었다는 듯이 케이크를 먹었다.

서영 역시 당황하며 포탈을 쳐다봤다. 루이가 요새로 떠난 건 이틀 전이었다. 요괴 전쟁부터 시작해서 이런저런 일이 많아 일주일은 돌아오지 못한다고 했는데, 벌써 돌아오다니. 무슨 일이 생긴 걸까. 반가움보단 걱정이 앞섰다.

"잘들 있었어?"

포탈에서 가장 먼저 나온 이는 레카였다. 변함없이 밝은 얼굴로 인사하는 레카의 뒤로 무표정한 얼굴을 한 루이가 천천히 나왔다.

"왔어?"

"응."

서영의 인사에 루이는 짧게 대답하고 고개를 끄덕였다. 그의 얼굴엔 피곤함이 가득했다.

"자, 방에서 이러지 말고 나가서 이야기해요."

어른 5명이 방에 모여 있으니 좁은 감이 있어 백한은 밖으로 나가자고 제안했다. 다른 이들도 그렇게 생각했는지 루이와 레카는 순순히 백한의 뒤를 따랐고, 서영과 에리샤 역시 그들을 따라 거실로 나왔다.

"뭔가 일이 있나 봐요? 이렇게 일찍 돌아오신 걸 보면."

서영이 묻고 싶었던 말을 백한이 대신 해주었다. 루이는 입매를 단단하게 굳히며 소파에 앉았다. 레카 역시 깊은 한숨을 쉬었다.

"형님?"

"여우 일족이 제안을 했다."

"여우 일족? 혹시 300년 전에 난리를 피웠던 그 일족?"

에리샤가 묻자 루이가 고개를 끄덕였다.

"그 일족이 아직 살아 있단 말이야? 수장을 잃고도?"

"살아 있지. 루이가 차기 수장을 살려줬으니까."

레카의 대답에 에리샤가 험악한 표정으로 루이를 노려봤다.

"제정신이야? 전대 여우 일족의 수장인 구미호 년이 어떤 짓을 했는지 잘 알면서?"

"네가 태어나기 전의 일인데도 잘 알고 있군."

"지금 그게 중요해? 대체 무슨 이유로 차기 수장을 살려둔 거야? 전대 수장 년이 갓 태어나서 아무 힘도 못 쓰는 뱀파이어들의 간을 빼먹었다는 걸 그 누구보다 잘 알 텐데?"

에리샤의 질문에 루이는 침묵을 유지했다. 말하기 싫다는 의사를 보이는 루이를 한참이나 노려보던 에리샤는 이내 포기했다는 듯 한숨을 푹 내쉬었다.

"하! 뭐, 좋아. 살려두는 건 순전히 네 마음이니 참견하지 않겠어. 한데 그 여우 일족이 왜?"

"……."

"뭐야, 이번에도 말 안 하겠다는 거야?"

루이가 계속해서 입을 꾹 다물고 있자, 답답했는지 에리샤는 자신의 가슴을 손으로 쳤다. 서영 역시 대체 무슨 일이기에 그가 아무 말 못 하는지 궁금해서 그의 어깨에 손을 올리며 이름을 살며시 불렀다.

"루이?"

"……청혼을 받았다."

서영은 루이의 어깨에 손을 올려둔 채 뻣뻣하게 굳었다. 에리샤가 그런 서영을 대신해서 루이에게 물었다.

"청혼이라니, 누가 누구한테?"

"루이가, 여우 일족의 수장한테 청혼을 받은 거지."

루이를 대신해서 레카가 대답했다. 에리샤가 고개를 홱 돌려 레카를 노려봤다.

"그걸 지금 몰라서 물어? 뱀파이어 일족의 신부는 뱀파이어의 아이를 낳을 수 있는 인간이 되는 게 관례라고!"

"관례일 뿐이지, 법은 아니잖아."

"그, 그렇지만 루이에게는 서영이 있잖아! 설마 서영이를 두고 구미호 년을 신부로 맞이하겠다는 건 아니겠지?"

"난 아직 청혼을 받아들였다는 이야기는 안 했는데."

"그럼 거절했어?"

그건 또 아닌지 루이가 입을 다물었다. 이에 에리샤가 버럭 소리를 지르려는데, 그전에 레카가 말했다.

"청혼을 거절하자니 문제가 생겼어."

"문제?"

"그래. 지금 여우 일족의 수장인 아랑이 여우 구슬을 대가로 루이에게 청혼했어. 만약 루이가 청혼을 받아준다면, 여우 구슬을 주겠다더군."

"여우 구슬이라니?"

에리샤가 팔짱을 낀 채 고개를 기울였다.

"그거 전설 속에 나오는 물건 아니었어?"

"아니었나 봐. 하여간 그것 때문에 지금 뱀파이어 요새가 떠들썩해. 안 그래도 뱀파이어 로드가 없는 상태로 요괴 전쟁을 치러야 하는데 하급 뱀파이어들이 대량으로 죽어서 싸울 인원도 부족한 데다 뚜렷한 지도자도 없으니 불안한가 봐."

"설마 여우 구슬의 힘을 빌려서 요괴 전쟁에서 이길 생각인 거야?"

"아니. 뱀파이어 꽃을 찾는 데 쓸 생각인 것 같아."

"······그건 가능할 것 같네."

아랑의 요력이 얼마나 되는지는 모르겠지만 숨어 있는 뱀파이어 꽃을 찾아내는 정도의 간단한 일은 할 수 있을 것이다.

"문제는 그것뿐이 아니야."

"또 뭐가 문제인데?"

"아쉘이 아랑과 루이가 결혼하는 걸 찬성했어."

"뱀파이어 로드가 되려면 뱀파이어 꽃과 결혼해야 한다는 걸 알고 찬성한 거 아니야?"

"나도 처음엔 그렇게 생각했는데, 그 이유 때문만은 아닌 것 같아."

레카가 턱을 괴고 심각한 얼굴로 말했다.

"아랑이 루이와 결혼한다면 여우 구슬은 루이에게 넘어갈 거고, 그럼 루이가 그 여우 구슬을 이용해서 무슨 짓을 할지 모르는데 너무 순순히 허락한 게 이상해."

"그건 그렇네."

에리샤는 비로소 이해했다는 듯 고개를 끄덕였다. 줄곧 침묵하고 있던 루이가 혼란스러워하는 서영을 보며 말했다.

"그것 때문에 요새에 며칠 더 머물러야 할 것 같다."

서영의 표정이 흐려졌다. 그녀가 금방이라도 울 것 같은 얼굴로 바라보자 루이는 서영의 손을 꼭 잡아주었다.

"걱정하지 마. 내가 그 여자랑 결혼하는 일은 절대 없을 테니까."

"하지만……."

"날 못 믿는 건가?"

서영은 고개를 저었다. 그가 아랑이라는 여우와 결혼할 거라는 생각은 조금도 들지 않았지만, 그래도 불안했다. 발밑에 스멀스멀 기어다니는 불길한 기운을 떨쳐낼 수가 없었다.

"이만 가야 할 시간이야, 루이."

레카가 벽에 포탈을 만들고 루이를 불렀다. 자리에서 일어선 루이는 서영을 꼭 끌어안았다.

"다녀올게."

겉으로 보기엔 담담해 보였지만, 목소리에는 불안함이 묻어났다. 여기서 자신까지 불안해하면 루이가 더 불안해할 테니 서영은 내색하지 않고 그를 꼭 안아주었다.

"괜찮아. 다 잘될 거야."

"……그래."

"무사히 해결하고 돌아와."

"로맨스 그만 찍고 빨리 와라."

포탈에 몸을 반쯤 집어넣은 레카가 불만스럽게 루이를 재촉했다. 때문에 루이는 서영과 좀 더 같이 있고 싶은 마음을 애써 삼키며 아쉬운 발걸음을 돌렸다.

◇

12명의 뱀파이어들이 원탁에 빙 둘러앉아 있었다. 어둠 속에서도 붉은색 눈동자가 찬란하게 빛이 났다.

"루베르이 경의 결혼 건에 대해 찬성하는 자는 손을 들게."

아쉘의 말에 뱀파이어들은 하나둘씩 손을 들었다. 12명의 뱀파이어 중 손을 든 자는 총 6명. 의회를 구성하는 뱀파이어 중 절반이 루이와 아랑이 결혼하는 데 동의했지만, 정작 당사자인 루이는 반대했다.

"루베르이 경, 자네는 이 결혼을 반대한다는 겐가?"

아쉘의 질문에 루이는 무뚝뚝하게 대답했다.

"제겐 이미 신부가 있다고 몇 번이나 말했습니다."

"전에 요새로 데리고 온 그 인간을 말하는 것 같은데, 그런 나약한 인간보다 여우 요괴를 신부로 맞이하는 게 더 낫지 않나? 후손이야 다른 인간 여자에게 보면 되지."

"아쉘 님의 말씀이 옳습니다."

아쉘의 편을 드는 자들은 하나같이 좋아하며 고개를 끄덕였지만, 루이의 편을 드는 자들은 언짢아하며 인상을 구겼다.

"루베르이 님의 신부는 뱀파이어 꽃 정도가 되어야 어울립니다. 어찌 천한 구미호를 신부로 들이라고 말씀하십니까?"

루이의 편을 드는 한 뱀파이어가 인상을 구긴 채 말하자, 아쉘은 호탕하게 웃으며 손을 저었다.

"너무 노여워하지 말게, 카루스 경. 난 그저 뱀파이어 일족을 위해 이런 결정을 내린 거니까."

"여우 요괴와 루베르이 님이 결혼하는 게, 뱀파이어 일족을 위한 일이라고요?"

"그래. 여우 구슬을 얻을 수 있다면 행방불명된 뱀파이어 꽃을 찾는 것도 시간문제지."

'역시 이게 목적이었나.'

그렇다면 이 결혼은 더욱 성사되어서는 안 된다. 에리샤의 존재는 이미 알려져 있으니 어쩔 수 없다고는 하나, 서영의 존재까지 알려지는 것은 막아야 했다.

루이가 인상을 쓰며 말했다.

"다시 말하지만 전 이미 신부가 있습니다. 그러니 제가 다른 여자를 신부로 맞이하는 일은 절대 없을 겁니다."

"아직 정식으로 신부로 맞이한 것도 아닌데 어찌 그리 고집하십니까, 루베르이 경."

"맞습니다. 일족을 생각한다면 여우 일족의 수장을 신부로 맞이……."

쾅―.

참다못한 루이가 원탁을 세게 내리쳤다. 시끄럽게 떠들던 뱀파이어들은 물론, 조용히 있던 자들까지 전부 놀라며 루이를 쳐다봤다. 웃고 있는 건 레카뿐이었다.

"전 분명 하지 않겠다고 말했습니다."

루이가 한 글자, 한 글자 힘주어 말했다. 살벌한 기세에 다들 침만 삼키며 그의 눈치를 살피는 가운데 아쉘이 고개를 삐딱하게 기울이며 말했다.

"아직 성년식을 치른 지 얼마 되지 않아서 그런지 어린애처럼 구는군."

서릿발처럼 냉랭한 시선이 아쉘에게 꽂혔다. 고작 서열 하나 차이였지만 두 뱀파이어 사이의 힘 차이는 어마어마했다. 아쉘은 그만큼 루이와 대적하는 게 긴장됐지만, 자존심 때문에 겉으론 내색하지 않고 아무렇지 않게 말했다.

"솔직히 말해 나도 여우 요괴를 뱀파이어 일족의 족보에 올리는 건 마음에 들지 않네. 하지만 시기가 이러니 어쩔 수 없지 않은가. 뱀파이어 꽃을 찾아야 모든 것이 해결될 테니 자존심도 상하고 원치는 않지만 여우 요괴의 손을 빌리는 수밖에."

"역시 아쉘 님은 본인보다는 다수를 생각하시는군요."

"이렇게 훌륭한 분이 의회장이시니 마음이 조금 가벼워집니다."

아쉘이 당당하게 나오니 그를 따르는 뱀파이어들이 다시 떠들기 시작했다. 회의장 안은 순식간에 아쉘을 찬양하는 소리로 넘쳐났고, 아쉘은 부끄럽다는 헛소리를 하며 그들에게 그만하라고 손사래를 쳤다.

『어떻게 할 거야?』

저놈들을 어떻게 하면 좋을지 고민하고 있는데 레카의 전음이 들렸다. 루이는 아쉘을 주시하며 레카에게 답을 보냈다.

『뭘 어떻게 한다는 거지?』

『아쉘 말이야. 아무래도 순순히 물러설 것 같지가 않아.』

『내가 안 한다고 하면 그만 아닌가?』

『글쎄, 내가 보기엔 네가 레이디를 이미 신부로 맞이해서 안 한다고 계속 우기면 레이디를 협박하려고 들 것 같은데? 아쉘은 그러고도 남아.』

'그건 그렇지.'

루이는 레카의 말에 동의했다. 뱀파이어 꽃이 사라지자마자 그 꽃을 찾기 위해 동족인 하급 뱀파이어들을 대량 학살한 놈인데, 겨우 인간 따위를 신경 쓸 놈이 절대로 아니었다.

『그 아랑이라는 여우 일족의 수장, 너와 인연이 있지?』

『300년 전에 한 번 봤을 뿐이다.』

『그래, 그때 네가 그녀를 살려줬지. 그러니까 그녀를 설득하는 게 어때? 내가 보기엔 저 꽉 막힌 놈보다 그 수장을 설득하는 게 훨씬 현실성이 있는 것 같은데.』

일리가 있는 말이었다. 레카의 말대로 하는 게 좋을 것 같아 루이는 자리에서 일어섰다.

"어디 가는 거지?"

"제 결혼이니 생각 좀 하려고 합니다."

무조건 거절할 생각이었지만 일단 나가야 하니 루이는 대충 둘러댔다.

"하긴, 짧은 생을 사는 인간도 아니고 요괴와 결혼하면 평생을 묶일 텐데, 생각할 시간을 주는 게 맞지요."

"하지만 이 사안은……."

"거 참, 언제부터 그렇게 뱀파이어 일족의 사활에 관심이 많았다고 입을 나불대는 겁니까?"

레카가 귀를 후벼 파며 건들거리자 상대가 버럭 소리를 질렀다.

"할 말과 못할 말을 구별해서 하게!"

"못할 말을 한 적은 없는 것 같은데요."

"레카 경!"

"만약 여우 구슬이 뱀파이어 꽃을 찾지 못한다면, 그 수장과 결혼한 루이만 코를 펜 거 아닙니까? 더구나 뱀파이어 꽃을 찾은 뒤 뱀파이어 꽃이 루이와 결혼을 하겠다고 하면 그 여우는 어찌합니까? 예? 죽이기라도 할까요?"

"무, 무슨 말을 그렇게 하는가! 우리가 지금 우리의 이익을 위해 무고한 생명을 희생시키려는 것처럼 보이나?"

"그럼 아니었습니까? 신부가 죽지 않으면 신부의 계약이 깨지지 않으니, 뱀파이어 꽃이 루이와 결혼하고 싶다고 하면 그 여우를 죽일 수밖에 없지요. 안 그렇습니까, 모두들?"

레카가 시니컬하게 비꼬자 다들 할 말을 잃었는지 입을 다물었다.

"자, 자, 다 잘 되자고 하는 건데 싸우지들 마시게."

아쉘이 인자하게 웃으며 어색하게 얼어붙은 분위기를 녹였다.

"루이 경도 이래저래 생각이 많을 테니 오늘은 여기서 회의를 그만하도록 하지."

"큼, 아쉘 님이 그렇게 말씀하신다면……"

예전이었다면 가장 먼저 나서서 펄펄 날뛰었을 아쉘이 저러니 몹시 수상 쩍었다. 뭔가 꿍꿍이가 있는 게 분명한데, 그게 뭔지 짐작이 가지 않아 답답했다.

"며칠 시간을 주지. 루베르이 경도 생각이 많을 테니."

마음 같아선 생각해주는 척하지 말라고 하고 싶지만, 지금 그래서 이득 볼 건 아무것도 없었다. 오히려 아쉘의 편을 드는 이들에게 먹잇감만 던져주는 꼴이 될 게 뻔해서 루이는 일단 군말 없이 물러났다.

"참, 루베르이 경. 요괴 전쟁 준비는 어떻게 되어가고 있나?"

곧바로 회의실을 나가려는데 아쉘이 발목을 잡았다. 대부분의 뱀파이어들이 루이가 요괴 전쟁에서 뱀파이어들을 이끄는 행동 대장이 되기를 원해서 하는 수 없이 루이가 나서기로 한 상태였다.

"아직 진행된 것은 없습니다."

"시간이 많아 보이지만, 생각보다 그리 넉넉하지는 않네. 부디 빨리 계획을 잡아주었으면 하네."

"그리하지요. 그럼 이만."

회의실을 나온 루이는 집무실로 향했다.

요새에는 세 종류의 방이 있었다. 상급 뱀파이어들이 개인적으로 쓰는 비밀의 방과 하급 뱀파이어들과 중급 뱀파이어들이 공용으로 쓰는 방, 그리고 모든 뱀파이어들이 집무를 보거나 회의를 하는 데 사용되는, 모두에게 공개된 방.

루이가 지금 가는 집무실은 모두에게 공개된 방이었다.

지나가던 뱀파이어들과 시종들은 그를 발견하고 일제히 고개를 숙였다. 평소 같으면 고개라도 한 번 끄덕였겠지만, 오늘은 전반적으로 기분이 좋지 않아 루이는 무시하고 걸어갔다.

"루이 님."

집무실에 거의 도착했을 무렵, 미성의 목소리가 들렸다. 루이는 상대가 대놓고 부르니 무시할 수가 없어 루이는 그가 누구인지 확인하기 위해 돌아봤다. 가장 먼저 띄는 건 자수정 빛의 맑은 눈동자였다.

"아랑."

"오랜만에 뵙네요, 루이 님."

아랑이 싱긋 웃자 어두침침한 복도에 산뜻한 산들바람이 불었다. 아랑이 내뿜는 향기에 매혹된 시종들은 넋을 놓고 그녀를 바라봤다.

"300년 만인가요? 세월이 정말 많이 흐르긴 흘렀나 보네요. 루이 님이 이렇게 성년기도 맞이하시고."

"그렇군."

짧게 단답형으로 대답했음에도 불구하고 뭐가 그리 좋은지 아랑은 깃털로 만든 부채로 입을 가리며 나지막하게 웃었다.

"저를 계속 이곳에 세워두실 건가요? 이것이 뱀파이어들의 예의인가 보죠?"

루이 역시 아랑에게 할 말이 있었기 때문에 그는 벽에 자신의 방으로 향하는 문을 만들었다. 중요한 이야기인 만큼 공개된 장소보다 아무도 들어오지 못하는 곳에서 조용히 이야기하는 게 좋을 것 같았기 때문이었다.

"들어가지."

"고마워요."

아랑이 눈웃음을 치며 먼저 방으로 들어갔다. 그 뒤를 따라 들어간 루이가 단도직입적으로 물었다.

"무슨 일이지?"

"어머, 앉으라는 말도 하시지 않을 건가요?"

"앉아."

아랑이 소파에 앉자 루이는 그녀의 맞은편에 앉았다. 탁자를 중간에 두고 마주 보는 구조였다.

루이는 아랑이 제 질문에 대답해주길 바라며 빤히 쳐다봤다. 그러자 아랑이 얼굴을 살짝 붉히며 부채로 얼굴을 가렸다.

"그렇게 쳐다보지 마세요. 소녀, 가슴이 뛰어서 아무 말도 할 수 없답니다."

뭇 남자들의 마음을 흔들어놓을 만큼 매력적인 모습이었지만 루이에게는 별다른 감흥을 주지 못했다. 오히려 성가시고 귀찮았다.

"대체 무슨 생각이냐, 아랑."

"무슨 생각이냐뇨?"

"갑자기 청혼서를 보낸 이유가 뭐지? 요괴 전쟁에서 살아남으려고 그러는 건가?"

여우 일족은 300년 전 그 일족의 수장이 갓 태어난 어린 뱀파이어들의 간을 빼먹은 일 때문에 뱀파이어 일족의 노여움을 샀고, 그 일로 그때의 수장은 루이의 손에 죽임을 당했다.

원래 수장의 딸인 아랑 역시 죽여야 했지만, 루이는 부모의 잘못 때문에 자식까지 죽이는 것은 옳지 않다고 생각하여 아랑을 살려두었었다.

보통 여우 일족의 수장은 천 년 이상을 산 구미호들이 맡게 되는데, 그때 아랑의 나이가 700살이어서 바로 수장의 자리에 오를 수가 없었다.

수장이 없는 일족은 제대로 싸울 수가 없었고, 때문에 그 뒤에 벌어진 요괴 전쟁에서 여우 일족은 거의 멸망 직전까지 갔다. 어떻게든 목숨을 유지하긴 했지만 여우 일족은 그들을 노리는 포식자들의 눈에 띄지 않게 최대한 몸을 사려야만 했다.

그런 상황에서 이번 요괴 전쟁까지 지게 되면 여우 일족은 멸망하게 될 것이다. 그러니 루이는 아랑이 요괴 전쟁에서 이기기 위해 제게 청혼한 거라고 생각했다. 만약 아랑이 자신과 결혼한다면 다른 요괴들이 쉽게 여우 일족을 건드릴 수 없을 테니까.

"그런 생각이 아예 없다면 거짓말이지만, 순전히 그 목적 때문에 청혼서를 보낸 건 아닙니다."

"그럼?"

"루이 님을 좋아해요."

루이를 바라보는 아랑의 눈동자에 따스한 빛이 감돌았다.

"300년 전 당신이 저를 구해줬을 때부터 저는 당신을 마음에 담고 있었답니다. 단지 제가 아무 힘도 없고 당신에 비해 너무 보잘것없어서 그 마음을 숨기고 있었지만 이제 루이 님에게 도움이 될 수 있으니, 제 마음을 솔직하게 고백하는 겁니다."

"난 여우 구슬 같은 거 필요 없는데."

"하지만 뱀파이어 일족에게는 필요하죠."

아무래도 아랑은 뱀파이어 꽃이 사라졌다는 걸 아는 모양이었다. 하긴,

아쉘이 그렇게 난리를 부렸는데 모르는 게 더 이상했다.

"뱀파이어의 신부는 뱀파이어의 자손을 낳을 수 있는 인간이 되는 게 관 례라는 걸 모르는 건가?"

"알고 있어요. 하지만 당신은 인간을 신부로 맞이하지 않을 거잖아요."

"왜 그렇게 생각하는 거지?"

"당신 어머니처럼 당신 아내가 미쳐서 죽는 것을 원하지 않을 테니까."

무심했던 붉은 눈동자에 살기가 깃들었다.

"제 말이 틀렸나요?"

"주제 파악을 해라."

루이의 모친에 대한 이야기는 레카도 함부로 건드리지 못하는 금기였다. 루이가 사납게 이를 드러내며 경고했지만, 아랑은 조금도 무서워하지 않고 말을 이었다.

"당신이 다른 곳에서 아이를 낳아오든 말든 저는 관심이 없답니다. 제가 당신의 아이를 낳을 수 없으니 그건 어쩔 수 없지요. 하지만 당신의 신부 자리는 양보할 수 없습니다. 당신에게도 나쁜 조건은 아닐 텐데요. 지금 로 드가 없는 혼란스러운 상황에서 여우 구슬이 있다면 뱀파이어 꽃을 찾을 수 있을지도 모르잖아요?"

"필요 없다."

"아니요. 필요할 겁니다. 왜냐하면 제가 여우 구슬을 가지고 아쉘과 계약 을 했거든요."

"뭐?"

이건 또 무슨 황당한 소리란 말인가. 루이가 당황하며 되묻자 아랑이 부 채를 접고 눈매를 예쁘게 접었다.

"며칠 전, 아쉘이 저를 찾아왔습니다. 제가 가진 여우 구슬이 필요하니 내놓으라고 하더군요."

아쉘에게 뭔가 꿍꿍이가 있을 거라곤 생각했지만, 설마 아랑을 직접 찾아갔을 줄이야.

황당하고 어처구니가 없었다.

"아쉘과 무슨 계약을 했지?"

"뱀파이어의 계약은 비밀이 원칙이죠."

아랑이 눈꼬리를 살짝 휘며 매혹적으로 웃었다.

"제가 아쉘과 무슨 계약을 했는지 알려드리면 루이 님께선 제게 뭘 주실 건가요?"

"말하기 싫으면 하지 않아도 좋아."

매력적인 웃음에 마음이 조금이라도 흔들릴 만도 하건만 루이는 그저 짜증스러운 얼굴로 소파 깊이 몸을 묻었다.

"네가 아쉘과 무슨 계약을 했든 나와 상관없는 일이니까. 하지만 그 약속은 지켜지지 않을 거다."

"뱀파이어 계약을 무시하는 건가요?"

"정확히는 아쉘을 무시하는 거지."

지금까지 아쉘에게 사기를 당한 요괴는 수도 없이 많았다. 아랑도 그중 한 명이 될 가능성이 컸지만, 말리진 않았다. 모든 건 바라선 안 된 걸 바란 대가였으니까. 인간들의 말로 이런 걸 자업자득이라고 했다.

"더 할 말이 없으면 나가줬으면 하는데."

"어머, 제가 아쉘과 무슨 계약을 했는지 궁금하지 않으세요?"

"그다지."

네가 뭘 하든 상관없다는 듯한 태도에 아랑의 눈이 얄팍하게 접혔다.

'무심하신 분. 마치 북극에 떠 있는 빙산과 같은 차가움을 지닌 분.'

그것이 루이의 매력이었지만, 가끔 그가 이렇게 자신을 차갑게 대할 때면 마음이 찢어질 듯이 아팠다.

"나가지 않는다면 내가 먼저 나가지."

"제가 아쉘과 한 계약에 당신의 계약자의 목숨이 걸려 있다면요?"

방을 나가려던 루이는 아랑의 말에 걸음을 멈추고 그녀를 돌아봤다.

"그게 무슨 소리지?"

"강서영이라고 했던가요, 이름이? 당신이 최초로 계약한 인간 계집 말입니다."

"혹여 서영에게 헛짓거리를 할 생각이라면, 300년 전 하지 못했던 짓을 해주지."

감정의 기복이 크게 없던 루이의 얼굴에 분노라는 감정이 선명하게 그려지자 아랑은 살짝 놀랐다는 듯 눈을 동그랗게 떴다.

"그 인간이 그렇게 중요한가요? 당신이 감정을 드러낼 만큼?"

루이는 대답하지 않았지만, 아랑은 그의 침묵만으로도 그의 대답을 유추해낼 수 있었다. 그는 서영이라는 인간을 아주 소중히 여기고 있다. 겨우 인간 계집 하나를.

"부럽네요."

진심이었다. 그의 사랑을 받고 있는 서영이라는 인간이 부럽다 못해 질투가 나서 미칠 지경이었다.

그래서 더욱 루이를 빼앗기고 싶지 않았다. 아니, 절대 빼앗기지 않을 것이다. 능력 있는 요괴도 아니고 한낱 인간 따위에게 빼앗길 수는 없었다.

"이야기가 끝나지 않은 것 같죠?"

아랑이 부채를 살랑거리며 웃었다.

"이대로 가시면, 제가 왜 당신의 신부와 제가 한 계약이 연관이 있다고 말하는지 알 수 없으실 거예요."

"……."

다른 사람도 아니고 서영이 관련되어 있다면 무시할 수가 없었다.

어쩔 수 없지.

루이는 속으로 깊은 한숨을 내쉬며 다시 소파에 앉았다.

"뭘 원하지?"

아까 아랑은 자신에게 거래를 제안했었다. 계약의 내용을 알려주는 조건으로 무언가를 달라고 했었기 때문에, 루이는 그녀에게 원하는 것을 물었다. 그러자 이번에는 아랑이 자리에서 살포시 일어났다.

"당신을 원해요, 루베르이 님."

"가질 수 없는 걸 원하는 군."

"왜 저는 안 되는 건가요?"

여자가 가진 최고의 무기는 눈물이라고 했다. 거기다 그 눈물을 흘리는 여자가 천상의 미로 불릴 만큼 아름다운 여자라면 말할 것도 없었다.

"그 인간보다 제가 더 매력적이지 않나요? 당신을 300년 넘게 사모했어요. 이런 저는 안 되는 건가요?"

자수정 빛으로 빛나는 아랑의 눈동자에 굵은 눈물이 맺히더니 곧 그녀의 하얀 뺨을 타고 흘러내렸다.

"좋아합니다. 정말로 좋아해요, 루베르이 님."

눈물 젖은 얼굴을 앞세워 아랑은 달콤한 목소리로 루이에게 고백했다. 하지만 루이는 조금의 미동도 하지 않았다. 그는 그저 아무 감정 없는 눈으로 그녀를 보고 있었다.

"루베르이 님, 저에게 한 번만 기회를 주세요."

루이의 앞에 선 아랑은 한쪽 무릎을 소파 위에 얹고, 루이의 창백한 얼굴을 훑었다.

"나를 가지고 싶다는 게 나와 하룻밤을 자고 싶다는 건가?"

"하룻밤이 아닙니다. 저는 온전히 당신을 가지고 싶은 거예요."

"불가능한 소원이군."

냉담한 대답에 그의 뺨을 어루만지던 아랑의 손이 조금 떨렸다. 젖은 눈동자는 희미한 불빛을 흡수해서 신비롭게 반짝였다.

아랑은 새빨간 입술을 루이의 귓가에 가져다 대고 달콤하게 속삭였다.

"제가 아름답지 않나요?"

애처로운 유혹에도 루이는 무심하게 그녀를 쳐다봤다. 그가 무관심하면 할수록 정복욕이 타올랐다. 가지고 싶다. 온전히 이 남자를 자신의 것으로 만들고 싶다는 생각에 아랑은 옷을 묶은 허리띠를 과감하게 풀었다.

사라락—.

옷이 미끄러지듯 땅에 떨어지며 백옥 같은 하얀 속살이 드러났다. 다른 이에게 아무것도 걸치지 않은 맨몸을 보이면 부끄러울 만도 하건만 아랑은 전혀 그런 기색이 없었다.

"안아주세요."

아랑은 노골적으로 요구하며 루이의 품에 안겼다. 풍만하게 살이 오른 엉덩이를 루이의 허벅지 위에 내리고 매끄럽게 빠진 다리를 소파에 걸쳤다. 가느다란 섬섬옥수로 루이의 차가운 피부를 훑으며 뜨겁고 깊은 신음을 뱉었다.

"저를 안아주세요, 루베르이 님."

아랑은 머리에 꽂고 있던 비녀마저 과감히 뺐다. 틀어 올렸던 머리카락이 흘러내려 그녀의 나체를 부분적으로 가렸다.

"제발, 저를……."

아랑은 그의 셔츠 단추를 풀고 그 안으로 손을 넣었다. 작정하고 루이를 유혹할 생각인지 루이의 몸을 만지는 아랑의 손길은 조금의 망설임도 없었다.

여전히 루이는 반응이 없었지만, 신경 쓰지 않았다. 루이가 아무리 차가운 성격이라고 해도 남자였다. 남자는 욕망에 충실한 동물. 그러니 세상 그 어떤 남자도 자신을 거부할 리 없다고 자부하는 아랑은 자신의 새빨간 입술로 그의 입술을 과감하게 덮었다.

⁂

"괜찮아요, 백한 오빠?"

"괜찮으니까 너무 걱정하지 마세요, 서영 씨."

하나도 안 괜찮아 보이는데.

서영은 걱정스러운 표정으로 백한을 쳐다봤다. 평소 생기발랄했던 모습은 온데간데없고 지금 침대에 누워 있는 백한은 입술이 바짝 마르고 얼굴이 핼쑥했다. 간간이 마른기침을 하고 콧물까지 흘렸다.

"거 참, 하프라면 다 겪는 일이라니까 너무 걱정하네."

"에리샤 님의 말이 맞아요. 제가 태어난 날이 다 돼서 이런 거예요."

보통 인간들보다 건강한 하프는 웬만하면 병치레를 하지 않지만 1년에 한 번, 생일 때가 되면 조금씩 아프기 시작하면서 생일 당일은 거의 정신을 잃을 정도로 심하게 앓았다.

하프들이 왜 이렇게 아픈지 밝혀진 바는 없었지만, 죽는 것도 아니고 태어난 이래로 계속해서 겪었던 일이기 때문에 백한에겐 그저 1년에 한 번 겪는 의례적인 행사일 뿐이었다.

"전에 생일이 8월이라고 하지 않았어요?"

"그건 형님이 절 받아주신 날이에요. 쿨럭! 원래 생일은 12월 31일이고요."

백한은 잔기침을 하면서 힘겹게 말을 이었다. 벌써 한 해가 다 지나가는 12월 30일. 현재 시각이 밤 11시이니, 31일까지는 한 시간밖에 남지 않았다.

"에리샤 님, 서영 씨 좀 데리고 나가주실래요?"

"그러지."

"서영 씨, 죄송하지만 내일은 절대 이 방에 들어오지 마세요."

"그럼 누가 간호해요?"

"안 해도 괜찮아요."

서영이 간호해준다고 해서 나을 병이 아니기도 하고, 지독하게 아파하는 모습을 그녀에게 보여주고 싶지 않아 백한은 거절했다.

"그러니 이만 나가주세요."

"하지만……."

"가자."

서영이 좀처럼 엉덩이를 떼지 않자 에리샤가 그녀의 손을 잡아끌었다.

"생일만 지나면 아무 일도 없었다는 듯 자리를 털고 일어날 거야. 오히려 지금 네가 곁에 있는 게 더 방해가 되니 나가자."

에리샤의 재촉에 어쩔 수 없이 나오긴 했지만, 백한이 너무 걱정됐다. 서영이 미련이 남은 얼굴로 닫힌 백한의 방문을 쳐다보자, 에리샤가 서영의 팔을 잡고 단호하게 말했다.

"절대 들어가지 마."

"……."

"있잖아, 백한이 평소에 인간처럼 굴고 인간처럼 생겨서 잊은 모양인데 본래 쟤는 인간이 아닌 하프야. 달리 말하면 요괴라고. 인간은 어떤지 모르겠지만 요괴들은 자신의 나약한 모습을 다른 이에게 보이는 것을 죽기보다 더 싫어해. 알아들었어?"

"……응."

"알아들었으면 얌전히 있어. 괜히 들어가서 백한 심란하게 만들지 말고."

에리샤는 귀찮다는 듯 손을 휘휘 흔들었다. 이따금 하품도 하며 졸린 눈을 비볐다.

"난 이만 잘래. 넌?"

"난 조금 이따가 잘게. 목도리도 마저 떠야 하고."

"그래, 그럼."

에리샤는 고개를 끄덕인 뒤, 방으로 들어갔다. 서영은 거실로 나와 뜨개질에 집중하려고 했지만, 백한이 걱정돼서 좀처럼 집중할 수가 없었다.

결국 서영은 뜨개질을 내려놓고 시계를 쳐다봤다. 어느덧 밤 12시가 넘어 백한의 생일이었다. 보통 생일에는 주변 사람들에게 축하 받고 파티를 하고 선물을 나누며 즐겨야 정상인데 백한은 매년 저렇게 아팠을 걸 생각하니 가슴이 아팠다.

"백한 오빠 목도리부터 만들어야겠다."

서영은 짜고 있던 목도리를 바구니 안에 넣고 다른 털실을 꺼내 들었다. 소파에서 자고 있던 켄이 코를 킁킁거리며 서영의 옆으로 다가왔다.

끙―.

"켄도 목도리 만들어줄까?"

켄이 고개를 크게 끄덕였다. 서영은 웃으며 켄의 보드라운 털을 쓰다듬었다.

"그래. 이거 다 만들고 해줄게."

켄은 작으니까 금방 만들 수 있을 것이었다. 서영은 부지런히 목도리를 떴고, 켄은 그런 서영의 옆에서 다시 잠이 들었다.

그렇게 시간이 얼마나 흘렀을까. 어두컴컴했던 창밖이 조금씩 밝아졌다. 몸을 둥글게 말고 자고 있던 켄은 햇빛이 눈을 간질이자 귀를 쫑긋 세웠다. 그러고는 잠기운이 아직 여실한 눈동자로 주변을 탐색하다가 뜨개질을 하다가 잠든 서영을 발견하고 기지개를 쭉 켰다.

종종걸음으로 사라진 켄이 다시 거실로 돌아왔을 때, 그는 담요를 물고 있었다. 제 몸보다 큰 담요를 낑낑거리며 물고 온 켄은 서영의 몸에 살포시 담요를 덮어주었다.

그리고 서영의 품을 파고들어 네 다리를 쭉 펴고 누웠다. 곧 푸른색 눈동자가 얇은 눈꺼풀 뒤로 사라졌다.

타박— 타박—. 서영의 품에서 다디단 꿀잠을 자고 있던 켄은 발소리가 들리자 귀를 쫑긋 세우며 고개를 들었다. 적이면 물어뜯을 생각이었는데, 에리샤였다. 에리샤가 눈을 비비며 서영의 옆에 앉아 있었다.

"켄, 거기 있었어?"

끗—.

"자라. 난 뜨개질하러 나온 거야."

에리샤는 서영이 짜던 목도리를 바구니에 넣고, 그녀가 하던 걸 꺼냈다. 켄은 다시 서영의 품에 안겨 잠들었고, 에리샤는 조용히 뜨개질을 했다.

평화로운 분위기가 흘렀다. 다시 깊은 잠에 빠져 들었던 켄이 갑자기 귀를 쫑긋 세우며 서영의 품을 나왔다.

"왜 그래, 켄?"

『누군가 오고 있어요.』

켄이 인간은 알아들을 수 없는 요괴의 언어로 말했다. 에리샤는 주변을 살펴봤지만 아무도 보이지 않았다.

"누가 오는 거야?"

『뱀파이어입니다.』

"그럼 루이나 레카 아니야?"

『주인님은 아닙니다. 레카 님도 아니고요.』

그 말은 다른 뱀파이어라는 의미가 아니던가. 에리샤는 깜짝 놀라며 자리에서 벌떡 일어섰다.

서영은 힘이 봉인돼서 인간처럼 보이지만 에리샤는 아니었다. 누가 봐도 뱀파이어 꽃이었다. 그러니 다른 요괴들에게, 특히 뱀파이어에게 모습을 보여선 안 됐다. 들키는 순간 뱀파이어 요새로 끌려가게 될 테니까.

그러니 숨어야 한다는 걸 알지만 자신이 숨으면 서영 혼자 남게 되니 이러지도 저러지도 못하고 에리샤는 발만 동동 굴렀다.

"어, 어떡하지?"

에리샤가 우왕좌왕하는 사이 잠에서 깬 서영이 에리샤를 불렀다.

"왜 그래, 에리샤?"

"이상한 뱀파이어가 오고 있대!"

"뭐?"

그제야 사태의 심각성을 깨달은 서영도 놀라며 자리에서 일어섰다. 서영 역시 에리샤가 다른 요괴들에게 들키면 안 된다는 걸 잘 알고 있었다.

"얼른 숨어!"

"하, 하지만 내가 숨으면 너 혼자인 걸!"

"난 괜찮으니까 일단 숨어."

서영은 가장 가까운 방으로 에리샤의 등을 떠밀어 넣고 방문을 닫았다. 에리샤가 닫힌 문에 대고 소리쳤다.

"넌 지금 평범한 인간이야! 혼자 뭘 하겠다는 건데!"

"네가 적들에게 노출되는 것보다 혼자인 게 나아. 네 존재가 들통나면 너뿐만 아니라 널 숨겨준 루이랑 레카도, 그리고 나랑 삼촌까지 위험해진다는 거 너도 잘 알잖아, 에리샤."

분하지만 구구절절 맞는 말인지라 에리샤는 아무 말도 하지 못했다. 서영은 굳게 닫힌 방문에 대고 애원하듯 말했다.

"그러니까 제발 가만히 있어줘. 알았지?"

돌아오는 대답은 없었다. 화난 걸까. 그래도 어쩔 수가 없었다. 이게 에리샤와 모두를 지키는 방법이었으니까.

"미안해, 에리샤."

낑ㅡ. 켄이 자신의 바지 자락을 잡아당기자 서영은 켄을 품에 안고 돌아섰다. 그러자 투명 인간처럼 굳게 닫힌 현관문을 통과하고 있는 남자가 보였다. 푸른색 눈동자와 잘생긴 외모보다 붉은 눈동자가 먼저 눈에 들어왔다.

진짜 뱀파이어가 등장했어. 서영은 약간 긴장하며 남자를 바라봤다. 남자 역시 서영을 발견하고 물었다.

"당신이 루베르이 경의 계약자인 강서영 님이십니까?"

"네, 맞아요. 당신은 누구죠?"

"처음 뵙겠습니다."

남자는 가슴에 손을 올리고 정중하게 인사했다.

"저는 현재 의회에 속해 있는 뱀파이어인 카이다라고 합니다."

"아, 안녕하세요."

상대가 너무 예의 바르게 나오니 서영도 엉겁결에 다시 인사했다. 남자, 카이다가 옅게 웃으며 서영에게 손을 내밀었다.

"의회장이신 아쉘 경의 명에 따라 강서영 님을 뱀파이어 요새로 모셔가기 위해 왔습니다."

"저를요? 왜요?"

"현재 루베르이 경은 서영 님을 신부로 맞이했다는 이유로 여우 일족한테서 온 청혼서를 거부하고 계십니다. 그 때문에 서영 님을 모셔 오라는 아쉘 경의 명이 있었습니다."

카이다의 말투는 매우 정중했지만, 고압적이라는 느낌이 들었다. 그는 만약 그녀가 순순히 따라오지 않는다면 실력 행사를 하겠다는 시선으로 서영을 쳐다봤다.

'어떻게 해야 하지?'

서영은 카이다의 시선을 피하며 머리를 굴렸다. 백한의 도움을 받으려고 해도 그는 아파서 싸울 수가 없었고, 무엇보다 하프가 뱀파이어를 이길 가능성은 적었다. 그건 켄 역시 마찬가지였다.

그렇다고 에리샤의 뒤에 숨을 수도 없는 노릇.

"그럼 이만 가시죠."

"그래요."

인간인 자신이 반항해봤자 뱀파이어를 이길 수가 없을 뿐더러, 괜히 부스럼을 만들었다가 에리샤의 존재가 탄로 나면 더 골치 아파질 테니 서영은 일단 고개를 끄덕였다.

"그럼 출발하겠습니다."

"잠시만요."

서영은 켄을 바닥에 내려놓고 켄에게만 들릴 정도의 작은 목소리로 말했다.

"루이한테 가서 내가 요새에 간다고 이야기해줘, 켄."

뀨웃―!

켄이 가지 말라는 듯 서영의 옷깃을 물고 잡아당겼다. 서영은 웃으며 켄의 머리를 쓰다듬었다.

"괜찮아. 내 걱정은 안 해도 돼. 그러니까 루이에게 내 말을 전해줘."

켄은 잠시 주저하다가 이내 고개를 끄덕이고 모습을 감췄다.

"다 되셨나요?"

서영이 고개를 끄덕이자 카이다가 벽에 포탈을 만들었다.

"들어가시죠."

포탈 너머에 정말로 뱀파이어 요새가 있는지는 알지 못했다. 하지만 이곳에 계속 있을 수도 없어 서영은 마른침을 삼키며 포탈 안으로 들어갔다. 그 뒤를 이어 카이다까지 들어가자 집 안엔 고요한 정적이 찾아왔다.

방 안에 숨어서 그들의 대화를 듣고 있던 에리샤는 조심스럽게 밖으로 나왔다.

"서영……"

에리샤의 눈동자에는 눈물이 글썽거렸다. 서영이 반항 한 번 하지 않고 순순히 카이다를 따라간 이유가 저 때문이라는 걸 알기 때문에 더 미안하고 슬펐다.

지금이라도 서영을 따라가고 싶었지만, 아직 반쪽인지라 뱀파이어 요새로 향하는 포탈을 열 수가 없었다. 설령 열 수 있다고 해도 쉬이 따라갈 수가 없었다. 지금 뱀파이어 요새로 가는 건 아쉘이나 다른 뱀파이어에게 자신을 잡아달라고 시위하는 꼴밖에 되지 않을 테니까.

"어떻게 하면 좋지?"

어떻게 하면 요새에 간 서영의 소식을 알 수 있을지 고민하던 에리샤는 문득 좋은 방법을 떠올리고 벽에 포탈을 만들었다.

<hr />

"후회되는군."

아랑의 입술이 닿기 직전, 루이가 말했다. 그 덕분에 멈추긴 했지만, 둘의 거리는 서로의 숨결이 느껴질 정도로 가까웠다. 루이는 홍분으로 얼룩진 아랑의 자수정색 눈동자를 냉담하게 바라보며 말했다.

"300년 전 내가 널 살린 것이 후회가 된다."

"루……베르이 님?"

"분명 그때 내가 본 소녀는 지금 너처럼 남자를 유혹하지 못해 발정 난 더러운 암캐가 아니었어."

차갑게 쏟아지는 비난에 아랑의 눈동자가 크게 흔들렸다. 루이는 아랑을 밀쳐내고 일어나 벌어진 셔츠를 다시 잠갔다. 바닥에 주저앉아 있는 아랑에겐 시선 한 번 주지 않았다.

루이의 차갑다 못해 무관심한 행동에 아랑은 입술을 세게 깨물며 자리에서 일어섰다. 태어나서 이런 수치는 처음이었다. 누군가를 이렇게 유혹해본 적도 드물었지만, 유혹한 남자에게 거부당한 경우는 처음이었다. 자존심이 상하다 못해 완전히 짓밟혔다.

　"제가 아쉘과 무슨 계약을 했는지 알고 싶지 않으신 건가요?"

　아랑은 독기 어린 눈으로 루이를 노려보며 말했다.

　"그 계약에 당신이 소중히 여기는 그 계약자의 목숨이 걸려 있다고 해도?"

　루이는 셔츠 깃을 정리하며 무심하게 대답했다.

　"알고 싶다. 하지만 그것 때문에 너를 안지는 않을 거다."

　"저를 안는 것이 그렇게 싫으신 건가요!"

　"그래, 싫다. 난 교미나 하는 짐승이 아니니까. 마음에 없는 여자를 안을 생각은 없어."

　"하, 하하……."

　루이의 철벽에 아랑은 실성한 사람처럼 웃었다. 그러나 여전히 루이의 관심 한 자락도 얻지 못했다. 옷을 다 정리한 루이가 밖으로 나가려고 했을 때였다.

　뀨웃―!

　갑자기 켄이 등장했다. 서영을 지키라고 명령을 내렸는데, 켄이 이곳에 나타났다는 건 필시 서영에게 무슨 일이 생겼다는 의미였다. 불길한 예감이 등골을 타고 스멀스멀 올라왔다.

　루이는 다급하게 켄에게 물었다.

　"무슨 일이지?"

　『서영 님이 납치되셨습니다.』

　"젠장!"

　어째서 불길한 예감은 항상 들어맞는 걸까. 루이는 낮게 욕설을 뱉으며 바닥에 주저앉아 있는 아랑에게로 다가갔다. 그리고 그녀의 어깨를 휘어잡으며 사납게 물었다.

"무슨 짓을 한 거냐."

"저, 저는……."

"서영에게 무슨 짓을 한 거야!"

루이의 몸 안에 있던 기운이 방출되면서 방 안의 공기를 강하게 짓눌렀다. 고위 뱀파이어의 힘을 이어받은 루이의 기운은 압도적이었다. 아랑은 루이의 눈을 똑바로 보지 못하는 건 물론 말도 하지 못하고 벌벌 떨었다.

루이는 그런 아랑이 성가시다는 듯 혀를 한번 차곤 켄에게 명령을 내렸다.

"서영을 찾아라, 켄."

켄이 고개를 끄덕이고 어둠 속으로 사라지자 루이 역시 방을 빠르게 빠져나갔다.

"하아, 하아……."

루이의 기운은 사라졌지만, 여전히 몸에는 잔떨림이 남아 있었다. 아랑은 덜덜 떨리는 몸을 두 팔로 감싸 안으며 루이의 방을 빠져나왔다. 복도에서 초조하게 주인인 아랑을 기다리던 청하는 아랑이 나오자마자 새된 비명을 지르며 그녀에게 달려갔다.

"아랑 님!"

"귀 아프구나, 청하야."

아랑이 알몸이라는 걸 한발 늦게 눈치챈 청하는 두르고 있던 망토를 다급하게 아랑의 몸에 걸쳐주었다. 그리고 힘없이 바닥에 주저앉는 아랑을 부축하며 굵은 눈물을 뚝뚝 흘렸다.

"왜 그리 무모한 짓을 하셨습니까, 아랑 님. 어차피 루베르이 님이 아랑 님을 보지 않을 거라는 거, 잘 알고 계시지 않으셨습니까."

그녀가 보기에 루이와 아랑이 이어질 가능성은 제로였다. 한데 어째서 아랑이 아쉘과 계약을 해서 이런 무모한 짓을 했는지, 청하는 도저히 이해할 수가 없었다.

"그저 한 번이라도 내 마음을 전하고 싶었다."

"아랑 님……."

"하지만 지금은 그 인간에 대한 분노밖에 머릿속에 남아 있지 않구나."

자신을 거절한 남자에 대한 삐뚤어진 애정은 그 남자가 사랑하는 여자에게 닿았다.

아랑은 붉은 입술을 피 나도록 잘근잘근 씹었다.

"그 인간이 납치되었다는데, 혹시 너 아는 거 있니?"

"아, 그 일이라면 알고 있습니다. 아까 전에 요새의 시종에게서 인간이 요새에 왔다는 소리를 들었어요. 아마 납치되었다는 그 인간일 겁니다."

"그래? 그럼 그곳으로 안내해줄래?"

자신을 부축하고 있는 청하의 손을 뿌리치고 아랑은 자리에 홀로 서서 거추장스러운 망토를 홱 하고 벗었다.

조금 전만 해도 아무것도 입고 있지 않았는데, 망토를 벗은 그녀는 이상하게도 연분홍빛의 옷을 입고 있었다.

"안내해라."

"만나서 어쩌시려는 겁니까. 여기서 더 루베르이 님의 노여움을 샀다간……!"

"시끄럽다! 내가 알아서 할 테니 넌 안내하기만 해!"

아랑이 찢어질 듯한 목소리로 소리치자 청하는 긴 한숨을 내쉬며 어쩔 수 없다는 듯 고개를 끄덕였다. 그리고 바닥에 떨어진 망토를 주워 걸친 뒤 앞장서서 서영이 있는 곳으로 아랑을 안내했다.

협회, 그리고 이별

　다행인지 불행인지 도착한 곳은 진짜 뱀파이어 요새였다. 전에도 느꼈지만, 뱀파이어 요새는 너무 어두웠다. 앞에 무엇이 있는지 조금도 분간이 되지 않아 서영은 손으로 벽을 더듬더듬 짚으며 천천히 걸었다. 그러자 앞서 가던 카이다가 갑자기 뒤돌아서더니 그녀를 쳐다봤다.

　"잡으시죠."

　그녀가 천천히 걸어오는 게 퍽이나 답답했던 모양이었다. 카이다가 나쁜 뱀파이어인 것 같지는 않았지만 믿을 수 있는 것도 아니었다. 서영이 손을 잡지 않고 빤히 쳐다보기만 하자 카이다가 한숨을 내쉬었다.

　"시간이 많이 없습니다."

　"지금 우리 어디 가는 거예요?"

　"회의실로 갑니다. 의회 뱀파이어들이 그곳에서 기다리고 있거든요."

　"거기에 루이와 레카 씨도 오나요?"

　"아마 올 겁니다. 그들도 의회 뱀파이어니까요."

　'아마라는 건 오지 않을 가능성도 있다는 거잖아. 정말 따라가도 되는 건지 고민하고 있는데 카이다가 서영의 팔을 잡았다.

　"정말로 시간이 없습니다. 얼른 따라오시죠."

　카이다에게 붙잡힌 서영은 거의 끌려가다시피 그를 따라갔다. 카이다가 어찌나 빨리 걷는지 서영의 발걸음 속도론 도저히 따라갈 수가 없었다.

"앗!"

결국 스텝이 엉킨 서영이 넘어졌다. 바닥과 부딪친 부위도 아팠지만 가장 아픈 곳은 발목이었다. 넘어지면서 삔 것 같았다.

"괜찮으십니까?"

카이다가 약간 걱정된다는 얼굴로 서영에게 물었다. 그래도 양심의 가책은 느끼나보지.

서영은 욱신거리는 발목을 만지며 퉁명스럽게 대답했다.

"괜찮아요."

"걸을 수 있겠습니까?"

"네."

발목이 아프긴 하지만 못 걸을 정도는 아니었다. 서영이 일어서자 카이다가 다시 한 번 정중하게 사과했다.

"정말 죄송합니다."

이 남자, 처음 만났을 때부터 느꼈지만 제게 호의적이었다. 아쉘의 명령을 받고 자신을 데리고 왔다면, 분명 루이의 적일 텐데 왜 이렇게 호의적인 걸까. 이해가 되지 않았다.

"저기, 당신은 아쉘의 편이 아닌가요?"

궁금하면 물어보면 될 일이었다. 서영의 질문에 카이다는 약간 당황한 듯 눈을 껌뻑이더니 이내 서영이 왜 이런 질문을 했는지 알아챘다는 듯 웃으며 대답했다.

"저는 아쉘 경의 편이 아닙니다. 그저 아쉘 경이 저보다 서열이 높고 의회장이기 때문에 그의 명을 따르는 것뿐, 그 이상도 그 이하도 아닙니다. 그렇다고 루베르이 경의 편도 아니지요."

예전에 레카에게서 얼핏 들은 적이 있었다. 현재 뱀파이어 사회는 아쉘을 로드로 미는 무리와 루베르이를 로드로 미는 무리, 그리고 어느 무리에도 속하지 않고 중립을 지키는 무리가 있다고.

카이다는 아무래도 세 번째인 모양이다. 서영은 그제야 카이다의 호의적인 행동이 이해가 돼서 고개를 끄덕였다.

"실례하겠습니다. 아무래도 이편이 더 빠를 것 같아서요."

"꺅!"

인간인 서영이 뱀파이어인 자신의 페이스에 맞추지 못할 거라고 판단을 내린 카이다는 그녀를 안아 들었다. 얼떨결에 카이다의 품에 안긴 서영은 깜짝 놀라 두 손을 꼭 잡고 비명을 질렀다.

"꽉 잡으십시오."

"예, 예?"

무슨 의미냐고 다시 물을 새도 없이 카이다는 도저히 인간이라면 낼 수 없을 정도의 빠른 속도로 복도를 질주했다. 전에 놀이공원에서 봤던 롤러코스터와 흡사한 속도를 내는 카이다 때문에 서영은 내려달라는 말도 제대로 하지 못하고 눈을 질끈 감은 채 카이다의 옷자락을 손으로 꽉 움켜쥐었다.

"카이다 경?"

그렇게 얼마나 뛰었던 걸까. 카이다가 갑자기 멈춰 섰다. 그제야 눈을 뜬 서영은 제 앞에 있는 붉은 머리 뱀파이어를 보고 눈을 크게 떴다.

"레카 씨!"

"레이디가 왜 여기에…… 당장 내려와."

레카는 황급히 서영의 팔을 잡아당겼다. '아차' 하는 순간 서영은 카이다의 품에서 레카의 품으로 옮겨갔다.

"괜찮아, 레이디?"

"네, 네. 괜찮아요."

레카 씨를 만나서 정말 다행이야. 서영은 가슴 깊이 안도하며 고개를 끄덕였다.

레카는 서영의 이곳저곳을 살피며 그녀가 다치지 않았다는 걸 확인한 후에야 안도의 한숨을 내쉬며 서영을 꼭 끌어안았다.

"다행이야, 정말로 다행이야."

말과 표정에서 레카가 얼마나 자신을 걱정했는지 알 수 있었다. 평소 장난도 많이 치고 심술궂었던 그가 이토록 자신을 걱정하고 있다는 사실에 가슴이 뭉클해졌다. 서영은 안심하라는 의미로 레카의 등을 토닥여주었다.

"뭐죠? 삼각관계인 겁니까?"

그것도 잠시, 불쑥 파고드는 음성에 서영은 당황하며 카이다를 쳐다봤다. 레카도 어처구니없다는 표정으로 카이다를 쳐다봤다.

"누가 누구랑 삼각관계라는 겁니까?"

"아닙니까?"

"아닙니다. 쓸데없는 망상은 집어치우는 게 어떻겠습니까, 카이다 경."

레카가 비아냥거리자 카이다의 눈썹이 올라갔다.

"말을 험하게 하는군요."

"지금 제가 좋은 말이 나오게 생겼습니까? 정식으로 각인을 찍지는 않았지만 레이디는 엄연히 루이의 신부. 그 사실을 아는 분이 어째서 레이디를 요새로 데려온 겁니까? 이 사실을 루이도 알고 있습니까?"

"아쉘 경이 청혼서 일 때문에 모시고 오라고 하더군요. 그래서 데려왔습니다만?"

"하? 언제부터 아쉘의 개가 된 겁니까?"

"말이 심하시군요. 개가 된 것이 아니라, 정당한 이유이기 때문에 움직인 겁니다."

"정당한 이유요? 연인인 루이한테 말도 하지 않고 데려오라고 하는 것이 정당한 겁니까! 카이다 경!"

늘 웃으며 장난을 치던 그가 이렇게 화내는 것을 처음 본 서영은 눈을 동그랗게 뜨고 레카를 쳐다봤다. 레카는 보기 드물게 인상을 잔뜩 쓰고 있었고, 그의 눈은 살기로 번뜩였다.

"대체 왜 그리 화를 내는 겁니까, 레카 경. 고작 인간 하나 데려온 것이 무에 그리 잘못된 거라고요."

"카이다 경!"

"아니면, 그 집에 있는 또 다른 존재 때문에 화를 내는 겁니까?"

카이다의 말에 소리를 지르던 레카도, 그리고 그가 너무 화를 내는 것 같아 말리려고 손을 뻗던 서영도 그 자리에 그대로 굳어버렸다.

"뭘…… 말하는 거냐."

당황했기 때문인지 레카는 말을 놓았다. 레카의 무례에 카이다는 미간을 찌푸렸지만, 그에 대해선 아무 말도 하지 않고 다른 얘기를 했다.

"뱀파이어 꽃. 그 집에 있는 기운의 주인이 뱀파이어 꽃 아닙니까?"

낭패였다. 에리샤를 방 안에 숨기는 데까진 성공했지만 그녀의 기운까진 숨기지 못한 것이었다.

생각지 못한 난관에 서영은 난감해하며 입술을 잘근잘근 깨물었고, 레카 역시 당황하며 카이다를 쳐다봤다. 카이다가 어깨를 으쓱이며 무심한 어조로 말했다.

"걱정 마십시오. 아쉘 경에겐 말하지 않겠습니다."

"그걸…… 어떻게 믿습니까."

그제야 정신을 차린 레카가 다시 존댓말을 쓰자 카이다가 피식 웃으며 레카의 어깨를 툭툭 두드렸다.

"제가 당신에게 거짓말을 해서 무슨 이득을 얻는다고 그리 의심하십니까, 레카 경."

"……."

"무슨 사연이 있는지 궁금하긴 하지만 물어본다고 해서 말해줄 것 같지 않으니 묻진 않겠습니다."

진심인 걸까. 레카는 카이다의 마음을 확인해보고 싶었지만, 애석하게도 그에겐 루이처럼 다른 사람의 마음을 읽는 능력이 없었기 때문에 불가능했다.

"그나저나 신기한 분이시군요, 루베르이 경의 신부는."

"무슨 의미입니까?"

"인간인 것 같은데, 묘하게 다른 기운이 느껴지는군요. 그게 무슨 기운인지는 잘 모르겠지만요."

"……딸꾹!"

카이다의 말에 놀란 서영은 숨 쉬는 것도 잊은 채 연신 딸꾹질을 했다. 심장이 급속도로 뛰다 못해 밖으로 튀어나올 것만 같았다. 가슴을 움켜쥐고 심호흡을 해도 좀처럼 진정되지 않았고, 딸꾹질도 계속 나왔다.

"……레이디는 인간입니다. 무슨 소리를 하는지 모르겠군요."

레카 역시 카이다의 말에 당황했지만, 겉으론 내색하지 않고 최대한 침착하게 말했다.

"별것 아닙니다. 그냥 묘한 기운이 섞여 있어서 뭔가 싶었습니다. 정확히는 알 수 없지만, 요괴의 기운과 비슷한 듯하여, 혹 부모 중에 요괴가 있는가 싶어 궁금하네요."

루이가 처음 서영을 만났을 때처럼 카이다 역시 그녀에게서 묘한 기운을 느낀 모양이었다. 그러고 보니 카이다도 고위 뱀파이어의 자제였다. 루이처럼 고위 뱀파이어의 힘을 받지는 않았기 때문에 무지막지하게 강한 것은 아니었지만, 그만큼 강한 힘을 가지고 있었다.

"레이첼."

레카의 부름에 그의 시종이 어둠 속에서 모습을 드러냈다.

"레이디를 루이에게 데려다주도록."

"이런, 저는 아쉘 경에게 루베르이 경의 신부를 데리고 오라는 명을 받았는데요?"

레카가 서영을 보내려고 하자 카이다가 눈살을 찌푸리며 말했다.

"제가 아쉘 경에게 따로 이야기하지요, 카이다 경."

"뭐, 좋습니다."

그가 생각보다 순순히 서영을 보내주는 것이 살짝 의아했지만, 지금 중요한 것은 그것이 아니었기 때문에 레카는 레이첼에게 어서 가라고 손짓을 했다.

레이첼은 서영의 손을 잡고 어리둥절해하는 그녀에게 가타부타 설명도 없이 그대로 어둠 속으로 모습을 감추었다.

"어차피 회의실에서 다시 볼 테니 굳이 지금 데려가지 않아도 되겠지요."

"회의실? 그게 무슨 소리입니까."

영문을 알 수 없다는 듯 레카가 되묻자, 오히려 이상하다는 듯 카이다가 레카에게 물었다.

"어라, 레카 경. 듣지 못했습니까? 아쉘 경이 분명 회의한다고 회의실로 오라고……."

"뭐……라고요?"

"정말로 듣지 못한 겁니까? 이상하군요."

고개를 갸웃거리는 카이다의 모습에서 거짓은 찾아볼 수가 없었다. 이상한 낌새를 느낀 레카는 낮게 욕설을 뱉으며 황급히 벽에 포탈을 생성했다.

곧바로 들어가려는데 카이다가 레카의 팔을 덥석 잡고 물었다.

"어디 가시는 겁니까, 레카 경."

"지금 바쁘니 나중에 말하지요!"

"혹 무슨 문제가 있는 겁니까?"

한시가 급한데 자신의 발목을 잡는 그의 행동에 레카는 신경질적으로 그의 팔을 뿌리치고 포탈 안으로 들어갔다.

⁕

"동혁! 동혁!"

에리샤가 포탈을 타고 향한 곳은 그녀가 만든 요새였다. 사령실 한편에 마련된 사무실에서 일을 보던 동혁은 갑자기 에리샤가 등장하자 눈을 휘둥그레 뜨고 그녀를 쳐다봤다.

"에리샤 님?"

"동혁! 우리 요새에 뱀파이어가 몇이나 있지?"

"예?"

"멍청하게 묻지 말고 몇 명이나 있냐고!"

"하급 뱀파이어 10명, 중급 뱀파이어가 2명 정도 있습니다만, 그건 왜 물으시는지요?"

"하급은 필요 없고, 중급 뱀파이어들을 빨리 뱀파이어 요새로 보내!"

"무슨 일로 그러십니까."

또 무슨 쓸데없는 짓을 하려고 뱀파이어들을 요새로 보내라는 건지 알 수가 없어 동혁은 서류를 정리하며 물었다. 그의 시큰둥한 반응에 에리샤는 책상을 쾅, 내리찍으며 소리쳤다.

"서영이 위험하단 말이야!"

"예? 그게 무슨 소리이신지……."

"요새에서 서영을 납치해 갔단……."

쾅―.

그 순간 갑자기 땅이 울리면서 건물 전체가 흔들렸다. 순간적으로 중심을 잡지 못한 에리샤가 넘어지려 하자 동혁은 다급하게 자리에서 일어나 에리샤의 팔을 잡았다.

"괜찮으십니……."

쾅―.

또 한 번의 울림. 이 정도라면 지진이 아닌 다른 무언가가 건물을 부수는 것이었다. 동혁은 에리샤를 의자에 앉혀두고 다급하게 사령실 중앙으로 뛰어갔다. 다급하게 들어가던 그는 사령실의 전면에 있는 화면을 가득 채운 무리를 보고 그 자리에 멈출 수밖에 없었다.

"적의 공격입니다!"

"하프들이 적어도 수백 명은 넘습니다!"

"하급 뱀파이어들도 간혹 보입니다!"

"앞에서 호령하는 건…… 헤브입니다!"

'헤브'라는 말에 동혁은 절망스러운 표정을 지었다. 헤브는 협회의 부사령관 위치에 있는 하프였다. 그만큼 강한 힘을 가진 하프였지만 그가 전면에 나선 적은 단 한 번도 없었다.

그런데 그가 직접 왔다는 것은 이번 공격에 모든 것을 걸었을 뿐만 아니라, 에리샤의 위치를 정확하게 파악하고 있다는 의미였다. 동혁은 이를 악문 채 화면을 가득 채운 무리를 노려봤다.

"이길 수 없어……."

아무리 생각해도 저들을 이길 방법이 생각나지 않았다. 에리샤의 요새에도 하프가 있고 하급 뱀파이어도 있긴 했지만, 대다수가 인간이었다. 협회로 인해 가족을 잃은 인간들이 복수를 위해 에리샤의 편을 들었던 것이다.

그러나 인간이 아무리 발악해도 뱀파이어와 하프를 이길 수 없었다.

'그렇다고 이대로 당하고 있을 수만은 없는데.'

동혁은 머리를 굴리며 어떻게 하면 좋을지 생각했지만, 새하얗게 새어버린 머리는 그의 사고를 마비시켰다.

"뭣들 하는 거야!"

동혁의 뒤를 따라온 에리샤가 크게 소리쳤다. 그녀의 불호령에 넋이 나가 있던 이들이 그녀를 쳐다봤다.

"얼른 적들의 공격에 대비해야지! 정신줄 놓고 있으면 어떡해!"

동혁 역시 그녀의 말에 정신을 차리고 상황을 지시하기 시작했다. 여자와 어린아이들은 도망치게 하고, 싸울 자들은 모두 무기를 들었다. 모든 이가 일사불란하게 움직이자, 동혁은 에리샤를 돌아봤다.

"에리샤 님은 도망가십시오."

"뭐?"

"당신이 살아남아야…… 나중을 기약할 수 있습니다."

"그럴 순 없어."

여기 있는 이들은 자신을 믿고 따라온 자들이었다. 그런 자들을 두고 간다는 것은 절대 말이 되지 않았다.

반대로 생각한다면 자신이 협회에 항복하면 모든 이를 지킬 수 있었다. 자신의 희생으로 모두를 지킬 수 있다면 그것도 나쁘지 않다고 생각한 에리샤가 천천히 입을 열었다.

"내가 차라리 저들에게 항복을……."

짜악―.

뺨에 화끈한 고통이 느껴지자 에리샤는 당황하여 동혁을 쳐다봤다. 동혁은 보기 드물게 무척 화가 난 얼굴로 에리샤에게 말했다.

"그런 소리 하지 마십시오. 에리샤 님은 우리들의 희망입니다. 그리고 뱀파이어 일족의 희망이지 않습니까?"

"맞습니다!"

동혁의 말에 일사불란하게 움직이던 자들이 모두 아우성을 쳤다.

"당신은 희망입니다."

"에리샤 님이 있어서 저들에게 복수할 기회가 있었던 것 아닙니까!"

"살아남으십시오! 그리고 후세에 반드시 우리의 복수까지 해주세요!"

적들의 기세에 눌릴 만도 한데 모두 활기찬 얼굴로 에리샤를 응원하고 있었다.

"왜 나 같은 걸……."

에리샤의 눈가가 촉촉히 젖어들어갔다. 결국 에리샤가 눈물을 펑펑 쏟아내자 동혁은 웃으면서 그녀의 어깨를 감싸 안았다.

"당신이기 때문에 이런 소리를 하는 겁니다. 그러니 도망가십시……."

콰아앙ㅡ.

갑작스러운 폭격에 많은 이들이 중심을 잃고 쓰러졌다. 사령실이 요새의 지하에 위치하고 있었기 때문에 천장에서 떨어지는 돌조각에 많은 사람들이 깔려 죽었다.

"적들이 바로 코앞까지 왔습니다!"

모니터를 지켜보고 있던 남자가 소리쳤다. 그의 말대로 적들은 요새의 입구까지 진격해 있었다. 더 이상 도망칠 곳이 없었다. 동혁이 포탈을 만든 뱀파이어에게 눈짓을 하자, 뱀파이어가 에리샤의 손을 잡아끌었다.

"하급 뱀파이어가 만든 포탈은 여러 명이 통과할 수 없습니다. 그러니 에리샤 님, 먼저 가십시오."

"다른 놈들도 포탈을 만들면 되잖아!"

"에리샤 님, 여기서 투정 부리시면 안 됩니다!"

동혁은 에리샤를 향해 버럭 소리를 질렀다. 그의 고함에 깜짝 놀란 에리샤가 두 눈에 눈물을 가득 담은 채 그를 원망스럽게 쳐다봤지만, 동혁은 꿈쩍도 하지 않았다.

"어서 가십시오!"

동혁의 재촉에도 에리샤는 쉽게 발을 뗄 수가 없었다.

"역시 혼자 도망치는 건……!"

모두에게 같이 살 방법을 강구하자고 말하려던 에리샤는 누군가 등을 떠미는 바람에 힘없이 포탈 안으로 떨어졌다. 그녀를 삼킨 포탈은 천천히 입구를 닫았고, 그 입구 틈으로 웃고 있는 동혁이 보였다.

"서영을…… 잘 부탁합니다, 에리샤 님. 그리고 부디, 끝까지 살아남아 훌륭한 뱀파이어 꽃이 되십시오."

저 웃음이, 그의 인사가 마지막일 것 같은 불안한 예감이 들어 에리샤는 동혁을 향해 손을 뻗었다. 하지만 포탈은 매정하게 닫혔고, 에리샤의 손은 허공을 맴돌았다.

"안 돼……."

—부디, 끝까지 살아남아 훌륭한 뱀파이어 꽃이 되십시오.

"동혁…… 안 돼!"

루이는 아쉘이 서영을 납치해서 데리고 왔다는 걸 확인했다. 아쉘이 무슨 목적으로 서영을 요새로 데리고 온 건지는 모르겠지만, 좋은 이유는 아닐 것이다. 무슨 해코지를 하거나 심한 경우엔 죽이려고 할 수도 있었다.

그 전에 무조건 찾아야 했다. 더 이상 아쉘에게 소중한 이를 잃을 수는 없었다. 루이는 시종과 뱀파이어 할 것 없이 지나가다가 보이는 이들을 다 붙잡고 아쉘의 행방을 물었다.

"아쉘 님이요? 보지 못했습니다만."

"못 봤습니다."

그들은 하나같이 아쉘의 행방을 모른다고 대답했다. 그렇다면 아쉘이 서영을 납치한 뒤, 바로 요새의 방으로 갔을 가능성이 컸다.

그럼 문제인데. 루이는 이를 악물었다. 요새의 방은 주인의 허락 없이는 절대 들어갈 수가 없으니, 아쉘이 서영을 요새의 방으로 데리고 갔다면 루이가 아무리 애를 써도 그녀를 구하러 갈 수가 없었다.

"어라, 루베르이 경?"

복도를 걸으며 어떻게 해야 하나 고민하고 있던 루이는 뒤에서 누군가 부르자 뒤를 돌아봤다.

"카이다 경."

"의회실에 가는 거라면 가지 않아도 됩니다. 회의가 무산됐거든요."

이건 또 무슨 소리란 말인가. 의회실에서 회의가 열린다면 의회 뱀파이어가 전부 참여하는 회의라는 건데, 루이는 그에 대해 들은 바가 전혀 없었다.

"아쉘 경이 회의를 소집했습니까?"

"어라, 몰랐습니까? 오늘 회의에 당신의 신부도 초대했습니다만."

"뭐라고요?"

신부라면 서영을 말하는 것일 터. 뜻하지 않게 엄청난 이야기를 듣게 된 루이는 다급하게 물었다.

"그 말은 지금 서영이 의회실에 있다는 겁니까?"

"방금 말하지 않았습니까. 회의가 무산됐다고."

그건 서영이 의회실에 없다는 의미였다.

"그리고 당신의 신부라면 레카 경이 데리고 갔습니다."

레카가 데리고 있다면 안심이지만, 카이다의 말을 곧이곧대로 믿을 수가 없어 루이는 켄에게 명령했다.

"레카가 서영을 데리고 있는 게 맞는지 확인해라."

켄이 가볍게 고개를 끄덕인 뒤 사라졌다. 카이다가 유감이라는 듯 어깨를 으쓱였다.

"절 못 믿는군요."

"마찬가지인 걸로 압니다만."

"아, 그건 그렇죠."

카이다는 검지로 턱을 괴며 가볍게 웃었다.

"걱정하지 마세요. 정말로 당신의 신부는 레카 경이 데리고 갔으니까. 아쉘 경은 그녀에게 손가락 하나도 까딱하지 않았습니다."

"마치 직접 본 것처럼 말하는군요."

"직접 봤죠. 아쉘 경의 부탁을 받아 당신의 신부를 데리고 온 자가 바로 저니까요."

그녀를 이곳에 데려온 것이 카이다였다니!

루이의 눈에 시퍼런 살기가 깃들면서 그의 기운이 날카로운 칼날이 되어 일제히 카이다를 겨냥했다.

"언제부터 아쉘의 개가 된 겁니까, 카이다 경."

살갗을 찌르는 살기에도 카이다는 아무렇지 않다는 듯 웃으며 대답했다.

"이런, 레카 경과 똑같은 말을 하는군요. 전 아쉘 경의 개가 아닙니다. 그가 말한 이유가 타당했기 때문에……."

카이다의 말이 채 끝나기도 전에 루이는 그의 멱살을 잡아 벽으로 밀어붙였다. 쾅, 하는 굉음과 함께 벽이 부서지면서 가루가 우스스 떨어졌다.

"그녀는 내 신부야. 네놈들이 뭔데 나한테 한마디 상의도 없이 그녀를 데리고 오는 거지?"

극도로 화가 난 루이의 몸에서 나오는 기운은 좌중을 압도할 정도로 강력했다. 그 기운 때문에 요새의 시종들은 감히 그들이 싸우고 있는 복도를 지나갈 생각도 하지 못했다. 먼발치에서부터 적나라하게 느껴지는 루이의 살기에 시종들은 하나같이 길을 비켜 갔다. 카이다 역시 이번 건 견디기 힘든지 눈살을 찌푸렸다.

"아쉘이 무슨 목적으로 그녀를 데리고 오라고 한 거지?"

"……모릅니다."

"거짓말 하지 마라."

"정말 모릅니다. 전 그저 루베르이 경이 여우 일족의 청혼서를 받아들이지 않는 이유가 그 서영이라는 여자 때문이니, 그녀를 직접 설득시켜야겠다며 데리고 와달라고 부탁하길래 도와준 것뿐입니다."

루이는 카이다가 거짓말을 하는지 확인하기 위해 마음을 읽는 능력을 썼다. 카이다의 주변으로 그의 생각을 나타내는 단어들이 부유했다. 설득, 이유, 의문 등 여러 단어들을 확인한 결과 카이다의 말은 사실이었다.

"실례했습니다."

그제야 루이는 잡고 있던 카이다의 멱살을 놓았다.

"그런데 아직 그 여자랑 만나지 못한 겁니까?"

카이다는 구겨진 옷자락을 펴며 고개를 갸웃거렸다.

"이상하군요. 꽤 오래전에 헤어졌는데, 아직 만나지 못하다니."

"오래전이라고요?"

"네. 한 시간은 됐을 겁니다."

카이다의 말에 루이는 인상을 썼다. 레카가 정말 서영을 데리고 갔다면 한 시간 넘게 제게 아무 말도 하지 않았을 리가 없었다. 게다가 레카를 만나러 간 켄도 감감무소식이었다.

"젠장!"

그제야 일이 그가 생각하고 있는 것보다 더 이상하고, 심각하게 돌아가고 있다는 걸 깨달은 루이는 어딘가를 향해 황급히 질주하듯 달려갔다.

"재미있네."

무심했던 눈동자에 날카로운 빛이 서리며 카이다의 입꼬리가 한쪽으로 씩 올라갔다. 인간에게 관심이 없던 루베르이가 어느 날 갑자기 인간 신부를 들였다는 소문은 들었지만, 저렇게 푹 빠져 있을 줄은 몰랐다.

"정말로 재미있어."

"재미있으시다니 다행이네요."

어둠 속에서 한 소년이 카이다의 말에 대답하며 나왔다. 화사한 금발을 가진 소년은 해맑은 미소를 지으며 카이다를 향해 꾸벅 허리를 숙였다.

"환락의 주인이신 카이다 님을 뵙습니다."

"빌, 그리 예의 차릴 필요 없대도."

"하하, 그래도 저희를 도와주시는 분인데 예의 없이 굴 수는 없지요."

"내가 도와주는 이유는 단 하나야. 재미있으니까."

카이다는 700년이 넘는 긴 세월을 사는 동안 하고 싶은 건 다 해봤다. 그래서 삶에 미련이나 후회는 없었지만, 문제는 다 하고 나니 너무 지루하다는 것이었다.

앞으로 남은 생을 뭘 하고 놀아야 재미있을지 고민하고 있던 와중 빌이 등장했다.

─재미있는 일을 해보고 싶지 않으십니까, 카이다 님.

딱히 할 일도 없었고, 빌이 말한 재미있는 일이 뭔지 궁금해서 카이다는 선뜻 그의 제안을 받아들였다.

"근데 정말로 루베르이가 뱀파이어 꽃을 데리고 있을 줄은 몰랐군. 어떻게 그 사실을 안 거지?"

"저희 쪽 정보력 덕분이지요. 거기다 카이다 님께서 알려주신 정보 덕분에 협회 사람들이 꽃을 잡으러 갔습니다."

"루베르이의 시종이 사는 집으로?"

"아니요. 꽃이 자신이 지은 요새 쪽으로 이동했다고 하길래 그쪽으로 군대를 보냈습니다."

"호오, 이참에 다 쓸어버리려는 건가."

"귀찮은 건 미리미리 쓸어버려야죠. 나중에 후환이 되지 않도록."

빌이 방긋방긋 웃으며 말했다. 카이다는 그의 말에 동의하며 고개를 끄덕였다.

"그런데 너희들의 수장은 도대체 누구지?"

"그건 차차 아시게 될 겁니다. 아직 저희 수장님은 모습을 드러내는 것을 원치 않으시거든요."

"뭐, 말하기 싫다면 하지 않아도 된다. 하지만 그건 알아둬. 나는 너희들이 조금이라도 불순한 행동을 하려 한다면 발을 뺄 것이다."

"명심하겠습니다, 카이다 님."

카이다는 빌에게 이만 가보라는 손짓을 했고, 빌은 그에게 인사를 올린 뒤 천천히 어둠 속으로 모습을 감추었다.

백한의 집에 도착한 레카는 에리샤가 보이지 않자 작게 욕설을 뱉었다.

"아쉘의 진짜 목적은 우리를 요새에 붙잡아두는 거였나."

한 마디로 아쉘은 루이와 레카가 뱀파이어 꽃을 보호하고 있다는 걸 이미 알고 있다는 의미였다.

'뱀파이어 꽃을 데리고 오는 데 나랑 루이가 거치적거렸겠지.'

그래서 아쉘은 루이와 자신의 시선을 돌리기 위해 여우 일족을 이용한 것이다. 그것도 모르고 바보같이 당해주다니. 레카는 짜증스럽게 한숨을 내쉬며 머리를 쓸어올렸다.

속이 부글부글 끓었지만 이럴수록 진정해야 했다. 레카는 크게 심호흡한 뒤, 집에 남은 기운을 살폈다.

집에 남은 뱀파이어의 기운은 두 개로, 하나는 에리샤의 것이었고 하나는 누구의 것인지 알 수 없었지만 카이다가 한 말을 떠올려 봤을 때 그의 것이 분명했다.

그렇다는 건 에리샤가 제 발로 이 집을 나갔다는 의미였다.

"삼촌이라는 인간한테 간 건가?"

뱀파이어가 난데없이 찾아왔으니 위기를 느끼고 그녀의 무리가 있는 곳으로 갔을 수도 있다는 생각이 들었다.

정말 그런 거였으면 좋겠는데. 그럼 적어도 그녀가 무사하다는 의미니까.

부디 자신의 예상이 맞길 바라며 다시 뱀파이어 요새로 돌아가려는데 쾅, 하고 굉음이 울려 퍼졌다. 놀라며 뒤를 돌아보자 바닥에 쓰러져 있는 에리샤가 보였다.

"에리샤?"

"도, 도와줘!"

에리샤는 레카를 향해 저돌적으로 달려들었다. 그녀가 흩뿌린 눈물이 잔상처럼 번졌다.

"제발 도와줘, 동혁이, 동혁이……!"

"자, 잠깐 이것 좀 놔봐!"

레카는 당황하며 그의 허리를 붙잡고 있는 에리샤를 떼어놓으려고 했지만 어찌나 필사적으로 잡고 있는지 좀처럼 떨어지지 않았다.

"동혁이 위험하다고! 동혁뿐만 아니야. 내 요새에 있는 모든 이들이 위험해!"

"뭐?"

"헤브가 쳐들어왔어!"

헤브는 또 누구지. 영문 모를 말에 어리둥절해하고 있는데 에리샤가 필사적으로 소리쳤다.

"협회의 부사령관인 헤브가 직접 쳐들어왔다고! 그들이 위험해. 제발, 제발 도와줘, 레카!"

지금 이 시간에도 동혁과 다른 이들은 협회의 공격에 속수무책으로 당하고 있을 것이다. 자신을 믿고 따라온 자들이 자신 때문에 죽는다는 사실에 가슴이 미어질 듯이 아파와 에리샤는 눈물을 펑펑 쏟았다.

"……가자."

말없이 에리샤의 이야기를 듣던 레카가 그녀를 번쩍 들어 안으며 말했다.

"도와줄 테니까 그만 울어."

그곳에서 무슨 일이 벌어지는지, 그녀가 말하는 부사령관인 헤브라는 자가 어떤 자인지는 모른다. 아무것도 모른 채 적진에 뛰어드는 것은 자살행위나 다름없었지만, 에리샤가 이렇게 울며 부탁하는데 모른 척할 수는 없었다.

"포탈 열 수 있겠어?"

레카의 질문에 에리샤는 고개를 저었다. 포탈을 여는 건 많은 힘이 소모되는 일인데, 에리샤는 아직 스스로 포탈을 열 만큼 힘이 회복되지 않았다.

"그럼 안내해."

레카는 에리샤가 만든 요새의 위치를 모르기 때문에 그곳과 연결되는 포탈을 열 수 없었다. 어쩔 수 없이 날아가기 위해 에리샤를 안아 든 채 날개를 펼쳤다.

"저쪽으로 가면 돼."

그리고 에리샤가 가리키는 곳으로 빠르게 날아갔다. 지난번 놀이공원에서 탔던 놀이 기구보다 몇 배는 빠른 속도에 눈앞이 핑핑 돌고 헛구역질이 나왔지만 참았다. 한시라도 빨리 그들을 구하러 가야 했으니까. 에리샤는 그들이 제발 무사하기를, 죽지 않고 살아만 있기를 간절히 바라고 또 바랐다.

울창한 숲속을 지나 호수를 건넜다. 이제 금방이다. 조금만 더 가면 요새가……

"생각보다 늦으셨군요, 에리샤 님."

레카는 누군가 앞을 막아서자 멈춰 섰다. 날개만 봤을 땐 뱀파이어인 것 같았지만, 그에게서 느껴지는 기운은 뱀파이어의 기운이 아니었다. 그건 하프의 기운이었다.

"그럴 리가."

날개가 있는 하프라니. 700년 넘게 살면서 처음 봤기 때문에 레카는 기함하며 하프를 쳐다봤다. 하프가 정중하게 고개 숙여 인사했다.

"처음 뵙겠습니다. 홍염의 주인이시여."

홍염의 주인. 불을 다루는 뱀파이어인 레카를 지칭하는 별명이었다.

"누구지?"

"저는 협회의 부사령관 헤브라고 합니다."

'헤브'라는 이름 두 글자에 에리샤가 발발 떨며 레카의 옷깃을 꽉 잡았다. 창백하게 질린 에리샤의 얼굴을 본 헤브가 웃으며 말했다.

"오랜만에 뵙습니다, 에리샤 님. 그때 그 일 이후로 처음 뵙는 거니 5년 만인가요?"

"헤……브."

"쥐새끼처럼 도망칠 줄은 몰랐습니다. 거기다 가장 아끼던 시종을 도마뱀이 꼬리 자르고 도망치듯 버릴 거라고는 생각도 못 했고요."

"닥쳐!"

에리샤가 거세게 소리쳤지만, 위압감 하나 없는 겁에 잔뜩 질린 목소리는 상대에게 전혀 위협이 되지 못했다.

"레카, 조심해."

"하프를 조심하라고?"

하프가 아무리 강한다고 한들 하프였다. 뱀파이어, 그것도 상급 뱀파이어인 자신을 이길 수 있을 리가 없었다. 한데 저런 말을 하는 게 어처구니가 없어 레카는 작게 실소했다. 에리샤가 레카의 옷깃을 잡고 다급하게 말했다.

"저놈은 평범한 하프가 아니야! 절대로 무리하면 안 돼!"

"그래도 하프는 하프지."

"레카!"

"알았어. 조심하면 되잖아."

에리샤의 말이 전혀 이해가 되지 않았지만, 그녀가 하도 애타게 말하니 레카는 어쩔 수 없이 고개를 끄덕였다.

"하하, 에리샤 님이 한낱 하프를 너무 과대평가해주시는군요."

그들의 대화를 들은 헤브가 호탕하게 웃었다.

"아니면 뱀파이어 공주님께선 정말로 서열 7위이신 홍염의 주인이 저보다 약하다고 생각하시는 겁니까?"

"계속 헛소리를 지껄인다면 그 입을 찢어주지."

붉은 눈에 섬뜩한 섬광이 깃들었다. 레카의 주변으로 붉은 불꽃들이 화려한 자태를 뽐내며 활활 타올랐다.

"이런, 부디 진정하길 바랍니다. 홍염의 주인이시여."

헤브가 가슴에 손을 얹고 정중하게 말했다.

"일개 하프인 제가 어찌 감히 상급 뱀파이어이자 의회 뱀파이어인 레카

님에게 헛소리를 지껄이겠습니까."

묘하게 비꼬는 듯한 말투에 모욕감을 느낀 레카는 이를 악물고 헤브를 노려봤다. 그의 주변에 부유한 불꽃들이 금방이라도 헤브를 찢어 죽일 것처럼 위험하게 일렁거렸지만, 헤브를 공격하지는 않았다.

다른 뱀파이어였다면 하프 따위가 이런 식으로 들먹이는 걸 못 참고 덤벼들었을 텐데 레카는 그러지 않고 침착하게 상황 파악을 하고 있었다. 그만큼 사리 분별이 확실한 뱀파이어라는 의미였다. 저런 자가 자신과 같은 편이었다면 굉장히 편했을 텐데, 아쉽게도 그는 적이었다. 그리고 이곳까지 직접 찾아온 손님이기도 했다.

"이곳까지 친히 오셨으니, 그냥 보내드릴 수는 없지요."

헤브의 손짓에 그의 뒤에서 날고 있던 하급 뱀파이어가 땅으로 내려가 무언가를 손에 들고 날아왔다.

"가벼운 선물입니다."

두렵지만 헤브가 말한 선물이 뭔지 궁금해서 에리샤는 헤브를 쳐다봤다. 곧 그녀의 시선은 하프 뱀파이어가 들고 있는 물건으로 옮겨졌다. 하프 뱀파이어가 두 손으로 감싸고 있어서 그가 들고 있는 물건이 제대로 보이지 않았다. 하급 뱀파이어는 가지고 온 물건을 헤브에게 공손하게 넘겼다.

"……!"

그제야 하프 뱀파이어가 가지고 온 게 뭔지 확인한 레카는 기함하며 눈을 크게 떴다.

"아, 아아악!"

에리샤 역시 충격에 빠져 소리를 질렀다. 에리샤의 비명 소리를 들은 헤브가 유쾌하게 웃으며 하급 뱀파이어에게서 건네받은 물건을 허공에 흔들었다.

"당신을 구하기 위해 목숨을 내놓았는데, 비명을 지르시다니."

헤브는 너무나 안타깝다는 듯 물건을 손으로 쓰다듬었다.

"죽은 분에 대한 예의가 아니군요. 그렇게 생각하시지 않나요, 동혁?"

헤브의 손에 들린 물건은 몸뚱이를 잃어버린 동혁의 머리였다. 눈도 제대로 감지 못해 시퍼렇게 뜨고 있었다.

"아악, 악! 아아아악!"

에리샤의 비명은 땅을 가르고 하늘을 울렸다. 공기를 가르고 퍼지는 소리는 부딪히는 모든 것들을 갈기갈기 찢어내었다. 쇠판을 긁어내는 듯한 날카로운 소리에 정신이 혼미해져 레카는 흐려지는 정신을 붙잡기 위해 이를 악물어야 했다.

한참을 울부짖던 에리샤는 돌연 소리 지르는 걸 멈추더니 맹렬하게 헤브를 노려봤다.

"넌 여기서 사라져야 해."

그녀의 뺨을 타고 흐른 피눈물은 중력을 거스르고 그녀의 몸 주변을 빙빙 맴돌았다. 에리샤의 몸이 잡을 수 없을 정도로 뜨거워지는 바람에 레카는 자신도 모르게 에리샤를 놓쳤다. 그러자 에리샤의 몸이 빠르게 추락했다.

"에리샤!"

뒤늦게 정신을 차린 레카가 에리샤를 향해 손을 뻗었다. 그러나 그의 손이 닿기도 전에 그녀의 주변을 둘러싸고 있던 핏방울들이 그녀를 완전히 집어삼켰다. 에리샤를 둘러싼 핏방울들은 서로 얽히고설키며 하나의 거대한 붉은 핏방울이 되었다.

"이건…… 뭐야."

생전 처음 보는 현상에 레카는 당황해하며 에리샤를 삼킨 핏방울을 쳐다봤다. 핏방울 덕분인지 에리샤는 더 이상 추락하지 않고 허공에 둥둥 떠 있었다.

"에리샤."

레카가 조심스럽게 다가가 에리샤를 불렀지만, 대답이 없었다. 대신 에리샤의 구슬픈 울음소리가 들렸다.

"동혁, 미안해. 다들 미안해. 나 같은 애 때문에…… 나 때문에."

에리샤가 울 때마다 핏덩이들이 출렁이면서 그녀의 감정을 표출했다. 에리샤가 걱정되어 레카가 손을 가져다 대자 핏방울들은 마치 살아 있는 생물체처럼 그의 손을 감쌌다.

"……!"

레카가 깜짝 놀라며 손을 떼자 핏방울들은 다시 에리샤 쪽으로 돌아갔다. 정체를 알 수 없는 현상에 놀라 입을 다물지 못하는 레카와 달리 헤브는 조금 성가시다는 듯 에리샤를 둘러싼 거대한 핏방울을 쳐다봤다.

"뱀파이어 꽃이 가진 고유 능력 중 하나입니다."

이게 뱀파이어 꽃의 능력이라니. 처음 알았다. 아니, 그것보다 에리샤는 반쪽 뱀파이어인데 어떻게 뱀파이어 꽃의 힘을 쓰는 걸까. 이해할 수가 없었다.

"꽃의 능력은 이게 끝이 아닐 겁니다. 아마도……."

헤브의 말이 채 끝나기도 전에 거대한 핏방울이 폭발했다. 폭발한 핏방울은 작은 핏방울이 되어 사방에 비처럼 뿌려졌다.

"피, 피해!"

땅에 있던 하프들이 우왕좌왕하며 비를 피해 사방으로 도망다녔다. 헤브역시 날개로 자신의 몸을 가렸다.

단순히 피로 된 비일 뿐인데 왜 저렇게 호들갑을 떠는 거지.

파식—.

그들의 행동을 이해하지 못해 주변을 살피던 레카는 곧 벌어지는 참극에바로 납득했다.

피의 비에 닿은 나무가 형체도 없이 녹아내렸다. 하프의 살도 녹았고, 살이 타는 냄새와 그들이 내지르는 비명이 숲속을 가득 채웠다. 차마 눈 뜨고 볼 수 없는 참극에 레카의 입이 벌어졌다.

하프들은 어떻게든 피하려고 했지만 하늘을 촘촘히 메우며 떨어지는 핏빛의 비를 피한다는 것은 무리였다. 정신없이 도망치는 그들을 보고 있던 레카는 비에 자신의 제복 끝자락이 타들어가자 황급히 날개로 몸을 가렸다.

그러면서 에리샤가 갇혀 있는 거대한 핏방울을 쳐다봤다. 헤브의 말대로 이것이 뱀파이어 꽃의 능력이라면 그녀는 지금 반쪽짜리 몸으로 꽃의 능력을 사용하고 있다는 의미였다.

마치 루이가 성년식을 치르기 전에, 무리하게 그의 아버지 힘을 쓰려는 것과 같았다.

그 말인즉, 지금 에리샤는 굉장히 무리하고 있다는 의미.

"에리샤!"

거기까지 생각이 미치자 레카는 황급히 에리샤가 갇혀 있는 거대한 핏방울 쪽으로 손을 뻗었다. 손을 대자 뜨거운 열기가 느껴졌다. 살갗이 타는 냄새와 함께 지독한 고통이 느껴졌지만, 레카는 이를 악문 채 핏방울 안으로 손을 집어넣었다.

"에리샤! 에리샤! 대답해!"

거듭해서 에리샤를 불렀지만, 여전히 그녀는 대답이 없었다. 레카는 포기하지 않고 계속 그녀를 불렀다.

"네가 왜 이렇게 슬퍼하는지 충분히 이해가 돼! 그렇다고 네 몸에 무리가 가는 짓을 하면 안 돼. 널 위해서 목숨을 바친 자들을 생각해서라도 넌 이러면 안 되는 거잖아, 에리샤!"

레카의 간절한 외침이 닿았는지 그녀를 감싸고 있던 거대한 핏방울이 크게 요동쳤다. 곧 퍽, 하는 소리와 함께 핏방울이 완전히 터졌다. 그 바람에 피를 고스란히 뒤집어쓴 레카는 온몸이 타들어갈 것 같은 고통에 눈을 질끈 감았다.

"……레카."

그것도 잠시, 에리샤의 목소리가 들리자 레카는 다시 눈을 떴다. 그러자 달빛을 녹여놓은 것 같은 화려한 은발이 보였다.

에리샤의 머리가 은색이라고? 레카는 당황하며 눈을 비볐다. 다시 확인한 에리샤의 머리카락은 평소와 같은 금발이었다.

"미안……."

에리샤가 눈을 감으며 중얼거렸다.

"미안해…… 레카."

완전히 정신을 잃은 에리샤의 몸이 추락하자 레카가 다급하게 받아 안았다. 그 바람에 상처가 쓸려 굉장히 고통스러웠지만, 아까처럼 에리샤를 놓치거나 하지는 않았다.

"호오."

조금 거리를 두고 그들을 지켜보던 헤브의 눈동자에 한 줄기의 섬광이 스쳐 지나갔다. 지금 상황만 보면 에리샤는 레카를 차기 로드로 선택할 것 같았다.

"이거야 원, 계획에 차질이 생기겠는데?"

원래 계획은 에리샤의 요새를 친 뒤 에리샤의 잔당들을 죽이고 그녀를 협회로 데려가는 것이었지만, 레카의 등장으로 일이 이상하게 틀어지고 말았다.

"어쩔 수 없군요. 제 편도 많이 다쳤으니, 오늘은 이만 물러가지요."

계속 싸우기엔 이쪽도 전력 손실이 컸다. 헤브는 비교적 멀쩡한 이들에게 부상당한 놈들을 챙기라고 눈짓을 준 뒤, 레카를 향해 공손히 인사했다.

"다음에 또 뵙겠습니다, 홍염의 주인이시여."

다음에 또 이런 짓을 하겠다는 선전 포고나 다름없었다. 마음 같아선 헤브를 붙잡아 목을 비틀어버리고 싶었지만, 그럴 수가 없었다.

기절한 에리샤를 안고 있기 때문이기도 하고, 방금 전 뱀파이어 꽃의 능력인 핏빛의 비에 레카 역시 많이 다쳤기 때문이기도 했다.

헤브가 사라지자 그를 따라온 적들도 우르르 무리를 지어 사라졌다. 그들이 완전히 사라진 후에야 레카는 아픈 몸을 이끌고 땅으로 내려갔다.

"큭……."

긴장감이 풀리자 몸의 고통이 더욱 적나라하게 느껴졌다. 레카는 신음을 뱉으며 힘없이 나무에 몸을 기댔다. 이러고 있을 게 아니라 집으로 돌아가야 한다는 건 알고 있었지만 한 발짝도 움직일 수가 없었다.

레이첼이 돌아오면 그녀에게 부탁해야겠어. 그때까진 정신을 차리고 있어야 하는데, 부상을 심하게 당한 몸이 계속 쉬라고 신호를 보냈다. 그 탓인지 정신이 흐려지고 눈이 계속 감겼다.

정신을 잃으면 안 되는데. 버텨야 하는데. 레카는 흐려지는 정신을 어떻게든 붙잡고 있으려고 했지만, 끝내 그러지 못하고 깊은 수마로 빠져들었다.

※

레이첼을 따라 걸은 지 한참이 지났는데도 루이에게 가긴커녕 같은 장소를 빙빙 맴도는 느낌이 들었다.

"저 혹시 루이가 어디 있는지 모르시나요?"

혹시나 해서 물어봤는데 정곡을 찔렀는지 레이첼이 우뚝 멈춰 섰다. 서영은 속으로 한숨을 푹 내쉬며 레이첼에게 말했다.

"무작정 루이를 찾으러 다니지 말고, 다른 요괴들에게 어디 있는지 물어보는 게 좋지 않을까요?"

"그럼 바로 물어보겠……."

레이첼이 말을 끝내기도 전에 어디선가 달콤한 향이 풍겨왔다. 코끝을 자극하는 향기에 매료된 서영은 고개를 돌려 향기의 근원지를 쳐다봤다.

"반가워요."

그곳엔 연분홍빛의 화려한 꽃이 수놓인 옷을 입고 있는 한 여자가 있었다. 여자의 외모는 입고 있는 옷보다 더 화려하고 아름다웠다. 아니, 아름답다는 단어로 여자의 외모를 평가하기엔 한참 부족했다.

"서영 님!"

넋을 놓고 여자를 바라보고 있던 서영은 갑자기 레이첼이 자신을 넘어뜨린 뒤, 위에 올라타자 깜짝 놀라며 눈을 크게 떴다.

파앙―.

"뭐, 뭐야."

그와 동시에 서영의 뒤에 있는 벽이 부서지면서 사방으로 파편이 튀었다. 서영은 레이첼의 밑에 깔린 채 고개만 들어 벽을 쳐다봤다. 벽에는 날카로운 무언가가 할퀴고 지나간 자국이 있었다.

"이게 무슨 짓입니까! 아랑!"

"어머, 레이첼. 당신인 줄은 몰랐습니다. 뱀파이어의 시종으로 들어갔다더니, 그 말이 사실이었나 보군요."

"제가 묻는 건 그게 아닙니다! 한낱 여우 요괴가 뱀파이어의 신부에게 해를 입힌다면 무사할 것 같습니까!"

"인사지요. 제가 루이 님의 신부로 들어간다면, 저 인간은 아무것도 아닌 게 될 테니까요."

루이의 신부? 그렇다는 건 저 여자가 루이에게 청혼을 했다는 여우 일족

의 수장인 걸까. 서영은 다시 아랑을 쳐다봤다. 눈이 마주친 아랑이 눈매를
예쁘게 접으며 웃었다.

"루베르이 님이 그렇게 하실 것 같습니까!"

"어머? 저기 있는 인간보다 제가 더 쓸모 있는데, 당연한 거 아닙니까?"

분하지만 사실이었다. 봉인이 풀려 뱀파이어 꽃으로 각성한다면 모를까,
지금 자신은 루이의 도움 없인 아무것도 못 하는 반푼이었다.

"말이 심하군요!"

"틀린 말을 한 것도 아닌걸요."

아랑은 대놓고 서영을 비웃었다.

"저 인간은 언젠가 루이 님의 발목을 잡을 거예요. 그 전에 없어지는 것
이 루이 님에게 도움이 될 겁니다."

아랑이 점점 다가오자 레이첼은 서영을 보호하듯 감싸 안았다. 여우 일
족과 비슷한 요력을 가지고 있지만, 상대가 여우 일족의 수장인 구미호라면
말이 달라졌다. 자신의 힘으론 아랑을 이길 수 없다는 걸 알기에 레이첼은
바짝 긴장하며 아랑을 견제했다.

"그렇게 견제하지 않아도 돼요."

그러자 아랑이 어깨를 으쓱이며 말했다.

"잡아먹거나 하려는 게 아니니까. 그냥 대화를 좀 나누려는 것뿐이에요."

"제가 그 말을 믿을 것 같나요?"

"믿고 안 믿고는 자유지만, 그렇게 경계한다고 달라질 건 없을 텐데요."

아랑이 부채를 쫙 펼쳐 입을 가렸다. 드러난 눈동자가 유쾌하게 접혔다.

"어차피 레이첼, 당신은 날 못 이기잖아요."

"그래도 최선을 다해 서영 님을 지킬 겁니다."

레이첼의 눈동자가 투지로 번뜩였다. 아랑은 픽 웃으며 부채를 접었다.

"괜한 헛수고를……."

아랑이 접은 부채를 레이첼과 서영 쪽으로 겨냥했을 때였다.

파앗―.

갑자기 서영의 몸에서 이상한 빛이 흘러나왔다. 눈앞이 새하얗게 점멸하는 강렬한 빛에 레이첼은 물론 아랑도 손등으로 눈을 가리며 물러났다.

"뭐, 뭐야."

인간인 서영이 이런 능력을 가지고 있을 리가 없으니, 레이첼이 무슨 짓을 한 게 분명했다. 그렇게 생각했는데, 아랑은 잔뜩 당황한 레이첼의 표정을 보고 생각을 접었다.

'그럼 이건 누구의 능력이지?'

생각하는 사이 빛이 잦아들면서 빛에 둘러싸여 있던 서영의 모습이 드러났다.

"은색?"

옅은 갈색이었던 머리칼이 은색으로 바뀌었다. 그뿐일까, 약간 겁에 질린 눈동자 역시 뱀파이어와 같은 선명한 붉은색으로 변했다.

'더워.'

피가 모두 끓어오르면서 몸 밖으로 내보내달라고 아우성을 치는 것 같았다. 서영은 가슴을 움켜쥐며 뜨거운 숨을 토해냈다. 높은 열 때문에 시야가 뿌옇게 흐려져서 눈앞의 사물들을 구별할 수가 없었다.

"욱……!"

가슴을 움켜쥔 채 들뜬 숨을 뱉던 서영은 갑자기 심장 쪽에 큰 충격이 느껴지자 바닥에 주저앉았다.

"서영 님!"

레이첼이 깜짝 놀라며 서영을 부축했다.

"정신 차리세요, 서영 님!"

레이첼의 목소리는 들렸지만 대답할 수가 없었다. 물에 젖은 솜처럼 몸이 너무 무거워서 마음대로 움직이는 것도 불가능했다. 서영은 레이첼에게 몸을 맡기고 뜨거운 숨만 뱉었다.

『동혁, 미안해. 다들 미안해. 나 같은 애 때문에…… 나 때문에.』

불현듯 에리샤의 목소리가 들렸다.

설마 에리샤가 요새에 온 건가?

높은 열 때문에 정신이 없는 와중에도 에리샤가 걱정된 서영은 주변을 둘러봤다. 하지만 그 어디에도 에리샤는 보이지 않았다.

열 때문에 환청을 들은 건가 싶었지만, 아무리 생각해도 그건 환청이 아니었다. 환청치고는 그녀의 목소리가 너무나도 또렷했기 때문에, 그녀의 목소리가 너무나 슬프고 가슴을 울렸기 때문에 서영은 온몸의 감각을 곤두세워 계속해서 에리샤를 찾았다.

"에리샤……."

"에리샤 님은 여기 없습니다! 정신 차리세요! 서영 님!"

레이첼이 계속 불렀지만, 서영은 대답하지 않았다. 초점이 흐린 눈동자로 주변을 둘러볼 뿐이었다.

그것도 이상했지만, 서영의 몸이 비이상적으로 뜨거운 것도 걱정됐다. 이대로 있다간 열 때문에 서영에게 무슨 문제가 생길 것만 같았다.

"다, 당장 레카 님에게 연락을……!"

루이가 어디 있는지 모르니 레카에게라도 연락하려는데 아랑이 잡았다.

"뭐야, 이 여자. 인간 아니었어?"

"지금 그게 문제인가! 아랑!"

"나한테는 그게 문제야! 얘 인간 아니었냐고!!"

아랑은 약간 겁에 질린 목소리로 소리쳤다. 서영의 몸에서 흘러나오는 기운은 인간의 것이라고 하기엔 요괴가 서려 있었고, 눈동자도 붉은색이었다.

그럼 뱀파이어인 걸까? 아니, 그럴 리가 없었다. 뱀파이어 일족에 여자는 없으니까. 이 여자가 뱀파이어일 리는 없었다.

"대체 뭐 하는 인간……."

"서영!"

복도 저편에서 루이의 목소리가 들리자 아랑은 깜짝 놀라며 뒤로 물러났다. 지금 여기서 루이를 만난다면 분명 루이는 서영이 이렇게 된 게 자신의 탓이라고 생각하며 추궁할 것이다. 무슨 짓을 했으면 모를까, 아무 짓도 하지 않고 추궁당하고 싶진 않았다.

"다음을 기약하지!"

절대로 겁먹어서 물러서는 것이 아니다. 아랑은 스스로 그렇게 위로하면서 황급히 어둠 속으로 모습을 감추었다.

"서영!"

"루베르이 님! 여깁니다!"

서영을 찾아 헤매던 루이는 레이첼의 목소리를 알아듣고 황급히 달려왔다. 곧 레이첼의 품에 안겨 있는 서영을 발견한 루이는 그녀의 상태가 평소와 다르다는 걸 발견하고 멈칫했다.

붉은 눈에 은발. 그리고 에리샤와 같은 기운. 누가 봐도 완벽한 뱀파이어 꽃의 모습이었다.

"무슨 일이 있었던 거지?"

"저도 모르겠습니다. 갑자기 서영 님의 몸에서 빛이 나오더니, 이런 모습이 되셨습니다."

레이첼이 걱정스럽게 말했다. 그 와중에도 서영은 루이가 온 것도 모르고 높은 열에 허덕이고 있었다.

누가 이 모습을 보면 큰일이니 루이는 황급히 주변을 살폈다. 다행히 지나가는 사람은 없었다. 루이는 그제야 안심하며 레이첼을 향해 손을 뻗었다.

"이리 다오."

서영을 받아 든 루이는 다시 한 번 주변에 아무도 없다는 걸 확인한 뒤, 황급히 포탈을 열어 요새를 빠져나왔다.

'목말라.'

지독한 갈증이 느껴졌다. 갈증이 나다 못해 목이 타들어가는 것 같아 서영은 두 손으로 제 목을 잡았다. 지독한 갈증은 사람을 미치도록 만들었고, 서영은 자신의 손톱이 목의 살갗을 뚫고 들어가는지도 모른 채 목을 세게 붙잡았다.

"……돼."

그러자 누군가 그녀의 손을 붙잡았다. 귀에 익숙한 목소리였지만, 누구의 목소리인지 기억나지 않았다. 서영은 자신에게 말을 건 상대가 누구인지 확인하기 위해 힘겹게 눈을 떴다.

하지만 눈앞이 안개가 낀 것처럼 뿌옇서 잘 보이지 않았다. 서영은 천천히 눈을 깜빡이며 상대가 누군지 확인했다. 조금씩 안개가 사라지면서 짙은 검은 머리와 붉은 눈이 들어왔다.

"루이……?"

그 외에 다른 건 보이지 않았지만, 서영은 상대가 루이라는 걸 바로 알아챘다. 루이는 부드럽게 미소를 지으며 그녀의 눈 위에 자신의 손을 올렸다.

그의 손은 무척 시원했지만, 몸속을 잠식한 열기를 식혀주기엔 부족했다. 게다가 아직 갈증이 다 해소되지 않았다.

"목이…… 말라."

너무 말라서 이대로 있다간 말라 죽는 게 아닌가 하는 생각이 들 정도였다. 부디 누군가 이 갈증을 해소해주길 바라며 서영은 눈을 감았다.

그 순간 입에 차갑고 말캉한 것이 닿더니 곧 입 안에 달콤한 무언가가 들어왔다. 뭔지는 모르겠지만 너무 달콤했다. 온몸의 모든 감각들이 정체 모를 무언가를 열렬하게 환영할 정도였다.

아기 새가 어미 새에게 모이를 달라고 조르듯 서영은 입술을 좀 더 벌렸다. 그러자 낮게 웃는 소리가 들리면서 입 안으로 달콤한 것이 더욱 많이 들어왔다.

그렇게 얼마나 그것을 마셨는지는 모르겠지만, 어느 정도 달콤한 것을 먹고 나니 몸이 안정되면서 기분이 좋아졌다. 서영은 그제야 기분 좋게 잘 수 있었다.

루이는 서영이 잠든 것을 확인한 후에야 그의 입가에 흐르는 피를 닦아냈다. 열이 내리고 몸이 안정되자 서영의 머리 색이 점차 원래대로 돌아왔다. 눈을 감고 있어서 확인할 수는 없었지만, 그녀의 눈동자 역시 원래대로 돌아왔을 것이다.

다시 원래대로 돌아온 걸 보면 봉인이 풀린 건 아닌 것 같은데 어째서 그녀는 잠시나마 뱀파이어 꽃이 되었던 걸까.

쾅—!

영문을 알 수 없는 기이한 현상에 고민하고 있는데 난데없이 굉음이 들렸다. 설마 또 서영을 데리고 가려고 아셀이 뱀파이어를 보낸 걸까. 만약 그런 거라면 이번엔 절대 그냥 넘어가지 않으리라고 다짐하며 루이는 거실로 나왔다.

"레카?"

거실에 쓰러진 레카를 발견한 루이는 당황하며 그에게 다가갔다. 가까이서 보니 레카는 혼자가 아니었다. 그의 품에는 기절한 에리샤가 있었다. 둘 다 상태가 심각했다.

"정신 차려라, 레카!"

루이는 우선 레카를 흔들어 깨웠다. 정신이 들었는지 레카가 작게 신음을 뱉으며 눈을 떴다.

"괜찮나?"

"보다시피…… 윽."

레카는 일어나려고 했지만, 몸이 마음대로 움직이지 않아 다시 누웠다. 그는 그 와중에도 에리샤가 무사한지 확인했다.

"어떻게 된 거지?"

"에리샤의 요새가 당했어. 협회 쪽에서 공격한 것 같아."

"그럼 너도 협회에 당했단 말인가?"

레카가 자신보다 힘이 약하다고는 하나 그 역시 의회에 속할 만큼 강한 힘을 가진 뱀파이어였다. 한데 그가 이 지경이 될 정도로 협회한테 당했다는 게 믿기지 않아 루이는 미간을 좁히며 되물었다.

"글쎄, 그보다 에리샤 좀 받아줄래?"

레카는 웃으며 슬쩍 말을 돌렸다. 그에게 상처를 입힌 자는 협회가 아닌 에리샤였지만, 그걸 루이에게 말해서 좋을 건 없으니 말하지 않기로 했다.

루이는 에리샤를 받아 소파에 눕혔다. 그제야 한시름 덜었다는 듯 레카가 긴 숨을 토해내며 바닥에 대자로 뻗었다.

"레이첼."

레카와 에리샤를 그 숲속에서 이곳까지 데려온 것은 레이첼이었다. 주인의 부름에 대기하고 있던 레이첼은 바로 모습을 드러냈다.

"나 좀 요새로 데려다줘. 루이, 포탈 좀 열어줄래?"

루이는 바로 벽에 뱀파이어 요새로 향하는 포탈을 만들었다. 그 사이 레카를 등에 업은 레이첼은 루이에게 인사하고 포탈 안으로 들어갔다.

레카가 사라지고, 혼자 남은 루이는 기절한 에리샤를 내려다보며 머릿속으로 지금까지 일어난 일들을 정리했다.

서영은 어떤 이유에서인지 잠깐이지만 뱀파이어 꽃으로 각성했고, 에리샤가 만든 요새는 아쉘과 손을 잡은 하프 협회에 공격을 당했다.

'그리고 레카는 크게 부상을 입었지.'

그 말인즉, 협회에 레카에게 저런 부상을 입힐 만큼 대단한 실력자가 있다는 의미.

루이는 문득 예전에 아쉘을 저지하려고 갔던 회의장에서 만났던 하프를 떠올렸다. 정황상 그때 제 어깨에 칼을 박은 놈과 레카를 저렇게 만든 놈이 동일 인물인 것 같았다.

"……쉽지 않겠군."

뱀파이어 꽃만 찾으면 모든 게 다 해결될 줄 알았는데 아니었다. 서영에게 걸린 봉인을 푸는 것부터 시작해서 협회 등 아직 풀어야 할 숙제가 천지였다.

앞으로 일이 얼마나 더 복잡해질지 가늠이 되지 않아 루이는 깊은 한숨을 내쉬며 머리를 쓸어 올렸다.

정신이 들었지만 눈을 뜨기가 무서워 에리샤는 가만히 눈을 감고 있었다. 눈을 감고 있으니 온 세상이 새카맣게 보였다. 이대로 아무것도 보이지 않으면 좋으련만, 한 남자의 얼굴이 보여서 그녀를 괴롭게 만들었다.

'당신이 에리샤인가요?'

그 남자는 바로 동혁이었다. 에리샤가 동혁을 처음 본 것은 눈이 많이 내리는 어느 겨울이었다. 뺨에 흉터 자국이 있고 조금은 험상궂게 생긴 남자는 자신이 지을 수 있는 가장 밝은 미소를 지으며 어린 에리샤에게 손을 내밀었다.

하지만 에리샤는 자신에게 호의를 보이며 손을 내미는 남자의 손을 쉽게 잡을 수 없었다. 이곳 협회에 있는 모든 자들이 자신에게 저런 미소를 보여주었지만 결국엔 자신을 배신하고 몹쓸 짓을 했으니까.

'꺼져!'

어린 에리샤는 동혁의 손을 모질게 쳐내면서 욕했다. 다른 이들이라면 에리샤의 이런 행동에 어이없어하거나, 또는 화를 내고 욕하며 가버렸다. 이 남자 역시 그럴 거라고 생각했는데, 동혁은 달랐다.

'이런, 예쁜 입으로 욕을 하시면 안 됩니다. 앞으로 제가 당신을 지켜드릴 게요, 에리샤 님.'

아무리 모질게 대하고 욕해도 다른 이들처럼 비웃으며 욕하지도, 손가락질도 하지 않았다. 그게 너무 이상해서 에리샤는 동혁을 주시했고, 그러다 보니 어느덧 그와 손을 잡고 여기까지 오게 됐다.

그런데 그가 죽었다. 그것도 자신을 지키려다 참혹한 모습으로 죽게 됐다.

"흑……."

그 사실이 가슴에 사무쳤다. 동혁과 처음 만난 일부터 그 이후의 일들이 영화처럼 머릿속에 떠올랐다. 지우려고 아무리 노력해도 계속 떠올라서 그녀를 괴롭게 만들었다.

"흐……흐흐……흑……."

에리샤는 두 손으로 얼굴을 가리고 최대한 숨죽여 울었다. 슬픔이 혈관을 타고 들어와 자신의 심장을 움켜쥐고 짜는 듯한 느낌이 들었다. 계속 울면 슬픔이 조금이라도 사라질 줄 알았는데, 아니었다. 오히려 더 슬퍼졌다. 동혁이 계속 떠올라서 미칠 것 같았다.

한참 울던 에리샤가 진정한 건 어두웠던 창밖에 해가 조금씩 떠오르고 있을 때였다. 에리샤는 아직 눈물 자국이 여실한 눈가를 닦으며 중얼거렸다.

"꼭…… 복수해줄게."

주먹을 꽉 쥔 에리샤의 눈동자가 투지로 번뜩였다.

"반드시 이겨서, 네 복수를 해줄게."

재차 굳은 결심을 한 에리샤가 방 밖으로 나오자 거실에 있던 백한이 밝게 웃으며 다가왔다.

"일어나셨어요?"

"응. 레카는?"

뒤늦게 레카가 저 때문에 많이 다쳤다는 사실을 상기한 에리샤는 주변을 둘러봤지만, 그 어디에도 레카는 보이지 않았다.

"레카 님은 요새로 돌아가셨어요."

"레카를 봤어?"

"아니요. 전 못 봤는데 형님이 알려주셨어요. 며칠 쉬고 돌아올 거라고 하던데요."

"그래……."

며칠 쉬고 온다는 건 괜찮다는 의미겠지. 에리샤는 숙연한 표정을 지으며 두 손을 꼭 마주 잡았다. 레카가 다친 건 순전히 자신 때문이었다. 그러니 레카가 회복하고 돌아오면 꼭 안아주면서 미안하다고 말해야지.

"아, 서영이는? 이상한 뱀파이어에게 끌려갔는데!"

레카의 문제가 해결되니 서영의 일이 떠올랐다. 에리샤가 다급한 목소리로 말하자 백한이 웃으며 대답했다.

"알아요. 형님이 구해 오셨어요."

"어? 그럼 어디 있어?"

"저쪽이에요."

에리샤는 곧바로 백한이 가리키는 방으로 향했다. 서영은 침대에 누워 있었고, 루이가 그 곁을 지키고 있었다. 서영의 안색이 파리하다는 걸 확인한 에리샤는 루이에게 따지듯이 물었다.

"서영이 상태가 왜 이래? 설마 그놈들한테 당한 건 아니겠지?"

"그건 아니야."

"그럼 왜 이런 건데?"

"그건 나도 몰라."

루이는 자신이 봤던 것들을 전부 에리샤에게 말해주었다. 그의 이야기를 들은 에리샤가 눈을 동그랗게 떴다.

"그 말은 서영이한테 걸린 어머니의 봉인이 풀렸다는 거야?"

"다시 원래대로 돌아왔으니 그건 아닐 거다."

루이의 말대로 서영은 전과 다름없는 모습을 하고 있었다. 그녀에게서 느껴지는 기운 역시 인간의 기운이었기 때문에 에리샤는 그녀가 뱀파이어 모습으로 변했었다는 것을 믿을 수 없었다.

하지만 루이가 거짓말을 할 리가 없으니 변한 건 확실할 터.

'설마……'

에리샤는 설마 서영이 변한 것이 협회의 손에 죽은 동혁을 발견하고 폭주한 자신 때문이 아닌가 하는 의심이 들었다. 아니, 확실했다. 그거 말고 서영이 갑자기 변할 이유가 없었다. 시간도 딱 들어맞았다.

"나…… 때문일 거야."

에리샤는 손으로 입을 틀어막고 중얼거리듯 말했다.

"내가 폭주를 했었거든. 만약 그때 서영이 변한 거라면 나 때문에 변한 걸 거야. 우린 쌍둥이니까."

모습도 다르고 살아온 세계도 달랐기 때문에 잠시 잊고 있었다. 서영과 자신이 쌍둥이라는 사실을.

"쌍둥이는 영혼이 연결되어 있다는 말을 들은 적이 있어. 보통의 형제나 자매들보다 더 견고한 끈으로 연결되어 있다고 해. 그래서, 그래서 서영이 나 때문에 폭주를 한 걸 거야."

만약 자신이 폭주를 멈추지 않았더라면 어떻게 됐을까. 지금 서영의 몸은 인간의 몸이었다. 그런데 그녀가 가진 뱀파이어의 힘이 폭주하게 된다면, 그녀의 몸은 견디지 못하고 산산조각이 났을 게 분명했다.

"내가 또 내 편을 죽일 뻔했어……."

"에리샤 님!"

에리샤가 주저앉으려고 하자 백한이 황급히 그녀를 부축했다. 에리샤는 제대로 몸을 가누지 못하고 백한의 품에 기대 눈만 깜빡였다. 그녀가 눈을 깜빡일 때마다 그녀의 긴 속눈썹을 타고 눈물이 또르르 떨어져 에리샤를 잡고 있는 백한의 손등을 적셨다.

"내가 사라지는 게 맞는 걸까?"

"에리샤 님! 무슨 말씀을 그리……!"

"나 때문에 모두가 다치고 죽잖아! 나 때문에!"

에리샤가 백한을 붙잡고 처절하게 울부짖었다.

"나만 죽으면 이 모든 게 끝나는 거잖아! 협회 사람들은 내가 유일한 뱀파이어 꽃이라고 생각하니까!"

생각해보면 이 전쟁을 끝낼 수 있는 가장 확실하고도 간단한 방법은 자신이 죽는 것이었다. 자신만 없으면 되는 거였다.

"나만 없으면 되는 거였어……."

"정말 그렇게 생각해?"

에리샤의 말 사이로 가냘픈 소녀의 목소리가 파고들었다. 그 목소리에 울고 있던 에리샤도, 그녀를 부축하고 있던 백한도, 그녀를 안쓰럽게 바라보고 있던 루이도 고개를 돌려 목소리의 주인을 쳐다봤다.

언제 깨어난 건지 서영이 몸을 일으키고 있었다. 루이는 힘겹게 몸을 일으키는 서영의 어깨를 잡아 그녀가 편히 침대에 앉을 수 있도록 도와주었다.

"괜찮아?"

"응……."

아직 몸속이 부글부글 끓는 듯한 느낌이 들었지만, 견딜 만했다. 서영은 걱정스럽게 저를 바라보는 루이의 손을 꼭 잡으며 에리샤를 쳐다봤다.

"에리샤…… 너 정말로 그렇게 생각하는 거야?"

"나, 난!"

"실망이야. 내 자매가 이렇게 약한 애였다니, 너를 구하다가 죽은 삼촌이 불쌍해지려고 해."

"서영 씨!"

서영의 말이 조금 심하다고 생각한 백한이 황급히 그녀를 불렀지만, 서영은 아랑곳하지 않았다.

"네가 죽으면 모든 것이 끝이라고? 맞아, 분명 네가 죽으면 모든 것이 끝나겠지. 네가 아무리 반쪽이라도 뱀파이어 꽃이라고 알려진 건 너밖에 없으니까 말이야. 하지만 에리샤, 정말 그것만으로 만족해?"

"나보고 뭘 어쩌라는 건데!"

에리샤는 몹시 원망스럽다는 듯 서영을 쳐다보며 바락바락 소리를 질렀다.

"넌 나처럼 협회에 붙잡혀 있지 않아서 모르잖아! 내가 어떤 삶을 살아왔는지, 어떻게 살아야만 했는지!"

"에리샤 님……."

"네가 뭘 알아! 나 혼자서 그 많은 일들을 겪었어! 외롭고 고독하게! 차라리 죽는 게 낫다고 생각할 정도로 그렇게 살아왔단 말이야! 그걸 네가 알아?"

에리샤의 눈에서 독기가 뚝뚝 떨어졌다. 자신을 이렇게 몰아붙이는 서영이 원망스럽고 미웠다. 그녀가 뭘 안다고 자신에게 저런 말을 지껄이는 걸까.

"몰라. 네가 어떤 일을 겪었는지, 어떻게 살아왔는지 몰라."

서영이 너무 쉽게 인정하자 에리샤는 약간 어안이 벙벙한 표정으로 서영을 쳐다봤다.

"하지만 이건 알아. 전에도, 지금도 넌 혼자가 아니라는 거. 네가 태어났을 땐 어머니가 있었고, 얼마 전까진 삼촌이 곁에 있었으니까."

─부디 끝까지 살아남아 훌륭한 뱀파이어 꽃이 되십시오.

동혁의 마지막 말이 메아리처럼 귓가에 들려왔다. 눈물이 멈췄다고 생각했는데, 다시 눈물이 뺨을 타고 흘렀다.

"그리고 지금은 나와 루이, 그리고 백한 오빠와 레카 씨가 곁에 있잖아."

"맞아요."

에리샤의 뒤에 있던 백한이 그녀의 어깨에 손을 올리며 서영의 말에 동조했다.

"우리가 곁에 있잖아요, 에리샤 님. 혼자라고 생각하지 마세요. 형님도 그렇게 생각하시죠?"

갑작스러운 질문에 루이는 살짝 당황한 표정을 지으면서도 고개를 끄덕였다. 서영이 그것 보라는 듯 웃었다.

"우린 너와 계속해서 함께할 거야."

"서영……."

"그러니까, 너만 죽으면 끝이라는 생각은 하지 마. 네가 죽는다면 여기 있는 모두가 너를 죽인 자와 싸울 테니까."

서영은 현재 그녀가 지을 수 있는 가장 환한 미소를 지었지만, 안색이 너무 파리해서 그 미소는 그녀를 더 아파 보이게 할 뿐이었다.

그게 웃겨서 에리샤는 울다 말고 작게 웃음을 터뜨렸다.

"엇, 웃으시면 안 되는데. 울다가 웃으면 엉덩이에 뿔이나 털이 난다고……."

"뭔 개소리야."

백한의 우스운 소리에 에리샤는 그를 흘겨보며 타박했다. 그러나 덕분에 에리샤의 눈에서 흐르던 눈물은 마르고 대신 웃음이 피어올랐다.

신부가 되다

  동혁의 장례식은 조용하게 치러졌다. 동혁의 시체를 찾아 장례식을 치러 주고 싶었지만, 이미 새카맣게 타버린 숲에서 동혁의 시체를 찾기는 무리였다. 루이를 비롯한 모두가 며칠 동안 찾아다녔지만, 결국 찾지 못해 그들은 동혁의 유품을 태우는 것으로 장례식을 대신했다.

  '삼촌…… 잘 가요.'

  서영은 울음을 참으려고 했지만 결국 흐르는 눈물을 막지 못했다. 슬픔, 미안함 등 모든 감정들이 눈물에 섞여 몸 밖으로 흘러나왔다.

  동혁의 유품이 담긴 항아리 앞에서 서영과 에리샤는 서로를 마주 잡은 채 한참이나 눈물을 쏟아냈다.

  '미안해요, 삼촌. 정말 미안해요. 못난 조카를 둬서 삼촌이 너무 고생하셨어요.'

  '동혁, 다음에는 부디 나 같은 애 말고 좀 더 좋은 사람의 보디가드가 되어줘.'

  서영은 그를 의심한 것이 미안해서, 에리샤는 동혁이 저 때문에 죽은 사실이 미안해서 속으로 계속 사죄했다.

  서로를 끌어안고 바닥에 주저앉아 울던 서영과 에리샤가 납골당을 나온 건 해가 질 무렵이었다. 납골당 밖에는 루이와 백한이 기다리고 있었다.

"오래 기다리게 해서 미안해."

"아니다. 그보다…… 괜찮아?"

루이는 걱정스레 서영을 바라봤다. 그 역시 가족을 잃은 슬픔이 어떤 건지 잘 알고 있었기 때문에 그녀가 얼마나 가슴 아파하며 울었을지 눈에 선했다.

"괜찮아! 너무 걱정하지 않아도 돼."

루이의 걱정을 덜어주기 위해서라도 서영은 애써 밝은 척 웃었지만 그것이 보는 이로 하여금 더욱더 가슴을 아프게 만들었다.

괜찮냐고 더 물어봤자, 괜찮다고 대답할 게 뻔하니 루이는 말없이 그녀의 손을 잡아 코트 주머니에 넣었다. 이에 당황한 듯 서영이 눈을 동그랗게 뜨고 쳐다보자 루이는 약간 멋쩍은 듯 웃으며 대답했다.

"추울 것 같아서. 내 손이 더 차가울지 모르겠지만……."

뒤늦게 자신의 온기로는 그녀를 따뜻하게 해줄 수 없다는 것을 깨달은 루이는 슬그머니 그녀의 손을 놓았다.

"괜찮아, 루이."

이번엔 서영이 루이의 손을 잡고 다시 그의 주머니 속으로 집어 넣었다.

"계속 잡아줘. 그 어떤 손보다 따뜻해."

거짓말이라는 건 알지만, 루이는 모른 체하며 서영의 손을 꼭 잡았다. 그리고 가만히 서영을 내려다봤다. 서영 역시 루이를 올려다봤고, 허공에서 마주한 시선에서 달콤한 기류가 느껴졌다.

"꺄핫!"

"에, 에리샤?"

불쑥 루이와 서영의 사이를 가르고 들어온 에리샤는 루이의 주머니에 있던 서영의 손을 빠르게 낚아챘다.

"루이! 당분간 서영은 내가 빌린다?"

당황한 서영이 정신을 차리기도 전에 에리샤는 앞으로 달리기 시작했고, 얼떨결에 서영 역시 에리샤와 함께 달리기 시작했다.

"에리샤 님!"

뒤에서 백한이 부르자 에리샤는 서영을 잡지 않은 손으로 귀를 틀어막은 채 고개를 절레절레 흔들었다.

"몰라! 부르지 마!"

"저기, 집 가는 방법 아세요?"

백한의 말에 에리샤의 걸음이 뚝 멈췄다. 그녀 때문에 덩달아 뛰던 서영의 얼굴은 차가운 겨울바람을 고스란히 맞은 탓에 완전히 얼어버렸다. 서영이 입술을 떠는 걸 본 에리샤가 콧잔등을 찌푸렸다.

"추워?"

"조금."

"인간의 몸은 불편한 거 같아. 난 하나도 안 춥거든."

뱀파이어들은 온도를 느끼지 못한다. 전에 루이가 그렇게 말했기 때문에 서영은 고개를 끄덕이며 에리샤의 말을 알아들었다는 표시를 했다.

"그래도 이상하게 네 온기는 느껴져."

"에?"

"정확히는 온기가 아니야. 네 곁에 있으면 이상하게도 가슴이 뻐근할 정도로 마음이 따스해지거든."

에리샤 역시 루이와 같은 말을 하고 있었다. 처음 이 말을 루이에게 들었을 땐 무슨 의미인지 이해하지 못했었는데 에리샤에게 또다시 들으니 그들이 말하고자 하는 바가 무엇인지 이해가 되어 서영은 설핏 웃었다.

─정확히는 온기가 아니야. 네 곁에 있으면 이상하게도 가슴이 뻐근할 정도로 마음이 따스해지거든.

에리샤가 말한 온기.

그리고 루이가 제게만 느껴진다던 온기.

그건 애정, 또 다른 말로는 사랑이었다.

"601호 사람이죠?"

맨션에 도착하자마자 경비가 나와 택배가 왔다며 백한에게 상자를 건네주었다. 상자는 제법 컸지만 무게는 생각보다 나가지 않았다. 백한은 상자를 흔들어보았다. 작은 물건이 들어 있는지 물건이 흔들리는 소리가 들렸다.

"택배 시킨 거 있어요, 백한 오빠?"

"없는데, 누구지."

백한은 고개를 갸웃거리며 택배가 어디에서 온 건지 확인했다. 상자 겉표지에는 '변호사 사무실'이라고 적혀 있었다.

그리고 수취인은······.

"서영 씨인데요?"

"네? 저요?"

서영은 약간 놀라며 수취인을 확인했다. 정말로 자신의 이름이 적혀 있었다. 변호사 사무실에서 뭘 보낸 건지는 모르겠지만, 확인해보는 게 좋을 것 같아 서영은 집에 들어오자마자 상자를 열었다.

"비디오?"

"요즘도 비디오를 쓰는 사람이 있나?"

상자에서 나온 것은 비디오테이프 한 개와 편지 한 통이었다. 다행히 백한의 집에는 비디오 플레이어가 있었다.

"한 번 틀어보죠."

서영에게 비디오테이프를 건네받은 백한은 곧바로 플레이어에 넣었다. TV 전원이 켜지고, 모두 소파에 옹기종기 모여 앉아 TV 화면을 응시했다.

[미엘! 녹화할 준비 다 됐어!]

새카만 화면에서 누군가의 목소리가 흘러나왔다. 낯선 남자의 입에서 나온 이름을 들은 에리샤가 움찔하며 "미……엘?" 하고 중얼거렸다.

"아는 이름이야?"

"우리 엄마 이름이야."

에리샤의 말에 모두들 깜짝 놀라 화면을 쳐다봤다. 만약 미엘이 에리샤의 어머니 이름이라면 전대 뱀파이어 꽃의 이름이라는 소리였다. 서영의 어머니도 된다는 이야기였고.

"그럼 저 남자가 뱀파이어 로드인가?"

"아니, 전대 로드와 목소리가 달라."

남자의 목소리가 로드의 것이 아니라면 대체 서영과 에리샤의 어머니인 전대 뱀파이어 꽃의 이름을 친근하게 부르는 남자는 누구란 말인가?

지지직―.

화면이 지지직거리면서 옅은 갈색 머리를 한 남자가 화면에 나왔다. 인간 치고는 꽤 괜찮은 외모를 가진 남자의 얼굴이 클로즈업되면서 그 남자의 뒤로 은발의 여성이 등장했다. 여자를 본 에리샤가 눈물을 글썽이며 중얼 거렸다.

"엄마……."

그렇다는 건 저 여자가 미엘, 친엄마라는 의미였다. 서영은 미엘에게서 눈을 떼지 못했다. 태어나서 처음 보는 엄마의 얼굴이었다. 조금이라도 엄마의 얼굴을 오래 보고 싶은 서영에게는 눈을 깜빡이는 시간조차 아깝게 느껴졌다.

[아이 참, 이런 모습을 꼭 남겨야겠어요?]

[지금 모습도 예쁜데 뭐. 우리 아이가 태어나기 전의 자기 모습!]

"우리 아이라는 말은 저 사람이……."

"우리들의 아빠라는 소리겠지."

에리샤의 목소리는 살짝 젖어 있었다. 목소리뿐만 아니라 그녀의 눈도 촉촉하게 젖어 있었다. 에리샤의 뺨을 타고 눈물이 흐르자 곁에 있던 백한이 조용히 그녀에게 손수건을 건넸다.

비디오 속의 두 사람은 매우 행복해 보였다. 미엘의 남편이자 그녀들의 아빠로 추정되는 남자는 미엘을 계속 따라다니며 미엘이 하는 행동 하나하나를 모두 카메라에 담고 있었다. 밥을 먹는 모습, 태교하는 모습, 그리고 미엘이 자는 모습까지.

"우리 엄마, 행복해 보이네……."

에리샤는 미소를 지으며 서영의 품에 안겼다. 에리샤의 머릿속에 남아 있는 미엘은 늘 울고 있었다. 고된 실험에 힘들어하고 지쳐 있었으며, 금방이라도 죽을 것 같은 모습을 하고 있었는데 비디오 속의 미엘은 너무 행복해 보였다.

"어? 고장 났나?"

갑자기 화면이 지지직거리면서 회색으로 변했다. 백한이 뭐가 문제인지 확인해보려고 TV 앞으로 다가가는 순간, 화면에 미엘의 얼굴이 다시 등장했다. 조금 전에 봤던 행복한 모습은 온데간데없이 사라지고, 그녀는 굉장히 힘들어 보였다.

[우리 아이가 이 모습을 본다면…… 동현 씨가 더 이상 이 세상 사람이 아니라는 뜻이겠구나.]

미엘이 몹시 씁쓸한 얼굴로 눈물을 흘리자 서영과 에리샤는 저도 모르게 TV 앞으로 다가갔다.

[너를 꽃이라는 굴레에 얽매이게 한 것은 매우 미안하게 생각한다. 하지만…….]

미엘의 뺨을 타고 흐른 눈물이 그녀의 부른 배 위로 툭 떨어졌다. 배가 여전히 부른 것으로 보아 아직 아이를 낳기 전인 것 같았다. 배를 어루만지는 손길이 너무 슬퍼 보여서 에리샤와 서영은 TV 화면에 손을 댄 채 그녀와 함께 눈물을 흘렸다.

[나는 너를 포기할 수가 없었단다. 너를 너무나 사랑했기 때문에, 그리고 동현 씨를 너무 사랑했기 때문에…….]

"엄마……."

[사랑한다, 내 아가.]

영상은 거기서 끝이었다. 비디오가 돌아가는 소리가 나면서 플레이어는 비디오테이프를 뱉었다. 미엘의 얼굴을 좀 더 보고 싶어 서영은 비디오테이프를 다시 안으로 넣으려고 했지만, 플레이어는 비디오테이프를 다시 삼키지 않았다. 검은 테이프가 엉망진창으로 엉킨 탓이었다.

"왜 안 되는 건데!"

서영은 울먹이는 목소리로 바닥에 주저앉았다. 테이프가 이렇게 제멋대로 엉키면 안에 든 영상마저 망가져버린다. 즉, 다시는 미엘의 모습을 볼 수 없다는 사실에 서영은 통곡하듯 비디오를 끌어안고 울었다.

"엄마…… 엄마!"

루이는 말없이 그녀를 안아주었다.

"루이, 엄마가 보고 싶어."

"그래."

"너무 보고 싶어서…… 그래서……."

서영은 그의 단단한 품에 얼굴을 묻고 울었다.

'죄송해요. 괜히 태어났다고 생각해서…… 그리고 저도 너무 사랑해요.'

통곡하며 우는 서영과 달리 에리샤는 조금 침착해 보였다. 하지만 그녀의 눈시울 역시 붉게 변해 있었다.

"다행이야. 어머니가 웃고 계셔서 다행이야."

에리샤는 싱긋 미소를 지으며 눈가에 맺힌 눈물을 손등으로 거칠게 훔쳤다. 기억 속에 있는 미엘은 늘 우는 모습이었는데, 지금이라도 미엘의 웃는 모습을 머릿속에 담을 수 있어서 다행이었다.

"그러고 보니 편지도 있지 않았어요?"

편지가 생각난 백한은 상자에서 편지를 꺼내 흔들었다. 그러자 에리샤가 낚아채듯 편지를 가져가 모두가 들을 수 있게 큰 소리로 또박또박 읽었다.

"사랑하는 내 조카들에게?"

"삼촌이 쓴 거네."

서영의 말에 에리샤는 고개를 끄덕이고 다음 문장을 읽어 내려갔다.

"이 편지를 너희가 받을 즈음이면 나는 이 세상 사람이 아니겠구나. 하나 슬퍼하지 말거라. 하늘에 가서 너희 부모님과 함께 지켜보고 있을 테니…… 언제나 내가 곁에 있음을 잊지 말았으면 한다. 너희가 받은 비디오는 나의 형이 남긴 유품이란다. 형은 사랑하는 여자와 여행을 떠난 후…… 다시는 돌아오지 않았다. 시체조차 찾을 수 없었단다. 실종 신고를 했지만, 한 달 넘게 아무 소식이 없어 나는 직감적으로 형이 죽었음을 눈치챘다. 아마…… 뱀파이어 로드의 손에 당한 거겠지."

에리샤는 그 부분을 읽으며 편지를 잡은 손에 힘을 주었다. 꾸깃꾸깃해지는 종이에 에리샤의 분노가 고스란히 담겨 있었다.

"형의 유품을 정리하다가 이 비디오를 발견했단다. 비디오의 겉에는 '내 아이들에게'라고 적혀 있어서 미엘 씨가 임신을 했다는 것을 알 수 있었다. 그 숙맥인 형이 처음으로 나에게 사랑하는 여자라고 소개시켜준 사람이 미엘 씨였다. 형은 정말 행복해 보였단다. 그러니 너희가 태어난 것에 대해 의심을 품지 마라. 너희는 분명 형과 미엘 씨의 사랑의 결과물이니 말이다. 그리고…… 협회에 관한 이야기를 좀 해야겠구나."

'협회'라는 말이 나오자 루이가 에리샤의 손에서 편지를 낚아챘다. 에리샤가 손을 뻗어 편지를 잡으려고 했지만, 루이가 에리샤보다 한참 컸기에 그녀의 손은 그곳까지 닿지 않았다.

"내놔! 편지 달라고!"

에리샤가 팔짝팔짝 뛰면서 편지를 달라고 했지만 루이는 아랑곳하지 않고 편지의 내용을 읽었다. 그의 표정이 더없이 진지했기 때문에 편지의 내용이 궁금해진 서영은 그에게 물었다.

"뭐라고 적혀 있는데?"

"헤브에 관한 이야기다."

헤브에 관한 이야기? 그렇다면 더욱 자신이 봐야 하는 이야기가 아닌가.

"편지 내놔!"

편지를 돌려달라고 방방 뛰는 에리샤를 살짝 밀쳐낸 루이가 편지를 읽기 시작했다.

"헤브는 로드의 자식……이다?"

루이의 말에 방방 뛰던 에리샤의 몸이 거짓말처럼 뚝 하고 멈췄다.

"로드의…… 자식이라니?"

에리샤가 되물었지만, 루이 역시 처음 안 사실이었기에 대답하는 대신 편지를 계속 읽었다.

"나도 긴가민가하던 와중 연구실의 자료를 뒤지다가 오래된 자료를 발견했다. 거기에는 꽃의 피에 대한 연구가 적혀 있었다. 너희가 잘못 알고 있는 사실이 있는데, 하프를 뱀파이어로 만드는 연구는 오래전부터 있었단다. 연구 자료는 적어도 100년은 된 자료였거든. 아마 로드가 자신의 자식인 헤브를 오래 곁에 두고 싶어서 한 짓이라고 생각된다. 미엘 씨는 거기에 이용당했던 거야."

미엘이 오래전부터 이용당하고 있었다는 사실과 연구 자료가 100년도 더 됐다는 것은 협회가 이미 100년 전에 개설된 기관이라는 소리였다. 그것도 로드의 손에서.

"말도 안 돼!"

에리샤가 새된 비명을 지르며 부정했다. 하나 동혁이 그들에게 거짓말을 할 리도 없으니, 편지의 내용은 사실이라는 말이었다.

하프가 뱀파이어에게 얼마나 위험한 존재인지 아는 뱀파이어 로드가 하프를 뱀파이어로 만드는 연구를 은밀하게 진행하고 있었다니!

"아무리 자식이라도 그런 짓을 하는 게 옳다는 거야?"

뱀파이어를 이끌고 지켜줘야 할 존재가 뱀파이어에게 가장 위협이 되는 하프들을 가지고 뒤에서 그런 모략을 꾸미고 있었다니!

루이 역시 어이없어하며 편지의 마지막을 읽었다.

"조심해라. 헤브는 절대로 만만하게 볼 상대가 아니야."

마지막으로 경고를 남기고 편지의 내용은 끝이 났다. 동혁이 남긴 편지는 모두에게 크나큰 충격을 가져왔다.

"어떻게…… 해야 하는 거죠? 하프라니……."

백한은 어이가 없다는 듯 실소를 터뜨리며 말했다. 상대가 로드의 자식이라는 것은 중요치 않았다. 문제는 상대가 하프라는 것이었다.

뱀파이어 로드는 모든 뱀파이어들이 덤벼도 이길 수 있다고 할 정도로 강하다고 알려져 있었다. 한데 그런 로드의 자식, 그것도 뱀파이어의 피를 굳게 만드는 힘을 가진 하프가 적이라면…….

백한은 루이를 걱정스레 쳐다봤다. 제아무리 하프가 강하다고 해도 루이를 이길 수는 없을 것이다. 하지만 만약 하프가 동반 자살이라도 하자는 마음으로 루이에게 덤빈다면 제아무리 루이라도 무사할 수는 없을 것이다.

백한은 그 점을 염려했다.

"일단 레카 씨한테 먼저 이야기하는 게 좋지 않을까?"

서영의 말에 루이는 고개를 끄덕였다. 지금 레카는 에리샤에게 당한 상처를 치유하기 위해 수면 상태에 있었다. 깊은 잠에 빠진 그는 몸 상태가 완전히 회복될 때까지 깨어나지 않을 것이다.

"아직 청혼서 문제가 끝나지 않아서 일단 나는 요새로 돌아가야 한다."

"뭐야, 그 여우 년 아직 포기 안 했어?"

성가시다는 듯 에리샤는 콧잔등을 찌푸리며 말했다. 아직 여우 일족이 청혼서를 취소한다고 하지 않았으니 루이는 그 일을 처리하기 위해 요새로 가봐야 했다.

"금방 다녀오겠다."

금방 다녀온다는 루이의 말에도 서영은 좀처럼 걱정스러운 얼굴을 지우지 못하고 그를 쳐다봤다. 이전 일도 있고 해서 그를 보내는 것이 썩 내키지 않았다. 그러자 루이는 걱정하지 말라는 듯 서영의 머리에 손을 턱 올렸다.

"걱정하지 마라. 정말로 오래 안 걸릴 거다."

"정말?"

"그래."

곧바로 포탈을 열고 요새로 가려는데 포탈 저 너머에서 뭔가가 펄럭이며 루이를 향해 날아왔다.

"뭐야?"

"요새의 전령이다."

루이는 자신의 어깨에 앉은 박쥐를 향해 손을 뻗었다. 그러자 박쥐가 루이의 손에 사르르 녹아들어가면서 그의 손에서 검은 연기가 피어올랐다.

『의회 소집 해제! 여우 일족 수장인 아랑의 실종으로, 청혼서도 무효다!』

"뭐?"

아랑이 실종되었다니. 영문 모를 전령의 말에 모두 의아한 표정을 지으며 고개를 갸웃거렸다.

◦◦◦◦◦◦◦◦◦

환기를 하기 위해 창문을 열자 따사로운 햇살이 집 안으로 내리쬤다. 서영은 상쾌한 공기를 들이마시며 기지개를 쭉 켰다.

"날씨 좋네요."

"그러게요. 벌써 해가 바뀌기도 했고요."

그사이 많은 일이 있었기 때문에 해가 바뀐 줄도 몰랐다. 새해가 된 지 벌써 2주일이 흘렀다. 서영은 매년 듣던 제야의 종소리를 올해는 듣지 못한 것이 아쉬웠다.

"그러고 보니 서영 씨, 원래 생일이 언제라고 했죠?"

밖에서 서영과 함께 이불을 널던 백한이 그녀에게 물었다.

"음, 잘 모르겠는데요. 얼핏 1월이라고 듣긴 했는데 정확하게 언제인지는 못 들었어요."

"에리샤 님과 생일이 같겠죠? 쌍둥이니까."

"아마도요."

'그러고 보니 에리샤는 진짜 생일을 알겠구나. 나중에 물어봐야지.'

"원래 나이가 그럼 이제 18살?"

"빠른 년생이니 그렇겠죠."

"그래도 여전히 어려 보이시네요."

백한은 웃으면서 말했다.

아직도 서영은 16살 정도로밖에 보이지 않는다.

"하긴, 형님도 500년 동안 어린아이의 모습을 하고 있었으니, 서영 씨도 그 영향을 받아서 성장을 하지 않는 건지도 몰라요."

"그래요?"

"뱀파이어들은 죽는 날까지 늙지 않는다고 하니까, 쭈글쭈글한 할머니가 될 일은 없겠네요. 좋겠어요, 서영 씨."

백한이 정말로 부럽다는 듯 말하자 서영은 어색하게 웃었다. 언젠가 다른 인간들처럼, 자신의 할머니처럼 늙을 거라고 생각했는데 죽는 그날까지 늙지 않는다니, 뭔가 영화 같은 상황이 자신에게 닥치자 기분이 묘해졌다.

"꺅!"

어색하게 웃고 있던 서영은 갑자기 허리춤에 누군가의 손길이 느껴지자 짧은 비명을 지르고 뒤를 돌아봤다. 그곳에는 에리샤가 장난스러운 미소를 지으며 서 있었다.

"까꿍!"

"에리샤."

"놀아줘, 서영~."

에리샤는 서영의 등에 자신의 얼굴을 비비며 말했다.

"이불 다 널면. 너도 놀지만 말고 도와줘, 에리샤."

서영은 에리샤의 애교에도 넘어가지 않고 그녀의 품에 이불을 안겨주었다.

"자, 자, 이불 널자."

"일하기 싫은데……."

"투정 부려도 소용없어."

쾅―!

갑자기 큰 소리가 들려 깜짝 놀란 서영은 뒤를 돌아 집 안을 쳐다봤다.

그녀가 시선을 돌리자, 에리샤는 이때다 싶어 이불을 바닥에 내팽개치고 냅다 집 안으로 들어갔다.

"에리샤!"

"헷, 나 잡아봐라."

에리샤는 서영을 향해 혀를 쭉 내밀고 거실을 질주하듯 빠르게 달렸다.

"꺅!"

하지만 누군가랑 부딪치는 바람에 얼마 도망가지 못하고 넘어지고 말았다. 게다가 엉덩방아까지 세게 찧었다.

에리샤는 시큰한 엉덩이를 매만지며 무엄하게도 자신의 앞길을 막은 자가 누구인지 확인하기 위해 눈꼬리를 매섭게 올린 채 고개를 들었다.

"대체 누구……!"

"괜찮아?"

상대는 레카였다. 에리샤는 그를 보자마자 매섭게 올렸던 눈꼬리를 다시 내렸다. 조금 전에 들렸던 요란한 소리는 레카가 요새에서 돌아오는 소리였던 모양이다.

"어, 언제 온 거야?"

"방금. 근데 넌 왜 이렇게 뛰어다닌……."

"레카 씨!"

"레카 님!"

에리샤를 따라 들어오던 서영과 백한은 레카를 발견하고는 반가워했다. 레카 역시 웃으며 손을 흔들었다.

"잘 지냈어?"

"몸은 이제 괜찮으신 거예요?"

"괜찮아. 난 원래 튼튼하잖아."

"괜찮기는 무슨……."

에리샤는 죄인처럼 고개를 푹 숙인 채 말했다. 요괴 중에서 재생 능력이 가장 뛰어나다는 뱀파이어가 2주일 이상 수면기에 들어가 상처를 치료해야 할 만큼 다친 거면 꽤 중상에 속한다는 얘기였다.

"어라? 나 걱정한 거야, 에리샤?"

에리샤의 표정을 본 레카가 짓궂게 웃으며 그녀를 끌어안았다.

"누, 누가!"

에리샤가 당황하며 발버둥을 쳤지만, 레카는 놓아주긴커녕 더욱더 품에 끌어당겼다.

"에헤~ 우리 공주님에게 걱정 받으니 기분 좋은데?"

"내가 왜 네놈 따위를 걱정해!"

"그럼 아니야?"

"그, 그건⋯⋯."

에리샤의 반항이 조금씩 잦아들면서 그녀의 어깨가 축 늘어졌다.

귀엽기는. 레카는 킥킥 웃으며 에리샤의 정수리에 턱을 가져다 댔다.

"돌아오자마자 시끄럽게 구는 거냐."

"여, 너도 오랜만이네."

시끄러운 소리에 잠이 깬 루이는 졸린 눈을 비비며 거실로 나왔다. 레카가 반갑게 그에게 인사를 했지만, 루이는 인사를 받는 둥 마는 둥 하면서 소파에 앉았다.

"참, 너 청혼서 취소되었다며?"

"그래."

"아랑이 실종됐기 때문에 그렇게 된 건 알고 있어?"

루이가 고개를 끄덕이자 레카의 품에 얼굴을 묻고 있던 에리샤가 고개를 빼꼼 들어 올려 볼멘소리로 말했다.

"그 여우, 정말 실종된 거 맞아? 루이한테 차이니까 쪽팔려서 사라진 건 아니고?"

"그렇다고 볼 수는 없어. 요괴 전쟁이 얼마 남지 않은 시점에서 수장이 일족을 버리고 잠수를 타다니."

루이 역시 레카의 말에 동감한다는 듯 고개를 끄덕였다.

"아, 그리고 하나 더. 아쉘은 이번 일과는 관계없어. 아쉘은 협회가 에리샤의 요새를 공격한 것에 대해 전혀 모르는 눈치더라."

"뭐?"

"이 일의 배후엔 확실히 다른 누군가가 있어. 예를 들면……."

"협회의 수장 말하는 거지?"

에리샤의 질문에 레카는 고개를 끄덕였다. 루이는 그들의 이야기를 들으며 곰곰이 생각에 잠겼다. 에리샤의 요새를 공격하기 위해 아쉘이 여우 일족을 끌어들였을 거라고 생각했는데 그것이 아니었다.

"그럼 아랑을 데리고 간 것도 그 협회의 수장인가?"

"가능성이 아주 없진 않지. 무슨 이유로 그녀를 데려간 건지는 모르겠지만 그 덕분에 청혼서가 취소됐어."

"흠……."

"근데 중요한 건 그게 아니야. 아랑은 레이디가 변한 모습을 알고 있어."

레카는 자신의 말에 모두 놀란 표정을 짓자 이상하다는 듯 고개를 갸웃거렸다.

"레이첼한테 못 들은 거야? 아니, 레이첼한테 못 들었다고 해도 레이디는 아랑과 마주쳤을 텐데?"

"죄송해요……."

너무 많은 일이 있었던 터라 그때의 일을 잠시 망각하고 있었다. 서영이 죄인처럼 고개를 푹 숙이고 있자 레카는 괜찮다며 말을 이었다.

"그때, 레이디가 변한 자리에 아랑이 있었대. 그녀가 레이디에게 무슨 짓을 하려고 했는데 그때 레이디의 몸에서 빛이 나오면서 변화가 시작되었다고 하더군. 당황한 아랑이 주춤거리는 사이 루이, 네 목소리가 들렸고, 아랑은 네 목소리를 듣자마자 더욱 당황하며 도망쳤다고 하더라."

그런 거였나. 루이는 인상을 썼다. 아랑이 서영에게 무슨 짓을 하려고 했다는 것 자체가 괘씸했지만, 지금 중요한 것은 그것이 아니었다.

"협회가 모든 것을 알게 되었을 수도 있다."

"내 말이 그거야. 확실하다고 할 수는 없지만, 만약 아랑이 협회 놈들에게 붙잡혀서 모든 것을 다 불었다면 최악의 상황이 오겠지."

에리샤는 그나마 제 몸을 지킬 힘이 있지만, 서영은 아니었다. 협회 놈들이 에리샤에서 서영으로 타깃을 바꾼다면 여러모로 골치가 아파졌다.

"앞으로 협회가 어떻게 나올지 모르니 레이디를 지킬 수 있는 좀 더 확실한 무언가가 필요해."

레카의 말에 문득 생각난 게 있는지 루이의 표정이 한층 심각해졌다. 모두가 앞으로 어떻게 하면 좋을지 고민하는 동안 루이는 혼자만의 생각에 잠겨 있었다.

협회로 돌아온 헤브는 한 손에 동혁의 머리채를 들고 어딘가로 가고 있었다.

"헤브, 왔어?"

복도의 코너를 돌려는 그때, 작은 소녀가 발랄하게 달려와 헤브의 품에 폭 안겼다.

"오오, 드디어 쥐새끼 잡았네?"

헤브가 들고 있는 동혁의 머리를 본 소녀가 귀여운 외모와 어울리지 않게 섬뜩하게 웃었다. 헤브는 그런 소녀의 머리를 쓰다듬으며 물었다.

"주인님은?"

"방에. 그런데 기분이 별로 안 좋으셔."

"왜?"

"아쉘이 쓸데없는 짓을 했거든. 여우 일족을 끌어들였어."

소녀의 말에 헤브의 얼굴이 종잇장처럼 구겨졌다. 그는 신경질적으로 머리를 쓸어 올리면서 낮게 한숨을 쉬었다.

"그래서 주인님은?"

"지금 빌이 잡아온 여우 년과 일대일 면담 중. 방해하지 말라고 했어. 하지만 쥐새끼를 잡아왔다고 하면 괜찮을지도?"

소녀는 데려다주겠다며 헤브의 반대편 손을 잡아끌었다.

"주인님."

소녀가 헤브를 데려간 곳은 커다란 두 개의 문이 있는 방 앞이었다. 소녀가 부르자 살기가 서린 신경질적인 목소리가 방 안에서 흘러나왔다.

"방해하지 말라고 했을 텐데?"

"헤브가 쥐새끼를 잡아왔어요."

소녀의 말에 굳게 닫혀 있던 문이 저절로 열렸다. 방 안이 너무 어두워서 누가 있는지 분간할 수가 없었다. 헤브와 소녀가 방으로 들어가자 문은 다시 자동으로 닫혔다.

화르륵―.

문이 닫히자 허공에서 촛불들이 불을 밝히며 방 안을 밝게 비췄다. 방 안은 태풍이 한 차례 휩쓸고 지나간 것처럼 엉망진창이었다. 멀쩡한 가구가 하나도 없었다. 단 하나, 벽에 걸린 초상화를 제외하고.

"와우, 화끈하게 노셨나 보네요."

"놀았으면 억울하지나 않지. 저년 혼자서 설친 거다."

흰색 가면을 쓴 남자가 짜증스럽게 중얼거렸다. 남자의 시선은 바닥에 엎어져 있는 아랑에게 고정되어 있었다. 그제야 아랑을 발견한 소녀가 휘파람을 불었다.

"아직 살아 있네요?"

소녀의 말을 들은 아랑이 몸을 가늘게 떨었다. 자수정 빛 눈동자가 두려움으로 흠뻑 젖어 있었다.

"왜 아직 살려두신 거예요?"

"물어볼 것이 남았으니까. 그나저나 쥐새끼를 잡았다고?"

남자의 질문에 헤브가 고개를 끄덕이고는 자신이 가져온 동혁의 머리채를 넘겨주었다. 남자는 머리채를 받자마자 인상을 팍 쓰며 머리채를 잡은 손에 힘을 줬다.

팍─

남자의 무지막지한 힘을 이기지 못한 두개골이 산산조각 나면서 뇌수가 사방으로 튀고 눈알이 바닥을 굴러다녔다. 소녀는 자신의 발치에 동혁의 눈알이 굴러오자 조금의 망설임도 없이 발로 눈알을 밟아 터뜨렸다.

"근데, 꽃은?"

"죄송합니다. 홍염의 주인이 곁에 있어서 데려올 수 없었습니다."

"하? 레카가 곁에 있었다고?"

헤브의 말에 남자의 눈에 섬광이 스쳐 지나갔다. 약간 어이없다는 듯 픽 웃음을 흘린 남자는 허공에 대고 손가락을 한 번 까딱였다. 그러자 바닥에 쓰러져 있던 아랑이 무엇에 묶여 끌려오듯 남자 쪽으로 끌려왔다.

"아쉘이 뭐라고 했다고 했지?"

"……."

"대답 안 할 건가?"

어깨를 짓누르는 살기에 아랑의 얼굴이 창백하게 질렸다. 아랑은 입술을 달달 떨며 더듬더듬 이야기했다.

"……여우의 구슬을 주면 루베르이 님의 신부가 되게 해주겠다고……."

"그리고?"

"그것뿐입니다! 정말로 그것 말고는 아무 말도……."

억울하다는 듯 아랑은 처절하게 울었다. 얼굴이 눈물로 흠뻑 젖은 아랑은 무척 아름다웠지만, 남자는 눈 하나 꿈쩍하지 않았다.

"아쉘은 여우 구슬을 얻어 뭘 하려고 했지?"

"저는 모릅니다! 정말로 아무것도 모릅니다!"

"하지만 넌 매우 겁에 질려 도망갔었잖아. 뭘 보고 도망간 거야?"

그걸 말해야 할지 고민하며 눈동자를 굴리던 아랑의 눈에 띈 건 벽에 걸려 있는 커다란 초상화였다. 금색의 테두리로 된 액자에 걸린 초상화의 주인공은 너무나도 눈에 익은 자였다.

'설마 그럴 리가.'

아랑은 자신의 눈을 의심하며 다시 확인했지만, 초상화에 그려진 인물은 분명 루이였다.

'혹시 루베르이 님이 시켜서 이런 짓을 한 건가?'

가능성이 있는 이야기였다. 루이는 자신과 아쉘이 한 계약의 내용을 알고 싶어 했고, 그것 때문에 이자를 자신에게 보냈을 수도 있다. 거기까지 생각이 미치자 아랑은 입술을 꾹 깨물었다.

"난 인내심이 그렇게 많지 않은데?"

아랑이 딴생각을 하고 있다는 것을 알아챈 남자가 입술을 비틀면서 손가락을 한 번 튕겼다.

"꺄아아악!"

그러자 아랑이 비명을 지르면서 몸을 마구 비틀었다. 아무것도 보이지 않았지만 아랑은 무언가에 꽁꽁 묶인 사람처럼 매우 괴로워했다.

"마, 말할게요!"

"진작 그럴 것이지."

남자가 다시 손을 튕기자 아랑의 발작이 잦아들었다. 바닥에 쓰러진 아랑은 거친 숨을 몰아 내쉬었다.

"말해. 다시 한 번 당할래?"

"자, 잠시만요!"

남자가 또다시 손가락을 튕기려고 하자 아랑은 황급히 외쳤다. 그러고는 고통에 찌든 몸을 겨우 움직이며 힘겹게 고개를 들었다.

"그, 그 여자, 그러니까 루베르이 님의 신부 머리가 은색으로 변했었어요! 누, 눈동자까지 붉은색으로 변했고요."

"……."

"저, 전 아무 짓도 안 했어요! 루베르이 님의 신부에겐!"

아랑은 혹시 자신이 루이의 신부에게 무슨 짓을 했을 거라고 그들이 오해할까 봐 다급하게 외쳤다. 그러자 남자뿐만 아니라 그녀의 주변에 서 있던 소녀와 헤브의 표정까지 요상하게 변했다. 그제야 뭔가 실수했다는 걸 깨달은 아랑은 입술을 달달 떨며 눈을 질끈 감았다.

"……헤브, 분명 에리샤는 요새에 오지 않았었지?"

"그렇습니다."

"그리고, 카이다가 데리고 간 루베르이의 신부는 인간이었고?"

"그런 줄로 압니다."

"재미있네."

가면에 가려지지 않은 남자의 입술이 삐뚤게 올라갔다.

펄럭―.

남자는 바닥에 축 늘어진 아랑을 무심하게 지나쳐 쓰러진 소파 위에 있는 로브를 집었다. 그가 어깨에 로브를 걸치고 문 쪽으로 뚜벅뚜벅 걸어가자 헤브와 소녀는 고개를 숙여 남자에게 인사를 했다.

"참."

막 문을 열고 나가려던 남자는 뭔가 생각났다는 듯 고개를 돌렸다.

"저 여우는 잘 데리고 있어. 나중에 쓸 데가 있겠지."

"네."

소녀가 웃으면서 고개를 끄덕였다. 소녀에게 지시를 내린 남자는 여전히 발걸음을 떼지 않은 채 자신을 향해 고개를 숙이고 있는 헤브를 불렀다.

"헤브."

"말씀하십시오."

남자는 여전히 입가에 섬뜩한 미소를 지은 채 천천히 입을 열었다.

"확인해줘야 할 것이 있다."

<hr />

베란다 너머로 보이는 달은 이미 저만치 기울어져 있었다. 그만큼 밤이 깊었지만 서영은 잠들지 못하고 계속 뒤척였다.

한참이나 뒤척이던 서영은 결국 몸을 일으켰고, 옆에서 자고 있는 에리샤가 깨지 않도록 조심스레 침대 밖으로 나왔다.

방문을 열고 거실로 나오던 서영은 베란다에 서 있는 루이를 발견하고 눈을 크게 떴다. 루이 역시 서영을 발견하고 눈살을 찌푸렸다.

"또 못 잔 건가?"

서영이 어색한 미소를 지으며 볼을 긁적이자 루이가 손을 내밀었다.

"이리 와."

서영이 자신의 곁으로 다가오자 루이는 그녀의 손을 부드럽게 잡으며 물었다.

"조금 답답해서 밖으로 나가려던 참이었다. 같이 갈래?"

루이에게 그럴 의도가 있는지는 모르겠지만 루이의 말은 서영에겐 데이트 신청으로 들렸다. 그리고 보니 그와 단둘이 밖에 나가본 적이 거의 없었다. '단둘'이라는 단어를 떠올리자 왠지 모르게 가슴이 설레서 서영은 수줍게 웃으며 고개를 끄덕였다.

"외투 챙겨 올게."

그냥 나가기엔 추워서 서영은 외투를 가지고 왔다. 기다리고 있던 루이는 날개를 편 뒤 베란다 난간에 발을 걸치며 서영을 향해 손을 내밀었다.

"잡아."

서영이 그가 내민 손을 잡자 루이는 그녀를 품에 안고 허공에 발을 내디뎠다. 한순간 몸이 허공에 뜨면서 바람을 가르고 몸이 하늘로 붕 떠올랐다.

"우와."

주택가의 불빛들이 대부분 꺼진 늦은 밤, 한적한 곳을 지나 시내로 나오자 가로등을 비롯한 높은 빌딩의 불빛들이 거리를 화려하게 수놓고 있었다. 뱀파이어의 활동이 시작되면서 밤거리를 활보하는 사람이 줄었다고 생각했는데, 시내에는 아직도 많은 사람들이 다니고 있었다.

생동감 넘치는 거리의 모습을 보고 있으니 걱정거리가 조금은 사라지는 기분이었다. 서영은 탄성을 지르며 화려한 거리의 모습에 푹 빠졌다.

"예쁘다."

"네가 더 예쁘다."

항상 느끼는 거지만 루이는 예고 없이 사람의 심장을 설레게 만들었다. 그 이야기를 들었는데 야경이 계속 눈에 들어올 리가 없었다. 서영은 루이를 끌어안은 손에 힘을 주며 그의 가슴에 얼굴을 묻었다. 누구의 것인지 알 수 없는 심장 박동 소리가 적나라하게 들렸다.

"이곳이 좋겠군."

루이는 전망이 가장 좋다고 생각되는 높은 빌딩의 옥상에 착지했다. 칼바람이 얼굴을 매섭게 스치고 지나갔지만, 거리의 불빛이 너무 예뻐서 서영은 추운 것조차 잊어버렸다.

"좋다."

"기분이 풀려서 다행이군."

루이는 서영의 허리를 끌어안으며 물었다.

"혹시 레카가 한 말, 기억하고 있어?"

"어떤 거?"

"너를 지킬 수 있는 확실한 무언가가 필요하다는 말."

"아, 응. 기억해."

서영이 고개를 끄덕이자 루이는 그녀의 정수리에 턱을 괴고 말을 이었다.

"그것에 대해서 한참이나 생각했다. 내가 없는 상태에서, 네 안전을 지킬 수 있는 게 무엇이 있을까 한참 고민했는데……."

루이는 말을 살짝 끊은 뒤 크게 심호흡을 하고 말을 이었다.

"한 가지 방법을 찾아냈어."

"그게 뭔데?"

"정식으로 너를 신부로 맞이하는 것."

루이의 말에 너무 놀란 서영은 숨 쉬는 것조차 잊은 채 입을 벌리고 그를 올려다봤다. 그에게서 신부가 되어달라는 말은 몇 번 들은 적이 있었지만 이렇게 노골적으로 자신을 신부로 맞이하겠다는 말을 듣는 것은 이번이 처음이었다.

"공식적으로 내 신부의 자리가 비어 있었기 때문에 다른 이들이 나에게 아랑을 신부로 맞이할 것을 강요할 수 있었다. 그때 알았다. 내가 너를 신부로 생각한다고 해서 모든 이들도 너를 내 신부로 생각하는 것은 아니라는 것을."

만약 서영이 정식 신부였다면 그들은 그렇게 나올 수 없었을 것이다.

"거기다 내 신부가 되면, 너는 내 힘의 일부를 네 마음대로 쓸 수 있다. 그렇다면 내가 없는 동안에도 네 스스로를 지킬 수 있을 테지."

"단순히 나를 지키기 위해서 날 신부로 들이려는 거야?"

"그것도 이유에 포함되지만……."

루이의 엄지가 서영의 귓불을 스치고 지나갔다. 그의 손은 겨울바람만큼이나 차가웠지만, 이상하게도 그의 손길이 지나간 자리는 뜨겁게 타올랐다.

"가장 큰 이유는, 모두에게 네가 내 것이라고 알리고 싶다."

"아……."

"네가 내 신부라고 당당히 말하고 다니고 싶어."

이어지는 말에 서영은 얼굴을 붉히며 떨리는 목소리로 탄성을 뱉었다. 차마 그의 눈을 똑바로 보지 못하고 고개를 푹 숙였다.

"싫은 건가?"

그런 서영의 반응을 싫어서라고 오해한 루이가 걱정스럽게 묻자 서영은 황급히 고개를 저었다.

"싫은 게 아니야! 그저, 그러니까, 어떻게 대답해야 할지 모르겠어……."

이 마음을 어떻게 표현해야 그가 알아줄까. 너무 기뻐서 머릿속이 새하얗게 변해버렸다는 것을, 그래서 아무 말도 할 수 없다는 것을 어떻게 하면 그가 알아줄까.

"네 신부가…… 될게."

마땅한 말을 찾지 못한 서영은 가장 직설적인 대답을 했다. 그러자 루이가 눈이 부실 정도로 환하게 웃으며 그녀를 꼭 끌어안았다.

"뱀파이어가 신부의 낙인을 어떻게 찍는지 알고 있어?"

루이가 귀에 대고 속삭이자 그의 숨결이 확 느껴졌다. 간질간질하면서도 야릇한 기분에 서영이 몸을 살짝 떨자 루이가 낮게 웃었다.

"피를 내서 입술에 바른 다음……."

서영은 자신의 코트 단추가 풀린 것도 모를 정도로 루이에게 푹 빠져 있었다. 코트가 흘러내리면서 시린 바람이 살을 스치고 지나갔지만 그것보다 더 차가우면서도 말캉한 것이 목덜미에 닿자 서영은 눈을 크게 떴다. 루이의 입술이었다.

"루이!"

서영은 당황하며 몸을 빼려고 했지만, 루이가 놓아주지 않았다. 오히려 더 강한 힘으로 끌어안으며 그녀의 목덜미와 어깨를 훑었다.

"이곳에 입을 맞추면 너는 완전히 내 것이 된다."

조금씩 아래로 내려가던 루이의 입술은 서영의 왼쪽 날개 뼈 근처에서 멈췄다. 심장과 가장 가까운 곳. 입술을 타고 서영의 심장 박동이 정확하게 느껴졌다.

이곳에 입술을 대는 순간 영원히 지워지지 않는 낙인이 그려지면 서영은 완전하게 자신의 신부가 된다. 그 사실이 그를 유혹하고 있었다.

"……계속해도 괜찮겠지?"

루이는 마지막으로 그녀에게 도망갈 기회를 주었다. 신부의 낙인은 영원히 지워지지 않는 족쇄로, 일시적으로 자신의 아이를 가질 여자에게 주는 각인과 달랐다. 이 족쇄가 채워지면 서영은 더 이상 도망칠 수 없다.

"풋!"

루이는 갑자기 서영이 웃자 살짝 당황한 얼굴로 그녀를 쳐다봤다.

"왜 웃는 거지?"

"내가 여기서 그만두라고 하면 그럴 수 있어?"

"……그만두고 싶은가?"

갑자기 달콤한 사탕을 살짝 맛봤다가 다시 빼앗긴 어린애가 된 것처럼 초조하고 불안해진 루이는 서영을 잡은 손에 힘을 주었다.

"아니. 절대 그만두지 마."

서영은 안심하라는 듯 자신의 허리를 잡은 루이의 손을 꽉 잡아주었다. 그의 신부가 되는 것은 서영도 오랫동안 간절히 원했던 것이었다.

"좋아한다. 세상 그 누구보다."

루이는 마음을 고백하는 것과 동시에 그녀의 왼쪽 날개 뼈에 입술을 가져다 댔다. 그의 입술이 닿는 순간 소름이 돋고 몸이 뜨거워졌다. 몸에 어떤 변화가 일어나는 게 확연하게 느껴졌다. 서영은 눈을 감고 기분 좋은 변화를 받아들였다.

곧 루이의 입술이 떨어져 나갔다. 그의 입술이 닿았던 곳에 루이의 문양이 새겨졌다. 처음에는 흐렸지만 시간이 지날수록 점점 선명해졌고 이내 찬란하게 빛나며 자신의 존재를 드러냈다.

"여기에 내 낙인이 찍혔다. 그리고……."

뒤돌아 서 있는 서영을 돌린 루이가 셔츠의 단추를 몇 개 풀었다. 그 사이로 맨살이 보이자 서영의 눈이 토끼만큼 커졌다.

"무, 뭐하는 거야. 루이! 갑자기 옷은 왜 벗어!"

서영이 얼굴을 시뻘겋게 붉히며 소리치자 루이가 낮게 웃었다.

"뭘 상상하는 거지?"

"아, 아니…… 그, 그게!"

서영이 허둥대며 당황해하자 루이의 웃음은 더욱 깊어졌다. 그는 자신의 왼쪽 쇄골을 가리키며 말했다.

"이곳에 너와 같은 낙인이 찍혀 있다."

루이의 왼쪽 쇄골에 서영의 등에 찍힌 것과 똑같은 문양이 선명하게 그려져 있었다. 서영은 전에 이 문양을 본 적이 있었다.

"네 가문 문양……."

"그래. 네가 온전히 내 것이라는 증거지."

서영은 살짝 떨면서 그의 쇄골에 손을 가져다 댔다. 자신이 완전하게 그의 신부가 되었다는 증거였다.

"이제 정말로 내 신부가 된 거다."

서영은 루이의 얼굴이 점점 자신의 얼굴 쪽으로 다가오자 지그시 눈을 감았다. 곧 말캉한 것이 입술 사이를 가르고 마치 입 안에 영역 표시를 하듯 깊이 헤집는 감촉에 머리가 어질해졌다. 다리까지 떨려오는 감각으로 인해 금방이라도 쓰러질 듯하여 서영은 루이의 옷자락을 잡고 매달렸다.

심장은 미친 듯 뛰어대고 다리에서는 힘이 풀려 더 이상 몸을 지탱할 수 없다는 신호를 보냈다. 일사병에 걸린 듯 머리가 멍해지고, 온몸의 혈관들이 요동치고 있었다. 그러나 그 느낌이 너무 좋아서 그녀는 루이의 옷자락을 꼭 쥔 채 자신의 허리를 안고 있는 그의 팔에 지탱해 겨우 서 있었다.

잠시 후 루이의 입술이 멀어지자 서영은 살며시 눈을 떴다. 이브가 뱀한테 유혹당한 것이 이런 기분이었을까? 눈을 뜨자마자 보이는 루이의 미소에 서영은 흐물흐물 녹아버릴 것만 같았다.

"걱정이 있다면 혼자 고민하지 마라."

서늘한 손이 이마에 닿자 서영은 눈을 감았다.

"네가 걱정스러운 표정을 지으면, 나는 어떻게 해야 할지 모르겠다. 네 고민은 모두 내가 짊어질 테니, 너는 나만 따라오면 돼."

루이의 말에 서영은 발그레 뺨을 물들인 채 고개를 숙였다. 자신만을 따라오라는 그의 말이 심장 깊숙이 각인되면서, 그녀는 그렇게 하겠다고 작은 목소리로 대답했다.

───※───

밤늦은 산책을 끝내고 집으로 돌아온 서영은 루이의 신부가 됐다는 사실에 설레서 쉬이 잠들지 못했다. 해가 뜰 무렵이 되서야 겨우 잠들었지만, 그 조차도 주변에서 수군거리는 소리 때문에 얼마 가지 못하고 금방 깼다.

서영은 누가 이렇게 시끄러운 건지 확인하기 위해 무거운 눈꺼풀을 억지로 들어올렸다.

"어, 깼다."

그러자 마치 그녀가 깨길 기다렸다는 듯 에리샤가 박수를 짝 치며 옆에 있는 백한에게 물었다.

"역시 직접 묻는 게 빠르겠지?"

"그렇죠."

의미심장하게 웃고 있는 얼굴이 수상했다. 뭔가 꿍꿍이가 있는 게 분명했다.

"무슨 일인데?"

"흐응."

서영이 약간 불안해하며 묻자 에리샤가 요상한 콧소리를 내며 서영의 옆으로 다가왔다.

"그거 뭐야?"

"뭘?"

"네 등에 있는 거."

"내 등에 뭐가 있……!"

뒤늦게 어제 일이 떠오른 서영의 얼굴이 불이 붙은 것처럼 화르륵 타올랐다. 잠결에 상의를 벗고 민소매만 입고 잔 게 실수였다. 그 바람에 등에 찍힌 낙인을 모두에게 들키고 말았다.

"언제 낙인을 찍은 거야? 어젯밤엔 없었던 것 같은데."

"아, 아니, 그게……."

"아니긴 뭐가 아니야. 이미 낙인까지 찍어놓고! 얌전한 닭이 먼저 부뚜막에 오른다더니!"

"닭이 아니라 고양이인데요, 에리샤 님?"

"닭이나 고양이나!"

전혀 다른데요. 그렇게 말하고 싶었으나, 말해봤자 하프 주제에 개긴다며 타박할 게 분명해 백한은 입을 다물었다.

"얼레리 꼴레리~."

"그, 그만해!"

"이거, 나이 차가 몇 살이야? 어림잡아도 500살 이상 차이 나지 않아? 루이, 이거 완전 도둑놈이네."

서영의 만류에도 에리샤는 계속 그녀를 놀렸다.

"악!"

히죽히죽 웃으며 계속 서영을 놀리던 에리샤는 누군가 갑자기 머리를 쥐어박자 눈꼬리를 홱 치켜 올리며 고개를 들었다.

"그만 놀려, 레이디가 난감해하잖아."

레카였다. 다른 놈이었다면 절대 용서하지 않았을 텐데, 레카라면 말이 달라졌다. 그에게 신세 진 게 많으니 에리샤는 뭐라 하는 대신 퉁명스럽게 핀잔을 줬다.

"뭐야, 너. 아쉘이 뭐 하는지 지켜본다고 하더니 언제 온 거야?"

"방금."

에리샤가 레카와 이야기를 나누는 사이 서영은 루이에게로 다가갔다. 어젯밤, 루이는 그녀를 집에 데려다준 뒤, 급히 갈 곳이 있다며 어딘가로 가버렸었다. 혹시 무슨 일이 생긴 건 아니겠지, 걱정되는 마음에 서영은 루이의 손을 꼭 붙잡고 물었다.

"무슨 일이 생긴 건 아니지?"

"아니. 그냥 잠시 요새에 다녀온 것뿐이니까 걱정하지 않아도 돼."

"그럼 무엇 때문에 간 건지 말해주면 안 돼?"

"네 이름을 요새의 방에 적으러 갔었다."

서영은 루이의 이야기를 이해하지 못했지만, 에리샤와 레카는 바로 알아듣고 기함하며 그들을 바라봤다. 뚫어지는 시선 속에서도 루이는 오로지 서영만을 바라보며 말했다.

"네가 정식으로 내 신부가 됐다는 걸 일족 전체에 알려야 하니까. 그래서 잠시 요새에 갔던 거다."

그런 의미였다니. 그제야 루이의 말을 이해한 서영이 눈을 동그랗게 떴다.

"이걸로 레이디 완전히 발목 잡혔네."

레카가 혀를 끌끌 차며 고개를 저었다.

"레이디도 참 미련해. 뱀파이어 꽃으로 각성하고 나면 루이보다 더 좋은 놈이 등장할 수도 있는데, 벌써 루이에게 얽매이다니. 정말이지 너무 미련해."

"무슨 의미지?"

"아니 뭐, 세상 산다는 게 한 치 앞도 내다볼 수 없는 거잖아? 나중에 레이디가 뱀파이어 꽃이 된 뒤 더 좋은 놈이 나타나서 레이디와 사랑에 빠지면 어쩔 거야? 선대 뱀파이어 꽃도 그런 케이스 아니야?"

그야말로 악담이었다. 루이는 물론 에리샤도 인상을 쓰며 노려봤지만 레카는 자신에겐 아무런 잘못이 없다는 듯 웃기만 했다.

"그럴 일은 없을 거예요."

서영이 루이의 손을 꼭 붙잡고 다부진 목소리로 말했다.

"이 세상에 루이보다 더 좋은 남자는 없으니까, 제가 루이를 두고 다른 남자에게 눈을 돌리는 일은 절대 없을 거예요."

레카의 망언에 구겨져 있던 루이의 얼굴이 한순간 퍼졌다. 반면 에리샤는 몹시 짜증 난다는 듯 인상을 더 쓰며 레카의 옆구리를 푹 찔렀다.

"네가 괜한 말을 해서 못 볼 꼴만 봤잖아."

"틀린 말을 한 것도 아닌데 뭐."

레카가 퉁명스럽게 대꾸하며 약간 시큰거리는 옆구리를 만졌다.

"그래도 이걸로 레이디를 확실하게 지킬 수 있게 됐네."

신부의 낙인은 단순한 낙인이 아니었다. 요새의 방은 주인만 부를 수 있었지만, 그의 반려자는 마음대로 드나들 수 있고 뱀파이어의 힘도 어느 정도 쓸 수 있었다. 그러니 이제 서영은 아쉘이나 다른 뱀파이어에게 당할 걱정은 하지 않아도 됐다.

"그러려면 낙인 쓰는 법을 알아야 하는데…… 루이, 레이디한테 낙인 쓰는 법 알려줬어?"

"아직."

"빨리 가르쳐야지. 협회랑 아쉘이 언제 어떤 방식으로 나올지 모르는데, 아주 숙달되지는 않더라도 어느 정도는 쓸 줄 알아야 도움이 되지 않겠어?"

보아하니 낙인을 쓰는 방법이 따로 있는 모양이었다. 서영은 자신의 등에 그려진 낙인을 보고 싶었지만, 거울 없이 자신의 등을 보는 방법 같은 건 없었다.

"낙인이 안착하는 대로 가르칠 생각이다."

"아, 그러고 보니 아직 붉은색이네."

"낙인이 붉은색이면 안 되는 거야?"

혹시 뭔가 잘못된 건 아닌가 싶어 서영이 걱정스레 묻자 루이는 고개를 저었다.

"원래 시간이 걸리는 일이다. 보통 2일에서 3일 정도 걸리지."

"단번에 안착시키는 방법도 있잖아."

"그 방법이 뭔데요?"

"레카."

루이가 엄하게 레카를 불렀다. 말하지 말라는 의미였다.

무슨 방법이길래 저러는 거지?

더 궁금해진 서영은 루이를 올려다봤다.

'내가 알면 안 되는 방법인 거야?'

"그건……."

루이가 곤란해하며 서영의 시선을 피했다. 레카가 킥킥, 웃으며 루이를 대신해서 대답했다.

"동침. 다른 말로 합방이라고 해야 하나."

좀 더 노골적인 단어도 있었지만, 그건 어린 서영이 듣기엔 너무 수위가 높은 단어인지라 레카는 최대한 순화했다.

그것만으로도 충분히 레카가 하고자 하는 말을 알아들은 서영의 얼굴이 순식간에 홍당무처럼 붉어졌다. 백한도 경악하며 소리쳤다.

"도, 동침이라니요! 서영 씨는 이제 18살이에요!"

"말이 그렇다는 거지, 누가 지금 하래?"

"그, 그게!"

"뭐냐, 혹시 하프 너, 상상했던 건 아니지?"

레카가 얄궂게 웃으며 묻자 백한의 얼굴도 붉어졌다.

"호오, 정말 상상한 거야?"

"아, 아닙니다!"

"아닌 게 아닌 거 같은데?"

"그만해라."

루이의 만류에 레카는 어깨를 가볍게 으쓱이며 서영을 쳐다봤다.

"낙인이 안착하는 대로 루이한테 사용 방법을 배우도록 해. 안 그래도 그 여우의 시종이 살해된 채 발견돼서 느낌이 안 좋으니까."

청하가 죽었다면 아랑 역시 죽었을 가능성이 컸다. 레카는 부디 아랑이 입을 꾹 다물고 죽었길 바랐다.

"하암, 이야기는 끝났으니 이만 난 자러 갈게."

레카는 늘어지게 하품을 하고 밖으로 나갔다. 루이의 눈동자에도 졸음이 묻어 있었다.

"루이도 졸리면 자러 가."

서영이 등을 떠밀며 말하자 루이가 옅게 웃으며 그녀의 뺨에 가볍게 입을 맞췄다.

"너도 좀 더 자도록 해."

백한과 에리샤 때문에 서영이 얼마 자지 못했다는 걸 아는 루이는 그녀가 편히 잘 수 있게 에리샤와 백한을 데리고 방을 나갔다. 혼자 남은 서영은 침대에 누워 이불을 꼭 덮었다.

"협회라……."

예전에는 협회를 생각하는 것만으로도 두렵고 긴장됐는데, 이젠 아니었다. 전부 등에 있는 신부의 낙인 덕분이었다. 그가 옆에 없어도 항상 옆에서 지켜주는 것 같아 든든했다. 이제 그 무엇이 와도 무섭지 않을 것 같았다.

검은 마수를 뻗다

"루이."

소파에 앉아 서류를 보고 있던 루이는 레카의 부름에 그를 쳐다봤다.

"무슨 일이지?"

"너, 레이디를 신부로 맞이할 때 반지 같은 거 줬어?"

"반지?"

루이가 영문을 모르겠다는 듯 되묻자 레카가 혀를 차며 검지를 좌우로 흔들었다.

"쯧쯧. 혹시나 했는데 역시 안 줬구나?"

"무슨 소리지?"

"인간들은 결혼할 때 남자가 여자한테 반지를 주는 게 관습이라고 전에 책에서 봤어. 뭐, 인간이 아니더라도 반지를 싫어할 여자는 없겠지만."

레카는 정말 안쓰럽다는 표정을 지으며 말을 이었다.

"레이디도 여자니까 내심 반지를 받고 싶어 했을걸? 성격상 직접 요구하진 못하고, 속으로 끙끙 앓고 있을지도 몰라."

"정말인가?"

"내가 이런 거로 장난치는 거 봤어? 내 말을 못 믿겠으면 레이디의 마음을 훔쳐보던가."

저렇게까지 말하는 걸 보면 진심인 모양이다. 반지라. 문득 서영이 자신이 준 반지를 끼고 있는 모습을 상상한 루이는 흡족하게 웃었다.

백한에게 반지를 사 오라고 해도 되지만 서영에게 주는 선물인데, 그것도 결혼한다는 의미로 주는 건데 직접 구해주고 싶었다. 아주 좋은 물건으로.

"그에게 가야겠군."

"그? 누굴 말하는 건데?"

"쿤을 말하는 거다."

"어? 너 그 요괴랑 아는 사이였어?"

쿤은 요괴들 사이를 돌아다니며 보석들과 각종 고가의 물건들을 사고파는 요괴였다. 그러나 그가 파는 물건들은 대부분 인간이나 힘이 약한 요괴들에게서 훔쳐온 물건이었기 때문에 모두들 그를 하찮게 여기며 '장물아비'라고 불렀다.

"안면이 조금 있는 사이다."

"대체 언제? 어떻게?"

루이같이 고지식한 놈이 쿤 같은 장물아비와 안면이 있는 게 신기해서 물었지만, 루이는 대답 대신 아칸에게 명령을 내렸다.

"아칸, 쿤에게 연락을 넣어라."

"네."

아칸이 사라지고 그에게 연락이 올 때까지 다시 서류 좀 보려고 했건만, 레카가 계속 징징거리는 바람에 그럴 수가 없었다. 레카는 어떻게 자기가 모르는 과거가 있을 수 있느냐는 등 배신이라는 등, 이상한 소리를 계속 지껄였다.

"조용히 좀 해."

"네가 알려주면 조용할게!"

"너 진짜……."

『루이 님.』

레카에게 한 소리 하려는데 때마침 아칸에게서 연락이 왔다. 루이는 제 팔에 매달려 있는 레카를 뿌리치고 곧바로 요괴의 숲으로 향했다.

"이쪽으로."

기다리고 있던 아칸이 앞장서서 루이를 안내했다. 밤하늘엔 커다란 달이 걸려 있었지만, 그들이 지나가는 숲에는 달빛 한 줌 들어오지 않았다. 그만큼 나무가 울창했다. 한 치 앞도 보이지 않을 만큼 어둠이 자욱했지만, 뱀파이어인 루이에겐 아무런 장애도 되지 않았다.

한참을 걷던 아칸은 작은 통나무집 앞에 멈춰 섰다. 이곳이 바로 장물아비 쿤이 사는 집이었다.

똑똑―.

"들어오세요."

아칸이 그의 가슴까지밖에 오지 않는 나무 문을 두드리자, 안에서 걸걸한 남자의 목소리가 들려왔다. 아칸이 문을 열어주자 루이는 허리를 숙여 안으로 들어갔다.

작은 문과 다르게 내부는 넓고 천장은 높았다. 루이가 허리를 펴고 설 수 있을 정도였다.

"오랜만에 뵙습니다, 루베르이 님."

루이의 허리까지밖에 오지 않는 작은 난쟁이가 그를 향해 공손히 인사했다.

"그렇군. 네가 일족에게서 쫓겨난 뒤로 100년 만인가."

"좋은 일도 아닌데 콕 집어서 말씀하시다니, 역시 변하지 않으셨군요."

쿤은 호탕하게 웃으며 자신의 튀어나온 배를 손으로 툭툭 쳤다.

"난쟁이의 집이라 루베르이 님께서 앉으실 만한 의자가 없습니다."

"괜찮다."

어차피 볼일만 보고 갈 생각이었다. 오래 머물 생각은 없었다.

"허면, 이 쿤을 찾아주신 이유를 물어봐도 되겠습니까?"

"부탁이 있다."

뱀파이어가 한낱 장물아비에게 명령이 아닌 부탁이라니.

쿤은 눈을 반짝거리며 대답했다.

"루베르이 님의 부탁이라면 어떤 것이든 환영입니다."

"신부에게 줄 반지를 찾고 있다."

그가 제게 부탁하는 것도 놀라운데, 그 부탁이 그의 신부에게 줄 반지를 찾는 일이라니!

쿤은 자신의 수염을 쓰다듬으며 심각하게 고민했다. 무려 루이의 신부인데 훔친 반지 따위를 끼게 할 수는 없었다. 어영부영하게 만든 반지 역시 마찬가지였다.

"어떤 류의 보석이 있는 반지를 원하시는 겁니까?"

'서영에게 어울리는 보석이 무엇이 있을까.'

루이는 곰곰이 생각했다.

눈처럼 하얗고 깨끗한 다이아몬드, 바다 빛을 닮은 푸른빛의 사파이어, 청아한 숲을 옮겨 담은 듯한 에메랄드.

"……붉은 보석이 좋겠군."

뱀파이어라서 그런지 다른 보석보다 붉은 보석이 끌렸다. 루이의 대답에 쿤은 더욱 심각하게 고민했다. 보통 붉은 보석이라고 하면 루비를 생각하겠지만, 이 세상엔 루비 말고도 붉은 보석이 많았다.

'그걸 꺼내야 하나.'

쿤은 자신의 보물 창고 가장 깊숙한 곳에 잠들어 있는 보석을 떠올렸다. 본디 보석이 아닌 오래전에 멸망했다고 알려진 요괴 종족의 눈동자였다. 그걸 가공해서 보석처럼 만들었지만, 이 세상에 있는 그 어떤 붉은 보석보다 아름다웠다. 희귀하기도 했고.

그가 알기로 그 눈동자는 자신이 가지고 있는 그것 하나밖에 없었다.

그렇게 귀한 물건을 루이에게 주는 게 아깝지 않은 건 아니었지만, 100년 전 그가 자신에게 해준 것을 생각하면 이 정도는 아무것도 아니었다. 아니, 오히려 더 큰 것을 내놓으라고 해도 망설임 없이 내놓을 수 있었다.

"이틀만 시간을 주실 수 있으십니까?"

"루비로 만든 반지를 가지고 있지 않은 건가?"

"아니요. 루비로 만든 반지는 많지만, 루베르이 님의 신부가 쓰실 거라면 그 어떤 것도 어울리지 않을 겁니다. 그러니 시간을 주시면 좀 더 좋은 물건을 준비하도록 하겠습니다."

루이는 평소 아부를 싫어했지만 이상하게도 쿤이 하는 아부가 싫지 않았다. 오히려 기분이 좋아 어깨가 절로 으쓱였다. 루이는 고개를 끄덕이며 돌아섰다.

"그럼 이틀 뒤에 오지."

촛불이 일렁이는 어두컴컴한 방 안. 아쉘은 인상을 잔뜩 찌푸린 채 신경질적으로 소파 손잡이를 두드렸다. 손톱과 나무가 부딪히는 소리가 방 안에 일정하게 울려 퍼졌고, 그 소리는 점차 빨라졌다.

"그래서, 무슨 정보를 가져온 거지?"

아쉘의 손짓이 멈춘 것은 그의 뒤에 검은 로브를 쓴 자가 나타났을 때였다. 아쉘의 뒤에 등장한 남자는 천천히 로브를 벗고 아쉘에게 고개 숙여 인사했다.

"오랜만에 뵙습니다, 아쉘 님."

"인사 따위는 집어치우게! 지금 상황이 어떻게 돌아가고 있는지 아는가! 헤브!"

"물론 알고 있습니다."

헤브가 무덤덤하게 말하자 답답한지 아쉘은 씩씩거리며 소파에서 거칠게 일어났다. 그 반동으로 소파가 뒤로 넘어졌지만 아쉘은 신경 쓰지 않았다.

"네놈들이 그렇게 미적거리니 내가 여우 일족 따위에게 손을 벌리는 것이다! 알았느냐!"

"죄송합니다."

"죄송이고 나발이고, 빨리 뱀파이어 꽃을 찾으란 말이다!"

아쉘의 얼굴은 빨갛게 달아올라 있었다. 그만큼 매우 화가 났다는 증거였다. 아쉘은 자신이 넘어뜨린 소파를 시종이 다시 일으켜 세우자 머리를 짚으며 소파에 다시 앉았다.

"가져온 정보나 들어보지.".

"재미있는 사실을 알아냈습니다."

헤브가 말을 꺼냄과 동시에 아쉘의 시종이 아쉘에게 차를 가져다주었다. 아쉘은 찻잔을 받아 들며 말을 꺼냈다.

"무슨 사실?"

"뱀파이어 꽃이 루베르이의 손에 있다는 것을요."

"풉!"

뜬금없는 말에 아쉘은 입에 넣은 차를 도로 뱉었다. 시종이 서둘러 손수건을 건네주었고, 아쉘은 손수건과 찻잔을 바꾸며 명령했다.

"나가봐."

시종이 나가자마자 아쉘은 입을 닦은 손수건을 바닥에 버리며 헤브에게 물었다.

"루베르이가 뱀파이어 꽃을 데리고 있다고? 그게 사실인가?"

"사실입니다."

"그럼 모든 것이 물거품이 되는 것이 아닌가!"

아쉘이 분개하며 소리쳤다. 루이가 뱀파이어 꽃을 데리고 있다는 건 그가 로드가 된다는 의미. 그리고 자신이 로드가 될 수 없다는 의미이기도 했다.

"어떻게 하면 좋지……."

아쉘이 심각하게 고민하자 헤브는 씩 웃으며 그에게 말을 건넸다.

"제가 분명 재미있는 사실이라고 했습니다."

"무슨 말이지?"

"루베르이의 손에 뱀파이어 꽃이 들어간 지 꽤 됐는데도 불구하고 그가 로드가 되지 못하는 데는 반드시 이유가 있을 겁니다."

그러고 보니 이상했다. 루이가 정말 뱀파이어 꽃을 데리고 있다면 그는 왜 로드가 되지 않는 걸까.

"이유가 뭔지 알아냈나?"

"아직 거기까진 알아내지 못했습니다만, 그래도 이용 가치가 있다고 생각합니다."

"어떻게 이용할 생각이지?"

"심판의 제단을 열어주십시오."

일개 하프 따위가 뱀파이어 고유의 재판인 심판의 제단을 알고 있다는 사실에 아쉘의 눈이 번쩍 뜨였다.

"네놈이 어떻게 심판의 제단에 대해 알고 있는 거지."

"지금 중요한 것은 그것이 아닙니다. 이대로 있다간 루베르이가 로드가 될지도 모릅니다."

"하지만 심판의 제단을 열려면 뚜렷한 죄목이 있어야 한다. 무슨 명분으로 그를 심판의 제단에 세운단 말인가."

"이건 어떻습니까."

헤브는 의미심장하게 웃으며 아쉘의 귀에 대고 작게 속삭였다. 헤브의 이야기를 들은 아쉘이 미간을 좁히며 물었다.

"하지만 그건 뱀파이어 꽃이 나서면 다 끝날 일이 아닌가? 자칫하다간 우리가 당할 수도 있다."

"뱀파이어 꽃은 이번 재판에 나와도 아무 힘을 못 쓸 겁니다."

"어떻게 장담하지?"

"아직은 말씀드릴 수 없습니다만 장담컨대 아쉘 님에겐 피해가 가지 않을 겁니다. 그러니 저희를 믿고 심판의 제단을 열어주십시오."

"흐음."

미심쩍은 부분이 없는 건 아니었지만 헤브가 말한대로만 된다면 아쉘에겐 더할 나위 없는 행운이었다.

"양피지와 펜을 가져와라!"

잠시 고민하다가 결정을 내린 아쉘은 시종을 불렀다. 밖에서 대기 중이던 시종은 아쉘의 부름에 다급히 양피지와 펜을 가져다주었다. 아쉘은 양피지에 빠르게 글을 적은 뒤 맨 아래에 피로 그의 문양을 그리며 소리쳤다.

"의회장 나 아쉘은 뱀파이어 로드가 부재중이므로 로드의 권한을 대신 행사하며, 심판의 제단에 루베르이를 소환한다!"

⸻◈⸻

평화로운 오후. 냉장고가 텅텅 비었다는 것을 안 백한이 장을 보고 오겠다고 하자 에리샤와 레카는 그를 따라나섰다.

그 탓에 집에 남은 사람은 루이와 서영, 단둘뿐이었다. 루이는 서류를 보고 있었고, 서영은 집안일을 하고 있었다.

"웃차."

서영이 빨랫감으로 가득 찬 바구니를 힘겹게 들어 올리자 루이는 보던 서류를 내려놓고 일어섰다.

"내가 들어주지."

"아니야. 혼자서도 할 수 있어."

어차피 세탁기가 있는 다용도실까지만 가면 빨래는 세탁기가 해주기 때문에 힘들 것은 없었다. 이런 자잘한 것까지 루이의 도움을 받을 수는 없다는 생각에 서영은 그의 도움을 거절했다.

서영은 빨래를 돌리고 청소기를 미는 등 정말 부지런하게 움직였다. 정말 안 도와줘도 괜찮은 건가. 반신반의하며 서영을 보고 있는데, 벽에 검은 포탈이 그려지더니 망토를 두른 작은 남자가 튀어나왔다. 덥수룩한 갈색 수염, 작고 뚱뚱한 체격, 그리고 뾰족한 귀. 그는 얼마 전에 루이가 만났던 쿤이었다.

"아직 이틀 안 지났지요?"

"12시간 남긴 했지."

"하하, 12시간이면 많이 남았네요."

쿤은 호탕하게 웃으며 루이에게 상자를 내밀었다.

"오래전 멸망한 화류 일족을 아십니까?"

"그 일족에 대해 모르는 자는 없지."

화류 일족은 뱀파이어 일족과 가장 근접한 외모를 가지고 있고 힘 역시 뱀파이어만큼 강하다고 역사책에 적혀 있었기 때문에 루이는 한 번도 본 적은 없어도 그 종족에 대해 알고 있었다.

"그 일족의 눈동자로 만든 반지입니다."

요괴의 눈동자라는 말에 살짝 거부감이 들었지만, 상자 속에서 찬란한 붉은빛을 발하고 있는 목걸이와 반지를 보자마자 거부감이 사라졌다. 그만큼 붉은 보석은 너무 아름다웠다. 루이의 반응에 쿤은 흐뭇한 미소를 지으며 자랑스럽게 이야기했다.

"일반인들은 잘 모르지만, 보석 수집가들 사이에선 유명합니다. 화류 일족의 눈동자는 웬만한 붉은빛을 가진 보석보다 더 찬란한 빛을 낼 뿐만 아니라, 화류 일족의 특기였던 불꽃까지 쓸 수 있으니까요."

상자의 뚜껑이 다시 닫히면서 보석의 빛을 가리자 루이는 그제야 쿤을 쳐다봤다.

"뭘 원하지?"

쿤이 자신의 예상을 훌쩍 뛰어넘는 굉장히 훌륭한 물건을 가져온 만큼 뭐든 들어줄 생각이었는데 쿤은 아무것도 요구하지 않았다.

"루베르이 님의 신부께서 이 반지를 껴주시는 것만으로도 저는 영광입니다."

"정말 그걸로 된다는 건가? 이 보석의 가치를 잘 모르지만 큰 것을 원해도 될 것 같은데."

"제가 일족에게서 쫓겨났을 때, 루베르이 님이 저를 거두어주시지 않았더라면 저는 다른 요괴들의 밥이 되어 이 세상에 존재하지 않았을 겁니다. 그때 살려주신 목숨, 그 은혜를 이렇게라도 갚을 수 있게 해주셔서 오히려 제가 감사합니다."

루이는 자신을 올려다보고 있는 쿤의 눈동자를 찬찬히 살폈다. 그의 눈동자에는 한 치의 거짓도 없었다.

루이는 부드럽게 웃으며 상자를 받았다.

"그 마음, 잘 받겠다."

"루이? 누구 왔어?"

다용도실에서 고개만 쑥 내민 서영은 곧 쿤을 발견하고 거실로 나왔다. 루이와 친근하게 대화를 나누는 걸로 보아 루이의 손님인 모양이었다.

"안녕하세요."

"루베르이 님의 신부이십니까?"

"네? 아, 네."

다른 사람들에게 저런 식으로 불리는 게 아직 어색하고 낯간지러운 서영은 약간 수줍게 웃으며 대답했다. 그러자 쿤이 의외라는 듯 눈을 크게 떴다.

"붉은색보단 깨끗한 다이아몬드가 더 잘 어울리는 순백한 분이시군요."

"네? 다이아몬드요?"

갑자기 웬 다이아몬드?

영문 모를 말에 서영이 고개를 갸웃거리며 되묻자 그제야 루이가 서영 몰래 반지를 준비했다는 걸 알아챈 쿤의 얼굴이 잿빛으로 변했다.

루이의 표정엔 큰 변화가 없었지만, 쿤은 직감적으로 그의 기분이 좋지 않다는 걸 눈치챘다.

"아, 아무것도 아닙니다! 저, 저는 그만."

이럴 땐 줄행랑이 최고라는 것을 오랜 도망 생활 끝에 깨달은 쿤은 서둘러 요괴의 숲으로 연결된 포탈 안으로 몸을 던졌다.

루이는 재빠르게 꽁무니를 빼는 쿤을 다시 붙잡아 올까 하는 생각도 했지만, 그가 자신을 위해 귀중한 것을 구해 왔기 때문에 이번에는 참기로 했다.

"루이, 무슨 일이야?"

……그냥 다시 붙잡아 올까.

루이는 순진무구한 얼굴을 하고 있는 서영을 보며 남몰래 한숨을 내쉬었다. 그녀에게 반지를 줄 생각이긴 했지만, 이렇게 갑작스럽게는 아니었다. 그녀의 등에 새겨진 신부의 낙인이 온전하게 자리를 잡으면, 그녀에게 능력을 가르쳐주면서 같이 줄 생각이었는데 다 꼬여버렸다.

"어쩔 수 없지."

이왕 이렇게 된 거 그냥 주자. 지금도 늦은 거니 그러는 게 맞다고 생각한 루이는 서영의 손을 잡았다.

"늦어서 미안하다."

"응?"

영문 모를 말에 서영은 눈을 크게 껌뻑이며 루이가 꺼낸 상자를 쳐다봤다. 상자 안에는 붉은 보석이 박힌 반지와 목걸이가 들어 있었다. 보는 순간 감탄이 절로 나올 정도로 예뻤다. 너무 예뻐서 만지기가 두려울 정도였다.

"왜 보기만 하지? 마음에 들지 않는 건가?"

"응? 그럴 리가. 너무 예뻐."

"다행이군."

루이는 반지만 꺼내 들고 서영의 앞에 한쪽 무릎을 꿇었다. 마치 레이디에게 충성을 맹세하는 기사처럼 서영의 왼손을 살며시 잡고 손등에 입을 맞췄다.

"이제 와서 이런 말을 하는 게 우습긴 하지만…… 내 신부가 되어줘서 정말 고맙다."

"아……."

"앞으로도 평생 함께하자."

그제야 루이가 반지를 준비한 까닭을 깨달은 서영은 감동의 물결에 허덕이며 눈물을 펑펑 흘렸다. 너무 감동한 나머지 다리에 힘이 풀려 바닥에 주저앉았다.

"루이……."

"이럴 때 우는 건 예쁘네."

루이는 젖은 서영의 눈가에 가볍게 입을 맞추고, 왼손을 살짝 들었다. 그대로 약지에 반지를 끼워주려는 그때, 어디선가 끼룩 하고 동물의 울음소리가 들렸다. 곧 박쥐 한 마리가 루이의 어깨 위로 날아와 앉았다.

"요새의 전령이야?"

"그래."

박쥐는 양피지를 쥐고 있었다. 루이가 양피지를 가져가자 박쥐는 검은 연기가 되어 사라졌다. 루이가 양피지를 묶고 있던 고급스러운 끈을 풀자, 양피지 스스로 허공에 떠올랐다.

『소환장! 심판의 제단.』

심판의 제단이라니.

루이의 얼굴이 한순간 딱딱하게 굳었다.

『뱀파이어 꽃을 납치한 죄목으로 죄인 루베르이를 심판의 제단에 소환한다. 그의 죄는 명백하며, 만약 불복종할 시 모든 뱀파이어의 권위를 박탈하고 뱀파이어 요새에서 추방한다. 심판의 제단이 열리는 시기는 3일 뒤, 죄인은 자신을 대변해서 변호할 자를 선임할 수 있으며, 변호할 자는 죄인의 무죄를 증명할 만한 자들을 데리고 재판에 참석할 수 있다.』

"재판이라고?"

어리둥절해하던 서영도 심각한 내용이라는 걸 뒤늦게 깨닫고 당황하며 양피지를 쳐다봤다.

『죄인이 도주할 우려가 있으니, 죄인은 요새의 방에 수감되어 있다가 심판의 제단이 열리는 날 소환된다!』

적힌 내용을 전부 다 읽은 양피지가 화르륵 불타올랐다. 동시에 루이의 몸이 조금씩 희미해지기 시작했다.

"루이!"

서영이 당황하며 손을 뻗었지만, 그녀의 손은 루이의 몸을 허무하게 통과했다. 루이 역시 서영을 잡지 못했다. 루이는 반쯤 투명해진 제 손을 바라보다가 서영을 향해 뭐라고 이야기했다.

"안 들려……."

루이의 입술이 움직이는 건 보였지만, 목소리는 전혀 들리지 않았다. 곧 루이는 신기루처럼 완전히 사라졌다. 그가 들고 있던 반지가 서영의 손바닥 위로 툭, 떨어졌다.

"루이……."

모든 것은 갑자기 벌어진 일이었다. 그가 왜 사라졌는지, 심판의 제단이 뭔지 아무것도 모르는 서영은 다른 이들이 돌아올 때까지 멍하게 바닥에 앉아 반지만 붙잡고 있어야 했다.

＊＊＊

심판의 제단. 3천 년이 넘는 뱀파이어 역사상 심판의 제단이 열린 것은 단 한 번뿐이라고 할 만큼 심각한 중죄를 저지른 이들의 죄를 심판하는 재판이었다.

심판의 제단은 보통 로드가 열지만, 로드가 부재할 시엔 그를 대신하는 자가 열 수 있으며 인간의 법정처럼 그곳에서 죄인을 심문한다.

여기서 특이한 것은 판결을 내리는 판사가 로드가 아닌 뱀파이어 요새라는 점이다. 이 부분에서 대부분의 뱀파이어들은 한낱 건물이 어떻게 판결을 내리는지 의문을 가졌다.

하지만 이 점에 대해선 뱀파이어의 역사책에 기록된 바가 없고 1,500년 전 처음이자 마지막으로 열린 심판의 제단에 참석했던 자들 중 지금까지 살아 있는 자가 없었기에 대답해줄 수 있는 자는 아무도 없었다.

그리고 1500년 만에 그 재판이 다시 열리려 하고 있었다.

"아, 색이 변했네."

샤워한 후 거울 앞에 선 서영은 자신의 등에 새겨진 낙인이 완전하게 검은색으로 변했다는 걸 발견했다.

낙인이 검은색이 되면 제일 먼저 루이에게 알려주고 그와 함께 기뻐하며, 이 낙인의 힘을 쓰는 방법에 대해 배울 생각이었지만 그는 재판 때문에 끌려가고 없었다. 그 사실이 너무 절망적인 서영은 깊은 한숨을 내쉬며 거울에 머리를 기댔다.

서영은 얼마 지나지 않아 돌아온 레카에게 심판의 제단이 어떤 건지, 그리고 지금 이 상황이 자신들에게 얼마나 위험한 상황인지 전부 들을 수 있었다.

루이가 심판의 제단에 소환된 이유는 뱀파이어 꽃을 강탈했다는 것 때문이었다. 진짜 뱀파이어 꽃을 강탈한 사람은 아쉘인데, 그가 루이에게 죄를 뒤집어씌운 것이다.

이 부분에 대해선 당사자인 에리샤가 나서서 아니라고 하면 간단하게 해결될 문제였지만, 문제는 그렇게 했다가는 에리샤가 반쪽 뱀파이어라는 게 들통 날 가능성이 크다는 것이었다. 그 나머지 반쪽이 서영이라는 사실 역시 탄로 날 가능성도 컸다.

뱀파이어 꽃이 완전한 존재가 아닌 반쪽이라는 사실은 여러 이유에서 아직 밝혀지면 안 되는 극비였다.

하지만 루이를 구하기 위해선 에리샤가 무조건 나서야 했다. 에리샤도 그러겠다고 했고, 레카도 다른 방법이 없다는 걸 알고 어쩔 수 없이 허락했다.

에리샤가 나서기로 한 이상 루이는 무사할 테지만 그래도 걱정됐다. 불안한 예감을 떨쳐낼 수가 없었다. 서영은 두근거리는 심장 위에 손을 올리고 깊은 한숨을 내쉬었다.

똑똑─.

"아직 멀었어?"

"금방 나갈게."

에리샤의 재촉에 서영은 서둘러 옷을 입고 밖으로 나갔다. 모두 떠날 준비를 마치고 서영을 기다리고 있었다.

"그런데 저도 요새에 가도 될까요?"

"괜찮아. 요새의 방에 이름이 새겨진 이상 레이디도 뱀파이어 일족이니까. 그리고 집에 혼자 두고 가는 것보다 이쪽이 마음이 놓여."

백한은 루이의 변호를 하기 위해 요새에 가야 하고, 레카는 의회 뱀파이어로 심판의 제단에 꼭 참석해야 했다.

에리샤 역시 증인의 신분으로 재판에 참석해야 하니 서영 혼자 집에 두고 가는 것이 안심이 되지 않아 레카는 그녀도 데리고 가기로 결정했다.

"그럼 가자."

그들은 레카가 만든 포탈을 이용해서 요새로 향했다. 새카만 어둠이 가득한 통로를 지나 비교적 밝은 곳으로 나오자 이젠 제법 익숙한 요새의 복도가 보였다.

"요새에 오신 걸 환영합니다."

카이다를 비롯한 몇몇 뱀파이어들과 시종들이 그들을 기다리고 있었다. 가장 앞에 서 있던 카이다는 싱긋 웃으며 에리샤에게 말했다.

"지난번의 무례를 용서해주십시오, 뱀파이어 꽃이여."

"무례?"

"루베르이 경의 신부를 데려가기 위해 집을 방문한 그날, 저는 당신의 존재를 알고 있었습니다. 그런데 인사를 하지 못하고 그냥 물러난 점, 용서해주십시오."

그러고 보니 카이다는 에리샤의 존재를 알고 있었다. 뒤늦게 카이다와 대화했던 걸 떠올린 레카가 인상을 쓰며 물었다.

"카이다 경이 루이가 뱀파이어 꽃을 데리고 있다고 말한 겁니까?"

"그렇습니다만."

"뻔뻔하게 대답하는군요."

"그러지 못할 이유도 없지요."

카이다가 눈웃음을 치며 고개를 살짝 기울였다.

"뱀파이어 꽃은 일족 모두에게 중요한 분입니다. 그런 분을 루베르이 경혼자 독차지하는 건 말도 안 되지요. 뭐, 뱀파이어 꽃께서 루베르이 경을 로드로 정했다면 말이 달라지지만요."

카이다는 그리 말하며 에리샤를 쳐다봤다. 유쾌하게 접힌 눈동자가 뱀을 연상시켰다. 그래서일까, 서영은 아쉘보다 카이다가 더 무서웠다. 절대로 적으로 두고 싶지 않은 남자였다.

"그런데 정말로 뱀파이어 꽃이 직접 재판에 나올 거라고는 생각지 못했습니다. 루베르이 경이 이때까지 뱀파이어 꽃을 숨기고 있는 데는 다 이유가 있을 거라고 생각했는데, 아닌 모양이군요."

아닌 걸 알면서도 일부러 비꼬아서 말하는 게 눈에 보여 레카는 헛웃음을 지었다. 당장이라도 카이다의 멱살을 잡고 무슨 꿍꿍이냐고 물어보고 싶었지만, 보는 눈이 많았기 때문에 주먹을 꽉 쥐는 것으로 대신했다.

"자, 그럼 증인과 변호인은 이자들을 따라가면 됩니다."

카이다의 말에 그의 뒤에 서 있던 시종들과 뱀파이어들이 에리샤와 백한 쪽으로 다가왔다.

"필요 없습니다. 둘 다 제가 보호하겠습니다."

레카는 에리샤와 백한의 앞을 막아섰다. 저들이 어떻게 나올지 모르는데 그들의 손에 에리샤와 백한을 맡기는 것은 고양이에게 생선을 맡기는 것과 같았다. 절대로 그럴 수는 없었다.

"그렇게 하던가요."

안 된다고 할 줄 알았는데 카이다는 순순히 허락하며 물러섰다. 그의 시선이 에리샤의 뒤에 숨어 있는 서영에게 닿았다.

"그런데 루베르이 경의 신부는 왜 데리고 온 겁니까? 혹시 루베르이 경의 최후를 지켜보라고 데리고 온 겁니까?"

"네 이놈!"

카이다의 막말에 분노한 에리샤가 그의 얼굴에 삿대질하며 소리쳤다.

"네놈이 지금 무슨 근거로 루이가 최후를 맞이할 거라고 단정하는 거냐! 그건 내가 있는 이상 절대 불가능하다!"

에리샤는 절대 루이를 잃지 않겠다는 의지로 불타올랐다. 카이다는 웃으며 어깨를 으쓱였다.

"그런 의미로 말한 건 아니었습니다. 그저 아쉘 경이 준비를 많이 한 것 같아 노파심에 말한 거니 오해하지 말아주셨으면 합니다."

"그래도 할 말과 못 할 말은 가려서 하도록! 몇백 년을 살았으면서 그 정도도 모르는 건 아니겠지?"

에리샤는 호통에 카이다의 웃는 얼굴이 미묘하게 굳었지만 그건 아주 잠깐이었다. 언제 그랬느냐는 듯 카이다는 웃으며 가볍게 고개를 숙였다.

"저를 위해 이리 충고를 해주시다니, 그 성의를 봐서 저도 한 가지 이야기를 해드려도 될까요?"

"네놈 따위의 말을 들어줄 시간은……!"

"잠깐만, 에리샤."

가만히 있던 서영이 불쑥 대화에 끼어들었다.

"들어보자."

"뭐? 저딴 녀석의 말을 왜 들어!"

"그러지 말고 들어보자. 말씀해주세요, 카이다 경."

평범한 인간이라면 뱀파이어의 기운에 눌려 한 마디도 하지 못할 텐데 서영은 조금의 흐트러짐도 없이 카이다를 보며 또박또박 말했다.

그러고 보니 처음 봤을 때도 그랬었지. 신기했다. 서영을 담은 카이다의 눈동자에 흥미가 서렸다.

"루베르이 경과 마찬가지로 저 역시 고위 뱀파이어이신 아버지를 두었습니다. 루베르이 경처럼 아버지의 힘을 물려받은 것은 아니라서 그렇게 강한 힘은 없지만 다른 이들이 모르는 많은 이야기들을 들었습니다. 예를 들면, 1,500년 전에 열린 심판의 제단에 대한 거라던가."

심판의 제단에 관한 정보라니. 레카와 서영은 물론 뽀로통하게 있던 에리샤도 카이다의 말에 귀를 기울였다.

"심판의 제단에서 최후의 결정은 요새가 하지만, 죄의 심판은 뱀파이어 꽃이 내린다는 거, 알고 계셨습니까?"

"뭐……라고?"

생전 처음 듣는 이야기에 에리샤가 깜짝 놀라며 반문하자, 카이다가 그럴 줄 알았다는 듯 웃었다.

"역시 모르고 계셨군요. 그 말은 당신은 영면하신 뱀파이어 로드의 곁에 계셨던 뱀파이어 꽃은 아니시라는 거죠."

뜻하지 않게 다른 정보를 흘리게 된 에리샤는 난감함에 입술을 꾹 깨물었다. 카이다가 웃는 얼굴로 말을 이었다.

"죄인을 가두는 붉은 수정을 만드는 것은 요새지만, 그 수정을 녹이는 것은 뱀파이어 꽃입니다."

"……."

"과연 하실 수 있겠습니까? 뱀파이어의 꽃이여."

"개자식!"

레카의 방으로 온 에리샤는 그의 침대와 소파에 있는 쿠션들을 바닥에 내동댕이치며 험한 욕을 입에 담았다.

"그 자식 다 알고 있는 거 맞지? 아니면 그렇게 이야기할 수 없잖아! 내가 반쪽이라는 걸 다 알고 있는 거야! 그러니까 그렇게 이야기하는 거라고! 나쁜 자식!"

쿠션들을 전부 내동댕이치고도 화가 안 풀리는지 에리샤는 쿠션들을 잘근잘근 밟았다. 서영 역시 근심이 가득한 얼굴로 한숨을 푹 내쉬었다.

"이제 어떡하죠, 백한 오빠?"

"저도 잘 모르겠어요. 그 카이다라는 뱀파이어가 다 알고 있다면 아셸과 협회 역시 알고 있다는 의미가 되니…… 아아, 골치 아프네."

백한이 끙끙 앓으며 머리를 싸맸다. 에리샤의 존재가 수면 위로 드러난 것만 해도 힘든데, 서영의 존재까지 탄로 날지 모른다고 생각하니 머리가 지끈거렸다.

서영도 심각하게 고민하다가 어두운 얼굴로 입을 열었다.

"제 예상이긴 한데, 이번 재판은 아무래도 함정인 것 같아요."

"네? 어째서요?"

"생각해봐요. 뱀파이어 꽃을 납치했다는 죄목으로 루이가 잡혀갔다면, 증인으로 에리샤가 나와서 납치당한 것이 아니다! 그 말만 하면 끝나는 거잖아요."

"그렇죠."

"바보가 아닌 이상 그들도 이 사실에 대해 알고 있을 거예요. 그런데도 재판을 열었다는 건……."

"설마, 재판장에서 정말로 에리샤 님이 완전한 존재인지 아닌지 확인하기 위해서 그랬다는 건가요?"

백한의 질문에 서영은 고개를 끄덕였다. 카이다의 말대로 심판의 제단에서 죄의 심판을 내리는 것이 뱀파이어 꽃이라면, 불완전한 존재인 에리샤가 할 수 있을지 의문이었다.

"할 수 있다면 다행이지만 만약 하지 못한다면 에리샤가 반쪽이라는 것을 확실하게 알리는 셈이죠."

"그럼 에리샤 님을 내보내면 안 되잖아요!"

"그건 안 돼."

그들이 대화하는 내내 발광하던 에리샤가 갑자기 끼어들었다.

"내가 나가지 않으면 루이는 유죄 판결을 받고 요새에서 쫓겨날 거야. 저들이 어떤 증거를 준비했는지는 모르지만, 확실한 증거가 있으니 이번 재판을 열었겠지. 만약 요새가 그 증거가 충분하다고 생각하면 루이에게 유죄 판결을 내릴 거야."

"하지만 죄의 심판은 뱀파이어 꽃이 내린다면서요? 그럼 에리샤 님이 없으면 죄의 심판이 내려지지 않는 거 아닌가요?"

"모르겠어. 하지만 카이다가 그랬잖아? 죄인을 가두는 붉은 수정을 녹이는 것이 뱀파이어 꽃이라고. 그 말은 내가 그 수정을 녹이지 않는 이상 루이가 평생 그곳에 갇혀 있게 된다는 소리야."

"아아……."

그제야 에리샤가 하는 말을 알아들은 백한이 깊게 탄식했다. 에리샤도 한숨을 푹 내쉬며 머리를 싸맸고, 서영 역시 어떻게 하면 좋을지 고민했지만, 아무리 머리를 굴려도 뾰족한 수가 떠오르지 않았다.

"레카는 도대체 어디 간 거야!"

레카는 그들을 방에 데려다준 뒤 어딘가로 사라졌다.

이런 중요한 순간에 사라진 레카가 얄미운 에리샤가 버럭 소리를 지르는 순간, 방문이 열렸다.

"네 이놈!"

요새의 방은 주인의 허락 없이는 출입이 불가능하기 때문에 에리샤는 문을 열고 들어오는 자가 레카라고 믿어 의심치 않고 힘차게 돌진했다.

"컥."

"어……?"

문을 열고 들어오는 자의 배에 머리를 냅다 들이박은 에리샤는 평소와 느낌이 다르다는 사실에 의아해하며 고개를 들었다.

"헉?"

"이분이 뱀파이어 꽃이신가 보군요. 정말이지 활기찬 분이시네요."

문을 열고 들어온 뱀파이어는 레카가 아닌 잭과 같은 흰색 머리의 남자였다. 더구나 남자가 잭과 굉장히 닮았기 때문에 서영은 놀라며 남자를 쳐다봤다.

"갑자기 왜 멈추는 거죠, 하이네어 경?"

남자의 뒤로 들어오는 레카를 발견한 에리샤는 눈을 홱 치켜 올리며 레카를 향해 삿대질하기 시작했다.

"왜 이 남자가 먼저 들어와! 그리고 이 남자는 뭔데 여기 오는 건데!"

그야말로 생트집이었다.

게다가 어찌나 고래고래 소리를 지르는지 귀가 먹먹해진 레카는 귀를 감싸며 눈살을 찌푸렸다.

"다 설명해줄 테니까 일단 진정해."

레카는 우선 바다에서 갓 잡아 올린 생선처럼 펄펄 날뛰는 에리샤를 진정시키고 그들에게 백발의 남자를 소개했다.

"이분은 의회 뱀파이어 중 한 명인 하이네어 경. 잭 경의 동생이지. 그리고."

레카는 이런 중요한 시점에 타인을 왜 데려왔느냐는 뜻으로 자신을 노려보고 있는 에리샤를 쳐다보며 씩 웃었다.

"이번 문제를 해결해줄 수 있는 분이다."

정신이 돌아온 루이는 주변을 살피며 이곳이 어딘지 확인했다. 하지만 아무리 둘러봐도 어둠 밖에 보이지 않아 자신이 있는 곳이 어딘지 알 수가 없었다.

'심판의 제단에 소환되었었지.'

그럼 여긴 요새의 방 중 한 곳일까. 아쉘의 꾀에 빠져 이런 곳에 갇혔다는 게 몹시 어처구니가 없어 루이는 작게 실소를 터뜨렸다.

『뭐가 그리 웃긴 거냐.』

그 순간, 누군가의 목소리가 울려 퍼졌다. 루이는 이곳에 자신 말고 다른 누군가가 있나 싶어 주변을 살폈지만 아무것도 보이지 않았다.

'누구지?'

『나를 누구라고 말하는 것이 좋을까.』

바로 대답해줄 생각이 없는지 상대는 웃기만 했다. 루이는 상대가 누군지 곰곰이 생각했다. 이곳은 심판의 제단에 소환된 자가 머무는 방. 다른 뱀파이어는 들어올 수가 없었다. 그렇다면 이 남자는…….

'당신이 바로 뱀파이어 요새입니까?'

루이의 질문에 돌아오는 답은 없었지만, 루이는 그 침묵을 긍정으로 받아들였다.

'어디서 저에게 말을 거는 겁니까.'

『우스운 질문이구나. 네가 사는 이 모든 공간이 내 몸의 일부인데 나보고 어디 있냐고 묻다니.』

뱀파이어 요새는 단순한 건물이 아닌 살아 있는 존재라는 걸 어릴 때부터 귀에 못이 박히도록 들었지만, 솔직히 믿지 않았었다.

그런데 요새와 이렇게 대화하는 날이 올 줄이야. 이야기하고 있는 이 순간에도 믿기지 않았다.

'정말 신기하군요.'

루이가 솔직한 감상평을 내놓자 요새가 작게 웃었다.

『나를 처음 마주한 자는 모두들 그렇게 이야기하지.』

'저 말고 당신을 마주한 자가 있습니까.'

『있지. 렌도, 미엘도, 그리고 그도.』

'그? 누구를 말하는 겁니까. 설마, 고위 뱀파이어?'

『고위 뱀파이어는 나와 마주할 자격을 갖추지 못했다.』

'그럼 누구죠?'

『아직은 때가 아니다. 모든 것은 네가 로드가 된 뒤에 말해주겠다.』

덧붙인 설명에 루이는 눈을 크게 뜨며 되물었다.

'당신은 제가 로드가 될 거라고 생각하십니까?'

『그래. 넌 뱀파이어 꽃 중 한 명의 선택을 받았으니까.』

'그 말씀은 뱀파이어 꽃이 둘로 나뉜 것을 알고 계신다는 거군요.'

『내가 뱀파이어들에 대해서 모르는 것은 없다.』

'그러면 아쉘의 만행에 대해서도 알고 계십니까?'

요새는 또 입을 다물었다. 그의 침묵은 곧 긍정이었고, 루이는 그가 모든 것을 알고 있다는 사실에 울컥했다.

'어째서 아쉘을 막지 않는 겁니까! 당신은 그럴 만한 힘이 있으실 텐데!'

『나는 뱀파이어들의 역사에 끼어들 수 없다.』

'왜죠?'

『그렇게 하기로 그와 약속을 했으니까.』

단순하게 '그라고 지칭한 걸로 보아 전대 뱀파이어 로드인 렌이나 뱀파이어 꽃인 미엘은 아닌 것 같았다. 아마 그를 만났다는 제3의 인물이겠지.

'그에 대해서 말해달라고 해도 계속 침묵하시겠죠.'

『모든 건 시간이 지나면 알게 될 것이다. 또 다른 뱀파이어 꽃의 선택을 받은 아이여, 지금은 그저 순리에 따르고 있으니 나를 너무 원망치는 마라.』

무엇이 순리라는 걸까. 수많은 하급 뱀파이어들이 아쉘 일행의 손에 희생되고 무고한 인간들과 요괴들이 죽는 것이 순리라는 걸까.

만약 그렇다면 그건 잘못된 생각이었다. 그에 대해서 따지려는데, 그보다 요새가 먼저 말했다.

『이제 그만 가야 할 시간이구나.』

요새의 말이 끝나기 무섭게 새카만 어둠이 환한 붉은빛으로 바뀌었다. 눈을 현혹시키는 붉은빛에 루이는 저도 모르게 눈을 감았고, 정신을 잃는 것과 동시에 그는 붉은빛에 집어 삼켜졌다.

<hr />

뱀파이어 역사상 두 번째로 일어난 심판의 제단.

그 명성 때문인지 아직 재판 시간이 되지 않았음에도 불구하고 관중석은 벌써 만원이었다. 시종들부터 뱀파이어들까지 모두 자리에 앉아 심판의 제단이 빨리 열리기를 고대하고 있었다.

잠시 후, 상석 자리에 있는 문이 열리면서 시종이 우렁차게 소리쳤다.

"의회 뱀파이어 분들께서 등장하십니다!"

로드가 없는 상황에선 의회 뱀파이어들이 뱀파이어 일족을 통솔하고 있었기 때문에 그들의 권력은 절대적이었다. 의회장인 아쉘을 필두로 루이를 제외한 나머지 의회 뱀파이어들이 나타나자 모두들 자리에서 일어나 그들을 향해 고개를 숙였다.

"뱀파이어 꽃, 에리샤 님 드십니다!"

그 뒤를 이어 에리샤가 백한의 에스코트를 받으며 등장했다. 뱀파이어 꽃의 지위가 의회 뱀파이어들보다 높기 때문에 아셀을 비롯한 모든 의회 뱀파이어들도 자리에서 일어섰다.

"저분이 뱀파이어 꽃?"

"로드를 정한다는 그분이신가?"

"그럼 루베르이 님이 뱀파이어 꽃을 납치한 게 아니라는 거야?"

"대체 어떻게 돌아가고 있는 거지?"

이번 재판의 목적은 뱀파이어 꽃을 납치한 루이의 죄를 심판하는 것이었다. 한데 납치당했다던 에리샤가 너무나도 당당하게 등장해서, 그것도 루이가 무죄라는 것을 증명하는 증인석에 앉자 관중석에 앉아 있던 요괴들은 당황하여 그녀를 쳐다봤다.

"이쪽으로 오십시오."

증인석은 의회 뱀파이어의 자리보다 한참이나 낮은 곳에 있었다. 뱀파이어 꽃을 낮은 자리에 둘 수 없다고 생각한 의회 뱀파이어 중 한 명이 그녀를 가장 상석으로 안내하려고 하자 에리샤가 손을 내저었다.

"됐어. 나는 이 자리가 좋아."

"하지만……."

"신경 쓰지 않아도 돼. 언제부터 나한테 그렇게 관심이 많았다고 그래?"

날카롭고 공격적인 말투에 뱀파이어들의 표정이 딱딱하게 굳었다. 그들 사이에 흐르는 분위기가 심상치 않자 아셀이 나서서 상황을 정리했다.

"자자, 너무 그러지 말고 뱀파이어 꽃께서 원하는 대로 해주게. 그게 뱀파이어 꽃을 위하는 일이지 않겠는가."

"크음, 아셀 님께서 그렇게 말씀하신다면야……."

뱀파이어들이 각자 자리로 돌아가고 에리샤도 증인석에 앉자 아셀은 자리에서 일어나 선언했다.

"그럼 심판의 제단을 시작하도록 하지."

"와아!"

관중석에서 힘찬 환호성이 흘러나왔다. 진짜 시작이구나. 긴장이 된 에리샤는 의자 손잡이를 꽉 움켜쥐었다.

『에리샤.』

겉으론 긴장한 티를 내지 않고 담담하게 정면을 응시하고 있는데, 레카의 목소리가 들려왔다. 전음이었다. 에리샤는 곁눈질로 의회석에 앉아 있는 레카를 쳐다봤다.

『말은 하지 말고 고갯짓만 해.』

에리샤가 착실하게 고개를 끄덕이자 레카가 잘했다며 칭찬했다.

"죄인 루베르이는 등장하라!"

우웅─. 재판장의 정중앙에서 붉은 빛기둥이 치솟아 올랐다. 장정 열댓 명이 있어야만 다 안을 수 있을 정도의 커다란 붉은 빛기둥이 점점 작아지면서 이윽고 사라지자, 붉은 수정이 보였다.

"형님!"

붉은 수정 안에 갇혀 있는 루이를 본 백한이 애타게 소리쳤다. 에리샤도 두 눈을 질끈 감았다.

『자, 화려한 파티의 막을 올릴 시간이야.』

레카의 말에 에리샤는 루이가 들어 있는 붉은 수정에서 시선을 떼지 않은 채 한 번 더 아래위로 고갯짓을 했다.

"진짜 시작이구나."

서영도 레카의 전언을 듣고 크게 심호흡했다. 서영이 있는 곳은 에리샤가 앉아 있는 중인석 바로 뒤였다.

서영은 그 누구보다 먼저 이곳에 와서 레카가 미리 준비해둔 공간에 몸을 숨기고 있었다. 나중에 레카가 입구까지 벽으로 막아버려 아무것도 보이지 않았지만, 서영은 시야가 가려진 만큼 귀를 쫑긋 세워 다른 이들의 목소리를 듣기 위해 최대한 신경을 기울였다.

그러면서 푸른색 큐브를 만지작거렸다. 이 큐브가 바로 루이와 에리샤를 위기해서 구해줄 비장의 무기였다.

"그렇다면 루베르이의 죄는 무죄이며……."

"그렇다면 에리샤 님께서 직접 수정을……."

'신호다!'

레카는 에리샤가 수정 쪽으로 가야 한다고 말하면 이 큐브를 사용하라고 말했었다. 서영은 망설임 없이 큐브를 돌렸다.

파앗—!

큐브를 돌리자마자 푸른빛이 환하게 뿜어져 나왔다. 눈이 멀어버릴 것 같은 빛에 서영은 눈을 질끈 감았다가 떴다.

"어?"

그러자 바닥에 쓰러져 있는 자신이 보였다. 손과 발은 투명했고, 발은 유령처럼 허공에 둥둥 떠 있었다.

"유체 이탈을 한다는 의미였구나."

레카는 큐브를 사용하면 큐브의 주인인 하이네어 말고는 아무도 그녀를 볼 수 없을 거라고 말했었다. 처음에는 그게 무슨 말인지 이해하지 못했는데, 직접 경험하고 나니 확실하게 이해가 됐다.

유령이 되니 막혀 있는 벽도 통과할 수 있었다. 밖으로 나온 서영이 제일 먼저 본 건 커다란 붉은 수정 안에 갇혀 있는 루이였다.

"루이!"

서영의 목소리를 들은 건지 에리샤의 옆에 있던 시종이 서영이 있는 쪽을 돌아봤다. 들킨 건 아니겠지. 그럼 모든 것이 말짱 도루묵이 되기 때문에 서영은 숨도 쉬지 않고 쥐 죽은 듯이 조용히 있었다.

"왜 그러는가?"

"아니, 웬 여자애의 목소리가 들린 것 같아서."

"여자애? 아무도 없는데?"

다행히도 시종은 서영을 발견하지 못한 것 같았다. 그제야 서영은 안도의 한숨을 내쉬며 가슴을 쓸어내렸다.

"그럼 가시지요, 에리샤 님."

"그래."

자리에서 일어선 에리샤가 수정 쪽으로 다가가자 서영은 조용히 그녀의 뒤를 따라갔다. 수정 앞에 선 에리샤는 불안한 듯 주먹을 꽉 움켜쥐었다가 펴며 작은 목소리로 중얼거리듯 말했다.

"서영, 옆에 있는 거지?"

옆에 있다고, 안심하라고 말해주고 싶었지만 에리샤의 바로 옆에 있는 시종들 때문에 그럴 수가 없었다.

에리샤는 크게 심호흡을 한 뒤, 수정을 향해 손을 뻗었다. 레카를 비롯한 모든 뱀파이어들이 숨죽인 채 그녀의 행동을 주시했다.

심판의 제단에 대해 알려진 바가 없었기 때문에 무슨 일이 벌어질지 궁금한 것도 있었지만, 가장 관심을 끄는 것은 정말로 뱀파이어 꽃이라는 것이 존재하는가였다.

일반 뱀파이어들은 뱀파이어 꽃이 존재한다는 것 자체도 몰랐으며, 상급 뱀파이어들 역시 뱀파이어 꽃이 뱀파이어 일족의 유일한 여성 뱀파이어라는 사실을 몰랐다.

그렇다 보니 에리샤의 등장은 뱀파이어 일족에게 꽤 큰 충격이었다. 에리샤가 눈앞에 존재하고 있지만, 그녀가 정말로 뱀파이어 꽃인지 믿지 못하는 자들이 대다수였기 때문에 다들 말없이 지켜볼 뿐이었다.

에리샤는 눈을 질끈 감고 수정에 손을 가져다댔다. 서영 역시 수정에 손을 댔다.

우우웅―. 그러자 붉은 수정이 웅장한 소리를 내며 요동쳤다. 재판이 시작될 때 요괴들이 질렀던 함성과는 비교도 되지 않을 만큼 큰 소리가 장내를 가득 메웠다.

하지만 그게 전부였다. 수정은 아무 일도 없었다는 듯 원래대로 돌아왔다. 수정이 사라지지 않았다는 건 루이의 무죄가 증명되지 않았다는 의미였고, 심판의 제단이 끝나지 않았다는 의미이기도 했다.

"뭐야? 뱀파이어 꽃이 손대면 사라지는 거 아니었어?"

"그러게."

예상과 다른 반응에 장내가 술렁거리기 시작했다. 에리샤는 절망하며 바닥에 주저앉았고, 서영도 참담한 얼굴로 수정을 바라봤다. 둘이 동시에 손을 대면 반응할 줄 알았는데, 예상은 보기 좋게 빗나갔다.

"가짜다!"

"저 뱀파이어 꽃은 가짜야!"

"저런 것이 뱀파이어 꽃일 리가 없어!"

술렁이던 요괴 중 누군가 선동하자 다른 요괴들도 그들을 손가락질하며 욕했다. 그들이 뱉는 말은 날카로운 비수가 되어 에리샤의 심장을 찔렀다. 귀를 틀어막은 채 고개를 젓던 에리샤는 끝내 눈물을 흘렸다.

"흑……."

"에리샤……."

서영은 안타까워하며 에리샤의 어깨에 손을 올렸지만 그대로 통과했다. 슬퍼하는 에리샤를 안아줄 수도, 다독여줄 수도 없었다. 그 사실이 루이를 구하지 못했다는 것만큼이나 절망적이라서 서영도 눈물을 흘렸다.

『고작 이런 일로 울면 안 되지.』

그때, 머릿속에 누군가의 목소리가 들렸다. 레카가 보낸 전음과는 느낌이 달랐다.

'누구야?'

『내 정체보다 수정 안에 있는 루베르이를 구하는 것이 우선 아닌가?』

'나도 구하고 싶어! 하지만…… 내가 할 수 있는 일이 아무것도 없는걸!'

『넌, 정말로 네가 뱀파이어 꽃이라고 생각하고 있어?』

영문을 알 수 없는 말에 서영은 눈을 크게 깜빡였다. 그러자 의문의 목소리가 낮게 웃으며 다시 물었다.

『넌 네가 뱀파이어 꽃이라는 사실을 전혀 의심하지 않아?』

목소리의 질문에 서영은 아무런 대답도 할 수가 없었다. 그 부분에 대해서 깊게 생각해본 적이 없었기 때문이었다. 주변에서 너는 뱀파이어 꽃이라고 말해줬기 때문에 막연하게 그렇게 생각하고 있었을 뿐이었다.

'난 정말로 내가 뱀파이어 꽃이라고 생각하고 있었던 걸까?'

서영은 스스로에게 질문을 던지고 답을 곰곰이 생각했다. 결론은 '아니다.'였다. 서영은 스스로를 뱀파이어 꽃이라고 생각하고 있지 않았다. 정확하게 말하자면 '나는 뱀파이어 꽃일지도 모른다.'라고 가정하고 있었다.

"당연한 거잖아."

서영은 자신의 손을 쳐다보며 작게 중얼거렸다. 자신은 에리샤나 루이처럼 뛰어난 외모도, 그들처럼 신기한 능력도 없었다. 그런데 어떻게 뱀파이어 꽃이라고 확신하겠는가.

『너 자신도 스스로가 뱀파이어 꽃인지를 의심하는데 어떻게 뱀파이어 요새가 널 뱀파이어 꽃이라고 인정하겠어?』

"아……."

『불쌍한 에리샤, 하나밖에 없는 가족이 아무 도움도 되지 못해 저렇게 욕을 먹고 있다니.』

그 말에 서영은 여전히 울고 있는 에리샤를 쳐다봤다. 그녀가 저렇게 울고 있는 것이, 다른 요괴들에게 욕을 먹는 것이 전부 자신 때문이라고 생각하니 마음이 미어졌다.

'이래선 안 돼.'

에리샤가 계속 욕먹게 내버려둘 수는 없었다. 루이도 구해야 했고.

그러니까 마음을 단단히 먹겠어. 서영은 주먹을 꽉 움켜쥐고 루이가 갇혀 있는 붉은 수정을 쳐다봤다.

"뱀파이어 요새……."

그녀의 목소리를 들은 듯 수정이 미약하게 붉은빛을 뿜어냈다. 서영은 붉은 수정에 이마를 대고 작은 목소리로 사과했다.

"미안해. 내가 너무 바보 같았어."

비록 에리샤처럼 예쁘지도 않고, 다른 뱀파이어들처럼 뛰어난 능력이 있는 것도 아니었지만 자신이 뱀파이어 꽃이라는 건, 미엘의 딸이자 에리샤의 자매라는 사실은 변하지 않았다.

"내 존재에 대해서 더 이상 의심하지 않을 거야."

서영의 말이 끝나기 무섭게 수정이 웅장한 소리를 내며 붉은빛을 내뿜었다. 울고 있던 에리샤는 갑작스러운 상황에 당황하며 붉은 수정을 쳐다봤다. 곧 붉은 수정이 내뿜는 빛은 서영과 에리샤를 집어 삼켰다.

"에리샤!"

레카가 황급히 의회석에서 내려와 에리샤에게 다가가려고 했지만, 그녀들을 감싼 붉은빛은 레카의 출입을 허락하지 않았다.

『돌아온 것을 환영한다. 뱀파이어 꽃이여.』

환영 인사와 함께 아름다운 노랫소리가 장내를 가득 채웠다. 처음 듣는 목소리였지만 뱀파이어들은 전부 누구의 목소리인지 눈치챘다.

요새. 뱀파이어 요새가 진정한 주인이 돌아왔음을 기뻐하는 것이다.

붉은빛이 점차 잦아들자 빠른 속도로 녹아내리고 있는 붉은 수정이 보였다. 에리샤와 레카도 어리둥절해하며 녹고 있는 붉은 수정을 쳐다봤다.

"이게 어떻게 된 일이지?"

조금 전만 해도 아무런 반응이 없었는데, 갑자기 반응을 보이니 이상했다. 레카와 에리샤뿐만 아니라 관중들도 수정을 보며 웅성거렸고, 의회 뱀파이어들도 술렁거렸다.

"말도 안 돼!"

"카이다 경?"

그중 카이다가 기함하며 벌떡 일어서자 그의 옆에 앉아 있던 지스가 이상한 눈으로 쳐다봤다.

"왜 그러는 겁니까, 카이다 경."

지스 경의 질문에도 카이다는 아무런 대답 없이 붉은 수정만 쳐다봤다. 흔들리는 눈동자는 몹시 놀란 것처럼 보였지만 묘한 희열감도 보였다.

"형님!"

"루이!"

붉은 수정이 반 이상 녹으면서 그 안에 있던 루이가 밖으로 나오자 백한과 에리샤는 그에게로 빠르게 달려갔다.

"괜찮아? 어디 다친 곳은 없어?"

"괜찮으십니까, 형님?"

"괜찮다."

루이는 크게 마른세수를 한 뒤, 의회석에 앉아 있는 아쉘을 노려봤다. 루이와 눈이 마주친 아쉘은 움찔하며 그의 시선을 피했다. 아쉘의 편을 들던 뱀파이어들은 하나같이 죄인처럼 고개를 숙였다.

"이제 만족합니까, 아쉘 경?"

높낮이가 거의 없는 나지막한 목소리였지만 좌중을 압도하기엔 충분했다. 시끄럽게 떠들던 관중들은 일제히 입을 다물고 그의 말에 집중했다.

"무고한 자에게 죄를 뒤집어씌우고, 뱀파이어 일족 최대의 재판인 심판의 제단까지 열었으니 만족을 안 할 수가 없겠지요."

"하하, 오해하지 말게."

아쉘이 사람 좋은 미소를 지으며 말했다.

"자네가 죄가 있는지 없는지 내가 어떻게 알았겠는가. 그저 자네가 뱀파이어 꽃을 납치했다는 소문이 들리기에 그 진상을 알아보기 위해 연 것이지."

"도대체 어디서 그런 소문이 들린 겁니까?"

하이네어가 불쑥 대화에 끼어들었다. 그는 관중들이 들을 수 있을 정도의 큰 소리로 말했다.

"저는 그런 소문을 들어본 적이 단 한 번도 없습니다만. 지스 경은 들어본 적이 있습니까?"

"저도 들어본 적이 없습니다만. 그러고 보니 이상하군요. 아쉘 경은 대체 그 소문을 어디서 들은 겁니까?"

"그러고 보니 나도 들은 적 없어."

"도대체 어떻게 된 거지?"

관중들은 조금 전까지와는 다른 의미로 술렁거리기 시작했다. 그들이 진실을 요구한다며 아우성치자 아쉘은 얼굴을 굳히며 벌떡 일어섰다.

"피곤하니 나중에 이야기하세."

"아, 아쉘 경!"

아쉘이 재판장을 나가자 아쉘의 편을 드는 뱀파이어들도 황급히 그를 따라나섰다. 루이는 그제야 에리샤와 다른 일행에게로 시선을 돌렸다. 에리샤와 백한, 레카까지 있었지만 서영이 보이지 않았다.

"서영은 안 온 건가?"

"왔어. 이제 곧 나타날 거니까 조금만 기다려."

에리샤는 어느덧 의회석에서 내려와 자신이 앉아 있던 증인석으로 향하는 하이네어를 보며 말했다.

하이네어는 의자를 옆으로 밀어낸 뒤, 뒤에 있던 작은 단상 부분을 거침없이 뜯어냈다. 그 속에 서영이 숨어 있었다.

하이네어의 능력으로 유체 이탈을 했던 서영은 루이가 풀려나자마자 다시 원래 몸으로 돌아왔다. 유체 이탈했을 때의 감각이 남아 있는 건지 서영은 제 몸을 움직이는 게 뭔가 낯설고 부자연스러웠다.

"괜찮으십니까."

"네, 괜찮아요."

그 외에 불편한 건 전혀 없었기 때문에 서영은 웃으며 하이네어가 내민 손을 잡고 자리에서 일어섰다. 밀폐된 공간에 있다가 밖으로 나오니 약간 쌀쌀했다. 서영은 입고 있던 카디건 자락을 여미며 천천히 고개를 돌렸다. 마침 그곳에 루이가 있었다.

루이와 눈이 마주친 서영은 그 자리에 못 박힌 듯 가만히 서서 빤히 그를 바라보았다. 반면 루이는 서영을 향해 걸어왔다. 꽤 멀리 떨어져 있었지만 단숨에 서영의 앞으로 다가와 선 루이가 일렁이는 붉은 눈동자에 서영의 모습을 담았다. 두 사람 사이의 기묘한 기류를 읽은 하이네어는 옅게 웃으며 자리를 비켰다.

"서영."

"아……."

루이가 이름을 부르자 서영은 작게 탄성을 뱉었다. 그녀의 눈동자에 물기가 스며들었다.

"보고…… 싶었어."

그와 헤어진 건 고작 3일이었다. 그렇게 긴 시간은 아니었지만, 서영에겐 길었다. 마치 영겁의 시간을 보낸 것 같았다. 그를 두 번 다시 볼 수 없을지도 모른다는 생각도 했기 때문에 그를 마주하고 있는 이 순간이 더욱 꿈만 같았다.

"엇!"

서영은 갑자기 루이가 자신의 허리를 휘어잡자 살짝 비명을 질렀다. 단단한 그의 가슴에 볼이 부딪히자 조금은 얼얼하기도 했다. 그의 심장과 맞댄 볼에서 그의 심장 박동 소리가 생생하게 들리자 부끄러워지기까지 해서 서영은 상기된 얼굴로 루이를 슬쩍 올려다봤다.

"루이……."

"나도 보고 싶었다."

루이는 촉촉하게 젖은 음성으로 그녀를 안은 팔에 더욱 힘을 주었다.

"너를 다시는 못 볼까 봐 너무나도 두려웠다."

누군가 보지 않으면 멀어지는 것이 마음이라고 했는데, 거짓말이었다. 서영과 떨어져 있는 동안 마음이 멀어지기는커녕 그녀에 대한 마음은 더욱 애틋해졌고, 더욱더 그녀를 원하게 됐다.

"정말로 보고 싶었다……."

루이의 말에 인형처럼 가만히 있던 서영이 천천히 팔을 뻗어 루이의 넓은 등을 감싸 안았다. 그 덕분에 둘의 몸은 더욱 밀착되었고, 루이는 서영의 온기를 더욱더 가까이서 느낄 수 있었다.

이 느낌, 이 감촉.

3일이 아닌 3년, 아니 30년같이 더디게 흐른 시간 속에서 계속해서 그리워했던 온기.

"이젠 다시는 놓지 않겠다."

루이는 서영을 꼭 끌어안고 다짐했다.

그들이 어렸을 때

　높게 떠 있던 태양이 산 너머로 사라지면서 하늘에는 어렴풋한 노을이 서렸다. 서영을 비롯한 다른 이들이 전부 백한을 따라 장을 보러 마트에 갔기 때문에 루이 혼자 집에 남아 있었다.

　심판의 제단 이후로 무슨 일이 터지진 않을까. 촉각을 곤두세우고 지냈는데 약 일주일간 아무 일도 일어나지 않자, 루이는 바짝 조이고 있던 긴장의 끈을 비교적 느슨하게 풀고 오랜만에 찾아온 평화를 만끽했다.

　벌컥—!

　"내가 일등이다!"

　그러나 평화는 그리 길지 않았다. 장을 보러 간 서영 일행이 돌아온 탓이었다.

　현관문을 거칠게 열고 들어온 에리샤는 집에 들어온 순간부터 소란을 피웠다. 모처럼 평화를 즐기고 있던 루이의 얼굴에 금이 그어졌다.

　"에리샤! 그러다가 넘어져!"

　에리샤가 너무 천방지축으로 뛰어다니자 걱정된 서영이 소리쳤다. 그러자 에리샤가 뒷걸음질치며 의기양양하게 웃었다.

　"난 뒤로 뛰어도 넘어지지 않……."

　쿵—!

"악!"

"에리샤!"

에리샤는 말을 다 하기도 전에 의자에 걸려 넘어졌다. 주차장에 차를 대고 오느라 서영과 에리샤보다 늦게 도착한 레카와 백한은 에리샤와 서영의 비명을 듣고 깜짝 놀라며 서둘러 들어왔다.

"……거기 누워서 뭐 해?"

곧 바닥에 대자로 뻗어 있는 에리샤를 발견한 레카가 황당하다는 어조로 묻자 에리샤가 당당하게 대답했다.

"넘어졌어."

"……."

레카는 그녀의 비명을 듣고 걱정되어 바로 뛰어온 자신이 바보 같아 어이없는 헛웃음을 지었다. 백한 역시 어이없다는 듯 고개를 절레절레 저으며 장을 봐 온 것들을 들고 주방으로 들어갔다. 서영은 백한을 도와주기 위해 그를 따라 주방으로 들어갔다.

"일어나, 에리샤."

에리샤는 레카의 손을 잡고 일어섰다. 방금 전 장난을 치다가 꼴사납게 넘어진 것을 그새 잊은 건지 에리샤의 눈은 또다시 장난기로 반짝반짝거렸다.

"꽃게!"

에리샤의 눈이 향한 곳은 아이스박스에서 살아 있는 꽃게를 꺼내는 백한이었다. 에리샤는 쪼르르 백한의 곁으로 다가가 눈을 반짝이며 꽃게들을 쳐다봤다.

"왜요……?"

그런 에리샤의 행동에 불안해진 백한이 조심스럽게 물었다. 에리샤는 두 손을 가지런히 모아 백한에게 내밀며 귀엽게 웃었다.

"한 마리만 줘."

"안 됩니다."

또 장난칠 게 분명해 백한은 단호하게 거절했다. 그러자 에리샤가 볼에 바람을 빵빵하게 넣고 불만을 표했다.

"꽃게 한 마리만 줘!"

"먹는 걸로 장난치는 거 아니에요, 에리샤 님."

"장난 안 칠게. 한 마리만 줘!"

에리샤가 줄 때까지 절대 물러서지 않겠다는 의지를 보이자 백한은 하는 수 없이 제일 작은 꽃게를 에리샤에게 줬다.

"음식 해야 하니까 빨리 주셔야 돼요."

백한의 당부에 에리샤는 영혼 없는 고갯짓을 한 뒤 루이에게로 쪼르르 달려갔다.

"루이! 이게 꽃게라는 거래!"

요괴의 숲에는 꽃게가 없었다. 그러니 루이도 꽃게를 처음 봤을 거라고 생각하며 자랑스럽게 보여주었지만 그는 별 감흥 없다는 듯 꽃게를 한 번 흘겨보곤 고개를 돌렸다. 생각과 다른 무미건조한 반응에 김이 빠진 에리샤는 입술을 쭉 내밀었다.

"뭐야, 너 꽃게 본 적 있어?"

"없다."

"근데 왜 이렇게 반응이 없어!"

"내가 반응을 보여야 하는 건가?"

오히려 루이는 꽃게 따위를 보며 신기해하는 에리샤를 이해하지 못하겠다는 듯 쳐다봤다.

뭐가 이리 잘났대?

에리샤는 그런 루이가 못마땅했다. 늘 세상을 다 짊어진 척, 고고한 척하는 그가 얄미워진 에리샤는 어떻게 하면 그를 골탕 먹일 수 있을지 곰곰이 생각했다.

"아!"

좋은 수가 생각 난 에리샤는 한쪽 입꼬리를 비스듬하게 기울이며 부엌 쪽으로 달려갔다. 식사 준비를 하느라 분주한 서영과 백한이 한눈을 팔고 있는 틈을 타서 그녀는 꽃게가 들어 있는 아이스박스를 들고 거실로 돌아왔다.

촤르륵ㅡ.

"……!"

"꽃게 테러다!"

그리고 루이의 머리 위로 뿌렸다. 그 결과는 참혹했다. 얼음과 얼음이 녹은 물, 그리고 안에 담겨 있던 꽃게들이 루이의 몸에 더덕더덕 붙어서 그의 옷을 더럽혔다.

"푸하핫, 꽃게 인간이다. 꽃게 인간!"

"루, 루이."

주방에서 나오던 서영은 거실에서 벌어진 대참사에 입을 쩍 벌리며 루이를 쳐다봤다. 바닥에 굴러다니며 박장대소하는 에리샤와 달리 루이는 조용히 입을 다물고 에리샤를 노려보고 있었다.

"아, 하하……."

뒤늦게 사태가 심상치 않다는 걸 느낀 에리샤가 웃음을 멈추고 루이의 눈치를 살폈다.

루이의 표정은 극히 차가웠고, 그의 주변에는 살기가 아른아른 서려 있었다. 계속 있단간 한 대 맞을 것 같자 에리샤는 자리에서 벌떡 일어나 막 방에서 나온 레카의 뒤로 숨었다.

"뭐야?"

어리둥절해하던 레카는 흠뻑 젖어 있는 루이와 그의 발밑에 굴러다니는 꽃게들을 발견하고 대충 무슨 일이 있었는지 짐작할 수 있었다. 말괄량이 공주님이 대형 사고를 친 것이다.

"에리샤, 내 뒤에 숨는 건 별로 좋은 방법이 아닌 것 같아."

레카는 웃으며 자신의 등 뒤에 숨은 에리샤를 잡았다. 그러자 에리샤는 당황하며 레카의 팔을 꽉 잡았다.

"뭐야! 나 버리는 거야?"

"아니, 내 뒤에 숨어봤자 루이가 널 못 때릴 것 같진 않거든."

"그건……!"

에리샤는 차마 부정하지 못하고 울상을 지었다. 루이가 젖은 옷을 털며 일어서자 에리샤는 더욱 긴장하며 레카를 꽉 붙잡았다.

"하지만 너를 구해줄 사람이 한 사람 있긴 하지."

"응?"

레카는 어리둥절해하는 에리샤의 등을 떠밀었다. 아차 하는 순간 에리샤가 균형을 잃으면서 거의 넘어지다시피 뒤에 있던 서영의 품으로 안겼다.

"레이디를 방패막이로 삼으면 루이라도 함부로 못 할걸?"

그의 말대로 흉흉한 기세를 내뿜던 루이는 서영의 품에 안겨 있는 에리샤를 노려보기만 할 뿐, 이렇다 할 짓은 하지 않았다. 오호, 이러면 되는 구나. 에리샤는 히죽히죽 웃으며 서영의 품을 파고들었다.

이에 루이는 인상을 팍 쓰며 머리를 헤집더니 베란다 난간에 발을 올렸다.

"어디 가게?"

서영이 물었지만 돌아오는 대답은 없었다. 그는 여전히 서영의 품에 있는 에리샤를 못마땅하게 한 번 보곤 창밖으로 뛰어내렸다.

루이가 사라진 뒤에야 에리샤는 서영의 품을 빠져나왔다. 그녀는 루이가 사라진 방향을 향해 혀를 쑥 내밀며 불만스레 말했다.

"장난 한 번 친 거 가지고 엄청 살벌하게 구네. 성질머리하곤."

"방금 장난은 좀 심했어, 에리샤."

서영이 에리샤의 어깨를 잡고 엄하게 말했다.

"그런 장난은 치면 안 돼."

그녀의 입장에선 그저 장난일지 몰라도 다른 사람이 기분 나쁘게 느껴졌다면 그건 이미 장난의 수준을 넘은 것이다. 특히 방금 일은 그녀가 보기에도 꽤 심했기 때문에 서영은 에리에게 주의를 줬다.

"그냥 장난친 거야! 그냥, 루이가 어른처럼 구니까……."

서영까지 화를 내자 풀이 죽은 에리샤는 고개를 숙였다. 그런 에리샤의 옆으로 다가온 레카가 지나가는 어투로 말했다.

"내가 보기에도 그냥 장난인데 루이가 너무 심했어."

"그렇지? 그렇지?"

에리샤는 언제 풀이 죽었느냐는 듯 활짝 웃으며 레카의 품에 와락 안겼다. 그런 에리샤가 마냥 귀여운 레카는 빙긋 웃으며 그녀의 머리를 쓰다듬었다.

"저 녀석, 날이 갈수록 폼만 잡아. 어릴 때는 귀여웠는데."

"어릴 때?"

"응, 엄청 귀여웠지. 나를 형이라고 부르면서 따라다녔는데 그 모습이 마치 어미 닭을 졸졸 쫓아다니는 병아리 같았어."

"병아리……."

서영은 저 무뚝뚝한 루이가 병아리처럼 레카의 뒤를 졸졸 쫓아다니며 그를 형이라고 불렀다는 게 도무지 믿기지 않았다. 에리샤도 말도 안 된다며 격한 반응을 보였다.

"어라? 진짠데? 진짜로 그랬었어."

레카의 표정으로 보아 거짓말은 아닌 모양이었다. 그렇다는 건 어릴 땐 제법 귀여웠다는 건데 왜 저렇게 변한 걸까. 그리고 루이의 어린 시절은 어땠을까. 문득 궁금해졌다.

"레카 씨, 루이의 어린 시절을 들려주세요."

"음? 듣고 싶어?"

"네."

"나도. 나도 듣고 싶어!"

에리샤까지 손을 번쩍 들어 올리며 말하자 레카는 흐뭇하게 웃으며 고개를 끄덕였다.

"그러니까, 내가 루이를 처음 봤던 것이 언제냐면……."

할머니가 어린 손주들을 두런두런 앉혀두고 옛이야기를 시작하는 것처럼 레카는 자신의 곁에 서영과 에리샤, 그리고 언제 온 건지는 모르겠지만 소파에 슬그머니 앉는 백한을 보며 이야기를 시작했다.

약 500년 전. 전대 뱀파이어 로드인 렌이 건재하고 뱀파이어 꽃의 존재에 대해 알려지지 않았을 때.

"왜 아무도 없는 거야?"

아직 성년식을 치르지 않은 유년기 뱀파이어인 레카는 휑한 복도를 보며 한숨을 쉬었다. 그가 들고 있는 삼각플라스크에서는 정체를 알 수 없는 시커먼 액체가 부글부글 끓고 있었다.

"이것들이 단체로 어디 소풍을 갔나……."

새로 만든 약을 실험해봐야 하는데 시종들이 아무도 보이지 않았다. 복도를 휙휙 둘러보며 지나가는 시종이 없는지 확인하고 있는데 어디선가 말소리가 들려왔다.

"……위험……."

"안 돼……."

시종이겠지. 새로 만든 약을 실험할 수 있다면 하급 뱀파이어라도 상관없었다.

누구든 간에 도망치기 전에 붙잡아야 한다는 일념 하나로 레카는 복도를 질주했다. 복도의 코너를 막 돌자 말소리는 점점 더 뚜렷하게 들려왔다.

"……아기를 데려왔다며?"

"그래. 지금 그래서……."

'아기'라는 말에 레카는 걸음을 멈추고 벽에 숨어 그들의 말에 귀를 쫑긋 세웠다.

"루젠 님의 아기라던데?"

"헌데 곧 죽을 위기라고 해."

"어머, 누가 그런 거야?"

"그건……."

시종들의 목소리는 점점 멀어졌다. 레카는 벽에 등을 기댄 채 그들이 한 이야기를 곱씹어 생각했다.

"아기 뱀파이어라."

아기 뱀파이어가 태어난 건 약 100년 만이었다. 보고 싶었다. 태어나서 저보다 어린 뱀파이어를 단 한 번도 본 적이 없었기 때문에 더욱 보고 싶었다. 굉장히 귀엽겠지. 생각만 해도 즐거워서 레카의 얼굴이 약간 상기됐다.

"보러 가야지."

레카는 삼각플라스크를 바닥에 던지고 시종이 사라진 방향으로 걸음을 옮겼다.

웅성웅성―.

로드가 잭을 위해 내려준 방 앞에 시종들과 뱀파이어들이 옹기종기 모여 있었다. 저곳에 시종들이 말한 아기가 있다는 것을 어렵지 않게 짐작한 레카는 아기를 보기 위해 시종들의 사이를 비집고 들어갔다.

"레카 님, 여기 오시면 안 됩니다."

레카는 방을 지키고 있는 하급 뱀파이어에게 팔을 붙잡히고 말았다. 아직 유년기 뱀파이어이긴 하나 상급 뱀파이어인 카르디의 자제인 레카는 하급 뱀파이어보다 힘도 강하고 직급도 높았다.

"감히 어디다 손을 대는 거지?"

하급 뱀파이어와 상급 뱀파이어 사이의 계급 차는 어마어마했다. 한데 하찮은 하급 뱀파이어 따위가 자신을 건드리다니.

레카가 얼굴을 잔뜩 일그러뜨리며 매섭게 말하자 하급 뱀파이어는 황급히 손을 떼고 뒤로 물러났다.

"저 안에 뱀파이어 아기가 있는 것이 맞지?"

"그렇긴 하온데, 레카 님은 들어가시면 안 됩니다."

"어째서?"

"그건 네놈이 약하기 때문이지."

뒤에서 대답이 들리자 레카는 뒤를 돌아봤다. 그의 등 뒤에선 아직 유년기의 모습을 하고 있는 잭이 뒷짐을 진 채 레카를 쳐다보고 있었다.

"지금 저보고 약하다고 한 겁니까?"

잭은 로드의 가호를 받고 있긴 하지만 하급 뱀파이어였다. 한데 저딴 말을 하는 게 어처구니가 없어 레카는 작게 실소했다.

"일개 하급 뱀파이어가 할 말은 아닌 것 같군요."

"내가 비록 일개 하급 뱀파이어이긴 하나, 내게는 로드의 보호막이 있다. 여기 있는 그 누구도 나를 이길 수는 없을 텐데?"

분하지만 사실이었다. 로드의 보호막을 깰 수 있는 것은 로드뿐이었다.

그건 잘 알고 있었지만 분한 마음이 지워지지는 않아 레카는 주먹을 꽉 움켜쥔 채 손을 부들부들 떨었다.

"쓸데없는 짓 하지 말고 네 방으로 돌아가라."

잭은 그 말을 끝으로 방문을 '쾅' 하고 닫았다. 방문이 굳게 닫히자 그 주변에 있던 시종들은 하나둘씩 자리를 떴다.

모두가 자리를 뜬 방문 앞, 레카만 혼자 우두커니 남아 방문을 뚫어지게 쳐다보고 있었다.

'내가 이 정도로 포기할 것 같아?'

돌아가라는 잭의 말에도 레카는 방 근처를 서성이면서 잭 몰래 안으로 들어갈 수 있는 방법을 생각했다. 지나가는 시종의 말에 의하면 방 안에 있는 아기는 고위 뱀파이어인 루젠의 아기이고 그 아기는 현재 은에 중독되어 사경을 헤매고 있다고 했다.

"해독제를 만들자!"

혹시 자신이 해독제를 만든다면 잭이 들여보내주지 않을까 하는 생각이 들어 레카는 모든 지식을 총동원해서 해독제를 만들기 시작했다.

"이것도 실패잖아!"

하지만 해독제를 만드는 건 무척 어려웠다. 레카는 실패작이 든 플라스크를 신경질적으로 땅에 집어던졌다.

기본적으로 은 중독으로 죽는 뱀파이어가 극히 드물다고 할 정도로 뱀파이어의 치유 능력은 탁월했다. 그렇기 때문에 뱀파이어들은 해독제를 만들 필요가 없었고, 그에 대한 지식이 요새에 있을 리도 만무했다. 레카는 요새의 도서관까지 다 뒤졌지만 해독제에 대한 지식은 조금도 얻을 수가 없었다.

"레카 님! 루젠 님의 아이가 오늘이 고비랍니다!"

"뭐?"

시종이 가져온 정보에 레카는 하고 있던 연구를 바닥에 내팽개치고 잭의 방을 향해 냅다 달렸다. 한 번도 얼굴을 본 적이 없는 아기한테 유대감 따위를 느낄 리가 없는데도 이상하게 그 아기를 살리고 싶었다.

"늦은 건가?"

레카가 잭의 방 앞에 도착했을 땐, 그 근처에 있던 시종을 비롯한 살아 있는 모든 자들이 무릎을 꿇고 바닥에 엎드려 오열을 하고 있었다. 그들이 하는 행위는 서열이 높은 뱀파이어가 죽었을 때 하는 의례였다.

"평안한 안식이 되시길……."

"루젠 님……."

겨우 아기가 죽은 일로 저들이 저렇게 오열할 리가 없었다. 거기다 시종들은 하나같이 루젠의 이름을 부르고 있었다.

그렇다는 건 아기가 아닌 루젠이라는 고위 뱀파이어가 죽었다는 의미.

'루젠이 죽었다고?'

영생을 산다고 전해지는 고위 뱀파이어. 루젠은 고위 뱀파이어였기에 레카는 그가 죽었다는 사실을 믿을 수가 없었다.

모두가 루젠의 죽음으로 정신이 없는 틈을 타서 레카는 방 안으로 몰래 잠입했다. 책으로 가득한 방의 한구석에는 침대가 덩그러니 놓여 있었고, 그 앞에는 잭이 넋 나간 사람처럼 하염없이 침대를 보고 있었다.

"바보 자식……."

잭의 얼굴에서 뭔가 반짝이며 흘러내리자 레카는 놀라 헛웃음을 삼켰다. 냉혹하고 무자비하기로 유명한 잭이 눈물을 흘리다니, 눈으로 직접 보고도 믿을 수 없었다.

"허……."

"누구냐!"

고위 뱀파이어가 죽었다는 것과 잭이 눈물을 흘렸다는 사실에 살짝 충격을 받은 레카는 자신이 숨어 있다는 사실을 망각하고 소리를 내고 말았다. 그 소리에 날카로운 잭의 시선이 레카에게 떨어졌다.

"내가 들어오지 말라고 했을 텐데?"

잭의 시린 목소리에 레카는 몸을 가늘게 떨었다. 그가 아니라, 그를 총애하고 있는 로드가 무서웠다. 잭에게 밉보이면 로드에게 죽임을 당할 거라는 소문이 돌 정도로 잭은 로드의 총애를 한 몸에 받고 있었다.

"나, 난……!"

어떤 말로 변명을 해야 할지 몰라 레카는 뒷걸음질하며 말했다. 그러나 잭은 눈치만 한 번 줄 뿐 다시 침대 쪽으로 고개를 돌렸다. 레카도 침대를 쳐다봤다. 곧 침대 맡에서 행복한 얼굴로 눈을 지그시 감고 있는 루젠을 발견한 레카의 눈이 커졌다. 루젠의 몸에선 아무런 기운도 느껴지지 않았다.

"진짜…… 죽었어?"

영생을 산다고 알려지는 고위 뱀파이어가 죽다니, 실로 충격적이었다. 멍하니 루젠을 보고 있던 레카는 침대 쪽에서 이례적으로 강한 힘이 느껴지자 뛰다시피 침대 쪽으로 걸어갔다.

"너, 무슨……!"

당황한 잭이 서둘러 레카를 밖으로 끄집어냈지만 이미 레카는 침대에 누워 있는, 이 영문 모를 강한 기운의 주인을 확인했다.

"뭐야, 저 아기……?"

레카의 시선이 침대 위에 있는 아기에게 고정됐다.

"막 태어난 뱀파이어가 저런 힘을 가질 수 있는 거야?"

아기는 한 손으로 가볍게 들 수 있을 만큼 작고 약했지만 그에게서 나오는 기운은 레카를 압도할 정도로 강했다. 몸이 저절로 위축되고 꽉 쥔 손에서 식은땀이 줄줄 흘러내렸다.

"루젠의 힘을 이어받은 아이다. 고위 뱀파이어의 자식이니 저 정도 힘을 가지는 것은 당연해."

"또 다른 고위 뱀파이어의 자식인 카이다는 저런 힘을 가지고 있지 않았습니다. 저를 바보로 아시는 건 아니죠?"

레카의 날카로운 지적에 잭은 입을 다물었다. 둘 사이에는 침묵이 감돌았고, 그 침묵을 먼저 깬 것은 레카였다.

"나…… 저 애 주면 안 돼요?"

"뭐?"

"루젠 경이 죽었으니 저 아이에게는 지금 보호자가 없잖아요. 내가 보호자 할게요."

뱀파이어 아기들은 태어날 때는 굉장히 약했다. 태어난 지 1년이 지나야 겨우 뱀파이어의 기본적인 힘을 구사하고 100년이 지나야만 뱀파이어라고 할 수 있을 정도의 힘을 구사했다.

그렇기 때문에 어린 뱀파이어들은 백 년간 아버지의 보호를 받으며 그 안에서 안전한 삶을 보장받도록 되어 있었다.

뜬금없이 아이를 달라는 레카를 미친놈처럼 보던 잭이 뭔가 결심을 했는지 진지한 어조로 그에게 물었다.

"네가 카르디 경의 자식이었나?"

"레카이고, 올해 200살이 좀 넘었습니다."

"흐음."

루젠은 죽기 전에 아들을 잘 부탁한다고 했지만, 잭은 솔직히 자신이 없었다. 아이를 좋아하는 편도 아니었고, 아기를 돌보고 싶은 마음도 없었다. 그래서 어찌해야 하나 고민하고 있는데 레카가 등장한 것이었다.

'이 아이라면 잘 돌봐줄 수 있을지도 몰라.'

카르디의 자식인 레카는 이미 요새에서 영특하다고 익히 소문이 나 있었다. 아직은 유년기 뱀파이어라 그 힘을 가늠할 수 없었지만, 후에 성년식을 치른다면 상급 뱀파이어 중에서도 서열이 높은 쪽에 속할 거라고 그의 아버지인 카르디가 입에 침이 마르도록 떠벌리고 다녔다.

거기다 현존하는 뱀파이어 중 루젠의 아들인 루베르이와 연령대가 비슷하니 공감대를 형성하기도 좋을 것이다.

"좋다."

잭의 허락이 떨어지자 레카의 얼굴이 환해졌다. 그는 자신의 것이 된 아기에게 달려가려고 발을 앞으로 내디뎠지만, 다시 잭에게 붙잡혔다.

"그렇다고 저 아이를 준다는 이야기는 아니다."

방금 준다고 해놓고 손바닥 뒤집듯 말을 바꾸자 레카의 얼굴은 여지없이 구겨졌다.

"그렇게 인상 구기지 마라. 저 아이는 루젠이 나한테 맡긴 아이이니 온전하게 너에게 주는 것은 안 되겠지만 네가 저 아이의 말벗이 되어 곁에 있는 것은 허락하마."

뭔가 어정쩡한 역할인 것 같지만, 그게 어디냐는 긍정적인 생각을 하며 레카는 고개를 끄덕였다.

뱀파이어들은 매우 빠르게 성장했다. 보통 아기 뱀파이어들은 태어난 지 1년 정도가 되면 인간 나이로 7~9살 사이의 모습을 갖추고 뱀파이어의 상징인 검은 날개가 생긴다.

"형님, 형님!"

잠시 딴생각을 하고 있던 레카는 루이가 부르자 그를 쳐다봤다. 고위 뱀파이어의 힘을 이어받아서 그런지 루이는 빠르게 성장했다. 이제 겨우 태어난 지 6개월밖에 안 됐는데 볼에 살이 통통하게 올랐고 날개까지 생겼다.

"형님, 저랑 안 놀아주실 건가요?"

레카가 계속해서 딴생각에 빠져 있자 루이가 입술을 삐죽이며 볼에 바람을 넣었다. 통통하게 살이 오른 볼에 바람이 들어가자 금방이라도 터질 것 같았다. 그 모습이 너무 귀여워 레카는 웃음을 흘리며 루이의 볼을 꼬집었다.

"아으, 아으."

"아유, 이 귀여운 녀석."

"아으?"

루이가 눈을 동그랗게 뜨고 자신을 보는 것마저 너무 예뻐서 레카는 그를 꼭 껴안았다. 레카 역시 유년기의 모습을 하고 있었기 때문에 그렇게 키가 큰 것은 아니었지만, 레카보다 루이가 더 아담했기에 루이는 레카의 품에 쏙 안겼다.

"자, 오늘은 이걸 먹도록 해."

레카는 정체불명의 약이 담긴 플라스크를 루이에게 내밀었다. 루이는 인상을 찌푸리며 약을 쳐다봤다.

"꼭 먹어야 하는 겁니까?"

"몸에 좋은 거야."

"그래도……."

"이 형님을 못 믿겠다는 거냐?"

레카가 실망했다는 듯 표정을 굳히자 루이는 고개를 도리도리 저으며 냉큼 레카의 손에서 약을 받아 입 안에 털어 넣었다. 약이 어지간히도 맛이 없는지 루이의 표정은 금방 울상이 되었고, 헛구역질까지 했다.

"또 애한테 뭘 먹이고 있는 거냐?"

오순도순 놀고 있는 레카와 루이의 뒤로 잭이 나타났다. 루이의 손에 든 플라스크 병을 본 잭은 인상을 찌푸리며 레카의 머리를 쥐어박았다. 레카는 시큰하게 아파오는 머리를 만지며 잭을 노려봤다.

"뭘 봐?"

"……아무것도 아닙니다."

그러나 자신이 무슨 짓을 해도 잭을 이길 수 없다는 사실을 잘 아는 레카는 한숨을 쉬며 눈꼬리를 내렸다.

"루이, 얼마 전에 날개가 생겼다고?"

"네."

"빠르구나."

날개가 생겼다는 것은 뱀파이어의 1차 성징을 끝냈다는 것과 같았다. 다 죽어가던 녀석이 이렇게 건강하게 컸다는 사실이 잭은 진심으로 기뻤다.

"날갯짓을 배워야겠구나."

"날갯짓?"

"날개가 생겼으니 창공을 날아야지. 요괴 중에서 이렇게 훌륭한 날개를 가진 일족은 우리가 유일무이하니 영광으로 알아야 한다."

잭의 말에 루이는 또랑또랑한 눈망울을 빛내며 고개를 끄덕였다.

"자, 그럼 어떻게 날갯짓을 가르칠지가 문제인데……."

보통 어린 뱀파이어들은 자신의 부모에게서 날갯짓을 배우지만 루이의 아버지는 죽었으니, 다른 누군가가 그에게 날갯짓을 가르쳐야 했다. 남을 가르치는 데는 소질이 없는 잭은 어떻게 하면 좋을까 곰곰이 생각했다.

"내가 할게요!"

"네가?"

레카 역시 아직 어린 뱀파이어였기 때문에 그가 잘 가르칠 수 있을지 의심스러워 걱정스레 쳐다보자, 레카는 자신의 가슴을 치며 말했다.

"잘할 수 있어요!"

"어떻게 하려는 건데?"

"책에서 가르치는 방법에 대해 본 적이 있어요."

잭은 순간 뱀파이어 날갯짓 하는 방법이 적힌 책이 존재했던가에 대해 심각하게 고민했다. 아무리 생각해도 그런 책을 본 기억이 없었다.

하지만 레카가 호언장담하며 자신만 믿으라는 것으로 보아, 정말로 그런 책이 존재하는지도 몰랐다. 잭은 세상에 아직도 자신이 잘 모르는 책이 존재한다는 사실에 신기해하며 고개를 끄덕였다.

"그렇게 해라."

"가자, 루이!"

"잠깐."

레카가 곧바로 루이를 데리고 가려고 하자 잭은 레카의 어깨를 잡았다.

"루이는 연회에 가야 하니 날갯짓을 배우는 건 조금 뒤로 미뤄야 할 것 같다."

"연회요?"

루이가 눈을 동그랗게 뜨고 되묻자 잭은 미미한 웃음을 지으며 루이의 머리에 손을 턱 올렸다.

"아기 뱀파이어에게 날개가 생기면 로드께서 온전한 뱀파이어 일원으로 인정해주는 연회를 열어준단다. 뱀파이어뿐만 아니라 다른 종족의 요괴들도 오는 큰 파티이니 일찌감치 준비를 해야겠지."

"다른 요괴도 온다고요?"

다른 요괴들이 온다는 말에 루이의 눈이 호기심으로 반짝반짝 빛났다. 막 세상을 알게 된 어린 뱀파이어는 세상에 일어나는 모든 일이 신기했다. 뱀파이어 말고 다른 요괴를 볼 수 있다는 사실에 흥분되어 루이는 한시라도 빨리 연회라는 곳에 가고 싶었다.

"레카, 지금 내가 좀 바빠서 그런데 네가 해줄 수 있지?"

원래대로라면 루이의 연회 준비를 보호자인 잭이 해야 하지만, 잭은 현재 로드가 시킨 일 때문에 바빠 시간을 낼 수가 없었다.

"당연하죠!"

레카가 고개를 끄덕이자 잭은 그의 어깨를 두드리며 믿는다는 말을 남기고 바삐 사라졌다.

"연회 준비라면 어떤 것을 하는 건가요, 형님?"

"치장하는 거지 뭐. 다른 이들에게 자신을 소개하는 거니까."

루이는 레카의 말을 경청하며 고개를 끄덕였다. 뱀파이어들은 평소에는 일반적인 제복을 입고 생활했지만 연회 때만큼은 자신이 가진 모든 것을 동원하여 가장 화려하고 가장 아름답게 꾸몄다.

"허면 저는 뭘 하면 됩니까?"

루이가 고개를 갸웃거리며 묻자 레카는 턱을 쓰다듬으며 살짝 고민에 빠졌다. 이번 연회의 주인공은 루이. 모름지기 주인공은 모두의 주목을 받을 만큼 튀어야 하는 법이었다.

"아!"

어떻게 하면 그럴 수 있을지 고민하던 레카는 곧 좋은 방법을 떠올리고 씨익 웃었다.

◈

현재 요괴의 숲에서 가장 영향력이 큰 종족은 뱀파이어였다. 모든 요괴들은 그들의 행동을 주시했고, 그들에게 잘 보이려고 노력했다.

"저분은 인어 일족의 수장 아닌가요? 얼마 전에 수장 교체를 했다고 하더니, 역시 어리군요."

"거미 일족도 왔군요."

"저건 웨어울프 일족 아닌가?"

"그 보기 드문 일족이 참여했다고?"

그 때문인지 뱀파이어 로드가 직접 주최하는 이번 연회에 많은 요괴들이 참석했다. 찬란하게 부서지는 태양빛보다 더 화려하게 치장한 이들은 모두 한자리에 모여 서로를 경계했다. 다들 뱀파이어 로드에게 잘 보이는 게 목적이니 서로를 경쟁 상대로만 생각했다.

"헌데 저 소녀는 누구지?"

"글쎄…… 나도 처음 보는데."

서로를 경계하며 주변을 살피던 요괴들의 시선이 갑자기 한곳에 집중되었다. 그곳엔 예쁘장하게 생긴 한 소녀가 있었다.

화려한 드레스를 입은 다른 암컷들과 다르게 소녀는 머리색만큼이나 짙은 검은 드레스를 입고 있었다. 레드와 블랙으로 조합된 드레스와 창백하게 질린 얼굴은 마치 마녀 같았지만 소녀가 순진무구한 얼굴로 연회장을 두리번거리고 있었기에 뭔가 순수하다는 느낌도 들었다.

"어디 일족일까요? 눈이 붉은 것을 보아하니 뱀파이어 일족인가?"

"뱀파이어는 암컷이 없는 일족이잖아요."

"혹여 돌연변이일까요?"

"아니면 능력을 써서 눈 색을 바꾼 것일 수도 있죠. 옷 분위기에 맞춰서."

요괴들은 소녀를 보고 수군거렸다. 엉거주춤 자리에 서 있는 것으로 보아, 소녀는 이번 연회가 처음인 것 같았다.

"루이."

붉은 머리 소년이 다정하게 소녀에게로 다가가자 불안하게 주변을 살피던 소녀의 눈에 이채로운 빛이 생기면서 소녀는 소년의 품에 와락 안겼다.

"어머, 저분은…….."

"분명 성함이 레카였죠?"

뱀파이어의 아기는 드물 뿐만 아니라 모두가 주시하고 있기 때문에, 레카 역시 요괴들 사이에서는 유명했다.

더구나 레카는 아직 시종을 들이지 않았다. 뱀파이어의 시종 자리는 요괴들에게도 영광스러운 자리에 속했기 때문에 모두들 눈을 빛내며 레카를 쳐다봤다.

"루이, 여기서 뭐 해?"

"그냥 쑥스러워서요."

태어나서 난생처음 치마를 입어본 루이는 쭈뼛거리며 자신의 치맛자락을 움켜쥐었다. 그 모습이 너무나도 사랑스러워서 절로 미소가 나왔다. 레카는 싱긋 웃으며 루이의 머리를 부드럽게 쓰다듬어주었다.

"네가 제일 예뻐."

'그리고 제일 튀지.'

그 말을 뒤로한 채 레카는 사람 좋은 미소를 지었다. 미의 일족이라고 불리는 뱀파이어. 파티에서 루이를 가장 튀게 만들기 위해 레카가 내세운 전략은 그를 예쁘장한 소녀로 바꾸는 것이었다.

'하지만 이렇게 잘 어울릴 줄은 정말 몰랐는데.'

루이의 모습에 레카는 내심 놀랐다. 그에게 옷을 직접 입힌 것도, 그의 얼굴에 화장을 한 것도 자신이었지만 너무나도 소녀 같은 루이의 모습을 보고 있자니 괜히 기분이 묘해져서 레카는 헛기침을 뱉으며 고개를 휙 돌렸다.

"로드께서 드십니다!"

우렁찬 시종의 목소리와 함께 6명의 고위 뱀파이어를 거느린 로드가 연회홀 중앙에 깔린 레드카펫을 천천히 밟으며 들어왔다. 화사한 금발을 가진 로드는 제복을 입은 고위 뱀파이어들과 다르게 순백의 제복을 입고 있었다. 그는 미의 일족의 수장답게 수려한 외모를 가지고 있었고, 그가 나타나자 암컷들은 들고 있던 부채를 떨어뜨린 것도 모를 정도로 로드에게 빠져들었다.

"저분이 로드······."

오늘 처음 로드를 보는 루이는 입을 떡 벌린 채 로드를 쳐다봤다. 분명 기운을 숨기고 있을 텐데, 그럼에도 불구하고 로드에게서 느껴지는 위엄은 대단했다.

"음?"

카펫을 걸으며 연회에 참석한 요괴들을 찬찬히 훑던 로드는 베란다 한구석에서 자신을 경이로운 시선으로 보고 있는 소녀를 발견하고 고개를 갸웃거렸다.

"허어?"

"왜 그러십니까, 로드."

로드의 반응이 이상하다는 것을 느낀 한 고위 뱀파이어가 그에게 무슨 일인지 묻자 로드는 소녀 쪽을 손으로 가리키면서 황당하다는 목소리로 말했다.

"우리 일족 중에 여성이 존재했던가?"

"네?"

"저길 보게, 펠리우스."

로드의 말에 펠리우스는 고개를 돌려 로드가 가리키는 곳을 쳐다봤다. 짙은 흑발에 붉은 눈, 펠리우스는 자신의 눈이 잘못된 건가 싶어 눈을 비볐지만 소녀는 여전히 그 자리에 있었다.

"헉?"

"네가 생각해도 여자 같지?"

로드의 말에 펠리우스는 고개를 격하게 끄덕였다. 느껴지는 기운은 분명 뱀파이어의 기운인데 외모는 아무리 봐도 여자였다. 여자같이 생긴 남자애라고 생각할 수도 있겠지만, 소녀가 입고 있는 옷은 분명 여자들만 입는 드레스였기 때문에 펠리우스는 이게 대체 무슨 일인가 싶어 눈을 깜빡였다.

"저 옆에 있는 것은 카르디 경의 자식이었던가?"

"네, 레카라고 약 200년 전에 태어났습니다."

"흐음."

로드는 한참이나 뚫어지게 소녀와 소녀를 안고 있는 레카를 처다봤다.

"재미있군."

"네?"

"저 둘을 데려와봐."

로드의 명에 또 다른 고위 뱀파이어가 재빨리 그들에게로 다가갔다.

"어라?"

레카는 고위 뱀파이어가 자신에게 다가오자 살짝 놀라며 고개를 숙여 그에게 인사를 했다. 그러나 남자는 레카의 인사를 받는 둥 마는 둥 하며 소녀의 손을 덥석 잡았다.

"로드께서 찾으신다."

"예? 벌써요?"

아직 연회를 시작한다는 선언도 안 했는데 벌써 인사를 하는 건가 싶어 당황한 레카가 반문하자, 고위 뱀파이어는 눈썹을 불만스럽게 움직이며 레카를 처다봤다.

"지금 로드의 명을 거역하겠다는 건가?"

"아니요. 절대로 아닙니다."

로드의 명은 절대적이었다. 고위 뱀파이어는 루이를 데리고 가려고 그를 잡은 손에 힘을 주었다. 강한 힘이 살을 파고들어 뼈까지 느껴지자 루이는 미간을 살짝 찌푸리며 뒤로 한 발짝 물러섰다.

"아파……."

루이가 미약하게 신음을 내자 레카는 자신도 모르게 루이의 팔을 잡은 고위 뱀파이어의 손을 잡았다.

"루이 스스로 갈 수 있습니다. 그 손 놔주세요."

"루이? 설마 이 아이가 루젠 경의 아이인 루베르이인가?"

"설마 모르셨습니까?"

고위 뱀파이어가 놀란 표정을 짓자, 레카는 뭔가 상황이 이상하게 돌아간다는 것을 느꼈다. 루이를 여장시키긴 했지만, 루이에게서 느껴지는 기운은 분명한 뱀파이어의 것이었다.

현재 생존하는 뱀파이어 중 이렇게 어린 모습을 가진 유년기 뱀파이어는 루이가 유일하기 때문에 다른 요괴들은 못 알아볼지 몰라도, 뱀파이어들만은 알아볼 수 있을 거라고 생각했는데 고위 뱀파이어가 알아보지 못하다니. 계산에 착오가 생기자 레카의 표정이 미묘하게 굳었다.

"아니 대체 왜 여장을…… 아니, 그것보다 로드가 기다리니 얼른 가세."

고위 뱀파이어는 그대로 루이를 잡고 로드에게 데려갔다. 긴 레드카펫 끝의 가장 상석에 앉아 있던 로드는 루이와 레카가 자신에게 다가오자 더욱 흥미롭다는 듯 그들을 쳐다봤다.

"뱀파이어 로드, 렌 님이시다. 예를 갖춰라."

렌의 왼편에 서 있는 펠리우스가 루이와 레카를 향해 말했다. 레카는 곧바로 허리를 숙이며 정중하게 예를 갖췄지만, 이런 자리가 처음인 루이는 엉거주춤 레카를 따라했다.

"귀여운 모습을 하고 있구나, 루베르이."

역시 렌은 루이를 바로 알아봤다. 렌이 의문의 소녀를 루베르이라고 부르자 홀에 있던 모든 이들이 경악한 얼굴로 입을 쩍 벌린 채 루이를 쳐다봤다.

"저 아이가 이번에 태어난 뱀파이어 아기라고요?"

"뱀파이어 일족은 여자가 태어날 수 없는 거 아니었나?"

순식간에 홀이 시끄러워졌다. 요괴들이 수군거리는 소리는 루이의 귀에까지 들렸고, 루이는 요괴들이 자신의 이름을 계속해서 입에 올리자 뭔가 잘못된 건가 싶어 어리둥절한 표정으로 주변을 두리번거렸다.

"저들의 이목이 신경 쓰이느냐?"

"조금요……."

루이가 수줍게 말하자 렌은 부드러운 미소를 지으며 손을 들어 올렸다. 그러자 시끌시끌했던 홀이 순식간에 조용해졌다. 신기한 광경에 루이가 눈을 반짝이며 감탄을 뱉자 렌의 눈이 초승달처럼 부드럽게 접혔다.

"이리 오거라, 루젠의 아이여."

7인의 뱀파이어 중 하나였던 루젠. 그가 영생과 강한 힘을 모두 버리고 선택한 아들이었다. 가족 간의 유대감이 거의 없는 뱀파이어 일족에게 이번 일은 꽤 이색적이었고, 대부분의 뱀파이어는 힘과 영생을 포기하고 아들을 살린 루젠을 이해하지 못했다.

렌은 루이가 자신의 곁으로 오자 그의 손을 잡았다. 통통하게 살이 오른 손은 아직 루이가 아기라는 사실을 확연하게 드러내고 있었다.

"네 아버지가 고위 뱀파이어였다는 것은 알고 있느냐?"

"네. 잭 경에게 들어서 알고 있습니다."

렌에게서 느껴지는 기운이 위압적일 텐데도 불구하고 루이는 조금의 떨림도 없이 또렷한 목소리로 대답했다. 하지만 렌에게 잡힌 루이의 손은 미약하게 떨리고 있었고 렌은 그 점을 놓치지 않았다.

"똑같구나."

"예?"

"네 아버지도 나한테 고위 뱀파이어 작위를 받는 날, 너처럼 굴었었지."

"아버지……가요?"

"그래."

루이는 단 한 번도 보지 못한 아버지와 자신이 닮았다는 말에 기뻐하며 뺨을 발그레 붉혔다.

"감사합니다."

진심이었다. 정말로 너무나도 감사해서 루이는 활짝 웃으며 렌을 향해 고개를 꾸벅 숙였다. 그러자 렌이 호탕하게 웃으며 루이의 머리를 손으로 헤집었다.

"정말로 귀엽구나, 너는."

렌의 말에 모두들 너 나 할 것 없이 루이를 칭찬하고 나섰다. 로드의 마음에 든 이에게 잘못 보여서 좋을 것이 없다고 생각했기 때문이었다. 갑작스러운 칭찬에 당황한 루이가 어버버거리며 고개를 푹 숙이자, 렌은 더욱 깊은 미소를 지었다.

"좋다. 이 자리는 비워두지."

렌은 비어 있는 고위 뱀파이어의 자리를 가리키며 말했다. 렌이 가리킨 자리는 불과 1년 전만 해도 루젠이 앉았던 자리였다. 렌의 말에 모두들 눈을 크게 뜨고 렌을 쳐다봤다. 자리를 비워두겠다는 말은, 저 자리에 루이를 앉히겠다는 말과 같았다. 즉, 렌은 루이를 고위 뱀파이어로 만들겠다고 선언한 것이다.

"에?"

하지만 너무 어려 그 의미를 바로 이해하지 못한 루이는 어벙한 표정으로 렌에게 되물었다. 렌은 그런 루이의 뺨을 가볍게 두드리며 다시 한 번 말했다.

"성년식을 치르는 날, 너는 내 인장을 받을 것이다."

로드의 인장을 받는다는 건 고위 뱀파이어가 된다는 의미였다.

고위 뱀파이어는 로드 다음으로 뱀파이어 일족에서 가장 높은 자리였기에 출세길이 확실해진 루이에게 잘 보이기 위해 하루가 멀다 하고 수많은 요괴들이 그를 찾아왔다. 로드 또한 심심치 않게 그를 찾았다.

때문에 루이는 눈코 뜰 새 없이 바쁜 나날을 보내야 했다. 예전처럼 레카와 놀 시간 따위는 없었다.

"이건 말도 안 돼."

하루아침에 루이를 다른 요괴들에게 빼앗긴 레카는 심통 난 얼굴로 소파에 앉아 있었다. 레카의 맞은편에 앉아 있던 잭이 혀를 끌끌 차며 들고 있던 찻잔을 탁자 위에 놓았다.

"그러길래, 그렇게 눈에 띄는 짓은 왜 해?"

"저는 그냥 루이를 그 누구보다 튀게 만들고 싶었다고요!"

"장난치고 싶었던 건 아니고?"

"뭐, 90%는 장난이었지만……."

역시 장난이었군. 잭은 혀를 내두르며 그를 믿었던 과거의 자신을 탓했다. 평소 레카가 장난기가 많은 건 알고 있었지만, 설마 루이를 여장 시킬 거라곤 생각지 못했다.

그 덕분에 로드의 눈에 들어 고위 뱀파이어의 자리를 약속 받긴 했지만 마냥 기뻐할 수만은 없었다. 고위 뱀파이어는 요괴들이 생각하는 것 이상으로 힘든 자리였으니까. 과거 잭이 고위 뱀파이어가 되라는 렌의 제안을 괜히 거절한 게 아니었다.

"그나저나 루이에게 날갯짓은 언제 가르칠 거지?"

"저도 가르치고 싶은데 루이가 너무 바쁘네요."

"하지만 날갯짓은 빨리 배울수록 좋은데, 흠."

"오는 대로 가르쳐야죠. 이대로 있다간 1년 뒤에야 가르칠 수 있을 것 같지만요."

"그건 안 되는데."

뱀파이어가 날갯짓을 못한다는 것은 크나큰 수치였다. 자신의 보호 아래 있는 아이가 다른 이들에게 욕먹는 게 싫은 잭은 루이가 오는 대로 날갯짓을 가르쳐야겠다고 결심했다.

쾅—.

돌연 거칠게 문이 열리더니 루이가 비틀거리면서 안으로 들어왔다.

"형님, 잭 님……."

"루이 아니더냐."

한 달 사이에 조금 더 큰 루이는 울먹이면서 잭의 품에 와락 안겼다.

"죽을 것 같아요……."

"많이 힘드냐?"

루이는 고개를 끄덕이며 잭의 품을 더욱 파고들었다. 아직 태어난 지 1년도 채 안 된 어린아이가 이곳저곳 끌려 다니는 것이 너무 불쌍해서 잭은 말없이 루이의 등을 토닥였다.

"이제 끝났느냐?"

"아마도요."

루이는 확신할 수가 없었다. 끝났다고 생각하면 다른 이가 자신을 불렀고, 그것도 끝났다고 안심하면 또 다른 이가 자신을 불렀다. 평범한 요괴들은 어떻게든 핑계를 대며 피하면 되지만, 고위 뱀파이어들이나 로드의 부름은 거역할 수 없었기 때문에 루이는 매번 울며 겨자 먹기로 그들에게 가야 했다.

"루이, 네가 많이 피곤한 것은 알지만 너에겐 아직 중요한 것이 남아 있단다."

잭의 말에 루이는 눈물이 글썽글썽한 얼굴로 잭을 쳐다봤다. 설마 잭도 자신에게 뭔가를 시키려는 건가 싶어 걱정하고 있는데 잭이 그의 머리를 쓰다듬으며 부드럽게 웃었다.

"날개가 생겼으니 하늘을 날아봐야 할 것 아니냐."

"아."

"날아보고 싶지?"

루이가 냉큼 고개를 끄덕였다. 말은 안 했지만 그 역시 다른 뱀파이어들이 넓은 창공을 나는 것이 너무 부러웠다.

"그럼 내가 나설 차례인가?"

자리에서 일어선 레카가 루이의 손을 잡자 잭이 걱정스럽게 물었다.

"레카, 이번에는 정말 잘할 수 있지?"

"물론이죠. 맡겨만 주세요."

레카가 다부지게 대답했지만, 연회의 일이 마음에 걸려 잭은 안심할 수가 없었다.

"잘할 수 있어요! 그러니 잭 경은 저만 믿고 기다리면 됩니다."

정말 괜찮은 거겠지…… 불안했지만 레카가 워낙 믿어달라고 고집을 피운 탓에 잭은 고양이에게 생선을 맡기는 심정으로 레카에게 루이를 맡겨야만 했다.

휘잉—.

레카가 루이를 데리고 간 곳은 요새의 탑이었다. 어찌나 높은지 땅은 보이지도 않았다. 주변엔 시커먼 먹구름이 가득했고, 매서운 칼바람이 그들의 얼굴을 후려치고 지나갔다.

"무, 무서워……."

까마득한 높이에 잔뜩 겁을 먹은 루이가 울먹거리며 레카의 옷자락을 꼭 부여잡았다.

"뱀파이어가 이렇게 겁이 많으면 어떡해."

레카는 매정하게 루이를 떼어낸 뒤, 탑의 난간으로 밀었다. 벼랑 끝에 몰린 루이의 얼굴이 새하얗게 질렸다. 다리가 너무 후들거려서 제대로 서 있지 못하고 바닥에 주저앉았다.

"자, 얼른 날 따라서 해봐."

레카는 날개를 펼쳐 허공으로 발을 내디뎠다. 검은 날개가 펄럭이며 레카의 몸이 추락하지 않고 허공에 떴다. 언제 봐도 신기한 장면에 루이가 감탄사를 뱉자, 레카는 싱긋 웃으면서 루이를 향해 손을 내밀었다.

"얼른 해봐."

"네!"

루이는 레카가 시키는 대로 날개를 펄럭이려고 노력했지만 날개는 의지대로 움직이지 않았다. 몇 번을 시도해도 마찬가지였다. 마음대로 되지 않자 애가 탄 루이가 발을 동동 굴렀다.

"잘 안 돼요. 어떻게 하면 되는데요?"

"날개를 펄럭이고……."

하급 뱀파이어도 다 하는 날갯짓을 제대로 못하는 루이가 답답했지만, 레카는 인내심을 가지고 차근차근 설명했다. 본인 스스로가 생각해도 친절하고 자세하게 설명했는데도 루이는 좀처럼 따라하지 못했다.

"못 하겠어……."

포기한 건지 루이는 다시 자리에 주저앉았다. 레카는 한숨을 푹 내쉬었다. 답답하다 못해 루이가 한심해졌다. 저런 게 고위 뱀파이어의 자식이라니, 믿을 수가 없었다.

"역시 책에서 시키는 대로 해야 하나."

"응?"

루이는 레카가 뭐라고 중얼거리자 눈을 깜빡이며 그를 쳐다봤다. 그런데 갑자기 레카가 보이지 않았다. 루이는 깜짝 놀라며 주변을 둘러봤다.

"형?"

퍼억―.

모든 건 순식간에 일어난 일이었다. 어느새 루이의 뒤로 다가간 레카는 그를 발로 차 밀었다.

"으아아아아아아악!"

미처 방어할 틈도 없이 루이는 요새의 탑 아래로 떨어졌다. 거센 비명을 지르며 눈을 질끈 감았다가 뜬 루이는 탑 꼭대기에 앉아 의미심장하게 웃고 있는 레카를 발견했다.

장난, 재미, 실험.

동시에 레카의 몸 주변에 두둥실 떠다니는 문자를 확인했다. 처음 보는 문자인지라 뭔지는 모르지만, 루이는 본능적으로 저 문자들이 레카의 마음을 대변해주고 있다는 사실을 깨달았다.

'지금 날 가지고 실험한 거야? 재미를 위해서?'

거기까지 생각이 미치자 루이의 얼굴은 볼썽사납게 일그러졌다.

믿었는데, 그를 믿었는데 이런 짓을 하다니! 믿었던 만큼 배신감이 크게 다가왔다.

"아아악!"

시커먼 구름이 자신을 삼키면서 점점 몸이 아래로 추락하자 루이는 비명을 지르며 눈을 질끈 감았다. 무섭다. 너무 무서워서 눈을 뜰 수가 없었다.

이대로 추락한다면 제아무리 뱀파이어라도 중상을 입을 게 뻔했고, 특히나 루이처럼 유년기의 뱀파이어는 죽을 가능성이 컸다.

'이대로 죽을 순 없어!'

자신의 아버지가 목숨을 바쳐 살려준 목숨이었다. 이대로 추락해서 죽는

다면 아버지를 뵐 면목이 없다고 생각한 루이는 있는 힘을 다해 날개를 움직이려고 노력했지만, 날개는 움직이지 않았다.

자그맣게 보였던 나무들이 점차 커지면서 흑색의 땅이 보이자 루이는 욕설을 뱉으며 소리를 질렀다.

"움직이란 말이야!"

무릇 생명이 걸린 일에는 초인적인 힘이 발휘되는 법이었다. 땅에 곤두박질치기 바로 직전 루이의 날개가 움직이기 시작했다. 그 덕분에 루이는 꼴사납게 땅에 처박히지 않고 두 발로 안전하게 착지할 수 있었다.

그제야 어떻게 날갯짓을 해야 할지 감이 온 루이는 천천히 날개를 펄럭였다. 그러자 검은 깃털이 바람에 부드럽게 흩날리면서 몸이 가볍게 허공으로 떠올랐다.

"나를 죽이려고 했단 말이지……."

루이는 검은 구름 사이로 흐릿하게 보이는 요새의 탑을 보면서 이를 부득부득 갈았다. 죽이려고 작정하지 않고서야 날갯짓도 제대로 못하는 자신을 저 까마득한 높이의 탑에서 밀었을 리가 없었다. 이건 분명 작정하고 자신을 죽이려고 든 것이다.

"연회 때도 꼴사나운 모습으로 만들더니……."

아무것도 몰랐을 땐, 레카가 하는 것이 모두 옳다고 생각하며 그를 따랐다. 그래서 연회 때 레카가 주인공은 다 여장하는 거라며 자신에게 여자 옷을 입힐 때도 군말 없이 입었다.

으득―.

하지만 그건 사실이 아니었다. 그 누구도 연회 때 여장을 하지 않는다는 사실을 고위 뱀파이어에게 들었을 때 루이는 그제야 레카가 자신에게 장난을 친 것이라는 것을 뒤늦게 알아챘다.

더구나 그동안 레카가 자신에게 먹였던 약들이 전부 독약에 가까운 약이라는 사실도 알아버렸다.

"저게 형님이라고……?"

루이의 붉은 눈동자가 살기에 번득거렸다. 아니라고 생각했다. 그가 자신을 가지고 장난치려는 것이 아니라 자신을 진심으로 아낀다고 생각하려고 했는데, 지금 상황을 보아하니 아무래도 레카는 자신을 장난감 그 이상 그 이하로도 보지 않는 모양이었다.

"내가 저걸 다시 형님으로 모시면 뱀파이어가 아니다."

루이는 그렇게 만 1살이 되기 전부터 레카를 경계하기 시작했다.

———————✦———————

그 이후 루이는 필사적으로 레카를 피해 다녔다. 가지고 있는 힘만 따지면 레카보다 루이의 힘이 우위이긴 하나, 아직 그 힘을 다 깨우치지 못한 루이는 레카보다 약했기 때문에 일단 피해야 했다.

"네가 피한다면, 내가 따라다녀주마!"

하지만 레카는 만만치 않은 상대였다. 레카는 눈에 불을 켜고 루이를 쫓아다녔다. 회의실이든, 책의 방이든, 복도든 루이가 있는 곳이면 귀신같이 나타나 그를 괴롭혔기 때문에 루이는 자신의 방 밖으로 나가는 것 자체를 꺼려 했다.

"하아."

그렇게 쫓고 쫓기는 사이가 된 지 백 년. 루이는 이제 '레카'의 '레' 자만 들어도 진절머리가 날 정도였다. 뱀파이어가 가장 좋아한다는 붉은색조차 싫어지려 하고 있었다.

"오늘은 나가야 되는데……."

인간으로 따지면 루이는 현재 성장기였다. 본래 성년 뱀파이어는 한 달에

한 번 정도 피를 마시면 되지만 유년기 뱀파이어, 특히 성장기 뱀파이어는 일주일에 한 번은 꼭 마셔야만 했다.

"어떻게 안 들키고 나가지."

루이는 방 안을 서성이면서 어떻게 하면 레카의 눈에 띄지 않고 무사히 인간 세상으로 갈 수 있을지 고민했다.

유년기 뱀파이어는 힘을 다루는 것이 미숙해서 인간 세상으로 가는 포탈을 자신의 마음대로 열 수 없었다. 하여 로드가 그들을 배려해서 요새 안의 지정된 장소에 인간 세상으로 향하는 포탈을 만들어두었다.

그곳까지 레카에게 들키지 않고 갈 방법을 고민해봤지만, 딱히 뾰족한 수가 떠오르지 않았다. 어쩔 수 없지. 그냥 부딪치는 수밖에.

루이는 크게 심호흡한 뒤 방문을 열었다.

달칵―.

"없지?"

일단 기린처럼 목만 쑥 빼고 복도를 살펴봤다. 빛 한 점 들어오지 않는 복도는 칠흑 같은 어둠이 감돌았고, 시종 하나 보이지 않았다. 인기척이 전혀 느껴지지 않자 루이는 비로소 안심하며 밖으로 나왔다.

탁―.

"……?"

곧바로 로드가 만들어둔 포탈이 있는 장소로 향하던 루이는 갑자기 무언가 제 발목을 휘감자 깜짝 놀라 밑을 쳐다봤다.

"뭐, 뭐야."

녹색의 끈적이는 물체가 제 발목을 휘감고 있었다. 루이는 당황하며 끈적이는 물체를 떼어내려고 했지만, 그가 격하게 움직일수록 끈적이는 물체는 더욱 루이의 발목을 휘감았다.

"대체 왜 이런 게 여기 있는 건데!"

"크크크큭."

루이가 절망하며 소리를 지르는 그때, 어디선가 음침한 웃음소리가 들려왔다.

'이 웃음소리는 설마…….'

루이는 인상을 꽉 쓰며 어둠 속에 몸을 숨긴 채 자신을 지켜보고 있을 상대를 불렀다.

"레카."

"어때? 내 엘리자베스가."

"숨어 있지 말고 나와!"

루이가 빽 소리를 질렀지만 레카는 여전히 모습을 드러내지 않고 말했다.

"우리 엘리자베스가 네가 마음에 드는 모양이야, 더 놀아주라고."

"……!"

어둠 속에서 등장하는 초록색 촉수 군단을 발견한 루이의 눈이 화등잔만큼 커졌다. 적어도 열 개, 아니 스무 개는 되어 보였다.

"사, 살려줘!"

루이는 비명을 지르며 도망쳤다. 저런 것에게 붙잡힌다고 죽진 않겠지만, 그래도 기분이 나빴다. 붙잡히고 싶지 않았다.

"꺼지란 말이야!"

루이의 외침에도 불구하고 초록색 촉수 괴물 군단은 빠르게 다가갔다. 거리가 좁혀지면 좁혀질수록 루이의 안색은 더욱더 창백하게 변했다. 결국 촉수 군단에 붙잡힌 루이는 눈을 질끈 감았다.

물컹—.

"욱!"

온몸이 끈적끈적하고 미끈거리면서 소름이 돋았다. 루이는 어떻게든 벗어나려고 노력했지만 그가 움직이면 움직일수록 녹색 괴물은 더욱더 그를 옭아맸다.

"귀엽지?"

그제야 어둠 속에서 모습을 드러낸 레카는 마치 애완동물 다루듯 촉수를 쓰다듬으며 웃었다.

"이제 곧 네 생일이잖아. 그래서 선물로 주려고 만들었지."

"이게 어딜 봐서 생일 선물이야!"

"왜? 마음에 안 들어? 그러지 말고 같이 놀아봐. 그럼 마음에 들걸?"

"이 미친……!

루이가 욕을 읊조리자 레카가 혀를 차며 고개를 저었다.

"이런, 이런. 형한테 욕하면 안 되지."

"누가 형이야!"

저런 작자를 형으로 모시고 싶은 생각은 조금도 없었다. 루이가 부정하자 레카가 몹시 슬프다는 듯 눈물을 글썽이며 가슴을 움켜쥐었다.

"불과 백 년 전만 해도 나를 형이라고 잘 따르던 애가, 왜 이렇게 된 건지……."

'너 때문이잖아, 너 때문에!'

레카가 이런 이상한 장난만 치지 않았더라도 계속 그를 따랐겠지만, 모든 걸 알게 된 이상 더는 그를 따를 생각이 눈곱만큼도 없었다.

꿀렁꿀렁.

"생일 선물 마음에 들지?"

레카의 말에 또다시 욕지기가 입 밖으로 튀어나갈 뻔한 루이는 입술을 잘근잘근 깨물며 레카를 노려봤다. 그러자 레카는 어깨를 으쓱이며 루이를 향해 손을 흔들었다.

"그럼 재미있게 놀아."

어떻게 재미있게 놀라는 건데!

루이가 소리 없는 아우성을 내질렀지만, 애석하게도 그걸 보지 못한 레카는 격하게 발버둥치는 루이와 그를 휘감고 있는 엘리자베스를 내버려두고, 손을 흔들며 그대로 어둠 속으로 사라졌다.

◈───◆◆◆───◈

생일 선물 사건 이후, 루이의 레카 기피증은 더욱 심해졌다. 루이는 두문불출했고, 그가 방에 틀어박힌 지 1년이 다 되자 그제야 사태의 심각성을 깨달은 로드, 렌은 레카의 아버지인 카르디에게 아들을 단속하라고 명령을 내렸다.

"부르셨습니까, 아버님."

로드의 명을 듣자마자 카르디는 단박에 레카를 불러냈다. 부자지간이라고는 하나 본디 뱀파이어는 가족애가 거의 없는 일족. 자신의 목숨을 걸고 아들을 살린 루젠의 경우가 매우 특이한 경우였다. 레카와 카르디 사이에서 부자간에 있을 법한 애틋함은 찾아볼 수가 없었다.

"너, 루이 괴롭히고 다닌다며?"

"그럴 리가요. 그리고 괴롭히고 싶어도 루이를 본 지 오래돼서 괴롭힐 수도 없습니다."

"정말로 그렇게 생각해?"

"네."

레카는 한 치의 망설임도 없이 고개를 끄덕였다. 이걸 어떻게 해야 하나. 무릇 잘못된 버릇은 본인이 인정해야 고쳐지는 법이었다. 카르디는 전혀 자신의 잘못을 인지하지 못하는 레카를 보며 어떻게 해야 할지 생각에 빠졌다.

"레카, 누가 너한테 여장을 시킨다면 어떻게 할 거지?"

카르디는 레카가 본인의 잘못을 스스로 자각하도록 유도했다. 카르디의 질문에 레카는 눈살을 찌푸리며 바로 입을 열었다.

"미쳤습니까?"

"넌 그 미친 짓을 루이에게 시켰잖아."

"전 그런 취미가 없어서 싫지만, 루이는 좋아하니까 상관없지 않습니까?"

"……."

레카의 말에 카르디는 말문이 막히고 말았다. 제 아들이 이렇게 이기적일 줄은 몰랐다. 원래 뱀파이어라는 종족이 이기적인 종족이지만, 그건 모두 타인에게 피해를 주지 않는 선에서였다. 레카 같은 경우는 굉장히 드문 케이스였다.

"루이가 좋다고 하더냐?"

"싫어하면 싫다고 했겠죠."

레카는 뭘 그런 걸 묻느냐는 표정으로 카르디를 쳐다봤다.

"그럼 요새 탑 꼭대기에서 루이를 민 것도 그가 좋아서 한 거고?"

"어, 그거 어떻게 아셨습니까?"

레카는 자신이 말한 적이 없는데 카르디가 그 사실을 알고 있다는 것에 깜짝 놀랐다.

"루이가 말해준 건가요? 나쁜 놈이네. 비밀로 해달라고 했는데."

"지금 중요한 것은 그 부분이 아니잖아!"

요리조리 요점을 피해가는 레카의 영악함에 카르디는 버럭 소리를 질렀다.

"루이를 죽이려고 그런 거냐?"

"설마요. 제가 사랑하는 동생을 죽일 리가 없지 않습니까."

그 말에 카르디의 표정이 미묘하게 일그러졌지만 레카는 전혀 눈치채지 못했다.

"다 그를 위한 것이었습니다. 그에게 날갯짓을 가르치기 위해 눈물을 머금고 그를 밀었지요."

"뭐?"

"어떤 책을 보니까 부모가 자식에게 날갯짓을 가르칠 때 벼랑 끝에서 민다고 적혀 있더라고요. 전 그걸 그대로 실행했을 뿐입니다."

"그게 어떤 책이었지?"

"그게…… 조류 백과사전인가 그랬습니다."

"……"

"왜 그러십니까?"

레카는 카르디가 자신을 이상한 눈으로 쳐다보자 뭐가 잘못된 건가 싶어 그에게 물었다. 그러자 카르디는 손으로 자신의 이마를 치며 고개를 절레절레 저었다.

"레카, 넌 조류가 무슨 뜻인지 알고 있나?"

"저를 바보로 아십니까? 당연히 알고 있지요."

알고 있으면서도 그걸 따라했다고?

당황한 카르디가 얼빠진 표정으로 그를 가만히 쳐다보자 레카는 허리춤에 손을 올리고 의기양양하게 말했다.

"날개가 있는 날짐승을 말하는 것 아닙니까. 인간들의 사전에서 봤다고요."

"……날짐승의 뜻은 알고 있어?"

"날아다니는 짐승을 통틀어서 말하는 거지요."

단어의 뜻을 정확하게 알고 있으면서도 그런 짓을 했다니. 카르디는 지끈거리는 머리를 부여잡았다.

"그런데 신기하네요."

"뭐가?"

"인간은 날개가 없는 종족이지 않습니까. 그런데 날갯짓을 가르치는 방법에 대한 책을 내다니. 인간이라는 종족은 생각보다 뛰어난 것 같습니다. 연구해볼 가치가 있어요."

레카의 눈이 반짝반짝거리자 등골이 오싹해진 카르디는 서둘러 그를 말렸다.

"인간을 가지고 실험을 할 생각이라면 고이 접어두어라, 레카."

레카는 호기심이 많은 뱀파이어였다. 호기심이 많은 만큼 실험을 하는 것을 좋아했고, 그의 위험한 실험 때문에 다친 시종들이 한둘이 아니었다. 카르디는 혹시나 레카가 인간 세상에 가서 실험한다고 설칠까 봐 걱정되었다.

"카르디 님."

시종이 어둠 속에서 자신을 부르자 카르디는 고개를 한 번 끄덕였다. 그러자 굳게 닫혀 있던 집무실의 문이 열렸고, 이윽고 들어온 것은 루이였다.

"루이!"

루이는 레카가 자신을 향해 팔을 벌리고 뛰어오자 흠칫 놀라며 그를 피했다. 관성의 법칙에 따라 달려오던 레카는 자신의 속도를 주체하지 못하고 벽에 부딪쳤다.

"윽, 내 사랑을 피하다니!"

"사랑은 개뿔……."

루이는 울상을 짓는 레카를 한심하다는 시선으로 한 번 쳐다본 뒤 카르디를 쳐다봤다.

"무슨 일로 찾으셨습니까."

"아아, 네가 레카랑 싸운 뒤 방에서 안 나온다고 하기에, 둘이 화해하라고 불렀다."

"필요 없습니다."

루이가 자신의 호의를 딱 잘라서 거절하자 카르디는 눈살을 찌푸리며 루이와 레카를 같이 쳐다봤다.

"뱀파이어들 중에 유년기 뱀파이어는 너희 둘이 유일하다. 이제 그만 화해하고 사이좋게 지내면 안 되겠느냐?"

"그러고 싶은 생각 전혀 없습니다."

"싸우지 않았는데 왜 화해를 해야 합니까?"

사태의 심각성을 전혀 인지하지 못하는 레카의 언행에 머리가 지끈지끈 아파서 카르디는 깊은 한숨을 푹 쉬었다.

"레카의 말이 맞습니다. 저흰 싸운 적이 한 번도 없습니다. 그러니 이런 자리를 마련할 필요도 없습니다."

"봐요. 루이도 싸운 적 없다고 하잖아요."

루이는 레카의 말에 얼굴을 왕창 구겼다. 루이가 살벌하게 노려봤지만 레카는 아무렇지도 않다는 듯 실실 웃고 있었다.

"재수 없는 자식."

"어허, 형한테 말버릇이 왜 그래?"

"네가 형이라고?"

"그럼 네가 형 할래?"

끝도 없는 레카의 말장난에 휘말리기 싫어 루이는 입을 다물었다. 이 자식과는 1초도 한 공간에 같이 있고 싶지 않았다.

"하실 말씀 다 끝났으면 가봐도 되겠습니까?"

"어? 아, 어…… 그, 그래."

둘의 싸움에 어떻게 해야 할지 생각하고 있던 카르디는 루이의 말에 얼떨결에 고개를 끄덕였다.

카르디는 루이가 문밖으로 나간 뒤에야 기껏 부른 루이를 어이없이 보냈다는 사실을 자각했다.

"저도 가보겠습니다!"

루이가 나가자마자 레카는 카르디에게 고개를 꾸벅 숙여 인사를 하고 그를 따라갔다. 레카는 빠르게 복도를 가로질러 걸어가고 있는 루이의 등을 와락 껴안았다.

"왜 그동안 안 보였어?"

레카의 말에 루이의 눈썹이 불만스럽게 움직였다. 지금 그걸 말이라고 하는 걸까? 자신이 누구 때문에 두문불출하고 방에 틀어박혀 있었는데!

"상관할 바가 아니다."

"우리 사이에 너무 매정하다."

레카는 너무한다며 징징거렸다.

'우리 사이? 대체 우리가 무슨 사이인데?'

이 말이 입 안을 맴돌았지만, 괜히 말을 꺼냈다간 레카에게 덜미가 붙잡힐 것 같아 루이는 말을 아꼈다.

복도를 걷는 내내 레카가 계속 떠들었지만 루이는 단 한 번의 대꾸도 하지 않았다.

"우리 엘리자베스는 잘 있어? 내가 준 선물이니 잘 보관하고 있겠지?"

"……"

'엘리자베스'라는 말에 루이의 몸이 가늘게 떨렸다. 그 초록색 괴물. 몇 년이 지난 지금도 잊히지 않았다.

"……레카."

"웅?"

드디어 루이가 자신의 말에 반응을 보이자 레카의 눈이 반짝였다. 레카가 뭐든 말하라는 눈빛으로 쳐다보자 루이는 싱긋 웃으며 말했다.

"꺼져."

"난 아직도 그때 루이가 왜 그런 반응을 보였는지 이해가 안 돼."

"하하."

서영은 뭐라 대답하는 대신 어색하게 웃었다. 레카의 이야기를 들으니 루이가 왜 저렇게 삐뚤어졌는지 충분히 이해가 됐다.

"애를 왜 그렇게 괴롭혀?"

에리샤가 혀를 차며 타박하자 레카가 황당하다는 듯 그녀를 쳐다봤다.

"말을 왜 그렇게 해? 난 괴롭힌 게 아니라 예뻐해준 거야."

"그게 예뻐해준 거라고? 허이고? 두 번 예뻐해주다간 애 죽이겠다?"

"나름대로 예뻐해준 건데?"

여전히 레카가 자신의 잘못을 전혀 인지하지 못하자 에리샤는 고개를 저었다. 평소 루이를 그렇게 좋아하진 않았지만, 레카의 이야기를 들으니 갑자기 그가 불쌍하게 느껴졌다.

"너희들이 그 모습을 못 봐서 그래."

"그 모습?"

"루이가 여장했을 때 말이야. 얼마나 귀여웠냐면……."

"그렇게 재미있었나?"

"……!"

뒤에서 갑자기 루이의 목소리가 들리자 레카는 깜짝 놀라며 뒤를 돌아봤다. 곧 한 마리의 맹수처럼 서 있는 루이와 마주한 레카가 질겁하며 자리에서 벌떡 일어섰다.

"루, 루이……."

"레카, 내가 그 일에 대한 건 소멸할 때까지 입 다물라고 말했을 텐데?"

"아니, 그게……."

루이의 욕을 한 것도 아니고 단순히 옛날이야기를 해줬을 뿐이었다. 그런데 가시방석에 앉은 것처럼 불안해서 레카는 안절부절못하며 엉덩이를 들썩거렸다.

"언제 왔어, 루이?"

한없이 살벌했던 루이의 기운이 한풀 꺾인 건 서영이 말을 걸었을 때였다. 레카를 볼 때는 추운 겨울처럼 차가웠던 그의 시선은 서영을 볼 땐 봄바람처럼 따뜻했다.

저거다. 방법을 찾은 레카의 눈이 빛났다. 레카는 기회를 봐서 루이에게 다가가는 서영의 등을 세게 밀쳤다.

"어, 어?"

등을 떠미는 강한 힘에 몸의 중심이 무너진 서영이 기우뚱하며 루이 쪽으로 넘어졌다. 루이는 재빠르게 움직여 서영을 받아냈다.

"이게 뭐하는 짓이지?"

자칫 서영이 다칠 뻔했다는 사실에 분개한 루이가 레카를 쳐다봤다. 그새 벽에 포탈을 만든 레카가 손을 살랑살랑 흔들었다.

"잘 있어."

"너⋯⋯!"

레카는 루이가 잡으러 올 새라 황급히 포탈 안으로 들어갔다. 그를 집어삼킨 포탈은 빠르게 닫혔다.

"하,"

"그, 그럼 나도⋯⋯."

루이의 심기가 몹시 불편하다는 사실에 에리샤도 슬금슬금 눈치를 보며 방 안으로 뒤꽁무니를 뺐다. 분명 아까까지만 해도 그 자리에 같이 있던 백한도 어느새 보이지 않았다.

"⋯⋯."

그 사실에 속이 더 부글부글 끓었지만, 원인 제공자가 도망친 이상 화를 내봤자 소용없다는 걸 알기에 루이는 애써 화를 삭이며 머리를 쓸어 올렸다. 서영이 그런 루이의 눈치를 살피며 물었다.

"내가 들으면 안 되는 거였어?"

"그건 아니야. 그냥 레카가 한 짓이 다시 생각나서 짜증 날 뿐이다."

하긴. 서영이 듣기에도 레카가 루이에게 한 짓들은 하나같이 이상하고 너무한 것들뿐이었다.

서영은 무거운 분위기를 전환할 겸, 루이의 기분을 풀어줄 겸, 밝게 웃으며 물었다.

"너 어렸을 땐, 꽤 귀여웠다며? 한 번 보고 싶다. 귀여운 루이라니."

레카를 형님이라고 부르며 졸졸 쫓아다니는 루이라. 생각만 해도 귀여웠다.

"그럼 어렸을 땐 레카 씨랑 잭 경이랑 함께 논 거야?"

"그걸 놀았다고 표현할 수 있는 건가?"

"하지만 너 싸운 것도 아니라고 했다며."

"그래. 싸운 적은 없어. 항상 그가 일방적으로 날 괴롭힌 거지."

그러고 보니 그렇네. 비로소 서영은 레카의 아버지인 카르디의 말에 루이가 왜 그렇게 대답했는지 이해할 수 있을 것 같았다.

"그래도 이젠 레카 씨와 잘 지내는 것 같네?"

"이게 잘 지내는 거냐."

"그렇게 당했는데도 그를 밀어내거나 하지 않잖아."

"……그가 날 돌봐준 건 사실이니까."

막 태어난 아기 뱀파이어는 매우 약했다. 제 힘으론 포탈도 열지 못했고, 인간을 사냥할 능력도 없었다. 하지만 성장하기 위해서 성인 뱀파이어보다 더 많은 인간의 피를 필요로 했다.

보통 이 역할은 아버지가 해주지만 루이는 아버지가 없었기 때문에 다른 뱀파이어의 힘을 빌려야만 했다. 그 외에도 아버지가 해줘야 할 역할들이 이것저것 있었는데 이 모든 역할을 해준 뱀파이어가 바로 레카였다. 그렇기 때문에 루이는 레카가 아무리 짓궂은 장난을 쳐도 외면할 수가 없었다.

　"방금 뭐라고 했어?"

　"아무것도."

　"뭐야, 그게."

　서영이 김 빠졌다며 툴툴거렸지만 루이는 말해줄 수가 없었다. 이 사실을 레카가 알면 기고만장할 테니까.

　레카에 대한 자신의 생각은 평생 가슴에 묻고 가야 할 비밀이었다.

진실

뱀파이어 꽃의 귀환. 그것은 곧 새로운 로드가 탄생하여 혼란스러운 뱀파이어 사회를 잠재울 것을 예고하는 것이었다.

"가장 중요한 안건으로 넘어가지요."

지스는 서류를 넘기면서 원탁에 앉아 있는 자들을 훑어보았다. 현재 루이를 비롯한 의회 뱀파이어들과 루이의 일행이 있는 이곳은 의회실이었다. 본디 인간은 이곳에 출입할 수 없었지만, 에리샤가 막무가내로 우긴 탓에 서영도 회의에 참석할 수 있었다.

"가장 시급한 것은 인간들에게 선포해둔 전쟁을 수습하는 겁니다."

몇 년 전, 뱀파이어 꽃을 찾기 위해 아쉘이 인간들과의 전쟁을 선포했고, 그 선포는 아직 유효했다. 뱀파이어에게 인간은 단숨에 없앨 수 있는 나약한 존재였지만, 뱀파이어가 살기 위해선 반드시 필요한 존재이기도 했다.

"우리의 존재가 세상에 드러났으니, 협상밖에는 길이 없겠지요."

"그러려면 로드가 있어야 하는데……."

뱀파이어들의 시선이 일제히 의회장 자리에 앉아 있는 에리샤에게로 향했다. 원래는 의회장인 아쉘이 앉아야 하는 자리였지만, 아쉘은 몸이 아프다는 말도 안 되는 핑계로 회의에 참석하지 않았다.

"언제 로드를 정하실 생각이십니까. 앞으로 치를 요괴 전쟁도 있으니, 한

시라도 빨리 로드를 정하셔야 합니다."

개성이 뚜렷하고 이기주의 성향이 강한 뱀파이어들이 로드도 없이 전쟁에 나간다면 자기들 멋대로 움직일 것이 분명했다. 그럼 아무리 강한 뱀파이어일지라도 요괴 전쟁에서 질 가능성이 있기 때문에 다들 에리샤가 어서 로드를 정해주길 바랐다.

뱀파이어들의 재촉에 에리샤는 난감해하며 입술을 지그시 깨물었다. 그런 에리샤를 지켜보는 서영 역시 마음이 편치 않았다.

"나는 루이를 로드로 정했어."

"그럼 어서 로드의 인장을 새기시지요."

카이다가 불쑥 끼어들자 에리샤가 미간을 찌푸리며 그를 노려봤다.

"왜 그렇게 노려보십니까. 제가 틀린 말을 한 것은 아닐 텐데요."

"……물론 아니지."

"그럼 어서 로드를 정하십시오."

"에리샤 님이 어련히 알아서 하실 터인데, 카이다 경께서 너무 재촉하시는군요."

보다 못한 레카가 에리샤를 두둔하고 나서자 카이다는 픽하고 웃음을 흘렸다.

"로드의 자리가 벌써 16년째 비어 있습니다. 얼마나 더 기다려야 한단 말입니까? 안 그렇습니까, 모두들?"

"그건 그렇지요."

"빨리 로드가 정해져야 이 사회가 좀 더 안정될 겁니다, 에리샤 님."

"아직 에리샤 님이 어리셔서……."

"어리다는 핑계로 도망칠 수 없다는 거 아실 텐데요, 레카 경."

카이다가 유려한 말솜씨로 자신의 말을 모두 맞받아치자 레카는 할 말을 잃고 입을 다물었다.

"……모두들 헤라클레스의 12가지 시련을 알고 있어?"

레카와 카이다가 말씨름하는 것을 지켜보던 에리샤가 뜬금없는 말을 꺼내자, 근처에 앉아 있던 지스가 안경을 치켜 올리며 대답했다.

"인간들의 신화에 나오는 거 말씀하십니까?"

"맞아. 헤라클레스는 신에게 인정을 받기 위해 12가지의 시련을 받았지. 내가 지금 루이한테 그 시련을 주고 있어."

금시초문이었다. 에리샤의 말에 다른 이들보다 더 놀란 루이가 에리샤를 쳐다봤지만 에리샤는 루이의 시선을 무시하고 말을 이었다.

"로드를 한 번 정하면 바꾸지 못하는 만큼, 선택할 때 신중해야 한다고 생각해. 물론 지금 상황이 어려운 건 알지만, 그렇다고 아무나 마구잡이로 로드로 만들 수는 없어."

"그 말은 루베르이 경이 로드의 자리에 적합하지 않다는 이야기입니까?"

"그걸 알아보기 위해 난 그에게 시련을 주고 있는 거야. 그렇지, 서영?"

"어?"

"내가 이때까지 시련 준 거 봤지?"

"……으응."

에리샤가 갑자기 자신에게로 화살을 돌리자 당황한 서영은 말을 더듬으며 대답했다. 서영이 고개를 끄덕이자 에리샤는 그것 보라는 듯이 뱀파이어들을 쳐다봤다.

"이번에 인간에게 선포한 전쟁에 대한 건 루이가 해결할 거야. 그것이 내가 그에게 주는 열 번째 시련이니까."

"대체 무슨……!"

뜬금없는 말에 레카가 한마디 하려고 하자 에리샤는 그에게 입을 다물라는 시선을 보냈다.

"회의는 이것으로 끝이다. 더 이상 로드에 대한 이야기하지 마. 나는 분명하게 이야기를 했으니까."

에리샤는 더는 다른 뱀파이어들의 이야기를 듣지 않겠다는 듯 서영의 팔을 잡고 방을 나갔다. 그녀가 나가자 회의실에는 정적이 감돌았다.

"루베르이 경, 정말로 시련을 받았었나?"

"……네."

전혀 그런 적 없었지만, 에리샤의 말에 대충 장단을 맞춰줘야 할 것 같아 고개를 끄덕였다.

"뭐, 차기 로드께서 이번 전쟁 선포에 대해 알아서 해주신다니 저희는 걱정이 없습니다."

카이다가 비아냥거렸지만 루이는 뭐라 대답하는 대신 그를 한 번 흘겨보곤 자리에서 일어섰다. 에리샤가 나가면서 회의는 끝났다고 봐도 무방하니 자리를 떠도 상관없었다. 곧바로 회의실을 나오는데 레카가 따라붙었다.

"어떻게 할 거야?"

"에리샤가 말한 것을 이야기하는 건가?"

"아니, 뭐 그것도 황당하긴 한데……."

레카는 주변에 듣는 귀가 없는지 확인한 뒤 루이에게 작은 목소리로 물었다.

"일단 네가 제일 먼저 생각해야 하는 건 인간들과의 전쟁을 어떻게 마무리 지을 건지잖아. 어떻게 할 거야?"

"일단 인간들의 수장과 이야기를 해봐야겠지."

"되도록 싸움은 피했으면 해. 인간들이 약하기는 하나 그들은 우리보다 수가 몇십 배는 더 많아. 이상한 무기도 많이 가지고 있고 말이야. 싸우면 이기기는 하겠지만 우리도 많은 피해를 입을 거야. 그럼 요괴 전쟁에서 불리해질 테고."

"알고 있다."

"하아, 어쩌자고 에리샤는 그 일을 네가 한다고 해서……."

안 그래도 협회 일 때문에 골치가 아픈데, 인간들의 일까지 떠맡게 되자 할 일이 배로 늘어버렸다. 거기다 루이가 로드가 된다는 사실이 뱀파이어들 사이에 공공연하게 퍼져 로드의 부재로 16년간 밀렸던 서류들이 모두 루이의 품으로 들어오게 되었다.

"에리샤와 레이디는 지금 어디 있지?"

"현재 방에서 쉬고 계십니다."

레카의 질문에 곁에서 모습을 감추고 있던 시종인 레이첼이 나타나 대답했다. 에리샤가 요새로 돌아오자마자 요새에 그녀의 방이 생겼다. 요새의 방만큼 안전한 곳도 없기 때문에 에리샤는 루이와 레카가 업무를 처리할 때면 대부분 그녀의 방에서 시간을 보내곤 했다.

"내가 에리샤와 레이디를 데리고 인간 세상으로 갈게. 먼저 가 있어."

"알았다."

인간들의 일을 처리하려면 인간 세상으로 가야 하는 것이 당연지사. 레카의 말에 루이는 고개를 끄덕이며 인간 세상으로 향하는 포탈로 들어갔다.

◆◈◆

"이대로 질 순 없어. 이대로 질 순 없다고!"

아쉘은 소파 주변을 빙빙 돌면서 손톱을 잘근잘근 깨물었다. 원래 계획 대로라면 심판의 제단에서 이긴 후 루이를 요새에서 추방하고 자신이 뱀파이어 꽃을 취해야 했다.

그런데 계획이 전부 틀어졌다. 루이를 추방하긴커녕 오히려 루이가 뱀파이어 꽃의 선택을 받았다는 걸 만천하에 알리고 말았다.

"아악! 망할 쓰레기 같으니!"

아쉘은 뻘겋게 변한 눈을 빛내며 탁자를 주먹으로 내리쳤다. 탁자가 부서지면서 고이 놓여 있던 도자기들이 바닥에 떨어지면서 깨지고, 찻잔이 바닥에 굴러다녔지만 아쉘은 신경 쓰지 않았다.

"왜 그리 초조하게 구십니까."

"네 이놈!"

아쉘은 헤브가 나타나자마자 꽃병을 집어 던졌다. 꽃병은 헤브의 머리에 정통으로 맞고 와장창, 깨졌다. 깨진 꽃병 조각이 헤브의 얼굴에 상처를 내고 꽃병 안에 있던 물이 그의 얼굴을 더럽혔지만, 그는 꼼짝도 하지 않고 가만히 서 있었다.

"네놈 때문에 내 꼴이 이게 뭐냐! 심판의 제단에 꽃이 오지 않는다고? 아무 힘도 못 쓴다고? 그럼 그때 온 년은 꽃이 아니라 누구란 말이더냐!"

"……."

"말을 해보란 말이다! 평소에는 뚫린 입으로 잘도 말하더니 왜 지금은 입을 꾹 다물고 아무 말도 하지 않는 게야!"

아쉘이 뭐라 하든 말든 헤브는 그저 묵묵히 서서 바닥을 내려다보고 있었다. 그런 그에게 삿대질하며 방방 날뛰던 아쉘은 이내 지쳤는지 숨을 크게 뱉고 소파에 털썩 앉았다.

"이대로 있다간 루베르이가 로드가 된다. 그 사실은 알고 있겠지?"

"알고 있습니다."

"그럼 네놈들이 그토록 원하던 실험도 하지 못할 텐데, 이대로 가만히 있을 게냐?"

"루베르이가 이번에 인간들과의 협상에 들어간다고 합니다."

"인간들과 협상을 한다고?"

눈을 감고 있던 아쉘은 헤브의 말에 눈을 번쩍 뜨고 그를 쳐다봤다.

"그놈이 협상에 나선다는 것은 정말로 그가 로드가 된다는 거잖아!"

아쉘의 말에 헤브는 속으로 혀를 내찼다. 멍청해도 정도가 있지 이리 멍청할 줄은 몰랐다. 만약 에리샤가 완전한 뱀파이어 꽃이라면, 그녀는 이미 루이를 로드로 만들고 요새에 위풍당당하게 귀환했어야 했다. 하지만 에리샤는 그러지 못하고 있었다.

그 점에 대해 이상하게 생각할 법도 하건만, 아쉘은 머리가 없는 건지 아예 그쪽으로는 생각도 하지 않았다.

"그래서 아쉘 님의 도움이 필요합니다."

헤브는 그에 대한 욕을 마음속에 고이 접은 채 존경심이 듬뿍 담긴 얼굴로 말했다.

"무엇을?"

그의 행동에 조금이나마 기분이 풀어진 건지 아쉘은 짜증이 조금 가신 얼굴로 헤브에게 물었다.

'단순한 녀석.'

헤브는 속으로 비웃으며 대답했다.

"루베르이의 시선을 잠시만 붙잡아주십시오. 그 뒤는 저희가 알아서 하겠습니다."

"어떻게 한다는 거지? 루베르이의 옆에는 레카도 있고 뱀파이어 꽃도 있는데?"

"그것에 대한 준비는 다 되어 있습니다. 그러니 아쉘 님은 그저 루베르이의 시선을 붙잡아 그가 다른 이들을 도와주지 못하게 해주시면 됩니다."

"……내가 그를 이길 수 없다는 건 잘 알고 있겠지?"

아쉘과 루이의 서열은 고작 하나 차이였지만, 그들 사이의 힘은 그 차이가 어마어마하게 컸다. 그를 이기지 못한다는 것이 부끄러운지 아쉘은 개미만 한 목소리로 작게 말했다.

"루베르이를 이기길 원하는 것이 아닙니다. 그저 그의 발목을 잡아주셨으면 하는 거지요."

"알겠다. 날짜를 알려준다면, 내 맞춰서 가지."

"감사합니다."

아쉘이 순순히 하겠다고 하자 헤브는 고개 숙여 인사를 올리고 아쉘이 있는 방을 빠져 나왔다.

"……역시 아무것도 모르지?"

밖에서 헤브를 기다리고 있던 소녀는 헤브가 나오자 발랄하게 그에게 안기며 물었다. 헤브가 그에 대한 답을 주지는 않았지만, 소녀는 이미 답을 알았다는 듯 깔깔거리면서 웃기 시작했다.

"그 멍청한 늙은이! 나이만 많지 할 줄 아는 건 아무것도 없잖아?"

"말조심해, 메리얀. 아직 여긴 뱀파이어 요새야."

"아무도 없는데 뭐. 그보다 헤브, 그 카이다라는 놈, 믿을 만한 자야?"

메리얀의 질문에 헤브가 무슨 의미로 묻느냐는 듯 쳐다보자 메리얀은 그의 허리를 감고 있던 손을 풀고 그의 시선과 정면으로 마주했다.

"난 카이다라는 그놈을 믿을 수가 없어. 속에 뱀을 백 마리쯤 품고 있는 놈 같단 말이야."

"주인님께서 선택하신 분이다."

"그러니까 요즘 주인님이 무슨 생각이신지도 모르겠단 말이야. 이러다가 주인님께서 정말로 완전히 사라지는 건 아니겠지?"

"그럴 리가 없잖아."

"나도 그건 아는데, 그냥 좀 불안해서 그래."

메리얀이 말꼬리를 길게 늘어뜨리며 손으로 긴 머리카락을 비비 꼬자 헤브가 미소를 살짝 띠며 그녀의 머리에 손을 올렸다.

"괜찮을 거다. 그러니 걱정하지 말고 주인님께 돌아가자."

"에리샤 님!"

"에리샤 니임!"

"아, 시끄러!"

요괴들이 시끄럽게 굴며 자꾸 집 안으로 들어오려고 하자 에리샤는 거칠게 현관문을 닫았다.

"에리샤 님, 절 한 번만 봐주세요!"

그러자 이번에는 베란다에서 온갖 요괴들이 나타났고, 하루가 멀다 하고 찾아오는 요괴들 때문에 노이로제가 걸릴 것 같아 에리샤는 신경질적으로 머리를 헤집으며 소리쳤다.

"지금부터 내 눈에 띄는 새끼들은 전부 요괴 전쟁에서 제거 1순위가 될 줄 알아!"

에리샤의 말 한마디에 그녀의 주변을 에워싸던 요괴들은 한순간에 사라졌다. 그 순간에도 에리샤를 위한 선물을 놓고 가는 걸 잊지 않았다.

"진절머리 나는 녀석들."

"그래도 전부 너를 위해서 온 거잖아."

"흥! 요괴 전쟁에서 어떻게든 한자리 해보려는 거잖아!"

에리샤는 험악한 표정을 지은 채 발로 선물들을 뻥 차며 말했다.

"내가 이런다고 저들한테 눈길 하나 줄 것 같아?"

에리샤가 화를 내며 선물을 마구 짓밟자 서영은 고개를 저었다. 처음엔 선물을 받는다는 사실에 헤벌쭉 웃으며 좋아하더니, 이젠 진절머리가 났는지 선물을 들고 찾아오는 요괴들만 보면 성질을 내며 그들을 내쫓았다.

"근데 이놈들은 언제 온대?"

"누구?"

"누구긴 누구야! 루이랑 레카지!"

호랑이도 제 말 하면 온다고 벽에 포탈이 생기더니 곧 레카가 등장했다.

"오늘도 선물이 많네?"

레카는 어림잡아도 수십 개가 넘어 보이는 선물들을 보며 휘파람을 불었다.

"루이는 어디 있어요?"

"뭐냐, 레이디. 이제는 지 신랑이라고 바로 루이부터 찾는 거야? 나한테는 인사도 안 해주고?"

"어, 오셨어요?"

서영의 시큰둥한 반응이 재미가 없어 레카는 어깨를 으쓱이며 말했다.

"곧 올 거야."

"같이 안 온 거예요?"

"같이 오는 길이었는데, 하이네어 경이⋯⋯."

우당탕탕―.

레카의 말이 끝나기도 전에 방 안에서 큰 소리가 들렸다. 물건이 부서지는 소리인 것 같기도 하고, 뭔가 넘어지는 소리인 것 같기도 했다.

"왜 따라오시는 겁니까!"

"루이?"

방 안에서 루이의 목소리가 들렸다. 보아하니 누구랑 대화하고 있는 모양이었다. 무슨 일이 있나 싶어 방으로 향한 서영은 방문을 열자마자 익숙하면서도 낯선 이를 발견했다.

"하이네어 경?"

"잘 지내셨습니까, 서영 님."

하이네어는 지난번 서영을 도와주면서 그가 뱀파이어 꽃의 반쪽이라는 사실을 알고 있었다. 그가 꾸벅 허리를 숙여서 인사하자 얼떨결에 서영도 같이 허리를 굽혔다.

"오랜만에 뵙습니다, 에리샤 님."

"오랜만이야!"

하이네어를 발견한 에리샤는 그의 손을 반갑게 잡았다.

"재판 때 인사도 제대로 못 했는데, 다시 봐서 반가워!"

"저 역시 다시 뵙게 되어 영광입니다."

"어쩐 일이야?"

"나를 따라왔다."

에리샤가 하이네어에게 물었지만, 대답을 한 것은 그의 뒤에 있던 루이였다. 루이는 시큰둥한 표정으로 그들을, 정확히는 하이네어를 쳐다보고 있었다.

"이제 왜 따라왔는지 말해주실 수 있으십니까?"

루이는 퉁명스럽게 하이네어에게 물었다. 반갑게 하이네어를 맞이하는 에리샤와 다르게 루이는 그가 이곳에 있는 것이 영 마음에 안 드는 모양이었다.

"이 늙은이를 이리 냉대할 겐가, 루이 경."

"저와 언제부터 그리 친했다고 루이라고 부르시는 겁니까."

"오늘부터 친해지려고 한다네."

하이네어의 뻔뻔함에 기가 찬 루이는 혀를 내찼다.

"허허."

루이의 살벌한 기운에 기가 죽을 법도 하건만 하이네어는 전혀 흔들림 없이 루이의 눈빛을 맞받아쳤다. 두 뱀파이어 사이엔 이상한 기류가 흘렀고, 그걸 말린 건 레카였다.

"자, 자, 신경전은 그쯤 하고."

레카는 특유의 사람 좋은 미소를 지으며 하이네어의 팔을 잡고 그를 거실로 이끌었다.

"좁은 데서 이러지 말고 나가서 이야기합시다."

레카를 따라서 하이네어가 나가자 다른 이들도 우르르 방을 나왔다. 루이는 여전히 하이네어가 온 게 못마땅한지 뚱한 표정을 짓고 있었다.

"기분 풀어, 루이."

서영은 루이의 기분을 풀어주기 위해 그의 손을 꼭 붙잡았다. 그제야 루이는 뚱한 표정에 옅은 미소를 그리며 손을 꼭 마주 잡았다.

"백한은?"

"잠시 병원 일 때문에 갔어."

"루이, 어서 와! 하이네어 경이 원하는 이야기를 해준대!"

서영과 좀 더 진득하게 이야기를 나누고 싶었는데, 레카가 부르는 바람에 어쩔 수 없이 그들에게 다가갔다. 루이가 하이네어의 맞은편 소파에 앉자 레카가 여전히 서 있는 서영에게 손짓했다.

"레이디도 앉아."

레카는 서영까지 자리에 앉자 헛기침을 한 번 뱉고는 말을 이었다.

"일단 하이네어 경은 우리 일행에 합류하기로 했어."

"누구 마음대로?"

"누구긴, 내 마음대로지."

레카는 루이가 살벌하게 노려보자 손사래를 쳤다.

"하이네어 경의 능력이 없었으면 우리는 저번 재판에서 절대로 못 이겼어. 그건 너도 잘 알잖아?"

반박할 수 없는 질문이었기에 루이는 침묵을 고수했다.

"그리고 우린 인간들의 문제를 처리하는 것 때문에 대부분 인간 세상에 있느라 뱀파이어 요새가 어떻게 돌아가는지 잘 모르잖아. 이럴 때 하이네어 경이 요새에 있으면서 우리의 눈과 귀가 되어주는 거지."

"그건 하이네어 경도 동의한 겁니까?"

루이의 질문에 하이네어가 고개를 끄덕였다.

"무엇을 위해서입니까. 당신은 중립을 지키던 뱀파이어 아닙니까?"

"지금 뱀파이어 사회가 왜 이렇게 되었는지 레카 경에게 대충 들었네. 레카 경은 이 사태를 진정시키기 위해선 아쉘의 야망을 무너뜨리고 그를 보좌하는 협회를 없애야 한다고 하더군. 나는 거기에 동의를 할 뿐일세."

"이 일이 얼마나 위험한지는 알고 동참하시는 겁니까?"

"알고 있네."

"죽을지도 모릅니다."

"어차피 살날이 얼마 남지 않았는데, 지금 죽는다고 뭐가 달라지겠는가."

하이네어를 설득하려던 루이는 그의 눈에 굳은 의지가 서려 있자 한숨을 푹 쉬었다. 아무래도 하이네어는 자신들을 돕기로 마음을 단단히 굳힌 모양이었다.

"하, 좋습니다."

루이가 어쩔 수 없다는 표정을 짓자, 하이네어는 환한 웃음을 지으며 그들에게 앞으로 잘 부탁한다며 손을 내밀었다.

"그것보다 저한테 하고 싶다던 말이 뭡니까."

루이는 요새에서 하이네어가 자신을 따라오면서 하고 싶은 말이 있으니 시간을 좀 내달라고 했던 말을 기억하고는 그에게 물었다.

"그 아쉘을 도와준다는 협회의 부사령관 말일세."

"헤브를 말하는 건가?"

여기 있는 그 누구보다 협회에 오래 있었던 에리샤가 헤브의 이름만 들어도 치가 떨린다는 듯 이를 부들부들 갈면서 말하자 하이네어는 고개를 끄덕였다.

"그렇습니다. 그 헤브라는 자가 어떻게 생겼는지는 모르지만, 전 그 이름을 들어본 적이 있습니다. 200년 전, 로드가 유일하게 자신의 아들이라고 소개를 했었지요."

하이네어의 말은 파장이 컸다.

2천 년 넘게 산 로드는 분명 수많은 여자들과 잠자리를 가졌을 것이고, 그 여자들에게서 수많은 아이를 봤을 것이다. 한데 어째서 헤브만 유일한 자신의 아들이라고 인정했는지 이해할 수가 없었다. 거기다 상대는 하프가 아니던가.

"하지만 하프가 200년 넘게 살 수는 없으니, 아마 제가 아는 놈은 아닐 겁니다."

"아니, 맞을지도 모릅니다."

헤브를 직접 상대해본 레카가 하이네어의 말을 반박하고 나섰다.

"그놈은 다른 하프들과는 차원이 다른 힘을 가지고 있었습니다. 정말로 그가 로드의 아들이라면 그 힘을 가지고 있는 것이 이해가 되지요."

"삼촌의 편지에도 헤브는 로드의 아들이라고 적혀 있었어요. 로드가 그를 뱀파이어로 만들기 위해 협회를 세워 실험했다는 이야기도 적혀 있었고요."

"허허, 정말로 그가 아직 살아 있단 말인가."

하이네어가 황당하다는 듯 헛웃음을 지었다. 로드가 총애한 아들, 비록 하프이기는 하나 로드가 자신의 유일한 아들로 인정했다면 그가 가진 힘을 절대로 얕봐서는 안 되었다.

"이럴 때 로드가 있었으면…… 아, 아니, 에리샤 님과 서영 님께 한 말은 아닙니다."

답답한 마음에 자신도 모르게 실언을 한 하이네어는 에리샤와 서영의 표정이 점차 군자 서둘러 손을 내저으며 절대로 악의는 없었다고 거듭 강조했다.

"알고 있어."

그의 말에 악의가 없다는 것은 잘 알고 있었지만 그래도 그의 말이 가슴에 비수를 꽂은 것은 사실이었다. 자신의 감정을 제어하는 것이 미숙한 에리샤는 뚱한 표정으로 앉아 있었다.

똑똑—.

"뭐야?"

그때, 누군가 베란다 유리창을 두드리는 소리가 들렸다. 에리샤는 또 요괴가 선물을 들고 찾아온 건가 싶어 인상을 팍 썼다.

"가만두지 않을 테다."

좋게 보내줬더니 요괴들은 겁도 없이 계속 찾아왔다. 이럴 땐 본보기로 한 명 정도는 반쯤 죽여놔야 겁을 먹고 더 이상 찾아오지 않을 테니 에리샤는 이번에 찾아온 놈을 본보기로 삼아야겠다고 생각했다.

"또 누구……."

베란다 문을 벌컥 열면서 소리치던 에리샤는 눈앞에 있는 작은 페어리를 보고 눈을 깜빡였다. 그녀의 손 크기 정도밖에 되지 않는 크기의 페어리는 에리샤가 소리를 지르자 흠칫 놀라며 가냘픈 날개를 부르르 떨었다.

"넌 뭐 하는 놈이지?"

"아, 안녕하세요. 저, 저는 페어리 일족인 샤나라고 합니다."

"한데?"

에리샤가 퉁명스럽게 나오자 샤나는 더욱 몸을 움츠렸다. 왠지 약한 요괴를 괴롭히는 나쁜 놈이 된 것 같은 기분이 들어 에리샤는 머리를 긁적이며 한숨을 푹 쉬었다.

"무슨 일이야?"

에리샤가 조금은 상냥하게 묻자, 샤나는 그제야 용기를 얻었는지 투명한 날개를 팔랑이며 애타게 소리쳤다.

"루, 루베르이 님을 만나게 해주세요!"

"신기하단 말이지."

카이다는 소파에 앉아 볼펜을 딸깍이면서 중얼거렸다. 협회가 알려준 정보에 따르면 뱀파이어 꽃은 둘로 나뉘어 힘을 제대로 쓸 수 없다고 했다.

"분명 처음엔 반응하지 않았는데……."

그런데 어떻게 붉은 수정이 반응을 한 걸까. 카이다는 그 이유를 계속해서 생각해봤지만 아무리 생각해도 답은 나오지 않았다.

"상황이 이상하게 틀어졌군."

심판의 제단 이후 아쉘의 편인 자들은 대부분 등을 돌렸고, 그 때문에 아쉘의 입지는 약해졌다. 반쪽짜리여서 아무 힘이 없다고 생각했는데 뱀파이어 꽃은 보란 듯이 수정을 녹이고 자신의 힘을 보여주었고, 거기다 회의에서는 대놓고 루베르이를 로드로 만들겠다고 선언했다.

"정말로 루베르이가 로드가 되는 건가?"

루이가 로드가 된다면 그는 필시 아쉘과 그 일당들을 쓸어버리려 할 것이다.

"발을 빼야 하나……."

이대로 계속 발을 담그고 있다간 루이가 자신을 죽이려고 할 게 분명하니 슬슬 발을 빼는 게 좋을 것 같았다. 재미로 한 일 때문에 죽을 수는 없었다.

"카이다 님."

불현듯 익숙한 목소리가 들리자 카이다는 고개를 돌렸다. 그곳에는 화사한 금발을 가진 빌이 있었다.

"오랜만에 뵙습니다."

"심판의 제단 일 때문에 꽤 바쁜 모양이구나? 네놈들 계획이 틀어졌을 테니 말이지."

카이다가 비웃듯 이야기를 했지만 빌은 아무렇지 않은 듯 웃고만 있었다. 재미없는 녀석. 아무 반응이 없는 녀석을 계속 놀려봤자 제 입만 아프기 때문에 카이다는 들고 있던 볼펜을 탁자에 올려두고 소파에 몸을 묻었다.

"그래, 이번엔 무슨 재미있는 걸 들고 왔지?"

"저희 수장께서는 아쉘을 루베르이 님과 싸우게 만들려고 합니다. 뱀파이어 꽃이 루베르이 님의 손에 있다는 것을 아쉘도 확실하게 알아버렸으니 더 이상 가만히 있지 않겠지요."

"호, 그래서 싸우는 건가?"

세상에서 제일 재미있는 게 싸움 구경이라고 했던가. 카이다의 눈이 반짝이자 빌이 웃으며 말을 이었다.

"하지만 루베르이 님이 로드가 될지도 모르는 상황에서, 거기다 뱀파이어 꽃까지 나서서 루베르이 님을 선택했다고 하는 지금, 만약 아쉘이 루베르이 님을 공격한다면 어떤 일이 벌어질까요?"

"일족의 반역자가 되겠지. 차기 로드에게 덤빈 놈이니까."

"그렇습니다."

빌의 대답에서 이상한 점을 느낀 카이다가 고개를 갸웃거렸다.

"아쉘은 너희 편이 아니었던가? 한데 어째서 아쉘과 루베르이를 싸움을 붙이려고 하는 거지? 둘이 싸우면 아쉘은 죽을 텐데?"

"저희가 원하는 것이 그것입니다."

"아쉘의 죽음을 원한다고? 왜지?"

"모든 것은 저희 수장의 뜻입니다. 아둔한 저는 아무것도 모릅니다."

영리한 답이었다. 자신이 가진 정보들을 전부 내놓지 않으면서 듣는 이로

하여금 궁금증을 유발시키는 답.

상황이 묘하게 흘러가는 것 같아 발을 빼려던 카이다는 여기서 자신이 발을 빼면 더 이상 이 재미있는 광경을 보지 못할 거라는 사실을 깨달았다.

그럼 발을 뺄 수 없지. 빼더라도 둘이 싸우는 건 보고 갈 생각이었다.

"네 수장이라는 놈은 몇 수 앞을 보고 있는 것 같군."

"칭찬으로 듣겠습니다."

"그래서, 내가 할 일은 뭐지?"

"카이다 님이 해주실 일은 이것입니다."

빌은 품 안에서 직사각형의 편지 봉투를 꺼내 카이다에게 내밀었다. 하얀색 편지 봉투에는 '루베르이'의 이름이 선명하게 적혀 있었다.

"이게 뭔가?"

"저희 수장님께서 루베르이 님에게 보내는 편지입니다."

"이걸 왜 나한테 주는 거냐."

"카이다 님이 직접 루베르이 님의 일행에게 건네주셨으면 합니다."

카이다는 말없이 빌이 내민 편지를 쳐다봤다. 만약 자신이 저걸 받아 직접 루이 일행에게 건네준다면, 이건 자신이 아쉘과 협회의 편이라고 그들에게 확실하게 알리는 꼴이 될 것이다.

적당히 구경하다가 위험하다 싶으면 발을 빼려고 했는데, 그런 카이다의 생각을 알아챘다는 듯 협회는 카이다가 자신들의 편이라고 루이 일행에 알리려고 하고 있었다.

어쩐다. 카이다는 빌이 내민 초대장을 보며 고민했다. 여러 가지 생각이 머릿속을 스쳐 지나갔지만, 결론은 하나였다.

지금은 발을 뺄 수 없다.

어중간하게 발을 빼려고 했다간 루이뿐만 아니라 협회의 표적이 될 수도 있기 때문에 카이다는 하는 수 없이 빌이 내민 초대장을 받았다.

"마셔요."

"가, 감사합니다."

작은 요정인 샤나가 들 수 있을 정도로 작은 컵은 없었기 때문에 서영은 페트병 뚜껑에 물을 담아 샤나에게 건넸다. 그것도 무거운지 샤나는 낑낑거리면서 힘겹게 뚜껑을 들었다.

"무거우면 그냥 내려놔."

에리샤는 페트병 뚜껑 따위와 씨름하는 샤나가 한심하다는 듯 핀잔을 주었다. 그러자 샤나가 글썽글썽 눈물이 달린 눈으로 에리샤를 쳐다봤다.

"하, 하지만 기껏 저를 생각해서 가져다주셨는데 그러는 건……."

"네가 그렇게 구는 게 더 민폐거든?"

에리샤가 짜증 난다는 듯 인상을 찌푸리며 말하자 샤나는 어깨를 축 늘어뜨리며 페트병 뚜껑을 내려놓았다. 에리샤는 피해자처럼 구는 샤나를 보고 있는 것만으로도 짜증이 치솟아서 고개를 홱 돌렸다.

"무슨 일로 온 거니?"

겁을 먹은 건지 날개를 파르르 떨며 입을 꾹 다물고 있는 샤나에게 서영이 다정하게 말을 건넸다. 그러자 샤나는 눈망울을 초롱초롱 빛내며 서영을 쳐다봤다.

"여, 역시 루베르이 님의 신부이시군요."

"응?"

"루베르이 님처럼 다정한 분의 신부라면 착할 거라고 생각했어요."

왠지 쑥스러워진 서영은 붉게 익은 뺨을 긁적였다. 에리샤가 다시 대화에 끼어들었다.

"서영이 요괴들 사이에서 그렇게 유명해?"

"물론 유명하지요! 루베르이 님이 유명하니까요!"

"응? 루이가 유명하다고? 왜?"

"아, 그건 분명 루이가 어릴 때 여……."

"레카, 한마디만 더 하면 입을 찢어주지."

루이가 날카로운 송곳니를 드러내며 레카를 협박했다. 살갗을 찌르는 듯한 살기에 레카는 입을 다물었다. 루이는 레카가 또 쓸데없는 이야기를 꺼낼세라 샤나에게 물었다.

"날 찾아온 이유가 뭐지?"

"뭐긴 뭐야. 곧 요괴 전쟁을 하는데 한자리 달라는 거겠……."

"아니에요!"

소극적인 자세로 조용히 있던 샤나가 주먹을 불끈 쥐고 소리쳤다.

"저는 그런 이유로 온 게 아니에요! 루베르이 님에게 할 말이 있어서 온 거예요!"

"뭔데?"

에리샤가 위압적으로 나오자 샤나는 또 겁을 먹고 입을 꾹 다물었다. 이대로 가다간 이야기의 진전이 전혀 없을 것 같아 루이는 레카에게 눈치를 주었다.

"알았다."

원래 자신의 성격대로라면 그가 눈치를 주든 말든 버티고 있었겠지만, 루이의 심기를 건드리는 말을 한지라 레카는 눈치껏 자리에서 일어섰다.

"에리샤, 방으로 들어가자."

"왜? 지금 막 재미있는 이야기를 하려고 하는데!"

"일단 넌 나랑 이야기를 좀 해야 해."

에리샤가 반항하든 말든 레카는 에리샤를 질질 끌고 방 안으로 들어갔다. 그렇게 거실에 남은 것은 샤나, 루이, 하이네어, 그리고 서영뿐이었다.

"이제 이야기를 좀 할 수 있겠군."

소음의 원인이 둘이나 사라지자 루이는 조금 후련하다는 얼굴로 소파에 몸을 묻었다. 샤나 역시 자신을 구박하던 에리샤가 사라지자 한결 편안한 얼굴을 했다.

"나한테 할 말이 있다고? 뭐지?"

"그, 그것이……."

할 말이 있으면 속 시원하게 하면 좋을 텐데 샤나는 손을 꼼지락거리며 한참을 머뭇거렸다. 그런 샤나가 답답했지만. 옥박지르거나 화를 내면 겁먹고 입을 다물까 봐 루이는 인내심을 가지고 기다렸다.

그렇게 얼마나 지났을까. 드디어 말할 생각이 들었는지 샤나가 굳은 의지가 서린 얼굴로 루이를 쳐다봤다.

"슈란이란 이름을 아직도 기억하고 계시는지요?"

슈란. 이름 두 자에 루이가 자리에서 벌떡 일어섰다. 서영은 깜짝 놀라며 루이를 쳐다봤다.

"네가 그 이름을 어떻게 알고 있는 거지?"

"저는 슈란 님의 시종이었습니다. 물론…… 지금은 아니지만요."

샤나가 눈매를 서글프게 접고 날개를 부르르 떨었다. 루이도 긴 한숨을 내쉬며 마른세수를 했다.

슈란. 몇 년이 지나도 잊을 수 없는 이름이었다. 들을 때마다 그날의 일이 떠올라 심장이 미어질 듯이 아팠다. 루이가 인상을 쓰며 가슴을 움켜쥐자 서영이 그의 팔을 잡았다.

"괜찮아?"

"그래. 그냥 조금 놀랐을 뿐이다."

루이는 크게 심호흡하며 울렁이는 심장을 진정시킨 뒤, 다시 소파에 앉았다.

"슈란이 죽은 지 몇 년이나 지났는데 왜 이제 와서 그의 이름을 꺼내는 거지?"

"그게, 저도 최근에 알았거든요."

"무엇을?"

"얼마 전, 다른 뱀파이어로부터 시종 계약을 맺자는 연락을 받았습니다."

시종 계약. 뱀파이어와 요괴 사이에 이루어지는 이 계약은 주인인 뱀파이어가 직접 깨거나 죽어야만 사라졌다.

"한낱 페어리인 저한테는 영광의 자리이니 저는 망설임 없이 하겠다고 했습니다. 그런데…… 계약을 할 수 없었습니다."

"그 말은……."

"아직 시종 계약이 깨지지 않은 거지. 그 슈란이라는 뱀파이어, 살아 있는 모양이군."

하이네어가 불쑥 대화에 끼어들었다. 다시 자리에서 벌떡 일어선 루이의 눈이 화등잔만큼 커졌다.

'슈란이 살아 있다고?'

죽은 줄만 알았던 그가 살아 있다. 그 말이 귓속을 파고들어 머리까지 점령하자 지독한 두통이 찾아와 루이는 손으로 얼굴을 짚었다.

"말도 안 돼."

루이는 낮은 목소리로 중얼거렸다.

"슈란이…… 살아 있다니, 말도 안 돼!"

"루이!"

루이가 몸을 가누지 못하고 비틀거리자 서영은 새된 비명을 지르며 그를 부축했다.

"무슨 일이야!"

방에 있던 에리샤와 레카는 서영의 비명을 듣고 뛰쳐나왔다. 곧 서영의 어깨에 얼굴을 묻은 채 떨고 있는 루이를 발견하고 황급히 곁으로 다가왔다.

"뭐야. 루이 왜 이래?"

"나도 모르겠어. 하이네어 경의 이야기를 듣더니 갑자기……."

서영의 설명에 레카가 하이네어를 쳐다봤다.

"무슨 말을 했던 겁니까."

"별말 안 했네. 그저 슈란이라는 뱀파이어가 살아 있을지도 모른다고 말했을 뿐."

"……아."

레카가 자조적으로 웃으며 머리를 쓸어 올렸다.

"결국은 알아버렸네."

레카는 곁에 있는 에리샤도 듣지 못할 정도로 작게 말했지만, 용케 들은 루이가 레카의 멱살을 잡았다.

"큭!"

"루이!"

"이게 무슨 짓이야!"

과격한 루이의 행동에 에리샤도, 서영도 당황하며 루이를 말렸지만 루이는 요지부동이었다.

"그게 무슨 소리지?"

"이, 이 손 좀 놓고 말……."

"넌 알고 있었던 거냐? 슈란이 살아 있다는 것을!"

이성을 잃은 건지 루이의 붉은 눈동자에 어둠이 깃들어 있었다. 그의 몸에서 흘러나온 살기들이 공기들과 어울리면서 주변을 맴돌자 서영은 목을 움켜쥐고 바닥에 주저앉았다. 온몸을 무겁게 짓누르는 살기에 숨 쉬는 것조차 힘겨웠다.

"헉!"

"서영!"

에리샤의 비명에 그제야 이성을 찾은 루이는 레카의 멱살을 쥐고 있던 손에서 힘을 풀었다.

"……미안하다."

순간적으로 이성을 잃는 바람에 자신의 몸 안에 있는 기운들을 조절하지 못하고 방출시키고 말았다. 자신 때문에 서영이 다칠 뻔했다는 것에 자책감을 느낀 루이는 빠져나온 기운을 갈무리하며 그들의 곁에서 몇 발짝 뒤로 물러섰다.

서영을 힘들지 않게 하려면 진정해야 한다는 걸 알면서도 루이는 좀처럼 진정할 수가 없었다. 자신이 슈란의 일 때문에 굉장히 힘들어 했다는 걸 아는 레카가 슈란이 살아 있다는 사실을 숨겼다는 게 너무 화가 나고 어이가 없었기 때문이었다.

"왜 그런 거냐."

루이는 바닥에 주저앉아 있는 레카에게 물었다. 도대체 왜 그랬을까. 그는 왜 그 사실을 자신에게 숨겼을까.

"내가 몇 년 동안 슈란을 찾아 헤맨 걸 잘 알면서 왜 그런 거냐."

"……."

"대답해라, 레카. 왜 숨겼던 거지?"

"나도 말하고 싶었어!"

레카는 자리에서 일어나면서 억울하다는 듯 소리쳤다.

"나도 말하고 싶었어! 하지만 할 수가 없었다. 네가 슈란이 살아 있는 걸 알면, 그가……."

레카는 크게 심호흡을 한 뒤, 다시 말을 이었다.

"그가 협회에 잡혀 있다는 걸 알면, 네가 당장이라도 협회에 뛰어갈 것 같았으니까. 그래서 말할 수가 없었어."

루이가 강하다곤 하나 정체불명의 협회와 아셀을 상대로 전면전을 할 수 있을 만큼 강하지는 않았다. 그래서 레카는 차마 루이에게 말하지 못하고 입을 다물었다.

"대신 잭 경에게 언질을 줬었어. 잭 경이라면 적당한 타이밍을 봐서 너에게 말해줄 거라고 생각했으니까."

하지만 잭 역시 레카와 같은 생각을 하고 있었는지 죽는 그날까지 루이에게 이 사실을 알리지 않았다.

"잭 경이 죽은 뒤에도 고민을 많이 했었다. 너에게 이걸 알려야 할지 말아야 할지."

레카의 얼굴은 보기 드물게 진지했다. 루이의 재촉에 어쩔 수 없이 입을 열긴 했지만 그는 아직까지도 이 사실을 루이에게 말해도 될지 고민하고 있었다.

"……레이디."

하지만 이미 판도라의 상자는 열렸다. 여기까지 말했는데, 더 숨기는 건 말이 안 되는지라 레카는 어쩔 수 없이 말하기로 결정했다.

"레이디, 미안하지만 잠시 에리샤랑 하이네어 경과 함께 자리 좀 비켜줄 래? 그리고 거기 페어리는 할 말 끝났으면 그만 가봐."

레카의 얼굴이 너무나도 심각해 보였기 때문에 모두들 군말 없이 고개를 끄덕였다. 샤나는 레카가 친히 열어준 포탈을 타고 요괴의 숲으로 돌아갔고, 서영은 다른 이들을 데리고 방으로 들어갔다.

그렇게 거실에 남은 이는 루이와 레카뿐이었다. 레카는 루이에게 멱살 잡혔던 곳을 매만지며 입을 열었다.

"내가 전에 뱀파이어 꽃의 피로 만든 약을 써서 하프의 주술을 풀었던 거 기억하고 있지?"

"백한의 일을 말하는 건가."

"그래. 뱀파이어 꽃의 피를 구하기 위해 나는 협회에 잠입했었다. 그곳이 본진이 아니라는 것은 나중에 알았지만, 그곳엔 작은 실험실이 있었어."

"내가 궁금한 것은 슈란의 이야기뿐이다."

루이는 단도직입적으로 레카에게 자신이 원하는 것을 요구했다. 그러자 레카가 설핏 미소를 띠며 그를 쳐다봤다.

"다 연관 있는 거니까 그냥 들어."

"……."

"내가 갔던 작은 실험실에는 수많은 실험체들과 연구원으로 보이는 사람들, 그리고 그들을 감시하는 뱀파이어들과 하프들이 있었다. 그들의 연구를 숨어서 지켜본 결과, 나는 그들이 다른 종족을 뱀파이어로 만들려 한다는 역겨운 사실을 알게 됐고, 그래서 나는 그곳을 폭파시키려고 했다. 한데, 하지 못했어."

"왜지? 그들이 강했었나?"

루이의 말에 레카는 고개를 절레절레 저었다. 그리고 아까보다 더 굳은 얼굴로, 정확히는 슬픔이 살짝 섞인 얼굴로 루이를 쳐다봤다.

"후에 등장한 남자에게서 누군가의 이름을 들었기 때문이야."

"……?"

"슈란."

레카는 루이가 놀란 얼굴로 자리에서 벌떡 일어서자, 그럴 줄 알았다는 듯 씁쓸한 미소를 지으며 그를 올려다봤다.

"슈란을 봤던 건가? 그 실험실에서?"

"아니, 보지는 못했어. 하지만 그들이 슈란이라는 이름을 꺼낸 건 확실해. 그래서 나는 그가 협회에 붙잡혀 있는 건 아닌가 싶어 계속해서 조사했어."

"그래서 무엇을 알아낸 거지?"

루이가 약간 기대하며 물었지만, 레카는 고개를 저었다.

"거기서 더 알아낸 건 없어. 하지만 슈란의 시체가 아직 발견되지 않았고, 샤나라는 요정이 한 시종 계약이 아직 깨지지 않았다면 분명 살아 있겠지."

"슈란이 살아 있다……."

루이는 꿈에서나 바라던 말을 자그맣게 중얼거렸다. 황폐하게 메말랐던 가슴에 빛이 스며들었다.

"당장 협회로 가겠다."

"어떻게 가겠다는 건데!"

루이가 당장이라도 협회에 갈 것처럼 굴자 레카는 황급히 그의 팔을 잡고 소리쳤다.

"협회의 위치는 알고 있어? 적이 어떤 인물인지는 알고 있냐고!"

"……."

"적어도 적은 너에 대해 잘 알고 있겠지. 특히 네 약점에 대해서 말이야."

약점. 그 말에 루이의 시선이 저절로 서영이 있는 방으로 향했다.

"슈란이 네게 얼마나 중요한 친구인지는 알아. 하지만 지금은 레이디가 더 소중하잖아."

"나는……."

루이는 당연히 서영이 더 소중하다는 말을 할 수가 없었다. 분명 서영은 소중한 존재였지만, 다른 의미로 슈란도 소중했다. 루이가 머뭇거리자 레카가 답답하다는 듯 말했다.

"적어도 난 네 친구인 슈란보다 레이디가 중요해. 그녀는 뱀파이어 꽃이잖아. 일개 하급 뱀파이어 따위는 있어도 그만, 없어도 그만이지만, 레이디의 존재는 아니야!"

"말 가려서 해라."

레카가 슈란을 비하하자 루이가 으르렁거렸다. 하지만 레카는 조금도 무서워하지 않고 하고 싶은 말을 다 했다.

"협회는 하급 뱀파이어들을 대량 학살한 집단이야. 한데 그런 그들이 왜 슈란을 살려두었다고 생각해? 가치가 있기 때문이야. 그때 당시 슈란은 유일한 네 약점이었으니까!"

레카는 협회가 슈란을 살려둔 이유가 언젠가 루이의 발목을 잡기 위해서라고 생각했다. 그게 아니고서야 하급 뱀파이어들을 대량 학살한 그들이 슈란을 살려둘 리가 없었다.

"그들이 슈란을 가지고 어떤 거래를 제안할지는 모르지만, 가장 최악인 건 레이다와 에리샤를 내놓으라는 거야. 내놓지 않으면 슈란을 죽이겠다 말하겠지."

"……."

"만약 그들이 그런 요구를 하면 넌 거절해야 해. 가슴 아파도 어쩔 수 없어. 네 어깨엔 수많은 이들의 미래가 달려 있으니까."

루이의 어깨엔 서영과 에리샤뿐만 아니라 그를 믿고 따르는 수많은 뱀파이어들의 미래가 달려 있었다. 루이 역시 그 사실을 잘 알고 있었기 때문에 무척 괴로웠다.

"그렇다고 슈란이 죽게 내버려둘 수는 없다."

"물론 내버려두진 않을 거야. 계획을 철저하게 세우고 구하려 가야지."

어쨌거나 지금 당장은 슈란을 구하러 갈 수 없다는 의미였다. 그 사실에 루이는 절망하며 쓰러지듯 소파에 앉았다. 레카는 그런 루이의 어깨를 두드리며 말했다.

"선택 잘 해. 그게 책임져야 할 것이 많은 자의 숙명이니까."

"너……."

레카가 이미 잘 알고 있는 사실을 구태여 되짚자 욱한 루이가 한 소리 하려던 그때, 방문이 살짝 열리면서 에리샤가 자라처럼 목을 쑥 뺐다.

"이야기 끝났으면 나가도 돼?"

"……그래."

대략적으로 이야기가 끝난 건 사실인지라 루이는 고개를 끄덕였다. 에리샤는 환하게 웃으며 밖으로 쪼르르 나왔고, 그 뒤를 이어 서영과 하이네어도 밖으로 나왔다.

"무슨 이야기 한 거야?"

"그게……."

레카는 에리샤에게 말해주려다 루이의 눈치를 살폈다. 안 그래도 루이의 기분이 안 좋은데, 이곳에서 이런 이야기를 하는 건 그의 심기를 더 거스르는 꼴밖에 되지 않았다.

"다른 곳에 가서 이야기하자."

"응? 아, 그래."

에리샤도 루이의 눈치를 살피며 고개를 끄덕였다. 레카가 벽에 포탈을 만들자 하이네어도 슬쩍 따라나섰다.

"하이네어 경도 같이 가려고요?"

"이곳에 있는 것보다는 나은 것 같군."

"그럼 레이디는?"

"저는 여기 있을게요."

서영 역시 레카와 루이가 무슨 이야기를 나눴는지 궁금했지만, 그것보다 루이가 더 중요했기 때문에 남기로 했다. 대충 무슨 이야기를 나눴는지 짐작이 가기도 했고. 죽은 친구에 관한 이야기겠지.

레카 일행이 사라지자 서영은 루이에게로 다가갔다. 루이는 두 손으로 얼굴을 가리고 고개를 숙이고 있었다.

"괜찮아, 루이?"

루이는 대답하지 않았다. 그만큼 충격을 받았다는 의미였다. 서영은 더 말을 거는 대신 루이의 곁을 묵묵히 지켰다.

그들 사이엔 무거운 침묵이 흘렀고, 그 침묵을 먼저 깬 건 루이였다.

"……슈란은."

루이가 천천히 고개를 들며 말했다.

"그는 레카와 쌍둥이로 봐도 될 만큼 닮은 자였다."

"어."

'레카랑 쌍둥이처럼 닮은 뱀파이어가 있다니!'

서영이 깜짝 놀라자 루이는 피식 웃었다.

"다들 그렇게 놀라더군."

"설마 성격도 닮은 건……."

"그건 아니야. 슈란은 레카와 달리 다정하고 착한 아이였어."

루이는 자신의 손을 보며 천천히 옛날이야기를 풀어놓았다.

"태어나자마자 부모 잃은 날 키워준 것은 잭 경과 레카였다. 잭 경은 원래 남에게 무심한 편이어서 다정다감한 성격과는 거리가 멀었고, 레카는 장난기가 많고 짓궂은 성격이라 부모라고 하기보단 형제 같은 느낌이 강했지."

레카의 장난은 늘 정도가 지나쳤고, 그 때문에 어린 루이는 매일같이 그와 싸웠었다.

"슈란과 처음 만날 그날도 레카와 심하게 싸운 뒤였다."

슈란을 떠올리는 루이의 입가에 부드러운 미소가 걸렸다.

"솔직히 슈란을 처음 봤을 땐 레카와 닮았기 때문에 곁에 두고 레카 대신 괴롭혀야겠다는 생각을 하고 있었다."

하지만 슈란이 너무 착해서 그럴 수가 없었다. 게다가 슈란은 하급 뱀파이어라서 그런지 상급 뱀파이어인 루이를 매우 두려워했기 때문에 루이는 더더욱 슈란에게 짜증이나 화를 낼 수가 없었다.

"그렇게 곁에 두고 지내다 보니 나는 어느새 그 아이를 소중하게 여기고 있었다. 그런데……."

결국 그런 일이 생겼다는 말을 하지 못하고 루이는 입을 다물었다. 그의 얼굴에서, 손짓에서, 슬픔이 묻어났다.

서영 역시 소중한 사람을 두 번이나 잃어본 터라, 그게 얼마나 슬프고 힘든 일인지 잘 알고 있었다. 그만큼 루이가 안쓰러워서 서영은 그를 꼭 안아주었다.

"괜찮아, 루이."

"……."

"너무 슬퍼하지 마."

그녀의 말과 행동에서 위로를 받은 루이는 엄마의 품을 찾는 어린아이처럼 서영의 품을 파고들었다.

'미안하다, 슈란.'

영원히 함께하겠다고, 무슨 일이 있더라도 지켜주겠다고 했는데 그러지 못할 것 같아.

루이는 마음속으로 슈란에게 사죄했다. 만약 협회가 슈란과 서영을 두고 누구를 선택할 거냐고 묻는다면 무조건 서영을 선택해야만 했다.

슈란이 없어도 어떻게든 살 수 있지만, 서영이 없다면 살 수 없었다. 그것이 현재 루이의 마음이었다.

'정말 미안하다.'

겨우 살아 돌아온 친구를 자신의 손으로 다시 지옥으로 보내야 한다는 사실에 루이는 가슴이 미어질 듯 아파왔다. 나를 절대 용서하지 마.

루이는 서영을 꼭 끌어안은 채 몇 번이고 슈란에게 사과했다.

그렇게 한참의 시간이 흐른 후에야 비로소 진정이 된 루이가 슬며시 고개를 들었다.

"이제 진정이 좀 돼?"

"그래."

"그럼 이제 무슨 일이 있었는지 이야기해줄 수 있어?"

말해야 하나. 루이는 고민했다. 슈란의 이야기를 해주는 건 어렵지 않았지만, 문제는 자신이 그녀를 선택함으로서 슈란이 죽게 된다는 걸 그녀가 알았을 때, 서영이 어떤 반응을 보일지 눈에 훤했기 때문이다.

분명 제 탓으로 여기며 슬퍼하겠지. 루이는 서영이 그런 일로 슬퍼하는 걸 원하지 않았다.

"안 돼?"

"……말해줄게."

그렇다고 모두가 아는 사실을 그녀에게만 비밀로 할 수는 없었기에 루이는 하는 수 없이 이야기보따리를 풀었다.

모든 이야기를 들은 서영의 얼굴에 복잡한 감정이 서렸다.

"그럼 어떡해?"

"……나도 모르겠다."

"모르긴 뭘 몰라! 당연히 구하러 가야지!"

서영이 자리에서 벌떡 일어서며 소리쳤다. 저 때문에 그가 친구를 잃는 아픔을 겪게 하고 싶진 않았다.

'나도 구하고 싶다. 하지만 그가 정말로 협회에 잡혀 있는지도 모르고, 협회가 어디 있는지도 몰라. 지금 우리가 할 수 있는 건 아무것도 없어.'

"아, 그건 그렇네……."

루이의 말에 기운이 쭉 빠진 서영은 맥없이 바닥에 앉았다. 루이가 웃으며 서영의 머리를 쓰다듬었다.

"그렇다고 포기할 생각은 없다. 네 말대로 슈란을 구해야 하니까."

"생각해둔 방법 있어?"

"일단 아쉘에게 감시를 붙여둘 생각이다. 협회의 수장이 아쉘이 아니더라도 그가 협회와 관련되어 있다는 사실은 변함없으니 감시를 붙여놓으면 뭔가 나오겠지."

"하지만 지금까지 계속 감시했는데 딱히 알아낸 게 없잖아."

레카와 루이는 꾸준히 아쉘의 뒤를 밟으며 협회에 대해 알아내려고 했지만 매번 허탕을 쳤었다.

"이번에도 다를 것 같지 않은데……."

"아니, 다를 거다. 심판의 제단 일로 대부분의 뱀파이어들이 아쉘에게 등을 돌렸으니까. 이제 아쉘이 믿을 자는 협회밖에 없지."

"아! 그러니 협회에 도움을 청하려고 하겠구나!"

"그렇지."

아쉘이 협회에 가면 감시역이 그 뒤를 밟을 테고, 협회의 하프를 요새로 불러들인다면 감시역이 루이와 레카에게 그 사실을 알려줄 것이다. 그때를 기회 삼아 그들을 덮치면 되는 것이었다.

"정말 좋은 방법이야!"

캄캄했던 미래에 드디어 빛이 보이는 것 같았다. 서영이 박수 치며 좋아하자 루이도 웃었다.

딩동—.

그때, 난데없이 초인종이 울렸다. 도어폰의 작은 모니터에 비친 남자는 백한이었다.

"오빠, 무슨 일이에요?"

[하하, 서영 씨. 제가 카드 키를 집에 두고 와서요.]

백한이 어색하게 웃으며 머리를 긁적였다.

[그게 없으면 주차를 못해서 그러는데, 카드 키 좀 들고 주차장 입구로 와주실래요?]

"네, 그럴게요."

[그럼 기다릴게요.]

서영은 곧바로 백한의 방으로 들어가 탁자 위에 있는 카드 키를 챙겼다.

"잠시 다녀올게."

"같이 가지."

루이가 따라오려고 하자 서영은 고개를 저었다.

"아니야. 바로 밑이니까 혼자 다녀올게."

"위험할지도 몰라."

"이 맨션에서 나갈 것도 아니고, 위험할 땐 낙인 쓰면 되잖아."

심판의 제단이 끝난 이후, 집으로 돌아온 서영은 바로 낙인을 쓰는 법을 배웠다. 낙인은 여러 용도로 사용할 수 있는데, 그중에서 가장 먼저 배운 건 루이에게 연결되는 포탈을 여는 법이었다.

공간과 공간을 여는 것은 힘이 많이 드는 일이기 때문에 한 번 사용하고 나면 다시 사용하는 데 시간이 오래 걸린다는 단점이 있지만, 언제 어디서든 위험할 때 바로 루이에게 도움을 청할 수 있다는 장점이 있었다.

"정말 괜찮겠나?"

"응. 금방 다녀올게."

서영은 루이에게 인사하고 밖으로 나왔다. 잠깐 집 앞에 나가는 거라 외투를 걸치지 않았는데 생각보다 추웠다. 다시 들어가서 외투를 가져오려는데 때마침 엘리베이터가 도착했다.

"요 앞인데 뭐."

백한에게 카드 키만 전해주면 되니 조금만 참자고 생각하며 서영은 엘리베이터에 올라탔다.

협회의 요구

덜컹ㅡ.

"어라?"

거침없이 내려가던 엘리베이터가 갑자기 멈춰 섰다. 조금만 기다리면 다시 움직일 거라고 생각했는데 시간이 지나도 엘리베이터가 꿈쩍도 하지 않자 서영은 비상벨을 눌렀다.

삐이ㅡ.

[네, 경비실입니다.]

"엘리베이터가 갑자기 멈췄어요."

[잠시만요. 곧 확인하러 가겠습니다. 조금만 기다려주세요.]

서영은 경비원의 말을 믿고 벽에 기대어 엘리베이터가 움직이길 기다렸다. 그렇게 얼마나 기다렸을까. '3'을 가리키고 있던 불빛이 '2'로 바뀌면서 엘리베이터가 움직이는 소리가 들리자 서영은 기쁜 얼굴로 엘리베이터의 숫자를 쳐다봤다.

"드디어 움직인다!"

"이게 그렇게 기뻐?"

"……!"

갑자기 낯선 목소리가 들려오자 당황한 서영은 주변을 살폈다.

"난 여기 있는데."

목소리는 천장에서 들렸다. 서영은 고개를 들어 천장을 쳐다봤다. 그러자 귀신처럼 고개만 쑥 내밀고 있는 카이다가 보였다.

"당신이 어떻게 여기에……."

"오랜만이네, 루베르이의 신부."

천장에서 내려온 카이다가 손등으로 입을 가리며 웃었다.

"아니, 뱀파이어 꽃이라고 불러야 하나?"

"……."

"어라, 놀라지 않네?"

"……당신이라면 알고 있을 것 같은 기분이 들었거든요."

막연한 추측이었지만, 이걸로 확실해졌다. 역시 그는 다 알고 있었다.

"그럼 협회가 그 사실을 알고 있는 것도 알아?"

"……아랑, 그 여자가 말한 건가요?"

"맞아."

역시 그랬던 건가. 서영은 눈을 질끈 감았다가 떴다. 마음속은 폭풍이 몰아친 것처럼 복잡했지만, 카이다에게 그런 모습을 보여주고 싶지 않아 애써 담담한 척하며 그를 노려봤다.

"왜 그런 사실을 제게 알려주는 거죠?"

카이다가 협회와 아셀의 편이라면 자신에겐 적이었다. 그런데 왜 저런 정보를 알려주는 걸까. 이해할 수가 없었다.

"당신은 아셀의 편이었잖아요. 한데 왜 저한테 그런 걸 알려주는 거죠?"

"내가 아셀의 편이라고 누가 그러던가?"

"아니란 말인가요?"

"아니야."

"그럼 왜 아셀을 도와주는 건데요?"

"글쎄. 네가 보기엔 왜 도와주는 것 같아?"

스무고개라도 하자는 건가. 어처구니가 없었지만 괜히 버티는 것보다 장단에 맞춰주는 게 좋을 것 같기도 하고, 무엇보다 궁금하기도 해서 일단 물어봤다.

"아쉘에게 뭘 받기로 해서?"

"음, 그것도 맞지. 덕분에 재미를 보긴 했으니까."

"뭐라고요?"

'지금 이 남자가 뭐라고 한 거지?'

카이다의 말을 이해하지 못한 서영이 재차 묻자, 그는 어깨를 한 번 으쓱였다.

"이해력이 부족하네. 인간들 말 중에 그런 게 있지. 세상에서 제일 재미있는 건 남이 싸우는 걸 구경하는 거라고. 나도 그래."

정말로 즐겁다는 듯 카이다가 어깨를 들썩이며 말을 이었다.

"오랜 세월을 살면서 세상에 알려진 재미있는 짓은 다 해봤는데, 다 질렸지 뭐야. 그래서 이제 죽을까, 하는 생각을 했는데 때마침 협회가 재미있는 구경거리를 가져오더라고."

"그러니까, 아쉘과 루이가 싸우는 게 재미있어서 협회를 도와준다는 건가요?"

"맞아."

'허.'

너무 어이가 없어 서영은 헛웃음을 지었다. 아쉘과 루이의 싸움은 뱀파이어 사회가 흔들릴 만큼 커다란 사건이었다. 한데 같은 일족인 자가 그들의 싸움을 말리지는 못할망정 재미있다는 이유 하나로 그들의 불같은 싸움에 기름을 들이붓고 있다니.

"동족끼리 싸우는 게 뭐가 재미있다는 거죠?"

"재미있지. 괴물이라고 불리던 루베르이가 어느 날 인간 신부를 들인 것도 재미있었는데, 그 인간 신부가 실은 뱀파이어 꽃이었다니."

서영은 카이다가 다가오자 흠칫 놀라며 더욱 벽 쪽으로 붙었다. 카이다는 그런 서영의 앞에 선 채로 손으로 벽을 짚고 그녀 쪽으로 얼굴을 바짝 들이밀었다.

"만약 둘이 싸우다가 둘 다 크게 다쳐서 중상을 입으면 유일무이한 여성 뱀파이어인 꽃이 내 손에 들어올지도 모르는 일인데, 내가 어찌 흥미를 갖지 않겠어?"

"……!"

"걱정하지 마. 나는 전대 로드처럼 너희를 감금하거나 아쉘처럼 너희를 가지고 실험하지는……."

짜악―.

카이다는 갑자기 볼에 화끈한 감각이 느껴지자 이게 무슨 상황인가 싶어 잠시 생각하다가 서영이 자신의 뺨을 후려친 거라는 것을 깨닫고 실소를 터뜨렸다.

아무리 뱀파이어 꽃이라고는 하나 인간의 몸을 하고 있으면서 뱀파이어를 때릴 생각을 하다니.

"제정신인 건가?"

"그건 내가 당신한테 해야 할 말이겠지."

카이다가 섬뜩한 기운을 내뿜으며 노려봤지만, 서영은 조금도 주눅 들지 않고 카이다를 똑바로 바라보며 말했다.

"우리는 누군가 죽으면 소유권이 옮겨지는 물건이나 장난감이 아니에요. 그런데 전대 로드나 아쉘이나, 어떻게 그런 생각을 할 수 있는 거죠?"

특히 전대 로드가 미엘에게 한 짓을 생각하면 지금도 이가 바득바득 갈렸다.

"제가 당신에게 갈 거라곤 꿈에도 생각하지 마세요. 루이가 잘못될 일도 없지만, 만약 루이가 잘못된다 해도 저 역시 그 자리에서 죽을 테니까. 그리고!"

서영은 카이다의 얼굴을 손가락으로 가리키며 말을 이었다.

"루이가 괴물이라고? 웃기지 마! 루이는 당신보다 백 배, 아니 천 배 더 괜찮은 놈이야!"

"푸흡."

당돌한 서영의 행동에 당황한 듯 멍하니 있던 카이다가 돌연 웃음을 터뜨리며 뒤로 물러났다. 그리고 품에 넣어둔 편지를 꺼내 서영에게 내밀었다.

"그게 뭐죠?"

"편지다. 협회가 루베르이에게 주는 편지."

카이다가 내민 것을 무의식적으로 받으려던 서영은 그의 말에 깜짝 놀라 손을 다시 거두었다.

"협회가 왜……."

"모르지. 나는 원래 오늘 이걸 전해주러 온 거야."

카이다는 서영이 편지를 받지 않고 계속해서 주춤하자 편지를 엘리베이터 바닥에 내려놓았다.

덜컹─.

"왔네."

편지와 바닥이 맞닿는 순간 엘리베이터가 크게 한 번 흔들렸다. 그러자 카이다의 몸이 조금씩 흐려지더니 나중에는 검은 연기가 되어 엘리베이터의 천장에 나 있는 작은 구멍으로 사라졌다.

덜컹─ 덜컹─.

"서영!"

"루이!"

엘리베이터의 문이 강제로 열리면서 루이가 보이자 서영은 망설임 없이 루이의 품으로 달려갔다.

"죄송해요. 괜히 저 때문에 서영 씨가 위험해질 뻔했어요……."

백한이 서영과 카이다가 단둘이 만난 게 그의 탓이라고 여기며 자책하자 서영은 고개를 저었다.

"괜찮아요. 어차피 카이다는 저걸 전해주러 왔을 테니, 자책할 필요 없어요."

"그럼 다행인데……."

백한이 말꼬리를 흐리며 탁자 위에 있는 편지를 쳐다봤다. 협회에서 보낸 편지. 바라보는 것만으로도 불쾌했다. 뚫어져라 편지를 보던 레카가 미간을 찌푸리며 말했다.

"대체 무슨 속셈이지?"

"한판 뜨자는 거겠지."

에리샤가 눈을 번뜩이며 대답했다.

"오히려 그동안 가만히 있었던 게 더 신기하잖아?"

"그래도 이건 너무 대놓고 덤비라는 소린데? 아쉘이 지금 그럴 처지인가?"

"아쉘은 아니지만, 협회는 그럴 수 있지."

"그건 그렇지."

루이의 말에 레카는 동감하며 고개를 끄덕였다. 심판의 제단 이후 많은 것을 잃은 협회가 이렇게 대놓고 편지를 보낸 건 그만큼 믿는 구석이 있다는 의미였다. 레카는 그 믿는 구석이 왠지 슈란일 것 같은 불길한 예감이 들어 한숨을 푹 내쉬었다.

"그래서 어떻게 할 거야?"

"무슨 내용인지는 잘 모르겠지만, 만약 그들이 나를 초대한 거라면 당연히 그에 응해줘야지."

"하지만 쉽지 않을 거야. 저들이 바보가 아닌 이상 아무 준비도 안 하고 우리를 초대할 리가 없다고."

"그렇다고 도망칠 수는 없지. 언젠가는 싸워야 할 상대였고 그 시기가 좀 더 앞당겨진 거라고 생각하면 된다."

루이의 공격적인 대답에 레카는 머리를 긁적였다. 아무래도 슈란의 이야기가 그의 심기를 많이 건드린 모양이었다. 그렇지 않고서야 매사에 신중하게 움직이던 루이가 이렇게 저돌적으로 나올 리가 없었다.

"그럼 개봉하지."

지이익-.

루이는 거침없이 편지 봉투를 열었다. 붉은 낙인이 찍힌 봉투 안에는 새하얀 종이가 들어 있었고, 종이를 꺼내 든 루이는 편지 봉투를 바닥에 버렸다.

화르륵-.

"부, 불!"

갑자기 봉투에 불이 붙자 백한은 서둘러 주방으로 달려가 물이 든 주전자를 가져왔다. 다행히 봉투가 카펫이 아닌 마루에 떨어진 덕분에 금방 진압할 수 있었다.

"갑자기 왜 봉투가 타오른 거지?"

"증거 인멸이야. 자신들이 보냈다는 것을 숨기기 위한."

서영의 질문에 에리샤가 혀를 내두르며 대답했다. 생각보다 철저한 놈들이었다. 협회는 자신들의 낙인이 찍힌 봉투가 주인 말고는 다른 이에게 노출되지 않도록 아예 태워버린 것이다.

"아마 저 종이도 루이의 손을 떠나는 순간 타오를걸?"

에리샤의 말에 모두의 시선이 루이가 들고 있는 종이로 향했다. 다른 이들이 불 때문에 잠시 정신이 팔린 사이, 루이는 그새 종이를 펼쳐 안에 있는 내용을 읽고 있었다.

"뭐라고 적혀 있어?"

"별말 없다."

레카가 궁금하다는 표정으로 얼굴을 들이밀자, 루이는 그의 얼굴에 종이를 척 붙였다. 그러자 에리샤의 예언대로 루이의 손을 떠난 종이가 활활 타오르기 시작했다.

"불!"

백한은 당황하며 주전자에 남아 있던 물을 레카의 얼굴에 끼얹었다. 그 덕분에 불은 꺼졌지만, 대신 레카는 물에 빠진 생쥐 꼴이 됐다.

"죽고 싶냐, 하프."

레카가 흠뻑 젖은 머리를 쓸어 올리며 백한을 노려봤다. 순전히 불을 끄기 위해 한 행동이었지만, 레카가 너무 화가 난 것처럼 보여서 백한은 사과했다.

"죄송합니다."

"사과한다고 해서 될 일이……."

"레카 씨, 여기요."

레카가 백한에게 화를 내려고 하자 서영은 재빠르게 수건을 가져와 그에게 내밀었다. 레카는 헛웃음을 지으며 서영을 올려다봤다.

"레이디, 지금 내가 화 못 내게 하려고 하는 거 맞지?"

"맞는데요."

"……정말이지 난 레이디를 이길 수 없다니까."

레카는 고개를 절레절레 저으며 수건을 받았다. 이에 서영이 눈웃음을 치며 웃자 가만히 앉아 있던 루이가 갑자기 자리에서 일어나 서영의 팔을 잡아끌었다.

"루이?"

"이리 와."

루이는 막무가내로 서영을 데리고 가더니 제 옆자리에 그녀를 앉혔다. 그 모습을 빤히 보던 하이네어가 눈을 얇게 접으며 입을 열었다.

"질투하는군."

"아닙니다."

"내가 보기엔 질투인데."

"아니라고 했습니다, 하이네어 경."

"루베르이 경이 질투하는 것을 보다니, 역시 오래 살고 볼 일이군."

루이가 아니라고 말을 했음에도 불구하고 하이네어는 이미 그가 질투하고 있다고 생각을 굳힌 모양이었다. 그에게 한마디 더 하려던 루이는 더 해봤자 자신의 입만 아프다는 것을 깨닫고 입을 다물었다.

"그래서, 편지 내용이 뭔데?"

이야기가 산으로 가려고 하자 에리샤는 다시 화제를 돌렸다. 그러자 루이의 표정이 어두워졌다. 루이는 긴 속눈썹을 길게 내리깔고 천천히 입을 열었다.

"……서영과 에리샤를 슈란과 바꾸자는군."

"뭐?"

에리샤는 화들짝 놀라며 되물었고, 레카는 그럴 줄 알았다는 듯 헛웃음을 지었다.

"만약 거래에 응하지 않는다면, 뒷일은 책임 못 진다고 적혀 있었다."

"설마 거래에 응할 생각은 아니겠지, 루베르이 경."

하이네어가 엄숙한 얼굴로 물었다. 루이에게는 슈란이 중요할지 몰라도 다른 뱀파이어들에겐 아니었다. 그들에겐 슈란보단 뱀파이어 꽃이 훨씬 더 중요했다.

"아닙니다."

"루이……."

서영이 안쓰러워하며 부르자 루이는 괜찮다는 의미로 옅게 웃으며 그녀의 손을 꼭 잡았다.

"그리고 하이네어 경의 이름도 언급되어 있었습니다."

"내 이름이?"

하이네어가 놀라며 되묻자 루이는 무거운 얼굴로 고개를 끄덕였다.

"역시 하이네어 경이 저희와 함께하는 건 위험합니다. 그러니 지금이라도……."

"큭."

"……하이네어 경?"

"자, 잠시만. 큭큭."

돌연 하이네어가 웃음을 터뜨리자 다들 이상한 눈으로 그를 쳐다봤다. 하지만 하이네어의 웃음은 그칠 줄 몰랐고, 그는 한참의 시간이 흐른 후에야 눈에 흐르는 눈물을 닦으며 루이를 쳐다봤다.

"역시 형님이 말했던 대로군."

하이네어의 형님이라면 잭을 말하는 거였다.

"형님이 전에 나한테 말한 적이 있지. 루이는 뱀파이어답지 않게 천성이 착하고 외로움을 잘 타며 주변을 잘 살필 줄 아는 좋은 아이지만, 어릴 때부터 너무 안 좋은 일을 많이 겪었기 때문에 주변에 아무도 두지 않는 거라고 말일세."

잭이 그런 말을 했을 줄이야.

"처음에는 그 말을 믿지 않았지만, 자네의 태도를 보니 형님의 말이 틀린 것은 아닌 모양이군."

"틀린 말입니다."

"하하, 부정할수록 더욱더 그리 보인다는 걸 아는가?"

"전 사실을 말했을 뿐입니다."

루이가 정색하며 부정할수록 하이네어는 더욱 크게 웃었다.

"끝까지 자네들과 함께할 걸세."

"전에도 말했지만, 어떤 일이 일어날지 모릅니다. 그래도 저희와 함께하시겠다는 겁니까?"

"난 형님처럼 약하지 않다네. 너무 걱정하지 말게나."

"걱정되어서 말하는 게 아닙니다."

"난 그렇게 들리는데? 자네는 역시 좋은 아이였어."

"하아……."

계속되는 칭찬에 루이는 인상을 쓰며 머리를 짚었다. 레카는 장난으로 짜증 나게 만든다면 하이네어는 칭찬으로 신경을 거슬리게 만들었다. 루이는 아무 말도 하지 못하고 연거푸 한숨만 내쉬었다.

어쩐지 레카보다 하이네어가 더 싫어지기 시작했다.

─루이가 괴물이라고? 웃기지 마! 루이는 당신보다 백 배, 아니, 천 배 더 괜찮은 놈이야!

"큭큭큭."

요새로 돌아온 카이다는 벽에 몸을 기댄 채 어깨를 들썩이면서 한참이나 웃었다. 지나가다가 그를 발견한 시종들은 하나같이 흠칫 놀라며 그가 서 있는 복도를 비켜갔다.

"재미있는 아이였어."

아무리 뱀파이어 꽃이라고 해도 인간의 몸을 가진 그녀가 뱀파이어인 자신에게 대드는 것은 무척이나 힘든 일이었다. 다른 사람이었다면 지레 겁을 먹고 도망을 가거나 기절하기 마련인데 서영은 오히려 당돌하게 자신의 뺨까지 때렸다.

"이런 경험은 오랜만인데……."

카이다는 그녀가 때린 뺨에 손을 가져다 댔다. 태어나서 여자에게 맞은 것은 자신의 어머니를 제외하곤 서영이 처음이었다. 맞은 지 꽤 시간이 지났지만 이상하게도 그때의 감촉이 지워지지 않아 카이다는 한참이나 자신의 뺨에 손을 대고 있었다.

"여기서 뭐 하는 겁니까, 카이다 경."

카이다는 복도를 지나가던 지스가 자신을 이상한 눈으로 쳐다보자 어깨를 으쓱이며 벽에 기댄 몸을 일으켰다.

"인간 세상에 다녀오신 겁니까."

"볼일이 좀 있어서요. 한데 지스 경은 왜 이곳에 계시는 겁니까."

"아, 전에 루베르이가 정식으로 신부의 낙인을 찍었다는 이야기를 들었는데 심판의 제단 때문에 그간 정신이 없어 제대로 된 축하 선물을 못 준 것 같아서요. 지금이라도 보내려고 선물을 가지러 갑니다."

"……신부의 낙인을 찍었다고요?"

"왜 그러십니까. 제가 혹시 뭔 잘못이라도?"

지스는 카이다가 갑자기 얼굴을 굳히고 음침한 목소리로 말하자 자신이 무슨 말실수라도 한 건가 싶어 조심스레 되물었다.

"……그런 것이 아닙니다."

"그런 것 치고 얼굴이 많이 굳었는데요."

"아니라고 하지 않았습니까!"

버럭 소리를 내지른 카이다는 지스보다 더 놀라며 뒷걸음질을 쳤다.

왜 소리를 지른 거지. 이해할 수가 없었다. 심장이 울렁거리는 이유도, 루이가 서영에게 신부의 낙인을 찍었다는 사실에 몹시 화가 나는 까닭도 이해가 되지 않았다.

"뭔가 이상해."

이상해도 한참 이상했다. 카이다는 손으로 얼굴을 가린 채 도대체 뭐가 문제인지 곰곰이 생각했다.

◆────◆◆◇◆◆────◆

협회의 편지가 도착한 뒤로 루이 일행은 신경을 곤두세우며 아쉘을 비롯한 카이다와 협회의 행동을 주시했다. 하지만 그들은 잠잠하기만 했고, 며칠이 지나도 아무 일이 일어나지 않자 서서히 긴장이 풀리기 시작했다.

샤워를 끝내고 방으로 돌아온 서영이 제일 먼저 한 일은 물기에 젖은 머리를 말리는 것이 아닌, 서랍에서 작은 상자를 꺼내는 일이었다.

"이걸 가지고 있어야 하나?"

서영은 상자를 매만지며 말했다. 그녀가 들고 있는 상자에는 루이가 준 목걸이와 반지가 담겨 있었다. 루이가 전에 말하길, 반지에는 불의 힘이 깃들어 있기 때문에 불의 능력을 조금이나마 사용할 수 있다고 했다.

"없는 것보다 낫겠지."

협회가 본격적으로 나서겠다고 편지를 보낸 상황에서, 자신을 지킬 수 있는 무기가 하나쯤 더 있는 것도 나쁘지 않다고 생각한 서영은 상자에서 반지를 꺼내 손가락에 꼈다.

"딱 맞네."

반지는 거짓말처럼 약지에 딱 맞았다. 루이가 자신의 손가락 사이즈를 알리가 없을 터인데 어떻게 반지 사이즈를 안 건지 궁금하기도 하고, 그가 자신을 위해 이런 것을 준비했다는 것이 기쁘기도 해서 서영은 한참이나 손가락에 끼워진 반지를 쳐다보고 있었다.

"그거, 루이가 준 거지?"

막 씻고 들어온 에리샤가 서영이 끼고 있는 반지를 쳐다보며 말했다.

"맞아."

"흐음……."

에리샤는 묘한 눈으로 반지를 쳐다봤다. 서영은 못 느끼는 것 같지만 반지에선 요괴의 기운이 흘러나오고 있었다. 그것도 아주 강력한 기운이.

"그 반지에 특별한 능력이 있나 봐?"

"어떻게 알았어? 루이가 불의 능력을 쓸 수 있다고 했어."

"쓰는 법은 알아?"

서영은 에리샤가 자신이 놓치고 있던 부분을 짚어주자 아차 싶어 반지를 쳐다봤다. 반지를 가지고 있어 봤자 쓰는 법을 모르면 아무 소용이 없었다.

"어떻게 쓰지?"

서영이 마치 사용 설명서를 찾듯 반지를 아래위로 훑자 에리샤가 한심하다는 듯 혀를 끌끌 찼다.

"반지에 사용 설명서가 있을 리가 없잖아?"

"아, 그런가?"

"그냥 루이한테 물어봐. 아까 보니까 모두 맨션 옥상에 가는 것 같던데."

사람들은 잠들 시간이지만 뱀파이어들은 막 활동을 시작할 시간이었다. 그게 좋을 것 같아 서영은 곧바로 밖으로 나왔다.

"어라, 서영 씨, 어디 가시게요?"

잔다고 했던 서영이 다시 나오자 백한은 의아한 목소리로 그녀에게 물었다.

"아, 루이한테 가려고요."

"이 밤에, 형님한테는 왜요?"

"물어볼 게 있어서요."

서영은 백한의 질문에 착실하게 답하며 신발을 신었다. 신발을 다 챙겨 신은 후 현관문을 열고 막 나가려는데 백한이 그녀를 불렀다.

"잠시만요, 서영 씨."

뒤를 돌아보는 서영의 어깨 위로 빨간색 카디건이 올라왔다.

"밖은 추워요. 입고 가요."

어설프게 걸쳐진 카디건은 서영의 어깨를 타고 흘러내렸고, 서영은 카디건을 추스르며 백한에게 감사의 인사를 했다.

"고마워요."

"아, 그러고 보니 걸어서 가지 말고 낙인을 써보는 건 어때요? 연습도 할 겸."

"에? 이런 데 막 써도 되는 거예요?"

"뭐 어때요. 이럴 때 연습하는 거죠."

그런가. 백한의 말에 혹하기도 하고, 내심 능력을 써보고 싶었던 서영은 자신의 왼쪽 가슴에 손을 올렸다. 포탈을 여는 것은 많은 집중력이 필요한 일이기 때문에 백한은 서영을 방해하지 않기 위해 입을 다물고 조용히 그녀를 지켜봤다.

우웅―.

"오."

잠깐의 시간이 지나자, 공간이 일그러지면서 루이와 레카가 평소 요새에 갈 때 드나들던 포탈이 눈앞에 등장했다. 신기한 능력에 백한이 감탄하자, 살짝 쑥스러워진 서영은 볼을 붉혔다.

"저도 들어가도 돼요?"

"아, 이거 한 명밖에 안 된대요."

아직 낙인의 힘을 사용하는 것이 미숙한 서영은 여러 명이 통과할 만한 포탈을 만들 수가 없었다. 서영의 말에 백한은 눈에 띄게 실망하며 어깨를 축 늘어뜨렸다.

"죄송해요."

"아, 그냥 조금 실망한 거예요. 사과하실 것까진 없어요."

"그래도……"

"나중에 힘 컨트롤 제대로 되면 그땐 꼭 저도 사용하게 해주세요."

서영이 고개를 끄덕이며 알겠다고 하자 백한은 웃으며 잘 다녀오라고 말했다.

우웅―.

"으……."

뱀파이어 요새로 가는 포탈을 몇 번 타보기는 했지만, 여전히 포탈을 타는 느낌이 묘했다. 포탈에 들어가는 순간 몸에 뭔가 기어 다니는 느낌이 나자 서영은 몸을 부르르 떨었다.

"어라, 레이디였어?"

옥상에 있던 루이와 레카는 갑자기 벽에 포탈이 생기자 경계하고 있었다. 적이면 바로 잡아 죽일 생각이었는데, 상대가 서영이라는 사실에 바짝 조이고 있던 긴장의 끈을 느슨하게 풀었다.

"낙인의 힘을 쓴 거야? 이렇게 막 써도 돼?"

"연습해보는 게 좋다고 백한 오빠가 그래서……."

레카가 자신을 혼내는 듯한 말투로 말하자 서영은 은근슬쩍 백한에게 책임을 떠넘겼다. 그러자 레카는 크게 웃음을 터뜨리며 서영의 머리에 손을 올렸다.

"괜찮아. 혼내는 거 아니야. 연습은 자주 하는 게 좋지. 그렇지, 루이?"

"혼자서도 잘할 수 있겠어?"

루이는 레카의 말을 깡그리 무시한 채 서영에게 말을 건넸다. 그녀가 자신의 도움 없이 낙인의 힘을 쓴 것은 이번이 처음이기 때문에 루이는 꽤 걱정스러운 얼굴을 하고 있었다.

"잘 할 수 있어! 방금도 성공했잖아."

서영이 밝게 웃으며 아무 문제가 없음을 과시하자 루이가 살짝 미소를 지으며 서영의 머리 위에 있는 레카의 팔을 치우고 자신의 손을 올렸다.

"잘했다."

루이에게 칭찬받은 것이 기뻐 서영은 웃음을 지었다.

"근데 무슨 이야기 하고 있었어?"

"인간들에게 선포한 전쟁에 대해 이야기하고 있었습니다, 서영 님."

서영의 질문에 대답한 것은 하이네어였다. 그가 자신을 '서영 님'이라고 부르는 것이 뭔가 어색하고 부끄러워 서영은 손사래를 치며 하이네어에게 말했다.

"그, 그렇게 부르지 마세요."

"그럼 어떻게 불러야 합니까?"

"그냥 서영이라고 불러도 돼요."

"뱀파이어 꽃이신 분에게 그렇게 할 수는 없습니다."

하이네어는 꽤 고지식한 뱀파이어였다. 몇 번이나 그렇게 부르지 말라고 했는데도 하이네어는 그때마다 그럴 수 없다는 대답만 했다. 결국 서영은 호칭에 대해선 아예 포기하기로 했다.

"그럼 우리는 잠시 자리를 비켜줄까?"

레카가 날개를 펼치며 루이에게 윙크를 날렸다.

"둘이 데이트해. 어차피 이야기는 거의 다 끝났으니까."

그럴 필요는 없는데. 레카와 하이네어는 말릴 새도 없이 저 멀리 날아갔다. 엉겁결에 루이와 단둘이 남게 된 서영은 괜히 카디건을 만지작거렸다.

"반지 꼈군."

아, 맞다. 반지를 쓰는 방법에 대해서 물어봐야 하는데. 그제야 이곳에 온 이유를 상기한 서영은 입을 열었다.

"아, 실은……."

"예쁘군."

"어?"

"잘 어울린다, 너랑."

"고, 고마워."

루이의 칭찬에 서영은 볼을 발그레 붉히며 반지를 꼭 감싸 쥐었다.

"소중히 간직할게. 절대 몸에서 떼어놓지 않을 거야."

죽는 그날까지 손가락에 끼고 있으리라고 서영은 다짐하고 또 다짐했다.

"그러고 보니, 네 생각을 듣는 것도 나쁘지 않겠군."

루이가 문득 생각났다는 어조로 말했다.

"지금 이대로 있다간 우린 인간들이랑 싸워야 한다. 그건 알고 있지?"

당연히 알고 있었다. 서영이 고개를 끄덕이자 루이가 한숨을 내쉬며 말을 이었다.

"인간들과 싸워서 질 거라곤 생각지 않지만 우리 역시 많은 피해를 입을 테니 어떻게 하면 협상을 할 수 있을지 고민하고 있었다."

"협상?"

"그래. 우리의 존재가 인간들에게 드러난 이상 그들과 전쟁을 하지 않는다면 공존을 해야 하는데, 우리들은 살기 위해 인간의 피를 반드시 먹어야 하니, 인간들의 희생이 불가피해."

인간이 개나 소, 돼지 같은 가축을 죽이고 그들에게서 고기와 가죽을 얻는 것처럼 뱀파이어들은 인간들의 피를 먹고 생명력을 얻기 때문에 어쩔 수 없이 인간을 죽여야 했다.

"이 점을 인간들이 이해해주지 않는다면 공존은 불가능하지. 그렇기 때문에 나는 인간들의 수장과 만나서 이 일에 대해 이야기를 할 생각이다. 전쟁이 멈추면 대량 학살은 줄겠지만, 소수의 인간들이 죽는 것은 이해를 해달라고."

과연 인간들이 그걸 이해해줄까. 몇백 년 이상 먹이 사슬의 최고층에 위치했던 인간들이 자신의 위에 누군가 나타나는 것을 달갑게 여길까?

그 점에 대해서는 아무리 생각해봐도 아니라는 답밖에 나오지 않는다. 물론 지금이야 뱀파이어가 무서워서 그들이 하자는 대로 하겠지만, 인간들은 반드시 뱀파이어들을 물리치고 다시 먹이 사슬의 최고층을 차지하기 위해 발버둥을 칠 것이다.

"넌 어떻게 생각하지?"

"잘 모르겠어."

인간들의 입장에서 생각하면 전쟁보다 공존이 낫지만, 뱀파이어들의 입장에서 생각하면 전쟁을 치러 인간을 굴복시키는 게 나았기 때문에 어느 쪽도 선뜻 선택할 수가 없었다.

"일단 내일 인간들의 수장을 보기로 했다. 비상 대책 회의인가 뭔가에 나를 초대한다더군."

"그래? 잘됐으면 좋겠다."

첫 단추를 잘 끼워야 나머지 단추를 끼우기도 수월했다. 이번 일이 틀어지면 앞으로의 일도 틀어질 가능성이 크니 서영은 진심으로 잘 해결되길 바랐다.

"협회 일도 그렇고, 전쟁도 그렇고 정말 바쁘네."

"어쩔 수 없지. 로드의 자리에 오르겠다고 결심한 순간부터 이 정도는 각오했어."

말은 그렇게 해도 많이 피곤했는지 루이가 눈두덩이를 지그시 눌렀다. 평소에도 루이는 그가 맡은 일에 최선을 다했지만, 최근 들어 너무 무리하는 느낌이 들었다. 그만큼 일이 많아지긴 했지만, 레카와 하이네어가 있는데도 불구하고 그가 모든 일을 떠맡아서 했다.

"루이, 혹시 슈란의 일을 잊으려고 몸을 혹사하는 건 아니지?"

설마 해서 물어봤는데 정곡을 찔렸는지 루이가 움찔했다. 서영은 깊은 한숨을 내쉬며 루이의 손을 꼭 잡았다.

"차라리 구하러 가자. 아무것도 하지 못하고 이렇게 그를 포기하는 것보다 그게 더 마음이 편하잖아."

"이미 늦었다."

"응?"

"슈란은 이미 죽었어."

죽었다니. 서영은 화들짝 놀라며 입을 틀어막았다. 루이는 비교적 담담해 보였지만, 아니었다. 붉은 눈동자에는 깊은 슬픔이 서려 있었고, 그의 손은 힘줄이 설 정도로 주먹을 꽉 쥐고 있었다.

"정말로…… 죽은 거야?"

"그래. 아칸이 그의 죽음을 확인했다."

그렇다면 확실하다는 의미였다. 세상에, 그런 줄도 모르고 구하러 가자는 이야기를 꺼내다니.

"애초에 죽은 거라고 생각하기로 했다. 그것이 지금 내가 견딜 수 있는 유일한 방법이니까."

루이의 눈시울이 붉었다. 울고 싶은데 차마 울지 못하고 눈물을 참는 것처럼 보였다.

그런 루이를 보고 있으니 가슴이 먹먹해졌다. 서영은 무슨 말을 어떻게 하면 좋을지 몰라 머뭇거리다가 조심스럽게 말했다.

"미안……."

내가 완전한 뱀파이어 꽃이었다면, 슈란이 죽는 일도 없었을 텐데.

"미안해, 루이. 나 때문에……."

목이 멘 탓에 서영은 말을 잇지 못했다. 서영이 고개를 푹 숙이자 루이가 그녀를 와락 끌어안았다. 허리를 끌어안은 손이 약간 떨렸다.

"울어."

서영은 루이의 등을 두 팔로 가득 끌어안고 다독였다.

"바보같이 마음속에 담아두지 말고 울어. 밖으로 다 털어내고 나면 마음이 좀 더 편할 거야."

"……."

"아무도 보지 않아. 너와 나 단둘이니까 시원하게 울어도 돼."

서영의 마음이 전해졌는지 잔뜩 굳어 있던 루이의 몸이 느슨하게 이완되면서 흐느끼는 소리가 들리기 시작했다. 그의 얼굴이 닿은 어깨가 축축하게 젖었다.

지금까지 수많은 일이 있었지만 루이가 이렇게 어린아이처럼 우는 건 처음이었다. 그만큼 참았던 것이다. 눈물을 보일 만큼, 포기하고 싶을 만큼, 누군가에게 하소연을 하고 싶을 만큼 힘든 일도 많았을 텐데 그는 힘들다는 소리 한 번 하지 않고 묵묵히 모든 것을 짊어져왔다. 그 사실이 너무 안쓰러워서 서영은 루이를 꼭 끌어안았다.

"슈란, 슈란……."

슈란이 살아 있다는 이야기를 들었을 땐, 언젠가 그를 구할 수 있을 거라는 희망을 가졌었다. 그랬는데, 얼마 지나지 않아 희망이 산산조각이 났다.

희망을 부순 자가 바로 자신이었기 때문에 루이는 더욱 스스로를 용서할 수가 없었다. 죽은 슈란에게 너무 미안했다.

한참 동안 이어지던 흐느낌은 조금씩 잦아들었고, 이내 진정이 되었는지 루이는 눈물로 얼룩진 얼굴을 들었다.

"추태를 부렸군."

어린아이처럼 엉엉 운 게 많이 쑥스러운지 그는 황급히 눈가에 남은 눈물을 닦아냈다.

"괜찮아."

그런 루이가 마냥 귀여운 서영은 배시시 웃으며 루이의 손을 잡았다. 루이의 속마음을 다 듣고 나니 그와 더 가까워진 느낌이 들었다.

"근데 레카 씨와 하이네어 님은 어디 간 거지?"

"글쎄."

"혹시 집으로 돌아간 건가?"

얼른 집으로 돌아가서 확인해봐야겠다고 중얼거리는데 갑자기 쾅, 하고 거센 폭음이 들리면서 땅이 크게 흔들렸다.

"서영!"

루이는 서영이 다칠세라 황급히 그녀를 끌어안았다. 덕분에 서영은 넘어지지 않았다.

"괜찮아?"

"으, 응. 그런데……."

분명 한밤중인데 집들을 집어 삼킨 불꽃 때문에 거리는 대낮처럼 환했고, 이곳저곳에서 사람들의 비명이 들렸다. 그런 인간들을 쫓아다니는 괴한들은 척 보기에도 사람처럼 보이지 않았다.

"혹시 저 괴한들, 요괴야?"

"그래."

그것도 수백은 되어 보였다. 이게 도대체 어떻게 된 일이지. 루이는 표정을 딱딱하게 굳히고 바깥 상황을 주시했다.

대부분의 요괴들은 요괴의 숲에서 인간 세상으로 넘어오지 못했다. 요괴의 숲과 인간 세상을 연결하는 포탈을 만들 능력이 없기 때문이었다. 설령 누군가가 포탈을 만들어서 그들을 보낸다고 하더라도 이렇게 많은 요괴들을 이동시킬 만한 포탈을 만들 수 있는 자는 현재에도, 과거에도 존재하지 않았다.

아니, 딱 한 명이 있긴 했다. 뱀파이어 로드. 그러면 가능했다.

"루이!"

루이는 누군가 부르자 고개를 들어 하늘을 쳐다봤다. 그곳엔 하이네어와 레카가 있었다. 그들은 날개를 접고 루이와 서영이 있는 옥상에 착지했다.

"이게 어떻게 된 일이지?"

"나도 몰라! 사냥을 하고 있는데 갑자기 폭격이 터져서 그곳으로 가보니 커다란 포탈에서 요괴들이 대량으로 나오고 있더라고!"

레카의 말에 루이의 얼굴은 점점 더 굳었다. 이렇게 많은 수의 요괴를 요괴의 숲에서 인간 세상으로 이동시킬 수 있는 포탈을 만들 수 있는 자는 아무리 생각해도 단 한 명밖에 없었다.

"설마……."

"너도 나랑 같은 생각을 하고 있는 거냐?"

레카의 질문에 루이는 고개를 끄덕였다.

"하지만 그는 이미 죽었다. 눈앞에서 죽음을 확인했을 텐데?"

"맞아. 분명 그는 죽었지. 하지만 이런 일을 할 수 있는 건 그밖에 없잖아."

"나도 레카 경의 말에 동의하네."

하이네어까지 레카의 말을 거들고 나서자, 루이는 낮게 욕설을 뱉으며 얼굴을 구겼다.

"확인하러 가봐야겠군. 하이네어 경, 서영을 잘 부탁합니다."

"알겠네."

"무슨 일인데?"

그들의 대화를 하나도 이해하지 못한 서영이 물었다. 루이는 상황 설명을 해주는 대신 서영의 어깨를 잡고 당부했다.

"절대로 하이네어 경의 곁에서 떨어지지 마라."

"왜 그래? 무슨 일인데?"

"다녀와서 설명해줄게. 그러니까 절대 하이네어 경의 곁에서 떨어지면 안돼."

"알았어."

일단 루이의 말대로 하는 게 좋을 것 같아 서영은 고개를 끄덕였다. 루이는 하이네어에게 다시 한 번 서영을 잘 부탁한다고 말한 뒤, 레카와 함께 밤하늘 너머로 빠르게 사라졌다.

결전

"포, 포탈이 열리지 않습니다."

인간 세상이 안전하지 않다고 판단한 하이네어는 뱀파이어 요새로 가기 위해 포탈을 열려고 했지만 어째서인지 포탈을 열 수가 없었다.

"왜 안 열려!"

그건 에리샤 역시 마찬가지였다. 낭패였다. 이대로 있다간 요괴들이 이곳까지 쳐들어올 것 같아 에리샤는 불안해하며 창밖을 쳐다봤다.

"에리샤 님! 서영 씨!"

말이 씨가 된다고 했던가. 백한은 베란다에 그림자가 생기자 황급히 소리쳤다. 이에 에리샤와 서영이 반응을 하기도 전에 하이네어가 공격했다.

키에엑─.

그림자의 주인이었던 요괴는 괴상한 소리를 내며 베란다 창문에서 떨어졌다. 불과 며칠 전만 해도 에리샤에게 선물을 가져오며 아양을 떨던 이들이 지금은 전부 그녀를 못 잡아먹어서 안달이 난 것처럼 굴었다.

"대체 누가 포탈을 열어 저들을 이곳으로 데려온 거야? 지금 그런 힘을 가진 자가 존재하긴 해?"

에리샤는 도통 이해가 안 된다는 표정으로 하이네어에게 물었지만 하이네어는 대답하지 않았다.

"그게 무슨 말이야, 에리샤?"

"너는 모르겠구나. 요괴의 숲과 인간 세상을 넘나드는 포탈을 여는 것이 힘이 많이 소모되는 일이라는 건 알고 있지?"

그 부분에 대해선 루이에게 이미 들은 바가 있어 서영은 고개를 끄덕였다.

"그만큼 인간 세상으로 넘어올 수 있는 요괴는 극히 적어. 물론 누군가 포탈을 열어준다면 넘어올 수 있지만, 상급 뱀파이어조차 서너 명이 드나드는 포탈을 여는 게 고작이야. 물론 루이 정도 된다면 수십 명도 가능하겠지만 저렇게 많은 요괴들이 드나드는 포탈은 만들 수가 없어. 그건 고위 뱀파이어들도 마찬가지지. 저 정도가 가능한 자라면……."

턱을 괸 자세로 이야기하던 에리샤는 문득 머릿속을 스치는 생각에 눈을 크게 뜨고 하이네어를 쳐다봤다.

"설마, 루이와 레카가 조사하러 간 것도 내가 생각한 이유 때문이야?"

"아마 맞을 겁니다."

"말도 안 돼! 그가 어떻게 살아 있는데? 죽었잖아! 어머니가 죽었으니 그도 죽는 것이 맞잖아!"

"분명 그는 소멸했습니다."

"그런데 어떻게……."

"도대체 그가 누군데요?"

대화의 내용으로 보아, 루이와 레카가 생각하는 인물과 같은 인물인 것 같은데 서영은 누군지 전혀 짐작이 가지 않았다. 상황을 지켜보던 백한도 궁금하다는 듯 묻자 하이네어가 한숨을 푹 내쉬었다.

"렌."

그리고 에리샤가 대답했다. 서영과 백한은 에리샤를 쳐다봤다.

"전대 뱀파이어 로드라면 가능해. 뱀파이어 로드는 절대적으로 강하니까. 오죽하면 이런 말이 돌겠어? 뱀파이어 로드가 화가 나 날뛰면 요괴의 숲은 전멸한다고 말이야."

에리샤의 설명에 가지고 있던 궁금증은 풀렸지만 또 다른 궁금증이 생겼다.

"하지만 전대 뱀파이어 로드는 죽었다면서요?"

"확실하게 죽었습니다. 제가 두 눈으로 로드의 몸이 먼지가 되어 사라지는 것을 봤으니까요."

"그럼 이번 일과 상관이 없지 않나요? 죽은 전대 뱀파이어 로드가 갑자기 부활해서 이런 짓을 했을 리가 없잖아요."

"그건 그렇지만…… 그가 한 짓이 아니라면 이런 일이 일어난 게 설명되지 않아."

에리샤가 입술을 잘근잘근 깨물며 말했다.

"그래서 이해가 안 돼. 아마 루이와 레카도 나랑 같은 생각을 하고 있어서 그걸 알아보러 간 걸 거야."

렌이 살아 있을지도 모른다고 생각하니 갑자기 머리가 지끈지끈 아파서 에리샤는 손으로 머리를 짚었다. 렌을 직접 본 적은 단 한 번도 없었지만 미엘에게서 몇 번 들은 적이 있었기 때문이었다.

─에리샤, 전대 로드인 렌은 잔악무도한 자란다. 자신의 이익을 위해선
  다른 이들은 조금도 신경 쓰지 않지.
─그런데 어째서 어머니는 그런 자를 로드로 택한 거죠?

어린 에리샤는 그녀가 왜 그런 선택을 했는지 이해되지 않아 몇 번이나 물었다. 그럴 때마다 미엘은 희미하게 웃기만 할 뿐 이렇다 할 대답을 해주지 않았다.

"전대 로드는 어떤 자였나요?"

죽은 자가 살아 돌아왔을 리는 없지만, 만약의 경우라는 게 있었다. 서영은 모든 가능성을 염두에 두고 렌이 어떤 자였는지 알기 위해 하이네어에게 물었다.

"뱀파이어 꽃에게는 어떤 짓을 했는지 잘 모르지만, 뱀파이어 일족에게 있어 렌 님은 인자하시고 온화하신 분이었습니다."

"뭐?"

에리샤는 당황한 얼굴로 하이네어를 쳐다봤다. 분명 미엘은 렌이 잔악무도하고 못된 놈이라고 했었다. 한데 인자하고 온화한 자라니, 황당했다.

"어머니는 렌이 못된 놈이라고 했었어!"

"그럴지도 모릅니다. 그분은 화가 나시면 그 누가 말려도 듣지 않았고, 요괴 일족 하나는 박살 내야 화를 풀었으니까요. 2천 년 동안 그분의 손에 멸망한 일족을 다 세려면 열 손가락으로도 모자란다고 아버지가 우스갯소리로 말씀하신 적이 있습니다."

"하? 그게 도대체 어딜 봐서 온화하다는 건데!"

"하지만 저희들에게는 단 한 번도 그렇게 하신 적이 없습니다. 그러니 저희 입장에서 렌 님을 미워할 이유는 없었지요. 오히려 저희는 렌 님을 존경했습니다."

렌을 존경하다니. 2천 년 넘는 세월 동안 미엘을 감금하고 강제로 취한 놈이 대외적으로는 자신의 일족을 끔찍하게 아끼고 존경받는 수장이라니! 그 사실이 몹시 기분 나쁜 에리샤는 눈살을 찌푸렸다.

"일단 루베르이 경과 레카 경이 상황을 알아보러 갔으니 그 부분은 그들에게 맡기고 저희는 안전한 곳으로……."

갑자기 하이네어가 하던 말을 멈추고 자신 쪽으로 손을 뻗자 당황한 서영은 눈을 껌뻑이며 한 걸음 뒤로 물러섰다.

쾅—!

"대피하는 게 좋을 것 같습니다."

하이네어는 벽에 스며든 요괴의 멱살을 잡고 바닥에 내팽개쳤다. 요괴는 단말마의 비명과 함께 그대로 기절했다.

"일단 이곳을 나가야겠습니다."

포위가 된 건지 맨션 주변에 요괴의 기운이 짙게 느껴졌다. 에리샤도 그 기운을 느꼈는지 하이네어의 말에 공감하며 고개를 끄덕였다.

"하지만 어디로 가죠?"

뱀파이어 요새로는 갈 수 없었고, 밖에 나가자니 요괴들이 진을 치고 있었다. 하이네어는 바깥 상황을 보며 잠시 생각하더니 서영과 에리샤를 돌아봤다.

"아무래도 루이 경과 합류해야겠습니다."

"저도 그러는 편이 낫다고 생각해요."

이런 상황에선 자신들끼리 있기보단 좀 더 강한 자의 보호를 받는 게 나을 것 같았다. 하이네어도 그렇게 생각했는지 고개를 끄덕이며 품에서 파란색 큐브를 꺼냈다.

하이네어는 기절한 요괴의 몸에 큐브를 가져다 댔다. 그러자 큐브가 푸른 빛을 발하면서 요괴의 몸에서 영혼이 떠올랐다. 그 영혼은 하이네어뿐만 아니라 다른 이들에게도 보였다.

"루베르이 경과 레카 경을 찾아라."

요괴의 영혼은 고개를 끄덕이며 집 밖으로 나갔다. 백한은 신기한 하이네어의 능력에 감탄을 금치 못했고, 에리샤는 제법이라는 듯 그를 쳐다봤다.

"역시 사신이라는 별명에 걸맞게 영혼을 조종하네?"

"감사합니다."

하이네어가 조금 쑥스럽다는 듯 웃으며 푸른빛을 발하는 큐브를 품에 넣었다.

"무작정 찾으러 가는 건 무리니 일단 저 영혼이 루베르이 경과 레카 경의 위치를 알아올 때까지 기다리도록 하죠."

<hr/>

사방에서 피 냄새가 진동했다. 이대로 있다간 이성을 잃을 것 같아 레카는 손으로 코를 틀어막으며 주변을 둘러봤다.

"저게 문제의 포탈인 것 같지?"

사람들이 많은 곳을 일부러 노린 건지 포탈은 번화가 중심에 떡하니 자리 잡고 있었다. 포탈을 발견한 루이와 레카는 우선 인간들의 시야가 닿지 않는 높은 건물의 옥상에 착지했다. 루이는 난간에 발을 올리고 요괴들을 살펴봤다.

"강한 요괴의 기운은 느껴지지 않는데."

"그럼 로드가 살아 돌아온 게 아니라는 거야?"

"아직은 잘 모르겠다. 일단 상황을 더 지켜봐야겠지."

"여기서 더 지켜보다간 다 죽겠는데?"

레카는 우스갯소리로 말했다. 눈앞에 쓰러진 인간들의 수만 해도 셀 수가 없을 만큼 많았다. 초록색 얼룩 무늬가 있는 옷을 입은 인간들이 나타나 이상한 무기로 요괴들을 죽이고 있기는 했지만, 요괴들의 진격을 막기에는 역부족이었다.

결국 요괴들에게 밀린 초록색 옷을 입은 인간 군단들이 하나둘씩 쓰러지면서 그들이 가지고 온 거대한 무기들도 박살이 났다. 요괴들이 앞으로 진격하자 절망에 섞인 사람들의 비명은 점점 더 높아졌고, 길거리에 쓰러지는 사람들도 늘어났다.

"예쁜 여자들이 쓰러지니까 마음이 아픈데?"

루이는 이런 상황에서도 시답잖은 소리를 하는 레카를 노려봤다. 그러자 레카는 어깨를 으쓱거리며 말했다.

"분위기 전환이야. 네가 너무 심각한 표정을 지으⋯⋯."

"잠깐."

루이는 레카의 입을 막고 인간들을 가만히 지켜봤다. 공포에 찬 얼굴로 비명을 지르며 요괴들에게서 도망치고 있는 인간들 사이에서 의문의 기운이 느껴졌기 때문이었다. 뱀파이어라고 하기엔 미미하고, 하프라고 하기엔 너무나도 강한 기운이었다.

"저 기운이 느껴지⋯⋯!"

루이는 의문의 기운이 살기를 드러내며 빠른 속도로 날아오자 본능적으로 팔을 휘둘렀다.

"루이!"

날아온 것은 은색의 단도였다. 단도는 루이의 팔에 정확하게 꽂혔고, 그 사이로 피가 흘러내렸다. 제법 고통스러울 텐데도 루이는 아무렇지 않게 팔에 꽂힌 단도를 뽑아냈다.

그러자 상처가 났던 팔에 새살이 나면서 피가 천천히 사라지기 시작했다.

"헤에? 역시 이 정도로는 안 죽네."

"내가 말하지 않았는가. 루베르이를 죽이기는 힘들다고."

발랄한 여자아이의 목소리와 함께 귀에 익숙한 목소리가 공중에서 들리자 루이와 레카는 고개를 들어 하늘을 쳐다봤다.

"아쉘."

"간만이군, 루베르이."

그곳엔 아쉘과 처음 보는 소녀가 있었다. 작은 곰 인형을 품에 안고 있는 소녀는 검은색의 원피스를 입고 있었고 루이와 눈이 마주치자 허리를 꾸벅 숙여 인사했다.

"처음 뵙겠습니다. 저는 메리얀이라고 하는데, 뭐 지금 인사할 상황은 아닌 거 같네요."

메리얀은 귀엽게 웃으며 혀를 내밀었다. 루이는 메리얀은 신경 쓰지 않고 오로지 아쉘을 노려보며 말했다

"아쉘, 당신이 무슨 짓을 저질렀는지 알고 있나?"

돌아가는 상황으로 보아 이번 일을 계획한 건 아쉘과 협회인 것 같았다. 그들이 어떻게 저 많은 요괴들을 이동시킬 포탈을 만들었는지는 알 수 없었지만, 지금 중요한 건 그게 아니었다. 아쉘 때문에 수많은 인간들이 희생되고 있다는 사실이 중요했다.

"난 인간들과 공존할 생각이 전혀 없다!"

아쉘이 매서운 어조로 소리쳤다.

"저 하찮은 놈들과 공존해봤자 우리가 얻는 것이 무엇인가!"

"미친 소리 하고 있네. 인간들이 없으면 우리도 존재할 수 없어! 빛과 어둠은 늘 함께 존재해야 한다는 걸 왜 모르는 거냐, 아쉘!"

"닥쳐라, 레카!"

아쉘이 소리치자 땅을 돌아다니며 인간들을 괴롭히던 요괴들은 하던 행동을 멈추고 일제히 루이와 레카가 있는 빌딩 쪽으로 다가와 주위를 에워쌌다.

하늘을 날 수 있는 요괴들은 아쉘의 뒤에 서서 그의 명령을 기다리고 있었고, 땅에 있던 요괴들은 빌딩의 벽을 타고 기어 올라왔다.

어림잡아도 수십 명의 요괴들이 그들을 노렸지만, 루이는 조금도 두려워하지 않고 오히려 작게 실소했다.

"고작 이 정도로 날 이길 수 있다고 생각하는 건 아니겠지?"

본디 뱀파이어는 전투와 살육을 즐기는 일족. 루이의 붉은 눈이 위험스

럽게 빛나면서 그의 주변에 검은 기운들이 아지랑이처럼 피어오르기 시작
했다.

"재미있겠네."

레카 역시 기운들을 한 번에 방출시켰다. 그의 주변에 생긴 붉은 불꽃들
은 너울너울 춤을 추면서 레카의 주변을 에워쌌다.

"잠시만 부탁드립니다, 아쉘 님."

레카와 루이가 본격적으로 싸울 준비를 하자 메리얀은 아쉘에게 당부하
듯 말했다. 아쉘이 고개를 끄덕이자 메리얀은 그에게 거듭 잘 부탁한다는
말을 하고 빠르게 모습을 감추었다.

"……레카."

메리얀이 사라지자 뭔가 이상한 것을 느낀 루이가 레카를 불렀다.

"서영과 에리샤에게 가봐."

"뭐?"

"아쉘은 멍청한 놈이지만, 내가 그동안 지켜본 바로 협회 놈들은 아니다.
그들이 대놓고 나한테 싸움을 걸 리가 없어."

"……설마!"

"분명 그녀들에게 가고 있을 것이다. 아쉘은 미끼였던 거야."

협회가 진정으로 노리고 있는 것은 뱀파이어 꽃인 서영과 에리샤였다. 그
녀들이 자신의 곁에 없다는 것을 확인했다면 필시 그들은 지금의 기회를
놓치지 않고 그녀들을 노릴 것이다.

마음 같아선 직접 가고 싶었지만, 그랬다간 더 위험해질 수도 있기에 어
쩔 수 없이 레카만이라도 보내기로 했다.

"혼자 괜찮겠어?"

루이가 픽 웃으며 레카를 돌아봤다.

"나를 뭐로 보는 거지? 내가 저런 놈들에게 당할 것 같나?"

"그건 그렇지."

레카도 웃으며 어깨를 으쓱였다.

"내가 길을 열 테니 바로 가라."

루이는 곧바로 하늘을 나는 놈들을 향해 달려들었다.

키에엑ㅡ!

루이를 감싸고 있던 검은 기운에 스치기만 했는데도 요괴들은 형체도 없이 녹아내렸다. 무지막지한 루이의 힘에 당황한 요괴들이 뒷걸음질하며 도망치려고 했지만, 그들은 루이의 손아귀에서 벗어날 수가 없었다.

"뭣들 하는 거냐! 상대는 혼자다! 가서 싸우란 말이야!"

아쉘의 고함에 정신을 차린 건지 요괴들은 도망치다 말고 루이에게 덤벼들었다.

상대가 약하다곤 하지만 수가 너무 많았고, 설상가상 아쉘까지 덤벼드니 루이는 생각보다 고군분투하며 그들과 싸웠다.

"레이디와 에리샤를 꼭 무사히 데려올게."

루이가 요괴들과 아쉘의 시선을 붙잡아두는 동안 레카는 서영과 에리샤가 있는 집으로 빠르게 날아갔다.

─────※─────

콰아앙ㅡ.

"꺄아아악!"

또 폭격이 터졌다. 사방에서 건물이 무너지는 소리가 들렸고 사람들의 비명도 같이 들렸다.

"헉헉……."

"서영 씨, 조금만 힘내요."

백한의 말에 서영은 고개를 끄덕이며 이제 너무 아파서 감각도 느껴지지 않는 다리를 움직였다. 하이네어가 보낸 요괴의 영혼이 루이와 레카의 위치를 알아내기도 전에 요괴들이 그들이 있는 맨션을 덮치는 바람에 그들은 어쩔 수 없이 맨션 밖으로 나와야만 했다.

"이쪽이야!"

반쯤 내려앉은 건물에서 에리샤가 손을 흔들었다. 백한과 서영은 요괴들의 눈을 피해 그곳으로 재빨리 들어갔다. 그들이 들어오자 하이네어는 건물의 철문을 '쾅' 하고 닫았다.

"헉, 헉."

건물 내부로 들어오자마자 서영은 쓰러지듯 바닥에 주저앉았다. 가슴이 아플 정도로 숨이 너무나도 찼다. 서영은 숨을 헐떡이며 정상적인 호흡을 찾기 위해 노력했지만, 호흡은 쉽게 돌아오지 않았다.

"이곳도 안전하지 않을 것 같아."

에리샤는 작게 난 창문으로 밖을 보면서 말했다. 거리는 이미 요괴들이 점령한 상태였고, 피와 시체로 도배되고 있었다. 에리샤와 서영을 찾고 있는지 그들은 눈을 시퍼렇게 빛내며 주변을 샅샅이 뒤지고 있었다.

"하지만 서영 씨가 많이 지쳤어요."

"뛸…… 수 있어요."

"안 돼요. 못 뛰어요."

백한이 단호하게 이야기했지만, 서영은 고개를 절레절레 저었다. 짐이 되는 것은 죽기보다 더 싫었기 때문에 서영은 뜻대로 움직이지 않는 다리를 억지로 움직여 자리에서 일어섰다.

"빨리 루이와 합류해야 하니까……."

"이런, 어떡하죠. 못 만날 것 같은데요."

어둠이 짙게 깔린 건물 안쪽에서 의문의 목소리가 들려오자 깜짝 놀란 서영은 고개를 돌렸다. 그 순간 이상한 소리가 나면서 서영의 다리에 날카로운 아픔이 느껴졌다.

"악!"

서영은 외마디의 비명을 지르며 다시 바닥에 주저앉았다.

"서영 씨!"

"서영!"

바로 곁에 있던 백한이 커다랗게 소리치며 서영을 부축했다. 손바닥만 한 단도가 서영의 다리를 관통해 있었다.

"괜찮아요, 서영 씨?"

서영은 백한의 질문에 대답할 수가 없었다. 다리가 불에 덴 것처럼 화끈거렸다. 이를 악물고 참으려고 해도 저도 모르게 신음이 흘러나왔다. 설상가상 정신까지 혼미해졌다.

"피해!"

또다시 서영 쪽으로 단도가 날아오자 에리샤는 황급히 그들을 향해 소리를 질렀다. 하지만 이미 피하기엔 너무 늦었고, 백한은 단검으로부터 서영을 보호하기 위해 그녀를 꽉 껴안았다.

푹―.

"하이네어 님!"

언제 달려온 건지 알 수 없었지만 하이네어가 백한과 서영을 감싸 안고 있었다. 서영을 겨냥했던 단도는 하이네어의 등에 박혔고, 서영과는 다르게 하이네어의 피는 결정처럼 굳어져 땅으로 뚝뚝 떨어졌다.

"단검에 하프의 피가 발려 있었어?"

에리샤가 당황하며 중얼거렸다. 정말 하프의 피가 발려 있다면, 하이네어의 목숨이 위험했다.

"괜찮으십니까, 서영 님……."

식은땀이 흐르는 얼굴로 서영이 힘겹게 고개를 끄덕이자 하이네어는 다행이라는 말을 하며 눈을 감았다.

"하이네어!"

하이네어가 바닥에 쓰러지자 에리샤는 그의 몸을 흔들며 이름을 불렀지만 하이네어는 눈을 뜨지 못했다. 아무래도 하프의 독이 체내에 들어가 이상 반응을 일으키고 있는 듯했다.

이대로 내버려두면 십중팔구 하이네어는 죽는다. 그를 죽게 둘 수 없다는 생각에 에리샤는 눈을 질끈 감고 자신의 손목을 세게 깨물었다.

에리샤가 손목을 타고 흐르는 피를 하이네어의 상처 위로 떨어뜨리자 흰 연기가 나면서 결정처럼 굳었던 하이네어의 피가 녹아 흘러내리기 시작했다.

"이제 치료만 하면……."

"그 뱀파이어가 소중하신 모양입니다. 스스로 몸에 상처를 내어 피를 나눠주시다니."

어둠 속에서 헤브가 천천히 걸어 나왔다. 그는 마치 단검이 장난감인 양 이리저리 휘두르며 에리샤를 바라봤다.

"찾느라고 힘들었습니다, 에리샤 님."

위험하다. 다른 요괴들이라면 어떻게든 시간을 벌어보겠지만, 상대가 헤브라면 말이 달라졌다.

에리샤는 입술을 잘근잘근 깨물며 이 난국을 어떻게 헤쳐나가야 할지 곰곰이 생각했다. 일행 중 부상자는 둘이나 있었고, 둘 다 버리고 갈 수 없는 소중한 동료였다. 뱀파이어 꽃의 피를 쓰면 상처를 치료할 수 있었지만, 적이 눈앞에 있어 그조차도 불가능했다.

"……서영."

"……응?"

에리샤가 부르자 서영은 다친 다리를 붙잡으며 힘겹게 대답했다.

"너, 낙인 쓸 수 있어?"

에리샤의 말에 서영은 고개를 저었다. 연습한답시고 옥상에 있는 루이에게 가기 위해 사용하는 바람에 당분간 포탈을 쓸 수가 없었다.

아니, 쓸 수 있다고 하더라도 이렇게 다친 몸으로는 포탈을 생성하는 데 정신을 집중할 수가 없었다.

서영의 대답에 에리샤는 깊은 한숨을 내쉬었다. 서영이 낙인을 쓸 수 없다면 다른 방법을 써야 했다.

"백한, 내가 신호를 주면 바로 서영을 데리고 도망쳐."

"네? 그럼 에리샤 님은……."

"나는 신경 쓰지 말고 내 말대로 해!"

백한이 어쩔 수 없다는 얼굴로 고개를 끄덕이자 에리샤는 심호흡을 크게 한 번 하고 자신 쪽으로 걸어오는 헤브에게 무작정 달려들었다.

쿵—!

"지금이야!"

헤브를 몸으로 밀친 에리샤가 소리치자 백한은 서영을 안아 들고 건물 밖으로 냅다 뛰었다. 밖에도 요괴들이 득실하긴 했지만, 헤브보다는 위험하지 않았다.

백한은 요괴들 사이를 요리조리 피하며 에리샤와 하이네어가 있는 건물에서 빠르게 멀어졌다.

"에리샤가……!"

"에리샤 님은 뱀파이어이시니 괜찮을 거예요."

"그럴 리가 없잖아요!"

서영은 에리샤와 하이네어를 건물에 두고 온 것이 마음에 걸리는지 계속해서 뒤를 돌아봤다.

"다시 돌아가요, 백한 오빠!"

"그럴 순 없어요!"

"하지만 에리샤랑 하이네어 님이……!"

"서영 씨! 우리가 가도 할 수 있는 건 아무것도 없어요! 오히려 방해된다고요!"

정곡을 찌르는 말에 서영은 아무 말도 할 수 없었다.

아무것도 할 수 없다. 인정하고 싶진 않았지만, 정말로 눈물이 나는 사실이긴 했지만, 백한의 말대로 지금 자신은 이들에게 짐밖에 되지 않는 존재였다.

그 사실이 날카로운 가시가 돼서 심장을 파고들었다. 난 왜 이렇게 무기력한 거지. 서영은 두 손을 꼭 마주 잡고 눈물을 흘렸다.

휘리릭— 쿵—.

"악!"

재빠르게 도망치던 백한은 누군가 다리를 잡아당기는 바람에 중심을 잃고 넘어졌다. 백한은 넘어지면서 서영을 놓쳤고, 그 탓에 거친 아스팔트 위를 구르게 된 서영은 온몸에 느껴지는 통증에 이를 악물었다.

그런 서영에게 접근한 요괴가 어느새 그녀를 어깨에 둘러메고 힘찬 날갯짓을 했다.

"젠장, 서영 씨!"

백한은 하늘을 날고 있는 요괴의 뒤를 쫓으며 서영의 이름을 불렀다. 서영 역시 발버둥을 치며 요괴의 손에서 벗어나려 했지만, 요괴의 악력이 얼마나 센지 도망칠 수가 없었다.

'이대로 납치당할 수는 없어!'

서영은 흘끗 땅을 쳐다봤다. 여기서 떨어지면 목숨이 붙어 있을지 장담할 수 없었지만, 이대로 납치당해도 죽는 건 마찬가지였다. 이 요괴는 아쉘이나 협회와 관련된 놈일 테니까. 협회에 납치당한다면 차라리 죽기를 바랄 만큼 심한 고문을 당하거나 에리샤처럼 실험에 이용될 가능성이 컸다.

이래저래 위험한 것은 마찬가지였다. 그럼 차라리 지금 도박을 하자. 그리 결심한 서영은 눈을 질끈 감고 요괴의 팔을 세게 깨물었다.

크아악―!

순간적으로 느껴지는 극심한 고통에 요괴는 저도 모르게 서영을 내팽개 쳤다. 제 힘으로 날 수 없는 서영은 빠르게 추락했다. 자신의 키의 수십 배 가 되는 높이였지만 떨어지는 것은 정말로 순식간이었다.

'죽고 싶지 않아.'

이제 겨우 가족인 에리샤와 만났는데, 이제 겨우 루이와 이어졌는데 이렇 게 죽고 싶진 않았다. 땅이 점점 가까워지면 가까워질수록 살고 싶다는 욕 망은 더욱 강해졌다. 서영은 눈을 질끈 감은 채 간절하게 소리쳤다.

"이대로 죽고 싶지 않아!"

파앗―.

서영이 땅과 부딪치기 직전, 어디선가 회색 안개가 나타나 푹신한 쿠션 역 할을 해주었다. 덕분에 서영은 큰 부상 없이 땅에 내려올 수 있었다.

"이건……."

서영이 안개를 어루만지자 안개들은 마치 살아 있는 생물체처럼 이리저 리 움직이며 애교를 부리듯 서영을 감싸 안았다.

"이건 루이의 안개잖아."

예전에 루이가 능력을 쓸 때 그가 이 안개를 부리는 걸 본 적이 있었다. 서영이 안개 위에서 내려오자 안개는 제 역할을 다했다는 듯 허공으로 흩 어졌다.

"서영 씨! 괜찮아요?"

서영을 쫓아오던 백한이 다급하게 달려와 물었다. 그는 서영이 무사하다는 걸 확인하고 가슴 깊이 안도했다.

"무사하셔서 다행이에요. 일단 자리부터 피하죠. 이렇게 길거리에 서 있는 건 매우 위험하니까요."

백한의 말에 고개를 끄덕이고 발을 앞으로 내디딘 서영은 다리에서 고통이 느껴지자 신음을 뱉으며 그대로 자리에 주저앉았다.

서영의 다리에는 여전히 단도가 박혀 있었다. 상처에서 흘러내린 피 때문에 다리 전체가 붉었다.

"아무래도 단검을 빼고 지혈을 해야겠어요."

백한은 서영을 돌무더기에 앉힌 뒤, 입고 있던 옷을 길게 찢어 붕대를 만들었다.

"서영 씨, 이가 상할 수도 있으니 옷소매를 물고 계세요."

"네."

서영이 옷소매를 물자 백한은 신중하게 서영의 다리에 박혀 있는 단검을 뺐다.

"윽……."

단검이 박힐 때도 아팠지만 뺄 때의 고통은 더욱 심했다. 순간 정신을 잃을 정도의 극심한 고통에 서영이 신음을 뱉으며 몸을 가늘게 떨었다.

겨우 단검을 뺀 백한은 붕대로 상처를 압박했다.

"일단 업혀요. 그 다리로 뛰는 건 무리일 테니."

서영은 군말 없이 백한의 등에 업혔다. 백한은 주변을 크게 둘러본 뒤, 요괴가 가장 적은 쪽으로 달리기 시작했다.

"랄라라라~."

정신을 잃고 있던 에리샤는 어디선가 노래 소리가 들려오자 아득해진 정신을 붙잡았다.

막 정신을 차려서 그런지 시야가 뿌옇게 흐렸다. 에리샤는 이곳이 어디인지 알기 위해 눈을 깜빡이며 주변을 찬찬히 살폈다. 천장은 반쯤 붕괴됐고 녹슨 책상과 천장에서는 물이 새고 있었다.

자신이 있는 곳이 낡은 건물 안이라는 것을 어렵지 않게 짐작한 에리샤는 그다음으로 자신이 어떻게 된 건지 곰곰이 생각했다.

'분명 하이네어가 다쳤고, 헤브에게 덤벼들었지. 백한이 서영을 데리고 도망을 치는 것까지 보고……'

그 뒤로는 기억이 없었다. 그대로 헤브에게 당한 모양이었다. 그래도 정신이 든 것으로 보아 죽은 건 아닌 것 같았다.

"어, 정신이 드셨네?"

"메리얀!"

낡은 소파에 앉아 있던 메리얀은 에리샤가 정신을 차리자 기쁘다는 듯 눈을 반짝이며 그녀에게로 다가왔다.

"와, 진짜 오랜만이야, 에리샤."

그녀는 마치 에리샤의 친구라도 되는 것처럼 서슴없이 에리샤에게 말을 걸었다. 그런 그녀가 역겹기만 한 에리샤는 눈살을 찌푸리며 메리얀을 노려봤다.

"그렇게 보지 마. 흥분되잖아?"

"쓸데없는 소리를 하는 건 여전하구나, 메리얀."

"네가 쓸데없는 것에 기대를 거는 것과 똑같은 거지."

"하이네어는 어디 있지?"

"하이네어? 아, 그놈이라면 저기 있어."

메리얀은 방 한구석에 쓰러져 있는 하이네어를 가리켰다. 다행히 하이네어의 몸에서는 뱀파이어의 기운이 느껴졌다. 죽은 건 아니라는 의미였다.

그제야 에리샤는 안도의 한숨을 깊게 내쉬었다. 그러자 뭐가 그리 재미있는지 메리얀이 배를 잡으며 깔깔 웃어댔다.

"너 지금 네 처지가 어떤 줄 알고 다른 놈을 걱정하는 거야? 응?"

"……어차피 내가 잡혀도 서영을 못 잡으면 아무것도 할 수 없잖아?"

"풉! 그건 그렇지. 넌 반푼이니까 말이야. 하지만……"

메리얀은 바닥에 엎어져 있는 에리샤의 등에 힐을 신은 발을 올렸다. 날카로운 힐이 등을 세게 누르자 참을 수 없는 고통이 온몸에 엄습했다.

"악!"

"하하, 더 고통스러워해봐. 응?"

에리샤가 비명을 지르며 발버둥을 치자 그 모습에 희열을 느낀 건지 메리얀은 더욱 소리를 높여 웃었다.

"그만해라, 메리얀."

"어? 오셨어요?"

검은 머리에 흰색 가면을 쓴 남자가 헤브를 대동하고 들어왔다. 메리얀은 남자를 향해 정중하게 인사한 뒤 물러났다.

"협회의 수장……"

저 남자가 바로 협회의 수장이었다. 에리샤는 픽 웃으며 빈정거렸다.

"여전히 가면을 쓰고 개폼을 잡고 있네."

픽―.

"말조심해야지?"

에리샤가 남자를 향해 독설을 뱉자 메리얀이 웃으며 그녀의 배를 발로 걸어찼다. 무지막지한 힘에 에리샤의 몸은 하늘로 붕 떴다가 다시 바닥으로 떨어졌다.

"너무 심하게 다루지 말라니까."

메리얀의 거친 행동에 남자가 혀를 내차며 에리샤의 입가에 흐르는 피를 닦아주었다.

"괜찮으십니까?"

탁―.

에리샤는 그 손을 거칠게 뿌리치며 남자를 쏘아봤다.

"지금 나랑 장난하자는 거야?"

"그럴 리가요. 저는 뱀파이어 꽃을 존중해주는 겁니다."

"지랄도 그 정도 하면 병이거든?"

에리샤가 표독스럽게 노려보자, 남자는 어깨를 크게 떨면서 웃음을 터뜨렸다. 갑자기 왜 웃는 거지. 이해 못 할 남자의 반응에 에리샤의 미간이 좁아졌다.

"드디어 미친 거야?"

아니지, 원래 미친놈이었으니까 더 미쳤냐고 물어봐야 하는 건가.

에리샤의 질문에도 남자는 한참이나 어깨를 들썩이며 웃었다. 꽤 시간이 지난 후에야 비로소 진정이 된 남자가 바닥에 엎어져 있는 에리샤의 눈높이에 맞춰 자리에 쭈그려 앉았다.

"네 어머니 성격을 완전히 빼닮았구나, 에리샤."

존댓말을 했다가 반말을 했다가 아주 제멋대로네. 억양도 약간 달라진 것 같았지만, 에리샤는 크게 신경 쓰지 않았다.

"딸이 부모를 닮는 건 당연한 건데 그걸 가지고 뭐라 하는 거야, 지금?"

에리샤가 어이없다는 듯 웃음을 흘리자 남자가 웃으며 그의 얼굴을 가리고 있는 가면을 잡았다. 설마 가면을 벗으려는 건가. 처음 보는 남자의 얼굴을 놓치지 않기 위해 에리샤는 눈을 크게 뜨고 남자의 얼굴을 주시했다.

"……너!"

곧 남자가 가면을 벗으면서, 남자의 얼굴을 확인한 에리샤가 경악하며 입을 쩍 벌렸다. 남자가 레카와 똑같은 얼굴을 하고 있었기 때문이었다.

◆━━◈◆◈━━◆

격렬한 전투 끝에는 꼭 몸에 피가 묻었다. 루이는 자신의 몸 이곳저곳에 요괴들의 피가 묻어 있자 짜증스레 피를 닦았다.

루이에게 덤볐던 요괴들은 대부분 목숨을 잃었고, 살아 있다고 하더라도 중상을 입은 상태였다. 그중에는 뱀파이어로서 상대하기 까다로운 상급 요괴들도 있었지만, 루이한테는 상대가 되지 않았다.

"자, 이제 네놈이 나한테 덤빌 건가?"

루이가 아쉘을 보며 말하자 그의 주변에 부유하고 있던 회색 안개가 아쉘을 겨냥했다.

일반적으로 뱀파이어에게는 특수 능력이 한 개밖에 없었다. 본디 루이의 특수 능력은 마음을 읽는 것이었지만, 그는 아버지인 루젠의 특수 능력을 이어받은 덕분에 회색 안개도 부릴 수 있었다.

루이의 말에 아쉘은 잠시 움찔했다가 이내 크게 소리쳤다.

"지금 난 의회장이다! 네놈보다 직위가 높지! 그런 나를 공격하면 어떻게 되는지 알고 있을 텐데, 루베르이?"

뱀파이어 사회는 계급이 곧 법이었다. 그 법을 어긴 자는 누구든 요새의 처형을 면치 못한다. 아쉘이 뭘 믿고 저러는 건가 싶었는데, 그 규칙을 믿고 있었던 모양이다.

'성가시게 됐군.'

루이는 한숨을 내쉬며 머리를 쓸어 올렸다. 망할 규칙 때문에 루이는 아쉘을 공격할 수 없었지만, 그건 아쉘 역시 마찬가지였다. 아니, 공격은 할 수 있었지만 그런 공격에 당할 만큼 루이는 약하지 않았다.

퍼어엉ㅡ.

갑자기 큰 폭발음이 들리면서 뜨거운 불길이 치솟았다. 가로수와 차들이 불탔고, 건물들이 무너졌다. 사람들의 비명이 사방에서 들려왔고, 신음에 찬 고통스러운 소리도 들려왔다.

"살려주세요!"

"보이는가, 루이."

아쉘이 살려달라고 애원하는 사람들을 가리키며 한껏 비웃었다.

"인간들은 저렇게 허약한 존재지. 스스로는 아무것도 할 수 없고 다른 이에게 의지해야만 살 수 있는 기생충 같은 존재이다. 한데 너는 저런 놈들과 공존을 하려고 했었단 말인가!"

"그래서 너는 인간들의 멸망을 원하는 거냐. 그들이 없으면 우리도 살 수 없다는 걸 알면서도?"

"큭……. 내가 원하는 것은 우리가 저들의 위에 서서 저 하찮은 종족을 지배하는 것이다. 더 이상 어둠에 숨지 않고 말이지."

"웃기는 소리를 하는군, 아쉘."

아쉘은 소멸을 눈앞에 둔 고령의 뱀파이어였다. 그런 그가 이제 와서 무슨 부귀영화를 누리겠다고 이 난리를 치는지 루이는 도저히 이해할 수가 없었다.

"뱀파이어 꽃은 널 선택하지 않았다. 그 말이 뭘 의미하는지 알겠지?"

"선택하지 않았다면 내가 취하면 되는 것이다!"

"전대 로드와 같은 길을 밟겠다는 거냐, 아쉘."

"전대 로드도 한 짓을 내가 왜 못 할 거라고 생각하는 거지?"

루이는 아쉘의 억지에 한숨을 푹 쉬었다. 대체 머릿속이 어떻게 된 건지 보고 싶어질 만큼 말이 통하지 않는 자였다. 아니, 애초에 말이 통했더라면 이런 일이 일어나지도 않았을 것이다.

"뱀파이어 꽃을 너무 우습게 보고 있군, 아쉘."

서영도 에리샤도 쉽게 당할 성정은 아니었다. 전대 꽃인 미엘이 어떤 성격이었는지는 모르지만, 그녀들은 절대로 아쉘 따위에게 굴복하지 않을 것이다.

콰아앙—!

또 한 번의 폭발음이 들려왔다. 이번에는 아까와 다르게 검은 연기만 날 뿐 불꽃들이 일어나지 않았다.

그것이 신호였는지 루이와 대치하던 아쉘은 그 연기를 보자마자 묘한 미소를 지으며 조금 뒤로 물러섰다.

"모든 것이 준비가 되었군."

"무슨 의미지?"

꺼림칙한 기분이 들어 루이는 인상을 찌푸린 채 아쉘을 쳐다봤다.

"내가 왜 여기서 너와 이런 대화를 나누고 있다고 생각하지, 루베르이?"

"무슨 꿍꿍이가 있는 거냐."

"그건 시간이 지나면 알게 될 거다."

아쉘은 묘한 웃음을 지은 채 그렇게 말하며 폭발음이 들려온 쪽으로 빠르게 날아갔다.

루이는 그를 쫓으려다 서영과 에리샤에게 가는 것이 나을 것 같아 백한의 맨션이 있는 방향으로 몸을 돌렸다.

불길이 지나간 길은 이미 폐허였다. 온 사방에 나무와 쇠 파편들이 퍼져 있었고, 불에 타 죽은 건지 형체를 알아볼 수 없을 정도로 까맣게 탄 시체들도 길에 널려 있었다.

"으아아악!"

차라리 죽었으면 고통이라도 느끼지 못했을 텐데, 운이 좋은 건지 나쁜 건지 불길에 휩쓸리고도 살아난 사람들이 몇몇 보였다. 그들은 심한 상처를 입은 채 바닥에 널브러져 있었고, 정상적인 사람이라면 원래 있어야 할 팔과 다리가 보이지 않는 사람들도 있었다. 그 외에도 크고 작은 부상을 입은 사람들이 곳곳에 보였다.

"사, 살려……."

루이가 지나가자 바닥에 쓰러져 있던 한 남자가 그의 다리를 잡고 살려달라고 애원했다. 건물이 무너지면서 다리가 돌에 깔린 건지 그의 하반신이 돌무더기에 가려져 보이지 않았다.

구해줘야겠다는 판단을 내리기도 전에 남자의 생명력이 다했는지 루이의 다리를 잡고 있던 남자의 손에서 힘이 쭉 빠졌다.

사람의 죽음을 눈앞에서 목격한 루이의 눈이 불안하게 흔들렸다. 자신에게 덤빈 요괴들을 죽일 때만 해도 이런 감정이 들지 않았는데, 이상하게도 죽어가는 사람들을 보고 있자니 기분이 묘해졌다.

"동현아!"

그런 루이의 눈에 띈 것은 반쯤 무너진 건물에 갇혀 빠져나오지 못하는 어린아이였다. 건물 밖에서는 그 아이의 어머니로 보이는 여자가 울부짖으며 아이를 향해 손을 뻗고 있었다.

"동현아!"

"으아아앙."

"들어가시면 안 됩니다!"

"놔요! 내 아들이!"

여자가 건물 안으로 들어가려고 하자 다른 사람들이 그녀를 만류하며 막아섰다. 하지만 모성애를 막을 수는 없었는지 여자는 사람들을 뿌리치고 건물 안으로 들어가려고 안간힘을 썼다.

쿵—!

"동현아!"

아이가 있던 건물이 한 번 더 흔들리자 여자는 오열하며 바닥에 주저앉았다. 건물로 들어가는 입구는 이미 막혔고, 아이가 있는 곳은 어림잡아도 5층은 되어 보였다. 사람들은 건물에 갇힌 아이와 그 아이의 어미를 불쌍한 눈으로 보고 있었지만, 그 누구도 쉽게 나서지 못했다.

루이는 말없이 건물에 갇힌 아이를 쳐다봤다. 평범한 인간들에게는 잘 보이지 않겠지만, 루이의 눈에는 아이의 얼굴이 뚜렷하게 들어왔다. 많아봐야 일곱 살 정도 되어 보이는 아이는 바닥에 납작 엎드려 엉엉 울고 있었다.

'불쌍하다.'

루이는 문득 든 생각에 놀라며 손으로 입을 가렸다.

'불쌍하다고? 인간이?'

뱀파이어가 한낱 먹이인 인간을 불쌍하다고 여기다니, 세상이 놀랄 일이었다.

평소라면 인간이 죽든 말든 아무렇지 않게 쳐다보며 그냥 스쳐 지나갔을 텐데 정말이지 이상하게도 루이는 그곳에서 발을 뗄 수가 없었다.

쿠웅―.

건물이 한 번 더 흔들리자 그 자리에 못 박힌 사람처럼 서 있던 루이는 빠르게 발을 움직였다.

그가 향한 곳은 아이가 있는 건물이었다. 루이는 떨어지는 돌무더기를 쉽게 피하며 아이가 있는 5층까지 단숨에 올라갔다.

"흐어어어어엉."

얼마나 운 건지 퉁퉁 부은 얼굴에 눈물 콧물이 그렁한 아이를 발견한 루이는 그쪽으로 다가갔다. 낯선 사람이 다가오자 아이는 깜짝 놀라 우는 것도 멈춘 채 루이를 올려다봤다.

"누, 누구……."

"남자는 우는 것이 아니다. 어떤 경우에도."

루이는 허리를 숙여 아이를 품에 끌어안고 아이의 맑은 눈동자에 맺힌 눈물을 닦아주었다. 낯선 사람의 등장에 잔뜩 굳어 있던 아이는 루이가 자신을 해치지 않을 거라는 걸 본능적으로 느꼈는지 루이의 가슴팍을 앙증맞은 손으로 꽉 잡았다.

"저 구하러 오신 거예요?"

"그래."

"형은 슈퍼맨이에요?"

아이의 눈에는 무너지는 돌무더기를 한 손으로 가볍게 쳐내는 루이가 슈퍼맨 같은 영웅으로 보인 모양이었다. 슈퍼맨이 뭔지는 모르지만 나쁜 의미는 아닌 것 같아 루이는 말없이 고개를 끄덕였다.

"우와."

그러자 아이는 눈을 초롱초롱하게 빛내며 루이를 쳐다봤다. 당황스러웠다. 인간에게 이런 눈빛을 받아본 것은 처음인지라 루이는 아이의 시선이 부담스러워 피했다.

"동현아!"

"엄마!"

루이가 아이를 데리고 건물 밖으로 나오자 아이의 엄마로 보이는 여자는 한걸음에 아이에게로 달려왔다. 루이의 품에서 아이를 건네받은 여자는 아이의 몸 이곳저곳을 살피며 무사한지 확인했다.

"우리 아이를 구해주셔서 정말 감……!"

아이를 구해준 것에 대해 감사의 인사를 하려는 건지 루이를 향해 고개 숙여 인사하던 여자는 루이의 눈동자가 붉다는 것과 그의 피부가 창백하다는 것을 알아채자마자 입을 쩍 벌린 채 뒷걸음질했다.

"뱀, 뱀파이어."

"괴물이다!"

그제야 루이가 뱀파이어라는 것을 알게 된 여자와 그녀의 주변에 있던 사람들은 비명을 지르면서 도망치기 바빴다.

"……후."

자신을 괴물 취급하는 사람들을 보며 루이는 낮게 한숨을 쉬었다. 인간들의 입장에서 자신은 괴물이었고, 그들이 저런 반응을 보이는 것은 당연했다. 익히 잘 알고 있는 사실이었지만, 왠지 모르게 기분이 찝찝했다.

"서영을 찾으러 가야겠군."

괜한 시간을 낭비한 것 같아 루이는 양미간을 찌푸린 채 날개를 펼쳤다.

"저, 저기, 형!"

곧바로 날아가려는데 누군가 루이의 옷자락을 잡아당겼다. 그가 아래를 쳐다보자 그곳에는 방금 전 그가 구해준 동현이라는 아이가 서 있었다.

"고마워요! 구해주서서 정말 고마워요!"

루이를 보자마자 아연실색하며 도망치던 어른들과 다르게 아이는 루이가 무섭지 않은지 활짝 웃으며 루이의 손을 잡았다.

"뭐 하는 거니! 이리 와!"

아이가 루이의 손을 잡고 있는 것을 발견한 여자는 창백하게 질린 얼굴로 아이에게 손짓했다.

아이는 뭔가 아쉽다는 얼굴로 루이를 빤히 쳐다봤다. 아이가 자신에게 할 말이 있는 것처럼 보였기 때문에 루이는 아이의 눈높이에 맞춰 허리를 숙였다.

쪽―.

"정말로 고맙습니다! 슈퍼맨 형!"

그러자 아이는 루이의 뺨에 쪽 입을 맞추고 엄마에게 달려갔다.

축축하고 이상했다. 알 수 없는 감정에 루이는 아이의 입술이 닿은 뺨을 매만졌다.

"젠장! 대체 어디 있는 거야?"

백한의 맨션에 서영와 에리샤가 없다는 걸 확인한 레카는 그녀들을 찾기 위해 이곳저곳을 돌아다녔다.

"요괴가 대체 몇 마리나 기어 나온 거야?"

분수도 모르고 덤벼드는 요괴들을 하나하나 처리하던 레카는 신경질적으로 손을 휘둘렀다. 그러자 그의 손끝에서 화려한 불꽃들이 뻗어 나와 레카를 둘러싸고 있던 요괴들을 한 번에 태워버렸다.

"포탈 근처라서 그런가, 더럽게 많네."

몇십 마리는 족히 죽인 것 같은데 요괴들이 끝도 없이 나오자 여유롭게 웃고 있던 레카의 얼굴이 서서히 굳어졌다.

"망할 협회 놈들! 도대체 무슨 생각으로 인간 세상에 요괴를 푼 건지!"

이를 바득바득 갈며 계속 서영과 에리샤를 찾아다니던 레카는 요괴의 영혼이 한 건물 앞에서 안절부절못하며 서 있자 이상한 눈으로 그 영혼을 쳐다봤다.

보통 죽은 자의 영혼은 아무런 기운도 느껴지지 않는데, 그 영혼에서는 요기가 짙게 느껴졌다.

"너, 설마 하이네어 경의……."

하이네어의 능력을 상기하고 혹시나 해서 물어봤는데 영혼이 격렬하게 고개를 끄덕이며 건물 안을 손가락으로 가리켰다.

영혼의 반응을 봤을 때 그 건물 안에 하이네어가 있는 것 같았다. 그렇다면 에리샤와 서영이 있을 가능성도 있어 레카는 한 치의 망설임도 없이 건물 안으로 뛰어 들어갔다.

"레이디! 에리샤! 하이네……."

이름을 부르며 힘차게 건물 내부로 들어가던 레카는 바닥에 쓰러져 있는 에리샤와 하이네어를 발견하고 그들에게로 달려갔다.

"에리샤! 하이네어 경!"

하이네어와 에리샤의 상태를 살핀 레카는 그들이 단지 기절한 것뿐이라는 사실에 가슴을 쓸어내렸다. 하이네어의 옷에 핏자국이 보이고 조금 찢어져 있긴 했지만 상처는 이미 치료된 모양이었다.

"레이디와 하프는 없는 건가?"

서영과 백한의 모습이 보이지 않자 레카는 주변을 휙 둘러봤다. 구석구석 다 훑어봤지만, 서영과 백한의 모습은 보이지 않았다. 그들이 이미 당한 건지, 아니면 다른 곳으로 도망간 건지 알 수가 없었다.

"으음……."

"정신이 들어?"

레카는 에리샤가 미약한 신음을 흘리며 몸을 일으키려고 하자 한걸음에 달려가 그녀를 부축했다.

"에리샤? 왜 그래?"

"……꺄아아악!"

"뭐, 뭐야."

눈을 뜬 에리샤가 갑자기 비명을 지르면서 마구 발버둥을 치자 당황한 레카는 그녀를 진정시키려고 애썼다. 하지만 에리샤는 좀처럼 진정하지 못했다.

"놔, 놔!"

에리샤가 무지막지한 힘으로 레카를 때리고 밀쳐냈지만, 그는 꼼짝도 하지 않고 에리샤의 팔을 잡고 있었다.

"에리샤! 나야!"

"저리 가! 놓으란 말이야!"

"정말 왜 이래! 나란 말이야! 레카라고!"

"레……카?"

레카의 이름을 들은 에리샤는 눈물이 흐르는 눈으로 자신을 붙잡고 있는 레카를 올려다봤다.

"진정됐어?"

"흐어어어어엉! 왜 이제 와! 바보 멍청아!"

"미안해."

레카의 품에서 얼굴을 묻고 한참이나 울던 에리샤는 조금 진정이 됐는지 눈물이 글썽글썽한 눈으로 레카를 쳐다봤다.

"나, 보고 말았어……."

"응? 뭘 봤다는 거야."

에리샤는 잔뜩 겁에 질린 얼굴로 손톱을 잘근잘근 깨물었다. 자신이 눈을 뜨자마자 레카의 얼굴을 보고 놀란 이유. 그것은 모두…….

"그 녀석 죽지 않아서."

"누굴 말하는 거야?"

에리샤는 레카가 제 말을 이해하지 못하자 답답하다는 듯 가슴을 퍽퍽 내리치며 벌떡 일어섰다.

"그 녀석! 렌!"

그리고 레카의 가슴팍을 꽉 움켜쥐며 버럭 소리를 질렀다.

"전대 로드였던 렌이 살아 있단 말이야!"

뱀파이어 로드

"욱……."

포탈에 가까워질수록 피 냄새는 더욱 짙게 풍겼다. 비릿하고 역겨운 냄새에 서영은 입을 틀어막고 헛구역질을 했다.

"서영 씨, 괜찮아요?"

"괘, 괜찮아요."

괜찮다는 대답과 달리 서영의 표정은 창백하기만 했다. 백한은 서영의 등을 두들겨주며 주변을 둘러봤다.

"여기가 어딜까요."

"……저희 학교 근처예요."

고등학교 덕분에 서영은 그곳이 어딘지 대략적으로 짐작할 수 있었다.

"일단 자리를 옮겨요. 한곳에 오래 있으면 요괴들이 냄새를 맡고 올지도 몰라요."

백한은 다시 서영을 업고 신중하게 걸음을 옮겼다. 백한이 체력 좋은 하프라고 해도 그의 체력에도 한계가 있었다.

"헉, 헉……."

꽤 오랜 시간, 서영을 업고 도망 다닌 탓에 백한은 많이 지친 상태였다. 그의 숨소리는 매우 거칠었고, 이마에선 식은땀이 흘러내렸다. 어디 들어가

서 쉬는 게 좋을 것 같았다.

"저기로 들어가요!"

숨을 곳을 찾던 서영은 무너진 건물들 사이에서 그나마 온전한 건물을 발견하고 소리쳤다. 백한 역시 쉬고 싶었기 때문에 그는 지체 없이 건물 안으로 들어갔다.

건물 내부로 들어가자마자 백한은 서영을 내려놓고 그 옆에 주저앉았다. 쉬지 않고 달린 탓에 숨이 턱까지 차올랐다. 백한은 얼굴에 흐르는 식은땀을 손으로 훔쳐내며 숨을 크게 들이쉬었다.

"괜찮아요, 오빠?"

"네. 괜찮…… 서영 씨?"

뒤늦게 서영의 얼굴이 이상하리만치 붉다는 걸 발견한 백한은 다급하게 서영의 이마를 짚었다.

"불덩이잖아."

그뿐만 아니라 그녀는 몸을 오들오들 떨고 있었고, 눈동자의 초점도 흐릿했다.

'감기는 아닌 것 같은데, 설마……'

백한은 다급하게 상처를 확인했다.

"하!"

제대로 치료하지 않은 상처가 덧나는 바람에 몸에 열이 나는 것이었다. 백한은 작게 욕설을 뱉으며 자신이 입고 있던 코트를 벗어 서영의 몸에 덮어주었다.

"이러면 백한 오빠가……."

"지금 남 걱정할 때예요? 어떻게 몸 상태가 이렇게 될 때까지 아무 말도 안 할 수가 있어요!"

"미안……해요."

"사과하지 말아요. 그리고 정신도 잃지 말아요. 절대로, 절대로 정신을 잃으면 안 돼요, 서영 씨."

백한의 당부에 서영은 고개를 끄덕이며 벽에 머리를 기댔다. 그러면서 손에 끼워진 붉은 반지를 만지작거렸다. 지금쯤이면 루이도 자신이 없어진 걸 눈치챘을 것이다.

서영은 루이가 반드시 자신을 구하러 와줄 거라고 믿었다. 그녀가 위험할 때면 그는 언제 어디서든 나타났으니까.

"에리샤는…… 괜찮을까……."

"괜찮을 거예요. 에리샤 님은 그렇게 호락호락한 분이 아니잖아요."

백한의 위로에 서영은 그저 웃음 지었다. 눈앞이 점점 캄캄해졌다. 의식이 점점 멀어지려고 하자 서영은 입 안의 연한 살을 깨물며 애써 눈을 부릅떴다.

"열이 너무 높아요."

백한은 서영의 이마를 짚으며 계속해서 그녀의 상태를 살폈다. 서영은 괜찮다고, 걱정 말라고 말하고 싶었지만 입이 떨어지지 않았다.

"서영 씨?"

백한의 목소리가 점차 멀어졌다. 눈을 뜨려고 해도 그럴 수가 없었다. 흐릿해지는 의식을 붙잡으려고 안간힘을 썼지만, 그녀는 결국 의식을 놓고 말았다. 끼고 있던 반지가 손가락을 빠져나와 바닥에 굴러다녔다.

"서영 씨!"

백한은 서영을 살피느라 그녀의 발치에 반지가 떨어진 것을 알아차리지 못했다.

"이대로 죽으면 안 돼요!"

서영의 몸이 점차 싸늘하게 식자 백한은 겁이 나서 소리쳤다. 이대로 그녀를 놔둔다면 십중팔구 죽게 될 것이다. 서영에게 당장 필요한 것은 상처를 제대로 치료할 수 있는 약과 편히 쉴 수 있는 따뜻한 공간이었다.

적어도 루이나 레카는 그들의 능력으로 서영의 상처를 치료할 수 있을 것이다.

"형님……!"

한시라도 빨리 루이나 레카를 만나야 한다는 생각에 백한은 다시 서영을 업고 건물 밖으로 나왔다.

"어딜 그리 급하게 가십니까?"

그런 백한을 기다렸다는 듯 금발의 소년과 수십 명의 요괴들이 건물 입구를 지키고 있었다.

"루이!"

서영을 찾기 위해 백한의 맨션으로 가던 루이는 레카의 목소리가 들리자 그쪽을 돌아봤다.

"무사했구나!"

"서영은?"

그곳에는 레카와 에리샤, 그리고 하이네어가 있었지만 서영의 모습은 보이지 않았다.

왜 서영만 보이지 않는 거지? 불안한 예감이 들었다. 루이는 다급하게 레카의 어깨를 잡고 물었다.

"서영은 어디 있지?"

"그게……."

레카가 말을 잇지 못하자 루이의 얼굴이 더욱 창백하게 변했다.

서영이 없다는 건 그녀가 당했을지도 모른다는 의미였다. 아직 그녀가 죽은 것을 눈으로 확인한 것도 아니고, 단지 생각만 했을 뿐인데 몸속의 피가 싸늘하게 식어버렸다.

루이는 이미 많은 이들의 죽음을 경험했다. 부모님의 죽음, 아버지 대신 자신을 키워주던 잭의 죽음, 그리고 자신이 소중하게 여기던 친구의 죽음 등 곁에 있던 많은 이들이 죽었지만 이렇게 가슴에 구멍이 난 것처럼 허한 기분이 드는 것은 이번이 처음이었다.

"진정해, 루이!"

레카가 진정하라고 말했지만 루이의 귀에는 들리지 않았다. 서영을 영원히 잃는다고 생각하자 심장이 얼어붙고 손발이 차갑게 식었다. 그는 가늘게 떨리는 손으로 주먹을 꽉 쥐었다.

"젠장!"

레카는 루이의 몸에서 짙은 살기가 흘러나오자 욕설을 뱉었다. 루이가 이대로 이성을 잃게 해선 안 된다. 그 일념 하나로 레카는 루이의 어깨를 꽉 쥐고 소리쳤다.

"그들은 레이디를 죽이지 못해! 뱀파이어 꽃이 없으면 뱀파이어들에게 미래는 없어! 그걸 알잖아! 그러니까 제발 진정해!"

뱀파이어 꽃의 반쪽인 서영이 죽으면 뱀파이어 일족에게 미래는 없다. 반쪽인 에리샤 혼자 로드를 정할 수 없으니, 뱀파이어 사회는 계속해서 혼란스러울 것이다. 지금과 같은 상황이 반복되고 또 반복된다면 결국 뱀파이어들은 서로를 죽이고 죽이다가 결국은 자멸하고 말 것이다.

"협회는 레이디가 뱀파이어 꽃이란 걸 알고 있잖아!"

레카는 서영이 뱀파이어 꽃이라는 것을 협회가 알고 있다는 사실이 이렇게 다행스러울 수 없다고 생각했다. 협회의 목적은 하프들을 뱀파이어로 만드는 것. 그렇다면 그들은 싸늘하게 식은 서영의 시체가 아닌 온전하게 살아 있는 서영을 원할 것이다.

"분명, 분명 살아 있을 거야."

레카의 말에 조금 안정이 된 건지 루이에게서 느껴지는 살기가 조금씩 줄어들었다. 루이는 상황을 냉정하게 판단하기 위해 크게 심호흡을 했다.

"아쉘이 나랑 싸우다가 이상한 말을 하고 사라졌다."

"뭐라고 했는데?"

"모든 것이 준비되었다고 했다."

루이의 말에 레카의 표정이 묘하게 변했다. 그의 뒤에 서 있던 에리샤와 하이네어의 표정까지 요상하게 변하자 루이는 그들에게 뭔가 일이 있었음을 알 수 있었다.

"뭐지? 무슨 일이 있었던 건가?"

"……루이."

어지간히도 말하기 힘든 일인지 레카는 숨을 크게 들이쉬며 말을 질질 끌었다. 그는 에리샤와 하이네어에게 말해도 되는지 묻는 듯한 시선을 던졌다.

"말하기 힘들면 내가 해도 되네."

"아닙니다, 하이네어 경."

하이네어의 말에 레카는 차라리 자신이 말하는 것이 더 속 편하다고 생각하고는 고개를 저었다.

"놀라지 말고 잘 들어."

"뭘 말하려고 그렇게 뜸을 들이는 거지?"

"우리 예상이 맞았어."

루이는 레카의 말을 한 번에 이해하지 못했다. 그러자 레카는 한숨을 푹 쉬며 다시 말문을 열었다.

"그러니까 그가……."

"네가 말하는 그라는 것은, 나를 말하는 건가?"

귀에 익은 목소리였다. 루이와 에리샤, 레카, 그리고 하이네어는 동시에 목소리가 들려오는 쪽으로 고개를 돌렸다.

"이런, 이게 그 귀여웠던 루베르이라고? 정말이지 세월이 무심하군. 그 귀여운 아이를 이렇게 징그러운 어른으로 만들어놓다니 말이야."

루이는 자신의 눈을 의심했다. 분명 눈앞에 있는 자는 자신이 그토록 아꼈던, 소중하게 여겼던…….

"슈란……."

레카와 똑같은 얼굴을 가지고 있는 자신의 친구였다. 루이가 이름을 부르자 슈란은 어깨를 으쓱였다.

"분명 이 아이의 이름이 그런 이름이었지. 하지만 루이, 네놈이 이 아이를 버린 순간 그는 더 이상 이 세상에 존재하지 않네."

그와 똑같은 얼굴, 똑같은 목소리를 가지고 있는데 그가 아니라니! 루이는 도저히 그 사실을 믿을 수가 없어서 현실을 부정했다.

"그럴 리가 없다."

"호, 아직도 의심하는 거냐? 성년식을 치르더니 의심만 많아졌구나, 루베르이."

"당신, 누구야. 대체 누군데 슈란과 똑같은 모습을 하고 있는 거야!"

루이는 악에 받친 목소리로 소리쳤다. 어느새 슈란의 옆으로 다가온 메리얀과 헤브가 루이를 비웃었다.

"이거 참, 정말로 저자가 서열 1위인가요, 렌 님?"

"렌……?"

"정말이지 저렇게 멍청해서야. 상황 판단이 완전 느리잖아?"

메리얀에게서 나온 '렌'이라는 이름을 듣자마자 루이는 자신의 옆에 서 있는 레카를 쳐다봤다.

"네가 말한 우리 예상이 맞았다는 것이 설마……."

"맞아. 저 포탈을 연 것은 렌, 전대 뱀파이어 로드야."

"그럴 리가! 그는 죽었잖아!"

"죽었었지. 분명."

렌의 소멸은 모든 뱀파이어가 보는 앞에서 이루어졌다. 렌과 그를 모시는 고위 뱀파이어들이 가루가 되어 사라지는 것을 루이와 레카를 비롯한 대부분의 뱀파이어들이 똑똑히 목격했었다.

"하지만 살아 있었어, 그는."

레카는 슈란의 몸을 하고 있는 렌을 보며 말했다. 기분 나쁜 자였다. 레카는 거울을 세워놓은 것처럼 똑 닮은 자가 눈앞에서 유유히 웃고 있는게 몹시 기분 나빴다.

전대 뱀파이어 로드가 살아 있었다니, 충격이었다. 루이는 멍하니 슈란, 아니 렌을 쳐다봤다.

"아참, 선물이 있어."

렌이 박수를 '짝' 치자 갑자기 그의 뒤에서 한 실험체가 아쉘을 어깨에 메고 불쑥 튀어나왔다. 루이와 레카가 서 있는 곳까지 뚜벅뚜벅 걸어온 실험체는 아쉘을 그들의 앞에 던지다시피 내려놨다.

"죽었어?"

아쉘의 몸은 싸늘하게 식어 있었다. 육신이 남아 있다는 것은 그가 자연 소멸한 것이 아니라 살해당했다는 소리였다. 아무리 적이라지만 시체를 보고 있자니 기분이 좋지 않아 모두들 고개를 돌렸다.

"어떻게 된 겁니까."

"아쉘을 죽인 걸 말하는 건가?"

"그게 아니라 당신 이야기입니다."

루이는 주먹을 부르르 떨며 말했다. 어떻게 된 걸까. 죽었다고 생각했던 렌이 어떻게 살아 있으며, 왜 그가 슈란의 몸을 차지하고 있는 걸까.

"글쎄? 어떻게 된 일인 거 같아?"

"장난치지 마십시오! 왜 당신이 슈란의 몸을 차지하고 있는 거야!"

"네가 버렸잖아."

렌이 입술을 비스듬하게 기울이며 대답했다.

"분명 나는 기회를 줬어. 슈란을 살리고 싶다면 뱀파이어 꽃을 내놓으라고 말이야."

렌의 말에 루이는 그가 보낸 말도 안 되는 편지를 떠올렸다. 뱀파이어 꽃과 슈란을 바꾸자는 글이 적혀 있던 편지.

"슈란은 말이야, 힘을 원했어. 너한테 도움이 될 힘을 말이야. 그 마음이 너무 기특해서 나는 이 아이에게 제안했지. 내가 힘을 주는 대신 만약 루베르이가 너를 버린다면 네 몸을 나한테 달라고 말이야."

몸을 건 계약. 어수룩한 슈란은 렌이 던진 미끼를 덥석 물고 만 것이다.

그렇게 된 거였나. 루이는 신음을 흘리며 손으로 얼굴을 가렸다. 어쩌자고 슈란이 저자와 계약을 한 걸까. 분명 렌의 감언이설에 넘어간 거라고 생각했지만, 슈란이 강한 힘을 가지고 싶어 했다는 것 자체가 루이로서는 이해가 되지 않았다.

그는 슈란이 강한 힘을 가지길 원한 적이 단 한 번도 없었다. 그저 건강하게 자신의 곁에 있어주길 원했는데…… 어째서 이런 선택을 한 거지, 슈란?

"그를 버리고 뱀파이어 꽃을 선택한 건 너야, 루베르이. 나를 원망하지는 마. 이 모든 상황도 다 네가 자초한 일이야."

렌은 자신의 주변을 가리키며 말했다. 다 무너져가는 건물과 부서진 도로, 사방에 널린 시체들과 지독한 냄새. 도시는 말 그대로 폐허가 되어 있었다.

"대체 목적이 뭡니까."

레카가 이를 악물며 물었다. 도대체 그는 무슨 목적으로 슈란의 몸을 차지하고 이런 일을 벌인 걸까. 자신이 아는 렌은 분명 온화하고 다정했으며 모든 뱀파이어들의 존경을 한 몸에 받는 자였다. 이런 미친 짓을 하는 놈이 아니라.

"불과 며칠 전까지만 해도 목적이 엄청 많았는데, 지금은 단 하나야."

렌은 레카의 옷자락을 잡은 채 불안하게 자신을 보고 있는 에리샤를 손가락으로 가리키며 말했다.

"뱀파이어 꽃을 죽이는 것."

"……!"

"원래는 내 아들인 헤브를 뱀파이어로 만든 뒤 그 몸을 차지하려고 했지만, 새로운 몸을 얻었으니 그럴 필요가 없지. 뭐 별로 마음에 드는 몸은 아니지만 말이야."

렌은 자신의 몸을 훑어보며 말했다.

치가 떨렸다. 저런 자가 자신들의 수장이었다는 사실이 수치스러워서 루이는 이를 악문 채 단어 하나하나에 힘을 주며 말했다.

"미친 겁니까? 뱀파이어 꽃이 없으면 뱀파이어 일족에게 미래는 없어! 뱀파이어 로드였던 자가 어떻게 그런 소리를 하는 거지?"

"지금은 로드가 아니잖아."

렌은 루이의 질문에는 간단명료하게 답했다.

"로드가 아닌데, 내가 뭐 하러 골치 아픈 걸 신경 써야 하지?"

"그럼 아까 날 왜 놔준 거야?"

레카의 등 뒤에 숨어 있던 에리샤가 렌에게 물었다. 뱀파이어 꽃이 죽는 것을 원한다면서 그는 왜 자신을 풀어준 걸까. 자신이 죽는 것을 원했다면 그때 죽였어야 했다.

"내가 곰곰이 생각을 해봤어. 내가 목숨을 연명하는 데 제일 방해되는 애가 누구일까…… 하고 말이야."

렌은 에리샤의 질문에 답하지 않고 엉뚱한 이야기를 꺼냈다. 모두가 의아한 시선으로 그를 쳐다보자 렌은 한쪽 입꼬리를 비틀며 말했다.

"그게 바로 너야, 루베르이."

루베르이. 고위 뱀파이어의 힘을 이어받은, 현존하는 요괴들 중 가장 강한 힘을 가진 존재.

"로드는 뱀파이어 꽃에게서 지속적으로 힘을 받지 않으면 점차 약해지지. 지금이야 이렇게 힘을 쓸 수 있지만 이 힘도 몇십 년이 지나면 다 사라지고 말 거야."

로드의 힘은 무제한이 아니었다. 뱀파이어 꽃이 없으면 로드의 힘은 점차 약해질 것이고, 그 말은 지금 이렇게 강력한 힘을 구사하고 있는 렌의 힘도 점차 약해진다는 소리였다.

"하지만 너는 다르지. 너는 그 힘을 가지고 죽을 때까지 살아갈 거야. 그렇지?"

렌은 꽃의 힘이 사라져서 자신의 힘이 약해진다고 해도 자신은 기본적으로 강한 힘을 가지고 있기에 로드와 고위 뱀파이어들이 없는 이상 자신의 힘을 뛰어넘을 자는 없을 것이라고 생각했었다.

그런데 변수가 나타나버렸다.

"성년식 때 죽어버렸으면 차라리 골치가 아프지 않았을 텐데 왜 살아서 나를 이렇게 귀찮게 만드는 거야. 응?"

렌은 정말로 귀찮다는 듯 눈살을 찌푸리며 말했다. 루이가 그때 죽었더라면 이런 귀찮은 짓을 하지 않아도 평화롭게 해결할 수 있었을 텐데. 렌은 루이가 무사히 성년식을 치른 게 매우 못마땅했다.

"……그래서 날 죽이려고 이런 짓을 벌인 건가?"

"아니. 지금 너를 죽이는 건 좀 힘들 것 같아. 아직 이 하급 뱀파이어의 몸에 완전히 적응한 것도 아니라서 내 원래 힘을 다 구사하기도 힘들고, 거기다 예상외로 난전이 길어져서 저 포탈을 유지하는 데 힘을 많이 썼거든."

렌이 씩 웃으며 루이를 향해 무언가를 던졌다. 얼떨결에 그것을 받은 루이는 그가 던진 것이 무엇인지 확인하자마자 그 자리에 굳어버렸다.

"굳이 내가 손을 쓰지 않더라도…… 네 스스로 자멸하게 만들 수 있을 것 같거든."

렌이 루이에게 던진 건 붉은 보석이 박힌 반지였다. 이미 멸망해버린 일족의 눈동자로 만든 반지는 세상에 단 하나밖에 없었기 때문에 루이는 자신이 서영에게 준 반지라는 걸 바로 알아차릴 수 있었다.

─소중히 간직할게. 절대로…… 절대로 몸에서 떼어놓지 않을 거야.

반지를 만지며 환하게 웃던 서영의 얼굴이 떠올랐다가 사라졌다. 그 순간 새카만 어둠이 찾아왔다.

『죽었어.』

루이는 누군가 자신의 귓가에 속삭이자 반지를 꽉 움켜쥐었다.

『그녀는 죽었어.』

"아니야……."

『그녀가 죽지 않았다면, 왜 반지가 저자의 손에 있는 거지? 그녀가 저자에게 반지를 준 것인가?』

"그럴 리가 없어……."

루이는 귓가에 들리는 소리를 부정하며 고개를 저었다. 서영이 자신을 두고 죽을 리가 없었다.

『부정하려고 하지 마. 그녀는 죽었어. 저 남자의 손에.』

그러자 목소리는 루이를 비웃으며 계속해서 서영이 죽었다고 말했다. 커다랗게 소리를 지르며 부정하려 했지만, 그는 그럴 수 없었다.

"루이! 지금 믿을 건 너밖에 없어! 제발 정신 차려!"

루이가 절망에 빠지려고 하자 레카는 그의 어깨를 잡고 황급히 말했다.

"살아 있을 거야. 아직 죽은 걸 눈으로 확인한 것도……."

"죽었어. 그 반지는 그 여자를 죽이고 가져온 거야."

렌은 레카의 말을 자르며 단호하게 말했다.

"내가 에리샤를 왜 살려줬냐고 물었지? 에리샤를 죽이는 것보다 네 신부를 죽이는 것이 루베르이나 뱀파이어 일족에게 더욱더 절망적일 것 같아서야. 이제 궁금한 게 풀렸어?"

렌은 활짝 웃으며 말했지만 지금 루이의 귀에는 그 말이 들어오지 않았다. 주변에서 에리샤가 쟁알거리며 뭐라고 하는 것 같았고, 레카가 자신의 어깨를 잡고 뭐라고 하고 있었지만 하나도 들리지 않았다.

─그녀는 죽었어.

"루이!"

루이를 보고 있던 레카는 그의 주변에 검은 기운이 넘실거리자 당황하여 그의 이름을 크게 불렀다. 그러자 루이가 시커먼 어둠으로 물든 눈동자로 레카를 쳐다봤다.

루이와 눈을 마주친 순간 온몸에 오싹한 전율이 흘렀다. 순간적으로 공포가 엄습하자 레카는 자신도 모르게 뒤로 물러섰다.

전에 잭이 죽었을 적에도 루이가 이렇게 이성을 잃었지만 그땐 이렇게 무섭거나 두렵다는 느낌이 들지 않았는데 지금 루이는 보고 있는 것만으로도 소름이 끼쳤다.

"이성을 잃은 거냐, 루베르이?"

모두가 겁에 질린 얼굴로 루이를 보고 있었지만 단 한 명, 렌만은 여유롭게 웃으면서 루이를 쳐다보고 있었다. 루이가 제아무리 이성을 잃는다고 해도 그를 이길 수 없었다. 그것이 현재 그와 루이의 힘 차이였다.

"죽지…… 않았어."

레카의 품에 안겨 있던 에리샤는 무지막지한 루이의 힘에 덜덜 떨면서 작은 목소리로 말했다.

"서영은…… 죽지 않았어."

에리샤의 모기만 한 목소리를 알아들은 레카는 그녀를 쳐다봤다.

"죽지 않았다고? 어떻게 알아?"

"몰라. 하지만 서영이 죽지 않았다는 느낌이 강하게 들어."

신빙성이 전혀 없는 말이었지만, 믿고 싶었다. 서영이 정말 죽었다면 모든 것이 끝이었으니까.

"……하이네어 경, 부탁 하나 해도 되겠습니까?"

"무슨 부탁이지?"

"레이디를 찾아서 데리고 와주십시오."

레카의 힘으론 서영을 찾기 힘들었지만, 하이네어의 능력을 쓰면 비교적 수월하게 찾을 수 있을 것이다. 레카의 부탁에 하이네어는 반쯤 이성을 잃은 루이를 흘끗 보며 말했다.

"자네 혼자 루베르이 경을 막을 수 있겠나?"

"막아야지요. 그러니 부디 레이디를 데려와주십시오."

"반드시 그리하지."

하이네어는 고개를 끄덕이고 하늘 높이 날아올랐다. 그러자 렌의 옆에 서 있던 헤브가 날아올라 하이네어의 앞길을 막았다.

"어딜 가시려고 하는 겁니까?"

"지금 하프 따위가 내 앞길을 막으려고 하는 건가."

"저를 평범한 하프들과 똑같이 생각하시면 오산입니다."

그의 말대로 평범한 하프들은 이렇게 강한 기운을, 뱀파이어의 날개를 가지고 있지 않았다. 더구나 하이네어는 헤브가 로드의 아들이라는 사실이 마음에 걸렸다.

어떡하지. 괜히 시간을 지체했다가 루이가 폭주하기라도 하면 큰일인지라 고민하고 있는데 레카가 헤브를 붙잡았다.

"가십시오! 하이네어 경!"

"부탁하네!"

하이네어는 뒤도 돌아보지 않고 날아갔다. 그 뒤를 메리얀이 따라가려고 하자 이번엔 에리샤가 나서서 메리얀의 앞길을 막았다.

"호? 네가 날 막을 수 있을 거라 생각해? 힘도 제대로 쓰지 못하면서?"

"막을 거야."

에리샤는 굳은 의지가 담긴 얼굴로 메리얀을 쳐다봤다.

"서영이 아직 살아 있는 거 맞지? 그렇지 않고서야 네놈들이 하이네어가 서영을 찾으러 가는 걸 이렇게 목숨을 걸고 막을 리가 없잖아."

그들이 서영의 반지를 어떻게 얻었는지 모르지만 그들의 행동에서 확실하게 알 수 있는 것은 서영이 아직 살아 있다는 것.

'빨리 와야 해, 서영.'

현재 렌을 막을 수 있는 자는 루이밖에 없었다. 한데 그런 루이가 이성을 잃고 마구 날뛴다면 인간 세상은 물론 뱀파이어 사회도 멸망할 것이다.

그러니 에리샤는 부디 서영이 빨리 오길 간절하게 빌고 또 빌었다.

─────◈─────

짹짹─.

새 소리에 정신을 차린 서영은 몸을 일으키며 자신이 있는 곳이 어디인지 알기 위해 주변을 살폈다. 그녀는 고운 잔디가 깔린 들판에 누워 있었다. 들판에는 꽃이 흐드러지게 피어 있었고 하늘은 푸르다 못해 맑았다. 서영은 기억을 더듬으며 언제 자신이 이런 곳에 온 건지 생각했지만 도무지 알 수가 없었다.

"일어났니?"

서영은 가냘픈 여자의 목소리가 들려오자 깜짝 놀라 뒤를 돌아봤다. 이 들판에는 자신 혼자 있는 것이 아니었다. 뒤를 돌아보자 은발의 여성이 다정한 눈빛으로 그녀를 보고 있었다. 비디오에서 본 적 있는 얼굴이었다.

"어머니……?"

"이렇게 보는 건 처음이지, 아가?"

"어머니!"

역시나 어머니, 미엘이었다. 서영은 눈물을 흩뿌리며 미엘의 품으로 파고들었다. 그러자 미엘이 인자하게 웃으며 서영의 등을 부드럽게 쓰다듬어주었다.

"우리 아가는 어리광쟁이였구나."

태어나서 처음 안겨보는 어머니의 품이었다. 막 태어났을 적엔 그녀의 품에 안긴 적이 있었겠지만 서영의 기억 속에서는 이번이 처음이었다. 마치 어린아이처럼 미엘의 품을 파고들던 서영은 곧 미엘이 죽은 사람이라는 것을 자각하고 놀란 눈으로 그녀를 쳐다봤다.

"어머니는…… 돌아가셨다고 했어요."

"그래, 난 이미 죽었고, 지금 이 모습은 네 몸속에 잠들어 있던 내 힘이란다."

"내 몸속에 잠들어 있던 힘……?"

"아가, 너는 어떻게 하고 싶니?"

그녀의 질문을 한 번에 이해하지 못한 서영이 눈을 깜빡이며 빤히 쳐다보자, 미엘은 다정하게 서영의 뺨을 쓸어내렸다.

"이대로 이 엄마를 따라서 갈래?"

"엄마를 따라간다고요……?"

"그래, 나와 함께 간다면 더 이상 괴롭지 않을 거야."

서영은 미엘이 내민 손을 빤히 쳐다봤다. 그녀의 말대로 그녀를 따라가면 모든 것이 편해질 것이다. 더 이상 협회에 쫓기지 않아도 되고, 이렇게 괴로워하지 않아도 되겠지.

『서영.』

"……!"

"왜 그러니?"

"저는…… 못 가요."

한순간이라도 고민했던 자신의 멍청함을 탓하며 서영은 고개를 저었다.

"저는 갈 수가 없어요. 그를 두고…… 절대로 못 가요."

영원히 곁에 있어 주겠다고 약속했었다. 그런데 어떻게 그를 두고 미엘을 따라가겠는가.

"저는 여기 남겠어요."

서영의 대답에 미엘이 웃으며 한 발 뒤로 물러났다.

"그래, 그것이 네 선택이라면…… 네가 원하는 삶이라면."

"어머니?"

미엘의 몸이 서서히 부서지기 시작하자 서영은 당황하며 그녀를 향해 손을 뻗었다. 하지만 서영의 손이 닿기도 전에 미엘의 몸은 완전히 산산조각이 났다.

『네가 원하는 삶을 살렴, 내 아가. 그것이…… 이 못난 어미가 네게 해 줄 수 있는 전부란다.』

미엘이 사라지자 하늘에 금이 가기 시작했다. 땅이 무너지면서 서영의 몸은 중심을 잃고 시커먼 구덩이 안으로 끝없이 떨어졌다.

살고 싶다. 죽기 싫다는 일념 하나로 서영은 빛이 어른거리는 구덩이 밖으로 손을 뻗었다.

"서영 씨!"

그 손을 누군가 잡아주었다. 동시에 정신이 든 서영은 눈을 번쩍 떴다. 서영의 손을 잡고 있는 건 백한이었다. 그럼 여기는 현실인 걸까? 자신은 죽지 않은 걸까?

"나…… 살아 있어요?"

"네, 살아 있어요."

백한의 말에 서영은 뜨거운 눈물을 흘리며 안도했다. 살아 있다. 몸이 미칠 듯이 아프기는 했지만 어떻게든 살아남았다는 것이 중요했다. 이 목숨이 붙어 있는 한, 루이를 만날 수 있을 테니까.

"아직은 살아 있는 거겠지. 너, 이대로 있다간 죽을 거야."

퉁명스러운 목소리가 들려오자 서영은 목소리가 들려오는 쪽으로 고개를 돌렸다. 카이다가 팔짱을 끼고 벽에 등을 기댄 채 서영을 내려다보고 있었다.

"당신이 왜……."

"저분이 우리를 구해주셨어요."

서영이 몸을 일으키려고 하자 백한이 그녀를 부축하며 말했다. 기절한 서영을 업고 도망치던 백한의 앞에 나타난 것은 빌이라는 소년이었다. 주변엔 요괴들이 가득했고 백한은 도망칠 곳을 찾으려고 계속해서 주변을 살폈지만, 아무리 봐도 도망칠 곳은 보이지 않았다.

"그래서 절망하고 있는데, 저분이 나타나서 구해주셨어요."

처음에 카이다가 나타났을 때 백한은 엎친 데 덮친 격이라고 생각하며 진짜 죽을지도 모른다고 생각했었다.

하지만 카이다는 백한과 서영을 공격하지 않고 오히려 요괴들을 물리쳐 줬다. 덕분에 백한은 무사히 서영을 데리고 그곳을 빠져나올 수 있었다.

'카이다가 우리를 구해줬다니. 어째서?'

서영은 이해가 되지 않아 카이다를 쳐다봤다. 서영과 눈이 마주친 카이 다는 미간을 약간 찌푸리며 고개를 돌렸다.

"서영 씨, 어서 에리샤 님을 만나야 해요."

뚫어져라 카이다를 보고 있던 서영은 백한의 말에 다시 그를 쳐다봤다.

"지금 서영 씨의 몸에 하프의 독이 잠입해 있어요."

"하프의…… 독이요?"

"네. 그것 때문에 뱀파이어의 치유 능력도 전혀 듣지 않는다고 해요."

내상은 어렵더라도 외상은 치료가 가능하기 때문에 카이다는 서영의 다 리 상처라도 치료하려고 했지만 하프의 독 때문에 할 수가 없었다.

"에리샤 님의 피라면 하프의 독을 해독할 수 있으니 어서 에리샤 님에게 가야 해요. 그렇지 않으면 언제 죽어도 이상하지 않다고……."

왈칵 치솟는 눈물 때문에 백한은 제대로 말을 이을 수가 없었다. 백한은 눈물을 뚝뚝 흘리며 서영의 손을 잡았다.

"얼른, 얼른 에리샤 님에게 가요."

"백한 오빠……."

"가서 치료 받도록 해요. 얼른요."

백한의 재촉에 고개를 끄덕이려던 서영은 문득 심장이 격하게 뛰기 시작 하자 거친 숨을 토해내며 가슴을 움켜쥐었다.

백한이 다급하게 부르는 소리와 카이다가 뭐라고 하는 소리가 들렸지만 대답할 수가 없었다. 심장이 아플 정도로 빠르게 뛴 탓이었다.

『서영…….』

그뿐일까, 애달픈 루이의 목소리가 들렸다. 루이, 루이, 루이. 서영은 사랑하는 이의 이름을 읊조리며 일어섰다. 그러자 백한이 그녀의 어깨를 잡으며 막았다.

"서영 씨! 무리하시면 안 돼요!"

"가야 해요."

루이가 애타게 자신을 찾고 있었다. 그러니 어서 가야 한다. 무조건 가야 했다.

"전 가야 해요, 백한 오빠."

서영은 백한의 손을 뿌리치고 굳게 닫힌 건물 밖으로 나갔다. 억지로 움직인 탓에 상처가 다시 덧났는지 그녀가 지나간 길 위로 붉은 핏방울이 뚝뚝 떨어져 있었다. 비릿한 피 냄새를 맡고 요괴들이 몰려들었다.

"제발 멈춰요! 서영 씨!"

백한이 아무리 외쳐도 서영은 넋 나간 얼굴로 그저 앞을 향해 나아갔다. 백한은 서영에게 다가가려고 했지만 요괴들 때문에 갈 수 없었다.

"서영 씨!"

"젠장."

그들을 지켜보던 카이다는 서영의 주변으로 요괴들이 몰려들자 짜증스레 머리를 한 번 쓸어 올리고 그녀에게로 다가갔다.

"물러서라."

카이다가 살벌하게 주변을 한 번 훑자 요괴들은 지레 겁을 먹고 뒤꽁무니를 뺐다. 요괴들이 사라지자 카이다는 서영의 팔을 잡고 그녀를 강제로 막았다.

"그 몸으로 어딜 가려는 거지?"

"루이가, 루이가 나를 불러요."

"루베르이는 지금 여기 없어! 거기다 지금 네 몸 상태를 봐! 지금 이대로 다니다간 그냥 길거리에서 죽기 딱 좋아!"

"상관없어요!"

서영은 카이다의 손을 뿌리치며 거세게 소리쳤다.

『서영…….』

이 와중에도 루이의 목소리가 들렸다. 그가 괴로워하는 게 목소리를 통해 확연하게 느껴져서 서영 역시 괴로웠다. 어서 가야 했다. 가서 루이를 꼭 안아줘야 했다.

"전…… 루이에게 가야 해요!"

그때, 시커먼 하늘에서 천둥 번개가 내리치고 땅이 흔들리기 시작했다. 그 바람에 서영이 중심을 잃고 쓰러지려고 하자 카이다는 황급히 그녀를 품에 안았다.

"놔줘요! 루이한테 가야 한단 말이에요!"

제대로 설 힘도 없으면서 자꾸 자신의 품을 벗어나려는 가냘픈 몸을 꽉 끌어안은 카이다는 답답하다는 듯 소리쳤다.

"루베르이가 그리도 중요하더냐! 네 목숨이 왔다 갔다 하는 상황에서도 그렇게 애타게 찾을 만큼! 그래서 네가 얻을 수 있는 게 대체 뭔데. 그 녀석에게 뭐가 있는데 그렇게 가려고 하는 거야!"

"얻을 수 있는 건 없을지 몰라도……."

카이다의 고함에도 서영은 조금도 주눅 들지 않고 그의 눈을 똑바로 보며 말했다.

"적어도 이렇게 괴롭지는 않을 거잖아요."

루이만을 간절하게 찾는 눈동자를 본 카이다의 손에 힘이 풀렸다. 그 틈을 놓치지 않고 그의 품을 빠져나온 서영은 제대로 움직이지 않는 다리를 질질 끌면서 천천히 앞으로 나아갔다.

그러다 우뚝 멈춰 서더니, 카이다를 돌아보며 말했다.

"고마워요."

뭐가 고맙다는 건지 알 수가 없어 카이다가 눈살을 찌푸리며 쳐다보자, 서영이 싱긋 웃었다.

"당신, 좋은 뱀파이어였네요."

놀라서 입을 다물지 못하는 카이다를 뒤로한 채 서영은 천천히, 아주 천천히 루이의 목소리가 들려오는 쪽으로 걸음을 옮겼다.

루이는 지독한 절망에 빠져 있었다. 이성을 잃으면 안 된다는 걸 알면서도 서영을 잃었다는 슬픔에 도저히 이성을 잡고 있을 수가 없었다. 제멋대로 흘러나온 기운이 렌을 향해 맹렬하게 날아갔다.

쿠우웅―.

"이런, 힘을 너무 낭비하는 거 아니야?"

렌은 루이의 공격을 가뿐히 피하면서 말했다. 그의 도발에 넘어간 루이는 더욱 얼굴을 구기며 렌을 향해 덤벼들었다.

"꺄아악!"

"사람 살려!"

루이와 렌이 치열하게 싸우면 싸울수록 그 피해는 아직 이곳에 남아 있는 인간들에게로 고스란히 돌아갔다. 뱀파이어의 기운에 옴짝달싹 못 하는 인간들은 무너지는 돌덩이에 깔려 죽거나 미쳐버린 요괴들에게 살해당했다.

"죽어라."

미꾸라지처럼 자신의 공격을 피하는 렌을 향하여 루이가 손을 뻗자 그의 손아귀에서 시커먼 불기둥이 쏜살같이 날아가 렌을 삼켰다.

"해치운 건…… 큭!"

"저를 상대하면서 다른 데 시선을 팔 여유가 있으십니까?"

그들의 싸움을 계속해서 주시하던 레카는 갑자기 헤브가 자신 쪽으로 치고 들어오자 빠르게 한 발 뒤로 물러서면서 불꽃들을 날렸다.

"겨우 이 정도입니까?"

"젠장!"

정통으로 불꽃을 맞았으면서도 헤브의 몸은 상처 하나 없이 깨끗했다. 심지어 옷에는 그을린 자국조차 없었다.

자신의 공격이 전혀 통하지 않자 레카는 입술을 잘근잘근 깨물며 헤브를 쳐다봤다.

"꺄아악!"

콰앙―!

벽에 부딪힌 충격 때문에 에리샤는 검붉은 피를 토하며 바닥에 쓰러졌다. 그녀의 몸은 상처투성이였다.

"나한테 안 된다고 말했잖아?"

바닥에 쓰러진 에리샤의 머리채를 휘어잡은 메리얀은 그대로 그녀를 벽으로 집어던졌다. 그녀가 부딪히는 바람에 무너진 건물 벽이 바닥에 쓰러진 에리샤의 위로 우르르 떨어지면서 그녀의 다리를 깔아뭉갰다.

"에리샤!"

"어딜 가시려고 합니까."

레카가 에리샤에게 가려고 하자 헤브가 그의 앞을 막아섰다. 레카는 헤브를 뿌리치고 에리샤에게 다시 가려고 했지만 헤브는 철통 방어를 하며 레카를 막았다.

"이런, 나머지 하나도 죽겠네."

루이와 싸우고 있던 렌은 혀를 차며 말했다. 하지만 렌은 루이가 잠시의 쉴 틈도 주지 않고 덤벼들자 얼굴을 굳힌 채 주춤거리면서 뒤로 물러섰다.

이성을 잃은 루이의 공격은 지극히 단순했다. 어떻게 나올지 눈에 훤하게 보이고 피하는 것도 쉬웠다. 하지만 문제는 그의 공격이 무지막지하게 강하다는 것이었다. 단지 스친 것뿐인데도 옷깃이 타들어가고 몸에 화상을 입었다.

"빨리 해치워야겠는데?"

이대로 놔두면 그가 우환이 될 것이 뻔하기에 렌은 본격적으로 그를 상대하기로 마음먹었다.

"제대로 해보자고."

1차적인 폭발은 대부분 멈췄지만, 가스가 터지고 자동차가 폭발하면서 추가 폭발이 일어났다.

'루이.'

언제 신발이 벗겨진 건지 지금 서영은 맨발이었다. 불꽃이 튀고 도로가 부서져 발에 까끌한 돌이 밟혔지만 그녀는 개의치 않았다. 부상당한 다리에 힘이 실리지 않아 휘청거리면서도 그녀는 달리고 또 달렸다.

쿵—!

"앗!"

결국 서영은 돌에 걸려 넘어지고 말았다. 돌무더기에 여기저기 긁혔지만 그녀는 신음 한 번 흘리지 않고 자리에서 일어섰다. 아프지 않은 건 아니었다.

『서영.』

몸이 너무 아파서 모든 것을 다 포기하고 싶었지만, 자신을 애타게 찾는 루이의 목소리 때문에 서영은 포기할 수가 없었다.

하지만 몸에 한계가 온 건지 다리가 더 이상 움직이지 않았다. 걸어갈 수 없다면 기어서라도 가야만 했다. 서영은 비교적 멀쩡한 팔을 이용해서 기어 갔다.

"서영 님!"

"하이네어 님!"

그렇게 얼마나 기어갔을까. 온몸이 긁혀 피투성이가 됐을 무렵 하이네어 가 등장했다. 그를 본 서영의 입에서 안도의 탄성이 흘러나왔다.

"세상에!"

그녀의 몸이 상처투성이임을 확인한 하이네어는 깜짝 놀라며 그녀를 안 아들었다.

"괜찮으십니까?"

"네."

"살아 계셨군요. 정말 다행입니다."

"저기, 루이는……."

"지금 루베르이 경은 서영 님이 죽은 줄 알고 이성을 놓은 상태입니다. 이 대로 있다간 적에게 당할 수도 있으니 얼른 루베르이 경에게 가시죠."

그 말에 서영은 지그시 입을 깨물며 고개를 끄덕였다. 하이네어는 서영을 안은 채 힘찬 날갯짓을 했다.

잠시 후, 하이네어가 도착한 곳은 무너진 건믈의 흔적도 보이지 않을 만 큼 황폐해진 공터였다. 그곳에는 렌과 격하게 싸우고 있는 루이가 있었다.

하이네어의 말대로 이성을 잃은 건지 루이 주변의 기운은 시커멓다 못해 공포스러웠다. 하이네어가 땅에 착지하자마자 서영은 그의 품에서 나와 루 이 쪽으로 한 발 한 발 앞으로 걸어갔다.

"루이……."

서영은 자그마한 목소리로 그를 불렀다. 평소의 그라면 귀신같이 알아듣고 반응을 보였을 텐데, 현재의 그는 서영이 있는 곳을 쳐다보지도 않았다.

"정말 살아 있었잖아?"

에리샤와 싸우다가 서영을 발견한 메리얀이 인상을 썼다. 서영을 잡으러 갔던 빌이 감감무소식이라서 그를 찾으러 갔더니 그 자리에 남은 것은 무너진 건물들 사이에 깔린 빌과 요괴들의 시체, 그리고 회색 잿더미에 묻힌 상태에서도 밝게 빛을 발하고 있는 붉은색 반지뿐이었다.

"어떻게 빌을 이긴 거지?"

빌 역시 약한 요괴는 아니었다. 메리얀은 서영이 빌을 이긴 것이 신기했지만, 지금 중요한 것은 그것이 아니었다. 그녀와 루이를 만나지 못하게 해야 했다. 루이가 이성을 차린다면 자신들의 계획에 차질이 생길 수도 있었다.

"헤브."

"알고 있다."

메리얀과 헤브는 동시에 서영에게로 달려들었다. 그들의 행동을 주시하고 있던 하이네어와 레카가 메리얀과 헤브의 앞을 막아섰고, 레카는 서영을 향해 소리쳤다.

"루이한테로 가! 저 바보 같은 녀석, 이대로 두면 분명 혼자 자멸하고 말 거야. 그러니까 얼른 가!"

레카의 말에 서영은 고개를 끄덕이며 루이를 향해 걸어갔다. 발을 땅에 디딜 때마다 온몸이 고통으로 몸부림쳤지만 서영은 이를 악물고 계속 걸었다.

"뭐야, 살아 있었어?"

루이보다 먼저 서영이 온 걸 눈치챈 렌이 눈살을 찌푸리며 그녀를 쳐다봤다. 렌과 눈이 마주친 서영은 갑자기 온몸에 공포라는 전율이 흐르자, 그대로 바닥에 주저앉았다. 온몸이 딱딱하게 굳어 한 발짝도 나아갈 수가 없었다.

레카와 닮은 얼굴을 하고 있지만, 익살스럽고 평소 재치가 넘쳐서 보고 있으면 즐거워지는 레카와 달리 그는 보는 것만으로도 위압적이었다. 위험하다. 서영은 그가 누군지는 모르지만 본능적으로 위험한 남자라는 걸 알아챘다.

그렇다고 도망치고 싶진 않았다. 이곳까지 어떻게 왔는데 도망을 갈 수 있단 말인가. 루이를, 저렇게 아파하는 루이를 두고 자신이 어떻게 간단 말인가!

"루이······."

서영은 자리에 주저앉아 루이의 이름을 나지막하게 불렀다. 이곳까지 온 것도 용할 정도로 서영의 몸 상태는 말이 아니었다. 아니, 몸 상태가 좋았다고 하더라도 저 위압적이고 무서운 곳에 인간인 서영이 발을 들이는 것은 무리였다. 렌과 가까워지면 가까워질수록 온몸이 바스러질 것 같은 고통이 엄습했다.

하지만 가야 한다. 자신의 몸이 다 부서지더라도 루이를 말려야만 한다. 그 일념 하나로 서영은 이를 악물고 다시 자리에서 일어섰다.

"호······."

서영이 비틀거리면서 일어서자 렌은 눈을 가늘게 접고 그녀를 쳐다봤다. 분명 무서울 텐데, 도망가고 싶을 텐데도 불구하고 서영은 비틀거리면서 이쪽으로 오고 있었다.

불과 열 걸음도 채 남지 않은 거리에 서 있는 서영의 몸은 루이와 렌의 기운이 부딪치는 파장 때문에 살갗이 터지고 피가 흘러내렸다.

"저년을 어떻게 해야겠네."

이대로 있다간 루이가 이성을 차릴 것 같아 렌은 서영을 적당히 처리하기로 마음먹었다. 그는 자신에게 돌진하는 루이의 공격을 가볍게 피한 뒤 서영을 향해 손을 뻗었다.

채앵―!

하지만 렌은 자신의 팔을 향해 날아오는 붉은 화살 때문에 황급히 손을 거둬야만 했다. 렌의 팔을 스치고 지나간 화살은 땅에 꽂히면서 커다란 폭발음을 냈고, 시커먼 연기가 나면서 렌의 시야를 가렸다.

"대체 어떤 놈이……!"

렌은 자신에게 화살을 쏜 놈이 찾기 위해 주변을 둘러봤지만, 이미 시커먼 연기가 모든 것을 가리고 있었기 때문에 누구인지 알 수가 없었다. 렌은 인상을 찌푸리며 땅에 꽂힌 화살을 집어 들었다.

화살을 살피던 렌은 화살이 갑자기 연기가 되어 사라지면서 손에 나뭇조각이 남아 있자 눈살을 찌푸렸다. 그를 공격한 화살의 실체는 나뭇조각이었다. 누군가 화살에 환각을 씌워 자신에게 던진 것이다.

환각을 쓰는 특수 능력은 희귀하며, 자신에게 덤빌 만큼 간 큰 놈도 흔치 않았다.

"카이다……!"

렌은 손에 들린 나뭇조각을 꽉 움켜쥐면서 이를 갈았다. 그를 믿었기에 그에게 모든 정보를 알려줬는데, 그가 자신을 배신하고 루이와 서영을 구하는 데 능력을 썼다는 사실에 렌은 매우 분노했다.

'지금밖에 기회가 없어…….'

뿌옇게 시야를 가린 연기 때문에 루이의 움직임이 멈추자 서영은 젖 먹던 힘까지 짜내어 그에게로 달려갔다.

"루이, 제발 정신 차려!"

그리고 루이의 허리를 꽉 끌어안으며 소리쳤다.

'나 안 죽었어! 그러니까 정신 차려!'

그제야 서영의 목소리가 닿은 건지 루이를 감싸고 있던 검은 기운들이 점차 사그라졌다.

루이는 자신이 꿈을 꾸고 있다고 생각했다. 그렇지 않고서야 서영이 자신을 이렇게 안고 있을 리가 없었다.

'슈란의 환각 능력인가?'

루이는 슈란의 몸을 차지한 렌이라면 자신이 아버지의 능력을 썼던 것처럼 슈란의 능력을 써서 환각으로 자신을 현혹시킬 수 있을 거라 생각했다.

"루이! 제발!"

"서영……?"

하지만 이 온기가, 이 목소리가 환각일 리가 없었다. 자신의 허리를 잡은 손에서 느껴지는 감각에 루이는 천천히 이성을 되찾았다.

'서영이 살아 있어.'

그녀가 죽지 않고 살아 있다. 그 사실 하나만으로 루이는 세상을 다시 되찾은 기분이었다. 이성을 잃고 날뛰던 힘들이 조금씩 가라앉기 시작했다.

"정말로 너냐."

"응, 늦게 와서 미안……."

"정말로, 정말로 살아 있는 거 맞지?"

감정에 북받쳐 말도 제대로 나오지 않아 루이는 더듬더듬 말했다. 서영이 천천히 고개를 끄덕이며 자신을 꼭 껴안자, 속에서 뭔가 뜨거운 것이 울컥하여 루이는 그녀를 껴안은 손에 더욱 힘을 주었다.

"바보……."

드디어 루이와 만났다. 그 사실에 안도하는 순간 찾아오는 아찔한 고통에 머리가 어질어질했다. 극심한 고통을 이기지 못한 서영은 까무러치듯 기절했다. 정신을 잃은 그녀의 몸이 축 늘어졌다.

"서영? 서영!"

그제야 서영의 상태가 심상치 않다는 걸 안 루이는 황급히 서영을 살폈다. 가늘게 숨을 쉬고 있긴 했지만 생기가 없었다. 몸에 상처가 나지 않은 곳을 찾기 힘들 정도로 몸 전체가 엉망진창이었다.

"안 돼! 서영!"

루이가 계속해서 서영의 이름을 불렀지만, 서영의 눈꺼풀은 다시 열리지 않았다.

이대로 그녀를 잃을 수는 없었다. 루이는 당장이라도 이 자리를 떠나 안전한 곳에 가서 서영을 치료하고 싶었지만 렌 때문에 그럴 수가 없었다.

"감동적인 재회는 끝난 거야?"

연기가 가라앉으면서 시야가 확보되자 여유롭게 웃고 있는 렌의 모습이 또렷하게 보였다.

서영을 안고 싸울 수는 없었다. 그렇다고 에리샤나 다른 이들에게 맡길 수도 없었다. 에리샤는 중상이었고, 레카와 하이네어는 적들과 싸우느라 바쁜 상태였다.

"뭘 그렇게 골똘히 생각하고 있지? 대답하기도 싫다는 건가? 뭐, 좋아."

렌은 날개를 활짝 펼쳐 하늘 위로 날아올랐다. 렌의 주변으로 짙은 요기가 깔리면서 그 요기에 반응한 주변의 요괴들이 모두 렌의 주변으로 몰려들었다.

"죽어라."

렌이 손짓을 한 번 하자 그의 주변에 보라색 구가 생성되었다. 보기엔 작고 아무 힘이 없어 보였지만 렌이 약한 것을 만들었을 리가 없었다.

그에게 공격당하기 전에 먼저 선수를 쳐서 공격해야 한다. 그렇게 생각한 루이는 회색 안개들을 둥글게 뭉쳐서 렌에게 던졌다. 동글동글하게 뭉친 안개는 보기와는 다르게 맹렬한 기세로 렌을 향해 날아갔다.

"뭐 하는 거지?"

하지만 회색 안개들은 렌의 앞에 도착하자마자 마치 그를 공격하기 싫다는 듯 온데간데없이 사라져버렸다.

"젠장!"

루이는 작게 욕설을 뱉으며 렌을 향해 계속 공격을 퍼부었지만, 그 어떠한 공격도 렌에겐 통하지 않았다.

"대체 왜……."

이해가 되지 않았다. 왜 자신의 공격이 그에게 통하지 않는 걸까. 루이는 인상을 쓴 채 여유만만하게 웃고 있는 렌을 노려봤다.

"궁금하지? 왜 네 공격이 나한테 통하지 않는지 말이야."

렌은 자신의 주변을 맴돌고 있는 보라색 구들을 장난감처럼 이리저리 움직이면서 말했다.

"네가 지금 쓰는 회색 안개는 내가 네 아버지에게 준 능력이야. 고로, 원래 내 능력이라는 말이지. 그러니 내겐 통하지 않아."

그 말인즉, 다른 힘도 통하지 않는다는 의미였다.

루이는 가슴 깊이 절망했다. 그렇다고 포기할 생각은 없었다. 렌을 막지 못하면 서영이 죽을 테니까. 어떻게든 렌을 막고 서영을 살려야 했다.

"정말 다행이지 뭐야. 내가 모든 힘을 다 잃기 전에 네가 발악해줘서. 몇 십 년만 늦었더라도 너한테 당할 뻔했어."

자신을 놀리는 듯한 말투에 루이의 얼굴은 구겨졌다. 이럴수록 더 침착하게 굴어야 한다는 걸 알고 있었지만 서영의 몸이 점점 차가워지고 있었기 때문에 루이는 초조한 마음을 좀처럼 숨길 수가 없었다.

"신부랑 같이 죽다니, 정말이지 낭만적인 결말이군."

렌이 손을 뻗자 그의 주변을 돌며 춤을 추던 안개들이 일제히 루이를 향해 날아갔다. 당황한 루이가 렌이 보낸 안개들을 막기 위해 자신이 부리는 안개들을 보냈지만, 아무런 효과도 없었다.

그렇다고 공격을 피하기엔 너무 늦었기 때문에 루이는 서영만이라도 보호하기 위해 그녀를 꼭 끌어안고 몸을 돌렸다.

하지만 시간이 지나도 아무런 고통이 느껴지지 않았다. 뭐지. 루이는 이상하게 생각하며 고개를 돌렸다.

그러자 한 남자가 붉은 머리를 흩날리며 맥없이 쓰러지는 게 보였다.

레카였다.

봉인이 풀리다

    돌덩이에 깔린 다리를 빼내고 있던 에리샤도, 메리얀과 헤브를 상대하고 있던 하이네어도, 심지어 그들을 공격했던 렌도 놀란 눈으로 레카를 쳐다봤다.

    루이를 대신해서 렌의 공격을 온몸으로 받아낸 레카의 몸은 숯덩이처럼 새카맣게 탔다.

    ─오늘부터 내가 네 가족이 되어줄게.
    ─루이, 오늘은 여기서 놀자!
    ─루이! 지금 믿을 건 너밖에 없어! 제발 정신 차려!

    레카의 몸이 차가운 땅바닥에 닿기까진 불과 몇 초도 걸리지 않았다. 하지만 루이의 눈에는 이 모든 장면들이 마치 슬로 모션처럼 천천히 보였다.

    ─내 사랑하는 동생.

    그와 있었던 일들이 짧은 시간 동안 한 편의 영화처럼 머릿속을 스치고 지나갔다.

쓰러진 레카의 몸에서 나온 피는 그의 주변을 붉게 물들이다 못해 루이의 발밑까지 적셨다.

"레카, 레카!"

얼굴이 파랗게 질린 에리샤는 자신의 다리를 깔아뭉개고 있는 돌덩이를 치우려고 노력했지만 성치 못한 몸으로는 역부족이었다. 한참을 돌덩이와 씨름하던 에리샤는 결국 지쳤는지 땅바닥에 엎어져 몸을 부르르 떨었다.

퍼억一!

헤브와 메리얀이 레카에게 정신이 팔려 있는 사이, 하이네어는 그들의 틈을 파고들어 넋을 반쯤 놓고 있는 루이의 곁으로 다가왔다.

"정신 차려라, 루베르이!"

어지간히도 급했는지 하이네어는 루이에게 반말을 하며 소리쳤다.

"지금 네가 정신을 놓을 때냐! 당장 치료를 해야 할 것이 아니더냐!"

하이네어의 말에 정신이 든 루이는 품에 안고 있던 서영을 하이네어에게 넘겨준 뒤 회복 능력을 시전하기 위해 레카를 향해 손을 뻗었다.

탁一.

"하지 마……."

정신을 잃은 것은 아니었는지 레카는 루이의 손을 잡고 미약하게 고개를 저었다.

"나를 치료하려면 네 힘을 많이 써야 하잖아. 그럴 힘이 있으면 저놈을…… 쿨럭!"

레카가 기침을 뱉자 그 사이에 피가 섞여 나왔다. 레카의 입가로 흐르는 검붉은 피를 본 루이의 눈빛은 점차 어두워졌다.

"대체, 대체 왜 이런 짓을 한 거지?"

자신을 구해준 은인에게 말하는 것치고 루이의 말투는 무미건조하면서도 차가웠다. 그의 말투에 놀란 에리샤와 하이네어가 그를 쳐다봤지만 루이는 레카의 창백한 얼굴에 시선을 고정하고 있었다.

"그런 말을 하는 걸 보니, 넌 무사한 모양이네."

루이의 차가운 말투에도 불구하고 레카는 희미하게 미소 지으며 말했다.

"왜 이런 짓을 했냐고? 당연하잖아. 넌 내 동생이니까⋯⋯."

"난 너보다 강하다! 이런 공격에 죽거나 하진 않아!"

"하지만 다치겠지. 세상 어떤 형이 사랑하는 동생이 다치는 걸 보고 있겠어? 거기다 지금 상황에서 렌을 상대할 수 있는 건 너밖에 없잖아."

레카의 말에 루이는 한 마디도 할 수가 없었다. 그저 멍하게 레카를 내려다보고 있을 뿐이었다.

"그리고 에리샤에게 좋아한다고⋯⋯ 전해줘."

"⋯⋯그런 건 네가 직접 말해."

"나한테 시간이 충분하지 않다는 거 알잖아."

레카는 한쪽 손을 루이의 얼굴을 향해 힘겹게 뻗었다. 가늘게 떨리는 레카의 손은 금방이라도 떨어질 것같이 위태로웠다. 자신을 향해 뻗어오는 손을 루이는 말없이 붙잡았다.

"부디 뱀파이어 사회를 지켜주길⋯⋯."

그 말을 끝으로 레카의 눈동자가 얇은 눈꺼풀 너머로 사라졌다.

콰앙—.

그때 굉음이 들리면서 두 가지 일이 벌어졌다. 하나는 레카의 죽음에 분노한 루이가 렌을 벽에 처박은 것이었고.

다른 하나는 레카의 몸이 갑자기 공중으로 떠오르면서 쇠사슬에 칭칭 감긴 것이었다.

갑작스레 일어난 일에 울던 에리샤조차 울음을 멈추고 딸꾹질을 하며 레카를 감은 쇠사슬을 쳐다봤다. 기다란 쇠사슬을 따라 거슬러 올라가니 하이네어가 들고 있는 큐브가 보였다.

"두 시간이다."

"네?"

"내가 레카의 몸속에 영혼을 붙잡고 있을 수 있는 건 딱 두 시간뿐이야."

그의 말인즉, 레카는 아직 죽지 않았다는 의미였다. 그가 살 수 있다는 희망에 에리샤의 얼굴에 미소가 번졌다. 루이 역시 안도하며 크게 숨을 뱉었다.

하지만 완전히 안심할 수는 없었다. 여전히 렌이 건재했기 때문이다. 두 시간 안에 어떻게든 렌을 물리치지 않는다면 레카는 결국 죽게 될 것이다.

"에리샤 님!"

"하프!"

요괴들 때문에 뒤늦게 서영을 쫓아오다가 돌무더기에 깔린 에리샤를 발견한 백한은 황급히 돌무더기를 치웠다.

"괜찮아요?"

"나는 괜찮은데……."

에리샤가 절망스러운 눈으로 레카와 서영을 쳐다봤다. 둘 다 심각한 중 상이었다. 한시라도 빨리 치료해야 했지만, 적들이 치료할 시간을 줄 리가 만무했기에 에리샤는 초조하게 손톱을 깨물며 그들을 쳐다봤다.

"다 된 밥에 재를 뿌려도 유분수지."

렌이 낮게 욕설을 뱉으며 힘을 쓰려고 하자 루이는 황급히 뒤로 물러났다. 렌은 주름진 자신의 옷을 다듬으며 말했다.

"정말이지, 너는 네 주변 사람들을 전부 죽이는구나. 처음에는 네 부모, 다음에는 잭, 그리고 그다음엔……."

"닥쳐!"

"너를 키워준 자와 너의 신부까지."

루이가 거세게 소리쳤지만, 렌은 아랑곳하지 않고 하고 싶은 말을 다 했다. 가슴을 후벼 파는 말에 정신이 아찔해졌지만 루이는 애써 다잡고 시종들을 불렀다.

"아칸, 켄."

시종은 절대 뱀파이어를 이길 수 없기 때문에 지금껏 그들을 부르지 않았지만, 상황이 상황인 만큼 그들의 힘이라도 빌려야 했다.

"그리고 백한."

루이의 명에 따라 켄과 아칸, 그리고 백한이 그를 향해 고개를 숙였다. 루이는 렌을 주시한 채 명령을 내렸다.

"모두를 지켜라."

"존명."

컹―.

"에리샤는 서영을 우선적으로 치료해줘."

루이의 말에 에리샤는 흐르는 눈물을 닦으며 고개를 끄덕였다. 레카의 목숨은 2시간 동안 어떻게든 붙잡을 수 있지만, 서영은 아니었다. 에리샤는 다친 서영의 다리에 손을 올리고 치료 능력을 사용했다.

"어? 왜 치료가 되지 않지?"

어두운 밤을 환하게 비추는 빛이 서영의 몸으로 스며들었지만, 서영의 상처는 나을 기미가 보이지 않았다. 그 순간 에리샤의 옆에 있던 백한이 황급히 소리쳤다.

"서영 씨의 몸엔 지금 하프의 피가 침입해 있어요!"

"아!"

백한의 말에 에리샤는 자신의 손을 깨물어 피를 낸 뒤 서영의 상처 위로 떨어뜨렸다. 에리샤의 피가 닿은 부위에선 새하얀 연기가 피어오르는 것과 동시에 검붉은 피가 흘러나왔다. 서영의 몸에 침투했던 하프의 피였다.

검붉은 피가 더 이상 흘러나오지 않자 에리샤는 다시 치유 능력을 사용했다. 아까와는 다르게 서영의 상처는 조금씩 치유됐다.

"치료하게 내버려둘 것 같으냐!"

헤브와 메리얀이 서영과 에리샤 쪽으로 가려고 하자 웨어울프의 모습을 한 켄과 아칸이 그들의 앞을 막아섰다.

"한낱 시종 따위가 우리 앞을 막아선다고?"

메리얀이 입술을 비스듬하게 기울이며 품에서 부채를 꺼내 들었다.

"이놈들은 내가 상대할 테니 넌 가서 저들을 처리해."

"그래."

켄과 아칸은 어떻게든 헤브를 막으려고 했지만, 메리얀이 생각 이상으로 강한 탓에 그럴 수가 없었다.

켄과 아칸이 메리얀과 사투를 벌이는 사이 헤브는 서영과 에리샤에게로 다가갔다. 하이네어는 레카의 영혼을 붙잡고 있느라 힘을 쓸 수 없었고, 에리샤 역시 서영을 치료하느라 헤브의 공격에 대응할 수가 없었다.

그렇다면 내가 상대해야지. 자신 말고 헤브를 상대할 수 있는 자가 없다는 걸 깨달은 백한은 헤브에게 달려들었다.

"내가 우스워 보이는 모양이군. 너 같은 놈이 내 앞길을 막는다니."

헤브는 가소롭다는 듯 웃으며 백한 쪽으로 손을 한 번 휘둘렀다. 그러자 백한의 몸은 종잇장처럼 가볍게 붕 떠올라 에리샤와 서영이 있는 바로 뒤편의 건물 벽에 '쾅' 하고 부딪혔다.

"……큭."

피를 토하는 듯한 고통에 백한은 신음을 뱉으며 자리에 주저앉았다. 너무 고통스럽고 힘들었지만 포기할 수 없었다. 서영과 에리샤를 지켜야 한다는 일념하에 백한은 잘 움직여지지 않는 몸을 겨우겨우 움직이며 에리샤와 서영에게 다가가는 헤브의 발목을 잡았다.

"끈질긴 하프 놈이!"

헤브는 짜증 난다는 듯 혀를 차며 백한의 등을 무자비하게 밟았다. 무자비한 공격을 받으면서도 백한은 헤브의 발목을 놓지 않았다.

"그만해!"

보다 못한 에리샤가 헤브에게 달려들었지만, 소용없었다. 메리얀과의 싸움에서 부상을 입었을 뿐만 아니라, 서영을 치유하느라 힘을 거의 다 쓴 에리샤는 맥없이 헤브에게 당했다.

에리샤를 물리친 헤브는 백한의 머리를 세게 밟았고, 외마디의 비명과 함께 발목을 잡고 있던 백한의 손에서 힘이 빠졌다.

"나 참, 귀찮게 하고 있어."

헤브는 백한을 한 번 걷어차고, 여전히 정신을 차리지 못하고 있는 서영 쪽으로 걸어갔다.

탁—.

"어딜…… 가려고……."

입가가 터지고 얼굴은 물론 온몸이 피투성이가 된 백한은 뼈가 부러져 제대로 몸을 가누지도 못했다. 그런데도 그는 힘겹게 몸을 이끌며 기어와 헤브의 발목을 잡았다.

"징그럽군."

거머리도 이런 찰거머리가 없었다. 헤브는 인상을 쓰며 백한의 복부를 걷어찼다. 무지막지한 힘에 백한의 몸이 붕 뜨면서 저만치 날아가버렸고, 곧이어 뿌연 먼지를 일으키며 바닥에 떨어졌다.

땅에 몸이 부딪히는 순간 지독한 고통과 함께 백한의 눈에 들어온 것은 누구의 것인지 모를 은색 단도였다.

뱀파이어의 피는 하프의 피에 굳는다. 그리고 헤브는 뱀파이어가 진행된 하프였다.

그렇다면 헤브에게도 하프의 피가 통하지 않을까. 거기까지 생각이 미친 백한은 망설임 없이 단도를 집어 들어 자신의 팔목을 그었다. 시큰한 고통과 함께 은색 단도 위로 백한의 피가 뚝뚝 떨어졌다.

"윽……."

백한은 신음을 삼키며 겨우 자리에서 일어섰다. 온몸이 고통스러운 비명을 지르며 못 움직인다고 아우성을 쳤지만, 정신력으로 버텼다. 루이가 서영과 에리샤를 지켜달라고 명령했으니 시종인 자신은 주인인 루이의 말을 수행해야만 했다.

설령 자신의 목숨이 끊어지는 한이 있더라도.

"딱 한 번만……."

딱 한 번만 성공하면 된다. 헤브의 몸에 검이 스치기만 해도 검에 묻은 자신의 피가 헤브의 몸속으로 들어가 그의 피를 굳게 만들 것이다.

그러니 제발 성공하게 해달라고 믿지 않는 신에게 빌었지만, 몸이 마음대로 움직이지 않았다. 더구나 피를 너무 많이 흘린 탓에 시야가 너무 흐렸다.

"젠장, 움직이란 말이야!"

신이 그의 바람을 들어준 걸까. 드디어 몸이 움직였다. 백한은 평소보다 더 빠른 속도로 헤브에게 달려갔다.

"……!"

백한의 인기척을 느낀 헤브가 황급히 팔을 휘둘렀지만 백한의 손에 있던 단도는 이미 헤브의 팔에 정확하게 꽂혔다. 그 일격에 모든 힘을 쏟아부은 백한은 그대로 바닥에 쓰러졌다.

"망할 하프 놈이!"

갑작스러운 백한의 습격에 헤브는 낮은 욕설을 뱉으며 그를 한 번 더 걷어찼다. 이미 기절한 백한은 그 어떠한 반항도 하지 못하고 헤브의 발에 무지막지하게 밟혔다.

그를 한참이나 밟은 후에야 속이 좀 풀린 건지 헤브는 발길질을 멈추고 자신의 팔에 꽂힌 단검을 뽑기 위해 손을 뻗었다.

"뭐, 뭐야."

그제야 단검을 타고 흐른 피의 결정이 딱딱하게 굳어 있음을 발견한 헤브의 얼굴이 딱딱하게 굳었다. 헤브는 서둘러 단검을 뽑으려고 했지만, 그러기도 전에 몸이 경직되면서 힘없이 땅으로 추락했다.

"헤브……!"

헤브가 쓰러졌다는 사실에 당황한 메리얀이 그에게 달려가려고 했지만, 그럴 수가 없었다. 헤브의 눈이 감기는 순간, 고장 난 로봇처럼 메리얀의 몸도 뻣뻣하게 굳었기 때문이었다.

움직일 힘조차 없어 벽에 몸을 기댄 채 그들의 싸움을 보고 있던 에리샤는 메리얀의 몸이 딱딱한 나무토막으로 변하자 당황하며 중얼거렸다.

"저 아이는 인형이었던 거야?"

메리얀은 살아 있는 존재가 아닌, 헤브의 힘으로 움직이는 인형에 불과했던 것이다.

루이도 나무 인형으로 변해버린 메리얀을 보고 혼잣말로 중얼거렸다.

"……저 여자는 요괴가 아니었던 건가?"

"메리얀?"

루이의 혼잣말을 들은 렌이 픽 웃으며 대답했다.

"그녀는 요괴가 아니야. 흡귀가 된 헤브의 손에 죽은 가여운 인간이지."

그러면서 이미 싸늘하게 식어가고 있는 헤브와 나무 인형이 된 메리얀을 보며 혀를 찼다.

"제 역할은 하나도 하지 못하고 죽어버리다니. 쓸모없는 녀석들."

그런 렌의 말과 행동에서 이상한 점을 느낀 루이는 그를 가만히 쳐다봤다.

전대 뱀파이어 로드인 렌의 힘이라면 협회 따위를 만들지 않고도 자신들과 뱀파이어 꽃을 죽일 수 있었을 것이다.

　그런데 그는 어째서인지 협회 같은 것을 만들고 아쉘을 장기말로 세워 일을 요란하게 진행했다.

　더구나 이번 싸움도 렌의 힘이라면 혼자서 손쉽게 자신들을 죽일 수 있었을 텐데 그는 군이 힘을 낭비해가며 요괴의 숲과 인간 세상을 연결하는 포탈을 열었고, 협회에 있던 하프들과 요괴들을 보냈다.

　'왜지? 왜 이런 짓을 한 걸까.'

　렌을 보며 곰곰이 생각하던 루이는 문득 머릿속을 스치고 지나가는 생각에 천천히 입을 열었다.

　"넌, 뱀파이어 꽃을 공격하지 못하는 거지?"

　찰나이지만 렌의 눈동자가 딱딱하게 굳는 걸 본 루이는 작게 실소했다.

　"그랬던 거였어."

　뱀파이어 로드가 가진 힘의 원천은 뱀파이어 꽃이었다. 루이가 아버지의 특수 능력으로 렌을 공격할 수 없었던 것처럼, 렌 역시 그에게 힘을 준 뱀파이어 꽃을 공격할 수가 없었던 것이다.

　그 때문에 렌은 협회를 만들어 그를 대신해 뱀파이어 꽃을 죽일 만한 충실한 부하, 헤브나 메리얀 같은 애들을 양성해냈던 것이다.

　이로서 모든 수수께끼가 풀렸다.

　"설마 이걸로 날 이겼다고 생각하는 건 아니겠지, 루베르이."

　렌은 다시 선명한 비웃음을 그리며 고개를 기울였다.

　'내가 뱀파이어 꽃을 공격하지 못하는 건 맞지만, 널 공격하지 못하는 건 아니야."

　"……"

　"하지만 넌 날 공격하지 못하지. 그러니 이 싸움은 내가 이겼어."

　"아니요. 그렇지 않아요."

가냘픈 목소리가 불쑥 끼어들었다. 서영이었다. 그새 정신을 차린 서영은 켄의 부축을 받으며 힘겹게 자리에서 일어섰다.

"이 싸움은…… 우리가 이겼어요."

"무슨 말도 안 되는 소리지?"

렌이 어처구니없다는 듯 서영에게 되물었다.

"설마 그 몸으로 나한테 덤비겠다는 건가? 반쪽짜리 꽃 주제에? 내가 너를 공격 못 한다고 네가 나를 이길 수 있을 것 같으냐?"

"못 이기겠죠. 지금 몸으로는. 하지만……."

서영은 말꼬리를 흐리며 눈꺼풀을 아래로 내렸다. 레카가 루이를 대신해서 렌의 공격을 맞고 쓰러졌을 때부터 이미 정신은 들었지만, 몸이 말을 듣지 않아서 아무것도 하지 못하고 가만히 누워 있었다.

그랬는데, 에리샤가 치료해준 덕분에 겨우 움직일 힘이 생겼다. 이토록 자신을 위해 수많은 이들이 희생했는데 자신은 아무것도 하지 못했다는 사실이 가슴을 갈기갈기 찢고 심장을 조여왔다.

'이럴 거면 차라리 뱀파이어가 되고 싶어.'

불과 며칠 전만 해도 서영은 뱀파이어와 인간 사이에서 수많은 고민을 했지만, 이젠 아니었다. 온전한 뱀파이어가 돼서 모두에게 도움이 되고 싶었다.

―네가 원하는 삶을 살렴, 내 아가. 그것이…… 이 못난 어미가 네게 해줄
  수 있는 전부란다.

처음 그 이야기를 들었을 땐, 미엘이 무슨 의미로 그런 말을 했는지 이해하지 못했는데 이젠 확실하게 알 수 있었다.

"제가 원하는 삶을 살게요, 어머니."

서영이 감았던 눈을 뜨면서 나지막하게 말하자 그녀의 주변에 환한 빛이 감돌았다. 눈이 멀 것 같은 강한 빛에 서영은 눈을 질끈 감았다.

"에리샤 님!"

서영이 빛 속으로 사라지자 에리샤의 몸 주변에도 밝은 빛이 생겼다. 에리샤를 부축하고 있던 아칸은 빛에 튕겨져 저만치 날아갔다.

서영과 에리샤를 둘러싼 밝은 빛은 세상을 대낮처럼 환하게 밝히며 모두의 시야를 가렸다. 너무 눈이 부셔서 루이는 물론 렌도 눈을 제대로 뜨지 못했다.

이윽고 빛이 사라진 자리에는 갈색 머리와 혈색 도는 피부를 가진 소녀가 아닌 모든 빛을 반사시킬 것만 같은 은발과 창백한 피부를 가진 여자가 서 있었다.

뱀파이어 꽃.

유일한 뱀파이어 일족의 여성 뱀파이어이자 뱀파이어 로드를 선택할 수 있는 실질적인 뱀파이어 요새의 주인.

서영이 미엘의 봉인을 풀고 뱀파이어 꽃으로 각성한 것이었다.

'피…….'

각성하자마자 가장 먼저 느껴지는 건 지독한 갈증이었다. 너무 목이 말라서 서영은 두 손으로 목을 잡고 바닥에 주저앉았다.

"서영!"

루이가 서둘러 달려와 부축했지만 서영은 대답하지 못했다. 피를 먹고 싶은 강한 욕구 때문이었다. 새하얀 피부 위로 혈관이 도드라지게 보였다. 거기에 송곳니를 박고 피를 먹고 싶었다.

"정신 차려라, 서영!"

어깨를 크게 흔드는 손길에 그제야 정신을 차린 서영은 자신이 루이의 목덜미에 송곳니를 박으려고 했다는 사실을 자각하고 화들짝 놀라며 몸을 뒤로 뺐다.

하지만 루이는 그런 서영을 놔주지 않고 오히려 그녀의 허리를 휘어잡아 품으로 끌어안았다. 서영은 루이의 품에서 마구 반항을 하며 놔달라고 소리쳤다.

"놔! 이러다가 내가 너를, 너의 피를……!"

"당연한 거다. 원래 뱀파이어는 피를 갈망하는 종족이니까!"

"아, 아……."

"그러니까 무서워할 거 없어. 미안해할 것도 없다. 괜찮아. 다 괜찮아."

루이의 말에 비로소 진정이 된 서영은 맥없이 그의 품에 몸을 기댔다.

"에리샤 님?"

모습이 변한 것은 서영뿐만 아니라 에리샤도 마찬가지였다. 그녀 역시 서영과 같은 은발의 머리 색을 가진 어엿한 숙녀가 되어 있었다.

뱀파이어 꽃으로 각성하면서 모두 치료가 된 건지 에리샤의 몸은 상처 하나 없이 깨끗했다. 그건 서영 역시 마찬가지였다.

갑작스러운 변화에 적응하지 못하고 어수룩하게 구는 서영과 달리 에리샤는 빠르게 적응했다.

이길 수 있다. 에리샤는 주먹을 꽉 움켜쥐었다. 서영의 봉인이 풀리기 전에는 희망이 없었지만, 이젠 있었다. 렌을 물리칠 희망이!

"어때, 렌."

서영과 루이가 있는 곳까지 성큼성큼 걸어온 에리샤는 여유롭게 웃으며 렌을 쳐다봤다.

"이제 상황이 역전된 것 같지?"

렌의 얼굴이 무참히 일그러졌다. 통쾌했다. 에리샤는 항상 저를 비웃던 렌만 봤기 때문에 그가 그런 표정을 짓는 게 몹시 통쾌했다.

"서영, 이리 와."

에리샤가 부르자 서영은 루이의 품을 빠져나와 에리샤의 옆에 섰다. 에리샤는 서영의 손을 꼭 잡으며 렌을 비웃었다.

"넌 우리를 이길 수 없어."

에리샤의 비웃음에 렌의 얼굴이 여지없이 일그러졌다.

"이렇게 끝낼 순 없어……!"

렌은 몸을 부르르 떨면서 포효했다. 고지가 눈앞이었는데, 뱀파이어 꽃의 봉인이 풀리면서 모든 것이 물거품이 되려 하고 있었다.

"이대로 끝낼 순 없단 말이야!"

콰아아아아앙─!

렌의 포효에 맞춰 사방으로 보라색 구가 떨어졌다. 하지만 그 구들은 에리샤와 서영에게 닿기도 전에 흔적도 없이 사라졌고, 에리샤는 가소롭다는 듯 비웃음을 지으며 렌을 쳐다봤다.

"끝났어? 이제 내가 할 차례지?"

에리샤가 손을 휘두르자 바람이 일면서 날카로운 칼날이 되어 렌을 향해 날아갔다. 렌은 에리샤의 공격을 막기 위해 방어막을 펼쳤지만, 그 방어막은 오히려 에리샤의 힘에 동화되어 렌을 공격했다.

"컥!"

처음 날아왔던 것보다 몇십 배는 강해진 공격을 받은 렌의 몸은 붕 떠서 멀리 날아갔고, 건물 벽에 세게 부딪힌 렌의 입가엔 검붉은 핏줄기가 흘렀다.

"젠장!"

다시 일어선 렌은 에리샤와 서영에게 공격을 퍼부었지만, 그 공격들은 어느 하나 그녀들을 맞추지 못했다. 오히려 렌의 공격에 피해를 입은 것은 주변에 있던 사람들과 요괴들이었다.

"레카!"

그 피해를 입은 자 중에는 레카도 포함되어 있었다. 하이네어의 사슬에 몸이 묶여 허공에 떠 있던 레카 쪽으로 보라색 구가 떨어지면서 사슬이 불안하게 흔들리기 시작했다.

서영과 에리샤는 레카를 보호해주고 싶었지만, 허공에 떠 있어서 그럴 수가 없었다.

"하이네어 님! 사슬을 풀어주세요!"

서영이 다급하게 소리치자 하이네어가 고개를 저었다.

"제가 사슬을 푸는 순간 레카 경은 죽을 겁니다."

"그, 그런……."

하이네어의 말에 할 말을 잃은 서영은 넋을 놓은 채 사슬에 묶여 있는 레카를 쳐다봤다. 에리샤도 마찬가지였다.

그 와중에도 렌의 무차별한 공격은 계속됐다. 이대로 있다간 레카의 몸이 산산조각이 날 수도 있었다.

"어떻게 하면, 도대체 어떻게 하면……."

"진정해라, 서영."

당황한 서영이 발을 동동 구르며 말하자 루이는 그녀의 어깨를 잡고 침착하라고 말했다.

"이런 상황에 어떻게 진정을 해!"

"너는 뱀파이어다. 인간이 아니야."

"그게 무슨……."

"뱀파이어는 모두 날개를 가지고 있어!"

루이의 말에 창백했던 서영의 안색에 살짝 혈색이 돌았다. 뱀파이어라면 누구나 가지고 있는 것이 날개였고, 뱀파이어 꽃도 엄연한 뱀파이어였다.

'나도 날개가 있을 거야.'

날개를 어떻게 펼치는지, 어떻게 쓰는지 아무것도 몰랐지만 아무것도 안

하고 이대로 주저앉아 레카가 죽는 것을 지켜보는 것보다 뭔가를 하는 것이 낫다고 생각한 서영은 바닥에 주저앉아 울고 있는 에리샤의 어깨에 손을 올렸다.

"서영?"

"막을 수 있어, 에리샤."

"뭐?"

"우리도 저곳에 갈 수 있어."

의미 모를 서영의 말에 에리샤는 눈살을 찌푸렸다. 서영은 그런 에리샤를 바라보며 힘차게 소리쳤다.

"우리도 뱀파이어잖아. 날개가 있는 뱀파이어!"

"아!"

그제야 서영의 말을 이해한 에리샤가 환하게 웃으며 고개를 끄덕였다.

"맞아! 우리는 할 수 있어!"

"그래. 우리는 함께니까. 더 이상 혼자가 아니니까 할 수 있어."

그 순간 서영과 에리샤의 주변에 세찬 바람이 불며 그녀들의 은발이 하늘하늘 휘날렸다.

서영과 에리샤는 두 손을 꼭 마주 쥐고 서로를 바라봤다.

"뱀파이어 꽃은……."

하이네어는 거센 바람의 중심에 있는 서영과 에리샤를 보며 중얼거렸다.

"꽃잎은 핏빛보다 붉고……."

이윽고 바람이 잦아들자 서영과 에리샤의 등 뒤에서는 붉은 날개가 펄럭였다. 본디 뱀파이어의 날개는 검은색이었지만, 이상하게도 서영과 에리샤의 날개는 검붉은 핏빛을 띠고 있었다. 천박한 붉은색이 아닌, 그녀들의 아름다움을 더욱 강조해주는 붉은 날개는 허공에 붉은빛을 흩날리며 그 존재를 알리고 있었다.

"그 향기는 어떤 뱀파이어도 유혹할 만큼 치명적이다."

하이네어가 서영과 에리샤에게서 눈을 떼지 못한 것처럼 이곳에 있는 모든 요괴들이, 그리고 모든 인간들이 그녀들에게서 시선을 떼지 못했다.

"그 꽃을 조금이라도 맛보면 어떤 상처라도 치유되고⋯⋯."

서영과 에리샤의 손짓에 미풍이 하늘하늘 불면서 부상당한 자들의 몸을 스치고 지나갔다. 바람이 지나간 자리에는 상처가 아물고 새살이 돋았다.

하이네어 역시 자신의 몸에 난 상처가 치료되자 깜짝 놀라 눈을 크게 떴다. 뱀파이어도 치유 능력을 가지고 있긴 하지만 이렇게 단시간에, 그것도 이렇게 많은 이들을 치료할 수는 없었다.

"서영."

곧바로 레카에게 날아가려는데 루이가 그녀를 불렀다. 그리고 소리없이 입 모양으로만 뭐라 말했다. 루이가 하고자 하는 말을 전부 알아들은 서영이 깜짝 놀라며 쳐다보자 루이가 옅게 웃으며 고개를 끄덕였다.

펄럭-.

서영과 에리샤는 붉은 날개를 펄럭이며 하늘로 올라갔다. 그녀들이 지나간 자리에는 붉은빛의 가루가 비처럼 떨어졌다.

"⋯⋯그 꽃을 가지면 모든 뱀파이어들의 위에 군림하게 된다."

레카의 근처까지 날아간 서영은 손을 하늘로 뻗었다. 그러자 붉은 바람이 레카의 주변을 부드럽게 감싸며 렌의 공격을 전부 막아주었다.

"뱀파이어 꽃!"

렌이 괴물 같은 얼굴로 서영과 에리샤에게 달려들려고 하자 루이가 그 앞을 막아섰다.

"비켜라! 루베르이!"

"비킬 거였다면 이곳에 오지도 않았다."

"루베르이! 네놈이 나를 이길 수 있다고 생각하느냐!"

물론 이길 수 없었다. 하지만 서영과 에리샤가 그 일을 하기 전까진 충분히 시간을 끌 수 있을 것이다.

"어떡하지?"

뱀파이어 꽃의 능력으로 상처를 치료할 수는 있지만, 죽어가는 자를 단번에 살릴 수는 없었다. 더구나 레카는 원래 죽어야 할 목숨인데 하이네어가 억지로 그 영혼을 붙잡고 있는 것이기 때문에 상처를 치료한다고 해서 살아나지는 않을 것이었다.

"이 바보 녀석아!"

에리샤는 레카를 둘러싸고 있는 쇠사슬을 붙잡으며 울부짖었다.

"나를 좋아한다며. 응? 나를 좋아한다면서 왜 자빠져 자고 있어!"

"에리샤……."

"나, 어떡하면 좋아. 응? 왜 이렇게 마음이 아픈지 모르겠어, 서영."

에리샤는 눈물을 뚝뚝 흘리면서 서영의 팔을 잡았다. 목 놓아 서글프게 우는 에리샤를 보고 있자니 가슴이 너무 아파서 서영은 말없이 그녀의 등을 토닥여주었다.

"살려줘. 서영, 제발 레카를 살려줘."

서영 역시 레카를 살리고 싶었지만 어떻게 하면 좋을지 몰라 입술을 꾹 깨물었다.

레카를 살릴 방법에 대해 고민하던 서영은 문득 이곳에 오기 전에 루이가 소리 없이 입 모양으로 했던 말을 떠올렸다.

─나는 로드가 되지 않아도 된다.

처음에는 루이가 왜 그런 말을 했는지 몰랐는데, 이젠 알 것 같았다. 루이는 이 모든 것을 미리 알고 있었던 것이다. 레카를 구하기 위해선 이 방법밖에 없다는 것을.

"에리샤."

서영은 웃으며 울고 있는 에리샤의 귀에 대고 레카를 살릴 방법을 말해주었다. 그러자 에리샤의 눈이 더 커졌다.

"하, 하지만 그건 루이가……."

"이거, 루이가 나한테 알려준 방법이야."

"뭐……?"

"그러니까 걱정할 필요 없어."

"흑…… 루이……."

에리샤는 루이에게 하고 싶은 말이 굉장히 많았지만 감정이 너무 북받쳐 올라서 고작 이름밖에 부르지 못했다.

"고마워. 정말 고마워, 루이, 서영."

"우린 가족이니까 당연한 거잖아."

서영은 싱긋 웃으며 에리샤와 마주 잡은 손을 쇠사슬 위에 올렸다. 그러자 그녀들의 손에서 붉은빛이 새어 나와 레카를 감싸기 시작했다.

루이와 싸우느라 뒤늦게 서영과 에리샤가 하고 있는 짓을 발견한 렌은 포효했다.

"내가 그러도록 둘 것 같……!"

콰아앙—!

루이는 렌이 그녀들에게 날아가려고 하자 몸을 던져 렌을 밀쳐냈다. 둘은 동시에 바닥에 추락했고, 그들이 떨어진 곳에는 커다란 구덩이가 생겼다.

"놔라! 놔! 이 개 같은 자식!"

"절대 못 놓는다."

"네 녀석도 로드가 되고 싶었던 것이 아니냐! 이대로 있다간 저 녀석이 로드가……."

"난 애초에 로드의 자리에 욕심이 없었어."

루이의 말에 렌은 눈을 크게 떴다.

'믿을 수 없어.'

렌의 눈은 그렇게 말하고 있었다.

"진심이다."

"내가 그 말을 믿을……."

갑자기 자리에서 일어선 루이는 렌의 몸을 꽉 끌어안았다. 렌이 마구 발악하면서 비키라고 소리쳤지만 루이는 꿈쩍도 하지 않았다.

"무슨……!"

"슈란, 나는 너에게 바라는 것이 아무것도 없었다."

루이는 렌을 꽉 끌어안고 본래 몸의 주인인 슈란에게 말했다.

"그저 나는 이 수명이 다하는 그날까지 너와 함께, 평화롭게 살고 싶었던 것뿐이다."

"그 녀석은 죽었다! 지금 뭐라고 지껄이는……."

"내가 원하는 것은 단지 그것뿐이다. 그런데 넌 왜 이렇게 미련한 짓을 저지른 거지?"

『루이 님…….』

렌의 목소리와는 다른 좀 더 여린 목소리가 렌의 몸, 정확히는 슈란의 몸에서 나왔다. 그 목소리를 들은 루이는 역시나 하는 표정으로 렌을 쳐다봤다.

"역시 슈란은 아직 죽지 않았어."

"죽었다. 그 녀석은 이미 죽었……!"

"그렇다면 어째서 넌 날 죽이지 못하는 거지? 네 힘이라면 이미 나를 죽일 수 있었을 텐데, 어째서 너는 나를 죽이지 않는 거냐."

렌은 루이를 죽일 수 있는 기회가 몇 번이나 있었음에도 불구하고 그러지 않았다. 아니, 그러지 못했다는 게 더 정확한 표현이었다. 그의 몸속에 아직 슈란이 살아 있기 때문에, 차마 루이를 죽일 정도의 공격을 하지 못한 것이다.

"슈란, 지금이라도 늦지 않았다. 우리 다시 돌아가자."

『아니요, 늦었습니다.』

악독하게 일그러졌던 렌의 얼굴에 갑자기 잔잔한 미소가 피어올랐다. 렌, 아니, 슈란은 천천히 손을 들어 올려 자신을 잡고 있는 루이의 뺨으로 가져갔다.

『저를 죽이십시오. 이미 렌과의 내기에서 졌기 때문에 저는 더 이상 이 몸에 남을 수가 없습니다.』

"슈란!"

『죄송합니다. 그저 강한 당신 곁에 어울릴 만한 자가 되고 싶었는데, 전부 제 욕심이었나 봅니다.』

"입 닥쳐라!"

미소 짓던 얼굴이 다시 일그러지면서 렌의 목소리가 흘러나왔다. 본디 한 몸에는 한 개의 영혼이 머물러야 한다. 하지만 현재 슈란의 몸에는 렌과 슈란의 영혼이 공존했고, 그 부작용이 지금에서야 나타나는지 그의 얼굴이 기괴하게 일그러졌다.

"내 몸이다! 이건 이제 내 몸이야! 네놈 따위가……!"

『저를 죽이십시오. 지금이 아니면 기회가 없습니다. 어서요!』

슈란의 말대로 렌을 죽일 기회는 지금밖에 없었지만, 그러면 슈란 역시 죽기 때문에 루이는 망설였다. 루이가 망설이는 걸 본 슈란이 흐리게 웃었다.

『절 소중하게 여겨주시는 그 마음…… 잊지 않고 가져가겠습니다, 루이님.』

"슈란……."

『하찮은 하급 뱀파이어인 저를 아껴주신 마음에 이렇게 보답하게 되어 정말로 송구…….』

푹—.

갑자기 슈란의 몸에 은빛의 단도가 꽂히자 당황한 루이는 눈을 크게 떴다. 그를 찌른 것은 하이네어였다. 하이네어가 헤브의 몸에 꽂혀 있던 단도를 가져와 슈란의 몸에 찔러 넣은 것이었다.

"안 돼……!"

백한의 피와 하프였던 헤브의 피가 묻어 있는 단검은 빠르게 슈란의 몸속으로 침투했다. 단검을 타고 흐르는 피는 검붉은 결정이 되어 땅으로 뚝뚝 떨어졌고, 슈란의 눈은 천천히 감겼다.

『정말……로…… 감…….』

슈란과 렌의 영혼이 들어있던 몸이 축 늘어졌다. 살벌하게 감돌았던 기운이 한순간에 사그라졌다.

"슈란!"

루이가 목청껏 그의 이름을 불렀지만 이미 죽은 자의 이름은 공허하게 폐허가 된 도시를 떠돌며 쓸쓸히 사라졌다.

"슈란, 슈란."

루이는 죽은 슈란의 몸을 끌어안고 눈물을 흘렸다.

콰앙—.

그것도 잠시, 레카를 묶고 있던 쇠사슬이 풀리자 깜짝 놀란 루이와 하이네어는 그쪽을 쳐다봤다.

서영과 에리샤에게서 나온 새하얀 빛이 그녀들뿐만 아니라 레카까지 집어삼켰다.

"새로운 뱀파이어 꽃인 우리는……."

에리샤의 목소리가 웅장하게 울려 퍼졌다. 그 뒤를 이어 서영이 말했다.

"레카, 당신을 새로운 로드로……."

채앵—!

서영의 말이 끝나기도 전에 어디선가 검은 연기가 나와 그녀의 몸을 휘감았다. 붉은빛은 사라졌고, 서영의 등 뒤에 있던 붉은 날개 역시 흔적도 없이 사라졌다.

"꺄아악!"

"에리샤 님!"

서영의 곁에 있던 에리샤와 레카는 알 수 없는 힘에 튕겨져 바닥으로 추락했다.

하이네어와 루이가 다급하게 달려가 떨어지는 그들을 받았다.

『이대로…… 내가 이대로 끝낼 줄 알아?』

서영을 휘감은 연기 주변으로 짙은 어둠이 자욱하게 깔렸다.

"서영!"

서영의 모습이 어둠에 묻혀 보이지 않게 되자 루이는 날개를 펼쳐 그녀에게로 날아갔다.

"루베르이 경! 안 되네!"

"주인님!"

위험천만한 행동에 아칸을 비롯한 모두가 루이를 잡으려고 했지만, 잡지 못했다. 결국 루이는 어둠 속으로 뛰어들었고 시끌시끌한 밖과 달리 어둠 속은 고요한 정적이 흘렀다.

뱀파이어의 눈으로도 앞이 구별되지 않아 루이는 바짝 경계하며 주변을 훑었다.

『이곳까지 따라 들어오다니, 이년이 소중하긴 한가 보군.』

"렌!"

어둠 속에서 탁한 음성이 들려오자 루이는 이를 바득바득 갈았다.

"서영을 돌려줘!"

『쉽게 돌려줄 거였으면 이런 짓을 하지도 않았지.』

"도대체 왜 이러는 거지? 그렇게도 오래 살고 싶은 건가!"

『살고 싶어.』

렌은 한 치의 망설임도 없이 바로 대답했다. 그만큼 그는 삶에 집착하고 있는 것이었다.

『너도 오래 살고 싶지 않아?』

"난 오래 살고 싶은 생각이 없다."

『거짓말. 넌 지금 거짓말을 하고 있어. 세상에 오래 사는 것을 싫어하는 자는 없어. 그건 너도 마찬가지고 말이야.』

"왜 그렇게 생각하지?"

『너도 네 신부와 오래 살고 싶을 거 아니야. 그렇지?』

렌의 말에 루이는 선뜻 대답할 수가 없었다. 그가 머뭇거리자 렌은 몹시 즐겁다는 듯 마구 웃어댔다.

『그 소망이 무너진다면 어떨까.』

렌의 말에 루이의 눈에서 섬뜩한 살기가 스쳐 지나갔다. 순간 이성을 잃은 루이의 몸 주변으로 검은 기운이 피어올랐다.

뱀파이어의 힘은 어둠이 짙으면 짙을수록 강해진다. 순간적이기는 하나 루이의 기운은 어둠을 먹고 강해졌고, 그 파동으로 그들을 감싼 어둠은 마구 요동치기 시작했다.

『괜찮겠어? 이대로 있다간 네 소중한 신부가 어둠에 다칠 거야.』

렌의 말에 이성이 돌아온 루이는 서둘러 기운을 갈무리했다.

『루베르이, 우리 재미있는 내기 하나 할까?』

"뭐?"

『네 친구인 슈란이 나와 내기를 한 것처럼, 너도 내기를 하자는 말이야. 너에게 마지막 기회를 주는 거야. 이 아이를 살릴 수 있는 기회를.』

"넌 뱀파이어 꽃을 죽일 수 없을 텐데?"

『죽일 수만 없는 거지 손을 못 대는 건 아니야. 어디 한 곳을 병신으로 만들거나, 아니면 말 그대로 숨만 붙어 있을 수 있게 만들 수 있지.』

렌의 말에 루이는 이를 악물었다. 마음 같아선 개소리하지 말라고 소리 치고 싶었지만 그러면 서영이 다칠 수도 있으니 일단 루이는 렌의 장단에 맞춰주기로 했다.

"무슨 내기지?"

『내가 지금부터 이 아이를 다른 곳으로 보낼 거야. 너는 단지 찾기만 하면 돼.』

렌의 말에 루이는 무척 놀라며 눈을 크게 떴다.

『기간은 3년. 그동안 난 이 아이의 몸에 잠들어 있을 뿐, 아무 짓도 하지 않을 거야.』

"내가 이기면? 그리고 네가 지면 어떻게 되는 거지?"

『만약 네가 이긴다면 나는 그대로 소멸하겠어. 하지만 네가 진다면 네 몸뚱이를 나한테 넘겨야 할 거야.』

렌의 말에 루이는 웃음이 절로 나오는 것을 꾹 참았다.

루이와 서영은 낙인으로 연결된 사이였다. 그 낙인이 있는 이상 루이는 서영이 이 세상 어디에 있든 찾을 수가 있었다. 그러니 이 내기는 무조건 자신이 이겼다고 생각했는데, 그런 루이를 비웃기라도 하듯 렌이 실실 웃으며 말했다.

『참, 내가 찾으라는 건 이 아이가 아니야. 나도 미엘과 같은 짓을 해보려고 하거든.』

렌의 말을 단번에 이해하지 못한 루이가 눈살을 찌푸리자 렌의 웃음소리는 더욱 깊어졌다.

『기억.』

"뭐……?"

『네가 인간 세상 어딘가에 있는 이 아이를 찾았을 땐, 이 아이의 기억이 모두 봉인되어 있을 거야. 너는 그 기억을 푸는 봉인의 열쇠를 찾으면 돼.』

렌의 말에 루이는 꽉 움켜쥔 손을 부르르 떨었다. 서영이 자신에 대한 모든 것을 잊는다. 자신은 그녀를 똑똑히 기억하는데, 그녀는 아무것도 기억하지 못한다.

『그냥 하면 재미없으니 규칙 한 가지만 추가할게.』

이 상황이 퍽이나 재미있는지 렌은 실실 웃고 있었다.

『절대로 네가 누구라고 그녀에게 직접 말하며 억지로 기억의 봉인을 깨려고 하면 안 돼. 이 규칙은 너뿐만 아니라 네 주변의 모든 이들에게 적용되는 거야. 만약 직접적으로 그녀의 기억을 깨우려 한다면 내기에서 네가 지는 거야.』

렌은 루이가 기억을 잃은 서영에게 저돌적으로 구는 것을 미리 방지했다. 억지로 기억의 봉인을 깨선 안 된다.

루이에겐 매우 불리한 조건이었다. 루이는 말도 안 되는 내기를 거절하려고 했지만 렌이 허용하지 않았다.

『그럼 게임을 시작해볼까.』

그의 말이 끝나기 무섭게 어둠이 불안하게 요동치기 시작했다. 눈 깜짝할 사이에 그들을 감싸고 있던 어둠은 완전히 물러갔고, 그 자리에 남겨진 것은 루이와 서영뿐이었다.

"서영!"

바닥에 쓰러져 있는 서영을 발견한 루이는 황급히 달려가 그녀를 안으려고 했지만, 서영은 손에 잡히지 않았다.

"……!"

마치 유령처럼 서영의 몸은 전체적으로 반투명 상태였고, 그 너머로 다른 지형물들이 고스란히 보였다. 렌의 내기가 벌써 시작되려는 것이다.

"이럴 순 없어……."

이러려고 렌과 내기를 한 것이 아니었다. 온전한 그녀를 되찾고 싶어서, 무사히 그의 손에서 구하기 위해 내기를 한 것인데, 그 내기 때문에 서영이 모든 기억을 잃고 이 세상 어딘가에 떨어져야 하다니.

"도대체 어떻게……."

"어쩔 수 없었잖아."

언제부터인가 눈을 뜬 서영이 옅게 웃으며 말했다.

"날 구하려면…… 어쩔 수가 없었잖아."

"서영……."

"울지 마."

서영은 루이의 뺨을 타고 흐르는 눈물을 닦아주려고 했지만, 몸이 투명해진 탓에 그럴 수가 없었다. 그 사실에 서영도 왈칵 눈물이 쏟아질 것 같았지만, 자신까지 울면 루이가 더 슬퍼할 테니 애써 참았다.

"루이."

"……응."

"나 찾으러 올 거지?"

"당연한 걸……!"

"그럼 됐어."

서영의 말이 끝나기 무섭게 그녀의 몸은 발끝부터 붉은 꽃잎이 되어 서서히 부서지기 시작했다. 바람에 흩날리며 하늘 저편으로 사라지는 붉은 꽃잎들은 굉장히 아름다웠다.

"기다릴 테니까…… 꼭 찾으러 와."

언제 또 이 잘생긴 얼굴을 볼 수 있을지 모르니 서영은 눈 한 번 깜빡이지 않고 그를 쳐다봤다.

"사랑해."

"서영…… 윽."

"기다릴게. 계속 기다릴 테니까…… 꼭 데리러 와."

그 말을 마지막으로 서영은 눈을 감았다. 그와 동시에 그녀의 몸은 붉은 꽃잎이 되어 완전히 부서졌고, 루이는 그 꽃잎들이 전부 날아갈 때까지 그 자리에 못 박힌 듯 가만히 서 있었다.

"서영, 서영!"

그 모습을 전부 지켜본 에리샤가 바닥에 주저앉으며 오열했다. 아칸과 켄, 하이네어도 조용히 고개를 떨어뜨렸다.

팔랑ㅡ.

미처 날아가지 못한 건지 붉은 꽃잎 한 장이 루이의 어깨에 살포시 내려앉았다. 그제야 루이는 삐걱대는 고장 난 로봇처럼 팔을 움직여 자신의 어깨에 앉은 꽃잎을 집어 들었다.

ㅡ뱀파이어를 본 적이 있는 건가? 바로 알아차리는군.

ㅡ내 이름은 루베르이. 너는 내 계약자이니 간편하게 루이라고 불러도 된다.

꽃잎을 잡는 순간, 성년식을 치르기 전 그의 어린 시절 모습이 눈앞에 스쳐 지나갔다. 루이가 들고 있는 꽃잎은 서영의 기억 중 그들이 처음 만난 순간이었다.

"반드시 찾으러 가겠다."

루이는 꽃잎을 꽉 움켜쥐며 다짐했다.

그녀가 모든 기억을 잃더라도, 설령 자신을 기억하지 못한다고 하더라도 상관이 없었다. 반드시 렌과의 내기에서 이겨 온전한 그녀를 찾고 말 테니까!

"그러니까, 그때까지 무사히 살아만 있어줘."

에필로그

대학교 축제의 밤은 길었다.

"저희 학교 축제의 하이라이트입니다!"

하지만 기나긴 밤 역시 끝이라는 것이 존재하는 법. 학생들은 사회자의 말에 저마다 아쉬운 탄성을 뱉었다.

"드디어 이 학교의 명물이 시작되는구나! 기대된다!"

"그러게."

서영은 친구의 말에 동의하며 운동장을 쳐다봤다. 운동장에서는 많은 사람들이 저마다 얼굴에 가면을 쓴 채 삼삼오오 모여 사회자가 있는 무대를 보고 있었다.

"자, 시작합니다!"

학생들은 화려한 조명 아래에서 흥분을 감추지 못한 얼굴로 환호성을 내지르며 DJ가 틀어주는 음악에 맞춰 소리 높여 노래를 부르기 시작했다. 대부분 젊은 학생들이었지만, 개중 머리가 하얗게 센 사람과 미처 가면으로 가리지 못한 주름살이 보이는 사람들이 있는 것을 보면 꼭 학생들만 있는 것은 아닌 것 같았다.

"가자!"

친구의 말에 고개를 끄덕인 서영은 가방에서 가면을 꺼내 얼굴에 썼다.

축제의 마지막 밤을 장식하는 이 하이라이트 행사에는 가면을 쓰지 않으면 참석할 수 없는 규칙이 있었다.

서영이 가면을 쓰고 운동장에 들어갔을 때는 대부분 흥이 날 대로 난 상태로, 야단법석이었다.

서영은 처음에는 모르는 사람들과 함께 노래를 부르고 춤을 춘다는 것이 어색하고 이상했지만, 막상 사람들 사이에 끼어드니 그렇지도 않았다. 어색함은 온데간데없었고, 서영은 어느새 밝은 얼굴로 사람들의 노랫소리에 맞춰 노래를 불렀다.

"서영아, 왜 이 행사가 우리 학교 명물인 줄 알아?"

마치 일급비밀을 이야기하듯 비장한 목소리로 친구가 자신의 귓가에 속삭이자 서영은 눈을 크게 뜨고 그녀를 쳐다봤다.

"왜?"

"이 행사의 주목적은 커플 만들기인데, 여기서 만난 커플들은 오래간대. 그래서 명물이야."

"얼굴도 다 가렸는데 어떻게 커플이 돼?"

이해가 되지 않은 서영이 고개를 갸웃거리자 친구는 뭘 모른다는 듯 혀를 내차며 말했다.

"원래 얼굴 보고 살면 3년밖에 못 산다는 말이 있듯이 얼굴을 모르는 상태에서 감으로 '이 사람이 내 사람이다!' 찍으니까 더 오래 만나는 거야."

"그런가?"

"너도 잘 훑어보다가 '이 사람이다!' 싶으면 가서 말을 걸어."

"됐어."

서영은 그저 웃으며 고개를 저었다. 자신은 그저 이 밤을 즐기고 싶을 뿐 누구를 만날 생각은 아직 없었다.

친구의 말대로 이 행사의 주목적이 커플 만들기인지 사람들은 저마다 자신들이 점찍어둔 상대에게 다가갔다.

"야, 야, 저 남자 괜찮지 않아?"

"글쎄."

서영의 친구가 가리킨 남자는 이미 많은 여자들이 시선을 주고 있는 남자였다. 여자보다 깨끗한 피부에 새카만 머리색과 대비되는 새하얀 가면을 쓴 남자는 얼굴을 가리고 있음에도 불구하고 모두의 시선을 끌고 있었다.

"고고하네."

친구는 고개를 절레절레 저으며 말했다. 마음에 드는 여자가 없는 건지 남자는 접근하는 여자들을 싸늘한 시선으로 내려다볼 뿐, 아무 행동도 반응도 취하지 않았다. 가면을 쓰고도 예쁘장한 외모가 가려지지 않은 여자가 매혹적인 시선을 보내며 말을 건네도 남자의 반응이 심드렁했기 때문에 모두들 감히 그 남자에게 접근할 생각을 하지 못하고 있었다.

"저런 남자는 어떤 여자를 만나는 걸까?"

"아마 엄청 예쁜 여자일걸? 연예인 같은 애 말이야."

"그렇겠지?"

친구의 말에 서영은 고개를 끄덕이며 대답했다. 못 오를 나무는 쳐다보지도 말라고 했던가. 저런 남자를 아무리 쳐다봤자 자신과는 엮일 일이 없다고 생각한 서영은 일찌감치 남자에게서 관심을 끊었다.

"시간 있어요?"

"내가 먼저 왔거든?"

"먼저 온 게 중요해? 누가 먼저 작업을 걸었느냐가 중요하지."

서영은 자신의 주변에 몰려드는 남자들을 보며 어색한 미소를 지었다. 처음부터 이렇게 많은 이들이 몰려든 것은 아니었다. 친구와 대화를 하던 중 서영은 실수로 쓰고 있던 가면을 떨어뜨렸고, 그녀의 얼굴을 알아본 과 선배가 반갑게 인사를 하면서 그녀의 이름을 소리 높여 부른 것이 화근이었다.

"소문으로만 들었는데, 진짜 예쁘다."

"가, 감사합니다."

"나는 작년에 졸업했는데……."

까마득한 선배들이 나이를 앞세워 자꾸 말을 거니 서영은 차마 그들의 말을 무시할 수가 없었다. 서영은 구해달라는 시선으로 친구를 쳐다봤지만, 친구 역시 난감하다는 표정으로 그녀에게 말을 거는 남자들을 쳐다보기만 할 뿐이었다.

"어……."

앞에 있는 남자들에게 어색하게 대답하며 시선을 피하던 서영은 저 멀리서 자신을 뚫어지게 보고 있는 한 남자와 눈이 마주쳤다. 그는 조금 전, 서영과 친구가 잘생겼다고 입에 침이 마르도록 칭찬한 남자였다.

'뭐지?'

남자와 눈이 마주친 순간, 몸에 전율 같은 것이 흐르고 지나가 서영은 그에게서 시선을 뗄 수가 없었다. 거기다 이상하게도 그와 시선을 마주하는 지금 이 순간, 주변에서 시끄럽게 떠드는 다른 이들의 목소리가 하나도 들리지 않았다.

남자가 우아하게 팔을 움직여 얼굴에 쓰고 있던 가면을 벗었다. 남자의 얼굴이 드러나자 주변 여자들이 숨 넘기는 소리가 들렸다. 선명한 이목구비와 균형 잡힌 얼굴 윤곽. 그의 외모는 이곳에서 단연 돋보였다.

잘빠진 재규어처럼 늘씬한 검은 정장을 몸에 걸친 남자가 서영 쪽으로 천천히 걸음을 옮기자, 서영의 주변을 둘러싸고 있던 남자들은 그의 눈치를 보며 슬금슬금 자리를 피했다. 다른 이들보다 키가 월등히 커서 그런지, 아니면 수려한 외모 때문인지 몰라도 남자의 존재 자체는 다른 이들에겐 위압적일 수밖에 없었다.

"우, 우와……!"

서영의 친구는 서영의 바로 앞에 다가온 남자의 외모를 보고 감탄을 금치 못했다. 서영 역시 그의 얼굴에서 시선을 떼지 못했다. 그의 외모가 뛰어나서만이 아니었다. 이상하게도 자신을 보고 있는 남자의 시선이 아련하면서도 슬퍼 보였기 때문이었다. 남자는 금방이라도 울 것 같은 눈으로 서영을 보며 말했다.

"찾았어."

"네?"

남자의 허스키한 중저음의 목소리에 서영은 반사적으로 대답했다. 그녀가 눈을 동그랗게 뜨고 바라보자, 남자는 날카로운 눈매에 서늘한 웃음을 머금고 서영의 손을 잡았다.

"무슨……."

그녀가 남자의 갑작스러운 행동에 당황하며 그에게 잡힌 손을 빼려 하자, 남자의 검은 눈동자가 순간 붉게 변한 것처럼 보였다.

남자는 서영의 손을 천천히 들어 올렸다. 그러는 와중에도 그의 시선은 서영의 얼굴에 정확하게 꽂혀 있었다. 그의 시선이 닿는 얼굴 부근이 화끈거려서 서영은 남자의 시선을 슬쩍 피했다.

거친 숨결과 차가운 입술의 감촉이 손등에 느껴지자 서영은 고개를 들어 남자를 쳐다봤다.

어느 순간부터 사람들의 시선을 한 몸에 받으며 서영의 손등에 입술을 가만히 대고 있던 남자가 천천히 입술을 뗐다. 그리고 검붉게 빛나는 눈동자 안에 서영을 가둔 채 애절하고도 여운 가득한 목소리로 다시 한 번 유혹하듯 말했다.

"찾았다, 나의 신부."

〈끝〉

초판 1쇄 발행 2013년 12월 25일
개정판 1쇄 발행 2022년 3월 10일

지은이 신지은 ┃ 펴낸이 강성욱 ┃ 책임 기획 전주예 ┃ 기획 편집 송진아 정종건 최예림 이상학
디자인 이선영 박찬솔 정민주 디자인그룹 헌드레드 ┃ 일러스트 Cierra
마케팅 손주영 ┃ 로고 김미현 ┃ 교정 서진영, 안진숙, 류혜선
펴낸곳 테라스북 ┃ 등록 제2021-000006호
주소 (05020) 서울특별시 광진구 동일로 116 제일빌딩 4층 403호 (화양동)
전화 070-4794-5826 ┃ 팩스 0505-911-5826
블로그 https://blog.naver.com/terracebook ┃ 전자우편 terracebook@naver.com
ISBN 979-11-6728-108-1 (04810)
ISBN 979-11-6728-106-7 (SET)

테라스북은 주식회사 스토리펀치의 임프린트 브랜드입니다.